Ingrid Eppice

WELTENHERZ

Tatjana August

IMPRESSUM

© 2021 Tatjana August

Herstellung und Verlag:
BoD – Books on Demand, Norderstedt

Lektorat:
Ina Kleinod, www.sinntext.de
Gestaltung:
Konstantin Banmann, www.kontinuum-art.de
Satz:
Natalie Nicola, www.schreib-vielfalt.de

Titelfoto: Jens August
Mit freundlicher Unterstützung von www.Galerie-August.com

ISBN: 978 3 755 75863 1

Bibliografische Information der Deutschen Nationalbibliothek:

Die Deutsche Nationalbibliothek verzeichnet diese Publikation in der Deutschen Nationalbibliografie; detaillierte bibliografische Daten sind im Internet über *http://dnb.dnb.de* abrufbar.

INHALTSVERZEICHNIS

Vorwort   9

Erster Teil   13

   Die Schlüters von nebenan   15
   Maatschi   29
   Freya und Hermann   41
   Eine Tochter der Familie   51
   Onkel Helge und Tante Astrid   59
   Großvater Anton   67
   Ganz weit oben   85
   Die schrecklichen Kinder   95
   Das rothaarige Mädchen   131
   Das alte Haus   145
   Der liebe Gott   157
   Bierchen und Schnäpschen   165
   Frau Hahn   183
   Das Schwäble   195
   Die alte Bande   209
   Jesus   213
   Das Kinderheim   229

Zweiter Teil   237

Der blöde Dieter   239
Das liebe Fräulein Nöhlens   245
Der Nebel verdichtet sich   263
Pubertät!   273
Gegeneinander   289
Schwiegermutter   307
„Wie schon die Alten sungen" …   329
Flugbegleiterleben   345
Das Zeichen   359
„… den Unwilligen zerrt es"   367
Die Pyramide   405
Die Stimme   445
Einsicht   464
Jerusalem   477
Der Absturz   491
Sven   513

Den Willigen führt das Schicksal, den Unwilligen zerrt es.
Seneca

VORWORT

Nun liege ich also hier oben! Zwar in einem Bett, das den leicht herb-würzigen Duft von Zirbelholz verströmt und unter meterhohen Daunenplumeaus begraben, aber ich liege doch. Nach 56 aufregenden Jahren bin ich hier gelandet, in einer Berghütte aus rötlichem Lärchenholz, das die Sonne an den Wetterseiten so dunkel gebrannt hat, dass sie beinahe schwarz wirken. Die Schindeln auf dem Dach hingegen hat sie in ein silbernes Grau verwandelt wie das Haar einer alten Indianersquaw. An beiden Stirnseiten der Hütte hängen zwei mächtige Hirschgeweihe unter dem Dach. Man könnte unsere Berghütte auch für ein kleines Jagdhaus halten. Sie liegt inmitten der kärntnerischen Alpen auf 1.600 Metern Höhe. Mein Mann Sven und ich haben sie erst vor Kurzem erworben. Wenn ich mich aufrichte und den Hals ein wenig recke, kann ich von meinem Bett aus durch das Sprossenfenster mit den rot karierten Vorhängen über das ganze Tal schauen.

Ich habe in meinem Leben schon so vieles gesehen, habe als Stewardess der Lufthansa alle Kontinente unserer Erde bereist und viele schöne Gegenden kennengelernt, aber ich bin mir sicher: Dieses Tal gehört zu den herrlichsten Flecken der Welt.

Die Malta, der eiskalte und klare Gebirgsfluss, der dem Tal seinen Namen gibt, schlängelt sich unter der Wintersonne wie ein hell glitzerndes Band durch die verschneite Ebene, an deren Eingang das mittelalterliche Städtchen Gmünd liegt. Die gezackte, schneeweiße Silhouette der

Nockberge erstreckt sich vor meinen Augen über den gesamten Horizont und heute, im blauen Dunst des Morgens, lassen sich in der Ferne die Dolomiten bei Italien erahnen.

Sehr viel mehr als den Hals recken und aus dem Fenster sehen kann ich im Moment nicht tun. In meinem linken Knöchel stecken seit dem letzten Wochenende nämlich sieben Nägel, die mir ein junger und sehr kompetenter Chirurg freundlicherweise dort hineingetrieben hat, nachdem ich auf meiner Wanderung ins Tal auf einem vereisten Felsstück ausgerutscht bin und mir das Bein gebrochen habe. Der Gips wiegt Zentner. Mindestens. Zum ersten Mal hat mir das Leben eine Zwangspause verordnet. Ich habe also Zeit. Erst in drei Wochen bekomme ich einen Gehgips und kann wenigstens ein bisschen in der Gegend herumhumpeln. Wenn ich wollte, könnte ich mich in den nächsten Tagen täglich durch die verschiedenen TV-Kanäle zappen und dabei sanft vor mich hin verblöden. Wir haben hier oben nämlich alles: neben Solarstrom, eigenes Quellwasser, Holz für den Herd, außerdem eine Waschmaschine und sogar Internet. Ich könnte aber auch endlich die vielen Bücher lesen, die sich schon seit Monaten auf meinem Nachttisch häufen.

Aber ich will nicht. Ich habe während des Aus-dem-Fenster-Schauens nachgedacht und beschlossen, die zwangsverordnete Verschnaufpause zu nutzen und endlich von einer sehr seltsamen und sehr geheimnisvollen Begegnung zu erzählen, die ich als Siebenjährige gehabt habe und die mein weiteres Leben prägte. Nichts hat mich in meinem Leben so beeindruckt wie diese Begegnung. Natürlich hat mir damals niemand geglaubt.

Im allgemeinen Nicht-Bewusstsein schlug man sich im Deutschland der frühen 60er mit gänzlich anderen Themen herum, wie beispielsweise der Nicht-Bewältigung psychischer Kriegstraumata, der Nazivergangenheit und beginnenden Studentenunruhen inklusive (damals) empörend lächerlicher Emanzipierungsideen seitens der nachrückenden Weiblichkeit. Bei uns zu Hause auch noch mit der lärmenden „Negermusik" aus Amerika. Nicht einmal meine Religionslehrerin, Frau Hahn, wollte mir zuhören. Sie machte ihrem Namen alle Ehre, indem sie mich, puterrot im Gesicht, anschrie und auf meinen Platz zurückjagte. Dabei hatte ihr mächtiges, dreistöckiges Doppelkinn, das ihr normalerweise fest eingeklemmt zwischen Kinn und Hals saß, derart heftig hin- und hergewackelt, dass es nur so schepperte. Niemand wollte dem kleinen Mädchen glauben, das behauptete, etwas höchst Unglaubliches gesehen zu haben.

Aber das war damals! Heute will ich mich nicht mehr in der Anonymität der allgemeinen Meinung verstecken. Ich werde die kommenden Wochen nutzen und zu Papier bringen, was sich damals zugetragen hat. Und ich möchte erzählen, aus welcher Horde von liebenswerten Chaotinnen und Chaoten ich stamme. Da ist beispielsweise mein Großvater, der ehemalige Jesuitenmissionar und exzentrische Professor der Rechtswissenschaften, der später unsere Maatschi geheiratet hat, eine einfache Bauerntochter aus Friesland, die lesen und schreiben konnte. Ich werde nichts auslassen. Weder meine eigenen noch die vielen kleineren und größeren Tragödien, die das Schicksal meiner Familie schon lange vor meiner Geburt bestimmt haben. Am besten beginne ich, wie jede Geschichte beginnt: am Anfang.

Maltaberg in Kärnten, 2021, A. August

ERSTER TEIL

DIE SCHLÜTERS VON NEBENAN

Ein einziges Paar Schuhe besaß meine Mutter, als ich im Dezember 1957 an einem sehr kalten und verregneten Morgen in Hamburg geboren wurde. Wenige Tage zuvor hatte sie aus dem Paket, das Maatschi ihr überraschend geschickt hatte, sorgfältig formgerechte Stücke geschnitten. Ihre einzigen Schuhe hatten nämlich, neben der Tatsache, dass es sich um ein Paar leichte Sommerschuhe handelte, auch noch fünfmarkstückgroße Löcher in den Sohlen, weshalb sich meine Mutter einen kleinen Vorrat an Pappeinlagen zurechtschnitt. Aber zu dieser Jahreszeit weichte das Papier auf den regennassen Gehsteigen einfach allzu schnell auf. Als auch die letzten Pappreste verwertet waren, sah sie sich noch einmal suchend um, konnte jedoch beim besten Willen nichts mehr entdecken, woraus sich auch nur etwas annähernd Sohlenähnliches hätte schneiden lassen. Alles Brauchbare war schon seit Wochen, seitdem der Herbst mit seinen schweren Stürmen und pechschwarzen Regenwolken eingesetzt hatte, verwertet worden.

So wischte sie die letzten Schnipsel vom Tisch, erhob sich schon ein wenig schwerfällig von dem Küchenstuhl auf dem sie gesessen hatte und verstaute den ansehnlichen Stapel Pappstücke in der hintersten Ecke ihres Schlafzimmerschrankes. Maatschi sollte unter keinen Umständen erfahren, dass ihre älteste Tochter zwar bald ihr drittes Kind bekommen würde, jedoch nicht einmal die paar Groschen übrighatte, um ihre Schuhe besohlen zu lassen. Meine Mutter stieß einen Seufzer aus. Ach Gott, als wäre es möglich gewesen etwas vor Maatschi lange geheim zu halten.

Als sie sich wieder aufrichtete, verspürte sie das ihr schon vertraute Ziehen im Unterleib, das ihr verriet, dass es bis zu meiner Geburt nicht mehr gar so lange dauern würde. Vielleicht noch 14 Tage, eher zehn, schätzte sie. Wo nur Hermann blieb? Nachdenklich verzog sie den Mund. Als könnte sie dort eine Antwort finden, trat sie an das kleine Dachfenster und blickte hinaus in den trüben Nieselregen. Ihr Blick schweifte sehnsüchtig über die regennassen, schwarz glänzenden Dächer Hamburgs. Es war heute wieder einmal den ganzen Tag lang nicht richtig hell geworden und sie hatte das Licht in der Küche seit dem Morgen brennen lassen. Seit Wochen schon nieselte, schneite und regnete es abwechselnd hier oben im Norden und sie verließ die Dachwohnung bei diesem Schietwetter eigentlich nur, um das Nötigste einzukaufen. Das letzte Telegramm von Hermann hatte sie vor Wochen aus Luxor erhalten:

„Bin schon auf der Rückfahrt nach Kairo, stopp. Bin bestimmt rechtzeitig zurück, stopp." Bei dem Wörtchen „bestimmt" hatte sie gestutzt. Hm, bestimmt. Das war in diesem Zusammenhang kein gutes Wort, fand sie. Es wäre ihr lieber gewesen, es hätte nicht dort gestanden, weil es sich zu sehr nach „wahrscheinlich" anhörte. Und das war auch kein gutes Wort, denn es klang in ihren Ohren wie „eher nicht".

Die Dielenbretter knarrten leise, als sie auf Zehenspitzen die Türe zu dem schmalen Kinderzimmer öffnete, um nach meinen Brüdern zu schauen, die seit nach dem Mittagessen noch immer schlummernd in ihren Bettchen lagen. Sie würde sie bald wecken müssen, damit die beiden nicht bis tief in die Nacht hinein munter waren. Später, wenn der Regen etwas nachließ, wollte sie noch einkaufen und dazu

Andranik und Armin mitnehmen. Sie kamen in letzter Zeit nicht oft genug an die frische Luft. Das Ziehen im Bauch hatte Gott sei Dank wieder nachgelassen. Mit beiden Händen strich sie sanft darüber. Bald würden ihre Söhne ein Schwesterchen haben. Sie war sich ganz sicher, dass es diesmal eine Tochter werden würde. So sicher, wie sie es schon bei den beiden Jungs gewesen war, dass es Söhne werden würden. Da konnte Hermann unken so viel er wollte. Es würde ein Mädchen werden und Anastasia heißen, so wie sie es vor langer Zeit beschlossen hatte. Hermann hatte bei der Namensgebung der Buben das letzte Wort gehabt.

Das Nieseln war mittlerweile in einen leichten Schneeregen übergegangen und meine Mutter beschloss daher, doch lieber zu Erika rüber zu laufen und kurz zu klopfen, bevor sie das Haus verließ. Gewiss würde Erika ihr dann erneut anbieten, das Einkaufen zu übernehmen, aber das würde sie heute nicht annehmen. Nicht nur, weil ihr ein paar Schritte an der Luft guttun würden, sondern weil Erika schon mehr als genug für sie tat. Jeden Tag schleppte diese die schweren Eimer mit Kohlen und Holz für sich selbst und die schwangere Nachbarin die vielen Treppen bis unters Dach herauf.

„Du darfst jetzt nicht mehr so viel tragen, Freya", würde sie sagen und meine Mutter dabei mitfühlend ansehen. „Musst ja schon dauernd die beiden Jungs hochnehmen mit deinem dicken Bauch, da darfst du es nicht übertreiben." Meine Mutter lächelte in sich hinein. Was würde sie nur ohne Erika anfangen? Immer war Erika für sie und die beiden Kinder da. Und dabei war sie so still und freundlich, als sei es das Selbstverständlichste der Welt, sich um die Nachbarin und deren Kinder zu kümmern. Heute wollte meine Mutter aus der Bäckerei etwas Gebäck mitbringen und am

Nachmittag für Erika und sich einen schönen, starken Tee zubereiten. Sie ging in die Küche und legte noch ein paar Kohlen in die Glut des Küchenherdes. Die Küche war in diesen Tagen der wärmste und damit der gemütlichste Raum der Wohnung. Während der kalten und dunklen Wochen verbrachte sie die meiste Zeit des Tages hier. Meine Mutter nahm die hohe, schwarze Teedose mit den roten Blumenranken darauf aus dem Küchenschrank und warf einen Blick hinein. Sie war sehr sparsam mit dem Tee gewesen, hatte sich oft genug die eine oder andere Tasse verkniffen; jetzt war also noch genug darin. Gott sei Dank, denn der Tee musste auf jeden Fall noch für Maatschi reichen. Das einzige, was Maatschi wirklich brauchte, um den Tag friedlich zu überstehen, war eine gute, starke Tasse schwarzen Tees am Morgen. Freilich konnte sich meine Mutter auch immer etwas bei Erika borgen.

„Kannst ruhig rüberkommen, wenn du etwas brauchst, Freya", hatte diese mehr als einmal mit ihrer leisen Stimme angeboten, die immer ein wenig ängstlich klang. „Ich bin doch froh, wenn ich für dich auch einmal etwas tun kann."

Erika Schlüter wohnte in der Dachkammerwohnung gleich gegenüber in dem backsteinfarbigen Kaufmannshaus. Die Wohnungen waren nur durch einen schmalen Korridor getrennt, in den das breite Treppenhaus, mit dem schön geschwungenen Holzgeländer an der Längsseite, mündete. Erika war eine blasse Frau, deren Alter sich nur schwer schätzen ließ und man hätte sie auf der Straße leicht übersehen können. Ihr mattes, dunkelblondes Haar trug sie zu einem Dutt aufgesteckt, der sie wesentlich älter erscheinen ließ, als sie in Wirklichkeit war. Man hätte sie aber trotzdem als eine durchaus hübsche Person bezeichnen können, wenn sie es nur gewollt hätte, sich jedoch ein wenig schick zu machen wie meine Mutter es jeden Morgen tat, war nicht Erikas Sache. Im Gegenteil, man konnte den Eindruck gewinnen, dass sie es mit Absicht darauf anlegte, von anderen Menschen nicht wahrgenommen zu werden. Verheiratet war Erika mit Heiko, einem richtigen Seemann, der so gut wie nie zu Hause war. Die meiste Zeit ihres Lebens verbrachte sie mit dem Warten auf ihren Mann. Der befuhr bis auf wenige Wochen im Jahr auf einem der riesigen Dampfer von Blohm & Voss die Ozeane dieser Welt und somit war Erika sogar noch öfter eine Strohwitwe als meine Mutter. Gut erinnerte meine Mutter sich an ihre erste Begegnung. Sie hatte im Treppenhaus stattgefunden. Meine Mutter war gerade dabei gewesen, die Wohnungstür abzuschließen, als Heiko mit einer blassen, jungen Frau am Arm die Treppe hochgestiegen kam.

„Das is nu meine Erika", sagte Heiko, schob das schmale Persönchen die letzte Stufe vor sich her und stellte ein winziges Köfferchen neben sich ab. Daraufhin räusperte er sich mehrmals, strich sich mit der Hand über seinen dichten Seemannsbart, um dann mit seiner tiefen Bassstimme zu verkünden: „Freya, du kannst uns gratulieren, wir kommen soeben vom Standesamt. Du stehst vor einem frisch gebackenen Ehepaar!" Stolz legte Heiko den Arm um seine Frau, die verlegen die Augen zu Boden geschlagen hatte. Es schien gerade so, als ob sie sich lieber hinter ihrem Ehemann versteckt hätte, als derart in den Vordergrund gestellt zu werden. „Na, was nu, nu biste platt", fuhr Heiko fort. Seine blauen Augen blitzten. Meiner Mutter war das offensichtliche Unbehagen der neuen Nachbarin nicht entgangen. Wie ein zerzaustes Vögelchen, das viel zu früh aus dem Nest gefallen war, wirkte die junge Braut, die mit leicht geröteten Wangen und unsicherem Blick unter dem schützenden Arm ihres Mannes zu meiner Mutter herüberschaute. Von diesem Augenblick an fühlten sich beide Frauen auf eine eigentümliche Art einander zugetan, ohne dass eine von beiden hätte sagen können, worauf sich ihre Zuneigung gründete. Meine Mutter begrüßte Erika herzlich und gratulierte zur Eheschließung.

„Komm doch am Abend mit Hermann auf einen Sprung rüber zu uns", lud Heiko, der die spontane Verbundenheit zwischen seiner Frau und meiner Mutter sehr wohl bemerkt hatte, meine Eltern ein und zauberte eine dickbauchige Flasche unter seinem Mantel hervor. „Simsalabim! Schau Freya, heute gibt's im Hause Schlüter sogar Sekt!"

„Wusstest du, dass Heiko eine Verlobte hat?", hatte meine Mutter am Nachmittag meinen Vater gefragt.

„Ach was", antwortete der überrascht und musterte sie über den Rand seiner Zeitung hinweg.

„Ja, stell dir vor, sie haben heute Morgen geheiratet und wir sind nachher bei ihnen auf ein Glas Sekt eingeladen", komplettierte meine Mutter die Verwunderung meines Vaters. Er ließ die Zeitung sinken.

„Da schau doch einer an. So ein Geheimniskrämer! Da hat der alte Seebär doch endlich ein Weibchen gefunden!" Raschelnd faltete er die Zeitung zusammen. „Und?"

„Was und?"

„Na was wohl? Ist sie jung und hübsch, die Braut von Heiko? Wie sieht sie aus?"

Meine Mutter hob die Schultern. „Ich weiß nicht genau … Ja, hübsch ist sie schon, aber ich glaube, sie ist noch sehr jung."

„Na, das ist ja nicht unbedingt ein Fehler", lachte mein Vater. Sie nickte.

„Jedenfalls macht sie einen netten Eindruck und ich freue mich natürlich für die beiden."

„Aber ...?"

Meine Mutter schüttelte den Kopf. „Ach nichts, ich hoffe nur, die beiden passen zusammen."

Es wurde ein schöner und unterhaltsamer Abend bei den Schlüters, obwohl es zu Beginn etwas merkwürdig war. Meiner Mutter war ein eindeutig ostpreußischer Unterton bei Erika aufgefallen und sie fragte sie, ob sie wohl aus der Gegend um Königsberg stamme und wo sie Heiko kennengelernt habe. Erika, die nach dem ersten Gläschen Sekt geradezu munter geworden war, verstummte augenblicklich; ihr vom Alkohol leicht gerötetes Gesicht versteinerte zu einer reglosen Maske. Stumm starrte sie in ihr Glas.

„Ach, das muss die Erika euch ein anderes Mal vertellen, von wo sie wechkommt", sprang Heiko hastig ein und verfiel vor Aufregung in ärgstes Plattdeutsch. „Aber das erste Mal gesehen haben wir uns im Alten Land, als die Erika bei der Apfelernte geholfen hat!" Dankbar nahm Erika die Antwort an und lächelte scheu zu ihrem Mann herüber. Es war offensichtlich, dass es zwei Themen gab, die nicht zur Sprache kommen durften: Erikas Herkunft sowie die näheren Umstände, unter denen sie Heiko kennengelernt hatte. Dabei wurde es belassen. Man wechselte das Thema und mein Vater berichtete sehr unterhaltsam von seiner letzten Afrikareise; Heiko erzählte von seinen Erlebnissen in Panama und schenkte den letzten Schluck aus der Sektflasche nach. Allmählich taute auch Erika wieder aus ihrer Erstarrung auf. Erst ein oder zwei Jahre später verriet Heiko – natürlich im Suff – das sorgsam gehütete Geheimnis seiner Frau. Sein Gebrüll war bis in unsere Wohnung zu hören gewesen.

„Dann geh doch zurück in deine elende, dreckige Spelunke auf der Reeperbahn, undankbares Luder, das du bist", schrie er. Dorthin, wo er sie aufgelesen habe, als sie nichts weiter besessen hätte, als das schäbige Kleid, das sie am Leibe getragen hatte. „Hau doch wieder ab in die Ritze, wo dich jede versoffene Kanaille fürn lumpigen Heiamann (Handgeld der Seeleute) haben kann, wenn es dir bei mir nicht passt!" Oh, du lieber Gott. Beinahe das ganze Haus konnte Heiko hören.

Ebenso lüftete sich später – wenngleich nur für meine Mutter – das Rätsel um Erikas Herkunft, ein Thema, das diese stets mit äußerster Wachsamkeit umschifft und vermieden hatte. Es geschah an einem der lärmenden Abende, die so typisch waren für meine Eltern, aber auch für diese Zeit. Die Abende der nicht enden wollenden Nachkriegszeit, an denen unter Freunden alles geteilt wurde, was das einfache Leben, aber auch oft die Not, noch hergab. Neigte sich die Flasche Rotwein ihrem Ende zu, doch noch niemand dachte ans Heimgehen, dann wurde der Wein so lange mit Wasser gestreckt, bis die Gläser wieder voll waren, die hellrote Flüssigkeit allerdings nur noch ganz entfernt an Wein erinnerte. Durch nichts ließ man sich die ausgelassene Stimmung trüben und schon überhaupt nicht durch zu wenig Rotwein. Irgendwie kam im Verlauf des Abends das Gespräch auf das Kriegsende. Zwei der anwesenden Frauen berichteten von unsäglichen Gräueltaten der Russen, die sich in ihrer weitläufigen Verwandtschaft in Ostpreußen zugetragen hatten. Die Wut sowie der unbändige Wunsch nach Rache und Vergeltung für den furchtbaren Krieg, hatte besonders die Bevölkerung im Osten getroffen, wo die Russen die feindlichen Linien als erstes überschritten hatten. Wer nicht rechtzeitig hatte fliehen können, war verloren gewesen. Es wurde geplündert, geschändet, getötet und vergewaltigt. Ohne Ausnahme. Ohne Gnade.

Erika, die während des Gespräches aufgestanden und in die Küche gegangen war, blieb auffallend lange fort. Schließlich stand meine Mutter auf, um nachzusehen, wo sie so lange blieb. Leichenblass saß Erika auf einem Küchenstuhl. Ihr mühselig gehütetes Geheimnis aus einer Zeit unvorstellbaren Grauens, das als Mädchen zu Kriegsende erlittene Martyrium, all das spiegelte sich in ihren Augen wider. Ohne dass auch nur ein einziges Wort über das Unaussprechliche über Erikas Lippen gekommen wäre, verstand meine Mutter sofort, hatte sie doch selbst damals im Keller ihres Elternhauses Furchtbares erlebt. Noch immer hallte ihr das verzweifelte Schreien und Flehen von Maatschi und ihrer jüngeren Schwester in den Ohren, als die Russen bei Kriegsende bis Finkenkrug vorgedrungen waren. Entsetzliches war geschehen, bis ... ja, bis damals die fremde Frau, eine Russin, mit ihrem Gewehr aufgetaucht war. Mit einem Nicken antwortete meine Mutter auf Erikas stumme Bitte. Niemals würde sie dieses Geheimnis einer Menschenseele preisgeben. Du kannst dich auf mich verlassen, bedeutete der Blick, den meine Mutter Erika zuwarf.

Gemeinsam kehrten sie zur mitternächtlichen Runde ins Wohnzimmer zurück. Niemand hatte etwas von der stummen Zwiesprache mitbekommen.

Als Seemannsbraut hatte Erika – für uns Kinder war sie „Tante Erika" – Zeit im Überfluss und sie kam immer gerne zu uns herüber. Vielleicht konnte man sie ein wenig schüchtern nennen, zuweilen sogar ein wenig verschlossen und an manchen Tagen umgab sie etwas wie eine stille Verzweiflung, aber sie war einer der freundlichsten und hilfsbereitesten Menschen, die wir je kennen gelernt haben.

Wir lebten damals in diesem Dachgeschoss, mit seinen knarrenden Sparren und Bohlen, so dicht beieinander, nur getrennt von dünnen Wänden, dass jeder geradezu zwangsläufig regen Anteil am Leben des anderen nehmen musste. Waren beide Männer auf Reisen, vergingen die Tage in Harmonie und Eintracht und wurden erst auf das lebhafteste unterbrochen, wenn sich die Ankunft einer der beiden Ehemänner ankündigte. Dies geschah entweder als Telegramm oder in Form der heiß ersehnten Briefe. Bei Letzteren handelte es sich um die schon von Weitem auffällig blütenweißen Umschläge mit jeder Menge fremdländischer Briefmarken und der blauroten Aufschrift: „Luftpost".

Aufgeregt und mit wippendem Dutt kam Tante Erika, nachdem sie einen ebensolchen Brief mit vor Freude zitternden Händen geöffnet und selig lächelnd gelesen hatte, zu uns herüber gerannt und las auch meiner Mutter die frohe Botschaft vor. In weniger als drei Tagen würde Heiko mit seinem Schiff endlich, endlich im Hamburger Hafen einlaufen. Und er hatte Heimaturlaub!

Tante Erika war wie ausgewechselt. Summend und tanzend lief sie in der Wohnung auf und ab und bereitete alles auf die sehnlich erwartete Ankunft ihres Mannes vor. Ob sie denn lieber etwas Bier oder aber eine Flasche Wein besorgen solle, wollte Tante Erika voller Vorfreude auf die kommenden Tage von meiner Mutter wissen, um, ohne eine Antwort abzuwarten, fröhlich fortzufahren, es könne ja eigentlich nicht schaden, beides im Hause zu haben. Und da musste meine Mutter ihr Recht geben.

Legte das Schiff nach endloser Wartezeit im Heimathafen an, erreichte die Aufregung im Haus ihren vorläufigen Höhepunkt. Mit unglaublich viel Lärm und Getöse – und für alle Mieter unüberhörbar – traf Heiko am Nachmittag mit einem Taxi in der Moorweidenstraße ein und brachte in Windeseile das ganze Haus in Aufruhr. Sein Bass schallte vom Erdgeschoss bis unter das Dach, während er die zentnerschweren Überseekoffer durch das Treppenhaus bis in die oberste Etage wuchtete und sein dröhnendes Gelächter erfüllte jeden Winkel des Hauses. Tante Erika war mit hochrotem Kopf bald vor, bald hinter ihren Mann und zerrte so gut sie eben konnte, an den schweren Gepäckstücken herum, bis schließlich auch der letzte Koffer seinen Weg in die kleine Wohnung gefunden hatte. Der Schlüssel drehte sich geräuschvoll im Schloss und für kurze Zeit kehrte Ruhe im Hause ein.

Die Nachbarn mochten Heiko, den mächtigen Kerl, der nach fremden Ländern, Abenteuern und Freiheit roch, obwohl sich der einen feuchten Dreck um Hausordnung und Ruhezeiten scherte. Mit seiner Ankunft nahm er das gesamte Haus in Beschlag, geradeso als sei es sein eigenes. Ungestüm und vor Kraft strotzend, schmetterte er jedem, der ihm im Treppenhaus begegnete, seine schwere Seemannspranke auf die zu bersten drohende Schulter und versicherte, wie schön es doch sei wieder in der Heimat zu sein. Nirgendwo auf der Welt, so wurde er nicht müde zu beteuern, – und nicht wenige der Hausbewohner waren sich einig, sie hätten dabei eine Träne in seinen Augen glänzen gesehen – sei es so schön und wären die Landratten ein so angenehmes Volk wie im guten, alten Hamburg. Seine Begeisterung unterstrich er sogleich mit einem erneuten fröhlichen Hieb seiner Pranke auf ein zu nahe stehendes

Schultergelenk. Man begegnete ihm mit Respekt sowie einer Armlänge Abstand. Schließlich, es waren immerhin drei Tage nach seiner Ankunft vergangen, drehte sich der Schlüssel wieder im Schloss. Von nun an standen die Wohnungstüren im Dachgeschoss den ganzen Tag lang weit offen. Es war ein aufgeregtes Hin- und Hergerenne über den langen Korridor, als all die schönen Dinge ausgepackt und gezeigt wurden, die Heiko in den großen Koffern mitgeschleppt hatte. Übermütig und mit glänzenden Augen tanzte Tante Erika über den Flur und führte meiner Mutter die schönen Kleider und Hüte vor, mit denen ihr Mann sie beschenkt hatte.

Heiko lag während der kleinen Modenschau mit einer Flasche Bier bewaffnet und schon leicht glasigem Blick auf dem Sofa und verfolgte mit einem gutmütigen Grinsen im Gesicht das muntere Treiben seiner Frau. Allerdings war für Erika damit die schönste Zeit ihres Ehelebens auch schon wieder vorbei. Heikos Blick wurde von nun an nämlich stündlich glasiger. Die berauschende Stimmung ihres Wiedersehens begann sich nur wenige Tage später merklich zu verändern, um sich allmählich wie ein trüber Nebel im ganzen Haus auszubreiten. Das ausgelassene Lachen und wohlige Seufzen, das in der ersten Zeit ihrer leidenschaftlichen Vereinigung aus allen Ritzen ihrer Wohnung über den Korridor zu uns herüber geströmt war, verlor sich, um viel zu schnell in immer lauter gesprochene Worte überzugehen. Am Ende brüllte Heiko wie ein wild gewordener Stier, Erika schluchzte.

Heiko Schlüter war, als achtes von zehn Kindern, unter ärmlichsten Verhältnissen in Veddel, einem der bekanntesten Stadtteile Hamburgs, aufgewachsen. Ein prügelnder und ständig betrunkener Vater sowie eine restlos überforderte Mutter hatten ihn frühzeitig hoffen lassen, dass es irgendwo ein besseres Leben für ihn geben müsste und schon als Vierzehnjähriger war er von zu Hause abgehauen. Sein Vater war wieder einmal ohne nennenswerten Grund, dafür aber in übelster Laune mit einem Stuhlbein auf ihn losgegangen als Heiko kurz entschlossen auf dem erstbesten Frachter anheuerte, der an diesem Tag den Hamburger Hafen verließ. Immerhin hatten er und alle anderen Rotznasen von der Straße seit frühester Kindheit an den schlammigen Ufern des Elb-Priels nichts anderes als Maat und Stüwermann gespielt. Da hatte sich für Heiko der Schritt zum Schiffsjungen hin geradezu zwangsläufig ergeben.

Das Leben zur See schmiedete in 20 Jahren aus dem verzweifelten Halbstarken einen Mann von den Ausmaßen und Kräften eines ausgewachsenen Grizzlies, in dem sich das Gemüt eines Lämmleins verbarg. Zumindest, so lange er nüchtern war. Hatte er getrunken, war es für jedermann gesünder, ihm aus dem Wege zu gehen. So sehr sich Heiko in einsamen Nächten in seiner Koje unter Deck nach seiner Erika sehnte, so sehr zehrte die Sehnsucht nach seinem abenteuerlichen Leben auf See an ihm, kaum dass er seinen Fuß drei Tage an Land gesetzt hatte. Weder die vielen, teuren Geschenke, die er ihr von überall her mitbrachte noch die Heuer, die er monatelang sparte, um seiner Frau ein sorgenfreies Leben zu ermöglichen, konnten darüber hinwegtäuschen, dass ein Leben an Land für ihn auf Dauer unerträglich geworden war. Waren die ersten glücklichen Stunden nach seiner Ankunft verflogen, dauerte es nicht lange bis er sich fast zur Besinnungslosigkeit betrank und das Geschrei der beiden bis ins Erdgeschoss zu hören war.

Immer öfter floh Erika weinend zu uns herüber, wenn Heiko wieder einmal versuchte, seine zerrissene Seele mit Schnaps zu betäuben. Damals sagten meine Eltern oft, dass die beiden tragische Gestalten seien, die es ohne einander nicht aushielten, unter keinen Umständen jedoch miteinander.

Kurz bevor ich zur Welt kam, war Heiko wieder auf See und würde, wenn überhaupt, erst Weihnachten nach Hause kommen. Erika verbrachte in diesen Wintertagen viel Zeit bei meiner Familie.

MAATSCHI

Das Papier in ihren Schuhen war völlig aufgeweicht, wenn meine Mutter in diesen nasskalten Novembertagen mit ihren Einkäufen nach Hause kam. Kaum zur Türe herein, zog sie sich schon im Flur die dicken Wollsocken über ihre blau gefrorenen Füße. Die herrlich warmen Socken hatte sie vor vier Jahren von Maatschi bekommen, nach ihrer Beichte, dass sie fortgehen und ihrer jüngeren Schwester Astrid in den Westen folgen würde. Wie viele Tränen hatte Maatschi damals, beim Stricken dieser Socken, vergossen! Nun würde auch noch Freya die elterliche Wohnung verlassen, um sich irgendwo, fernab von Finkenkrug, ein ungewisses Leben aufzubauen.

Ach Gott, wie schnell die Mädchen erwachsen geworden waren, hatte Maatschi gedacht und wie sehr würde auch Helge das fröhliche Lachen und die munteren Rangeleien seiner Schwestern vermissen! Die Erinnerungen an ihre eigene Jugendzeit waren Maatschi in den Sinn gekommen, während sie mit flinken Fingern Masche an Masche reihte. Diesmal trugen ihre Gedanken jedoch nicht dazu bei, sie zu beruhigen; wieder einmal wurde ihr bewusst, wie unstet das Leben sein konnte. Wie schnell hatte sie als junge Frau selbst den elterlichen Hof in Friesland verlassen und war dem schönen, ihr jedoch völlig fremden, Mann nach Berlin gefolgt. Kopfschüttelnd hatte Maatschi innegehalten. Ihre fleißigen Hände kamen in ihrem Schoss zur Ruhe und eine Stricknadel fiel leise klappernd zu Boden. Du liebe Güte! Die Bilder aus ihrer eigenen Vergangenheit standen plötzlich derart lebendig vor ihren Augen, als wäre alles erst gestern geschehen. Wie hatte dieser eine Tag, damals im August, ihr Leben verändert! Der Tag, an dem der Fremde in ihrem Dorf aufgetaucht war und bei ihnen in der Stube gestanden hatte! Wieviel Zeit war seitdem vergangen! Was war seither nicht alles passiert! Zum ersten Mal war sie mit der Eisenbahn gefahren, fiel ihr ein. Bis dahin war sie nur einige Male nach der Schule zum Bahnhof im benachbarten Pewsum geschlichen. Dort am Tor zur großen, unbekannten Welt hatte sie sich heimlich mit ihren Freundinnen getroffen. Verlegen kichernd und dicht an dicht gedrängt, hatte sie inmitten der anderen Bauernmädchen ganz hinten am Gleis gestanden und gewartet, dass die Bahn aus Emden eintraf. Wie aufgeregt waren sie gewesen, wenn sich der Zug schon aus der Ferne mit lautem Tuten und Qualmen ankündigte. Fremde Menschen brachte die Bahn in ihre abgelegene Gegend. Solche, die in der neuesten Mode gekleidet waren und einige sonnige Urlaubstage in Krummhörn, am Meer, verbringen wollten. Und dann war sie eines Tages selbst mit dieser Bahn gefahren.

In ihr neues Leben!

In eines, von dem Maatschi, in jenen Tagen, nicht einmal eine vage Ahnung gehabt hatte, wie es möglicherweise aussehen würde.

Oje, wie unfassbar wenig hatte sie überhaupt von der Welt außerhalb ihrer Heimat gewusst! Der Welt jenseits der flachen, unendlichen Gras- und Kanallandschaften Ostfrieslands, denen zu entkommen schon früh ihr heimlicher Wunsch gewesen war. Erst als sie im Zug gesessen hatte, war ihr bewusst geworden, dass dieser Wunsch nun tatsächlich in Erfüllung ging. Blass und atemlos vor Aufregung hatte Maatschi lange Zeit nur stumm aus dem Fenster gestarrt, unfähig, sich nur einen Millimeter vom Fleck zu rühren. Erst bei der Einfahrt nach Berlin war sie von ihrem Sitz aufgesprungen und hatte ihr Gesicht an die Fensterscheibe gepresst. Was für ein Gewimmel und Gewusel von Menschen war da draußen! Wie konnte sich jemand nur in dem Wirrwarr der vielen Straßen und Alleen auskennen? Manches Mal musste sie sogar den Kopf in den Nacken legen, um bis ganz zu den Dächern der prächtigen Herrenhäuser und Wohnanlagen empor schauen zu können, die rechts und links der Bahngleise, fünf oder gar sechs Stockwerke hoch, in den Himmel ragten. Wohin nur all die Leute eilen mochten, die so elegant gekleidet waren, als ginge es geradewegs auf eine Hochzeit?

Schnaufend und prustend stampfte die Eisenbahn in den Berliner Hauptbahnhof ein und Maatschi lehnte sich aus dem Fenster, das Anton extra für sie aufgeschoben hatte. Menschen, mit so vielen Koffern beladen, dass sie sie kaum tragen konnten, verließen das Abteil. Am Bahnsteig wurden sie sogleich von Gepäckträgern in schneidigen Uniformen in Empfang genommen, die die vielen Koffer und Taschen auf kleine Karren stapelten und zum Ausgang schoben. Zeitungsjungen boten den Reisenden laut schreiend das letzte Blatt an, während sie sich mit ihrer Last geschickt durch die Menschenmenge drückten. Der mächtige Kessel der Lok zischte und spuckte als müsste er sich im ohrenbetäubenden Lärm des Bahnhofs Gehör verschaffen. Wasserdampf quoll unaufhörlich und fauchend aus seinem schwarzen Bauch, waberte über den Bahnsteig und verschluckte die hastig Vorübereilenden mit seinem weißen Nebelatem, um sie da und dort alsbald wieder auszuspeien. So groß, so laut und so beängstigend schön hatte Maatschi sich Berlin nicht vorgestellt.

Schwer stöhnend machte sich die Lokomotive schließlich wieder auf den Weg, hinaus aus dem Bahnhof. Noch war das Ziel ihrer Bahnfahrt, Falkensee, nicht erreicht.

„Dit all is Balin?" Maatschi warf dem Mann, von dem sie bisher nicht viel mehr als nur den Namen kannte, ungläubige Blicke zu. Wie ein Kind schlug sie sich die Hände vor den Mund als dieser ihr lächelnd zunickte. Von Falkensee aus mussten sie schließlich noch den sandigen Weg durch das Kiefernwäldchen nach Finkenkrug laufen. Dort bewohne er in einem Mietshaus seit geraumer Zeit eine hübsche und komfortable Wohnung. So hatte es Anton Pühringer den Eltern und ihr noch daheim in Freepsum versprochen. Nun nahm Anton Maatschi am Arm und natürlich trug er ihren Koffer. Den Koffer hatte er vorsorglich bei seinem zweiten Besuch nach Friesland mitgebracht, als er Maatschi als seine Braut abholte. Anton hatte sich nämlich durchaus vorstellen können, dass ein Koffer nicht gerade zu den Gegenständen gehörte, die eine friesische Bauerntochter unbedingt besitzen musste.

Der Koffer war leicht gewesen. Das Wenige, das Maatschi besaß, hätte genauso gut in ihrem Schultertuch Platz gefunden. Aber die Mutter hatte darauf bestanden, dass ihre Tochter wenigstens ein paar gute Leintücher für das Bett und die aufwändig bestickte Tischdecke mitnahm, dazu noch die hübsche Teedose, die schwarze, mit den roten Blumenranken darauf. Das war alles gewesen, was der Bauernhof als Mitgift für die älteste Tochter zu bieten hatte. Dieses Wenige hatte die Mutter am Abreisetag stumm vor Kummer zu den beiden Kleidern, den zwei Schürzen und dem bisschen Leibwäsche in den Koffer gepackt, während ihr die Tränen unaufhörlich über die schon so früh eingefallenen

Wangen herab gerollt waren. Der Vater hatte wie immer mit finsterem Blick dabeigestanden und nur an seinem harten und immerfort Schlucken-Müssen hatte Maatschi erahnen können, dass auch ihm der Abschied von der Tochter nicht ganz leichtfiel. Ihre hölzernen Pantinen hatte Maatschi daheim gelassen. Als Frau eines Professors würde sie diese in einer schicken Etagenwohnung wohl kaum brauchen.

Die nächsten Wochen lehrte Anton seine Frau Hochdeutsch zu sprechen, denn Maatschi hatte sich ganz furchtbar geschämt als in der neuen Heimat niemand ihr friesisches Plattdeutsch verstand. Gleich am nächsten Tag war sie mit ihrer Kiepe in die Bäckerei gelaufen, um zum ersten Mal seit sie denken konnte Backwaren zu kaufen, die nicht im heimischen Holzofen hergestellt waren. Welch köstlicher Duft war ihr schon beim Öffnen der Ladentür entgegengeweht. Mit einem ungläubigen Lächeln im Gesicht bestaunte Maatschi die vielen Kuchen und Tortenstücke mit Obst, Sahne und Streuseln, die sauber aufgereiht hinter einer Glasscheibe auf ihre Käufer warteten, eifersüchtig bewacht von einer Armee wütender Wespen. Sie hatte nicht gewusst, dass es so unzählig verschiedene Gebäcksorten gab und dabei an die harten Friesenkekse gedacht, die an seltenen Sonn- oder Feiertagen aus der Blechdose vom Küchenschrank geholt wurden. Welch ein Überfluss bot sich ihren Augen! Und dann erst die Brote! Jesses Maria!

Auf einem breiten Holzbrett entlang der Rückwand, lagen sie ausgebreitet und so herrlich duftend: große und kleinere, lange und schmale sowie dunkel gebackene oder so helle, die aussahen wie die Botterkoken (Butterkuchen), die es daheim zu Ostern gab. Zwei ausladende Körbe waren bis obenhin gefüllt mit kleen Stuutjes (Semmeln, Brötchen) und die beiden Frauen vor ihr hatten große Tüten voll von diesen genommen. Maatschi war völlig überwältigt gewesen.

Als sie schließlich an die Reihe kam hatte sie gezögert und überlegt wie sie sich auf ihrem Plattdeutsch der Bäckerin gegenüber verständlich machen sollte. Zu gerne hätte sie gewusst, was es mit den verschiedenen Sorten auf sich hatte.

„Na, wattn nu, Meechen? Kiekste noch oder weeste inzwischen, watt du willst?" Bei diesen Worten hatte Maatschi noch nicht gewusst, dass die berühmte Berliner Schnauze ihrem friesischen Platt in nichts nachstand. Dabei hatte die Stimme der Bäckersfrau nicht einmal unfreundlich geklungen, nur ein wenig ungeduldig vielleicht, denn die Schlange hinter Maatschi reichte mittlerweile bis an die Türe. Diese meldete sich bei jeder neuen Kundin mit lebhaft hellem Gebimmel. Mit der rechten Hand deutete Maatschi deshalb hastig auf die kleen Brotjes in dem Korb und mit der linken zeigte sie vier Finger, um deutlich zu machen, wie viele sie von diesen haben wollte.

„Wat köst dat den?", fragte sie leise, als die Bäckerin ihr die Tüte mit den Brötchen hinhielt und genierte sich schrecklich vor den anderen Frauen im Laden. Für ihren rohen Dialekt, den hier niemand verstand und der sie so schonungslos als Landpomeranze enttarnte, aber auch dafür, dass sie nicht einmal wusste, dass die friesischen Stuutjes oder Brotjes in Berlin Knüppel oder Schrippen hießen. Wie ein Bauerntrampel war sie sich in dem piekfeinen Laden, in dem es duftete wie im Paradies, in ihrem fadenscheinigen Kleid vorgekommen und hatte sich seufzend eingestanden, dass es ja auch ganz genau so war. Ein einfaches Bauernmädchen stand in ärmlicher Kleidung im

Geschäft herum und konnte nicht einmal die einfachsten Worte sprechen.

So vieles hatte sie in der großen Stadt noch lernen müssen. Später lernte sie, zum Beispiel, dass es trotz aller Armut und Mangel auf dem Land, dort aber nie wirklich Hunger gegeben hatte. Selbst in schweren Zeiten hatten die vielen Schafe und Kühe immer genug Milch gegeben, die Hühner ihre Eier und die Felder und Äcker ihre Früchte und das Getreide. Immer war auf den Höfen etwas zu tauschen übrig gewesen. Selbst im Winter. Ein Sack Kartoffeln gegen ein ordentliches Stück Speck oder eine schöne Blutwurst gegen einen Eimer Weizen. Harte Arbeit bis zum Umfallen, ja, die kannte Maatschi vom Hof daheim, aber den Hunger, den hatte sie erst später in Berlin kennengelernt.

Wie oft war sie bei Kriegsende mit Freya und Astrid nachts zum „Hamstern" unterwegs gewesen, hatte mit den bloßen Händen hastig ein paar Kartoffeln aus der Erde geklaubt, immer mit der furchtbaren Angst im Nacken von marodierenden Russen entdeckt zu werden. Danach waren die Mädchen noch auf vorüberfahrende Güterzüge aufgesprungen, um auch den Rucksack noch in aller Eile mit Kohlen zu füllen, denn Brennholz gab es schon lange nicht mehr. Als ihr bewusst wurde, wie sehr sie sich wieder in Gedanken an die furchtbaren Kriegsjahre verlor, schüttelte sie unwirsch der Kopf. Es tat nicht gut, sich über Vergangenes oder etwas, was man nicht mehr ändern konnte, unnütze Gedanken zu machen. Für derlei Verschwendung, war Maatschis starker, vom Schicksal geprägter Charakter nicht gemacht. Resolut konzentrierte sie sich wieder auf ihr Strickzeug. Die Socken mussten schließlich bis zu Freyas Abreise fertig werden!

Die letzte Nacht vor ihrem Aufbruch in den Westen verbrachte meine Mutter eng umschlungen mit Maatschi in dem schwarzen Eisenbett des Elternschlafzimmers. Beide heulten sie wie die Schlosshunde und Maatschi hätte ihre Tochter am liebsten nie mehr losgelassen. Sie hielt sie die ganze Nacht lang fest in ihren Armen. Vom vielen Weinen ermattet, fielen beide schließlich doch noch für einige Stunden in einen unruhigen Schlaf. Viel zu früh brach der Morgen an und warf sein Licht unbarmherzig auf die Schlafenden.

Das Paket, das Maatschi meiner Mutter vor einigen Tagen geschickt hatte, enthielt außer ihrem unvergleichlich köstlichen, goldgelben Sandkuchen mit der dicken Zitronen-Zuckerglasur, den wir alle so sehr liebten und den sie, dick in Pergamentpapier eingeschlagen, in jedem ihrer Pakete mitschickte, auch noch einen selbst gestrickten, wollweißen Strampelanzug mit passendem Jäckchen und Mützchen, etwas Spielzeug für meine Brüder und einen Brief. In diesem kündigte sie ihr Kommen an, in ihrem altmodischen, etwas zittrigen Sütterlin, das nur meine Mutter zu entziffern vermochte. Sie werde ihrer Tochter in der schweren Zeit der Niederkunft beistehen. Vor allem aber werde sie ihre beiden drei und eineinhalb Jahre alten Enkelkinder in der Zeit des Krankenhausaufenthaltes versorgen, da nicht sicher sei, ob mein Vater rechtzeitig aus Ägypten zurückkomme.

Maatschi hatte wahrscheinlich wieder einmal verächtlich durch die Nase geschnaubt, als sie durch einen Zufall von ihrer jüngeren Tochter erfahren hatte, dass mein Vater von seiner Ägyptenreise noch immer nicht zurückgekehrt war und es wahrscheinlich auch bis zu meiner Geburt nicht rechtzeitig schaffen würde. Wieder einmal sollte Freya alles alleine durchstehen. Ach Gott, wie tat ihr das Mädchen leid. Das sah diesem Windhund ähnlich! Konnte gar nicht weit genug weg sein, wenn seine Frau und vor allem die beiden Jungs ihn so sehr brauchten. Aber diesmal würden ihre Enkelsöhne nicht in ein Kinderheim abgeschoben werden. Diesmal würde Maatschi da sein. Und sie würde ihrem Schwiegersohn, diesem Schürzenjäger, ganz schön die Leviten lesen! Sobald er nur wieder da war.

Als sie auch beim Spülen nicht hatte aufhören können, mit Hermann zu hadern, hatte sie vor lauter Ärger sogar eine Tasse fallen lassen, erzählte sie uns später, die in tausend Stücke zersprungen war. Am allerliebsten hätte sie diesem Nichtsnutz von Ehemann sofort mal gehörig eins auf die Hörner gegeben, wenn er da gewesen wäre.

Wenige Tage nachdem sie besagtes Päckchen abgeschickt hatte, buk Maatschi einen weiteren Sandkuchen, packte ihren alten, braunen Koffer und reiste mit der Eisenbahn von Finkenkrug bei Berlin zu meiner Mutter nach Hamburg, wo sie sogleich mit fester Hand das Regiment übernahm. Meine Mutter liebte sie dafür umso mehr, während mein Vater stets einen gehörigen Respekt gegenüber seiner resoluten Schwiegermutter hegte, die ihn beinahe um Hauptestänge überragte. Maatschi konnte schimpfen wie zehn Generalfeldmarschalle zusammen. Dann hob sie schon mal ihren Stock und bot dem ganzen Gesindel eine ordentliche Tracht Prügel an. Sie fuchtelte wie wild damit in der Luft herum, rollte mit den Augen und manch einem konnte sie auf diese Weise einen gehörigen Schrecken einjagen, mir allerdings nie.

Ich fand schnell heraus, wann meine Großmutter wirklich wütend war und wann sie nur eine Riesenshow abzog, meistens, um meinen Vater von irgendeiner Leichtsinnigkeit abzuhalten. Den kleinen „Luxus", den Maatschi sich bisweilen gönnte und mit dem sie dann ihre Umgebung bedachte, waren ihre typisch theatralischen Gesten und die Lieblingsschimpfwörter ihrer Kindheit wie „oll Fluddertrine", „grut Kluntjeknieper", „ekligen Fischkopp" oder „watn Döösbaddel". Ihre Bezeichnungen „dussliges Suppenhuhn" oder „tüdeliches Schaf" hörten sich eher wie derbe Liebkosungen an, denn nie klang ihre Stimme scharf dabei und immer spürten wir das große Herz hinter ihrer oft saftigen Ausdrucksweise. Ich befürchte, dass unsere Großmutter ihren Hang zur „Kodderschnauze" an alle ihre Enkel und Enkelinnen weitervererbt hat.

Eine weitere Taktik von Maatschi, um meinen Vater zu strafen oder ihn wenigstens zu beeindrucken, bestand darin, eine übertriebene Griesgrämigkeit zur Schau zu stellen und diese so lange wie möglich durchzuhalten. Für einen notorisch gut gelaunten Charmeur wie meinen Vater der Albtraum. Und Maatschi konnte lange durchhalten, wenn sie wütend war! Manches Mal hörte ich sie murmeln:

„Also, de Keerl is neet bitokomen un vör keen Gatt to fangen!" So sehr Maatschi schimpfen konnte so sehr konnte sie aber auch lachen. Das tat sie am liebsten über sich selbst, wenn sie sich bei einer ihrer Schrullen erwischte, derer sie sich durchaus bewusst war. Dann warf sie ihren Kopf in den Nacken, kniff die Augen zusammen und lachte bis ihr die Tränen die Wangen hinunterliefen und sie sich an der Tischkante festhalten musste. Schließlich sank sie, von ihrem eigenen Lachen ermattet, auf dem nächstbesten Stuhl nieder und fuhr sich mit einem ihrer karierten Taschentücher über ihr Gesicht. Prustend tupfte sie sich die Tränen aus den Augenwinkeln.

Von meinem Vater hatte meine Großmutter vom ersten Augenblick an nicht viel gehalten. Nichts konnte den kritischen Blick der liebenden Mutter trüben, die sich gehörig um ihre gutgläubige Tochter sorgte. Als waschechte Friesin, die in einer schweren Zeit auf einem Bauernhof aufgewachsen war, wusste sie instinktiv vom echten Leben viel und vom Überleben alles. Mit einem untrüglichen und natürlichen Gespür für Lebemänner, durchschaute sie Hermann von der ersten Minute an. Und obwohl ihr meine Mutter oft seitenlange Briefe schrieb und nicht müde wurde, die Vorzüge meines Vaters anzupreisen, las Maatschi zwischen den Zeilen so viel, als dass sie nicht den geringsten Zweifel daran hegte, dass sich ihre Tochter mit einem ausgemachten Hallodri eingelassen hatte.

Wie recht sie mit all ihren Zweifeln und Vermutungen hatte, ahnte sie oft nicht. Eher zufällig erfuhr sie von den tatsächlichen Lebensumständen meiner Eltern, was ihr Misstrauen meinem Vater gegenüber stetig und unaufhaltsam mehrte. Da mochte meine Mutter noch so viele, diplomatisch formulierte Briefe verfassen. Maatschi wusste, was sie wusste und sie hatte Augen im Kopf! Kaum dass Freya diesen übermütigen Kerl irgendwo in Frankfurt kennen gelernt hatte, war sie auch schon schwanger geworden! Gut, so war nun einmal die Natur. Und die männliche ganz besonders. Da machte sie sich nichts vor. Aber dass dieser Mensch nicht einmal den Anstand besaß, sein Mädchen unter diesen eindeutigen Umständen sofort zu heiraten, war im höchsten Maße ungebührlich und ließ Schlimmeres vermuten. Nicht dass Maatschi viel an aufwändigen Feierlichkeiten oder gar am kirchlichen Segen für ihre Tochter gelegen hätte. Nein, das war ihre Sorge nicht. Aber eine gewisse Sicherheit und ordentliche Darstellung nach außen hin, hatte sie sich für ihre älteste Tochter durchaus gewünscht. Das sei doch in Anbetracht der Umstände nun wirklich nicht zu viel verlangt.

Maatschi gab keine Ruhe. Als sie im Jahr darauf erfuhr, dass mein Vater, obwohl schon das zweite Kind unterwegs war, noch immer mit einer anderen Frau verheiratet war, tobte sie so lange, bis mein Vater ihr das Versprechen gab, dafür zu sorgen, dass zumindest Nummer zwei ehelich zur Welt kommen würde. So kam es, dass meine Eltern nur wenige Tage vor Armins Geburt zum Standesamt hasteten, kaum dass mein Vater seine Scheidungspapiere in den Händen hielt. Soweit hatte Maatschi also schon einmal für Ordnung gesorgt! Und nun erwartete meine Mutter also mich, ihr drittes Kind, von diesem „Hallodri".

FREYA UND HERMANN

Ich fand, dass der vierte Dezember ein ausgezeichnetes Datum für mein Erscheinen auf dieser Welt sei. In den frühen Morgenstunden eben dieses Tages, machte ich mich bei meiner Mutter bemerkbar. Diese verstand mein sachtes Anklopfen sofort, immerhin hatte sie ja schon eine gewisse Übung. Sogleich packte sie die wenigen Sachen zusammen, die sie im Krankenhaus benötigen würde. Als sie durch den kleinen Flur zur Küche kam, stand Maatschi schon am Herd und rührte in einem Topf mit Honig gesüßten Haferbrei an, den sie uns Kindern immer zum Frühstück kochte. Meine Brüder saßen mit gezückten Löffelchen artig am Tisch und lauschten mit noch vom Schlaf geröteten Bäckchen hingebungsvoll den Geschichten von Zwergen, Trollen und Klabautermännlein, die Oma schon so früh am Morgen beim Kochen erzählte. Beruhigt seufzte meine Mutter in sich hinein. Wenigstens dieses Mal waren die beiden gut aufgehoben und sie konnte ohne Sorgen für einige Tage ins Krankenhaus gehen. Durch den Türspalt beobachtete sie ihre Mutter und ihre beiden Jungs eine ganze Weile voller Dankbarkeit, bevor sie eintrat.

„Maatschi ...", sagte meine Mutter leise und setzte ihre Tasche ab, „...ich glaube, es ist soweit.' Ihre Stimme klang so mild. Tief einatmend lehnte sie den Kopf an den Türrahmen. Schwungvoll knallte Maatschi den Topf Haferbrei, den sie eben vom Herd genommen hatte, wieder zurück auf die Herdplatte.

„Jesses Maria!" Entgeistert starrte sie ihre Tochter an.

Damit hatte sie zu dieser frühen Stunde offensichtlich nicht gerechnet. Wie versteinert verharrte sie in ihrer Position, eine Hand noch immer am Topf, die andere in die Hüfte gestemmt und starrte mit gerunzelter Stirn auf ihre Tochter. „Hast du überhaupt schon etwas gegessen?" Maatschis Tonfall hörte sich strenger an als beabsichtigt, ließ aber darauf schließen, dass sie ernsthaft in Sorge war. Meine Mutter nickte.

„Hab ich, Maatschi. Ich hab mir sogar ein paar Stullen eingepackt." Maatschi rang sich ein Nicken ab. Gut, das war gut! Ein paar ordentliche Wurststullen dabei zu haben war immer gut!

„Wir können auch noch einen Tee zusammen trinken", schlug meine Mutter vor, da Maatschi noch immer wie erstarrt beim Herd stand und offenbar fieberhaft überlegte, was als nächstes zu tun sei. „Ich glaube, so viel Zeit ist noch." Mit langsamen Schritten ging sie zum Küchentisch.

„Du bist ja verrückt, Freya!" Missbilligend beäugte Maatschi meine Mutter, die sich mit ihrem dicken Bauch zu meinen Brüdern auf die schmale Küchenbank quetschte. Maatschi war noch nicht fertig mit Nachdenken und absolut nicht sicher, ob in dieser Minute nun höchste Eile oder größte Fürsorge, möglicherweise sogar beides geboten war, und sie konnte es auf den Tod nicht ausstehen, wenn ihr eine solche Entscheidung abgenommen wurde. Das Leben hatte sie nun einmal gelehrt, dass es am besten für alle war, wenn sie wusste, was zu tun war und wenn sie, Maatschi, sagte, wo es langging. Im Moment war sie völlig überrumpelt und es war ihr anzusehen, wie wenig ihr dieser Zustand behagte. Schließlich nahm sie den Topf wieder vom Herd und löffelte den Kleinen, die der Unterhaltung stumm und mit großen Augen gefolgt waren, ihren Brei in die Schüsseln.

Wortlos nahm sie eine zweite Tasse aus dem Küchenbord, füllte diese mit dem starken Schwarztee, der auf der Herdplatte bereitstand und gab Milch und braunen Kandiszucker hinzu. Maatschis Bewegungen waren wieder ruhiger geworden und sie selbst wieder Herrin der Lage. Die Blicke meiner Brüder wanderten, während sie hungrig ihren Brei löffelten, aufmerksam zwischen ihrer Mutter und ihrer Großmutter hin und her, die nun schweigend den heißen Tee schlürften. Draußen dämmerte es; eine fahle Wintersonne kämpfte sich durch die schwindende Nacht und färbte hinter bleigrauen Wolken den Horizont bereits ein wenig blasser. Ein Sturm war aufgekommen und nun klatschte der Wind in wuchtigen Böen schwere Regentropfen gegen die Fensterscheiben. Heulend zerrte er die Kronen der mächtigen Kastanienbäume vor dem Haus hin und her und riss ihnen die letzten braunen Blätter von den ächzenden Häuptern. Seine Beute verteilte er sogleich jubelnd auf der ganzen Straße, bis er die Lust an seinem rohen Spiel verlor und sich grollend davontrollte.

In der Küche war es still geworden, nur das Ticken der Uhr an der Wand und das feine Knistern der Holzscheite im Herd war zu hören. Die Blicke meiner Mutter und meiner Großmutter ruhten auf den Gesichtern meiner Brüder. Als eine Wehe meine Mutter schmerzlich aufzucken ließ, unterbrach Maatschi die Stille.

„Ich gehe jetzt rüber zu den Schlüters und rufe dir ein Taxi!" Ihre Stimme klang gebieterisch. Heiko und Erika besaßen ein Telefon, ein Luxus, an dem auch meine Mutter ab und zu partizipierte.

„Lass man gut sein, Maatschi!" Meine Mutter legte ihre Hand fest auf den Arm ihrer Mutter. „Die Straßenbahn hält doch gleich vor der Klinik." An ein Taxi wollte sie trotz des schlechten Wetters und der einsetzenden Wehen nicht denken. Das hätte ein kleines Vermögen gekostet. Das wenige Geld, das noch übrig war, musste für Maatschi und die Jungs bis zur Ankunft meines Vaters reichen. Bis zuletzt hatte meine Mutter gehofft, dass er noch vor Maatschi eintreffen würde, aber seit dem letzten Telegramm hatte sie nichts mehr von ihm gehört. Missbilligend hatte ihre Mutter zur Kenntnis genommen, dass niemand sagen konnte, wann der Herr Schwiegersohn geruhe, endlich wieder aufzutauchen. Aber damit hatte sie ja ohnehin schon gerechnet. Indessen hoffte meine Mutter von ganzem Herzen, dieses eine Mal beweisen zu können, dass ihr Mann nicht der war, für den Maatschi ihn hielt. Sicherlich war Hermann nur deshalb noch nicht heimgekehrt, weil er erst ausreichend Geld für seine Familie verdienen wollte. Jetzt betete sie, dass Maatschi nicht auf ein Taxi bestehen würde. Unerwartet schnell lenkte diese ein.

„Also gut ... aber ich fahre mit!" Diesmal ließ ihr Tonfall keinen Widerspruch zu. „Ich hole nur schnell Erika herüber. Bin gleich wieder da!"

„Maatschi ...?" Die Stimme meiner Mutter glich mehr einem Flehen als einer Bitte. „Aber du bleibst nicht im Krankenhaus, sondern fährst gleich wieder nach Hause, ja?" Zu tief noch saß der Schock vom letzten Mal. Die Augen hatte sie sich schier aus dem Kopf geweint als sie, wenige Tage nach Armins Geburt, den ein Jahr älteren Andranik aus dem Kinderheim abgeholt hatten. In eben diesem hatte mein völlig überforderter Vater den Jungen während Freyas Aufenthalt im Krankenhaus abgegeben. Stundenlang hatte der Kleine verzweifelt nach seiner Mutter geschrien und schließlich aufgegeben. Mutterseelenallein hatte Andranik in einer Ecke des großen Spielzimmers gehockt und meine

Mutter aus leeren Augen angesehen. Nicht einmal mit der Wimper hatte er bei ihrem Eintreten gezuckt.

Nichts!

Kein Zeichen von Freude oder bloßem Wiedererkennen. Es dauerte Wochen bis Andi wieder der kleine Junge wurde, den sie zuvor gehabt hatte.

Kurze Zeit später traten meine Mutter und Maatschi aus der Haustür und liefen, tief in ihre hochgeschlagenen Mantelkrägen geduckt, im Zickzack vorbei an riesigen Pfützen zur Haltestelle. Ein wohlgesonnener Himmel hatte dem Regen eine kurze Pause verordnet, jedoch pfiff ihnen ein unangenehm kalter Nordwind ins Gesicht und trieb ihnen Tränen in die Augen. Wie ein behäbiger, gelber Lindwurm kroch die Straßenbahn um die Ecke und bahnte sich ihren Weg, rumpelnd und quietschend, durch die Dämmerung in Richtung Haltestelle. Augenblicklich spurtete Maatschi los. Wild entschlossen, ihrer Tochter in dem wahrscheinlich schon überfüllten Abteil freie Bahn zu schaffen und einen Sitz zu ergattern, rannte sie voraus.

Als meine Mutter, außer Puste und nach Luft japsend, eintraf, schob Maatschi schon energisch die umstehenden Fahrgäste beiseite und hievte ihre Tochter die zwei Stufen empor, hinein in die warme Bahn. Keine zwei Stunden später lag ich frisch gebadet und gewickelt, friedlich neben meiner Mutter im Bett. Bis hierher war durchaus alles nach Plan verlaufen, genauso wie wir es schon vor Zeiten vereinbart hatten. Außer dass Maatschi natürlich nicht an der Krankenhaustür kehrt gemacht hatte, sondern Anweisungen und Ratschläge verteilend, mit meiner Mutter im Schlepptau bis zum Kreissaal vorgedrungen war. Dort war sie dann Hände ringend so lange auf dem langen Gang hin-

und hergelaufen, bis ihr eine Krankenschwester mitteilte, dass das letzte muntere Krähen, das zu hören gewesen war, ihre gesunde Enkelin gewesen sei und sie nun beruhigt nach Hause gehen könne. Ihrer Tochter gehe es den Umständen entsprechend gut und man könne, wenn alles weiterhin so gut verlaufe, Mutter und Kind in spätestens einer Woche abholen. Wie bitte? Nach Hause gehen? Ohne sich selbst vom properen Zustand ihrer Enkelin zu überzeugen? Ohne einen prüfenden Blick auf ihre Tochter geworfen zu haben? Ach, da kannte die Krankenschwester Maatschi aber schlecht! „Sie können jetzt wirklich nach Hause gehen", wiederholte die Schwester mit nun schon schmalen Lippen und musterte Maatschi ärgerlich von oben bis unten. Sie war es gewohnt, dass ihre Anordnungen sofort und unverzüglich befolgt wurden, immerhin war sie hier die Oberschwester. Und das nicht erst seit gestern! „Mutter und Kind bedürfen jetzt ab-so-lu-ter Ruhe und dürfen von niemandem gestört werden!" Sicherheitshalber betonte die Schwester das Wörtchen „niemandem" ganz besonders. So leicht ließ Maatschi sich aber nicht abwimmeln. Da war sie schon mit ganz anderen Kalibern fertig geworden. Nur kurze Zeit später wurde ich ihr das erste Mal zur Begutachtung übergeben.

Ich habe meine Großmutter vom ersten Augenblick an innig geliebt. Schließlich überzeugte sich Maatschi auch noch persönlich davon, dass ihre Tochter gut versorgt war und machte sich dann erst auf den Weg nach Hause. Die Woche darauf kam sie mit dem niedrigen Kinderwagen aus beigefarbenem Korbgeflecht und meinen Brüdern an der Hand wieder, um uns aus dem Krankenhaus abzuholen. Meine Mutter hatte sich von der Geburt gut erholt und war begeistert als Maatschi vorschlug, den Weg nach Hause zu Fuß zurück zu legen. Das Wetter zeigte sich von seiner besten Seite: die Wintersonne schien von einem glasklaren, klirrend kaltem Himmel und der Sturm hatte sich, die grauen Regenwolken vor sich hertreibend, auf den Weg in Richtung Süden gemacht. Ein Spaziergang würde ihr nach der langen Zeit in den stickigen Räumen sicherlich guttun. Meine Brüder hüpften um den Kinderwagen herum und freuten sich über das kleine Schwesterchen, das ruhig im Wagen schlief. Obwohl Maatschi es ihnen an nichts hatte fehlen lassen, waren sie überglücklich, dass ihre Mutter nun endlich wieder daheim sein würde und sie sangen den ganzen Weg bis nach Hause „Alle meine Entchen" und „Hänschen klein".

Mein Vater hatte von all dem natürlich nichts mitbekommen, stand aber am nächsten Tag vor der Tür. Meine Mutter war außer sich vor Glück, während Maatschi Ruhe behielt und das tat, was sie in dem Tohuwabohu, das durch meine Ankunft und das plötzliche Auftauchen meines Vaters entstanden war, am besten konnte: den Ton angeben und für Ordnung sorgen. Mein Vater begutachtete mich gebührend von allen Seiten, nahm meine Brüder abwechselnd auf den Schoss und schilderte seine Abenteuer der vergangenen Wochen in den schillerndsten Farben.

Das Material für seinen Reisebericht über die Fellachen am Nil war schon auf den ersten Blick sehr vielversprechend gewesen und seine Redaktion hatte einen nicht unbeträchtlichen Vorschuss auf die zu erwartende Reportage gewährt. Mein Vater war also bester Stimmung. Für meine Mutter hatte er aus Ägypten ausgefallenen Schmuck mitgebracht: eine silberne Halskette mit türkisfarbenen Skarabäen und passenden Ohrringen, Armband und Brosche.

Meine Mutter schnappte beinahe über vor Freude. Nicht nur, weil ihr der Schmuck so ausnehmend gut gefiel, sondern auch, weil Maatschi nun mit eigenen Augen sehen konnte mit welch kostbaren Geschenken ihr Mann sie gerade überhäufte.

„Aber Hermann", flötete sie überglücklich und legte sich die Halskette an, „das muss ja ein Vermögen gekostet haben." Mein Vater nickte andächtig. Ja, das sei wohl so, erklärte er mit gemessener Stimme und das sei auch der Grund seiner verspäteten Heimkehr, da er nach dem Erwerb dieser Kostbarkeiten nicht mehr die Mittel gehabt hätte mit dem Flugzeug zu kommen, sondern mit der Bahn habe reisen müssen. Auch das noch! Dass Hermann solche Unbequemlichkeiten in Kauf genommen hatte, nur um ihr eine Freude zu machen, also wirklich, das war doch einfach zu rührend. Ungestüm schlang sie die Arme um seinen Hals und küsste ihn auf den Mund. Hinter seinem Rücken schlug Maatschi die Hände über dem Kopf zusammen. Oh Gott, wie konnte der Mann schwindeln! Sie stieß einen abgrundtiefen Seufzer aus. Dieser Schlawiner von Ehemann war wirklich um keine Ausrede verlegen. Und ihrer ältesten Tochter, diesem dussligen Schaf, konnte er auch wirklich alles weismachen; irgendetwas an dieser rührenden Geschichte stimmte nicht. Da war sie sich sicher. Das sagte ihr ihr Gefühl. Und auf das hatte sie sich stets verlassen können. Nur was da nicht stimmte, das konnte sie beim besten Willen nicht sagen, da war ihr Hermann einfach über. Stolz präsentierte sich meine Mutter mit dem angelegten Schmuck.

„Schau mal, Maatschi, ist der nicht wunderschön?", wollte sie wissen und drehte sich beschwingt um die eigene Achse. „Schau doch nur, Maatschilein."

Notgedrungen musste Maatschilein zustimmen.

„Guck mal, Hermann", rief meine Mutter jetzt und hielt sich übermütig die Brosche mit dem türkisfarbenen Skarabäus an die Stirn, „ich bin Kleopatra!" Mein Vater lachte.

„Ganz genau, meine holde Kleopatra, Cäsar lässt auch schön grüßen."

Im Hintergrund war Maatschis verdrossenes Schnauben zu hören. Als Tochter einfacher Bauern, die während des Krieges ganz alleine einen kranken Mann und drei Kinder durchgebracht hatte, war ihr eher an einer gut gefüllten Speisekammer gelegen als an unnützem Tand, der die Bäuche nicht satt machte und die Glieder nicht wärmte. Ja, ja, schön und gut, dass Freya nun aussehe „wie diese olle Finks", aber ob er auch daran gedacht habe, dass seine Frau ein paar neue Schuhe haben müsse? Dass die alten Löcher hätten und Freya da auch gleich barfuß laufen könne, den Kommentar konnte sie sich nicht verkneifen. Und ob für die wichtigen Dinge, die seine Familie so viel dringender bräuchte, dann auch noch genug übrig sei? Mein Vater, noch immer in bester Laune, verspürte nicht die geringste Lust, sich diese von seiner missmutigen Schwiegermutter verderben zu lassen. Seiner Meinung nach bestand allerdings auch nicht der leiseste Grund dazu. Gleich morgen würde er mit Freya losziehen und alles Nötige besorgen. Selbstverständlich auch ein paar schöne, neue Schuhe. Ob Maatschi solange bei den Kindern bleiben könne? Mein Vater kramte in seiner Reisetasche herum. Natürlich habe er auch etwas für sein liebstes Schwiegermütterchen mitgebracht, säuselte er und zog ein fest verschnürtes Päckchen unter all seinen Hosen und Hemden hervor.

„Feinster indischer Schwarztee", erklärte er Maatschi triumphierend, „den habe ich extra für dich auf dem Basar in

Kairo erworben. Stundenlang musste ich mit diesem Schlitzohr von Verkäufer verhandeln und hätte um ein Haar noch meinen Zug verpasst!" Mit diesen Worten drückte er ihr ein ansehnliches Päckchen in die Hände.

Da stand Maatschi nun mit einem ganzen Kilo feinstem Schwarztee in der Küche herum und wusste nicht, ob sie lachen oder weinen sollte. Herr Gott, war es schwer, diesem Kerl böse zu bleiben! Jedoch, so leicht wie er Freya auch um den Finger wickeln konnte, sie würde sich nicht so leicht die Augen wischen lassen. Schön, über den Tee freute sie sich natürlich gewaltig, der würde ja mindestens für ein ganzes Jahr reichen, so groß wie dieses Paket war. Für heute wollte sie es dabei belassen. Aber es gab noch ein Hühnchen zu rupfen, da ließ Maatschi sich nicht beirren, nicht um allen Tee der Welt. Zwar hatte sie sich in ihrem Ärger noch in Finkenkrug fest vorgenommen, ihrem Schwiegersohn gleich bei seiner Ankunft gehörig die Meinung zu sagen, aber sie war natürlich klug genug, nicht gleich am ersten Tag mit der Tür ins Haus zu fallen. Es würden sich noch Möglichkeiten bieten, Hermann auf seine Ehe- und Vaterpflichten aufmerksam zu machen. Da war Maatschi sich ganz sicher. Die erste Gelegenheit dazu ergab sich unerwartet früh, gleich am nächsten Morgen.

EINE TOCHTER DER FAMILIE

Eine kühle Wintersonne warf bereits bleiche Strahlen auf den gemusterten Linoleumboden der Küche, als Maatschi, noch ehe alle anderen erwacht waren, bereits den Küchenherd anheizte und den Frühstückstisch mit dem hübschen Sonnenblumenservice deckte, das Astrid beim letzten Mal für uns mitgebracht hatte. Bald darauf zog der köstliche Duft von auf der Herdplatte geröstetem Brot und frisch gebrühtem Schwarztee durch die Wohnung und scheuchte auch meine Eltern aus den Betten.

Bestens gelaunt tauchte mein Vater mit der Zeitung vom Vortag unter dem Arm in der Küche auf, ließ sich am Tisch nieder und sog genießerisch die Wohlgerüche ein, die vom Herd kamen. Anerkennend blickte er sich um und pfiff durch die Zähne, als er nun auch die beiden Gläser hinter der Teekannen-Warmhaltehaube entdeckte. Ein großes Glas tiefroter Erdbeermarmelade sowie eines mit schwarzem Johannisbeergelee. Donnerwetter! Offensichtlich hatte Maatschi im Sommer so viel Obst aus dem Garten eingekocht und derart gut gewirtschaftet, dass sogar noch an diesem kalten Wintertag davon übrig war. Er schlug die Beine übereinander und faltete erst einmal in aller Ruhe die Zeitung auf. Dann erschien auch meine Mutter mit uns Kindern und machte es sich auf der Küchenbank bequem.

Das Frühstück neigte sich bereits dem Ende zu als mein Vater voller Stolz erzählte, wen er schon alles von der Geburt der kleinen Astrid unterrichtet habe, kurz nachdem er die Nachricht von seiner Schwägerin erfahren hatte.

Maatschi horchte auf. So, so. Von Freyas jüngerer Schwester hatte er also von der Geburt seiner Tochter erfahren. Na, da würde sie gleich einmal nachhaken, wie es dazu gekommen war, dass er Astrid im Stuttgarter Theater anrufen konnte, nicht aber bei Schlüters gegenüber. Das ungute Gefühl vom Vortag meldete sich erneut in ihrem Magen. Meine Mutter runzelte verständnislos die Stirn.

„Wieso Astrid?", wollte sie wissen. Die Kleine heiße doch Anastasia. Auf diesen Namen habe man sich doch schon vom ersten Tag an geeinigt. Mit einer lapidaren Handbewegung wedelte mein Vater den Einwand vom Tisch.

„Ach, so können wir doch die nächste Tochter nennen, wenn dir so viel an diesem Namen liegt!" Klirrend setzte meine Mutter ihre Teetasse, die sie eben zum Mund geführt hatte, wieder ab und starrte meinen Vater ungläubig an. Mit einem kurzen Seitenblick auf seine Frau versuchte der seine Lage einzuschätzen, um sein weiteres Vorgehen abzuwägen. Sichtlich bemüht, ihren anklagenden Blick zu übersehen, versuchte er mit betont jovialer Stimme den Faden seiner Erzählung wieder aufzunehmen, in der naiven Hoffnung, das heikle Thema mit einer besonders spannenden Anekdote seiner Ägyptenreise umschiffen zu können. Angesichts so großer Ignoranz versagte meiner Mutter die Stimme. Japsend rang sie nach Luft.

„Astrid, der Name deiner Schwester, ist doch so viel schöner und eleganter als Anastasia", versuchte mein Vater seine Strategie der freundlichen Nichtbeachtung bei gleichzeitiger Durchsetzung seiner Interessen weiter zu verfolgen. Er war zwar schon mit dem Frühstück fertig gewesen, aber nun griff er noch einmal nach einer Scheibe Brot und begann, diese angelegentlich mit Butter zu bestreichen. Doch heute sollte er nicht so leicht davonkommen.

Als die unüberhörbare Stille am Tisch ihn zwang, wieder aufzusehen, begegnete ihm Maatschis Blick, der nichts Gutes verhieß. Mit unverhohlener Ablehnung sah diese ihren Schwiegersohn an, als hätte sich ein seltenes Reptil in der kleinen Küche breit gemacht. Inzwischen hatte meine Mutter ihre Stimme wiedergefunden.
„Das glaube ich jetzt nicht! Ich habe dir doch schon so oft von Anastasia erzählt, der russischen Soldatin … die uns damals in Berlin das Leben gerettet hat! Das kannst du doch nicht vergessen haben … Hermann?"

Es war im April 1945 gewesen, an einem der letzten Tage vor Kriegsende als Russen auf der Suche nach Kriegsbeute auch in ihr Haus in Finkenkrug gekommen waren. Die meisten der zerlumpten Soldaten waren sofort über die Stiegen in die oberen Etagen gestürmt, während einige in den Keller eindrangen, in dem sich Maatschi mit den Kindern verbarrikadiert hatte. Es hatte nur weniger Fußtritte bedurft, um die Türe des Verschlages einzutreten, in denen Kohlen und Holz gelagert wurden und in welchem die Meute noch die eine oder andere versteckte Beute zu finden hoffte. Wie eine Löwin hatte sich Maatschi auf die Soldaten gestürzt, hatte mit Zähnen und Klauen ihre Mädchen verteidigt, die im hintersten Winkel des Kellers hinter einem Bretterverschlag hockten und vor Angst halb ohnmächtig waren. Ihre Lage war völlig aussichtslos gewesen. Maatschi war gegen die Horde verkommener Kerle nicht angekommen und musste, nachdem sie zu Boden gerungen worden war, ohnmächtig mit ansehen wie der erste die weinenden, verzweifelt flehenden Mädchen an den Haaren aus der Ecke zerrte. Aber alles Weinen und Flehen hatte damals in dem schmutzigen, dunklen Keller nichts genützt. Die vom Krieg völlig verrohten und von Hunger und Entbehrung ausgemergelten Soldaten würden sich ihre Kriegsbeute nehmen, unbeeindruckt, ob diese jung, alt, gesund oder krank war. Die Grausamkeiten, die sie im Krieg selbst erlebt hatten, hatten sie völlig immun gemacht gegen jegliche menschliche Regung.

Doch plötzlich war von der Tür her eine gellende Stimme zu hören gewesen. Wie Peitschenhiebe hatten Befehle, heiser vor Wut und ausgespien in russischer Sprache, die Schreie der Verzweifelten und das rohe Brüllen der Männer zerrissen. Widerwillig und ungläubig hatten sich die Männer zur Kellertür umgesehen aus deren Richtung die Worte gekommen waren. Und da ... in der offenen Kellertür war unerwartet die Silhouette einer Soldatin aufgetaucht! Ein russischer Leutnant, wie man an den Litzen ihrer Uniformjacke sofort erkennen konnte. Breitbeinig und aufgerichtet wie ein Mann stand sie da; eine große, eine mächtige Frau, deren blonder Zopf über ihre rechte Schulter fiel und bis fast an die Taille reichte. Heftig atmend hielt die Soldatin eine schwere Kalaschnikow im Anschlag, deren Mündung in Richtung der Männer zeigte.

Maatschi hatte kein Wort verstanden, was die Frau den Männern zugeschrien hatte, aber ihr Gewehr, das sie drohend auf die Männer gerichtet hielt und der Blick aus ihren kalten Augen ließen nicht den geringsten Zweifel zu, dass sie bereit war auf die eigenen Männer zu schießen, würden diese die Mädchen nicht augenblicklich freigeben. Fluchend ließen die Männer von Maatschi und den Mädchen ab und stolperten, sich gegenseitig stoßend und schubsend, zur Türe.

„Dawei! ... Dawei!" Ungeduldig winkte die Russin die Kerle mit ihrer Waffe in Richtung Ausgang. „Bystree,

bystree ... Proydokha!" Brutal stieß sie den Männern den Kolben ihres Gewehrs in den Leib, als sich der unselige Haufen an ihr vorbei durch die enge Kellertür drängte. Als auch der letzte ihrer Peiniger aus dem Keller verschwunden war und ihre Schritte im Treppenhaus verhallt waren, wurde es im Keller ganz still. Die fremde Frau starrte Maatschi, die während des Tumultes auf allen vieren zu ihren Mädchen gekrochen war und sie fest umschlungen hielt, aus hellblauen Augen minutenlang an. Sie schien nach Worten zu suchen, brachte jedoch keinen Ton über ihre Lippen. Eine Ewigkeit blieb die Zeit dort unten in dem finsteren, rußigen Kellerraum stehen. Maatschi und die Mädchen wagten kaum zu atmen und rührten sich nicht vom Fleck. Auch die Russin stand noch immer, das Gewehr im Anschlag, unbeweglich bei der Türe. Nur von draußen, von der Straße her, waren noch schwache Motorengeräusche und Stimmen zu hören.

Als sich Maatschi, die sich als erste aus ihrer Erstarrung löste, langsam vom Boden erhob, trat ihre Retterin unwillkürlich einen Schritt zurück, ohne die drei nur eine Sekunde lang aus den Augen zu lassen. Die kühle Überlegenheit, mit der ihre Retterin sie noch immer musterte, hielt Maatschi davon ab, weiter auf sie zuzugehen. So blieb sie also stehen und neigte den Kopf vor der fremden Frau. Langsam senkte sich der Lauf des Gewehres zu Boden und prägte sich als unauflösbares Bild für alle Zeiten im Herzen meiner Mutter ein. Die Soldatin sprach nun wieder einige Worte auf Russisch, die Maatschi jedoch wieder nicht verstand. Da drehte sich die Fremde um und verließ grußlos den Keller.

Kaum dass ihre Schritte im Treppenhaus verhallt waren und Maatschi sich wieder bei ihren Töchtern niedergelassen hatte, kehrte sie auch schon wieder zurück. In ihren Armen trug sie einen leinenen Sack. Diesen warf sie Maatschi und den Kindern vor die Füße. „Da.... fresst!", befahl die Frau, während sie Maatschi und ihre Mädchen wieder aus schmalen Augen musterte. Diesmal aber huschte ein scheues Lächeln über ihr Gesicht und ein goldener Zahn blitzte flüchtig durch ihre Lippen. Für einen kurzen Moment nahm ihr strenges Antlitz einen milderen Zug an. Von den Frauen auf der Straße erfuhren sie später, dass andere Soldatinnen die große Frau mit dem Zopf Anastasia gerufen hatten. Anastasia also hatte sie geheißen, ihre Retterin, die sie aus der ärgsten Qual befreit hatte. Anastasia, wiederholte meine Mutter den Namen in Gedanken wohl zum hundertsten Mal voller Dankbarkeit, Anastasia, welch ein schöner Name!

Die Soldatin wurde danach nie wieder gesehen. Der Sack Weizen bewahrte die Familie damals vor dem sicheren Verhungern. An diesem Tag hatte sie sich geschworen, sollte sie jemals eine Tochter bekommen, diese Anastasia zu nennen. Die Angelegenheit um meinen Namen regelte Maatschi auf ihre Weise zu Gunsten meiner Mutter. Mit bebenden Nasenflügeln stand sie vom Küchentisch auf, baute sich vor meinem Vater auf und hielt ihm mit erhoben Krückstock eine solche Moralpredigt, dass nicht nur ihm, sondern auch meiner Mutter fast schwindelig wurde. Der lang aufgestaute Zorn über sein liederliches, verantwortungsloses Vater- und Eheleben entlud sich in einem Schwall über seinem Haupt. Vor lauter Empörung zitterte sie am ganzen Leibe, während sie sich immer weiter in Rage sprach. So hatte man sie noch nie erlebt ... und mein Vater lenkte ein. Es gelang Maatschi, ihre Entrüstung noch eine ganze Weile aufrecht zu erhalten, doch während der folgenden Tage flaute sie immer weiter ab, bis auch sie am Ende wieder seinem Charme erlag.

Mit freundlicher Ignoranz widersetzte sich mein Vater, nach seinem Einlenken, all ihren Vorwürfen und bezwang sie mit seiner sorglosen Fröhlichkeit, die damals noch nichts erschüttern konnte. Doch auch wenn mein Vater sie oft so zum Lachen brachte, dass sie sich kaum halten konnte, Maatschi blieb wachsam und ihm gegenüber zutiefst misstrauisch.

ONKEL HELGE UND TANTE ASTRID

Die kommenden Tage flogen nur so vorbei und mit einem Mal war es Weihnachten. Am Vormittag des Heiligen Abend klingelte es stürmisch an der Tür. Wer mochte das sein? Wer würde heute so unvermutet zu Besuch kommen? Mein Bruder Andi war beim ersten Klingeln aufgesprungen und zur Tür gelaufen. Schon waren schnelle, leichte Schritte zu hören, die die vielen Stufen im Treppenhaus hinaufeilten. Das könne ja wohl nur der Weihnachtsmann sein, meinte mein Vater lachend und begab sich ebenfalls zur Tür.

„Onkel Helge!", kam es nun von dort. Andis Stimme überschlug sich vor Entzücken. Bei diesen Worten sprangen Maatschi und meine Mutter gleichzeitig vom Tisch auf, sodass sie um ein Haar mit den Köpfen zusammengestoßen wären. Im Flur stolperten sie beinahe über den riesigen Seesack, der fast die ganze Diele einnahm. „Helge, Onkel Helge ist da!" Ach, was war das doch für eine übergroße und unvermutete Freude für alle.

Maatschis jüngster, der auf dem Schulschiff „Mansfeld" seine Ausbildung zum Schiffskadetten machte, hatte einige Tage Landurlaub bekommen, da sie die Feiertage über in Rostock vor Anker gegangen war. Unverzüglich hatte er sich auf den Weg nach Hamburg gemacht. Und da der Matrose dort eine Schwester sowie zwei Jungs und ein Neugeborenes vorweisen konnte, wurden ihm von der zuständigen Behörde die nötigen Papiere für die Sektoren-Durchreise schließlich ohne größere Bedenken ausgestellt:

Der diensthabende Beamte sah von seinen Papieren hoch und musterte den langen Kerl in Matrosenuniform eingehend, der seit Minuten geduldig vor seinem Schreibpult gestanden hatte.

„Helge Pühringer, aha, hm hm, Schiffskadett zur See, ja?" Gewissenhaft begutachtete der Genosse Staatsdiener den vorliegenden Antrag. „Auf Landurlaub und Weihnachten bei der Familie, wie? Hm, so so, noch dazu mit zwei kleinen Jungs und einem Neugeborenen?" Na, diesem Glück wollte auch der hartgesottenste Kommunist und Zonenbewahrer nicht im Wege stehen. Und während ihm schon sein ansonsten durch und durch leninistisches Herz im Leibe schmolz, klatschte ein eigentlich atheistischer Wachmann die nötigen Stempel höchst weihnachtlich auf die Papiere. Mit mildem Blick schaute er dem hoch aufgeschossenen jungen Mann in Erinnerungen versunken hinterher.

Ach ja, Weihnachten ...!

Dem Wachmann entwich ein seliges Seufzen. Frohes Zusammensein mit Eltern, Großeltern, Onkeln und Tanten. Unvermutet stiegen längst vergessene Erinnerungen an glückliche und sorglose Kindertage in ihm auf. Einen festlich geschmückten Tannenbaum mit brennenden Kerzen und roten Kugeln hatte es damals in der guten Stube gegeben. Und dazu Weihnachtsgans mit Rotkohl und Klößen! Das Wasser lief dem Träumendem im Munde zusammen als sich unverhofft die vielen tröstlichen Bilder aus lang vergangenen Zeiten vor seinem geistigen Auge einstellten. Für einen kurzen Moment meinte der Beamte sogar, den würzigen Geruch der harzigen Christbaumzweige und die herrlichen Düfte knusprig gebratener Speisen aus dem Backrohr zu riechen. Wie die Mutter den ganzen Tag lang in der Küche gewirtschaftet und all die guten Sachen auf den Tisch gebracht hatte! Duftende Plätzchen und süße Lebkuchen, herrliche Suppen ... hatte es am Heiligen Abend gegeben. Vielleicht würde er später einen kurzen Gruß an die Eltern schicken ... Ob überhaupt noch jemand von den vielen Onkeln und Tanten lebte? Das schrille Läuten des Telefons riss den Genossen jählings in die Gegenwart zurück. Augenblicklich schwanden die beschaulichen Erinnerungen an seine Kindheit auf dem pommerschen Bauernhof dahin.

Weihnachten ... Hirngespinste!

Ärgerlich schüttelte sich der Wachmann die Träumereien aus dem Kopf. Wie hatte dieser junge Kerl es nur geschafft, ihn in derartige Gefühlsduseleien zu verstricken?

Weihnachten! Welch imperialistischer, vom Klassenfeind erdachter, sentimentaler und verachtenswerter Blödsinn! Mann, Mann, Mann! Man konnte überhaupt nicht aufmerksam genug sein! Da war einer mal eine Sekunde lang gutmütig und zack – schon saß er drin, im rührseligen Gefühlschaos. Der Beamte zog die Schultern hoch bis über die Ohren und blickte sich argwöhnisch um in dem grell erleuchteten Schalterraum. Hoffentlich hatte keiner der übrigen Genossen etwas von seinem kapitalistischen Gefühlsausbruch bemerkt. Weihnachtsgrüße an die Lieben daheim! Der Beamte tippte sich gereizt an die Stirn. Geradezu lächerlich kam ihm dieser Gedanke mit einem Mal vor!

Wir feierten zusammen Weihnachten und Sylvester – leider verließ uns Onkel Helge samt Seesack und Kadettenmütze bald wieder – und Anfang Januar war es schließlich soweit: Wir mussten Maatschi zur Bahn bringen und Abschied von ihr nehmen. Ich wurde in den schönen Kinderwagen gepackt, Maatschis Koffer kam quer darüber und oben darauf wurde Armin gesetzt. Andi thronte auf den Schultern meines Vaters und so trabte die kleine Gesellschaft durch die geschäftigen Straßen Hamburgs in Richtung Hauptbahnhof. Weinend winkte meine Mutter dem langsam entschwindenden Zug mit einem Taschentuch hinterher, bis Maatschi, die ihrerseits weinend und winkend aus dem Zugfenster lehnte, nicht mehr zu sehen war. Schwer schnaufend entschwand der Zug unseren Blicken.

Eine kleine Trübung zwischen Maatschi und meinem Vater war bis zuletzt geblieben und hatte sich nicht vollständig aufgelöst. Maatschi hatte nämlich, trotz aller Fröhlichkeit, durchaus nicht vergessen, dass es hinsichtlich ihrer jüngeren Tochter Astrid und Hermann durchaus einige Ungereimtheiten gab. Bei einer günstigen Gelegenheit hakte sie nach. Mein Vater, der spürte, dass er der Inquisition seiner beharrlichen Schwiegermutter diesmal nicht ohne Weiteres entkommen würde, wandte eine Taktik an, die sich für ihn schon oft bewährt hatte: konnte er sein Gegenüber nicht überzeugen, würde er denjenigen solange in langatmige und weit schweifende Erklärungen verwickeln bis sein Gegenüber schließlich verwirrt und genervt abwinkte. Damit hatte Maatschi jedoch schon gerechnet; da hatte sie Hermann längst durchschaut und war beharrlich geblieben; mochte mein Vater sich auch winden wie ein Aal. Am Ende stellte sich heraus, dass mein Vater überhaupt nicht mit Astrid telefoniert hatte, wie er anfänglich anzudeuten versucht hatte, sondern gleich persönlich bei ihr aufgetaucht war.

Auf seiner Rückreise nach Hamburg, war er kurz nach dem Ende einer rauschenden Vorstellung im Stuttgarter Stadttheater erschienen und kämpfte sich, nachdem der letzte Applaus unter vielen tiefen Verbeugungen des Ensembles verklungen war, durch eine ganze Reihe von Verehrern bis zur Garderobe seiner gefeierten Schwägerin durch. Dort bat er die völlig überrumpelte Astrid um nächtliches Quartier. Das war für diese nun im höchsten Maße unerquicklich, da ihr die Bewunderung des lebenslustigen Schwagers schon längst zu weit ging und sie keinesfalls mit diesem eine Nacht alleine in ihrer Wohnung zu verbringen gedachte. Spontan wurde daraufhin das gesamte Ensemble auf eine kleine Nachtfeier in ihre Wohnung eingeladen.

Der Abend war äußerst amüsant und heiter verlaufen. Bis in die frühen Morgenstunden wurde getanzt und gelacht. Der Schlaf hingegen hatte sich ein wenig unbequem gestaltet, da sich die allesamt schwer beschwipsten Damen in das einzige Bett und auf die schmale Couch des kleinen Appartements quetschten, während die Herren mit dem harten Fußboden vorlieb nehmen mussten. Mit nichts Weiterem als einem harten Zierkissen und einem Deckchen von der Größe eines Topflappens ausgestattet, wie mein Vater mittlerweile freiwillig und durchaus humorig zu berichten wusste. Meine Mutter hatte an dieser Stelle herzlich gelacht; sie wusste, dass sie sich auf ihre jüngere Schwester blindlings verlassen konnte und machte sich überhaupt und keinerlei seltsame Gedanken. Astrid konnte sich als junge Schauspielerin vor Verehrern sowieso schon nicht retten und im Traum wäre es dieser nicht eingefallen, auf die Avancen meines Vaters in irgendeiner Form zu reagieren. Da konnte sie, zumindest bei ihrer Schwester, hundertprozentig sicher sein.

„Sag mal, Hermann, wo sind eigentlich die schönen Sachen, die Assi dir für mich mitgegeben hat?", wollte meine Mutter später von meinem Vater wissen. Astrid habe nämlich am Morgen bei den Schlüters angerufen, um sich zu erkundigen, ob das elegante Kostüm, die Kleider und vor allem die mit Pelz gefütterten Winterstiefel, die sie für ihre Schwester in einem Koffer mitgab, hoffentlich passten und gefielen. Besagter Koffer, der aus einem unerklärlichen Grunde immer noch bei den Schlüters auf seine Abholung wartete, wurde nunmehr eiligst herbeigeschafft und freudig geöffnet.

Maatschi ging die Zuneigung ihres Schwiegersohnes für ihre jüngere Tochter eindeutig zu weit. Sie beharrte darauf, dass es nicht nur absolut unsittlich, sondern auch Freya gegenüber völlig ungebührlich gewesen sei, alleine eine Nacht bei Astrid verbringen zu wollen. Mein Vater wiegelte den Vorwurf ab.

„Ach Maatschilein", säuselte er, „ich habe mich doch nach der langen Reise lediglich auf ein Bad und ein Plätzchen zum Übernachten gefreut. Maatschilein, da wirst du mir doch hoffentlich keinen Strick daraus drehen?" Doch je mehr mein Vater versuchte, abzuwiegeln, desto bestimmter beharrte Maatschilein auf ihrem Vorwurf. So ein scheinheiliger Lümmel, dachte sie erbost! Nein, nein und nochmals nein, das war nicht in Ordnung gewesen! Und hätte sie nicht so nachgehakt, der Koffer mit den herrlichen Sachen stünde möglicherweise auch noch nächstes Jahr ungeöffnet bei den Schlüters herum. Gott sei Dank war Astrid da gescheiter und ließ sich auf nichts ein. Herr Gott noch einmal, dass Freya, dieses dusslige Huhn, diesem Flegel aber auch alles durchgehen ließ! Maatschi hatte wieder einmal abgrundtief geseufzt. Sie würde auch zukünftig diesbezüglich ein Auge auf Hermann haben.

Die außerordentliche Verehrung, die mein Vater unserer Tante damals entgegenbrachte, sollte erst mit seinem vorzeitigen und überaus tragischen Tod ein Ende finden. Aber davon wussten wir damals, Gott sei Dank, noch nichts!

GROSSVATER ANTON

Am Tag nach Maatschis Abreise begann es zu schneien und in unserer Familie kehrte so etwas wie Ruhe ein. Mein Vater saß bis spät abends im Wohnzimmer und tippte seine Reportage in die alte Olympia, während meine Mutter uns beschäftigte, kochte, wusch und den sonstigen Haushalt in Ordnung hielt.
Irgendwann war der Reisebericht meines Vaters fertig geschrieben und meine Mutter zog ihr bestes Kleid an. Wie die meisten Künstler und Schriftsteller war mein Vater nicht gerade der beste Fürsprecher für sich selbst und überließ die finanziellen Verhandlungen inzwischen gerne meiner Mutter. Nicht dass seine Auslandsreportagen und Kurzgeschichten schwer zu verkaufen gewesen wären, aber die Konkurrenz unter den freien Journalisten der großen Verlagshäuser war nicht ohne. Und damit, wie Freya den Verlagsleiter mit ihrem Charme um den Finger wickeln konnte und nicht selten beinahe das Doppelte an Honorar heimbrachte, konnte er beim besten Willen nicht mithalten. Alle Achtung, das machte ihr keiner nach. Einer schweren Grippe, die er sich einmal aus der Normandie mitgebracht hatte, war es zu verdanken, dass Freya seither die Vermarktung seiner Manuskripte übernahm.
Kaum hatte er damals mit zitternden Händen den letzten Satz seiner Reportage über die Austernfischer von Cancale in die Schreibmaschine getippt, als ihn ein schlimmer Schüttelfrost und hohes Fieber ins Bett zwangen. Da hatte sich Freya – sie besaßen nicht einmal mehr die paar Groschen für

ein Brot – den Bericht geschnappt und war alleine und zu Fuß losgezogen. Wie unendlich stolz und glücklich war sie damals nach Hause zurückgekommen! Und wie unfassbar hatten sie sich über das kleine Vermögen gefreut, das sie in ihrem Handtäschchen mitbrachte!

Heute machten wir uns wieder alle auf den Weg und marschierten über die schier endlos langen Hohen Bleichen bis hin zur Speicherstadt, wo eines der größten Verlagshäuser Hamburgs seinen Sitz hatte. Blass vor Anspannung wartete mein Vater mit uns am Empfang, während meine Mutter oben in den heiligen Hallen der Redaktion den Reisebericht meines Vaters sprichwörtlich an den Mann brachte. Schon an ihrem Schritt erkannte er, ob sie damit wieder einmal erfolgreich gewesen war. Dann hüpfte sie nämlich beschwingt und mit leichten Schritten die Treppen herunter, versuchte aber um die Spannung noch ein wenig auszukosten, ein möglichst unbeteiligtes Gesicht zu machen. Ach, da war sie keine gute Schauspielerin. Die Freude über seinen Erfolg und dem damit verbundenen Geldsegen konnte man ihrem Gesicht schon von Weitem ansehen. Meine Eltern tanzten vor Freude auf der Straße herum und mein Vater warf uns Kinder nacheinander hoch in die Luft! An diesen Tagen strömte ihnen das Glück aus allen Poren! Für uns gab es sogar Bonbons und meine Eltern kauften italienischen Rotwein in hübschen Korbflaschen. An einem solchen Abend kamen viele Freunde zu uns nach Hause. Es wurde gelacht, geredet, getanzt und unsere kleine Dachwohnung platzte vor Lebensfreude beinahe aus den Nähten.

Erst in den frühen Morgenstunden, wenn die ersten Strahlen des Sonnenlichts mahnend durch die Fenster spähten, fielen meine Eltern glücklich und satt vom Leben in die Federn.

Wir verbrachten eine herrliche Zeit in meinen ersten drei Lebensjahren in Hamburg. Mein Vater hatte beschlossen, seine traumatischen Kriegserlebnisse in einem Buch über das Bataillon der Brandenburger zu verarbeiten und das Rattern und Klacken seiner Schreibmaschine war den ganzen Tag über zu hören. Während ich unter seinem Schreibtisch herumkrabbelte, bauten meine Brüder auf dem Teppich hinter ihm mit ihren bunten Holzklötzchen ganze Landschaften aus Türmchen und Häuschen und meine Mutter klapperte fröhlich summend in der Küche mit Tellern und Töpfen.

Vom Schreiben allein kam jedoch nur unregelmäßig Geld ins Haus und mein Vater musste sich immer wieder nach einer Tätigkeit umsehen, die zusätzlich etwas einbrachte. Immerhin warteten zu Hause mittlerweile drei hungrige Mäulchen. In Hamburg gab es in diesen Jahren der Nachkriegszeit Arbeit zur Genüge. Schon früh morgens machte er sich, so wie Hunderte andere arbeitsuchende Männer auch, den Zampel mit Kaffeeteng und Brotbüddel über die Schulter geworfen, auf den Weg zum Hafen, um für schnelles Geld Schiffsladungen zu löschen. Kaffee, Tee, Bananen, Kohle, Stoffe, was immer das Schiff aus der Ferne mitgebracht hatte, landete früher oder später an Hamburgs Landungsbrücken und musste umgeschlagen werden. An manchen Tagen verdiente mein Vater im Hafen so viel, dass wir am Wochenende sogar eine Bahnreise unternehmen konnten.

Meine Eltern verreisten nämlich für ihr Leben gern. Hurtig wurde der Reisekoffer mit dem Nötigsten gepackt und auf ging es wieder einmal in Richtung Bahnhof. Meistens fuhren wir nach Friesland, ans Meer, wo Maatschi herkam.

Wir konnten uns nicht satt sehen an der herrlichen Landschaft, die schon bald an uns vorüberflog. Noch heute hallt mir das monotone Rattern des Zuges als wohliges Geräusch in den Ohren. Dadack, da-dack, dadack murmelten die Räder der Bahn, während sie über die Schienen eilten und behäbig schwankte und schaukelte der Wagon beim Wechsel der Geleise kurz bevor er kleinere Ortschaften erreichte. Wir wurden nicht müde daran, auf all die Tiere, Bäume und Kirchtürme zu zeigen, die in atemloser Reihenfolge von etwas noch Schönerem abgewechselt wurden. Obwohl die Stullen, die schon bald ausgepackt wurden, die gleichen waren, die es an jedem Tag bei uns zu Hause gab und die meine Mutter noch in aller Eile zusammen mit einigen Äpfeln und Keksen im Proviant Korb verstaut hatte, schmeckten sie auf diesen Reisen so unvergleichlich köstlich, dass schon nach kurzer Fahrt kein Krümel mehr übrig war.

Saßen wir satt und zufrieden am Fenster, wollten wir immer die Geschichte hören, wie unser Opa einst nach Friesland gekommen war und Maatschi zum ersten Mal gesehen hatte. Zwar kannten wir die Erzählung um unsere Großeltern schon in und auswendig - und erhoben auch sofort lauthals Einspruch, wenn ein Detail ausgelassen oder verändert wurde -, aber besonders auf der Fahrt in Maatschis Heimat wollten wir sie immer wieder von Neuem hören. Unsere Mutter wurde nicht müde, zu erzählen, wie sich alles zugetragen hatte. Und so also hatte Anton Pühringer, der ursprünglich aus dem schönen Ravensburg in Oberschwaben stammte, Maatschi gefunden:

Wenn Tonn, wie mein Großvater zeitlebens gerufen wurde, in seinen Kindertagen die gepflasterte Allee zur elterlichen Wassermühle entlanglief, dachten die meisten Leute unweigerlich an Spargel. Die langen Beine, an deren dünnen Waden sich nicht einmal die noch so sorgfältig gestrickten Wollstrümpfe seiner Großmutter halten mochten, und die ihm deshalb, kaum dass er sie hochgezogen hatte auch schon wieder bis zu den Knöcheln herabrutschten, steckten in ledernen Schnürstiefeln. Alles an dem Jungen war lang und schmal. Das blonde Haar wurde ihm, so wie allen Buben in bäuerlicher Gegend, aus rein praktischen Gründen stets raspelkurz geschoren, was zumindest für Tonn nicht unbedingt von Vorteil war. Seine Ohren standen ihm als Kind nämlich noch so weit vom Kopf ab, wie die Henkel an einem Milchtopf.

Viele Jahre später würde aus der blassen Bohnenstange ein besonders schöner Mann werden, was meinen Großvater derzeit wohl kaum interessiert haben wird. Vielmehr interessierte ihn, wohin all die Wolken ziehen mochten, die so majestätisch über das blaue Firmament glitten und wie es über ihnen, hoch droben beim lieben Herrgott, wohl aussah. Solche Gedanken kamen Tonn in den Sinn, wenn er nach der Schule das Vieh hüten musste und dabei träumend im Grase lag und in den Himmel schaute.

Derweil weideten die Kühe prustend und schnaubend, mit sich und der Welt im Reinen, um den Träumenden herum. Mit ausgesprochener Langmut kauten sie auf dem saftigen Grün herum und schauten ein ums andere Mal aus sanften Augen zu ihm herüber. Nie war das Vieh in Eile, sondern rupfte mit der ihm eigenen, Gott gegebenen Behäbigkeit und Hingabe das nahrhafte Kraut von der Wiese und überließ sich getrost dem gnädigen Schöpfer. Ab und zu stützte Tonn sich auf einen Ellenbogen und blickte sich suchend nach seinem Bruder um. Der spielte, anstatt in der

Sonne zu liegen, lieber am Mühlbach und baute mit den Kieselsteinen des klaren Wassers kleine Staudämme oder Schiffchen aus Rinde, mit großen Blättern an den Maststöckchen. Schon von Weitem erkannte Tonn den Bruder an dessen prall roten Wangen, die wie die Bäckchen der pflückreifen Gravensteiner leuchteten, die hinter der hohen Mühlmauer auf der Obstwiese wuchsen.

Überhaupt waren beide Brüder von sehr unterschiedlicher Natur. Der ein Jahr jüngere Vitus schlug mit seiner Kraft und robusten Gesundheit eher dem Vater nach, während der feingliedrige Tonn der Mutter wie aus dem Gesicht geschnitten war und auch ihr gütiges Wesen geerbt hatte. Trotz ihrer Unterschiedlichkeit war das Verhältnis der Brüder innig, selbst wenn sie sich hin und wieder rauften wie Jungs es nun einmal tun, um ihre Kräfte zu messen. Die Balgereien waren jedoch nur von kurzer Dauer und endeten stets damit, dass die Brüder das Vieh einträchtig von der Weide in den Stall trieben und ihre Arbeit in der Mühle gemeinschaftlich und unter fröhlichem Gelächter verrichteten.

Wenn der Vater im Sommer auf dem Feld arbeiten musste, um den Knechten bei der Heuernte zu helfen, trug die Mutter den Söhnen bisweilen auf, ihm das Mittagessen zum Acker zu bringen. Stets befahl der Vater ihnen beim Abschied, die liebe Mutter ganz herzlich zu grüßen und ihr seinen Dank auszurichten für das gute Mahl. Die ungewöhnlich glückliche Ehe der Müllersleute sollte jedoch nicht lange währen. Bei der Geburt des dritten Kindes verstarb Sophie, die seit jeher von zarter Gesundheit gewesen war und nahm auch das Neugeborene mit sich in die dunkle Erde.

Eingezwängt in ihre steifen Sonntagsanzüge, folgten Tonn und Vitus an der Seite des Vaters dem Sarg der Mutter über den Hof nach.

Im ehrwürdig aufgeputzten Zweispänner, der an diesem Tag von zwei zierlichen Haflinger Stuten gezogen wurde, statt von der schweren Lotte, dem sanftmütigen Kaltblut, das normalerweise vor den Karren mit den schweren Mehlsäcken gespannt wurde, saß Tonn bleich und ernst seinem Vater gegenüber. Über die schattige Allee holperte er sowohl der Beerdigung als auch dem vorzeitigen Ende seiner glücklichen Kindertage auf der Wassermühle entgegen. Seine schmalen Hände umklammerten dabei die Tasche der geliebten Mutter, in welcher sich ihre besonders schöne Schmuckausgabe des Alten Testamentes befand.

Ungeachtet des übergroßen Kummers des Müllers und seiner Söhne, drehte sich das Rad der Mühle unaufhaltsam weiter, klapperte unbeirrt bei Tag und bei Nacht und zwang mit seiner Rastlosigkeit den Vater zur Verrichtung der täglichen Arbeit. Von nun an waren es die weiten Röcke der Magd hinter die sich die Kinder flüchten konnten, wenn ihnen das Leben auf der Mühle allzu schwer wurde. So manches Mal schlich Tonn heimlich in die Küche und hockte sich still auf einen Schemel. Dort, im vertrauten Duft gestärkter Schürzen und Leintücher, fand seine Kinderseele Momente des Trostes, wenn ihm die Magd lindernde Worte ins Ohr wisperte und mit warmer Hand über seinen borstigen Kinderschädel strich, in dem früh ein selten scharfer Verstand erwacht war.

Die Tränen über den vorzeitigen Tod der Mutter waren noch nicht getrocknet, als schon die zweite Frau auf dem Hof einzog.

Wie hatte sich das frohe Leben auf der Wassermühle verändert. Freudlos war es für die Brüder geworden, seit der Vater so traurig und dabei hart geworden war.

Die neue Frau vermochte das Leid über den allzu frühen Verlust nicht zu heilen. Ein Jahr nach der Geburt des Halbbruders Franz verstarb auch noch der Vater. Nun waren beide Buben allein und als die Stiefmutter nach angemessener Trauerzeit einen neuen Mann für sich und die Mühle fand, wurden die Brüder kurzerhand der Mühle verwiesen. Mittellos und bar jeglicher Habe mussten Tonn und Vitus den elterlichen Hof in Schornreute verlassen.

Im Hause der frommen Großmutter, Besitzerin der Gaststätte „Zur Sonne", fanden die Brüder ein neues Heim. Es war dem Pfarrer von St. Christinen zu Ravensburg zu verdanken, in dessen sonntäglicher Messe die Kinder dienten, dass der eltern- und mittellose Tonn die Oberschule besuchen durfte. Als er auf das Gymnasium wechselte, war Tonn mit Feuereifer dabei. Mit einem für sein Alter ganz ungewöhnlichen Wissensdurst stürzte er sich auf alles, was die Schule zu bieten hatte. Begierig wie ein Schwamm sog er jede Information in sich auf, lernte mit beneidenswerter Leichtigkeit Griechisch und Latein, Mathematik und Physik. Selbst in den Fächern Kunst, Philosophie und Religion, ja, sogar in Leibesertüchtigung brillierte er mit so scharfem Verstand und wacher Gelenkigkeit, dass sich seine Lehrer nicht selten über den hochgewachsenen Jungen wundern mussten. Und während sich der Lehrkörper oft und ausgiebig wunderte, bewachte die Großmutter mit frommem Blick den Glauben des gelehrigen Knaben an den Herren. Mit der gleichen Begeisterung, mit der Tonn in der Schule bei der Sache war, nahm er seine Pflicht als Messdiener in der Kirche wahr. Stets begleitet von den wachsamen Augen der Großmutter, die seinen Eifer mit Genugtuung verfolgte. Zu ihrer vollkommenen Zufriedenheit durfte sie beobachten, dass der Enkel nicht nur frühzeitig die Werke der bekanntesten Schriftsteller und Philosophen studierte, sondern auch immer wieder die schöne Bibel der verstorbenen Mutter zur Hand nahm.

Als einer der klügsten Köpfe, die das Gymnasium von Ravensburg jemals hervorgebracht hatte, verließ Tonn nach erstklassig bestandener Matura die Schule. Schon längst stand für den jungen Mann fest, dass er sein Leben, in Gedenken an die Mutter, der Kirche weihen würde. Die Patres des Ordens der Gesellschaft Jesu besahen sich erst das glänzende Abschlusszeugnis des Anton Pühringer eingehend, dann besahen sie sich Anton selbst. Schnell waren sich die Brüder einig, dass man einen solchen Kopf mit größter Freude in den klösterlichen Mauern ausbilden würde und schickten den jungen Mann für das mehrjährige Noviziat an die Stella Matutina nach Feldkirch, Vorarlberg. Und wie schon zu Schulzeiten warf sich Tonn mit Hingabe und Leidenschaft in sein neues Leben.

Um ein noch umfassenderes Verständnis für das Leben Jesu Christi zu erlangen, vertiefte Tonn während seiner achtjährigen Ausbildung zum Theologen nicht nur seine außerordentlichen Kenntnisse in Latein und Griechisch, sondern lernte auch noch die Sprache der Hebräer. Selbstverständlich auch dies mit der ihm eigenen Akribie und Ausdauer. Schon bald wurde er von seinem Orden als Missionar nach Indien geschickt, wo er an einem der Colleges von Bombay „seinen Dienst in der Welt und an der Welt" im Sinne der jesuitischen Lehre verrichten sollte. Man darf vermuten, dass es eben diesen akribischen Übersetzungen unseres Großvaters geschuldet war, dass es zu unüberwindlichen dogmatisch-theologischen Auseinandersetzungen mit seinem Orden kommen musste. Aufgrund seiner eigenen gewissenhaften Studien war dieser überzeugt davon, dass der Klerus die Lehren Jesu nicht nur fehlerhaft, sondern den ursprünglichen Inhalt auch noch völlig verzerrt und damit seiner wichtigsten Botschaft beraubt, an ihre gutgläubigen Schäfchen weitergab. Seiner Meinung nach war die tatsächliche Lehre des Erlösers in den vielen vergangenen Jahrhunderten von hochrangigen Kirchenmännern immer weiter verstümmelt und den Machtbedürfnissen des jeweilig herrschenden Klerus angepasst worden. In der Minute, da Tonn das Ausmaß der Wahrheit erkannte, war es ihm unmöglich auch nur einen Tag länger als Missionar für die katholische Kirche zu agieren und er beschloss seinen sofortigen Austritt aus der Bruderschaft.

Zurück in Deutschland, hängte er den erschrockenen Brüdern die unvollkommene Kutte zurück an den Nagel. Der erste Weltkrieg tobte seit einem Jahr durch Europa und hatte bereits hunderttausende von Toten gefordert, als Tonn die abgelegte Kutte gegen die Uniform des Soldaten tauschte.

Ein Jahr lang kämpfte er als Freiwilliger an der Front, bis er bei Verdun so schwer verletzt wurde, dass er seinen Dienst am Vaterland nur noch vom Schreibtisch der Kasernenstube aus verrichten konnte.

Nach Beendigung seiner Zeit als Offizier widmete sich Tonn wiederum seinen umfangreichen Studien der alten Sprachen sowie der Religionsphilosophie, Rechtsphilosophie, Ethik und Volkswirtschaft, der Geschichtsphilosophie und Kulturgeschichte.

Als Tonn endlich beschloss, eine Familie zu gründen, war er weit in seinen 40ern, hatte jedoch eine genaue Vorstellung, wie und wo die zukünftige Gattin zu finden sei. Nicht nur der Kultur der Griechen war unser Großvater zeitlebens sehr zugetan, sondern er war auch ein glühender Verehrer des Germanentums gewesen. Groß, blond, stark und schön sollte seine Frau sein und aus diesem Grunde setzte er sich eines sommerlichen Tages in Berlin in die Eisenbahn und machte sich auf den Weg nach Norden in Richtung Friesland, wo er eine solche Schönheit zu erobern hoffte.

In Westerland, so war der Plan, wollte er aussteigen, für einige Tage geeignetes Quartier finden und mit seiner Suche nach der schönen germanischen Frau beginnen. Wie er nun durch die grüne Landschaft ratterte, vorbei an all den malerischen Ortschaften mit ihren lieblichen Kirchtürmen und Ententeichen, sah er mit einem Male, der Zug war angesichts der kleinen Ortschaft Freepsum ein wenig langsamer geworden, draußen am Brunnen vor dem Dorf eine junge Frau stehen und Wasser holen. Die blonden Zöpfe reichten der jungen Bäuerin bis weit über die Taille und das schmale Gesicht war von der Arbeit auf dem freien Felde von der Sonne gebräunt. Gerade hob sie die Eimer vom Rande des Brunnens und wandte sich, die schwere Last an einer Stange quer über den Schultern balancierend, wieder dem Dorfe zu.

Tonn sprang von seinem Sitz auf und stürzte ans Fenster. Das war sie!

Seine stolze Germania ... so sollte sie sein!

In einem einzigen Augenblick erfasste Tonn mit allen Fasern seines Seins, dass dort draußen mit Holzpantinen an den Füßen die Frau entlangschritt, die er in seinen Träumen gesehen und gesucht hatte. (Diese Stelle mochten wir ganz besonders gerne und seufzten aus tiefstem Herzen auf.)

Gnadenlos rumpelte der Zug weiter und brachte ihn unerbittlich fort von der jungen Frau, deren Gesicht er nur wenige Sekunden gesehen hatte, es aber auch nach Jahren noch unter tausenden wiedererkannt hätte.

Hastig hatte er das Fenster seines Abteils heruntergezogen und sich so weit herausgelehnt, wie es der Anstand erlaubte. Hatte das Mädchen ihn, den fremden Mann in der vorübereilenden Bahn, bemerkt und wenn ja, hätte sie auch nur den geringsten Verdacht haben können, dass er um ihretwillen das Fenster geöffnet und sich hinausgelehnt hatte? Nichts ließ auf eine solche Vermutung schließen. Die schwere Last scheinbar mühelos tragend, schritt die Schöne stolz und mit erhobenem Haupt den sandigen Fußweg dahin. Nicht einen Wimpernschlag lang ließ Tonn sie aus den Augen bis sie endlich nach der nächsten Biegung, kaum mehr noch als eine Silhouette wahrnehmbar, seinen Blicken entschwand.

Weit über eine Stunde brauchte er für den Weg vom nächsten Bahnhof, an dem der Zug gehalten hatte, wieder zurück. Es war ein heißer und schwüler Sommertag gewesen und Tonn war in seiner dunklen, steifen Anzugjacke gehörig ins Schwitzen geraten. Mehrmals blieb er stehen, um sich mit seinem Taschentuch den Schweiß, der ihm in Strömen über sein Gesicht rann, abzuwischen. Letztlich entschloss er sich doch noch dazu, seine Jacke, zumindest so lange bis das Dorf in Sichtweite kam, auszuziehen und über dem Arm zu tragen. Der Weg war ihm im Zug zwar nicht so weit vorgekommen, aber in der glühenden Mittagssonne zog sich die staubige Landstraße unerträglich lang hin. Ein einziger armseliger Pferdekarren war ihm unterwegs entgegengekommen. Träge war die fahle Mähre an ihm vorübergezuckelt. Die Leinen des Fuhrwerks hingen schlaff in der Hand des Bauern, der auf seinem harten Sitz eingedöst war, während sein klappriger Gaul den Weg zum Acker auch ohne dessen Zutun fand. Tonn, der den Bauern hatte fragen wollen, wie lange er wohl noch zu marschieren habe, ließ den Karren an sich vorüberrumpeln. Allzu weit konnte es wohl nicht mehr sein.

„Dit mutt die Westermann sin", brummte der Alte, nahm seine Stummelpfeife aus dem Mund und kratzte sich mit dem Stiel nachdenklich hinter dem Ohr. Ungeniert musterte er den Fremden von oben bis unten und schob sich die dunkelblaue Schirmmütze in den Nacken. So einen Geschniegelten hatte man hier im Dorf noch nicht gesehen. Kam zu Fuß im dunklen Anzug und gestärktem Hemd einfach so daher und stellte jede Menge Fragen nach einer aus dem Dorf. Sah aus wie so ein „oll Heini" aus der großen Stadt und redete auch so.

„Wo ist die Familie Westermann, bitte schön, zu finden?", wollte Tonn höflich wissen. Mit dem Kopf deutete der alte Mann hinter seine Schulter. „Aha, und welches Haus, wenn es keine Umstände macht, ist es wohl genau?", fragte Tonn, der mit den Augen der vagen Richtung gefolgt war und gleich drei in Frage kommende Gehöfte erspäht hatte. Der alte Bauer zuckte bei so viel Gerede nun gleichgültig die Schultern; das Gespräch neigte sich dem Ende zu.

„Bein Sonnblum", war alles was er noch hervorbrachte, bevor er sich endgültig abwendete, seine Schirmmütze zurück in Position rückte und die Arbeit mit seiner Harke wieder aufnahm bei der dieser „oll Sabbelbüdel" ihn mit seiner Fragerei unterbrochen hatte.

Tonns Erscheinen im Ort war den meisten natürlich nicht verborgen geblieben und der eine oder andere Hals reckte sich ihm hinter geschlossenen Vorhängen neugierig nach. Auch Maatschi, die längst vom Wasserholen zurückgekehrt war und ihre Arbeit im Hof verrichtete, hatte den Fremden entdeckt. So jemanden hatte auch sie hier noch nicht gesehen, so schön und so vornehm wie dieser jemand daherkam. Wie anders er doch aussah als all die Bauernburschen, die sie aus dem Dorf und der Umgebung kannte. Hochgewachsen und schlank war der Mann, mit feinen Gliedern und einer hohen Stirn unter der aus himmelblauen Augen ein offener und wacher Geist leuchtete.

Maatschi seufzte leise. Ein solches Mannsbild müsste man einmal kennenlernen, dachte sie wehmütig und konnte die Augen nicht abwenden. So also konnte sich ein Mann auch halten: den Rücken gerade und aufgerichtet wie ein Herr. Nicht wie der grobe Fiete mit seinem krummen Buckel und den harten Fäusten, der ihr schon seit ewiger Zeit nachstieg und der ihr zuwider war. Erst recht, wenn er sie wie blöde angriente, wenn er wieder einmal gesoffen hatte und ihr dann so nahe kam, dass er ihr seinen üblen Schnapsatem ins Gesicht hauchen konnte.

Jesses! Wie sie sich ekelte vor dem groben, dem ungeschlachten Bauernsohn des Nachbarhofes. Das Grinsen war ihm nicht vergangen, dem Fiete, trotz der Zahnlücke gleich vorne, die ihm der Viehhändler Poppenga erst vor Kurzem auf dem Markt in Greetsiel verpasst hatte.

Obwohl der Fiete so wie alle Männer bei ihnen im Norden mundfaul war wie ein Sack Sprotten an Land, saß ihm aber nach etlichen Humpen Bockbier oder gleich einer ganzen Buddel Friesengeist nicht nur die Zunge locker, sondern es fuhren ihm auch die Fäuste aus den Hosentaschen, sobald ihm einer dumm kam. Das letzte Mal hatte jedoch dieser verfluchte Hund von Pferdehändler aus Emden die Oberhand behalten.

Als Maatschi nun mit ansah, wie der Fremde das Gespräch mit dem alten Dirks beendete und geradewegs auf das Haus ihrer Familie zusteuerte, machte sie vor Schreck einen großen Schritt nach hinten und wäre beinahe der Länge nach in den Schweinetrog gefallen. Behände fing sie sich wieder auf und war mit einem Satz hinter der Tür, durch die man vom Hof in den Stall und von dort aus in die hintere Stube des Hauses gelangte. Aus ihrem Versteck hinter der Stalltür beobachtete sie erstaunt, dass der Mann tatsächlich die kleine Gartenpforte öffnete und vorbei an den meterhohen Sonnenblumen am Gartenzaun auf ihr Elternhaus zuschritt.

Maatschis Herz klopfte wie wild. Dieser Mensch musste sich verlaufen haben, da war sie sich ganz sicher. Ob man wohl sie, die älteste der Westermann-Töchter, bitten würde, den Herrn zu geleiten, wo auch immer er tatsächlich hinwollte? Das Herz pochte ihr so laut im Leibe, dass sie schon befürchtete, man könnte es bis zum Haus hören. Jetzt wurde die Haustür geöffnet und Maatschi lauschte angestrengt, was gesprochen wurde. Außer einigen Wortfetzen, die keinen Sinn ergaben, konnte sie jedoch nichts verstehen. Nun wurde der Fremde zu ihrer immer größeren Verwunderung auch noch ins Haus gelassen!

Das hatte es noch nicht gegeben.

Hierher, an diesen entlegenen Flecken Frieslands verirrte sich höchstens mal ein Schaf. Durch die Hintertür huschte Maatschi ins Haus und schlüpfte in der dunklen Diele sogleich aus ihren Pantinen.

Jetzt nur ja keinen Lärm machen.

Auf Zehenspitzen schlich sie zur vorderen Stube, aus der sie schon von Weitem die harte Stimme des Vaters hörte. Im Gegensatz zu dem vornehmen Hochdeutsch des fremden Herren nahm sich sein friesischer Dialekt wie das schroffe Gebell eines angeleinten Hofhundes aus.

Durch den schmalen Türspalt beobachtete sie, wie sich ihre Eltern nun sogar mit dem Mann am Tisch niederließen. Sie hielt den Atem an. Von Nahem sah er sogar noch schöner aus und Maatschi konnte den Blick kaum von seinem Gesicht abwenden.

„Dit kann nur die Wruffke (friesisch: Frouwke) sin", hörte sie ihren Vater jetzt sagen und das Herz blieb ihr beinahe stehen. Einen Augenblick lang fürchtete sie sogar ohnmächtig zu werden, was jedoch eine nicht unbeträchtliche Neugier für den Ausgang des belauschten Gesprächs verhinderte. Man sprach von ihr! Laut und deutlich hatte sie ihren Namen, Frouwke, gehört.

Wie konnte das sein?

Und vor allem … was sollte sie sein?

Bevor sie noch ihre Gedanken zu Ende denken konnte, war der Vater schon bei der Tür und zog seine völlig überraschte Tochter am Arm in die Stube. Tonn war bei ihrem Eintreten sogleich aufgesprungen und die beiden standen sich nun das erste Mal gegenüber. (Auch hier wieder ein tiefer, tiefer Seufzer von uns.) Maatschi wäre bei seinem Anblick am liebsten in den Ritzen des Fußbodens versunken und starrte vor Verlegenheit auf die breiten Holzdielen unter ihren bloßen, schmutzigen Füssen.

Ach, hätte sie doch wenigstens die Pantinen angelassen! Sie fühlte eine glühende Röte unaufhaltsam vom Hals bis zu den Wangen aufsteigen als sie die aufmerksamen Blicke des Mannes auf ihrem Leib fühlte. Sie machten ihre noch immer zu Boden gerichteten Augen brennen, während ein seltsam unbekanntes, aufregendes Gefühl ihren Körper durchströmte. Mit einer brüsken Bewegung strich sie sich eine Haarsträhne, die sich während der Arbeit aus einem ihrer Zöpfe gelöst hatte, aus dem Gesicht. Das glühte mittlerweile wie im Fieber.

Als der Mann schließlich in schlichten Worten sein Begehren vorbrachte, glaubte Maatschi an ein Wunder, war aber nun endgültig einer Ohnmacht nahe gewesen.

„Ja seht ihr", schloss meine Mutter die Erzählung, „so also haben sich eure Großeltern kennengelernt und das war sehr gut so, denn sonst gäbe es uns alle jetzt nicht." Zutiefst ergriffen stimmten wir ihr stumm und kopfnickend zu.

Unseren Großvater haben wir leider nicht mehr kennengelernt. Er ist gegen Ende des zweiten Weltkrieges in einem Sanatorium bei Berlin gestorben. Die genauen Umstände seines Todes hat Maatschi nie restlos klären können, aber die Vermutung lag nahe, dass er an Unterernährung gestorben war wie die meisten Alten, Kranken oder Schwachen, die das Ende des Krieges in einem Heim oder Krankenhaus verbringen mussten. Berlin war ausgebombt, bis auf die Grundmauern zerstört und restlos ausgehungert worden. Die Zeit erfordere, dass man sich jetzt um die noch Lebenden kümmere, wurde ihr von der Sanatoriumsleitung knapp mitgeteilt. Den Toten, die ihr Leben nicht für das Vaterland im Felde gelassen hatten, konnte man nun keine Aufmerksamkeit mehr schenken. In diesen Tagen galt es, die zu retten, die noch zu retten waren.

GANZ WEIT OBEN

Kurz nach meinem dritten Geburtstag zogen wir von Hamburg nach Aachen. Mein Vater hatte seinen Kriegsroman zu Ende geschrieben und gut verkauft ... und meine Mutter erwartete ihr viertes Kind.

Die Dachgeschosswohnung in der Moorweide platzte schon seit geraumer Zeit aus allen Nähten und der Umzug in eine größere Wohnung war mit der neuen Schwangerschaft unumgänglich geworden. Auf das Drängen meiner Mutter, der auch Maatschi schon seit langem in den Ohren gelegen hatte, dass Hermann sich doch endlich um eine feste Arbeitsstelle kümmern solle, schließlich sei dieses Von-der-Hand-in-den-Mund-Gelebe nichts für eine so große Familie, hatte er sich tatsächlich um eine Festanstellung bemüht. Die Aachener Nachrichten suchten einen Redakteur und entschieden sich für meinen Vater. Innerhalb weniger Tage waren unsere Siebensachen gepackt und auf ging es in die neue Heimat nach Aachen. Der neue Arbeitgeber hatte eine hübsche Wohnung mit Balkon in der Theaterstraße, vis-à-vis des Nachrichtengebäudes angeboten.

Der einzige Nachteil war: Sie lag im fünften Stock des Hauses. Außerdem war sie viel zu klein. Ein bisschen umständlich, meinte mein Vater, aber für die Übergangszeit, bis etwas Besseres gefunden sei, durchaus machbar, fügte er noch optimistisch hinzu und versprach, zu helfen, wo er nur könne.

Schnell lebten wir uns in unserem neuen Zuhause ein und mein Vater, der seine Jugend in Aachen verbracht hatte, konnte an viele Freundschaften aus alten Zeiten anknüpfen. Fast täglich kamen seine alten Freunde und Bekannte, aber auch die neuen Kollegen aus der Redaktion zu Besuch. Das gewohnte Leben hatte uns bald schon wieder.

Eine große Sensation verhieß Hitchcocks Kinofilm „Psycho" zu sein, der gerade in Aachener Kinos anlief und man beschloss, sich diesen Film anzusehen, zusammen mit einigen Bekannten. Vorher trafen sich alle noch auf ein Gläschen in der Wohnung meiner Eltern, um sich so richtig schön auf einen spannenden Abend einzustimmen. Die Freunde waren pünktlich eingetroffen und nachdem meine Brüder und ich uns artig von unseren Gästen verabschiedet hatten, brachte meine Mutter uns zu Bett. Das Lachen, Reden und Klirren der Gläser war noch eine ganze Zeitlang zu hören gewesen, bis sich die kleine Gesellschaft nach vielen erstaunten „Ahs und Ohs" wegen der schon so fortgeschrittenen Zeit, eiligst auf den Weg ins Kino machte. Gläser, Likörflaschen und Knabbergebäck blieben auf dem niedrigen Tischchen stehen.

„Hermann", bat meine Mutter, als sie sich vor dem Spiegel im Flur noch eben schnell die Lippen nachzog, „kannst du nochmal nach den Kindern schauen und die Balkontür schließen?"

Der Nachbarin hatte man vorsorglich am Nachmittag Bescheid gesagt, sie wollte ein wachsames Ohr haben, wenn meine Eltern ins Kino gingen.

Gegen zwölf Uhr trafen die beiden in bester Gruselstimmung wieder zu Hause ein und schon während sie die Wohnungstür aufschlossen, waren ungewöhnliche Geräusche aus dem Innern zu hören. Hastig stieß meine Mutter die Türe auf und stürzte ins Wohnzimmer. Der Anblick, der sich meinen Eltern bot, war so grotesk, dass sie für Sekunden wie gelähmt bei der Türe stehen blieben.

Sternhagelvoll saßen meine kleinen Brüder im Wohnzimmer und leerten gerade eine Likörflasche. Quietschvergnügt hingen die beiden in den Sesseln und quatschten miteinander, was das Zeug hielt. Fassungslos starrten meine Eltern auf ihre völlig betrunkenen Kinder, die sich bei deren besorgten Anblick den Bauch hielten vor Lachen. Völlig außer Rand und Band warfen sie sich auf den Boden und begannen, sich wie verrückt zu wälzen. Der Alkohol habe seine Zunge gelöst und damit habe Andi in jener Nacht seine Sprechhemmung überwunden, so das Fazit meines Vaters, wenn er diese Anekdote später zum Besten gab.

Aber wo steckte ich?

Meine Mutter eilte, nachdem sie mit einem Blick erkannt hatte, dass ihre Söhne zwar schwer einen sitzen hatten, aber nicht ernsthaft in Gefahr waren, ins Kinderzimmer. Das dritte Bettchen war leer, ich konnte nur noch im Schlafzimmer meiner Eltern sein.

„Hermann ...! Anas ist weg!" Der schrille Schrei meiner Mutter alarmierte meinen Vater, der noch immer unschlüssig, ob nicht doch noch erzieherisch einzugreifen war, die Szenerie im Wohnzimmer verfolgte.

Mit aufgerissenen Augen stürzte meine Mutter zurück ins Wohnzimmer. „Andi ... Armin ... Wo ist Anas?" Ein neuerlicher Heiterkeitsausbruch war die Antwort meiner Brüder. Wieder wälzten sich die beiden vor Vergnügen auf dem Boden und konnten nicht aufhören, zu lachen.

Mein Vater blieb ganz ruhig. Man solle doch einmal in aller Ruhe unter die Betten und in alle Schränke schauen, die Kleine müsse irgendwo sein, immerhin könne sie sich ja nicht in Luft aufgelöst haben: Ha ha ha.

Schnell war die Wohnung auch bis in den hintersten Winkel durchsucht, aber ich blieb verschwunden. Nun tat der Film, den sie am Abend gesehen hatten, seine Wirkung und auch mein Vater konnte eine aufkommende Panik nicht unterdrücken. Es war völlig verrückt! Die Haustür war fest verschlossen gewesen sowie sämtliche Fenster der Wohnung, trotzdem war ich nirgends zu finden.

Ratlos sahen sich meine Eltern an. Dann klatschte sich meine Mutter mit der Hand an die Stirn. Natürlich, die Nachbarin, Frau König! Sie war die letzte Hoffnung und ja, so musste es gewesen sein. Bestimmt hatte sie die Kleine zu sich geholt ... Völlig verschlafen öffnete diese die Tür. Nein, das Kind sei nicht bei ihr, ob irgendwas nicht in Ordnung sei?

„Anas ist weg!", schrie meine Mutter nun völlig aufgelöst. „Sie ist weg, DAS ist nicht in Ordnung!"

Nun schien Frau König aufzuwachen.

„Oh Gott ...", war alles, was sie hervorbrachte.

„Hermann", flüsterte meine Mutter mit erstickter Stimme, „wir müssen die Polizei holen."

Stumm vor Sorge nickte mein Vater.

„Hm", kam es jetzt von Frau König, „wenn ich mich recht entsinne, ich glaube, ich habe irgendwann mal Geräusche auf dem Balkon gehört ..." Ohne das Ende des Satzes abzuwarten, jagten meine Eltern zurück in die Wohnung, rasten durch das Kinderzimmer und rissen die Balkontür auf. Wie eine Katze, der man auf den Schwanz getreten hat, fauchte meine Mutter meinen Vater an:

„Hermann, du hast das Kind ausgesperrt!"

Wie schon zu meiner Geburt, reiste Maatschi auch zu Antonias Geburt wieder rechtzeitig an und übernahm sogleich den Haushalt. Meine Mutter war inzwischen kugelrund und kam kaum noch die vielen Treppen hoch. Missbilligend schüttelte Maatschi den Kopf.

Was war das nun schon wieder für eine Schnapsidee gewesen, ausgerechnet in den fünften Stock zu ziehen. So ein Quatsch, mit bald vier Kindern und zu klein war die Wohnung obendrein. Als ob es hier im Westen nur diese eine Wohnung gegeben hätte … Ärgerlich tippte sich Maatschi dabei an die Stirn.

Meine Mutter lächelte begütigend.

Man würde bald wieder umziehen, Hermann habe gar nicht einmal so weit entfernt eine sehr günstige Wohnung im ersten Stock gefunden. Maatschi sah ihre Tochter unwirsch an. Wieder einmal umziehen … wie die Zigeuner … und wieder die ganze Arbeit! Sie schlug die Hände über dem Kopf zusammen.

Ach ja, so war Maatschi; noch während sie mit ihrer Tochter wie ein Rohrspatz schimpfte, deckte sie schon wieder den Tisch für den Nachmittagstee.

„Also wirklich, jemand musste doch diesen Verrückten einmal sagen, wo es lang ging."

Wenn Maatschi diese „Verrückten" sagte und dabei immer meinen Vater oder meine Mutter, meistens jedoch beide meinte, rollte sie das „rrrr" so ausgiebig, dass man meinen konnte, ein D-Zug rattere durch die Wohnung. Wir Kinder fanden das sehr lustig und kicherten leise in uns hinein.

Unsere Eltern waren doch nicht verrückt! Oder?

Grummelnd schnitt Maatschi den Streuselkuchen, den sie am Vormittag noch schnell gebacken hatte, in gleiche Stücke und legte sie auf die hübsche Kuchenplatte mit Goldrand, die meine Mutter einmal anlässlich einer Geburt geschenkt bekommen hatte. Mittlerweile war nur noch ein leises Brummen von Maatschi zu hören. Meine Mutter lächelte still; so ganz Unrecht hatte ihre Mutter ja nicht.

Zwei Wochen später war Antonia auf der Welt und wir freuten uns über das neue Schwesterchen. Wir stritten uns, wer sie halten durfte und konnten uns nicht satt sehen an dem kleinen, süßen Gesichtchen und ihren winzigen Fingerchen. Freunde und Bekannte kamen zu Besuch und brachten Geschenke für meine Mutter und das neue Kind. Immer wieder wurde Antonia im Stubenwagen ins Wohnzimmer gerollt, wo sie von allen Seiten bestaunt wurde.

Er habe eine große Überraschung für uns, verkündete mein Vater dann eines Abends geheimnisvoll. Misstrauisch äugte Maatschi zu ihm herüber.

„Aha, eine Überraschung also. So so."

Gut gelaunt wedelte mein Vater ihre Bemerkung vom Tisch. „Ja ... eine richtig große Überraschung ist es ... für uns alle", fügte er noch augenzwinkernd hinzu als er unsere fragenden Blicke sah. Aber mehr wolle er noch nicht verraten, morgen würden wir schon sehen.

Maatschi standen die Haare zu Berge.

Geheimniskrämereien von Hermann? Das hatte bisher immer nur äußerst ungünstige Nebenwirkungen für Freya gehabt.

Am nächsten Abend, wir hatten die Überraschung schon fast wieder vergessen, hörten wir ungewöhnliche Geräusche, als mein Vater die Wohnung betrat. Neugierig liefen wir Kinder in den Flur und stürzten uns im gleichen Moment quietschend vor Freude auf das, was da an einer Leine mitgekommen war. Ein junger Schäferhund!

Nichts Gutes ahnend war Maatschi, die die verdächtigen Geräusche auch gehört hatte, hinterhergekommen. Als ich mich freudestrahlend zu ihr umwandte, dachte ich: nun trifft sie gleich der Schlag.

Dass unsere Großmutter mit der Lebensführung unserer Eltern oft nicht einverstanden war, war kein Geheimnis, daraus machte sie nicht den geringsten Hehl, aber so hatte ich sie selten erlebt. Wie eine wild gewordene Furie fuchtelte sie mit ihrem Stock vor meinem Vater herum, der wie ein kleiner Junge vor seiner tobenden Schwiegermutter stand und nicht wusste, ob er lachen oder sich wehren sollte. Er schaffte es nicht einmal bis zur Küchentür, an Maatschi kam er diesmal nicht vorbei. Das Scharmützel um den jungen Hund, der vor Schreck gleich erst einmal in den Flur pieselte, war nach kurzer Zeit beendet. Mein Vater musste das Tier zurückbringen, „von wo auch immer er es hergebracht habe".

Meine Mutter hatte das Gerangel um die "Überraschung" blass und wortlos durch die geöffnete Tür vom Wohnzimmer aus verfolgt. Wir Kinder waren untröstlich und jammerten als der süße Welpe das Haus wieder verlassen musste und legten lautstark Einspruch ein. Aber Maatschi, die uns sonst jeden Wunsch erfüllte, kannte diesmal kein Erbarmen.

„Der Hund oder ich", waren ihre letzten Worte gewesen.

Als mein Vater zwei Stunden später zurückkehrte, hatte Maatschi sich immer noch nicht beruhigt. Durch den Spalt der Kinderzimmertür hörte ich von meinem Bett aus die lauten Stimmen der Erwachsenen in der Küche. Ob Freya mit den vier Kindern noch nicht genug Arbeit habe, hörte ich Maatschi meinen Vater gerade fragen, konnte jedoch seine Antwort nicht verstehen, da seine Stimme sehr viel leiser geworden war. Ach, dafür sei also Geld da, ließ sich jetzt wieder Maatschi vernehmen und wer um Himmels Willen einen so großen Hund ausführen solle, wenn er, Hermann, bei der Arbeit sei? Das Gespräch in der Küche war eine ganze Weile hin- und hergegangen bis endlich alles still wurde.

Ich lag noch lange wach in dieser Nacht und dachte nach. Mein Vater tat mir leid. Er hatte uns allen doch nur eine Freude machen wollen. Arc hätte er geheißen, der Kleine. Genauso wie der Schäferhund, der meinen Vater viele Jahre treu im Krieg begleitet hatte. Eine Menge aufregende Geschichten um den klugen und mutigen Arc hatte mein Vater uns erzählt und wir konnten nie genug davon hören. Aber dann war sein Hund erschossen worden! In jener furchtbaren Nacht, als das Bataillon der Brandenburger, deren Hauptmann mein Vater gewesen war, von Partisanen überfallen wurde. Obwohl er früh und laut angeschlagen hatte, waren viele Männer getötet worden. Aber Gott sei Dank nicht mein Vater, denn der Arc hatte sich wie ein Wolf auf den Partisanen gestürzt, der mit aufgepflanztem Bajonett hinterrücks aus der Dunkelheit aufgetaucht war.

Wenn meine Mutter in der Küche hörte, dass mein Vater uns diese Erlebnisse erzählte, kam sie sofort zu ihm und legte ihm die Arme um den Hals.

„Ach Hermann", murmelte sie, während ihre Hände seine Schultern streichelten und ihre Stimme klang wieder so sanft, „erzähle den Kindern lieber nicht diese furchtbaren

Geschichten, sie bekommen doch nur Angst." Dann nickte mein Vater und wischte sich mit einer fahrigen Geste über das Gesicht, als könnte er so die Erinnerungen aus seinem Kopf vertreiben.

Zu gerne hätte ich den süßen, kleinen Hund behalten. Maatschi konnte manchmal eine solche Spielverderberin sein, grübelte ich. Ich hätte ihn bestimmt jeden Tag ausgeführt, ihm zu fressen gegeben und mich um ihn gekümmert, überlegte ich trotzig. Doch immer wieder tauchte auch das besorgte Gesicht meiner Mutter vor mir auf und allmählich begann ich zu ahnen, dass Maatschis Argumente so abwegig nicht gewesen waren. Am nächsten Morgen hörte ich, wie meine Mutter sagte, dass sie sehr froh sei, dass dieser Kelch noch einmal an ihr vorbeigegangen sei. Was auch immer das mit dem Kelch bedeuten sollte, ich spürte ihre Erleichterung.

DIE SCHRECKLICHEN KINDER

Der Umzug in die neue Wohnung sollte das vorläufig unangenehmste Kapitel in meinem Leben werden und auch heute noch, nach so vielen Jahren, erinnere ich mich nur höchst ungern an die Zeit am Blücherplatz. Aber was soll's? Auch das hat es gegeben und möchte erzählt werden.

Da im Kinderzimmer der neuen Wohnung mittlerweile vier Kinder untergebracht werden mussten, montierte mein Vater das zweistöckige Etagenbett kurzerhand auf ein gerade geerbtes Einzelbett, sodass wir nun über drei Etagen verfügten. Um in die oberste Etage zu gelangen seien nur noch einige kleine bauliche Veränderungen an der Leiter vorzunehmen, für einen Handwerker wie ihn wäre das nun wirklich kein Problem, meinte mein Vater gewohnt optimistisch. Auch wenn es für uns Kinder keinerlei Hindernis darstellte, in Windeseile über Tisch und Stuhl bis in die luftigen Höhen zu klettern, sollte es unserer Mutter auch möglich gemacht werden, die letzte Etage zu erklimmen. Immerhin musste sie dort oben ja die Betten machen. Und das möglichst ohne sich gleich Arme und Beine zu brechen, wie mein Vater witzelte.

An die kurze Seite des Zimmers, gleich neben der Türe, wurde Tonias Gitterbettchen aufgebaut, an der Längsseite des Raumes stand das Etagenbett und Platz für eine Kommode und einen schmalen Schrank für unsere Kleidung gab es auch noch.

Wir hatten jetzt außerdem ein richtig großes Wohnzimmer, in dem mein Vater endlich all die schönen Dinge aufhängen konnte, die er von seinen weiten Reisen mitgebracht hatte. Meine Mutter dekorierte alles sehr geschmackvoll und bald war unser Wohnzimmer der schönste Raum, den ich mir als Kind überhaupt nur vorstellen konnte. Über dem grauen Sofa, das wir von einem der vielen Freunde geschenkt bekommen hatten, wurde das schwarz-weiß gestreifte Fell eines Zebras gehängt. Das riesige Fell hatte mein Vater von einer Reise aus Afrika mitgebracht. Dort hatten es ihm die „Buschmänner", die mein Vater fotografiert hatte, als Zeichen ihrer Freundschaft geschenkt. Das Sitzmöbel ließ sich sogar ausziehen, um darauf zu schlafen, was sich als ein großer Luxus erwies, wenn wir Besuch bekamen. Ich war sehr stolz auf meinen Vater, dem fremde schwarze Männer mit geheimnisvollen, weißen Zeichen im Gesicht, ein solch tolles Geschenk gemacht hatten. Längs über das Fell nagelte er die ansehnliche Messersammlung, die ebenfalls von früheren Reisen stammte. Zu jedem einzelnen Messer gab es natürlich eine spannende Geschichte. Von Partisanen, Räubern und Wilden stammten diese ausgefallenen, zum Teil reich verzierten Waffen. Einige sogar von Prinzen, Beduinenfürsten und, eine besonders schöne sogar, vom Schah von Persien.

Einmal brachte er uns das Buch mit den Märchen aus 1001 Nacht mit und las daraus vor, wenn er die Zeit dazu hatte. Das dicke Buch war auch noch voller bunter Bilder von Prinzen, Prinzessinnen und prächtigen Schätzen. Ali Baba, Aladin, Sindbad, alle hatten sie Dolche über ihren Gewändern getragen und nun hingen eben solche sogar bei uns in der Wohnung. Ich konnte zwar noch nicht lesen, aber dieses wunderbare Buch sah ich mir an, sooft ich konnte. Leider war das nicht allzu oft der Fall, denn meine Mutter fand, dass wir Kinder bei schönem Wetter nichts, aber auch gar nichts in der Wohnung verloren hätten. Stattdessen sollten wir lieber schön an der frischen Luft, unten im Hof, spielen.

Unsere Küche hatte einen kleinen Balkon, der gerade groß genug war, um den Kinderwagen meiner jüngsten Schwester darauf zu parken und meine Mutter konnte ab und zu einen Blick zu uns nach unten in den Sandkasten werfen, wo wir uns aufhalten sollten. Jedenfalls wenn es nach meiner Mutter gegangen wäre. Trotzdem war es möglich gewesen, dass ich oft stundenlang verschwand, ohne dass es jemandem aufgefallen wäre und vielleicht hat es ja daran gelegen, dass unsere Mutter nicht lange nachdem wir die neue Wohnung bezogen hatten, sehr krank geworden war und ein älteres Mädchen im Hause mit der Beaufsichtigung betraut hatte.

Als ich im Treppenhaus das erste Mal auf ein Mitglied der Familie Jäger traf, die mit ihren elf Kindern im Parterre des Hauses wohnten, war ich spontan herzlich abgeneigt auch nur irgendjemanden aus dieser Sippschaft näher kennenzulernen. Mutter Jäger war mit Abstand die heruntergekommenste Person, die ich bis dahin gesehen hatte. Zugegeben, mit meinen vier Jahren hatte ich außer den Freunden und Bekannten meiner Eltern überhaupt noch nicht so ganz viele Menschen kennengelernt, aber diese hässliche Person, die da schwer und plump vor uns im Türrahmen hing, wollte ich möglichst nur von Weitem sehen.

„Kommense ruhig rein, der Meinige is heute nich zu Hause", teilte Frau Jäger meiner Mutter ohne besondere Euphorie in der Stimme mit und gab den Blick frei auf eine Reihe nicht nur besonders schiefer, sondern auch besonders schlechter Zähne. Der Versuch, zu lächeln, was ihr angesichts ihrer geschwollenen Unterlippe nur schwer gelingen wollte, endete in einer schiefen Grimasse.

Ungeniert kratzte sie sich mit einer Hand den massigen Leib unter ihren Achseln, mit der anderen stütze sie sich ächzend an der Türe ab. Ich fand, dass sie aussah wie ein grinsender Haifisch. Einer mit schlechten Zähnen. Mich schauderte bei ihrem Anblick. Ihr unförmiger Körper steckte in einem schmuddeligen grau-blauen Kittel, unter dem ein paar nicht nur dicker, sondern auch sehr schwarz behaarter Beine zum Vorschein kamen, die ihrerseits in ausgelatschten, ehemals karierten, Pantoffeln steckten. Das strähnige Haar hatte sie im Nacken zu einem dünnen Rattenschwänzchen zusammengerafft und ihr pockennarbiges Gesicht glänzte unangenehm schweißig im hellen Licht der Treppenbeleuchtung. Ein beißendes Lüftchen, das sich in Bewegung setzte, sobald sie ihre Arme bewegte, ließ vermuten, dass Wasser und Seife schon seit längerer Zeit eine Begegnung mit ihren Achseln vermieden hatten. Ich muss sie entsetzt angestarrt haben, denn nun wandte sich Frau Jäger unvermittelt an mich:

„Na, was haben wir denn da fürn kleines Püppchen?", fragte sie mit heiserer Stimme, die sich seltsam brüchig anhörte. Und diese Stimme war sogar noch unangenehmer als ihr Äußeres. Vor Schreck wäre ich beinahe hintenüber die Treppe heruntergefallen. „Wenn du mal mitn Jürgen spielen willst, kommste einfach rein, Tür is immer offen", fügte sie noch hinzu und der Blick, den sie mir jetzt zuwarf, erinnerte an den einer ausgehungerten Klapperschlange, die soeben ein Mäuschen erspäht hat. Mir standen schon bei ihrem bloßen Anblick die Haare zu Berge, als mit einem Mal besagter Jürgen im Türrahmen auftauchte. Bevor ich mir den eben angepriesenen Spielkameraden näher ansehen konnte, startete seine Mutter auch schon mit einem ohrenbetäubenden Gekreische:

„Jürgen, rein mit dir! Hau ab, du hast immer noch Stubenarrest, ich sages dir! " Auf bestem Aachener Platt zeterte die Alte los, sodass auch der Letzte im Hause mitbekam, dass Jägers vor allem auf eine gute Erziehung den allergrößten Wert legten. Ihre fürsorgliche Maßnahme unterstrich sie mit linkischen Hieben in Richtung des armen Jürgen, der sich unter den Schlägen seiner rabiaten Mutter zwar sofort gekonnt wegduckte, sich aber doch noch die eine oder andere Ohrfeige einfing. Unter schrillem Geheul verzog er sich in die Wohnung. „Bei den Jungens musste abunzu durchgreifen, sons tanzense dir auf dem Kopp herum", erklärte die Jäger, während sie meine Mutter verschlagen fixierte. Offensichtlich war sie darauf aus, herauszufinden, ob sie sich mit der neuen Familie in Punkto Erziehungsfragen auf einer Linie befand. Das anfangs harmlose Gespräch hatte eine unerfreuliche Wendung genommen.

Die Alte baute sich jetzt mit verschränkten Armen abwartend im Türrahmen auf und musterte meine Mutter unverhohlen mit einer Mischung aus Interesse und schlecht versteckter Belustigung. Statt einer eindeutigen Antwort schüttelte meine Mutter leicht benommen den Kopf. Mit einer beinahe lasziven Geste fischte die Jäger ein zerknülltes, offensichtlich schon häufig benutztes Taschentuch aus dem Ärmel unter ihrem Kittel hervor und tupfte sich damit die verletzte Lippe ab.

„Was war denn mit der Lippe von der Frau Jäger?" wollte ich wissen, nachdem meine Mutter uns endlich von der neuen Nachbarin losgeeist hatte. Ich hatte von der Behausung, da Frau Jäger den Eingang mit ihrem Leib weitestgehend verdeckt hatte, nicht allzu viel sehen können. Ein kurzer Blick in den Flur, vorbei an ihren feisten, behaarten Waden hatte jedoch genügt, um ganz sicher zu sein, dass ich bei Familie Jäger mein Lebtag nicht spielen wollte.

Ein penetranter Geruch nach ungewaschenen Körpern, altem Bratfett und Mottenkugeln war mir schon gleich zu Anfang aufgefallen und noch nie hatte ich so viele Jacken, Mäntel und Schuhe, gemischt mit Abfall und unzähligen Spielzeugteilen, auf einem schmutzigen Boden verteilt gesehen. Ich hatte gebetet, dass meine Mutter einen Besuch bei den Jägers nicht ernsthaft in Erwägung zog.

„Ach Gott, Kind ...", stammelte meine Mutter, die ganz bleich im Gesicht geworden war, da ihr mittlerweile dämmerte, weshalb die große Wohnung am Blücherplatz für eine so günstige Miete zu haben gewesen war. „Die arme Frau Jäger ist vielleicht hingefallen und hat sich wehgetan", versuchte meine Mutter meine Kinderseele vor der Wirklichkeit zu beschützen. Hingefallen? Forschend blickte ich zu meiner Mutter auf, die nun in großer Eile die Wohnungstür aufstieß und versuchte, in ihrem Gesicht zu lesen. Irgendetwas an dieser Erklärung stimmte nicht. Das sagte mir mein Gefühl.

Kurz nach dem Umzug wurde meine Mutter so krank, dass sie die Wohnung lange Zeit nicht verlassen konnte. Sie litt unter starken Schmerzen, besonders an den Händen und musste diese stündlich mit einer speziell vom Hautarzt zubereiteten Paste eincremen. Um mit nichts in Berührung zu kommen, was die Krankheit verschlimmern könnte, sollte sie darüber dünne, weiße Baumwollhandschuhe tragen. Ich erinnere mich, dass meine Mutter mit den blütenweißen Handschuhen immer sehr schick aussah, aber mit vier kleinen Kindern eine schmerzhafte Hautkrankheit an den Händen zu haben, muss die Hölle für sie gewesen sein.

Da Maatschi erst vor Kurzem bei uns im Westen gewesen war und eine Ausreisebewilligung aus der Zone erst wieder in einigen Monaten erteilt werden konnte, musste sich meine Mutter, wohl oder übel, nach einem Babysitter umsehen. Im dritten Stock lebte eine alleinstehende Frau mit ihrer Tochter Margret.

Das Mädchen sei 16 Jahre alt und würde sich gerne ein paar Mark mit Kinderhüten verdienen, versicherte deren Mutter als wir diese am Abend aufsuchten.

Gleich am nächsten Tag kam Margret nach der Arbeit im Friseursalon zu uns, um sich mit uns Kindern anzufreunden und damit unsere Mutter sehen konnte, ob sie zum Kinderhüten geeignet war. Vor allem sollte sie die kleine Tonia ab und zu mit dem Kinderwagen ausfahren. Andi besuchte schon die erste Klasse der Volksschule und Armin wurde kurzfristig im nahegelegenen Kindergarten untergebracht. Die kleine Anas könne doch mit den älteren Kindern im Hof spielen, meinte Margret später hilfsbereit. Die meisten Kinder hätten selbst kleine Geschwister, die sie tagsüber verwahren müssten, da sei eines mehr doch überhaupt kein Problem.

Meine Mutter war unsicher. Als aber am nächsten Tag drei freundliche, neun- bis zwölfjährige Mädchen an der Türe klingelten und wissen wollten, „… ob sie die kleine Ana … Ana … Anatisia oder so …" –

„Anastasia", berichtigte meine Mutter freundlich, „aber ihr könnt Anas sagen." –

„Ach so, ja, die kleine Anas …" mit zum Spielen in den Hof nehmen sollten, sie würden auch gut auf die Kleine aufpassen, war meine Mutter erleichtert. Schließlich waren es nicht die Kinder der Jägers, sondern die netten Mädchen aus der Familie gleich über uns. Und was sollte schon sein? Die Kinder wollten doch nur ein bisschen im Hof hinter dem Haus spielen.

Zur Verteidigung meiner Mutter (falls diese überhaupt nötig sein sollte) muss an dieser Stelle gesagt werden, dass es Anfang der 60er-Jahre noch allgemein üblich war, Kinder ohne besondere Aufsicht zum Spielen nach draußen zu schicken. Die älteren passten auf die jüngeren Kinder auf und die jüngeren passten sich, wenn sie schlau waren, den älteren Kindern an.

So waren die Regeln!

Und jedes Kind kannte sie, ohne dass viele Worte gemacht werden mussten.

Während ich noch im Flur stand und überlegte, ob ich auf eben diese Regeln so richtig Lust verspürte und ob ich mit den drei Mädchen, die ich bis dahin erst einige Male flüchtig im Treppenhaus gesehen hatte, überhaupt mitgehen wollte, zog mir meine Mutter auch schon mein Jäckchen über und schob mich zur Türe hinaus. Ich solle schön lieb sein und den großen Mädchen gehorchen, wenn diese mir etwas sagten.

„Ja, mein Ännchen?"

Mit solch übersichtlicher Instruktion ausgestattet, wurde ich den Mädchen übergeben. Diese nahmen mich sogleich in ihre Mitte und fest an die Hand. Fröhlich winkte uns meine Mutter von der Türe aus hinterher, während wir auch schon die Treppe nach unten stiefelten. „Spielt schön!", hörte ich meine Mutter noch rufen, dann fiel die Haustür ins Schloss.

Unten angekommen, wurde ich sogleich in den Keller abgeführt. Bevor ich wusste wie mir geschah zerrten mich die Mädchen schon die dunkle Kellertreppe hinunter. Ein unangenehmer Geruch nach einer Mischung aus Öl, Kohlen, altem Staub und modrigen Kleidern schlug mir entgegen. Der finstere Kellerraum, der rechts und links in einzelne Bretterverschläge aufgeteilt war, wurde spärlich von einer einsamen Glühbirne beleuchtet, die von der Decke herabbaumelte. Der modrige Geruch wurde intensiver und von irgendwoher vernahm ich unterdrücktes Tuscheln und Flüstern. Es waren also noch mehr Personen hier unten. War ich bis hierhin lediglich überrumpelt gewesen, so begann ich mich jetzt richtig zu fürchten und wollte mich losreißen, aber die drei Mädchen hatten mich fest im Griff und zerrten mich weiter.

Die Türe des dritten Verschlages auf der linken Seite öffnete sich leise knarrend und ich wurde unsanft in einen kleinen Raum geschubst. Auf einer niedrigen Holzkiste in der Mitte des Raumes brannte auf einem zersprungenen Unterteller der Stumpen einer Kerze und erhellte den Raum notdürftig. Gleich eine ganze Horde Jungen und Mädchen, allesamt etwa zwischen acht und elf Jahren alt, lungerten auf dem nackten Boden oder auf alten Holzkisten herum. Mit allerlei Decken, Lumpen und ausrangierten Kissen hatten sich die Kinder in dem Kellerverschlag ein kleines Lager eingerichtet. Neugierig wurde ich von allen Seiten gemustert. Der unruhig flackernde Schein der Kerze verlieh den Gesichtern der Kinder etwas Unheimliches, beinahe Fratzenhaftes und ich fühlte, wie mir wieder die Haare zu Berge standen. Mit denen sollte ich also schön spielen?

Lieber nicht!

Das wiederum lag so gar nicht in meiner Hand. Dummerweise lag da noch die gut gemeinte Instruktion meiner Mutter, schön lieb zu sein und zu gehorchen auf meinem Herzen, während mir auf der anderen Seite just eine ziemlich schmutzige und geballte Faust unter die Nase gehalten wurde. Die Faust gehörte dem kleinen Jürgen, der mir hier in dem dunklen Keller und ohne seine wuchtige Mutter gar nicht mehr so klein vorkam. Jürgen war für sein Alter, immerhin war er schon zehn Jahre alt, vielleicht ein bisschen schmächtig geraten, aber bestimmt zwei Köpfe grösser als ich und er hatte es schon reichlich und auch faustdick hinter seinen ungewaschenen Ohren.

„Halt die Fresse, sonst ...", zischte er mir gerade zu, wobei er mir mit seiner dreckigen Flosse, die ich ja ohnehin schon im Gesicht hatte, jetzt auch noch meine Nasenspitze nach oben drückte.

„Aua", sagte ich und machte einen zaghaften Versuch, wenigstens meine Nase in Sicherheit zu bringen.

„Halt bloß deine blöde Fresse, verstanden?", wiederholte Jürgen und drückte noch fester zu. Ich verstand. Das hatte ich zwar schon beim ersten Mal verstanden, aber ich nahm an, dass der Jürgen, hier so etwas wie der Chef oder Anführer der Meute, ganz sicher gehen wollte. Was hier unten in dem Verschlag vor sich ging, war im höchsten Maße nichts für die Augen der Erwachsenen und ich sollte auf keinen Fall jemandem, insbesondere meinen Eltern, von dem Versteck hier unten erzählen, wurde ich nun von den älteren Kindern instruiert.

„Sonst ...", die Mädchen, die mich hierhergebracht und sich zu den anderen Kindern auf den Boden gesetzt hatten, schauten mich unheilvoll an ... und hoben die Faust.

Aha, die also auch.

Nun wurde ich von allen Seiten begutachtet. Eins der Kinder schob mich vor und zurück, dann sollte ich „bitte, bitte" sagen. Jürgen schniefte vernehmlich und hoffte wohl, dass ich nicht zu blöde sei dafür.

„Ach was, wir probieren es einfach", meinten einige ungeduldig. Und zwar jetzt gleich, immerhin hätten sie schon lange nichts mehr gehabt. Das älteste der drei Mädchen hieß Jasmin. Ich erinnere mich genau, weil ich ihren Namen so toll fand und sie in ihrem Minirock und dem langen, braunen Haar, das sie zum Pferdeschwanz gebunden trug, so süß aussah. Diese Jasmin öffnete also, nachdem einstimmig beschlossen worden war „es" gleich zu probieren, eine der Holzkisten, die dort herumstand und fischte einen alten Lumpen heraus. Der Lumpen entpuppte sich als ein abscheulich nach Mottenkugeln stinkendes, schmuddeliges Kleid, das ich anziehen sollte. Zuvor musste ich mir, unter den wachsamen Augen aller versammelten Kinder, das hübsche Kleidchen ausziehen, das mir meine Mutter am Morgen bereitgelegt hatte. Ich genierte mich abgrundtief, mich vor all den unbekannten Kindern in meinen Unterhosen präsentieren zu müssen. Aber es half nichts. Irgendjemand zerrte mir das Kleid über den Kopf.

„Jetzt stell dich nicht so an, du Pummel!" raunzte mich die süße Jasmin an. „Kriegst es ja nachher wieder. Und halt bloß die Fresse!" Ich ahnte schon, dass ich das mit dem „Fresse halten" noch öfter zu hören bekommen würde und beschloss umgehend, der derzeitigen Übermacht möglichst wenig Anlass zu geben, mich darauf hinweisen zu müssen. Ich hatte so ein Gefühl, dass es besser für mich sein könnte, wenn ich tat, was sie mir befahlen.

Der erste Befehl erfolgte auch prompt. Ich sollte in der nahe gelegenen Fabrik, die sich auf die Herstellung von Pfefferminzwaren spezialisiert hatte, nach Bonbons für die Bande betteln.

„Die Geizhälse da drin rücken nicht gerne raus mit ihrer Ware, obwohl sie Scheiße viel davon haben", erklärte mir Jürgen und machte ein grimmiges Gesicht. „Bis zur Decke stehen die Kisten da in den Hallen rum! Aber denkste, die geben uns mal freiwillig was davon ab?" Wieder ballte er die Hände zur Faust. „Was glaubste, wie viele von uns das schon probiert haben? Jetzt schicken sie uns immer weg, diese Scheißwichser!" Zornig spuckte Jürgen in hohem Bogen aus und der Riesenflatscher landete genau vor Jasmins Schuhspitze. Doch die verzog keine Miene. Aus schmalen Augen starrte sie mich an.

„Und genau deshalb gehst du da jetzt rein", verkündete sie mir und ihre Stimme erinnerte an das wütende Zischeln einer ausgewachsenen Ringelnatter. „Du bist ein neues Gesicht, dich kennen die da noch nicht!" Klar, das leuchtete auch mir ein und augenblicklich fiel ich in das zustimmende Nicken aller ein. Außerdem, ich konnte noch immer den giftigen Blick dieser Natter in meinem Rücken fühlen. Kurz bevor wir den Keller verließen, entbrannte noch ein kurzer Streit darüber, ob ich bei Faam tatsächlich in dem alten Lumpen auftauchen oder doch lieber das niedliche Kleidchen anbehalten sollte. Ich konnte mich zwar selbst nicht sehen, aber wenn der Lumpen auch nur halb so erbärmlich aussah wie er stank, dann musste ich ein Bild des Jammers abgeben. Man wägte ab, in welcher Bekleidung ich das meiste abstauben würde. Zu abstoßend dürfte ich auf keinen Fall rüberkommen, gab Jasmin mit gerunzelter Stirn zu bedenken, sonst würde die Mertens, die blöde Kuh, sofort merken, dass ich zur Bande gehörte. Gerissen waren diese Kinder ja, das musste ich ihnen lassen.

„Der gibt die dämliche Mertens bestimmt jede Menge Bonbons, so niedlich wie die mit ihren blonden Haaren und ihren großen, blauen Augen aussieht", fügte sie noch widerwillig hinzu und betonte das Wort „niedlich" auf eine unangenehme Art. Dann äffte sie mich nach, indem sie ihre Augen weit aufriss und einen übertriebenen Augenaufschlag nachahmte. Ich konnte fühlen, dass sie mir am liebsten mit der flachen Hand ins Gesicht geschlagen hätte. Mittlerweile war es mir völlig egal, in welchem Kleid ich wohin auch immer gehen musste, Hauptsache es war bald vorbei.

Nachdem die Frage bezüglich meiner Bekleidung zu Gunsten meines eigenen Kleides entschieden worden war, wurde mir der Lumpen kurzerhand wieder über den Kopf gezogen und ich zurück in mein eigenes Kleid gesteckt. Dann ging es auch schon los. Jürgen pirschte sich als erster aus dem Keller und spähte zur Haustür. Er würde pfeifen, sobald jemand im Treppenhaus auftauchte. Dann sollten wir warten bis er nochmal, zweimal, pfiffe, denn dann wäre die Luft wieder rein und wir könnten nachkommen.

„Alles klar?"

Einige nickten. Die anderen schauten sich unsicher an. Wie war das nochmal? Also, wann würde der Jürgen zweimal pfeifen? Jürgen verdrehte die Augen. Auf keinen Fall dürfe mich irgendjemand zu sehen kriegen, wie ich mit ihnen in Richtung Stadt ginge. Das gäbe nur blöde Fragen. Und das hieße dann garantiert Ärger.

„Kapiert?"

Alle nickten. Ja, das leuchtete ein! Die drei Mädchen nahmen mich wieder in die Mitte und fest an die Hand, wobei das dritte Mädchen immer dicht hinter mir lief und ohne Probleme erreichten wir in kurzer Zeit die Jülicher Straße. Einmal blieben wir stehen, weil Jürgen einen Kaugummi, den ein Passant vor uns auf den Bürgersteig gespuckt hatte, aufhob und sich in den Mund steckte. Mir verschlug es vor Ekel den Atem.

„Hm", machte Jürgen und kaute genüsslich auf dem widerlichen Ding herum, „is sogar noch Geschmack drin! Pfefferminz würde ich sagen." Mir wurde flau im Magen. Dass Jürgen und seine Genossen aber noch ganz andere Dinger auf Lager hatten, ahnte ich noch nicht. Das düstere Fabrikgebäude vor dem wir ankamen, erstreckte sich über einen ganzen Häuserblock und war aus meterhohen, dunklen Sandsteinblöcken erbaut. Hier bekam ich noch einmal letzte Instruktionen.

„Du musst so machen", erklärte mir eines der Mädchen und streckte mir ihre Hände entgegen, die sie zu einer offenen Kugel geformt hatte. „Du musst immer solche Körbchenhände machen", setzte sie hinzu, „und dann musst du ganz lieb „bitte, bitte" sagen. Die geben dir dann was."

„Und was geben die mir dann?", wagte ich eine Frage, da ich mir nicht vorstellen konnte, dass man Pfefferminz freiwillig und ohne krank zu sein, lutschen mochte.

„Oh Mann, bist du doof!", Jürgen klatschte sich angesichts solcher Begriffsstutzigkeit mit der Hand an die Stirn. „Mann, Klümpchen (Bonbons) kriegste da. Is doch ne Fabrik dafür!"

Wir betraten den Hof und wandten uns dem Bürogebäude des Fabrikkomplexes zu. Durch eine eiserne Türe gelangten wir in einen langen Korridor, dann ging es in einem Treppenhaus viele Stufen empor in einen weiteren Korridor.

Die Bande schien sich bestens auszukennen. Vor einer der vielen Türen blieben wir endlich stehen.

„Hier musste rein", flüsterte man mir hastig zu, dann öffnete jemand die Türe und ich wurde von vielen Händen ins Zimmer geschoben.

Wie von Geisterhand schloss sich die Türe hinter mir und ich stand mitten in einem hellen Raum mit sehr hohen und sehr weißen Wänden. Ich fühlte mich so unbehaglich wie zuvor im Keller und hätte mich am liebsten unter dem großen Schreibtisch verkrochen, an dem eine Frau saß und auf ihre Schreibmaschine einhämmerte. Über ihren Brillenrand hinweg musterte sie mich neugierig. Unglücklich stand ich so da und überlegte fieberhaft, wie ich das unliebsame Gespräch eröffnen konnte. Doch die Frau mit der schwarzen Brille kam mir zuvor.

„Na, haben dich die Kinder geschickt?" fragte sie mich nicht unfreundlich und lehnte sich auf ihrem Bürostuhl zurück. Vor Schreck vergaß ich Körbchenhände zu machen und „bitte, bitte" zu sagen. Das war doch ein Geheimnis; das durfte doch keiner wissen, dass da draußen noch jede Menge Kinder warteten. Auch das hatte man mir vorher noch eingebläut: „Du darfst unter keinen Umständen verraten, dass du nicht alleine bist ... Sonst, du weißt schon ...!" Ja, ja, ich wusste schon, Fresse halten!

„Na, Kleine", fuhr die nette Frau fort und musterte mich lächelnd, „nun sag schon, was möchtest du denn gerne?" Jetzt fiel es mir, Gott sei Dank, wieder ein und ich machte hastig einen höflichen Knicks.

„Ich soll nach Bonbons fragen", piepste ich wahrheitsgemäß und setzte dann noch eiligst „Bitte, Bitte" hinzu. Körbchenhände machte ich aber absichtlich nicht, denn ich schämte mich ganz furchtbar vor der netten Frau. Die Frau stieß einen Seufzer aus, stand aber vom Schreibtisch auf und ging mit langsamen Schritten zur Schrankwand.

„Das sind jetzt aber wirklich die letzten!" erklärte sie mir. „Sage das denen da draußen. Und sage Jasmin auch, dass ich es ihrer Mutter erzähle, wenn sie dich noch einmal betteln schicken." Ich nickte und hoffte, mir alles merken zu können, was mir die nette Frau mir auftrug. Diese öffnete jetzt eine der vielen Schranktüren und nahm aus einer kleinen Kiste ein paar Rollen Pfefferminzdrops heraus, die sie mir in meine Jackentasche stopfte und den Rest in meine Hände. Ich bedankte mich, so, wie meine Eltern es mir beigebracht hatten und machte abermals einen artigen Knicks.

„Sag mal, Kleine", wollte die Frau nun noch von mir wissen, „wissen deine Eltern eigentlich, wo du bist?" Das war nun eine sehr unangenehme Frage, die ich der lieben Frau gar nicht so einfach beantworten konnte.

„Hmm, ja", nickte ich deshalb nur und machte mich schleunigst auf den Weg hinaus. Draußen wurde ich sofort von der Bande abgefangen und erst einmal in das ruhigere Treppenhaus gebracht. Sicher war sicher. Dort wurde mir die Beute sogleich aus den Händen gerissen und untereinander verteilt. Ich selbst bekam außer einem anerkennenden Nicken vom Chef nichts ab, aber das war mir egal. Ich mochte die weißen, scharfen Dinger sowieso nicht und konnte mir überhaupt nicht vorstellen, dass man darauf so versessen sein konnte. Pfefferminze, igitt! Das waren doch keine Süßigkeiten!

Pünktlich wurde ich von meinen drei Aufpasserinnen wieder zu Hause abgegeben. Meine Mutter öffnete die Tür. Mit Unschuldsmienen versicherten ihr die drei Schwestern wie schön wir zusammen gespielt hätten und dass sie die süße Kleine gerne bald wieder abholen würden. Natürlich nur, wenn es meiner Mutter recht sei. Meine Mutter nickte. Ach, was waren das doch für reizende Mädchen! Und ja, natürlich gerne!

„Wie schön, mein Kind, dass du so nette Spielkameraden gefunden hast. Das ist ja ein Glück." Dazu sagte ich lieber nichts, denn beim Abschied knuffte Jasmin mir noch einmal heimlich in den Rücken, du weißt schon …!! Ja doch, ich bin ja nicht blöd, antwortete ich innerlich. Ich halte den Mund und verrate schon nichts!

Wie versprochen, holten mich die Mädchen nun regelmäßig ab. Sie würden mich zum Spielplatz oder in den Hof zum Gummitwist mitnehmen, versicherten sie, meine Mutter in dem festen Glauben lassend, dass für mich alles zum Besten stand. Das Betteln bei Faam fand tatsächlich ein sofortiges Ende, da Frau Mertens eines der Kinder, deren Tante sie war, auf der Straße getroffen und aufs Eindringlichste gewarnt hatte, sich noch einmal in der Fabrik sehen zu lassen. Man sei doch schließlich nicht bei den Zigeunern, bemerkte sie ganz treffend und außerdem sollten sie sich unterstehen das niedliche Mädchen mit den blonden Haaren nur noch ein einziges Mal vorzuschicken, sonst … hier hatte sie eine vielsagende Geste gemacht.

Die Warnung hatte jedenfalls gewirkt, denn auch Jürgen war sich sicher, dass man die Dank des neuen Mitgliedes doch so einträgliche Tätigkeit in ein weniger heikles Gebiet verlegen sollte.

Auf der Suche nach einer mehr oder weniger sinnvollen Beschäftigung strich die Bande oft stundenlang im Viertel umher. Immer mit mir zwischen zweien in der Mitte und fest an der Hand. Und aus dieser Umklammerung gab es kein Entrinnen für mich! Ich erfand meine Strategie des mich „unsichtbar machen".

Obwohl eigentlich Jürgen der „Chef" der Bande war, fühlte ich mich besonders Margit und Jasmin gegenüber ausgeliefert, die mich wie zwei Gefängniswärterinnen bewachten. Waren meine beiden Aufpasserinnen abgelenkt oder mit etwas anderem beschäftigt, verhielt ich mich so unauffällig wie nur möglich und versuchte alles zu vermeiden, was ihre Aufmerksamkeit in meine Richtung lenken konnte. So gut ich konnte, verhielt ich mich still, in Toreinfahrten gekauert und hinter Hausecken verborgen oder ließ mich bei besonders unangenehmen Aktivitäten weit zurückfallen. Bis es Margit oder die süße Jasmin bemerkten und mich unsanft zurück in ihre Mitte zerrten.

Damals gab es die großen Autohäuser und Tankstellen noch nicht, die heute zwischen dem Bücherplatz und dem Verteilerkreis liegen, dem Wahrzeichen Aachens, einem riesigen kreisrunden Teich, dessen meterhohe Fontänen schon von Weitem zu sehen sind. Das ganze Gebiet dazwischen, das mir als Kind kilometerweit erschien, war zu meiner Zeit noch ungenutztes Brachland. Rechts des breiten Bürgersteiges erstreckten sich, soweit das Auge reichte, Böschungen, die aus meterhohem Gras, dornigem Gestrüpp und undurchdringlichen Büschen bestanden. Dort zog es Jürgen hin.

„Is doch toll hier", meinte er, pfiff durch die Zähne und schaute sich anerkennend rings um. „Kein Schwein kann uns hier sehen!" Das jedoch war genau der Grund, weshalb ich viel lieber woanders gewesen wäre. Eine innere Stimme verriet mir, dass die schrecklichen Kinder hier in dieser abgelegenen Gegend höchst unerquickliche Dinge unternehmen könnten. Und kein Erwachsener wäre in Rufweite, der sie daran würde hindern können.

„Los, kommt, wir machen, wer am weitesten pinkeln kann", forderte Jürgen die Jungen auf, die sich sofort in Reih und Glied aufstellten und ihre Hosenschlitze öffneten.

„Guckt mal alle!" rief das Mädchen, das Margit hieß, als die Pissestrahlen im hohen Bogen ins Gras prasselten. „Jürgen pisst am weitesten und hat den längsten Pimmel! Ha ha ha! Jürgen hat den fettesten Pimmel von allen!"

„Kannst ja mal dran lutschen, so wie du es bei deinem Vater immer tust", gab Jürgen mit einem widerwärtigen Grinsen zurück. Das Mädchen antwortete mit einer obszönen Gebärde, von der ich nur eine vage, jedoch unangenehme Ahnung hatte, was sie bedeuten konnte. Die Kinder lachten aufgeregt. Doch jetzt war Jürgen, von Margits obszönen Gebärden angestachelt, in Fahrt gekommen.

„Komm schon, Hose runter, Beine breit", johlte er und wurde vor Erregung ganz rot im Gesicht. Mit einer Hand rubbelte er sich zwischen den Beinen in seiner offenen Hose herum. Die übrigen Jungen und Mädchen waren sofort begierig in das Gejohle von Jürgen eingefallen und forderten nun lautstark, dass Margit sich nicht so anstellen solle, damit Jürgen endlich auch mal bei ihr reinkönne. Der um fast einen Kopf kleinere Jürgen machte sich an Margit zu schaffen, während die Kinder sie im Kreis umstanden und die beiden widerlich grölend anfeuerten.

Ich selbst wagte nicht hinzusehen und machte mich hinter dem Gebüsch, hinter das ich mich schleunigst verzogen hatte, so unsichtbar wie ich nur konnte. Jetzt bloß niemandem auffallen! Ich schlug die Hände vor mein Gesicht. Lieber Gott, betete ich, lieber, lieber Gott, mach, dass die schrecklichen Kinder nichts von mir wollen, außer, dass ich für sie bettele, aber bitte, bitte, lieber Gott, mach, dass sie das nicht mit mir machen. Starr vor Angst blieb ich so hocken.

Der liebe Gott muss mein stummes Flehen erhört haben, denn kurz darauf zerrten meine Aufpasserinnen mich hinter dem Busch hervor und wir verließen alle zusammen den versteckten Ort. Jasmin, die die Jungs mit am lautesten angestachelt hatten, war vor Erregung noch immer knallrot im Gesicht. Grob riss sie mich am Ärmel hinter sich her.

„Jetzt mach schon, Dickerchen", zischte sie und ihre Stimme keuchte, als hätte sie eben einen Dauerlauf gemacht. Plötzlich blieb sie stehen und hob die Hand. „Lass dich nicht so ziehen!" Ihr immer noch heftiges Atmen war mir unangenehm. Zudem hatte sich das Gesicht der süßen Jasmin gerade in eine gemein grinsende Fratze verwandelt, die ich nicht deuten konnte und die mich abstieß. „Und dass du ja deine dämliche Fresse hältst!" Ich warf verstohlene Blicke auf das Mädchen, das in dem Gebüsch gerade mit Jürgen und unter den Augen aller anderen Kinder Dinge getan hatte, die mir zutiefst zuwider gewesen waren. Zu meinem größten Erstaunen benahm sie sich jedoch, als sei nichts weiter geschehen und sprang genauso frech und ungestüm herum wie zuvor.

Hatte ich bis dahin eine Mischung aus tiefem Unbehagen und Angst vor den schlimmen Kindern empfunden, so waren sie mir jetzt auch noch ekelhaft und abstoßend geworden. Leider nützte mir diese Erkenntnis so gar nichts, denn ich befand mich, ein weiteres, verstörendes Erlebnis mit ihnen teilend, fest in ihrer Mitte. Und aus dieser gab es für mich, zu diesem Zeitpunkt, kein Entrinnen. Ich erinnere mich noch gut an den nächsten schwül-heißen Sommertag. Die Sonne hatte bereits am Mittag den Asphalt auf den Straßen derart erhitzt, dass die Luft nur so schwirrte und es durchdringend nach Teer stank. Alle waren wegen der Hitze ein wenig lahm und die meisten Kinder langweilten sich schon seit Stunden.

„Was könnten wir nur machen?" quengelten einige und starrten fragend auf Jürgen, der missmutig auf einer niedrigen Hausmauer hockte und Steinchen auf den Gehsteig warf. Prompt hatte der eine Idee.

„Los, kommt schon", kommandierte er und spurtete auch schon los. „Ich weiß was!"

Wie automatisch nahmen die Mädchen mich wieder in ihre Mitte und fest an die Hand. Wir überquerten die breite, vierspurige Straße unterhalb des Verteilerkreises (was uns Kindern strengstens verboten war) und bogen nach rechts, durch einen Torbogen, in die Jülicher Straße ein. In einem aus roten Ziegelsteinen erbauten Gebäudekomplex sollte ich an diesem „schönen Tag" von Tür zu Tür gehen, klingeln und wenn geöffnet würde, wieder um Bonbons oder Geld betteln. Jeder meiner Schritte wurde von der Bande, die sich hinter der Hausecke versteckt hielt, genauestens verfolgt.

Eine halbe Stunde später hatte ich außer einer großen Tüte Bonbons, mehreren Tafeln Schokolade und zwei Mark auch noch etliche Beschimpfungen sowie eine saftige Ohrfeige ergattert. Ein gleichermaßen unfreundliches wie ungepflegtes Ungeheuer von einer Frau in einem völlig zerknautschten Polyestermorgenmantel, der ganz abscheulich nach Schweiß gestunken hatte, verabreichte sie mir, nachdem sie mich minutenlang aus glasigen Augen angestarrt hatte. Das grelle Make-up war völlig verschmiert und die Wimperntusche bröselte ihr, schwarze Schlieren hinterlassend, in kleinen Bröckchen von den übernächtigten Augen. Als sie schließlich den Mund öffnete, entwich ihr ein von Bier, Zigarettenqualm und Fleischwurst derart geschwängerter Rülpser, dass es mich beinahe aus den Latschen gefegt hätte. Entgeistert starrte ich ihr ins Gesicht und konnte den Blick nicht abwenden von dem Rot auf ihren Lippen, das sich wie bei einem Clown vom Kinn bis unter die Nase verteilt hatte. „Es is eine bodenlose Unverschämtheit und Frechheit, dass Kinder am helllichten Tage an der Türe betteln, eigentlich müsste endlich mal jemand die Polizei rufen und diese Zumutung unterbinden", lallte sie, nachdem meine Worte ihr vernebeltes Hirn erreicht hatten und klammerte sich an den Türrahmen.

Schuldbewusst hielt ich mir meine geschundene Backe.

Die Backpfeife, wie auch die Beschimpfungen, sollte ich nach Meinung der Kinder gefälligst für mich behalten, alles andere wurde mir wie üblich, sogleich aus den Händen gerissen. Als ich mich vorsichtig erkundigte, ob ich nicht vielleicht auch ein Bonbon abhaben könne, sahen mich die Kinder verwundert an.

„Dann musst du dir mal ein bisschen Mühe geben und mehr bringen", zuckte die süße Jasmin verständnislos mit den Schultern. „Das reicht ja sonst nicht mal für uns." Kühl musterte sie mich von oben bis unten.

Ich verstand.

Wieder einmal war ich der Willkür der Kinder ausgeliefert und hatte hinzunehmen, womit sie mich bedachten.

„Außerdem bist du schon fett genug, Dickerchen", setzte die süße Jasmin noch hinzu und pikste mir mit dem Finger in mein durchaus anständiges Bäuchlein. Mit dem „Dickerchen" hatte sie allerdings recht. Dank des guten Haferflockenbreies, den wir nach wie vor mindestens einmal am Tag zu essen bekamen, stand ich ziemlich gut im Futter. Er war nicht nur nahrhaft und schmeckte, je nachdem wieviel Honig zugegeben wurde auch noch sehr lecker, sondern war obendrein noch sehr günstig in der Herstellung. „Guck mal, die niedliche Kleine da", hörte ich Leute oft lachend sagen und dabei zeigten sie mit dem Finger auf mich, wenn die Bande irgendwo mit mir herumstreunte. Das Wort „Babyspeck" fiel im Zusammenhang mit mir schon früher recht häufig.

Unerwartet bekam ich jetzt Schützenhilfe von einem unansehnlichen Mädchen namens Karin. Karin wohnte irgendwo in der Passstraße und war festes Mitglied der Kinderbande. Ihr unförmiger, grober Körper steckte meist in grellbunten, oft viel zu kleinen Kleidern, was sie noch dicker erscheinen ließ als sie ohnehin schon war. Das lange, aschblonde Haar hing fettig und strähnig an ihrem trostlosen Kopf herunter. Manchmal trug sie einen Pferdeschwanz, so wie die süße Jasmin, aber das sah dann noch schlimmer aus. Meistens stierte diese Karin einfach nur stundenlang finster und wortkarg vor sich hin, beteiligte sich jedoch lebhaft an allen Aktionen.

„Jetzt gib ihr schon was ab, blöde Kuh. Oder willst du, dass die hier anfängt zu plärren?", herrschte Karin nun für alle völlig überraschend die süße Jasmin an. Erstaunt schaute ich zu Karin rüber, die mich bis dahin noch nie auch nur eines Blickes gewürdigt hatte. In ihrer linken Backe hatte sie eine riesige Beule, weil sie sich ihren Anteil von drei Bonbons gleich auf einmal in den Mund gestopft hatte. Das hatte ich genau gesehen. Ich glaube auch, dass mich diese

Beobachtung überhaupt erst zu meiner Frage veranlasst hatte. Alle anderen Kinder hatten drei Bonbons und ich gar keins. Das war mir ein wenig ungerecht vorgekommen. Doch nun war ich gespannt, mein Schicksal hinsichtlich der Verteilung der Beute schien sich zu ändern.

„Ich hab aber nix mehr", log die süße Jasmin und versteckte die Hand mit der Tüte auf dem Rücken.

„Zeig her!", befahl Karin und baute sich drohend vor Jasmin auf, die vor Schreck einen Satz zurück machte. „Zeig sofort her!", kreischte eine wie plötzlich erwachte und sehr aufgebrachte Karin Jasmin zum zweiten Mal an und trampelte ungeduldig mit den Füßen. Im Nu liefen die Kinder zusammen. Ärger lag in der Luft, hofften sie, begierig auf eine Sensation. Endlich geschah etwas.

„Mach deine stinkenden Finger auf, oder ich breche sie dir!", wütete Karin, während sie der verdatterten Jasmin die Finger der zur Faust geballten Hand aufbog. Dort befand sich tatsächlich nur der Rest von Jasmins Anteil, nämlich zwei Bonbons. In der Tüte aber, die sie mit einem Mal lammfromm an Karin weiterreichte, steckte noch ein großes Stück Schokolade. Dieses drückte mir Karin wortlos in die Hände. Zartbittere Herrenschokolade, wie sich beim ersten Bissen herausstellte. Igitt, wie bitter! Aber immerhin, Karin hatte erstmals dafür gesorgt, dass ich etwas abbekam. Der Zank der beiden Mädchen war jedoch damit noch nicht beendet. Hitzig standen sie sich gegenüber, umringt von dem Rest der Meute, der mit glänzenden Augen auf den Ausgang des Streites lauerte.

„Immer nimmst du dir zuerst das Beste", schnaubte Karin. Sie senkte den Kopf wie ein wilder Stier und ballte nun selbst die Fäuste.

„Phh", machte die süße Jasmin und sah ihre Gegnerin gehässig an. „Guck dich doch mal an, du fette, hässliche Sau …du fiese …" Weiter kam Jasmin nicht, denn die eigentlich ziemlich plumpe Karin hatte sich mit einem gewaltigen Satz auf sie gestürzt und riss ihr jetzt so grob an den Haaren, dass die heute so jählings Erwachte gleich ein ganzes Büschel in der Hand hielt. Die süße Jasmin schrie wie am Spieß, während Karin wie von Sinnen an ihr herumzerrte und ihr weiter Haare ausriss. Die Bande feixte. Hei, das war ein Spaß! Eine handfeste Prügelei, und dann auch noch unter den Mädchen. Das kam nicht so häufig vor, war aber wesentlich interessanter als bei den Jungs, weil die Mädchen beim Prügeln immer so schön laut kreischten. Außerdem waren sie viel brutaler und gemeiner als die Jungs. Rissen sich gegenseitig die Haare aus, zerkratzten sich die Gesichter, bissen und kniffen, was das Zeug hielt. Und schlugen und traten noch immer weiter, wenn die andere schon am Boden lag und heulte. Ja, vor den Mädchen musste man sich besonders in Acht nehmen, die waren überhaupt nicht so harmlos wie sie immer taten und ganz schön gemeine und hinterhältige Biester.

Die süße Jasmin und die plumpe Karin waren noch immer derart verbissen ineinander verkeilt, dass sie nicht hörten, wie im ersten Stock des Hauses ein Fenster geöffnet wurde und eine Frau etwas zu ihnen herunter brüllte. „Elendes Pack", „Asoziale" und „Hurensöhne" gehörten aber ohnehin zu den Worten, die die Kinder dieser Gegend nicht gerade selten zu hören bekamen und sowieso niemanden juckten. Keines der Kinder fühlte sich auch nur im Geringsten angesprochen. Trotzdem wurde der Kampf nur wenige Augenblicke später jäh beendet und zwar von einem Eimer kalten Wasser, den die Frau aus dem Fenster kippte. Genau über die Köpfe der beiden Mädchen. Japsend schnappten die zwei nach Luft.

Ungläubig fuhr sich die süße Jasmin mit beiden Händen über ihren klatschnassen Kopf und schaute fassungslos an der Hauswand empor. Und während sie auch mit nassen Haaren immer noch sehr süß aussah, gab die arme Karin ein Bild des Jammers ab. Das wiederum war in diesem Moment völlig zweitrangig geworden wie auch der Streit und die Gründe, die zu diesem geführt hatten. Durch einen Angriff von außen in Windeseile vereint, wandte sich die Bande einhellig der Frau am Fenster zu. Jasmin bebte vor Wut.

„Na warte, das haben wir gleich!" Mit diesen Worten löste sich die süße Jasmin aus ihrer Erstarrung und schlenderte geradezu aufreizend langsam in Richtung Haustür. Dabei ließ sie die Frau am Fenster nicht eine Sekunde lang aus den Augen. Ihr Gesicht verzog sich zu einer hinterhältigen Fratze. Mit gespielter Anstrengung betrachtete sie die Namensschilder neben den Türklingeln.

„Ich glaube Hartmann heißt die widerliche Fotze, die da oben gerade ihr Leben verspielt hat!", rief sie, nachdem sie die entsprechende Klingel gefunden hatte, den Kindern zu und bedachte die Frau mit einem derart niederträchtigen Grinsen, dass diese vor Schreck das Fenster zuschlug. Sicherheitshalber zog sie auch noch die Gardinen vor. Man konnte ja nie wissen. „Das kriegste wieder, du Sau!", zischte die im Moment so überhaupt nicht süße Jasmin mit der Ausstrahlung einer aufgebrachten Sandviper und sah sich mit durchtriebenem Blick in der Runde um.

Die anderen nickten. Ja klar, das schrie nach Rache. Die brauchte sich nicht einzubilden, dass sie so davonkommen würde. Da würde man sich in aller Ruhe etwas einfallen lassen. Die Meute war unruhig geworden und hätte der Alten am liebsten gleich erst die Fenster und dann ihre dämliche Visage eingeschlagen. Mindestens. Aber das ging am helllichten Tag natürlich nicht. Stattdessen kaufte Jürgen von den zwei Mark, die ich erbeutet hatte, am nächsten Kiosk erst einmal Limonade.

Sich die Flaschen mit der goldgelben, sprudelnden Flüssigkeit gegenseitig ungeduldig vom Munde reißend, tranken sie gierig alles bis auf den letzten Tropfen aus. Dann rülpste Jürgen ausgiebig und extra laut, wobei die Kinder sich vor Lachen bogen und es ihm augenblicklich nachmachten. Je nachdem, wieviel sie abbekommen hatten, mit unterschiedlichem Erfolg. Ich hatte heute schon so vieles gesehen und gehört, unter anderem die schlimmen F-Worte, von denen ich annahm, dass nicht einmal meine Eltern sie kannten und die sie von mir, das war mal sicher, auch nie erfahren würden, dass es auf das eklige Gerülpse auch schon nicht mehr ankam. Rülpsen galt bei uns zu Hause nämlich als ein Geräusch für das man sich unverzüglich zu entschuldigen hatte.

Der Tag mit all seinen Widerwärtigkeiten wollte heute einfach kein Ende nehmen. Die Wut über die erlittene Schmach, die zwar ausschließlich die süße Jasmin und die jähzornige Karin so hinterrücks getroffen hatte, stellte eine unannehmbare Demütigung für die ganze Gruppe dar und wollte sich in einer möglichst gemeinen Aktion entladen. Es gab doch nichts Befriedigenderes, als sich einmal so richtig zu rächen.

Für alles.

Und zwar gründlich!

Egal, an wem.

Eines der Mädchen hielt plötzlich eine leere Limonadenflasche hoch. „Hört mal!", rief sie mit lauter Stimme, „ich hab eine Idee." Sofort hatte sie die ungeteilte Aufmerksamkeit der gesamten Gruppe. „Wir pissen der Oma von Jürgen in die Flasche", japste sie und konnte sich vor Lachen kaum halten, „und dann sagen wir ihr, es sei Limonade!"

Die Kinder grölten vor Vergnügen. Ja, das würde ein Spaß werden, wenn die alte Hexe, diese ekelhafte alte Vettel, aus der Flasche trank und sich womöglich noch dafür bedankte, dass sie Pisse zu trinken bekam. Hei, das versprach eine ganz tolle Abwechslung zu werden und jeder wollte dabei sein. In einer Hausecke wurde die Flasche zuerst von Jürgen zu einem Drittel gefüllt, denn immerhin handelte es sich ja um seine Sippschaft und dann pissten Andy, Karl-Heinz und Uli sie bis zum Rand voll. Alle waren außer Rand und Band und konnten sich nicht einkriegen vor Lachen. Wieder riss ein jeder dem anderen die Flasche aus der Hand und setzte sie sich zum Schein an den Mund.

„Hm, lecker Limonade Omma. Hier trink …!" krakeelten sie. Sie hielten sich den Bauch und johlten bis ihnen die Luft wegblieb. Man war nicht gerade sensibel bei der Auswahl seiner Opfer. Und mir wurde wieder einmal übel.

So vergingen viele Tage und Wochen und niemand hegte auch nur den geringsten Verdacht, dass ich etwas anderes tat als mit ein paar netten Mädchen auf dem Spielplatz zu spielen. Wenn wir nicht gerade irgendwo bettelten, in der Gegend herum pissten oder andere schlimme Dinge anstellten, wurde jemand geärgert. Dabei ging die Bande nicht besonders zimperlich vor. Es wurde gehänselt und verspottet, was das Zeug hielt! Keine Behinderung war zu klein und kein Gebrechen zu groß als dass man sich darüber nicht hätte lustig machen können. Trafen wir auf jemanden, der sein Bein nachzog oder hinkte (in jener Zeit kein seltener Anblick, angesichts der vielen Kriegsversehrten aus dem 2. Weltkrieg), so lief ihm die Meute, sein Gebrechen aufs Übelste nachäffend, so lange hinterher, bis sie die Lust verlor oder ein anderes Opfer ihr Interesse erregte.

Einem älteren Mütterchen, das ganz in der Nähe wohnte und einmal, schon sehr gebeugt und auf unsicheren Beinen, vom Lebensmittelladen zurück nach Hause wackelte, rissen sie sogar die Einkaufstasche sowie ihren Krückstock aus der Hand. Für die kurze Zeit des Gerangels löste sich Margits Klammergriff und der eines anderen Mädchens von mir und ich sprang hinter einen von zwei mächtigen Abgrenzungssteinen einer Toreinfahrt. Fassungslos musste ich von dort mit ansehen, wie sich die alte Frau mit letzter Kraft an der Hausmauer abstütze. Margit fuchtelte mit dem Krückstock vor deren Gesicht herum und tat so, als wollte sie mit dem Stock zuschlagen. Und die übrigen Mädchen, die die beiden im Halbkreis umringte, brüllten dazu:

„Tu's doch, tu's doch!" Ohne dass ich es verhindern konnte, liefen mir die Tränen die Wangen hinunter und ich musste an meine eigene Oma denken und daran, dass man Menschen doch nicht schlagen und so wehtun durfte. Ich bin mir nicht sicher, ob es mein lautes Schluchzen war, das Margit davon abhielt zuzuschlagen oder ob sie es sowieso nicht vorhatte und der alten Frau nur Angst machen wollte, jedenfalls ließ sie plötzlich den Stock sinken und warf ihn der Frau achtlos vor die Füße. Sie beteiligte sich jetzt lieber am Kampf um den Inhalt der Einkaufstasche. Über diese hatten sich nämlich schon die Jungs hergemacht und alles Ess- und Trinkbare daraus geplündert. Lediglich ein Päckchen Butter und eine Dose Kondensmilch warfen sie verächtlich in den Beutel zurück.

„Kannste behalten, du blöde Sau!", schrien Margit und die süße Jasmin und wollten schon losrennen, als mich Margit in der Toreinfahrt entdeckte.

„Los, weg hier", brüllte sie in meine Richtung, während Jasmin auch schon mit einem Satz bei mir war und mich grob aus meinem Versteck zerrte. Wie der Wind rannten wir davon. Die Übrigen folgten eiligst nach.

Hatte ich schon erwähnt, dass am Blücherplatz die Sirenen der Polizeiautos sehr häufig zu hören waren und die `Grünen Minnas` oft vor unserem Haus parkten, während jede Menge Gesetzeshüter durchs Haus stapften? Eines Tages hallte das Geheule von Mutter Jäger schon morgens durchs ganze Treppenhaus.

„Ihr gemeinen Bullenschweine, verpisst euch!" hörten wir sie bis zu uns herauf kreischen. Wieder einmal hatten „die Bullen" einen ihrer natürlich völlig unschuldigen Söhne aus dem Haus heraus- und in eine bereitstehende Minna hineingezerrt. Ich bekam mit, wie meine Mutter meinen Vater fragte, wann es denn soweit wäre und dieser Albtraum endlich, endlich ein Ende nähme.

Dass es dann doch relativ schnell ging und die ganze Kinderbande aufflog, ahnte ich in diesem Moment noch nicht. Das Ganze war nur dem reinen Zufall zu verdanken und nichts ließ an diesem sonnigen Nachmittag darauf schließen, wie dieser Tag noch enden würde.

Margit hatte mich gleich nach dem Mittagsschlaf abgeholt und wie üblich streunten wir in der Gegend herum. Da die üblichen Reviere mittlerweile reichlich abgegrast waren, hatten Jürgen und Jasmin nach längerem hin und her beschlossen, das Jagdgebiet in die Innenstadt auszuweiten.

„Da kennt uns wenigstens kein Schwein", hatte Jürgen die übrigen Kinder überzeugt, die mit ratloser Mine der Unterhaltung gefolgt waren. „Wir fangen in der Adalbertstraße an und machen dann weiter am Elisenbrunnen! Klar?" Obwohl wahrscheinlich keiner der Eltern, außer Mutter Jäger vielleicht, eine genaue Vorstellung davon hatte, womit wir Kinder uns die Zeit vertrieben, so war es doch den meisten strengstens untersagt, sich derart weit vom Blücherplatz zu entfernen.

Ein guter Bekannter meiner Eltern stieg just an diesem Tag an der Straßenbahnhaltestelle Kaufhof aus. Beinahe sei er über mich gestolpert auf dem Weg zu einer Parfümerie in der Nähe, um seiner Frau, deren Geburtstag kurz bevorstand, ein Geschenk zu kaufen. Fast hätte er das kleine, blonde Mädchen nicht erkannt, das da so mutterseelenallein im Straßengraben hockte, die Hände bittend erhoben. Immer wieder schüttelte er ungläubig den Kopf, als er die Geschichte nun schon zum x-ten Mal für meine Mutter wiederholte, die ihrerseits nicht müde wurde, haarklein nachzufragen, wie sich alles zugetragen hatte.

„Also da sitzt doch dieses kleine Mädchen, das aussieht wie die kleine Anastasia von den Heerhausens", schmückte Herr Fröse seine Geschichte mit sichtlicher Genugtuung gerade aus. „Und ich denke noch bei mir, das kann sie ja gar nicht sein, die kleine Anas, weil das Kind, das da in Lumpen sitzt und bettelt, doch niemals die Tochter meines Freundes Hermann sein kann." Ein kurzer Seitenblick auf meinen Vater, der eben ins Zimmer getreten war und an dieser Stelle unwillkürlich zusammenzuckte, überzeugte Hajo Fröse von der Wirkung seiner erneuten Schilderung und ließ ihn mit dem Bericht der Ereignisse befriedigt fortfahren. „Aber wie ich mich zu der Kleinen hinunterbeuge, um ihr 50 Pfennig in ihre kleinen Händchen zu legen, (ein Detail übrigens, an das ich mich leider so überhaupt nicht erinnern kann!) da höre ich doch ...", hier machte Herr Fröse eine taktische Pause, damit meine Mutter Zeit und Gelegenheit bekam, die Hände vors Gesicht zu schlagen und „Oh Gott, oh Gott" zu murmeln, „ ... also da höre ich doch, wie die Kleine sagt: Vielen Dank, Herr Fröse!"

Peng! Die Pointe saß! Akzentuiert gelungen und zwar auf dem Punkt! Vom Triumph seines ebenso heroischen wie resoluten Einschreitens in dieser delikaten Angelegenheit derart überwältigt, blickte Hajo Fröse, nun beinahe selbst den Tränen nahe, in die gespannten Gesichter der Runde. Und jeder, dem er die Geschichte von nun an erzählte, war bass vor Erstaunen.

„Na sowas, die Kleine von den Heerhausens war bettelnd in der Adalbertstraße aufgefunden worden ... ts ts ts. Wie hatte das denn nur geschehen können? So eine nette Familie! Und dann so etwas. Dinge passierten heutzutage aber auch ..." Die gebannten Zuhörer zeigten sich aus tiefstem Herzen schockiert. Zu seiner größten Überraschung wie auch zu seiner größten Freude, erlebte Hajo Fröse in diesen Tagen, im Alter von fast 45 Jahren, eine Renaissance seiner Wichtigkeit. Und Hajo Fröse beschloss, sich noch ein wenig länger feiern zu lassen. Eine solche Gelegenheit würde sich, so ahnte er selbst, nicht noch einmal so bald ergeben.

„Ja, aber wie ging es denn dann weiter, lieber Herr Fröse, so erzählen sie doch, was passierte dann?", ließ sich dieser von seinen sensationshungrigen Zuhörern bitten. Der Rest sei schnell erzählt, meinte der so Gebetene und wer ihn nicht so gut kannte, mochte wohl glauben, die Geschichte sei damit bald am Ende. Wer allerdings schon einmal das zweifelhafte Vergnügen gehabt hatte, einer Erzählung des Herrn Fröse beizuwohnen, der wusste, dass sich der gerade mal warm gesprochen hatte. Mein Vater verdrehte die Augen. Es war ausgesprochen ärgerlich, dass ausgerechnet dieser langweilige Fröse mich in einer derartigen Situation aufgefunden hatte und jetzt mit dieser Geschichte angab, dass es nur so krachte. Leider sah Freya das offensichtlich anders. Sie animierte diesen Langweiler nun schon zum ungefähr zehnten Mal sich zu produzieren. Ich konnte spüren, wie unwillig mein Vater zuhörte.

Der nette Herr Fröse habe mich dann gefragt, wo denn meine Mama und mein Papa seien, worauf ich wiederum geantwortet habe, dass ich das nicht wisse und für die Kinder da hinten Körbchenhände machen müsse, damit sie sich von dem Geld Bonbons und Limonade kaufen könnten. Ja, und kaum hatte ich das ausgesprochen, da war mir glühend heiß eingefallen, dass ich das ja nicht verraten durfte. Aber da war es auch schon gesagt und zu spät. Vielleicht war Herr Fröse nicht gerade der interessanteste Erzähler, hier in dem Moment aber hatte er sehr schnell geschaltet.

Mit den Worten: „Na, dann bringe ich dich erst einmal zurück nach Hause", hatte er mich bei der Hand genommen. Aber erst noch müsste der Onkel Fröse kurz telefonieren, informierte er mich und verschwand mit mir in der nächsten Telefonzelle.

Die Bande hatte natürlich alles beobachtet, hielt sich jedoch abwartend im Hintergrund. Wahrscheinlich legten sie sich schon eine Erklärung zurecht für das schmutzige

Kleid, das ich heute hatte tragen müssen. Was, zum Teufel nochmal, sollten sie jetzt tun? Man beschloss, noch ein wenig abzuwarten.

Die grüne Minna rollte so unauffällig und leise wie nur möglich an und hielt weiter vorne in der Adalbertstraße. Die Bande wurde völlig überrascht. Einige der Kinder konnten sich losreißen und abhauen, aber zielsicher hatten es die Beamten sowieso auf die Größeren abgesehen.

„Die Jägers vom Blücherplatz", na klar, das sagte den Beamten etwas. „Das waren doch die und die …" Mehr hatte ich nicht mitbekommen und am liebsten hätte ich mir sowieso die Ohren zugehalten. Nun war es Aufgabe der Polizei und der Erwachsenen herauszufinden, wer woran beteiligt gewesen war. Mich beschäftigte am meisten die Frage, was mein Vater zu der ganzen Sache sagen würde. Den hatte Herr Fröse nämlich auch angerufen und er war auf dem Weg zu mir.

Ich überlegte, ob er wohl mit mir schimpfen würde. Ich war mir nicht ganz sicher, ob mein Vater, der den ganzen Tag an einem großen Schreibtisch saß und viele Zettel vollschrieb, der immer mit vielen wichtigen Leuten sprach und viele wichtige Dinge zu tun hatte, ob der, und da war ich mir eben nicht sicher, ob mein Vater auch Ahnung von Kindern hatte. Noch dazu von einem so kleinen wie mir.

„Aber Kind, warum hast du uns denn nichts erzählt?" versuchte meine Mutter mich die nächsten Tage und zum wiederholten Male auszuquetschen. Ich saß auf ihrem Schoß und las quälende Besorgnis in ihren Augen, aber auch völliges Unverständnis und Ratlosigkeit. Was sollte ich sagen, wo anfangen? Die vielen Instruktionen, Befehle und Drohungen, die viele Wochen lang von allen Seiten auf mich eingeprasselt waren, schwirrten mir im Kopf herum. Was hatte ich nicht alles gesehen, erlebt und gehört, was die Erwachsenen unter keinen Umständen wissen durften? Wie entsetzt würde meine Mutter sein, wenn sie auch nur eine Ahnung davon hätte? Vielleicht würde sie sogar ohnmächtig werden, malte ich mir aus. Das hatte ich auch von den schrecklichen Kindern erfahren, dass manche Menschen vor lauter Schreck ohnmächtig werden konnten. Das hatte der Jürgen schließlich selbst schon erlebt. Als er sich nämlich einmal mit ein paar anderen im Keller versteckt hätte und die alte Frau Eckstein mit dem rostigen Kohleneimer die Treppe runtergekommen sei, um Eierkohlen für den Küchenherd raufzuholen, da wäre sie so von ihnen erschreckt, dass sie wie tot umgefallen sei. „War sie aber nicht, nur ohnmächtig!", hatte Jürgen verächtlich gelacht und mit den Schultern gezuckt.

Gestorben war sie dann trotzdem. Aber erst später und nicht daran. Das konnte ich meiner Mutter doch nicht zumuten, wo sie doch sowieso schon so oft krank war!

„Mein Gott, was hätte da alles passieren können. Du saßest ja beinahe mitten in der Straße!" Hoffnungslos blickte ich zu ihr hoch. Das war schon das Schlimmste für sie? Dass ich auf der Straße gesessen hatte? Ich seufzte; meine Mutter hatte ja keine Ahnung! Nicht den Schimmer.

Mein Vater hatte sowohl den Jägers als auch der Familie mit den drei reizenden Töchtern noch am gleichen Tag mit ihrer sofortigen Erschießung gedroht, solle sich einer ihrer „missratenen Brut" nur noch ein einziges Mal wagen, auch nur in die Nähe seiner Tochter zu kommen. Er muss eine beeindruckende Vorstellung abgegeben haben, denn von nun an traute sich tatsächlich niemand mehr in unsere

Nähe. Das Treppenhaus war wie leergefegt, wenn wir es jetzt betraten. Niemand ließ sich mehr blicken, sobald unsere Tür ging, und mir war das recht so. Dass Selbstjustiz für meinen Vater eine durchaus berechtigte Alternative zur „normalen", seiner Meinung nach jedoch völlig lahmen Polizeiarbeit darstellte, wusste im näheren Freundes- und Bekanntenkreis eigentlich jeder. Sein Vertrauen in polizeiliche Behörden war seit seiner Jugend- und Kriegszeit eher begrenzt, was von den meisten seiner Kameraden durchweg geteilt wurde. Unvorstellbares hatten sie als Soldaten im Krieg aushalten müssen! Und nun sollte man sich von einem Grüppchen Weicheier, das noch nie in seinem Leben ein Gewehr in der Hand, geschweige denn im Nacken gehabt hatte, sagen lassen wie man seine Familie beschützte? Geradezu absurd war für ihn die Vorstellung, sich auf einen Haufen pickeliger Grünschnäbel zu verlassen, die den Ernst des Lebens nicht einmal ansatzweise kennengelernt hatten. Sicherlich erkannten bestimmte Charaktere im Hause die Veranlagung zur Eigeninitiative meines Vaters instinktiv und nahmen seine Drohungen für bare Münze. Jedenfalls hatten wir von da an Ruhe im Haus.

Meiner Mutter ging es gesundheitlich inzwischen schon wieder besser. Es bestand die Aussicht vielleicht schon bald erneut umziehen zu können. „In ein kleines Paradies", wie mein Vater sagte. „Mal abwarten, vielleicht meinte der liebe Gott es ja gut mit uns?", verhieß er uns geheimnisvoll. Bevor es der liebe Gott jedoch wieder so richtig gut mit uns meinte, kam es erst noch einmal so richtig dicke. Jedenfalls für mich. Aber nur kurz.

Und dann wurde es für längere Zeit wieder richtig gut.

DAS ROTHAARIGE MÄDCHEN

Meine Mutter, die sich auf dem Wege zur Besserung befand, musste noch einige Male zum Bestrahlen der Hände ins Krankenhaus. Da das immer etwas dauern konnte, bot sich Margret aus dem dritten Stock, die nicht unmittelbar mit den Jägers verwandt war, an, mich (gegen ein kleines Honorar, versteht sich) am Nachmittag zu einer Freundin mitzunehmen. Die Mutter der Freundin sei Schneiderin und diese müsse ein paar kleine Änderungen an einem Kleid vornehmen, das sie bald tragen wollte. Ein kleiner Spaziergang würde mir bestimmt nicht schaden und in ein, zwei Stündchen wären wir auch schon wieder daheim. Meine Mutter könne also völlig beruhigt zum Arzt gehen.

Margret sollte übrigens Recht behalten.

Das Spazierengehen allein schadete mir kein bisschen! Den Schaden richtete dafür jemand anderes an und hätte ich noch zu Hause erfahren, dass uns unser Ausflug zum Grünen Weg führen sollte, dann hätte ich mich augenblicklich zu Boden geworfen und am Tischbein festgeklammert. Der Grüne Weg, so hatte ich auf meinen Streifzügen mit den schrecklichen Kindern erfahren müssen, war mit Abstand das erbärmlichste und verkommenste Gebiet Aachens, das man sich vorstellen konnte. Schäbige, trostlose Wellblechhütten mit elendigen, jaulenden Kläffern davor, wechselten sich ab mit heruntergekommenen, stillgelegten Wohnwagen. Nicht mehr fahrtüchtige, zerbeulte Autos rosteten am Rand des schlammigen Weges vor sich hin. Wäscheleinen mit grau vor sich hin trocknender Unterwäsche, Müll und

Unrat soweit das Auge reichte. Schon von Weitem eine Stätte des Grauens, die sogar von den schrecklichen Kindern gemieden worden war. Hier hauste der soziale Abschaum Aachens, die gesellschaftlich Ausgegrenzten und Kriminelle. Gepfiffen und gejohlt hatte die Bande über den Zaun hinweg, als sie einem Vertreter dieses „anunzialen Packs", wie Jasmin sie nannte, ansichtig wurden. Jürgen hatte sogar mit Steinen geworfen und als ihm diese ausgegangen waren, hatten sie Grasbüschel, die unter dem Maschendrahtzaun hervorwuchsen, ausgerissen und darüber geschleudert.

„Ihr Drecksäue, Schwanzlutscher, besorg's doch deiner Schwester!" hatten sie geschrien und dazu obszöne Gesten gemacht. Es gab doch immer jemanden, der noch tiefer unter ihnen stand und der getreten werden konnte. Ich hatte mich damals wieder einmal so furchtbar geschämt und befürchtet, dass der Mensch auf der anderen Seite des Zaunes denken könne, ich gehörte auch zur Bande. Ich verspürte nicht die geringste Lust, das Gebiet nun von innen kennenzulernen. Ich hatte genug gesehen.

„Ach komm schon", maulte Margret, als wir uns der Einfahrt zum Grünen Weg näherten und ich immer langsamer wurde. „Die sind nett ..., du wirst schon sehen. Und lass dich doch nicht so ziehen!" Widerwillig folgte ich Margret auf dem matschigen, unbefestigten Weg hinterher. Wir gingen immer weiter den Hauptweg entlang, bogen bald rechts und bald links ein, vorbei an schäbigen Hütten, bis von der Straße nichts mehr zu sehen war. Ängstlich drückte ich Margrets Hand. Wenn ich hier verloren gehe, dachte ich, finde ich nie mehr heraus. Schließlich erreichten wir ein kleines Haus mit Schornstein aus dem ein dünner Rauchfaden quoll und das sich von den anderen dadurch unterschied, dass es einigermaßen solide gebaut war. Aber auch hier standen rostige Regentonnen bis obenhin voller Brackwasser sowie überquellende Mülleimer rechts und links neben der Haustür.

„Hier ist es", meinte Margret und klopfte, weil es natürlich keine Klingel gab, an die Tür, die kurz darauf von ihrer Freundin geöffnet wurde. Lediglich den Bruchteil einer Sekunde brauchte ich, um zu wissen, dass hier neues Ungemach für mich drohte. Instinktiv spürte ich, dass von dem hässlichen Mädchen mit dem roten, krausen Haar und den vielen Sommersprossen im Gesicht, das vor uns in der Türe stand, Gefahr ausging. Ich klammerte mich fester an Margrets Hand. „Was hast du denn nur die ganze Zeit?", schimpfte Margret und schüttelte ungeduldig meine Hand ab. Das fremde Mädchen starrte mich aus schmalen, hellgrünen Augen an. Diesen Blick kannte ich, den hatte ich oft bei den Kindern gesehen. Eine Frau, vermutlich die Mutter des Mädchens, stand von ihrer Nähmaschine auf und begrüßte uns freundlich. Sie schien nett zu sein und bot uns an einem großen Tisch Platz an. Während sich die drei Großen miteinander unterhielten, hatte ich Zeit, um mich umzusehen. Es gab keinen Flur, dafür stand man sofort in einem langgezogenen Raum, der zugleich Küche, Ess- und Schlafzimmer war. Auf einem alten, weißen Holzherd, in dem ein loderndes Feuer knisterte, summte ein Wasserkessel.

„Möchtet ihr vielleicht einen Tee trinken?" fragte die Schneiderin. Ihre Stimme klang unendlich müde. Ich wollte nicht. Lieber wollte ich schnellstmöglich weg von hier oder mich wenigstens wieder klein und unsichtbar machen. Eine Strategie, die mich ja schon oft vor den unangenehmsten Erfahrungen gerettet hatte.

Das Mädchen mit dem roten Kraushaar ließ mich keine Sekunde aus den Augen und mich beschlich die ungute

Vorahnung, dass ihr gerade sehr unangenehme Gedanken durch den Kopf gingen. Und ich vermutete mal, die hatten mit mir zu tun. Während sich Margret angeregt mit der Schneiderin über die anstehenden Änderungen an ihrem Kleid unterhielt, hockte ich, mittlerweile schon ganz steif vor Angst, still am Tisch. Das Mädchen, Anita hieß sie übrigens, nahm scheinbar an der Unterhaltung teil, doch ich spürte wie sie mich aus den Augenwinkeln beobachtete, lauerte, selbst wenn sie in eine andere Richtung schaute. Wie oft hatte ich das miterleben müssen, wenn die schrecklichen Kinder Lust bekommen hatten, etwas kaputt zu machen, zu zerstören. Einfach nur so. Aus Spaß, aus reiner Lust an Zerstörung. Auch schöne Dinge. Wie die Rosen im Blumenkasten der alten Frau Eckstein.

Der Blumenkasten von Frau Eckstein hatte vor ihrem Küchenfenster im Parterre gestanden. Die herrlichen Rosen hatte die Bande eines Tages abgerissen und solange darauf herumgetrampelt, bis nur noch ein Häufchen Matsch übriggeblieben war. Oder das Püppchen, das sie einem Mädchen irgendwo in einer besseren Gegend auf der Straße abgenommen hatten. Das hübsche Püppchen hatten sie solange mit Fäusten und Steinen bearbeitet, bis es nicht mehr als Püppchen zu erkennen gewesen war. Dann endlich hatten sie Ruhe gehabt und die kläglichen Reste dem schluchzenden Mädchen hämisch lachend vor die Füße geworfen. Die Wut und die Gemeinheiten der Bande hatte zwar immer andere getroffen, schließlich war ich eine von ihnen gewesen, mit einer wichtigen Funktion, die es zu schützen galt, aber für den einen oder anderen Vorgeschmack reichte meine Phantasie in diesem Augenblick durchaus aus.

Unablässig spürte ich den Blick der Rothaarigen auf mir. Ich konnte den Hass, den sie angesichts meiner empfand, mittlerweile körperlich fühlen: mir standen die Haare zu Berge! Meine kindliche Wehrlosigkeit, mein naives, behütetes Aussehen reizte sie bis aufs Blut. Ich hatte, ich war alles, was ihr in ihrem trostlosen Leben nicht vergönnt war. In mir glaubte sie all das zu entdecken, was sie für sich selbst schon so oft vergeblich erhofft hatte und das wollte, das musste sie zerstören, um sich für einen Moment Erleichterung zu verschaffen. In der befriedigenden Gewissheit einer Unterlegenen Schaden zufügen zu können, würde ihr Gemüt endlich eine Art Genugtuung empfinden, wenn auch nur für kurze Zeit. Obwohl ich damals für solcherlei Gedankengänge weder eine Sprache noch einzelne Worte hatte, waren mir die Gründe für ihren Hass auf eine eigentümliche Art bewusst. Durch die vielen Erfahrungen mit der Kinderbande war ich in der Lage, ihre Gedanken, ihre Absichten mir gegenüber sowie deren Gründe nachzufühlen. Ich spürte, was in diesem Moment in ihr vorging und das ließ mich erschaudern.

„Gut, dann gehen wir mal schnell rüber", beendete Margret gerade das Gespräch. Ich wollte schon erleichtert aufspringen, als Margret mich zurückhielt. „Nein", fuhr sie mich an und ihre Stimme klang ungewöhnlich gereizt, „du bleibst solange bei der Anita, bis wir zurückkommen. Ich kann dich dahin nicht mitnehmen." Mir verschlug es den Atem. Das war doch nicht ihr Ernst? Sie konnte mich doch nicht allen Ernstes, auch nicht nur für eine Sekunde, bei dem Mädchen mit den bösartigen Augen alleine zurücklassen.

„Margret ...!" schrie ich. Meine Angst schlug in schieres Entsetzen um. „Margret, bitte, bitte, nimm mich mit. Ich will nicht hierbleiben." Genervt winkte Margret ab.

„Jetzt ist aber Schluss, Anas. Was machst du die ganze Zeit schon so ein Theater? Du bist nicht allein, die Anita passt doch auf dich auf! Stimmt's Anita?" fragte sie und blickte sich zu ihrer Freundin um. Anita nickte falsch und stumm. Ich sah das verräterische Glitzern in ihren grünen Augen und wusste: Ich saß in der Falle! Selbige schnappte zu, kaum dass die Tür hinter Margret und der Schneiderin ins Schloss gefallen war. Und zwar in der Form, dass Anita sich Zeit nahm für mich, ihr Opfer. Genüsslich lehnte sie sich auf ihrem Stuhl zurück und lauerte mich aus halb geschlossenen Augen an. Minutenlang saß sie mir so stumm und scheinbar reglos gegenüber. Ich wagte vor Angst kaum zu atmen, spürte jedoch zu meinem Entsetzen, dass ich auf einmal heftig zu zittern begann. Augenblicklich meldete mir mein Instinkt, dass mein Gegenüber genau diese Reaktion beabsichtigt hatte und dass ich das schleunigst unterlassen sollte. Aber unfähig, etwas dagegen zu unternehmen oder mich auch nur rühren zu können, saß ich auf meinem Stuhl und versuchte, die unwillkürlich aufsteigenden Tränen zu unterdrücken.

Jetzt nicht auch noch weinen, schrillte die Alarmglocke in meinem Kopf, das wird sie nur noch mehr anstacheln. Anita beugte sich zu mir vor. Sie lächelte. Geradezu behutsam streckte sie die Hand nach meinem Kopf aus, streifte mit dem Zeigefinger den Pony aus meiner Stirn und befühlte mit beunruhigender Aufmerksamkeit mein dünnes, blondes Kinderhaar. Langsam ließ sie meine Haare durch ihre Finger gleiten und strich mir beinahe sanft über meine Pausbäckchen. Stocksteif vor Angst ließ ich die Berührungen über mich ergehen. Ihre Finger glitten nun über den weißen Kragen meines Kleidchens, über die Puffärmelchen, bis hin zu meinen zitternden Händen. Jetzt huschte wieder dieses hinterhältige Grinsen über ihr Gesicht. Ich spürte, dass sie nur Anlauf nahm. Der Angriff erfolgte trotzdem so urplötzlich, dass ich nicht einmal Zeit hatte, mich zu ducken. Mit solcher Wucht schlug sie mir ins Gesicht, dass ich vom Stuhl fiel. Doch sogleich war sie auch schon über mir und riss mich an den Haaren zurück auf den Stuhl, wobei ich gleich ein ganzes Büschel verlor. Ich schrie vor Schmerzen und Angst, als sie nun wie wahnsinnig auf mich einschlug. In Panik floh ich unter den Tisch, doch flink, wie ein Raubtier, sprang die Rothaarige hinter mir her und zerrte mich, die sich mit Händen und Füßen wehrte, unter dem Tisch hervor. Wie eine Besessene prügelte, trat und schlug das Mädchen auf mich ein. Ich riss mich mit letzter Kraft von ihr los, taumelte und versuchte die Türe zu erreichen. Aber sie holte mich sofort wieder ein. Sie kniff, riss und zerrte an allem, was sie von mir zu fassen bekam. Bis ich unter ihren Schlägen wieder zu Boden fiel. Das war mein Glück, denn ein niedriges Eisenbett stand in der Nähe, unter dem ich mich auf dem Bauch robbend verkroch. In Todesangst schrie ich, in der Hoffnung, dass mich irgendwann jemand hören würde.

„Bleib unter dem Bett." hämmerte eine Stimme in meinem Kopf. „Wenn sie es schafft, dich herauszuziehen, bist du verloren." Sie wird mich totschlagen, war der einzige Gedanke, den ich noch zu denken vermochte. Wenn sie mich kriegt, schlägt sie mich tot. Dem Mädchen bereitete es nun in der Tat einige Schwierigkeiten unter das niedrige Bett zu kriechen und mich herauszuziehen. Ich klammerte mich an den hintersten Bettpfosten und trat mit den Füßen nach meiner Peinigerin. Diese versuchte, meinen Tritten auszuweichen, aber ich muss sie wohl einige Male am Kopf getroffen haben, denn nun stimmte Anita in mein Geschrei mit ein.

„Du Aas, du fieses Aas", kreischte sie und ihre Stimme schnappte über vor Wut. Ihre unbarmherzigen Klauen kamen mir unter dem Bett immer näher, als sie versuchte an mich heranzurobben. Ich trat und schrie, was das Zeug hielt, doch irgendwie hatte sie eines meiner Beine zu fassen bekommen. Sie zog und riss daran, bis ich mich nicht mehr halten konnte. Meine Hände gaben nach und mussten schließlich den Bettpfosten loslassen. Zentimeter für Zentimeter zog sie mich unter dem Bett hervor. Und ich schrie und schrie, während ich die nächsten Hiebe erwartete. Bis ich merkte, dass es nicht meine Stimme war, die ich hörte, und dass auch niemand mehr an meinem Bein zog und auf mich einprügelte, verging eine geraume Weile. Aber irgendwer schrie noch immer.

Zaghaft löste ich meine Arme vom Kopf, den ich in Erwartung der kommenden Schläge hatte schützen wollen und lugte vorsichtig hervor. Als erstes sah ich die Beine von Margret. Dann den Rest von ihr, zur Salzsäule erstarrt. Mit weit aufgerissenen Augen blickte ich in die Richtung, aus der das Geschrei kam. Ich rappelte mich ein wenig auf und dann sah ich Anita. Sie hockte in der Ecke neben dem Tisch und schrie wie ein Tier. Ihre Mutter, die Schneiderin, stand über ihr und prügelte nun ihrerseits wie eine Besinnungslose mit dem erstbesten Gegenstand, der ihr unter die Finger gekommen war, auf ihre Tochter ein. Mit einem Kleiderbügel schlug und schlug sie auf ihre am Boden hockende Tochter ein, die, zusammengekauert wie ein Hund, versuchte, wenigstens den Kopf vor den wuchtigen Schlägen der Mutter zu schützen.

Überstürzt verließ Margret mit mir an der Hand das Haus. Das Geschrei von Anita begleitete uns noch bis zur nächsten Ecke und ich wünschte mir, ihre Mutter würde nun endlich damit aufhören, sie zu prügeln. Schweigend liefen wir durch das Gewirr der matschigen Pfade. Die Dämmerung hatte eben eingesetzt, da hörten wir eine Amsel hoch über unseren Köpfen auf der Antenne eines Daches ihr melancholisches Abendlied zwitschern, als Margret plötzlich nervös an mir herum zu nesteln begann. Notdürftig hatte sie mir noch an der Regentonne mein geschundenes Gesicht abgewaschen und hastig meine Kleidung gerichtet. Ich merkte, dass sie betroffen war, spürte aber, nicht etwa um meinetwillen. Vielmehr sorgte sie sich um etwas anderes. Ich solle mal ganz schön meine Schnauze halten, platzte es dann auch mit einem Mal aus ihr heraus und dass mir das sowieso niemand glauben würde. Wenn ich nämlich meine Fresse nicht halten könne, dann würde sie einfach sagen, dass ich mir alles ausgedacht hätte und mich im Treppenhaus erwischen und mir ein paar reinhauen. Das käme dann noch dazu.

Ach so, das war es also. Wieder einmal „Fresse halten, ... sonst ..." So hatte ich die Margret noch nie reden gehört und war tief enttäuscht von ihr. Sie hörte sich an wie eines der schrecklichen Kinder.

Nicht auch noch die Margret!

Während ich noch in derart ernüchternde Gedanken über meine Begleiterin versunken neben ihr hertrabte, blieb diese auf einmal stehen. Unser Haus am Blücherplatz war in Sichtweite gekommen. Margret, die ja keine Ahnung hatte, dass ich mit Instruktionen seitens meiner Mutter und denen der Bande bis obenhin angefüllt sowieso wieder die Klappe halten würde, versuchte es nun mit Freundlichkeit.

„Hör mal zu, Ännchen" (diesen Namen hatte sie von meiner Mutter aufgeschnappt), versuchte sie mich zu beschwören, „das war doch alles gar nicht so schlimm, oder? Die Margret nimmt dich jetzt mit zu sich in die Wohnung und da bekommst du so viel Limonade und Bonbons wie du willst, ja? Aber du darfst nix der Mama oder dem Papa erzählen, dass die Anita dir vorhin ein paar geknallt hat, hm, das tust du doch nicht, Schätzelein?"

Ein paar geknallt? Was sollte das jetzt schon wieder? Diese furchtbare Anita hatte mich halb totgeschlagen.

Wer mir denn so viele Haare ausgerissen habe, fragte mich meine Mutter am Abend erschrocken, als ich auf ihrem Schoß saß und sie mich kämmte.

„Schau mal, Hermann", fuhr sie bestürzt fort, „das Kind hat ja eine richtig kahle Stelle am Kopf." Fachmännisch befummelte nun auch mein Vater meinen Kopf und stimmte nach eingehender Prüfung meines Haupthaares der Diagnose meiner Mutter zu. Ja, das war eindeutig. Dem Kind waren jede Menge Haare ausgerissen worden. Meine Backe, die Margret mir noch eiligst mit einem kalten, feuchten Waschlappen heruntergekühlt hatte, bevor sie mich zu Hause abgab, war mittlerweile wieder etwas abgeschwollen. Rote Backen wären allerdings eh nicht aufgefallen. Die waren nämlich genauso wie mein Babyspeck normal für mich.

Doch alarmiert von meinen fehlenden Haaren untersuchte meine Mutter mich jetzt genauer. „Oh Gott, Hermann!", rief sie meinem Vater zurück, der sich nach eingehender Begutachtung wieder an seinen Schreibtisch verzogen hatte und schlug entsetzt die Hände über dem Kopf zusammen. „Das Kind ist ja voller blauer Flecken!"

Nun waren blaue Flecken bei uns Kindern ebenfalls nichts so ganz Ungewöhnliches. Meine Eltern waren da nicht besonders zimperlich, immerhin hatte mein Vater erst vor Kurzem einem meiner Brüder den Arm selbst eingegipst. Es war Andi gewesen, der auf dem Spielplatz von der Rutsche gefallen war und sich den Arm gebrochen hatte. Angesichts der Tatsache, dass das mit der Krankenkasse so eine Sache wäre, die es noch zu erledigen galt, musste mein Vater selbst Hand anlegen. Da habe er im Krieg ganz andere Verletzungen verbinden müssen, hatte er meine Mutter beruhigt und in der Heimwerker-Abteilung des Kaufhof ein Päckchen Gips besorgt. Während meine Mutter den Auftrag, eine Windel in Streifen zu schneiden ausführte, hatte er selbst schon den Gips angerührt. Flugs wurde dieser, zusammen mit der Windel, am Arm meines erschrockenen Bruders aufgetragen und zu einem kompakten Etwas modelliert, das nun möglichst schnell trocknen sollte. Das tat es auch, denn meine Eltern wedelten mit Hilfe einer Zeitung so lange Luft, bis die weiße Röhre am Arm meines Bruders starr zu werden begann.

„Sieht doch gar nicht so schlecht aus", hatte mein Vater später sein Werk begutachtet und meine Mutter anerkennend dazu genickt.

„Also Hermannchen, was du alles kannst!"

Der Arm meines Bruders war im Übrigen wieder ganz tadellos zusammengewachsen und der Sturz von der Rutsche nun mal ein Unfall, durch meinen Bruder selbst verursacht, gewesen. Mit den blauen Flecken war das allerdings eine andere Sache. Die hatte ich mir sicherlich nicht selbst und aus Versehen zugefügt. Zusammen mit den ausgerissenen Haaren ergaben sich eine böse Vermutung. Meine bestürzten Eltern unterzogen mich einem eingehenden Verhör. Ich hatte keine Lust mehr, zu lügen. Ich wollte nur noch, dass endlich alles aufhörte. Vor allem aber wollte ich, dass sich meine Eltern darum kümmerten und mich vor den schrecklichen Menschen im Haus beschützten. Die Gewalt, die Grausamkeiten und die vielen hässlichen Worte, ich wollte sie nicht mehr erleben müssen und erzählte meinen ahnungslosen Eltern, was mir am Nachmittag von dem Mädchen mit dem roten Kraushaar angetan worden war. Die entging einem Vergeltungsschlag meines mittlerweile rasenden Vaters nur, weil ich berichten konnte, dass selbiger schon längst und von der eigenen Mutter ausgeübt worden war. Bis zur Straße hätte ich das Schreien der so furchtbar Bestraften gehört, berichtete ich meinen verstörten Eltern. Die befanden mich nach einer kurzen intensiven Bedenkzeit damit ausreichend gerächt und mein Vater sah von weiteren Strafmaßnahmen ab. Jedenfalls von denen gegenüber einer gewissen Person mit roten Haaren. Aber da war ja noch Margret!

Margret, die immerhin fünf Mark dafür bekommen hatte, dass sie nicht auf mich aufgepasst hatte! Und gelogen hatte sie obendrein. Einen „schönen Nachmittag" hätten wir gehabt, hatte sie bei meiner Übergabe versichert und sich dann eiligst, eine Erkenntnis, die meiner Mutter nun wie Schuppen von den Augen fiel, aus dem Staub gemacht.

Nachdem auch Margrets Familie von meinem Vater unverzüglich in Kenntnis über die zu erwartenden Erschießungen gesetzt worden war, für den Fall, dass sich „auch nur noch einer eurer missratenen Brut wagt … und wehe euch … dann … …", neigten sich unsere sozialen Kontakte im Haus nun wirklich dem Ende zu.

Das passte.

Denn der liebe Gott meinte es wieder gut mit uns. Besonders aber mit mir. Und das mit der neuen Wohnung hatte auch geklappt!

DAS ALTE HAUS

Im August war es endlich soweit und wir konnten umziehen. Der Umzug war vor allem für uns Kinder sehr aufregend, denn es gab so viel Neues zu erkunden. Das neue Haus war wunderschön! Ich war überzeugt, dass es nirgendwo auf der Welt eine herrlichere Wohnung geben konnte. Über eine hohe Treppe mit einem geschwungenen Geländer, gelangte man von beiden Seiten des Gehweges an eine herrschaftliche Türe aus dunklem Holz, die mit eisernen Beschlägen verziert war. Man brauchte ziemlich viel Kraft, um sie zu öffnen, so dick war sie. Dann gelangte man in einen hohen, kühlen Hausflur hinein, dessen Fußboden mit abwechselnd dunklen und hellen Blausteinplatten belegt war. In der Mitte des Flures waren die Platten vom vielen Darüberlaufen schon ganz abgenutzt und an manchen Stellen sogar gesprungen. Aber das machte nichts, schließlich war das Haus schon ganz schön alt.

„Über 350 Jahre …", hatte mein Vater ehrfürchtig bemerkt, als wir es zum ersten Mal betraten.

Ui, das war alt!

„Was das Haus nicht schon alles gesehen und wer es wohl alles bewohnt haben mag?", spann mein Vater den erzählerischen Faden weiter. Sogleich stellte ich mir vor, wie die Menschen vor über 300 Jahren wohl ausgesehen haben mochten. Lange, dunkle, seidig raschelnde Kleider hatten die Frauen bestimmt getragen und schwarze Hauben mit weißen Spitzen daran, fest unter dem Kinn zugebunden.

Die Herren hatten vielleicht graue, spitze Bärte gehabt

und hohe, steife Hüte getragen und waren mit schwingenden Gehstöcken, klack, klack, klack, so lange durch das Haus auf- und abgelaufen, bis die Stufen und Steine ganz abgetreten waren. Im Parterre, rechts und links vom Treppenaufgang, lagen sich zwei Wohnungen gegenüber, von denen die linke die Familie Konrad Dehmel bewohnte und die rechte eine Frau Klinkenberg. Geradeaus, am Treppenaufgang vorbei, gelangte man durch eine Zwischentür und einen weiteren kleinen Flur, der rechter Hand in einen riesigen Gewölbekeller führte, über drei Stufen hinunter in den Garten. Jubelnd stürzten wir Kinder vor unseren Eltern die wenigen Treppen hinunter, begleitet von deren glücklichen Blicken. So wunderschön war es hier! War das Haus am Blücherplatz die Hölle gewesen, hier war der Himmel für mich. Ein richtiges kleines Paradies!

Im vorderen Teil war der Garten zu etwa einem Drittel mit großen Steinplatten gepflastert, auf denen sich herrlich Rollschuhlaufen, Fangen oder Gummitwist mit den Nachbarkindern Elvira und Axel spielen ließ. Gleich dahinter, von Blumenbeeten und einem üppigen lilafarbenen Hortensienbusch gesäumt, lag ein gepflegter Rasen, der nach hinten hin von Forsytiensträuchern, Fliederbüschen und Ilexbäumen begrenzt wurde. Umgeben war der ganze Garten von einer mannshohen, roten Ziegelsteinmauer. An manchen Stellen war sie so von Efeu überwuchert, dass sie kaum noch zu sehen war. Die Mauer zäumte die Hinterhöfe der dahinterliegenden Wohnhäuser ab. Über die Rückseite des Hauses wucherte wilder Wein, in dessen dichtem Laubwerk Dutzende frecher Spatzen nisteten. An die rechte Seite schmiegte sich ein kleines, aus Backsteinen errichtetes Häuschen an: die Waschküche.

Hübsch war das Häuschen anzusehen, mit seinem kleinen Fensterchen und der dunkelgrün gestrichenen Tür. Eine gelb-orangefarbige Kletterrose klammerte sich bis unter die niedrige Regenrinne und ihre weit geöffneten Blüten verströmten einen betörenden Duft. Vom dichten Blattwerk der Rose verborgen, hing an einem rostigen Nagel der eiserne Schlüssel.

Hinter dem Häuschen gab es einen ungenützten Platz, der von mannshohen Büschen verdeckt wurde. Dorthin sollten wir sogar einen Sandkasten und eine Schaukel bekommen, versprach uns unser Vater.

Während unseres gemeinsamen Rundganges durch den Garten stieß mit einem Mal Konrad Dehmel, „Opernsänger in Pension", wie er meinen Vater sogleich wissen ließ, zu uns und stimmte als Bestätigung und kleine Kostprobe seines Könnens, sogleich die Töne einer berühmten Arie an. Konrad Dehmel, ein kleiner, untersetzter Mann von etwa 70 Jahren, besaß die gewaltigsten Augenbrauen, die ich je gesehen hatte. Wie buschiges Gestrüpp wölbten sich die mächtigen Brauen raschelnd und knisternd aus seinem Gesicht hervor, um beim Sprechen derart lustig auf und nieder zu hüpfen, als sprängen sie ununterbrochen über unsichtbare Hindernisse. Seinen kahlen Kopf umgab von einem Ohr zum anderen ein dichter Kranz grauer Haare, die weit von seinem runden Schädel abstanden. Ich fand, dass er damit aussah wie ein Löwe. Ein Löwe mit hüpfenden Augenbrauen! Ansonsten war der Löwe ein freundlicher, wenn auch etwas nerviger Mann, der seine Wohnungstür aufriss, sobald er Schritte im Treppenhaus hörte. Dann tappte er mit leicht tänzelnden Schritten, so als beträte er eine Bühne, hinaus in den Flur und sang jedem so lange Opernarien vor, bis seine Frau endlich in der Türe auftauchte und ihn mit den

Worten: „Jetzt ist es aber genug Konny!", am Ärmel zurück in die Wohnung zog. Manchmal konnte einem die Zeit ganz schön lang werden, bis Frau Dehmel ihren Mann vermisste. Besonders, wenn man Opernarien hasste, so wie ich zum Beispiel und einem gerade keine Ausrede einfiel, warum man jetzt ganz dringend etwas zu tun hatte, wo man doch nur in den Hof zum Spielen wollte. Heute knicksten und dienerten wir Kinder aber höflich wie unsere Eltern es uns beigebracht hatten und Herr Dehmel klärte uns ebenso bereitwillig wie auch ausgiebig über alles Wissenswerte im Hause auf. Unter anderem, dass wir Mädchen das Waschhäuschen auf keinen Fall betreten dürften. Das sei viel zu gefährlich für uns, denn dort stünde neben den riesigen Waschbottichen auch noch allerlei Gartengerät sowie eine Leiter herum und die sei nichts für Kinderhände.

Meine Mutter nickte höflich, während mein Vater schon leicht genervt die Augenbrauen hochzog. Ihm hatte die musikalische Vorstellung im Garten durchaus gereicht, um sich ein vorläufiges, in diesem Fall auch treffsicheres, Urteil zu bilden. Wer meinen Vater kannte, wusste, dass man jetzt besser ein wenig vorsichtig war. Aber Konny Dehmel, froh über die unverhoffte Gelegenheit ein so großes Publikum um sich versammelt zu haben, das es noch zu beeindrucken galt, schwatzte munter weiter. Eifrig wieselte er in seinen Hauspantoffeln meinen Eltern hinterher und erklärte ihnen ausführlich die Handhabung der Kellerschlüssel, wie und wann die Haustür abzuschließen sei sowie die Ruhezeiten im Hause. Mein Vater war immer schweigsamer geworden und beobachtete den neuen Nachbarn abschätzig aus schmalen Augen. Endlich erschien seine Frau, Elfriede Dehmel, im Garten.

„Nun lass sie sich doch erst einmal in Ruhe umsehen, Konny!" Frau Dehmel bekam ihren ungehorsamen Gatten am Ärmel zu fassen und nickte grüßend zu uns herüber. Nur widerwillig ließ dieser sich von seiner Frau ins Haus ziehen. Verächtlich sah mein Vater Konny Dehmel hinterher, der sich wie ein Gefangener von seiner Frau abführen ließ und ich hörte, wie mein Vater leise „So ein Schwätzer" murmelte.

„Aber Hermann!", mahnte meine Mutter und legte ihm besänftigend eine Hand auf den Arm, „nun sei doch nicht so. Er ist doch schon ein alter Mann." Ach, der arme Konny Dehmel konnte ja nicht ahnen wie ungern sich mein Vater Vorschriften machen ließ. Und erst recht nicht von älteren Herren in Hauspantoffeln! Der Grundstein für eine höfliche Verachtung des Haus-Mitbewohners seitens meines Vaters war gelegt.

Nach dem Mittagessen, das wir provisorisch in der noch nicht fertig eingerichteten Küche einnahmen, setzten wir die Begrüßungsrunde durch das Haus fort. Frau Klinkenberg im Parterre war schnell durch mit uns. Nicht unfreundlich, aber völlig uninteressiert an einer Meute Kinder, öffnete sie die Haustür einen Spalt weit und nickte der Bagage da draußen im Flur einen kurzen Gruß zu. Noch bevor mein Vater ein Wort sagen konnte, wurde die Türe auch schon wieder mit einem kräftigen „Rums" zugeschlagen und ihre schlurfenden Schritte entfernten sich eiligst. Mein Vater war verdattert, ... so etwas passierte ihm selten. Normalerweise wurden unsere höflichen Knickse und die wohlerzogenen Diener meiner Brüder stets mit vielen „Ahs" und „Ohs" honoriert, wenn mein Vater uns voller Stolz präsentierte. Wie die „Orgelpfeifen" hatte ich mit meinen Geschwistern hinter unseren Eltern auf unseren Einsatz gewartet.

Nun schauten wir uns fragend an. Hatte die Frau an der Türe uns etwa hinter den Erwachsenen nicht bemerkt? Auch unsere Mutter, die dicht neben unserem Vater stand, schüttelte verblüfft den Kopf.

Na sowas!

Als sie sich zu uns umwendete, entdeckte sie, dass im Hintergrund noch jemand unsere Abfuhr mitbekommen hatte. Konny Dehmel, der einen günstigen Moment abgewartet hatte und seiner geschäftigen Frau abermals ausgebüxt war, lehnte derweil wieder gemütlich über dem Treppengeländer. Die kurze Begebenheit an der Klinkenberg'schen Haustür hatte er mit großem Genuss mitverfolgt. Jetzt deutete er mit dem Finger nach oben.

„Vor denen müsst ihr euch in Acht nehmen", meinte er vielsagend, blies die Wangen auf und wedelte mit der Hand, als habe er sich an einem heißen Eisen verbrannt. Mein Vater hätte ihn am liebsten geohrfeigt!

Erst nach wiederholtem Schellen waren aus der Wohnung die schwachen Geräusche von scharrenden Füßen und unterdrücktem Flüstern zu hören. Man schien unschlüssig zu sein, ob die Türe geöffnet werden sollte oder lieber nicht. Mit einem kurzen Blick auf seine Armbanduhr überzeugte sich mein Vater, dass wir uns nicht etwa während der Mittagsruhe befanden und womöglich ein Nickerchen störten. Dass die drei alten Damen – von Konny Dehmel hatten wir erfahren, dass es sich um alleinstehende Schwestern handelte – zu Hause waren, wussten wir längst. Im Garten vorhin hatte mein Vater meine Mutter angestoßen und mit dem Kopf verstohlen hinter sich, in Richtung Haus, gedeutet. Dann hatten sich beide etwas zugeflüstert und leise gelacht. Als ich mich den Blicken meiner Eltern folgend, zum Haus umwendete, hatte ich außer weißen Gardinen, die sich sachte bewegten, nichts gesehen. Ich schaute wieder weg, um mich nach einer kleinen Weile noch einmal blitzschnell umzusehen. Hastig fuhren jetzt die Köpfe dreier alter Frauen mit schlohweißem Haar zurück! Darüber also hatten meine Eltern gelacht. Die drei gespenstergleichen Umrisse zogen sich an die äußerste Ecke des Fensterrahmens zurück und blickten nun wie erstarrt zu uns in den Garten hinunter. Wie gebrechliche Puppen aus einer anderen Zeit wirkten die Greisinnen mit ihren leblosen, bleichen Gesichtern auf mich. Mir waren die Frauen irgendwie unheimlich, die wie Tote, von weißen Tüllvorhängen verschleiert, zu uns herabschauten.

Wir wollten gerade schon wieder abmarschieren, als das leise Gerassel von Türketten zu hören war. Einen winzigen Spalt wurde die Türe zögerlich aufgezogen und das Gesicht einer der drei Frauen lugte misstrauisch zu uns heraus. Neugierig reckte ich den Kopf, doch mehr als nur ein fahles Gesicht mit unruhig flackernden Augen war nicht zu sehen.

„Wir sind die neuen Mitbewohner und hoffen auf gute Nachbarschaft!", stellte mein Vater uns höflich vor und deutete mit galanter Hand hinter sich, wo sich die Familie erneut artig versammelt hatte. Der dünne Hals reckte sich eine Spur weiter aus dem Türschlitz hervor und die Alte musterte uns mit abschätzigem Blick aus hellblau wässrigen Augen. „Frau Huppertz, darf ich ihnen meine Gattin vorstellen?", fuhr mein Vater, ihren abweisenden Blick absichtlich übersehend, gewohnt jovial fort und knallte mit einer leichten Verbeugung die Hacken zusammen.

Empörte Augen musterten meinen Vater von oben bis unten und eine sehr hohe und sehr dünne Stimme erklärte schrill:

„Fräulein Huppertz, bitte ... wir haben noch nie geliebt!" Mit diesen Worten knallte die Türe wieder zu und ließ uns überrascht und für einen Moment sprachlos im Flur zurück. Zuerst hörten wir nur ein leises Schnauben. Unsicher blickte ich zu unserem Vater herüber. Der hielt sich merkwürdig gebeugt an unserer Mutter fest, die ihrerseits größte Mühe zu haben schien, sich aufrecht zu halten. Verständnislos sahen wir Kinder uns an. Die beiden benahmen sich äußerst merkwürdig. Erst als meiner Mutter ein kurzer, spitzer Schrei entwich, erklärte sich ihr seltsames Verhalten. Unsere Eltern krümmten sich vor unterdrücktem Lachen. Mit letzter Kraft zog meine Mutter unseren Vater in unsere gegenüberliegende Wohnung, wo sie sich prustend auf das Sofa fallen ließen und in brüllendes Gelächter ausbrachen, bis ihnen die Tränen die Wangen herunterliefen. Natürlich hatten wir, die ausgelassene Heiterkeit unserer Eltern war überaus ansteckend gewesen, sofort mitgelacht.

Allerdings ... ich hatte keinen Schimmer worüber.

„Fräulein ... Huppertz, bitte ...!", hörte ich meinen Vater gerade die Worte wiederholen, wobei er sich wiehernd vor Lachen auf die Schenkel schlug.

„Das tut uns leid, aber wir ha ... ha ... haben noch nie geliebt ...", beendete meine Mutter, vor Vergnügen kreischend, den Satz.

Mein liebster Tag war der Sonntag. Dann roch es schon um die Mittagszeit aus der Wohnung von Dehmels so köstlich nach Gebratenem bis zu uns herauf, dass ich für kurze Zeit gerne einmal deren Tochter gewesen wäre. Später wehte der herrliche Duft von frisch gemahlenem Kaffee und noch ofenwarmen Kuchen in den Flur, sobald sich im Parterre die Türe öffnete.

Sonntagnachmittags bekamen Dehmels nämlich immer Besuch von ihrer Tochter. Sie hieß Susanne und sah toll aus. Das braune Haar war so kunstvoll auf ihrem Kopf hochtoupiert und mit einer Dose Haarspray fixiert, als trage sie einen Helm. Leuchtend grüner Lidschatten war über einem sagenhaft geschwungenen Lidstrich aufgetragen und bedeckte das ganze Auge. Außerdem trug Susanne immer wunderschöne, sehr kurze Kleider und Sandalen mit Pfennigabsätzen, die bei jedem Schritt auf dem Steinfußboden laut klackerten. Solche schicken Sandalen besaß meine Mutter auch. Die hatte ihr unsere Tante Astrid einmal geschickt und mein Vater mochte es sehr, wenn meine Mutter diese trug.

„Pass doch auf, Susanne!" hörte ich Frau Dehmel einmal beim Eintreten ihrer Tochter laut jammern. „Du zerkratzt mir ja den ganzen Boden mit deinen Absätzen!" Samstags wurden nämlich von Frau Dehmel und deren Schwiegermutter, einem steinalten, tief gebeugten Mütterchen, das den Kopf kaum noch heben konnte, die dunkelroten Linoleumfußböden für den Sonntag so lange gebohnert, bis sie glänzten, dass man sich darin spiegeln konnte. Während die Frauen derart hingebungsvoll mit den Böden beschäftigt waren, kämpfte Konry Dehmel schon mit dem guten Wohnzimmerteppich, einem echten Perser wie uns mehrmals versichert worden war, der zentnerschwer über der Teppichstange im Garten hing und ausgeklopft werden wollte. Den ganzen Samstag roch es im Haus nach Bohnerwachs und Scheuermilch. Ich war zutiefst beeindruckt von so viel Ordnung und Sauberkeit!

Am Sonntagnachmittag war im Krankenhaus gegenüber Besuchszeit und die Leute zogen sich immer sehr schick an.

Das gefiel mir gut. Oft stand ich dann oben am Fenster unseres Wohnzimmers und schaute hinunter auf die Straße, beobachtete wie frisch gewaschene, glänzend polierte Autos vor dem Krankenhausportal vorfuhren, denen Männer und Frauen mit riesigen Blumensträußen bewaffnet entstiegen und dabei quengelnde Kinder hinter sich herzerrten. Meine Geschwister fanden es sterbenslangweilig stundenlang nur so am Fenster zu stehen und auf die Straße zu glotzen. Sie wollten lieber spielen. Ich hingegen fand es höchst unterhaltsam und überaus interessant das Treiben vor dem Spital und die vielen vorübereilenden Menschen zu verfolgen.

Sonntags trugen die Männer dunkelgraue Anzüge und hatten einen Hut auf, den sie aber ununterbrochen lupfen mussten, weil sie auf der Straße ständig Nachbarn trafen. Dann murmelten die Männer im Gehen mit einer kleinen Verbeugung „Schönen-guten-Tag-Herr- Sowieso" und hoben mit zwei Fingern den Hut kurz an. Mein Vater besaß keinen Hut. Hüte seien nur etwas für Weicheier, behauptete er. Genauso wie Regenschirme! Und Kinderwagen! Echte Männer würde ihre Kinder nämlich auf dem Arm tragen und sich auch nicht wie die Hasen unter ein paar Regentropfen wegducken. Die Ehefrauen nickten freundlich und knapp, dann ging man am Arm des Gatten eiligst weiter. Damen trugen am Sonntag auf jeden Fall ihren Pelzmantel. Egal, ob es regnete, schneite oder die Sonne schien. Seidig glänzend reichte ihnen der edle Pelz bis fast an die Knöchel und unter dem freien Arm klemmte, eng und fest an den werten Leib gepresst, die gute Handtasche aus kostbarem Krokodilleder.

Die Leute hatten sonntags immer viel Zeit und strömten noch vor dem Mittagessen in die Kirche.

Am Nachmittag machten sie dann, genauso wie die Susanne und viele andere Leute auch, Besuche bei ihren Familien und aßen Kuchen zusammen. Nach dem gemeinsamen Kaffeetrinken wurden sich im Freien noch ein wenig die Füße vertreten. Die Damen wieder in ihren schönen Pelzmänteln und die Herren mit Hut. Soviel hatte ich von meinem Beobachtungsposten am Fenster und in der Nachbarschaft schon mitbekommen. Sogar das alte Mütterchen der Dehmels wurde am Sonntag zum Lüften nach draußen in den Garten verfrachtet, wenn es nicht gerade regnete. Sicherheitshalber band Frau Dehmel ihrer Schwiegermutter aber immer noch ein warmes Tuch um den gebeugten Kopf und stopfte ihr ein Kissen zwischen Rücken und Stuhllehne, damit sie es auch recht bequem habe, die liebe Gute. Das steinalte Mütterchen saß dann solange mit artig gefalteten Händen im Garten auf ihrem Stühlchen, bis die Dehmels von ihrem Spaziergang „um die vier Ecken", wie sie ihren sonntäglichen Rundgang nannten, zurück waren und die alte Frau wieder rein durfte. Mitleidig sah ich sie an.

Das kannte ich. Immer musste man an die frische Luft! Ob man wollte, oder nicht.

Bei uns verlief der Sonntag anders! Sonntags schliefen meine Eltern nämlich erst einmal gründlich aus. Wir Kinder tobten im Schlafanzug solange durch die Wohnung, bis wir es müde wurden uns gegenseitig über Tische und Bänke zu jagen und sich der Hunger meldete. Manchmal klopften die Dehmels von unten mit einem Besenstiel an die Decke. Dann waren wir eine Weile sehr leise.

„Ach, was habe ich doch für liebe Kinder", sagte meine Mutter später fröhlich, die das Klopfen von Familie Dehmel im Schlafzimmer natürlich nicht gehört hatte und deckte den Frühstückstisch. Verschwörerisch schauten wir uns an und kicherten leise.

Wenn mein Vater nicht gerade Wochenenddienst in der Redaktion hatte, fuhren wir nach dem späten Frühstück hinaus ins Freie. Aber nicht etwa in den nahegelegenen Aachener Stadtwald, wo alle anständigen Familien sonntags spazieren gingen, sondern nach Belgien in das hügelige Waldgebiet der Eifel oder ins Hohe Venn. Wir sollten uns richtig austoben, so die Anweisung unserer Eltern, damit wir die Woche über nicht solchen Lärm in der Wohnung machen müssten. Wie eine Horde Wilder fielen meine Geschwister und ich nach der fast einstündigen Autofahrt in den Wald ein. Uns gegenseitig schubsend und fangend, streiften wir so lange lärmend umher, bis wir allmählich matt wurden. Daraufhin suchten unsere Eltern ein stilles Plätzchen an einem der vielen Bäche und während sie auf einer Decke lagernd versuchten noch ein wenig auszuruhen, spielten wir weiter am Wasser, bauten Burgen und Staudämme, bis wir patschnass und quengelnd vor Hunger und Müdigkeit wieder nach Hause wollten. Als wir älter wurden, ging es je nach Jahreszeit entweder in „die Pilze", „Himbeeren" oder „Blaubeeren". Meine Mutter hatte herausgefunden, dass sie uns noch viel besser und länger beschäftigen konnte, wenn wir kleine, nützliche Aufgaben zu erledigen hatten. Meine Brüder und ich lernten, welche der vielen Pilze essbar oder giftig waren und ich war mächtig stolz, wenn wir besonders gute fanden und dafür gelobt wurden. Außerdem gab es am Abend die köstlichsten Pilzgerichte oder herrliche Marmeladen, die fast so gut schmeckten, wie die, die Maatschi uns immer aus der DDR mitbrachte.

DER LIEBE GOTT

Die einzige in der Familie, die am Sonntag gerne einmal zu einer Messe in die Kirche gegangen wäre, war ich. Am liebsten natürlich so wie alle, in einem sehr feinen Kleid, mit weißen Kniestrümpfen und schwarzen Lackschuhen. Den lieben Gott mochte ich nämlich sehr. Meine Mutter hatte uns schon oft und viel vom lieben Gott erzählt und uns das Lied „Weißt du wieviel Sternlein stehen" vorgesungen. Das hörte ich am allerliebsten. Der liebe Gott wusste tatsächlich, wieviel Mücklein es gab, die im Sommer zu Hunderten um meinen Kopf schwirrten! Ich war zutiefst beeindruckt. Außerdem war er gütig, liebte jeden einzelnen Menschen und konnte alles sehen und hören, was wir sprachen und taten.
Das war gut!
Ich hätte damals, ohne mein Nachtgebet zu sprechen, nicht einschlafen können und betete mit gefalteten Händen zum lieben Vater im Himmel, uns und alle lieben Verwandten und Bekannten zu beschützen. Irgendwann hatte ich einmal aufgeschnappt, dass der liebe Gott in der Kirche zu Hause sei. Mit seinem Sohn Jesus Christus zu seiner rechten Seite, säße er im Himmel auf seinem Thron und regiere die Welt, seine Wohnung auf der Erde seien die Kirchen. Gerne wolle ich einmal Gott und seinen Sohn in der Kirche besuchen, bemerkte ich eines Tages, als wir zusammen am Tisch saßen. Meine Mutter strich mir über den Kopf. Gott sei überall, meinte sie lächelnd, am wenigsten jedoch in der Kirche. Ich fand, dass das keinen Sinn machte, denn warum

hätten die Menschen sonst so viele davon gebaut und beschloss insgeheim, selbst einmal und ohne meine Eltern in einer Kirche nachzusehen. Und überhaupt … woher wollten sie denn eigentlich wissen, dass Gott nicht dort war, wenn sie nie in die Kirche gingen? In dieser Beziehung kamen mir meine Eltern ein wenig merkwürdig vor. Sie wussten viel über Gott, den Himmel und Jesus Christus, aber mit der Kirche wollten sie nichts, aber auch gar nichts, zu tun haben. Mein Vater machte seine üblichen Witze und behauptete die Kirche wäre nur so reich, weil sie den Menschen das Geld aus der Tasche ziehe. Deshalb seien er und unsere Mutter ausgetreten und wir Kinder alle nicht getauft. Das mit der Taufe war mir egal, es war schon zu lange her. Außerdem wusste ich ja, dass Gott alle Menschen liebte, egal, aus welchem Land sie kamen, ob sie arm oder reich waren. Aber dass meine Eltern ausgetreten waren fand ich reichlich schade, obgleich ich nur eine vage Ahnung davon hatte, was das mit dem Austreten eigentlich zu bedeuten hatte. Aber wir gehörten wieder einmal nicht dazu. So viel war klar.

Meine Neugier auf das Haus vom lieben Gott wuchs mit jedem Tag. Eine gute Gelegenheit für einen Besuch in der Kirche, ohne meine Eltern, bot sich schon am nächsten Sonntag. Es war der Ostersonntag und meine Eltern, die schon am Vorabend unsere prall gefüllten Osternester in der Wohnung versteckt hatten, schliefen noch selig, als wir Geschwister uns früh morgens auf die Suche machten. Ich hatte mein Nest schnell gefunden und schlich mich, meine Brüder waren noch damit beschäftigt auf allen Vieren jede Ecke der Wohnung abzusuchen, heimlich aus dem Haus. Mein Dreirad zerrte ich vom Hinterhof durch den Hausflur, schaffte es auch noch, die schwere Haustür zu öffnen, und war wenig später auf dem Weg in die Michaels-Bergkirche. Die hatte ich auf unseren Spaziergängen schon oft gesehen. Sie lag nur links die Straße bergab, dann gleich rechts den kleinen Berg wieder hoch, nicht weit von uns entfernt.

Ächzend bugsierte ich das Dreirad die vielen Stufen der Kirchentreppe empor, öffnete unter Aufbringung aller meiner Kräfte das riesige Portal, und zwängte mich mit meinem Dreirad hindurch. Dröhnend fiel der schwere Türflügel hinter mir ins Schloss. Die Köpfe der Menschen, eben noch ehrfurchtsvoll über gefalteten Händen gebeugt, flogen zu mir herum und der Pfarrer hielt in seiner Predigt inne. Erstaunt starrte er zu mir herüber. Vereinzelt war unterdrücktes Lachen und Tuscheln zu hören. Strafend sah der Pfarrer die Leute an, so, als wolle er sagen, in der Kirche wird nicht gelacht! Dann schaute er sich um, als würde er jemanden suchen. Er wendete den Kopf von rechts nach links und noch einmal von links nach rechts. Niemand rührte sich. Schließlich fuhr er mit seiner Predigt fort, schüttelte aber noch einmal unwillig den Kopf. Ich hoffte sehr, dass es nicht meinetwegen war, weil mir die Türe so laut zugefallen war.

Langsam fuhr ich den Gang nach vorne. Ein Raunen ging durch die Kirche und die Leute reckten neugierig den Kopf, als ich versuchte, so unauffällig ich konnte, zum Altar zu radeln. Einige der Kirchenbesucher erkannte ich als Nachbarn und winkte ihnen zu, froh ein bekanntes Gesicht zu sehen.

„Sieh mal, die Kleine von den Heerhausens", hörte ich eine Frauenstimme flüstern. Jemand lachte unverhohlen und der Pfarrer klatschte ärgerlich in die Hände. Vorne angekommen, verfolgte ich interessiert den weiteren Verlauf der Messe. Jungen im Alter meiner Brüder hielten brennende Kerzen in den Händen und reichten dem Pfarrer allerlei Gerät an. Der hantierte sehr ernst und andächtig damit herum und nahm keine Notiz mehr von dem kleinen Mädchen im Schlafanzug und den ungekämmten Haaren, das zu seinen Füßen auf einem Dreirad saß.

Ich schaute mich um. Das hatte ich nicht erwartet! Alles hier schien sehr ernst und streng zu sein. Ich hatte gehört, dass Menschen auch in die Kirche kamen, um zu singen und hatte mich schon sehr darauf gefreut. Aber was ich hier hörte, klang eher nach Klagen als nach fröhlichem Singen. Alle schienen irgendwie niedergeschlagen zu sein.

Hier war Gott zu Hause? Aber dann konnte man sich doch freuen! Stattdessen saßen die Menschen mit gebeugtem Rücken in den Bänken, als hätten sie etwas Schlimmes getan. Die meisten der vielen Worte, die der Pfarrer sprach, verstand ich nicht, aber das, was ich verstand, gefiel mir überhaupt nicht. Von Erbsünde, ewiger Verdammnis und der Hölle war die Rede, von Verderbtheit und dem Teufel, der überall lauere. Herrje, das Haus Gottes hatte ich mir fröhlicher vorgestellt! Und während der Pfarrer so sprach, versanken seine Zuhörer immer tiefer in ihren Sitzen. Ich schaute nach oben auf die wunderschönen bunten Glasfenster durch die eine leuchtende Ostersonne ihre Strahlen bis auf den Boden warf.

Wo Gott jetzt wohl war? Ob er sich womöglich, in diesem Moment, für das menschliche Auge unsichtbar, hier in dieser Kirche aufhielt? Aber woran könnte ich erkennen, dass er hier ist, fragte ich mich. Zu meinem Bedauern fand ich keine Antwort auf meine Frage. Wenn ich Gott wäre, dachte ich bei mir, würde ich auch lieber irgendwo hingehen, wo es ein bisschen froher zuging. Noch dazu, wo heute Ostern war. Wieder schaute ich mich aufmerksam um. Steinerne Statuen unzähliger Heiliger blickten mit schmerzverzerrten Gesichtern starr und leblos von ihren Sockeln zu uns herab. Für alle Ewigkeit, so kam es mir vor, waren sie dazu verdammt, furchtbare Qualen auszuhalten. Madonnen schauten, das Jesuskind fest an ihre Brust gedrückt, mit entrücktem Blick in den Himmel, während Scharen dickbäuchiger Engel mit Geigen und Trompeten um ihre Häupter schwirrten.

Ich schauderte.

Meine Engel, die ich besonders dann um mich herum sah, wenn ich in unserem Garten spielte, waren feengleiche, lichte und leichte Wesen, die man eher erahnen konnte, als dass sie zu sehen waren. Obwohl es um mich herum nur so von Gold und Kostbarkeiten wimmelte, der Altar war festlich über und über mit Blumen und Kerzen geschmückt, gefiel es mir in der Kirche nicht besonders. Es roch unangenehm nach einem fremden, schwer würzigen Duft, außerdem war es kalt und ungemütlich. Jetzt erklang tosend die riesige Orgel auf der hölzernen Empore und untermalte mit einem donnernden Crescendo die mahnenden Worte des Herrn. Die Leute waren bei den ersten Tönen von ihren Sitzen aufgesprungen und stimmten mit ihrem Gesang in die Klänge der Orgel ein. Dann schien die Messe vorbei zu sein, denn alles strömte nach vorne zum Altar, um den Leib des Herrn zu empfangen, wie es der Pfarrer befohlen hatte. Wie kleine Kinder traten die Erwachsenen mit artig gefalteten Händen einer nach dem anderen vor und der Pfarrer legte einem jeden eine kleine, weiße Scheibe in den Mund.

„Nimm den Leib Christi in dir auf", murmelte er und malte über ihren gesenkten Häuptern ein Kreuz in die Luft.

Ich war wie vom Donner gerührt! Sie aßen den Leib Christi? In kleinen, weißen Scheiben? Ich überlegte, wen ich wohl fragen könnte, was das zu bedeuten habe.

Ich war schon vermisst worden, als mich wenig später Nachbarn zu Hause ablieferten. Meine Eltern wechselten erstaunte Blicke, als sie hörten, wo man mich aufgegabelt und wie ich den Morgen verbracht hatte. Sie schwankten zwischen Lachen und Schimpfen, da ich das Haus ohne Erlaubnis verlassen hatte. „Anastasia, die Katholische", spottete mein Vater seitdem und erzählte bei jeder Gelegenheit, dass seine Tochter es sich nicht nehmen lasse, sonntags mit dem Dreirad in die Kirche zu fahren.

„Na, nana, na, na, Anas, die Katholische!" Spottend hüpften meine Brüder um mich herum. Meine Mutter musterte mich aufmerksam.

„Was wolltest du bloß in der Kirche, Kind?" fragte sie mich und schüttelte den Kopf.

„Ich wollte den lieben Gott besuchen", antwortete ich wahrheitsgemäß. „Aber ich glaube, er war nicht da."

Nach diesem ersten und ziemlich enttäuschenden Besuch in der Kirche, büxte ich meiner Mutter noch einige Male aus. So leicht wollte ich nicht aufgeben. Irgendwann musste der liebe Gott schließlich in seiner Kirche auftauchen. Doch auch beim zweiten und dritten Mal war vom lieben Gott oder wenigstens seinem Sohn Jesus Christus nichts zu sehen. Jedenfalls nicht in der Michaels Berg Kirche. Vielleicht würde ich ja in der ein paar hundert Meter weiter entfernt liegenden Marienkirche mehr Glück haben. Ich machte mich auf den Weg dorthin. Wieder öffnete ich ein schweres Portal und abermals fiel der eisenbeschlagene Türflügel dröhnend hinter mir ins Schloss.

Überlaut hallte das Geräusch nach. Eine ältere Frau, die mit gebeugtem Rücken und gefalteten Händen in einer der vorderen Reihen saß, drehte sich zu mir um und schüttelte missbilligend den Kopf, als sie mich als Missetäter identifizierte. Sie legte ihren Zeigefinger an den Mund und machte mehrmals „Schhh, schhh!" So leise ich nur konnte, klemmte ich mich in die nächstbeste Reihe und kletterte vorsichtig auf die schmale Kirchenbank. Sie war ziemlich hart und unbequem; die Lehne fühlte sich steil und steif an, dafür war im Fußraum, kurz über der Kante des Vordersitzes, ein breites Brett mit dunkelrotem Samt gepolstert, aber ich reichte mit meinen Füßen nicht bis dorthin. Ob das wohl für Kinder gedacht war, damit sie sich darauf hinstellen konnten?

Erneut fiel der Kirchenflügel geräuschvoll ins Schloss und schickte den Schall als vielfaches Echo durch die Kirche. Die Frau vorne drehte sich kurz um, doch diesmal machte sie nicht „Schhh, schhh!". Ein Mann war hereingekommen. Er trug einen schwarzen Anzug und hielt ein kleines Buch in der Hand. Zögernd ging er den Mittelgang entlang und sah sich unschlüssig um, als suche er nach einem besonders guten Platz. Schließlich blieb er neben einer Bank stehen, legte sein Buch auf die Ablage und bekreuzigte sich mehrmals. Das mit dem Bekreuzigen hatte ich von meiner Mutter erfahren, als ich mich nach meinem ersten Besuch gewundert hatte, warum die Menschen sich mit dieser Geste im Gesicht herumfuchtelten und wie es sein konnte, dass sie den Leib des Herrn in kleinen, weißen Scheiben aßen. Dieser Mann hier schlug das Kreuz gleich mehrmals, dann beugte er tief und lange das Knie und den Kopf, bevor er sich ächzend in die knarrende Kirchenbank fallen ließ. Hierauf zog er ein weißes Taschentuch aus seiner Jacke und hielt es sich schnäuzend vor sein Gesicht. Ich wartete gespannt, ob die Frau jetzt auch zu ihm „Schhh, schhh!" machen würde, aber sie tat es nicht. Stattdessen hüstelte sie verhalten. Die hohen Wände nahmen die Geräusche sofort begierig auf und ließen sie wiederum als vielfach lauteren Schall durch das gesamte Kirchenschiff hallen. Der mächtige Hall ließ mich meine Trennung von den beiden anderen Menschen, die hier jeder für sich allein in einer Bank hockten, noch stärker wahrnehmen und ich fühlte mich noch kleiner und fremder.

Ich blickte mich um. Die Marienkirche war sogar noch prunkvoller und goldener als die Michaels Bergkirche, trotzdem wirkte auch dieses Gebäude seltsam leer, leblos und kalt. Streng und strafend blickten auch hier alte Männer mit dichten Bärten und langen Stäben in der Hand aus finsteren Augen zu mir herab. Nein, auch heute war der liebe Gott nicht zugegen, da war ich mir ganz sicher. Der liebe Gott nahm sich Zeit, sich mir zu zeigen. Ziemlich viel Zeit. Um genau zu sein, noch drei Jahre. Wahrscheinlich war ich ihm mit meinen gerade mal vier Jahren einfach noch ein wenig zu unreif für eine erste Begegnung. Dass sich mir sein Heiliger Geist in einer geradezu unglaublichen Erscheinung zeigen würde, ahnte ich zu diesem Zeitpunkt nicht. Ich beschloss den Kirchen nur noch ab und zu einen kurzen Besuch abzustatten und stattdessen lieber darauf zu achten, ob ich den lieben Gott vielleicht auch ganz woanders antreffen könnte.

Vor dem Schlafengehen betete ich weiterhin inbrünstig zu ihm und sicherheitshalber auch zum lieben Jesus Christus.

BIERCHEN UND SCHNÄPSCHEN

Die Zeit bis zu meiner Einschulung verbrachte ich mit meiner Schwester und den Nachbarskindern oft und ausgiebig unbeschwert spielend, in unserem wunderbaren Garten. In dem Sommer, nachdem ich fünf Jahre alt geworden war, bekamen wir noch ein Schwesterchen, die kleine Astrid. Maatschi kam jetzt so oft sie durfte, zu uns in den „Westen". Wenn sie uns nicht gerade anzog, wusch und kämmte oder das Essen für uns kochte, nahm sie die kleine Astrid, die viel und laut schrie, auf den Arm und trug sie so lange wiegend und summend in der Wohnung umher, bis sie eingeschlafen war. In der Zwischenzeit konnte sich unsere Mutter ein wenig ausruhen

„Eine richtige Bagatelle", hatte mein Vater lachend gemeint, als ihm seine Jüngste das erste Mal gezeigt wurde. Astrid war bei ihrer Geburt so winzig gewesen, dass meine Mutter ihm zwar etwas besorgt, aber zustimmend beigepflichtet hatte. Ja, ein Bagatellchen und das sollte für viele Jahre der Spitzname meiner Schwester bleiben. Während sich meine Mutter und Maatschi um uns Kinder und den Haushalt kümmerten, machte mein Vater in Aachen mit ganz anderen Dingen Schlagzeilen.

Er hatte sich gut in der neuen Redaktion eingelebt und im Kollegenkreis schnell viele neue Freundschaften geschlossen. Zudem hatten sich zwei neue und scheinbar völlig harmlose Wörter in unseren Wortschatz eingeschlichen. Es waren die Worte „Bierchen" und „Schnäpschen". Heimlich, still und leise waren sie zu uns gekommen, um zu bleiben.

Immer häufiger wurden sie von nun an mit einer Leichtigkeit und zunehmenden Selbstverständlichkeit ausgesprochen, bei der sich niemand etwas zu denken schien. Unter der Wirkung von Bierchen und Schnäpschen begann sich das Verhalten meines Vaters allmählich und ebenso schleichend wie diese Begriffe in unser Leben getreten waren, zu verändern. Ich mochte es nicht, wie mein Vater sich unter dem Einfluss von Bierchen und Schnäpschen verhielt und fing an, ihn aufmerksamer zu beobachten. Schon bald bemerkte ich, dass er dann nicht mehr der Vater war, den ich kannte.

Anfangs lachte er immer nur lauter und öfter als alle anderen Anwesenden. Später schwankte er beim Gehen und manchmal dachte ich, dass er bestimmt gleich umfallen würde. Aber das tat er nicht. Niemand schien aber Anstoß an seinem Verhalten zu nehmen. Niemand, außer Maatschi und mir! Ihr schien seine ausgelassene Fröhlichkeit mit der er nun abends oft nach Hause kam, auch nicht zu behagen.

„Ach, Maatschilein", säuselte mein Vater zuweilen und sah sie augenzwinkernd an, „nun sei doch nicht so und tanze mit mir!" Noch immer ganz Gentleman deutete er vor seiner Schwiegermutter eine unsichere Verbeugung an und versuchte Maatschis Hand zu ergreifen. Maatschi aber wehrte ihn so brüsk ab, dass er mit unsicherem Schritt zurücktaumelte und unter fröhlichem Gelächter einen Küchenstuhl umriss.

„Bist ja betrunken, Hermann", kam Maatschi's unwirsche Antwort, während sie sich ihren lebhaften Schwiegersohn vom Leibe hielt. „Solltest dich was schämen, dich so vor den Kindern zu zeigen!"

Doch mein Vater zeigte sich unbeeindruckt von dem langweiligen Vorschlag seiner Schwiegermutter und versuchte stattdessen unsere Mutter zu einem Tänzchen in der Küche zu bewegen.

Fußball interessierte meinen Vater sein Leben lang nicht im Geringsten. Für dieses Gerenne hatte er lediglich ein verächtliches Desinteresse übrig. Das sei doch kein Männersport, hörte ich ihn einmal zu meiner Mutter sagen. Wie lächerlich es doch sei, stundenlang nur hinter einem Ball herzulaufen und meine Mutter hatte ihm zugestimmt. Trotzdem ließ sich mein Vater an einem Abend im Kreis seiner Kollegen auf eine Fußballwette ein. Und verlor natürlich prompt. Als Verlierer, so hatte er versprochen, würde er auf einem Pferd in die Stammkneipe der Redaktion einreiten und das Feierabendbier hoch zu Ross und vor versammelter Belegschaft einnehmen.

Jahre später, irgendeiner der vielen Freunde der Familie hatte die Geschichte nach langer Zeit wieder einmal ausgegraben und zur Unterhaltung der Gäste zum Besten gegeben, fragte ich ihn, ob sich das tatsächlich alles so abgespielt und wie er mit dem Pferd den weiten Weg bis in die Stadt geschafft habe. Verschwörerisch blitzte er mich an. Natürlich sei er nicht den ganzen Weg geritten, sondern habe sich bei einem guten Freund, Auto, Hänger und Pferd ausgeliehen und sei so nahe es eben ging an diese Straße herangefahren. Dort habe er das schon gesattelte Pferd aus dem Hänger geholt und sei unter dem Gejohle der gesamten Belegschaft in die Kneipe eingeritten. Das habe allerdings erst beim zweiten Anlauf geklappt, da das Pferd anfangs nicht die geringste Einsicht gehabt hätte, ihm bei diesem Unterfangen behilflich zu sein und alle Anstalten machte, seinen Plan zu vereiteln. Auch sei die Türe so niedrig gewesen, dass er sich flach an den Hals des Tieres habe legen müssen, um überhaupt über die drei Stufen in die Gaststube zu gelangen. Dort sei dann aber alles nach Plan verlaufen. Das Tier habe Gott sei Dank noch vor dem Haus geäpfelt und einmal drinnen sei es in dem engen Gasthaus zwar ein wenig tänzelnd, aber doch zuverlässig unter ihm zur Theke geschritten, wo er in aller Seelenruhe sein Schnäpschen getrunken habe. Am nächsten Abend berichteten die Nachrichten der ARD von einem Mann, der auf einem Pferd in ein Aachener Lokal einritt.

Eine noch größere und vor allem sehr viel teurere Narretei, von der wir erst erfuhren als alles schon vorbei war, leistete sich mein Vater, zum großen Verdruss unserer Mutter, nur wenige Wochen nach der verlorenen Wette. Es handelte sich um eine Anzeige wegen Hausfriedensbruchs sowie Erregung öffentlichen Ärgernisses und Ruhestörung. Gerne gab mein Vater diese Geschichte, nachdem der Groll meiner Mutter verklungen war und auch sie nun darüber lachen konnte, im Beisein von Freunden und Bekannten zum Besten. Stundenlang konnte er seine Zuhörer mit dieser und vielen weiteren Anekdoten aus seinem Leben unterhalten. Noch heute hallt mir das nicht enden wollende Gelächter und das vergnügte Kreischen unserer Gäste in den Ohren, wenn er nicht müde wurde mit dem ihm eigenen Humor, der von seinen zum Teil grotesken Übertreibungen lebte, von dieser Begebenheit zu berichten.

Und während mein Vater mit seinen Erzählkünsten brillierte, füllte meine Mutter im Hintergrund freundlich und leise die Gläser nach und zauberte kleine Köstlichkeiten aus der Küche herbei.

Beide Ereignisse führten allerdings zum einen dazu, dass das ohnehin schon schmale Haushaltsgeld noch ein wenig schmaler wurde und zum anderen dazu, dass unsere Mutter immer verdrießlicher wurde. In Punkto Erziehung sah sie da nämlich Probleme auftauchen. Der Erziehung der Kinder natürlich. Da führte das Verhalten meines Vaters durchaus zu Darstellungsschwierigkeiten. Während wir Kinder nämlich sehr artig knicksen und immer höflich sein sollten, setzte mein Vater sich selbstverständlich und leichten Fußes über Autoritäten hinweg, wo es ihm gerade passte. Dieses Recht stand uns Kindern natürlich nicht zu, schließlich waren wir ja noch Kinder und mussten gehorchen. Die Stimmung in unserem Hause begann immer öfter zu kippen.

Wir Mädchen sollten, sobald ein gewisses Alter erreicht war, Klavier- und Ballettunterricht, meine Brüder Gitarren- und Judostunden erhalten. Wenn er, Hermann, das Geld ständig mit derart kindischen Veranstaltungen verjuxe, bliebe bald nichts mehr übrig für die Ausbildung der Kinder! Als ich meine Mutter meinen Vater so zurechtweisen hörte, erschien er mir sogar ein wenig zerknirscht. Sie kritisierte ihn nicht oft, jedenfalls nicht in unserem Beisein. Seine Zerknirschung hielt allerdings nicht besonders lange an. Die ganze Geschichte sowie deren Ausgang beichtete unser Vater uns allen am Abend nach der Verhandlung, während meine Brüder und ich damit beschäftigt waren den Abendbrottisch zu decken. Er hatte eine empfindliche Geldstrafe aufgebrummt bekommen und hoffte sicherlich, dass die zu erwartende Standpauke unserer Mutter in unserer Gegenwart ein wenig milder ausfallen würde. Die Sache hatte sich folgendermaßen zugetragen:

Ein junger Volontär, der seit Kurzem mit seiner Frau ganz in unserer Nähe lebte, begleitete meinen Vater, der den Weg zur Redaktion gerne zu Fuß zurücklegte, so oft es eben möglich war auf seinem Weg. Am Ende eines ereignisreichen Tages, es hatte von morgens bis abends großen Zeitdruck verbunden mit langwierigen Diskussionen über die Schlagzeilen der ersten Seite gegeben, waren mein Vater und sein junger Begleiter noch auf einige Bierchen in ihrer Stammkneipe eingekehrt. Nachdem man sich ausreichend über den Ausgang des bestandenen Tages geeinigt hatte, traten beide, nicht mehr so ganz sicher auf den Beinen, jedoch in bester Stimmung, den Heimweg an. Die kühle Nachtluft brachte zwar augenblicklich ein wenig Frische in die vernebelten Köpfe, doch vermochten weder Brise noch Dunkelheit die ausgelassene Stimmung der beiden Nachtschwärmer zu trüben. Die große Anspannung des Tages war unter dem Einfluss des Alkohols einer sich stetig ausbreitenden Kühnheit gewichen und als man schließlich guter Laune in die heimatliche Straße einbog, vorbei am unteren Eingang des Marien-Krankenhauses, bemerkten die beiden zu ihrer Verwunderung, dass das Nachtportal sperrangelweit offenstand. Das hatte es in der ganzen Zeit noch nicht gegeben. Normalerweise blieb der untere Eingang stets verschlossen, während der Haupteingang, so wie es in jener Zeit noch üblich war, bewacht wurde, wie der Hochsicherheitstrakt einer Justizvollzugsanstalt.

Neugierig und in der sicheren Erwartung, augenblicklich von einem unwirschen Nachtportier abgewiesen zu werden, schlenderten die beiden in Richtung Tür. Wie zwei Schuljungen blickten sie sich nach allen Seiten um, in der festen Annahme jeden Moment ertappt zu werden.

Doch nichts geschah. Niemand war weit und breit zu sehen oder zu hören. Nur wenige Schritte noch und sie waren auch schon bei der Tür.

Ein hell erleuchteter, breiter Korridor lag in gähnender Leere vor ihnen und schien geradezu um ihren Eintritt zu bitten. Mein Vater und sein junger Begleiter nahmen die unerwartete Einladung ohne langes Federlesen an und tappten den Gang entlang. Wahllos wurde an Türen gerüttelt, die rechts und links am Flur lagen. Alle verschlossen. Möglicherweise befand man sich im Versorgungstrakt des Krankenhauses. Der nächtliche Besuch wollte schon mangels Aussicht auf ein kleines Vergnügen abgebrochen werden, als mein Vater seinen Begleiter leise zurückrief:

„Mario, hierher ... Ich hab' was gefunden!" Mario hastete, so gut er gerade noch konnte, auf leisen Sohlen zurück. Eine Türe hatte sich endlich öffnen lassen und in einen Raum geführt, in dem, säuberlich an Haken aufgereiht, weiße Ärztekittel hingen. Sofort schlüpfte Mario in einen hinein.

„Na, wie sehe ich aus?" kicherte Mario und drehte sich zur besseren Begutachtung einmal um.

„Fabelhaft, Herr Doktor", antwortete mein Vater und zwängte sich selbst in einen Kittel hinein. In den Schubladen der Schränke für Ärztebedarf wurden sie weiter fündig.

„Die reinste Karnevalsabteilung", raunte mein Vater und beide wollten sich ausschütten vor Lachen. Sie hängten sich um und an, was die Schubladen hergaben. Stethoskop, Stirnlampe, Thermometer, Stäbchen, Handschuhe ... alles wanderte dorthin, wo es ihrer Meinung nach bei einem Arzt zu finden sein sollte. Derart verkleidet begab man sich zurück auf den Flur.

„Hoppla", machte mein Vater und deutete zum mittlerweile verschlossenen Ausgang. „Wir sind gefangen!"

„Und nun?" fragte Mario verzagt, während er versuchte, das Licht seiner Stirnlampe anzuknipsen.

„Tja, mein lieber Professor, was nun?", gab mein Vater die Frage fröhlich zurück, „Rückzug oder Visite?" In Anbetracht der Tatsache, dass ein Rückzug bei verschlossener Türe erheblich erschwert werden würde, rückte eine nächtliche Visite durchaus in Reichweite und das jungfräuliche Ärzteteam begab sich sogleich auf seine nächtliche Runde. Über das breite Treppenhaus gelangten die beiden auf Station „Innere Männer 2". Auch hier fanden sie das Schwesternzimmer unbesetzt vor, so dass mein Vater und Mario ungehindert und in aller Seelenruhe den Gang zu den einzelnen Krankenzimmern entlang schlendern konnten.

„Visite?" fragte mein Vater mit gespielt ernster Miene, worauf Mario mit:

„Nach Ihnen, Herr Kollege", antwortete, was einen neuerlichen Heiterkeitsausbruch hervorrief. Vor dem Zimmer mit der Nummer 24 blieb man stehen und horchte. Die Bewohner der 24 schienen fest zu schlafen, worauf man aufgrund vernehmlicher Schnarchgeräusche schließen konnte. Die „Herren Professoren" betraten also Zimmer 24 der „Inneren Männer 2" und da sich eine ordentliche Visite gleich viel besser bei ausreichender Beleuchtung durchführen ließ, schaltete man erst einmal die Deckenbeleuchtung an. Diese konnte sich erst nach dreimaligem Zwinkern dazu entscheiden, ihren Dienst als Leuchtmittel aufzunehmen, immerhin war es mitten in der Nacht. Das Krankenzimmer war mit drei Herren unterschiedlichen Alters sowie unterschiedlicher Gebrechen belegt. Schon begann sich der erste von ihnen verwundert die Augen zu reiben und warf einen erstaunten Blick auf seinen Wecker am Nachttisch.

„Visite!" trällerte Professor Mario fröhlich und riss damit auch den zweiten und dritten Patienten aus dem Schlaf. Ein wenig benommen schauten sich die drei um.

„Gestatten, Professor Heerhausen!" stellte sich mein Vater mit einer leichten Verbeugung vor. Schwankend versuchte er noch die Hacken zusammen zu schlagen, stützte sich dann aber doch lieber am Bettrand ab. „Sowie, mein sehr verehrter Kollege, Professor Kroll."

„Waas, Visite? Jetzt mitten in der Nacht?" Eine durchaus berechtigte Frage, die der Patient da im Bett ganz links stellte.

„Aber warum denn nicht, mein lieber Freund?" spielte mein Vater den Ball zurück und zog sich einen Stuhl heran. Sein geschätzter Kollege möge doch auch Platz nehmen, bat er Mario und erkundigte sich, welcher der Herren sich als erster zu Wort melden wolle. Hinsichtlich der medizinischen Versorgung und Verpflegung dieser Station gäbe es doch bestimmt allerhand zu besprechen. Man habe sich auf nächtliche Visiten spezialisiert, erläuterte mein Vater seinen mittlerweile gespannten Zuhörern das mitternächtliche Spektakel, auch ließe sich doch so einiges in vertrauter Runde wesentlich besser besprechen. Ja, das sei ein durchweg lobenswerter Gedanke und eine willkommene Unterbrechung in der doch eher langweiligen Zeit ihres Aufenthaltes, stimmten die drei Männer zu. Professor Kroll, der bereits seit ihrem Eintreten in das Zimmer mit einen Lachanfall zu kämpfen hatte, solle sich mal ein wenig zusammenreißen, meinte mein Vater und fuhr mit seiner Befragung fort. Bereitwillig schütteten die Herren den vermeintlichen Medizinern ihr Herz aus. Die Kunde von einer nächtlichen Visite sprach sich währenddessen in Windeseile auf der ganzen Station herum.

Der zweite Patient von Zimmer 24 war nur mal eben rasch auf Krücken nach nebenan gehumpelt, um die von 22 kurz über die nächtliche Besprechung aufzuklären. Man war ja kein Unmensch. Die Professoren waren schließlich für alle Patienten da. Jeder der Bettgenossen zeigte sich sofort begeistert und wollte auch noch einen Termin für die nächtliche Visite gesichert haben. Während sich die Bewohner der benachbarten Zimmer 22 und 26 jeweils noch einen Stehplatz in 24 ergattern konnten, musste sich, wer jetzt noch kam, hintenanstellen. Die Schlange reichte bald bis auf den Flur. Man sah sich einvernehmlich zu seinem Hintermann um. Tja, so war das nun mal, die beiden Mediziner konnten sich ja schließlich nicht zerteilen, oder?

Der nächtliche Spaß wurde jählings von einem sehr schrillen und sehr langen Schrei unterbrochen. Er kam von Schwester Ursula, die mit hochrotem Kopf den Gang entlang gehastet kam. Sie sei doch nur mal eben schnell auf die 3 rübergehuscht, wirklich nur ein Minütchen, ach Gott, es war doch alles so schön ruhig gewesen und da habe sie nur mal schnell mit Schwester Roswitha ein Wort gesprochen, na gut, vielleicht auch zwei, auf jeden Fall, als sie zurückgekommen sei, habe sie „das da", dabei zeigte sie auf meinen Vater, vorgefunden. Die Beamten, die unverzüglich und zur Klärung des Sachverhaltes von Schwester Ursula herbeigerufen worden waren, kritzelten sichtlich irritiert deren Aussage in ein Heftchen und kratzten sich nachdenklich am Kopf. Es hatte eine Weile gedauert, bis die Beamten zu den beiden Doktoren vorgedrungen waren.

Die in Reih und Glied stehenden Patienten hatten den Beamten den Zugang zur Sprechstunde vehement verwehrt und darauf bestanden, dass es auch für Polizisten keine Extrawurst geben dürfe! Immerhin stünden sie sich auch nicht nur so zum Vergnügen die Beine in den Bauch. Noch dazu mitten in der Nacht. Die Neuen, Polizei hin oder her, sollten sich gefälligst, wie alle anderen auch, hintenanstellen. An dieser Stelle war Schwester Roswitha wieder ins Spiel und den restlos überforderten Beamten zu Hilfe gekommen. Zusammen mit Schwester Ursula hatte sie die laut und heftig meuternden Patienten wieder in ihre Betten zurückgescheucht. Da gehörten sie nämlich hin! Erst recht um diese Zeit! Und damit basta.

Die beiden Scharlatane waren unterdessen, von ihren nächtlichen Aktivitäten ermattet, auf ihren Stühlen im Schwesternzimmer, wohin die energische Roswitha sie abgeführt hatte, leise schnarchend eingeschlafen. Eine Durchsuchung der Brieftaschen ergab, dass der jüngere der beiden nur ein paar Straßen weiter zu Hause war, während der ältere, ein gewisser Hermann Heerhausen, in dem schönen, alten Haus gleich gegenüber wohnte.

„Hermann Heerhausen", murmelte der eine Beamte, „ich glaube den Namen hab' ich schon mal gehört. Da war doch erst neulich was mit einem Typen, der mit seinem Pferd in die Kneipe geritten ist, oder?" Wie bitte? Was sollte das jetzt schon wieder? Ärgerlich tippte sich der ältere Polizist an die Stirn. Waren heute Nacht eigentlich alle bekloppt? Unwirsch schüttelte er den Kopf. Also wirklich, mit dem Pferd in die Kneipe reiten! … So etwas Blödes machte doch keiner. Oder etwa doch?

Mein Vater, der auf seinem unbequemen Stuhl inzwischen wieder munter geworden war, grinste die Beamten an. Der Ältere nahm seine Polizistenmütze ab und fuhr sich mit der Hand nachdenklich über seinen kahlen Schädel. Wie sollte man mit diesen zwei Blödmännern jetzt weiter verfahren? Er fühlte die grimmigen Blicke von Schwester Roswitha und Schwester Ursula in seinem Rücken, die, die

Hände angriffslustig in die breiten Hüften gestemmt, ungeduldig auf eine geharnischte Aktion der Ordnungshüter warteten. Und warum grinste der eine jetzt auch noch so unverschämt. So witzig, wie der glaubte, war die nächtliche Ruhestörung in einem Krankenhaus nicht. Das würde eine saftige Anzeige geben, soviel war mal sicher. Aber nachdem die Personalien festgestellt worden waren, musste man die zwei wohl oder übel wieder laufen lassen. Missmutig blickte der Beamte auf den nächtlichen und immer noch frech grinsenden Ruhestörer herab und hätte ihm ganz gerne seine Respektlosigkeit aus dem dreisten Gesicht getrieben.

„Sie glauben wohl, nur weil sie einen Bart haben, können sie sich alles erlauben, hm?" Das Grinsen im Gesicht meines Vaters wurde noch eine Spur breiter.

„Na, jedenfalls habe ich das, was ihnen auf dem Kopf fehlt, immerhin am Kinn!" antwortete er schlagfertig und fixierte sein Gegenüber aus lachenden Augen. Gerade noch rechtzeitig konnte der andere Beamte ein heftiges Prusten unterdrücken und wandte sich kichernd ab. Seine Schlagfertigkeit, wie auch den Lacher des Kollegen, bezahlte mein Vater in dieser Nacht mit dem Aufenthalt in einer Ausnüchterungszelle. Da saß er, Hauptwachtmeister Brandt von der Polizeiinspektion 1, eindeutig am längeren Hebel. Immerhin bis zum kommenden Wochenende. Mein Vater verarbeitete sofort nach seiner Entlassung aus dem Polizeirevier seine Erlebnisse der vergangenen Nacht zu einer äußerst amüsanten Kurzgeschichte. Gespickt mit humorigen und pointierten Übertreibungen, erschien sein kurzes Essay in der Wochenendbeilage im Feuilleton, als witziger Beitrag mit dem Thema "Die Polizei und ihr freundlicher Helfer!" Ganz Aachen wieherte bereits am Frühstückstisch vor Vergnügen und schlug sich auf die Schenkel, hingegen sich die

Begeisterung auf Polizeiinspektion 1 doch eher in Grenzen hielt.

„Herrgott nochmal! Dass dieser humorlose Brandt aber auch ausgerechnet an einem von der Zeitung ein Exempel hatte statuieren müssen. Und dann auch noch ausgerechnet an diesem Heerhausen, diesem scharfzüngigen Burschen. Den kannte doch in Aachen jeder."

Außer Hauptwachtmeister Brandt offensichtlich.

Und nun war das gesamte Revier der Lächerlichkeit preisgegeben. Der Richter verhängte wegen Ruhestörung, Hausfriedensbruch und Erregung öffentlichen Ärgernisses eine Geldstrafe von 350 DM über meinen Vater. Das Geld sollte einem der hiesigen Kindergärten zugutekommen. Hauptwachtmeister Brandt feixte. Nun war der Hebel wieder auf seiner Seite. Ob er daraus einen erhöhten Anspruch auf einen Kindergartenplatz für seine jüngste Tochter ableiten dürfe, versuchte mein Vater die Schmach über seine Verurteilung mit einem Witzchen vor dem hohen Gericht zu entschärfen. Das hohe Gericht erhöhte auf 400! Des einen Leid, des anderen Freud. Zu meiner größten Freude führten die empfindlichen Geldstrafen nämlich dazu, dass der für mich anstehende Ballettunterricht erst einmal auf unbestimmte Zeit verschoben werden musste. Inständig hoffte ich, meine zum Klavier- und Ballettunterricht fest entschlossene Mutter doch noch umstimmen zu können. Damit wir unseren zukünftigen Ehemännern später einmal etwas vorspielen und tanzen könnten, war sie nicht müde geworden, uns Mädchen bei jeder Gelegenheit zu instruieren. Ich war mir allerdings nicht sicher, ob mir die unterhaltsamen Aussichten auf meine Zukunft, die meine Mutter für mich vorsah, so restlos gefielen. Die eine Probestunde in der Ballettschule der Leonie Arnoldis hatte mir als kleiner Vorgeschmack völlig gereicht. Kerzengerade, den Kopf wie eine Majestät erhoben, führte die berühmte Ballettmeisterin von der Statur einer Zehnjährigen, ein strenges Regiment. Wie ein Feldmarschall schwirrte die energische Arnoldis mit ihrem Taktstock zwar ungeheuer anmutig, jedoch mit erbarmungsloser Strenge um ihre Eleven herum und brachte ein z. B. nicht gänzlich durchgestrecktes Bein mit einem knappen Hieb flugs in die richtige Position. Ein flinker Derwisch im Tütü, war sie bald hier und bald dort, tanzte vor und zurück, korrigierte Schritte, gab Anweisungen in französischer Sprache und klatschte bei allem laut und ungeduldig in die Hände.

„Meine Damen, meine Damen ... je vous enprie! Den Pas de Deux en petit peu graziöser, wenn ich bitten darf! ... Wir sind hier doch nicht auf dem Bauernmarkt!" Ein älterer Herr im weißen Hemd mit schwarzer Fliege klimperte unverdrossen auf den Tasten eines riesigen Flügels die Melodie zu einem kleinen Tanz. „Nina, gestrecktes Bein und langen Arm! ... Hoch, hoch den Kopf und runter mit den Schultern, wie oft muss ich das noch wiederholen?" Wieder zischte der kleine Stock durch die Luft und traf die arme Nina, die keine Miene verzog, an der Schulter. Der Bruchteil einer Sekunde hatte mir genügt, um zu wissen, dass ich auf den Unterricht der allseits geschätzten Leonie Arnoldis nicht die geringste Lust verspürte. Anmutige Zukunft hin oder her! Ich wollte lieber reiten und schießen können, wie mein Vater. Ich wollte, wie er, mit dem Pferd im gestreckten Galopp über Wiesen und Felder preschen, wollte wie die Räuberhauptmannstochter durch den dichten Wald streifen und auf einem Schimmel über Stock und Stein springen, anstatt vor dieser Arnoldis im Ballettsaal herum zu hopsen und mich schlagen zu lassen.

An manchen Wochenenden fuhren wir zu einem der ältesten Freunde und ehemaligem Bandenmitglied meines Vaters nach Kornelimünster. Dort besaß die Familie Lausen einen riesigen Steinbruch. Die Lausens waren tolle Leute! Sie hatten auch fünf Kinder, aber im Gegensatz zu uns waren sie sehr reich. Das lag an dem Steinbruch, der ihnen gehörte und in dem mein Vater ab und zu Schießübungen mit uns machte. Aus alten Zeiten besaß er noch ein Gewehr und eine Pistole. Es sei aber nur ein Luftgewehr, versicherte er Tante Walburga, der skeptischen Frau seines Freundes Willy. Und auch die Pistole sei völlig harmlos, die Munition nicht einmal richtig scharf. Mein Gefühl sagte mir, dass Tante Walburga trotz dieser einleuchtenden Erklärung doch ein wenig skeptisch blieb. Manchmal kam auch noch der andere der beiden Lausenbrüder mit.

Onkel Willy hatte noch einen Bruder, den Friedrich, und alle Männer kannten sich noch aus ihrer Schul- und Kriegszeit. Zuerst schossen wir auf leere Flaschen und Marmeladengläser. Das machte einen Heidenspaß wenn das Glas in tausend Stücke zersprang und man daran sofort erkannte, dass man getroffen hatte. Wenn nichts mehr da war, auf das man hätte schießen können, stellte mein Vater kleine Zielscheiben auf. Das war schon etwas schwieriger und außerdem musste immer einer hinlaufen, um nachzusehen, ob man getroffen hatte.

Armin mochte es nicht, wenn ich beim Schießen dabei war. Das sei nichts für Mädchen und erst recht nicht für so ein blödes wie mich. Meine Mutter gab ihm recht, schließlich wolle Hermann doch aus seiner Tochter keine kleine Soldatin machen, oder? Meinem Vater gefiel es aber, dass ich so eifrig bei der Sache war und so durfte ich weiterhin mitmachen. Mit Feuereifer war ich dabei. Ich habe ein gutes Auge und eine ruhige Hand, lobte mich mein Vater, wenn meine Zielscheibe besonders viele Treffer aufwies. Die Tritte und Knüffe meiner Brüder wurden heftiger. Das Lob war eben in zweierlei Hinsicht hart erarbeitet. Noch bevor ich in die Schule kam, konnte ich besser mit einem Gewehr und einer Pistole umgehen, als meinen Namen mit dem Griffel auf eine Schiefertafel zu kratzen. Eine Fähigkeit, die außerhalb des Steinbruchs jedoch nicht die geringste Bedeutung hatte.

Wenn wir an den Sonntagen nicht in die Eifel fuhren, machten wir eine Ausfahrt nach Belgien in den Wald. Dann lieh mein Vater sich im nahegelegenen Gasthaus ein Pferd aus und kam im Galopp hinter uns hergeritten. Hei, war das schön! Ich bewunderte meinen Vater grenzenlos, der dem Pferd alles mögliche abverlangte und über Stock und Stein mit ihm sprang. Er schien vor überhaupt nichts Angst zu haben. Auch meine Mutter klatschte laut Beifall, wenn er uns seine Reitkünste vorführte.

„Also wirklich, Hermann, was du alles kannst und wie schneidig du dabei Figur machst ... so also hast du damals die Parade abgenommen? Mein Gott, wie elegant!"

Nacheinander nahm mein Vater uns Kinder vor sich in den Sattel und ab ging es im Galopp den Waldweg hinauf und hinunter. Wir Kinder konnten nicht genug bekommen von der wilden Jagd durch den Wald und bettelten jedes Mal mehr ... mehr ... schneller ... länger. Das arme Pferd! Leider blieb meine Mutter, was unsere Freizeitbeschäftigung und Ausbildung betraf, unerbittlich. Die Mädchen Ballett- und Klavierunterricht, die Jungens Judo- und Gitarrenstunden.

Ich bettelte, statt des Balletts wenigstens Reitunterricht nehmen zu dürfen, das sei sogar noch günstiger als der Unterricht bei dieser Arnoldis. Aber meine Mutter blieb hart. Ich wolle doch später nicht so ein Trampel werden, wie die olle Prinzessin Anne, oder?

„Also, die Mädchen Ballett und Klavier, die Jungens …,"
„Ja, ja."

FRAU HAHN

Mit sechseinhalb Jahren wurde ich eingeschult. Es war ein sehr schöner und aufregender Tag. Ich durfte mein bestes Kleid anziehen und hielt stolz die Schultüte in den Armen, die Maatschi mir zusammen mit ihrem Sandkuchen und anderen Süßigkeiten geschickt hatte. Über die Schultüte hatte ich mich wie verrückt gefreut. Am Abend nahm ich sie allerdings aus Sicherheitsgründen mit nach oben in mein Bett in den dritten Stock. Meine kleinen Schwestern machten nämlich in Windeseile alles kaputt, was ihnen in die Finger kam. Ich konnte kaum fassen, dass ich nun doch eine eigene Schultüte besitzen sollte. Eigentlich hätte ich nämlich die von meinen älteren Brüdern haben sollen. Meine Mutter hatte gemeint, die Schultüte von Andi und Armin sei doch noch tadellos.

„Aber da sind doch Autos drauf", jammerte ich, „das ist doch eine Jungstüte."

„Ach, papperlapapp", wischte meine Mutter meinen Einwand kurzerhand beiseite, „da klebe ich dir einen schönen, bunten Stoff drum, dann sieht das keiner. Du wirst schon sehen." Mir schwante Schreckliches. Hinsichtlich der handwerklichen Fähigkeiten meiner Mutter hegte ich größte Bedenken. Wie groß war meine Freude also, als Maatschis Paket gerade noch rechtzeitig, nur wenige Tage vor der Einschulung, eintraf. Damit hatte ich nicht gerechnet. Zudem hatte ich die hübscheste Tüte bekommen, die man sich nur vorstellen konnte. Sie war voller roter Marienkäfer, Gänseblümchen und Schmetterlinge. Oben hatte sie eine weiße

Spitze, mit der man sie zubinden konnte, damit die vielen Bonbons nicht herausfielen, die ich noch bekommen würde. Die waren natürlich auch in dem Paket von Maatschi gewesen, aber meine Mutter würde sie erst an dem großen Tag hineintun. Ich konnte mich gar nicht satt sehen an meiner Schultüte und lief den ganzen Tag mit ihr im Arm herum. Ich kam mir ziemlich wichtig damit vor. Meine Schwestern rannten nun dauernd hinter mir her und wollten sie auch „nur mal kurz" halten. Aber das ging nicht mehr, seitdem das Bagatellchen (Astrid) damit sofort auf einen Stuhl eingedroschen hatte, als ich mal für einen Moment nicht hingesehen hatte. Ich hatte den ganzen restlichen Tag geheult, weil die schöne, neue Tüte oben nun ganz eingeblötscht war. Zwar hatte ich sie einigermaßen wieder hinbekommen, aber den Riss konnte man immer noch sehen. Erst als mein Vater am Abend nach Hause kam, wurde sie von innen so geklebt, dass man nur noch mit viel Mühe etwas sehen konnte. Aber deshalb musste ich sie jetzt immer mit ins Bett nehmen.

Dann war der große Tag gekommen. Meine Klassenlehrerin hieß Frau Hahn und ich fand, dass sie mit ihren Doppelkinnen und dem mächtigen, runden Leib eine gewisse Ähnlichkeit mit dem Truthahn hatte, den wir erst kürzlich in der Eifel auf einem Bauernhof gesehen hatten.

Aufgeplustert wie ein Großer, kam der Puter auch schon laut schimpfend an den Maschendrahtzaun gewetzt, sobald wir uns diesem näherten und bedachte uns mit bösen Blicken aus seinen kleinen, ständig zwinkernden Vogelaugen. Wahrscheinlich will er nur die vielen Hühner mit ihren süßen Küken beschützen, die in Scharen um ihn herumwimmeln und geschäftig in der dunklen Erde scharren und picken, dachte ich. Meine Brüder meinten:

„So ein blödes Vieh!" und liefen zum Schweinestall, aber ich war noch eine Weile beim Zaun geblieben, um mir in Ruhe die goldigen Hühnerkinder anzuschauen, die aussahen wie flaumige, gelbe Bällchen.

Wenn Frau Hahn etwas genau und aus der Nähe sehen wollte, setzte sie sich ihre riesige Brille auf, deren Gläser fast ihr halbes Gesicht bedeckten und beinahe bis zum Mund reichten; das Haar hatte sie zum Knoten aufgesteckt. Ihre Kleidung war einfach, schnörkellos und praktisch: Zu einem gerade geschnittenen, dunklen Wollrock, der ihr bis an die Waden reichte, trug sie festes Schuhwerk zum Schnüren. Die Schuhe zierten ein kleiner Absatz, ein wenig Schick sollte schon sein, außerdem hatten sie laut quietschende Gummisohlen. Diese waren insofern ganz praktisch für uns, da man Frau Hahns Kommen schon hören konnte, wenn sie das Lehrerzimmer verließ, um in Richtung Klassenzimmer zu marschieren. Sobald ihre energischen Schritte durch den Korridor schallten, ließen wir eiligst voneinander ab und stürmten auf unsere Plätze. Über Frau Hahns üppigem Busen spannte sich feinste, in Cremetöne gehaltene Strickware, straff bis über die Hüften gezogen. Dazu ein goldenes Kettchen mit Kreuz am Hals und am linken Arm schnürte eine winzige Damenuhr das Handgelenk ein; fertig!

So schlicht und einfach Frau Hahns Kleidung war, so schlicht und einfach war auch ihre Sicht auf die Dinge. Praktischerweise teilte sich die Welt ihrer Meinung nach in exakt zwei gleich große Hälften auf, nämlich schwarz und weiß, gut und böse, arm und reich sowie hässlich und schön. Pech für jeden, der nicht auf der Sonnenseite des Lebens geboren war, aber so war das nun mal, schließlich hatte sie die Welt ja nicht gemacht. Sondern der Herrgott! Und dessen Wege waren für uns Menschlein nun einmal unergründlich und deshalb auch nicht einsehbar. Da war beim besten Willen nicht dran zu rütteln. Sich selbst zählte sie wohl zu den glücklichen Gewinnern ihrer Weltanschauung. Wie ein Fels in der Brandung trotzte Frau Hahn den Wogen einer sich rasch wandelnden Zeit, unterstützt von einem unerbittlichen Glauben an den Herrn.

Einen Mikrokosmos als Abbild ihrer Weltordnung stellte auch ihre Sitzordnung im Klassenzimmer dar. Dieses teilte sie nämlich ebenso in zwei Hälften: in den ersten drei Reihen waren die Sprösslinge der Familien untergebracht, die in Aachen Rang und Namen besaßen oder die zumindest über einen Beruf akademischen Grades verfügten, dicht gefolgt von denen aus handwerklichen, erfolgreichen Unternehmen. Die vierten bis sechsten Reihen waren mit allen übrigen Kindern besetzt, deren Eltern eben nicht dieser Gesellschaftsschicht angehörten. Hier saßen die Heimkinder und davon gab es viele, denn das Kinderheim befand sich in unmittelbarer Nähe der Volksschule, Kinder aus sozial schwachen Familien, Arbeiterkinder und ich. Mein Pech, dass Frau Hahn meinen Eltern keinen eindeutigen Platz in einer ihrer vorderen Schubladen zuweisen konnte. Für „kinderreich" und „Journalist" hatte ihr System leider keine Verwendung. Sicherheitshalber wurde ich also den "Schlechten" in den hinteren Rängen zugeordnet, während sich die "Guten" vorne tummelten. Mit dieser übersichtlichen, ihrer Meinung nach auch gerechten Einteilung, musste Frau Hahn zutiefst zufrieden gewesen sein, immerhin entsprach sie ja der göttlichen Ordnung. Und Ordnung musste sein. Das sei schon die halbe Miete im Leben, pflegte sie uns Kindern regelmäßig mit auf den Weg zu geben, obwohl wir keinen Schimmer hatten, was das mit der Miete zu tun haben sollte. Aber darauf kam es wohl auch überhaupt nicht an. Jedenfalls nicht, solange Ordnung herrschte.

Ich mochte Frau Hahn trotzdem. Sie mich leider nicht. Ich schwatzte nämlich für mein Leben gern und Frau Hahn konnte schwatzende Kinder nicht ausstehen. Ein weiterer eindeutiger und in ihren Augen auch gerechter Grund, mich hinten zu platzieren, denn die Guten schwatzten nicht. Das taten sie zwar wohl, aber diesen Umstand übersah sie mit gütiger Nachsicht für ihre Lieblingsschüler ganz gerne. Dummerweise kommentierte ich ihren Unterricht noch lieber, als dass ich schwatzte. Leider die meiste Zeit unaufgefordert und ohne mich zu melden. Und das mochte Frau Hahn noch weniger. Schwatzende, vorlaute Kinder waren so ziemlich das Letzte, was meine Klassenlehrerin in ihrem geordneten Lehrerleben brauchen konnte und das ließ sie mich regelmäßig wissen. An den Sprechtagen auch meine Eltern, aber für die war das nichts neues; immerhin kannten sie mich schon ein paar Jahre länger als Frau Hahn.

Ich solle mir Mühe geben und schön lieb und still sein und nur sprechen, wenn meine Lehrerin mich dazu aufforderte, riet mir meine Mutter und ich nahm mir aus tiefstem Herzen vor, solch guten Rat gleich am nächsten Tag zu befolgen. Mein Erfolg war eher bescheiden. Unser Verhältnis stand aber auch wirklich unter einem schlechten Stern! Außer Rechnen fand ich nämlich alles, aber auch wirklich alles, was Frau Hahn erzählte, derart interessant, dass es mir schwerfiel, meine Gedanken, die mir ohne Unterlass durchs Hirn schwirrten, zu disziplinieren. Da meine Erzieherin jedoch weit davon entfernt war, meine zugegebenermaßen unaufgeforderte Gedankenflut in den Unterricht mit einzubinden, hielt sie mit unerschütterlicher Standhaftigkeit an der ihr einzig möglichen Art der Unterrichtsgestaltung – der Tradition des Monologs – fest. Nur ungern ließ sie sich darin stören. Und schon überhaupt nicht von mir. An manchen Tagen konnte es geschehen, dass ein Stuhl in den vorderen Reihen, zum Beispiel wegen Krankheit, unbesetzt blieb.

„Oh, die arme Heidi hat Masern. Oh die Arme! Na, da wollen wir ihr mal gute Besserung wünschen", stellte Frau Hahn mit jammervoller Miene fest und so, als sei sie selbst betroffen. Dann konnte es geschehen, dass ein solcher freier Platz als Bestrafungsmaßnahme von einem "Schlechten" besetzt werden sollte. „So Ulli, jetzt reicht es aber!" konnte sie dann ärgerlich ausrufen. „Du kommst sofort nach vorne und setzt dich hierhin. Und bist still! Und zwar mucksmäuschenstill!" Ulli schlich beschämt auf den ihm zugewiesenen Platz nach vorne, ein Bild der völligen Zerknirschung. Bestrafung? Wieso das denn? Vorne kriegte man doch so viel mehr vom Unterricht mit, als hinten. Also, ich hätte ganz gern mit dem Ulli getauscht. Aber das ging leider nicht. Es wäre ja keine Bestrafung gewesen. Einmal hatte ich aber doch Glück. Birgit Holzapfel fehlte wegen Halsschmerzen und Frau Hahn riss der an diesem Tag besonders dünne Geduldsfaden endgültig. Ich glaube, ich hatte wieder einmal zu viel geschwatzt oder nicht gut genug zugehört, jedenfalls sollte ich den Rest des Vormittages vorne links in der ersten Reihe verbringen. Bereitwillig und wahrscheinlich auch viel zu freudig sammelte ich im Nu meinen Griffel und die Schiefertafel zusammen und begab mich auf meinen neuen Platz. In letzter Sekunde konnte ich ein heiteres Flöten unterdrücken. Frau Hahn beäugte mich argwöhnisch.

Ach, hier vorne war es so viel schöner, als so weit hinten. Und so nah. Ich konnte sogar sehen, was hier so alles auf ihrem Pult stand und beschloss sogleich, die noch verbleibende Zeit zu nutzen und besonders artig und vorbildlich zu sein, in der – leider unbegründeten – Hoffnung, Frau Hahn möge mich hier sitzen lassen. Und zwar für den Rest des Schuljahres. Leider wurde daraus nichts. Als ich am nächsten Morgen, Birgit Holzapfel fehlte immer noch, mein Glück zu erzwingen versuchte, indem ich mich mit meiner harmlosesten Unschuldsmiene und so, als dächte ich, meine Strafe sei noch nicht aufgehoben, auf Birgits Platz setzen wollte, scheuchte mich Frau Hahn unwirsch zurück nach hinten. Es machte einfach keinen Spaß und auch überhaupt keinen Sinn, zu bestrafen, wenn die Strafe so freudig angenommen wurde. Und dabei blieb es. Meine Chance auf einen Platz ganz vorne hatte ich verspielt.

So wie auch die Chance, einmal einen Kakao zu ergattern, der auch übrigblieb, wenn jemand fehlte. Das mit dem Kakao, der 70 Pfennig kostete, und der Milch für 50 Pfennig, verhielt sich nämlich so: Freitags kam der Milchmann und nahm die Bestellung für diejenigen Kinder auf, die sich den Luxus kalter Getränke leisten konnten. Gezahlt wurde sofort und in bar und nicht etwa auf Pump, womit meine Chancen hinsichtlich des Kakaos auf Null sanken. Die Namen, es waren ohnehin meistens die gleichen, wurden sodann in einem kleinen Heftchen säuberlichst notiert und in der folgenden Woche wurden der Kakao und die Milch in kleinen Glasflaschen mit silbernen Deckelchen zum Abziehen, schon früh angeliefert. Wer also glücklicher Besitzer eines dieser Fläschchen war, konnte sich den ganzen Morgen über auf die Pause freuen. Selbstbewusst begaben sich die derartig Auserlesenen dann gemäßigten Schrittes, jedoch schon beim ersten Klingeln, zu den Kästen und öffneten mit zufriedener Mine ihr rechtmäßiges Gut.

Ahh, es tat offensichtlich so verdammt gut, zu den Guten zu gehören! Auch hier setzte sich die viel gepriesene Weltordnung von Frau Hahn fort: die Verteilung der Flaschen ergab durchaus Sinn, erfolgte sie doch im Normalfall genau bis zur dritten Reihe. Nur ab und zu konnte es geschehen, meist nach Geburts- oder Namenstagen, jedenfalls nach Anlässen, zu denen der eine oder andere von seiner Oma oder Tante einen kleinen Geldbetrag zugesteckt bekommen hatte, dass sich jemand nicht an die herrschenden Gesetzmäßigkeiten hielt und aus der hinteren Reihe heraus bestellte. Ich fand es schade, dass wir nicht genug Geld für Kakao hatten, konnte aber einsehen, dass, wenn ich welchen bekam, Gleiches meinen Geschwistern zustand und da waren wir einfach zu viele.

„So, wer hat denn bisher noch nie einen Kakao gehabt?" rief Frau Hahn, als wieder einmal einer übrig geblieben war. Die Hände der letzten drei Reihen schnellten nach oben.

„Ich! Ich!", riefen alle durcheinander und schnipsten aufgeregt mit den Fingern. Ich war empört. Gleich mehrere der eifrigsten Knipser waren schon längst und mehrmals bedacht worden. Keine Ahnung nach welchem System Frau Hahn die Reste verteilte, aber ich fand es reichlich unfair. Und ihre gesamte Weltordnung gleich mit. Einmal bin ich dann aber doch drangekommen. Leider nur mit Milch.

Igitt ... lauwarm. Ich musste mich sofort übergeben und dufte nach Hause gehen. Na ja, wenigstens etwas.

Eigentlich sollten die Flaschen natürlich kalt sein, aber dafür standen sie bis zur ersten großen Pause einfach zu lange auf dem warmen Flur herum.

Neben Deutsch und Heimatkunde war Religion mein Lieblingsfach. Meine Eltern schmunzelten, wenn ich nach der Schule nicht müde wurde, zu erzählen, was ich im Religionsunterricht so alles erfahren hatte.

„Ja, ja, Anastasia, die Katholische", lachten sie wieder und nickten amüsiert. Die Geschichten aus der Bibel waren mindestens so schön und interessant, wie die Märchen in meinen Büchern. Davon hatte ich inzwischen schon eine ganze Menge und sie waren mein größter Schatz. Neben den üblichen Hausmärchen wie denen der Gebrüder Grimm, Hans Christian Andersen und Wilhelm Hauff, besaß ich außerdem die Märchen aus 1001 Nacht, Zigeunergeschichten und eine besonders schöne Sammlung Aachener Märchen. Im Gegensatz zu den Erzählungen in meinen Büchern sollte sich jedoch alles, was ich im Religionsunterricht hörte und was in der Religionsfibel stand, genau so zugetragen haben. Das fand ich im höchsten Maße bemerkenswert.

Zuerst erzählte uns Frau Hahn die Geschichte von Josef und seinen Brüdern, die ihn dereinst verraten und nach Ägypten verkauft hatten. Aber der liebe Gott wachte über Josef und half ihm aus der Not. Beim Pharao wurde er schließlich ein geachteter Mann, weil er klug, gerecht und weise war. Später rettete Josef sogar noch alle Ägypter, da er Träume deuten konnte und auch seinen bösen Brüdern verzieh er, denn sie bereuten, was sie getan hatten. Immer wieder las ich Josefs Geschichte in meiner Religionsfibel nach und litt mit ihm bei seinem Verrat und war wieder von Herzen froh bei ihrer Versöhnung. Aber dann berichtete Frau Hahn von Jesus Christus, dem Sohn Gottes! Obwohl er nur Gutes getan hatte, hatte ihn der eifersüchtige König Herodes ans Kreuz nageln lassen, wo er unter schlimmen Qualen gestorben war. An dieser Stelle war ich zum ersten Mal froh gewesen in der letzten Reihe zu sitzen, weil hier hinten keiner mitbekam, dass ich so weinen musste. Ich war nämlich die Einzige, die weinte und deshalb genierte ich mich und versuchte, meine Tränen so gut es eben ging, zu schlucken, bis mir der Hals ganz furchtbar schmerzte. Keines der anderen Kinder, und nicht einmal Frau Hahn, war annähernd so betroffen wie ich. Wie grausam die Menschen doch gewesen waren! Aber Jesus war wunderbarerweise wieder auferstanden und zu seinem Vater in den Himmel gekehrt. Ach, wie oft las ich nun diese Geschichte und weinte wieder heimlich und litt mit ihm!

Vor meinen Brüdern musste ich mich besonders in Acht nehmen, damit sie mich nicht wieder hänselten und verspotteten und mich „Anas, die Katholische" riefen. Ich hatte in Windeseile Lesen gelernt und hätte am liebsten jede freie Minute mit meinen Büchern verbracht. Leider harmonierte meine Vorliebe für Bücher so überhaupt nicht mit den Interessen meiner Mutter. Die fand nämlich weiterhin, dass Kinder ihre Zeit möglichst an der frischen Luft verbringen sollten und am helllichten Tag nichts, aber auch gar nichts, in der Wohnung verloren hatten. Insgeheim hegte ich den ebenso rebellischen wie begründeten Verdacht, dass wir ihr oft einfach nur ganz schön auf die Nerven gingen. Das mit der frischen Luft war bestimmt nur eine Ausrede, schließlich hatte das Kinderzimmer ein Fenster. Ich hatte es schon probiert: es ließ sich mühelos öffnen. Eine Ausnahme bildete nur schlechtes Wetter. Dann durften wir auch tagsüber „legal" zu Hause bleiben. Ich glaube, ein Grund dafür, dass ich auch heute noch eine der Wenigen bin, die auch extrem schlechtem Wetter etwas richtig Gutes abgewinnen kann.

Die Gelegenheiten, in Ruhe in meinen Büchern lesen zu können, waren für meinen Geschmack reichlich begrenzt. Meine jüngerer Geschwister wollten am liebsten spielen und dabei sollte ich ihnen helfen. Oder ihnen etwas vorlesen. Meine Mutter war mir in diesem Fall keine große Hilfe. Sie war der irrigen Meinung, alleine lesen könne ich später immer noch. Aber wenn es endlich später war, stellte sich heraus, dass auch noch aufgeräumt werden musste und das war Sache der älteren Kinder. Also meine. Aus später, so lernte ich sehr bald, wurde mit Sicherheit: nie. Und weil das nun einmal so war, musste ich mir so viele Auszeiten zum Lesen schaffen, wie nur möglich. Damals hieß das aber noch nicht Auszeiten, sondern sich Verdrücken, sich Verkrümeln oder Faulsein.

Meistens schlich ich mich, wenn meine Schwestern unterhaltungsmäßig ausgiebig versorgt zu sein schienen, unter einem Vorwand zurück ins Haus. Einmal hatte ich dummerweise gesagt, ich würde oben etwas trinken gehen, da hatten meine Schwestern sofort alles stehen und liegen gelassen und wollten auch mit. Auf einmal hatten alle Durst gehabt. Meine Mutter warf uns jedoch flott wieder raus, nachdem wir unseren Durst am Wasserhahn gestillt hatten. Deshalb sagte ich jetzt immer, dass ich noch Schulaufgaben machen müsse oder das Kinderzimmer aufräumen würde. Merkwürdigerweise glaubten mir meine Schwestern meine Flunkereien und ich hatte ein ganz schön schlechtes Gewissen.

„Ich wasche mir nur eben schnell die Hände!" brüllte ich schon von Weitem, noch bevor meine Mutter Zeit hatte, Verdacht zu schöpfen und ließ den Wasserhahn laufen. Nach angemessener Zeit klappte ich möglichst laut, damit sie es auch ja hörte, die Haustür einmal auf und zu und rannte, upps, da hatte ich mich doch tatsächlich in der Türe vertan, auf Zehenspitzen ins Kinderzimmer. Dort verkrümelte ich mich schnellstens in die oberste Etage meines Bettes, um so viele Seiten meines Buches wie nur möglich zu verschlingen. Bis meine Abwesenheit auffiel, würde nicht allzu viel Zeit vergehen, es galt also die knappe Zeit zu nutzen.

Ab und zu kam meine Mutter leise vor sich hin summend ins Zimmer hinein, um das eine oder andere Spielzeug oder Wäschestück auf seinen Platz zurückzulegen. Dann hielt ich den Atem an. Aber sie hätte mich nicht gesehen, selbst wenn sie hochgeschaut hätte. Im mich unsichtbar machen, war ich seit der Zeit am Blücherplatz unschlagbar geworden.

DAS SCHWÄBLE

Ein oder zweimal im Jahr besuchten wir die dicke Hilde und das Schwäble. Das Schwäble (die Schwäbin) war unsere "kleine" Omi. Sie kam ursprünglich aus Schwaben und war die Mutter meines Vaters, die dicke Hilde seine Schwester.

„Mein liebes, herzallerliebstes Schwäble", nannte mein Vater seine Mutter zur Begrüßung und seine Stimme klang ungewohnt zärtlich. Wir sagten zum Schwäble aber natürlich Omi, so wie wir ja zu Maatschi auch nicht Maatschi, sondern „große" Omi sagten, wenn wir überhaupt die Gelegenheit dazu bekamen. Die dicke Hilde, die mit ihrem kinnlangen Topfhaarschnitt irgendwie an Prinz Eisenherz erinnerte, wie mein Vater einmal bei unserer Ankunft witzelte, war nämlich nicht nur sehr dick und sehr geizig, sondern hegte gegenüber ihren Neffen und Nichten eine durchaus ehrliche Ablehnung. Aus eben diesem Grunde war sie nicht sonderlich erpicht darauf, sich mit uns zu umgeben. Sie sah uns, wenn es denn unbedingt sein musste, am liebsten durch die Fensterscheiben ihrer geschlossenen Terrassentür. Das führte dazu, dass wir unsere Omi immer nur wenige Sekunden zu Gesicht bekamen, denn die dicke Hilde schirmte ihre Mutter von uns ab, als hätten wir die Blattern.

„Vorsicht, das verträgt sie nicht", kreischte unsere Tante bei der Begrüßung völlig hysterisch los und stürzte herbei, als gälte es, herabfallendes Porzellan aus der Ming-Dynastie aufzufangen. Hastig entzog sie uns der Umarmung unserer Großmutter. „Nein, nein, nein, das ist der Mutti nun aber wirklich zu viel", winselte sie und zupfte mit übertriebener Sorgfalt das wollene Schultertuch vom Schwäble zurecht. Das Schwäble hingegen schien die muntere Abwechslung, wie auch die ungewöhnlich aufmerksame Fürsorge ihrer sonst eher rustikalen Tochter, sehr zu genießen. Augen, groß wie Tennisbälle, strahlten uns hinter zentimeterdicken Brillengläsern glücklich an.

„Aber die Kinder wollen ihre Omi doch nur einmal kurz begrüßen." Mein Vater erhob bittend die Hände.

„Sie wollen ihr doch nur ein kleines Küsschen geben!"

Schweren Herzens, so, als würde sie die Tore des Vatikans für den Leibhaftigen öffnen, ließ uns unsere Tante einzeln und nacheinander vortreten. Jeden unserer Schritte beobachtete sie, als wären wir kleine Raubtiere. Wir umarmten unsere Omi. Für eine Nanosekunde. Man könnte meinen, unsere Großmutter sei aus Glas, dachte ich gereizt und schaute böse zur dicken Hilde hinüber, die sich schützend neben unserer Oma aufgebaut hatte und dabei schnaubte wie ein waidwundes Rhinozeros. Unter den Argusaugen unserer Tante knicksten und dienerten wir also nun artig vor unserer Großmutter, versicherten ihr, wie lieb wir sie hätten und verließen augenblicklich wieder das Zimmer.

Auf dem Weg zurück in den Garten, wo wir Kinder die restliche Besuchszeit zu verbringen hatten, konnte ich einen Blick ins Esszimmer erhaschen. Dort hatte die dicke Hilde einen herrlichen Kaffeetisch für vier Personen gedeckt. Wie schon erwähnt, Kinder zu beglücken war nicht ihr vorderstes Anliegen. Unterdessen saß das Schwäble in seinem Ohrensessel und klapperte mit dem Gebiss, als würde es mit einem Paar Kastagnetten den Liebesgesang der Carmen begleiten.

Selig vor sich hinlächelnd, beobachtete sie das seltene und unterhaltsame Treiben um sich herum.

„Amüsiert euch schön!", hatte uns unsere Mutter, nachdem die Begrüßungszeremonie irgendwann einmal abgeschlossen war, noch winkend zugerufen, bevor sich die Terrassentür schloss. Drinnen sah ich noch wie sich schließlich, am Arm ihrer fürsorglichen Tochter, unsere kleine Omi an den Kaffeetisch zitterte. Nach wahrscheinlich vielen „Ahs" und „Ohs" meiner Eltern, der Kuchen sei ja geradezu köstlich gelungen und ob man wohl das Rezept bei Gelegenheit haben könne, „also wirklich, liebe Hilde, ganz ausgezeichnet", kam mein Vater wohl zum eigentlichen Anlass seines Besuchs. Nicht, dass die dicke Hilde nicht schon längst gewusst hatte, dass mein Vater den weiten Weg nicht ausschließlich auf sich genommen hatte, um seine alte Mutter zu besuchen. Da kannte sie ihren jüngeren Bruder nur zu gut.

„Ähem, ja also, wir sind im Moment gerade ein bisschen knapp bei Kasse", eröffnete mein Vater das unangenehme Gespräch um sein delikates Anliegen. Die dicke Hilde rollte verdrießlich mit den Augen. Als ob sie es nicht geahnt hatte: natürlich ging es bei ihrem Bruder wieder einmal um Geld. Warum musste der Blödmann aber auch ein Gör nach dem anderen in die Welt setzen? Hatten ihm seine drei Kinder aus der ersten Ehe nicht gereicht? War doch klar, dass so viele Kinder eine Stange Geld kosteten. Schließlich waren sie ja nicht Krösus. Ob es eventuell möglich sei, mit einem kleinen Betrag auszuhelfen, den man auch gerne, hier ließ mein Vater durchaus mit sich verhandeln, vom späteren Erbe abziehen könne.

Unversehens mischte sich das Schwäble in das Gespräch ein.

„Ähh, ähh, Hildchen, wie schön ist es doch, dass Hermann einmal zu Besuch mit Helma da ist, äh, ach nein, das ist ja die Freya, nicht wahr? Er war ja schon solange nicht mehr hier, mit Helma, äh Freya, klapper, klapper."

Ungeschickt versuchte sie, die Hände von Hildchen und Hermann gleichzeitig zu tätscheln. „Ach wie schön, dass du einmal da bist, mein Junge", fuhr sie in einem fort, da Hildchen keine eindeutige Aussage oder Geste zu ihrer Frage gemacht hatte. „Und die lieben Kleinen, sind sie denn auch alle gesund?" Die Augen hinter den Brillengläsern wurden noch eine Spur größer. Mein Vater nickte. „Wie schön, das nächste Mal nehme ich mir auch ein wenig Zeit für die lieben Kleinen. Aber im Moment, klapper klapper, du siehst ja selber Hermann ... ich bin ja so schwach, klapper klapper."

Das belanglose Gespräch über die „lieben Kleinen" ging noch ein Weilchen hin und her, während dessen das Schwäble sicherlich bemüht war, ein gewisses Maß Anteilnahme an den Enkeln zu zeigen. „Ach, Andranik und Armin gehen schon in die Schule? Und Anastasia auch? Ja, ja, die Zeit vergeht so schnell. Wie ist doch alles so schön, Klapperdiklapp!" Mit einem abschließenden Klappern beendete ein geschafftes Schwäble für heute ihren Teil der anstrengenden Unterhaltung mit Hildchen und Herman und rastete in ihre gewohnte Haltung der seligen Nichtanteilnahme zurück.
Wie gut, dass sie Hildchen hatte und dass die sich um alles kümmern würde. Wie gut.

Wenn es ums Geld ging, würde der Boden bei seiner Schwester wie immer sehr schnell und ganz besonders dünn werden, glaubte mein Vater zu wissen und wandte sich ihr wieder zu. Das klapprige Schwäble schaufelte indessen genüsslich das zweite Stück Sahnetorte in sich hinein. Sicherheitshalber hatte sie wie immer keine eigene Meinung zu irgendetwas und überließ unangenehme Gespräche, wie auch sämtliche Entscheidungen und Verantwortungen, seit jeher ihrer tüchtigen Tochter. Wurde sie trotzdem einmal versehentlich mit einem Problem konfrontiert, so reagierte sie stets mit hilfloser Verwirrung, von der man nie genau wusste, ob sie echt oder nur gespielt war. Dazu klimperte sie wie ein kleines Mädchen mit den Augen und ließ ihr Gebiss extra laut scheppern.

„Ach, liebes Hildchen, ich weiß ja gar nicht wovon eigentlich die Rede ist, ähh, ähh, klapper, klapper, was ist denn nur los? Ich weiß überhaupt nicht ... klapper, klapper, ich kann ja gar nicht ... ähh, ähhh." Der dicken Hilde war das nur recht. Sie wusste und sie konnte. Und das am besten sowieso ohne das ängstliche Schwäble. Heute kam das arme Schwäble jedoch nicht umhin, einen gewissen Unterton in der Unterhaltung zwischen Bruder und Schwester zu bemerken. Sie horchte zwar ab und zu auf und blickte mit weit aufgerissenen Augen zwischen ihrem Sohn und ihrer Tochter hin und her, überließ das problematische Terrain jedoch wie immer der properen Hilde.

Die dicke Hilde lehnte sich in ihrem Sessel zurück wie ein frisch gekürter Preisboxer und schaute meine Eltern triumphierend an. Tja, an Hildchen kam man nicht vorbei. Während sich die Verhandlungen im Wohnzimmer gewohnt zäh gestalteten, amüsierten sich draußen im Garten vor allem meine Brüder, indem sie ihre kleinen Schwestern ärgerten. So ein Nachmittag konnte sich selbst bei schönstem Sonnenschein durchaus in die Länge ziehen. Vor allem, wenn es drinnen für die Erwachsenen Kaffee und Sahnetorte gab. Für uns Kinder war stattdessen mal wieder jede Menge Frischluft vorgesehen, aber irgendwann hatte man die auch mal über. Wir fingen an, zu quengeln und uns zu zanken. Wir hatten Hunger, Durst, Langeweile und eine meiner Schwestern die Hosen voll. Ein guter Grund uns wieder in das Gedächtnis unserer Eltern zu bringen, die uns über ihrer Besprechung offenbar völlig vergessen hatten. Mit der Schwester mit den vollen Hosen an der Hand, klopfte ich zaghaft an die Terrassentür. Wir hatten zwar die Anweisung bekommen, uns draußen so lange zu amüsieren, bis man uns rufen würde, aber die vollen Hosen meiner Schwester waren eindeutig eine Möglichkeit, legalen Einlass ins Haus zu erlangen. Allerdings war ich mir nicht ganz sicher, ob man mir die vollen Hosen nicht ankreiden würde. Außer, dass wir uns nämlich schön amüsieren sollten, sollten wir auch gegenseitig auf uns aufpassen. Beide Ziele hatten wir eindeutig verfehlt! Meine Schwester hatte erst Bescheid gesagt, als die Hose schon voll war und so richtig amüsiert hatte sich eigentlich auch keiner. Na ja, meine Brüder vielleicht ein bisschen. Aus Erfahrung wusste ich, dass derlei Nebensächlichkeiten bei der Schuldsuche oft nur eine untergeordnete Rolle spielten und man trotzdem ausgeschimpft wurde. Ob die Erwachsenen denn nicht EINMAL in Ruhe eine Tasse Kaffee trinken könnten, ohne dass sie dabei sofort gestört würden (sofort? die Verhandlungen liefen offenbar nicht besonders erfolgreich), hörte ich meinen Vater aus dem gemütlichen Esszimmer rufen, als die dicke Hilde endlich entrüstet die Türe aufriss.

„Die Antonia hat in die Hosen gemacht", piepste ich, noch bevor sie ihrem Ärger über die Störung weiter Luft machen konnten, mit meiner erbarmungswürdigsten Stimme und versuchte ein besonders bekümmertes Gesicht zu machen. Dabei reckte ich den Hals, um die übrig gebliebenen Kuchenstücke auf dem Kaffeetisch zu zählen. Wenn wir großes Glück hatten, ja, dann vielleicht würde auch für uns noch etwas übrig bleiben.

Unser Besuch im Bergischen Land muss diesmal unter einem besonders ungünstigen Stern gestanden haben. Mit der Begründung, dass Kinder sowieso nicht zu viel Süßes essen dürften, das sei ja wohl sehr ungesund und die liebe Mutti würde sich doch auch morgen noch so sehr über ein Stückchen Kuchen freuen, packte die dicke Hilde den restlichen Kuchen ruck zuck in eine große Tupperdose, die daraufhin eiligst im Vorratsraum verschwand. Die Weltordnung der Erwachsenen fing allmählich an, mir so richtig auf die Nerven zu gehen. Trennungslinien, so weit das Auge reichte: hier die Großen, da die Kleinen, dort die, die alles durften, drüben die, die gehorchen mussten. Es begann bereits zu dämmern als wir langsam die lange Einfahrt entlangfuhren, zurück nach Hause, als die dicke Hilde noch einmal zur Haustür herausstürzte und wild fuchtelnd hinter unserem Auto herlief.

Mit beiden Händen bedeutete sie meinem Vater, anzuhalten. Mein Vater tat dies und kurbelte das Fenster herunter. Sollte es vielleicht doch noch ein klei-nes Abschiedsschnäpschen geben, wie er insgeheim gehofft hatte? Leider nein. Sie habe ja ganz vergessen, dass sie meiner Mutter für die Kleinen noch etwas zum Spielen mitgeben wollte. Meine Mutter war gerührt. Die gute Hilde. Hoffentlich hatte sie ihr nicht irgendwann einmal Unrecht getan, wo sie nun doch noch an die Kleinen gedacht hatte. Mit den Worten, „damit können die Kleinen doch ganz wunderbar im Sandkasten spielen", reichte unsere Tante eine längere, biegsame und weiße Stange ins Auto.

„Ach, das ist doch nicht nötig, meine liebe Hilde", versicherte meine Mutter, die noch nicht erkannt hatte, was sie da in den Händen hielt. Unser Vater jedoch sehr wohl. Und er gab schon mal Gas. Er kannte seine Schwester eben besser. „Kinder, nun winkt doch alle noch einmal zum Abschied. Und noch mal vielen Dank für den schönen Nachmittag!"

Ja doch.

Winke, winke.

„Hermann! Das ist doch wohl nicht ihr Ernst? ...Hermann?" Fassungslos starrte meine Mutter, wir waren gerade um die Ecke gebogen, auf den Gegenstand in ihren Händen. „Wofür hält deine Schwester uns eigentlich?" Mein Vater gab darauf lieber keine Antwort. Dafür landete die ansehnliche Menge gestapelter Joghurtbecher mit einem erbosten „Also, das ist ja unglaublich!" in seinem Schoß. An der nächsten Straßenlaterne musste mein Vater anhalten und diesen Müll unverzüglich in einem Abfallbehälter entsorgen. Meine Mutter fühlte sich zutiefst gedemütigt. Wie konnte ihre Schwägerin es wagen, ihr alte Joghurtbecher für die Kinder anzudrehen. Man war doch schließlich nicht bei den Hottentotten! Unfassbar! Und die blöde Sahnetorte habe sie auch nur deshalb so über den grünen Klee gelobt ... Unsere – sonst immer um Verständnis bemühte – Mutter war heute offensichtlich zu sauer, um an ihrer Schwägerin, diesem „uncharmanten Trampel", irgendetwas Gutes zu finden. „Möge sie doch an ihrem Geiz und den ollen Joghurtbechern ersticken!"

„Und an ihrem Schnaps", fügte mein Vater mit einem wehmütigen Seufzer in Gedanken hinzu.

In derart munterer Stimmung reisten wir nach Hause zurück. Doch nicht nur für uns Kinder war es nicht gut gelaufen mit der vielen frischen Luft und den leeren

Joghurtbechern. Auch für unsere Eltern hatte der Besuch nicht den erwünschten Erfolg gehabt. Statt Bargeld hatte die dicke Hilde ihrem Bruder nämlich die nicht minder dicke, in Leder gebundene Familienchronik in die Hände gedrückt. Die könne er sich mal gründlich anschauen und sich ein Beispiel daran nehmen, wie die Krafft von Heerhausen seit Hunderten von Jahren ihren Reichtum mehrten. Diesem Ratschlag folgte mein Vater noch am gleichen Abend, umringt von uns Kindern. So ein schönes Buch. Mit vielen alten Bildern von Menschen aus einer längst vergangenen Zeit. Das seien unsere Vorfahren und Ahnen, erklärte uns unser Vater nicht ohne Stolz. Das riesige Buch, das man kaum mit beiden Händen heben konnte, hatte ein kleines Schloss an der Seite, das mit einem winzigen Schlüsselchen geöffnet werden musste. Der Schlüssel war so klein und niedlich, ein richtiger Puppenschlüssel eben, fanden wir Mädchen. Leider war er schon kurze Zeit später verschwunden. Spurlos.

Wir seien richtige Schädlinge, brummte unser Vater ärgerlich, als sich das Schlüsselchen auch beim besten Willen nicht wieder auffinden ließ. Wir hingegen hatten ja die Heinzelmännchen im Verdacht. Das Schloss, das mein Vater jetzt mit einer Büroklammer öffnen musste, blieb seitdem lieber offen.

Die Krafft von Heerhausen waren tatsächlich nicht nur tapfere Ritter, sondern auch besonders gute Kaufleute gewesen. Große Ländereien, Höfe und Burgen waren in vielen, vielen Jahren angesammelt worden. Leider gehörten wir nicht zu dieser Linie, wie sich nach einigem Umblättern schnell herausstellte. Wir gehörten dem Zweig „verarmter Landadel" an.

„Hätte mich auch gewundert", stellte mein Vater sarkastisch fest. Meine Mutter fand es schade. Ein gewisser Heribert von Heerhausen hatte beim Spiel nicht nur sein ganzes Vermögen, sondern gleich auch noch seinen Adelstitel gesetzt. Dummerweise auf Rot. Es war nämlich leider Schwarz gekommen. Seitdem hatten wir eine eigene kleine Familienhymne. Ich hörte sie meine Mutter recht häufig summen. Sie lautete: „Ach du lieber Augustin, alles ist hin."

Die dicke Tante Hilde war, außer dass sie eben unsere geizige Tante war, auch noch Besitzerin der einzigen Drogerie von Hülsenbusch, einem kleinen Ort im Bergischen Land. Manchmal schenkte sie uns Sachen, die sie im Laden nicht mehr verkaufen konnte und wir freuten uns sehr darüber, denn für uns waren sie immer noch gut genug. Manchmal war ja nur die Verpackung beschädigt oder das Produkt nicht mehr ausreichend ansehnlich für den Verkauf. Einmal durfte ich dorthin mitkommen als die dicke Hilde meinen Vater bat, ihr im Laden etwas Schweres zu tragen. Ich sei sehr lieb gewesen, meinte meine Tante, bevor sie ihren Laden wieder abschloss, dafür solle ich eine Belohnung erhalten. Ich traute meinen Ohren kaum. Im hinteren Lager der Drogerie, einem dunklen Abstellraum, in dem es intensiv nach Staub, Leder und Gewürzen roch, standen auf einem Schrank mehrere Glasdosen. Alle, bis auf eine, waren bis obenhin mit Bonbons gefüllt. Die Glasdose, deren Boden mit einer grünlichen Masse bedeckt war, nahm sie herunter. Wir bräuchten nur noch das Messer, grunzte sie in ihr unterstes Doppelkinn, denn die Bonbons hätten sich, da das Glas zu lange in der Sonne standen hatte, leider ein wenig aufgelöst. Sonst seien sie aber noch völlig in Ordnung und durchaus zu genießen, wenn man sie nur aus diesem verflixten Glas herausbrächte. Dabei hackte sie mit einem Messer solange auf der grünen Masse herum, bis diese endlich in tausend Stücke zersprang. Mit ihren dicken Fingerchen fischte sie mir ein Stück heraus.

„Na, was sagt man, meine kleine Anas?" fragte mein Vater und seine resignierte Stimme verriet mir, dass auch er sich unter einer Belohnung für mich etwas anderes vorgestellt hatte.

„Vielen Dank, Tante Hilde", antwortete ich brav, machte einen Knicks und leckte zum Zeichen meiner tiefen Dankbarkeit sofort an dem grünen Ding herum. Pfui Teufel! Hustenbonbons! Der Geschmack des Pfefferminzes weckte eine vergessene und unangenehme Erinnerung in mir. Irgendwo hatte ich das schon einmal gerochen oder geschmeckt. Schnell drängte ich die aufkommende Ahnung beiseite. Nö, da wollte ich nicht mehr hin.

Ein einziges Mal drückte mir meine Großmutter heimlich zwei Mark in die Hand. Ich dürfe aber auf keinen Fall der Hilde etwas davon sagen, raunte sie mir zu, denn die würde mir das Geld sonst vielleicht wieder abnehmen. Vielleicht? Ich war mir absolut sicher, dass dieser Rottweiler von einer Tante – welche Schätze bewachte sie eigentlich gerade, dass hinter ihrem Rücken solche Geschenke verteilt werden konnten? –, dass diese Tante mit Sicherheit einen plausiblen Grund dafür finden würde, warum Kinder keine zwei Mark besitzen sollten. Vorsichtshalber sagte ich auch meinen Eltern nichts von dem Geld. Ich war mir nämlich nicht ganz sicher, ob sie am Ende der Meinung waren, ich könnte das Geld doch freundlicherweise zum Haushaltsgeld beisteuern. Und natürlich sagte ich es auch nicht meinen Geschwistern. Eigentlich also niemandem. Stattdessen machte ich gleich am nächsten Tag nach der Schule einen kleinen Umweg durch den Ferberpark. An dessen unterem Eingang befand sich Frau Knubbens Süßigkeitenkiosk. Ein von allen Kindern des Viertels häufig frequentierter Anziehungspunkt. Sich dort für zwei Mark Süßigkeiten aussuchen zu können, war ein geradezu unglaublicher und einzigartiger Glücksfall. Ich nahm mir entsprechend Zeit. Schließlich wollte der Kauf gut überlegt sein.

Nach reiflichen Überlegungen entschied ich mich für eine Leckmuschel, eine Schaumwaffel, eine bunte Halskette zum Aufessen sowie noch für etliche Lakritzsalinos und saure Gummiteufelchen. Alles hübsch verpackt in einer großen, weißen Papiertüte, die so herrlich raschelte, als ich sie endlich in den Händen hielt. Noch nie hatte ich so viel kaufen können, als dass eine Tüte notwendig gewesen wäre. Ich befand mich im siebten Süßigkeitenhimmel und als nunmehr gute Kundin von Knubbens Süßigkeitenkiosk. Ich drückte mich an meinen Zuckerwaren naschend noch eine Weile im Ferberpark herum, in der Hoffnung nicht gerade hier und jetzt von einem meiner Brüder aufgespürt zu werden. Den Rest meiner Beute versteckte ich schließlich in meinem Schulranzen und machte mich sodann zwar befriedigt, aber mit reichlich schlechtem Gewissen auf den Heimweg. Also, Teilen war etwas anderes, das war schon klar.

Über seine Familie sprach unser Vater nicht gerne. Manchmal die eine oder andere eher harmlose Anekdote, die das Schwäble betraf. Das Schwäble war übrigens nicht schon so klappernd zur Welt gekommen, das hatte sie sich erst später erworben. Als jüngstes von 13 Geschwistern war sie aber auf einem Schloss aufgewachsen. Wir staunten nicht schlecht und meine Mutter meinte:

„Oh, die arme Frau!" Damit meinte sie jedoch nicht das Schwäble, sondern deren Mutter. Die Vorfahrinnen unserer „kleinen" Omi seien Hofdamen am französischen Schloss bei Marie-Antoinette gewesen, erzählte uns meine Mutter. Zum Beweis zeigte sie uns winzige, reich verzierte Mokkatässchen. Aus eben diesen Tässchen habe schon die französische Königin getrunken, was ihr eure Urururgroßmutter angereicht habe, war sie fortgefahren und hatte dabei auf uns gedeutet. Leider waren von dieser ruhmreichen Aufgabe nur ein wenig Porzellan, etwas Silber und ein paar Antiquitäten übrig geblieben. Die waren zwischen der dicken Hilde und meinem Vater aufgeteilt worden. Ich glaube, die Verteilung war ein wenig unglücklich für uns, jedoch zu Gunsten der dicken Hilde verlaufen. Meine Eltern sagten dazu aber nichts, schließlich besaßen wir ja jetzt ein paar goldverzierte Mokkatässchen. Immerhin. Besser als gebrauchte Joghurtbecher.

„Mary, Mary, komm nunner, mir wellet di verschlage", sind die einzigen Worte einer Anekdote bezüglich des Schwäble, an die ich mich noch erinnern kann. Natürlich war das so angerufene Schwäble nicht zu den Kindern, die es verhauen wollten, gelaufen, sondern hatte sich ängstlich auf seinem Zimmer versteckt. Und dort war es geblieben. Sein Leben lang. Selbst dann noch, als es einige Jahre später das Schloss verlassen und geheiratet hatte. Der Grundstein für das Zittern war gelegt.

Von Mary und Wilhelm Heerhausen, meinen Großeltern väterlicherseits, gibt es leider nur noch ein einziges Foto. Es zeigt die Familie anlässlich der Taufe meines Vaters. Die dicke Hilde, die als Kind noch überhaupt nicht dick, sondern mit ihren langen, dunklen Locken und einem süßen

Lächeln auf ihrem niedlichen Mündchen, einfach goldig aussah, sitzt auf einem Tisch. Auf einem Stuhl davor hält Mary ihren eben getauften Sohn Hermann in den Armen, der in einem bis zum Boden reichenden Taufkleid aus geklöppelter Spitze steckt. Hinter den Dreien stehend, blickt Wilhelm ernst und gemessen in die Kamera. Die Ehe meiner Großeltern entwickelte sich unglücklich und unser Großvater Wilhelm fand daraufhin eine zwar nicht besonders originelle, für sich selbst aber durchaus praktische Lösung für das Problem: andere Frauen. Und zwar solche, die es mit dem erzkatholischen Glauben, wie dem seiner Gattin, nicht so genau nahmen. Das Schwäble war seitdem ständig kränklich, worum sich ihr ungetreuer Gatte jedoch nicht allzu viel kümmerte. Er hatte schließlich anderes zu tun. Das Zittern des Schwäble wurde stärker. Und die goldige Hilde immer dicker.

DIE ALTE BANDE

Meinem Vater bescherten die vielen Unpässlichkeiten seiner Mutter und die Fremdgänge seines Erzeugers vor allem viel Zeit. Diese verbrachte er am liebsten mit seinen Freunden. Und weil man sowieso schon zusammen war und sich besonders gut verstand, konnte man auch gleich eine Gruppe bilden. Diese überlegte daraufhin, wie man die gemeinsame Zeit noch besser nutzen könne und beschloss, sich als vorläufig erste Maßnahme zu einer Bande zu formieren. Zu einer solchen zusammengeschlossen fühlten sich alle gleich viel wohler und die gemeinsame Freizeitgestaltung nahm konkretere Formen an.

Nach kurzer Zeit schon spezialisierte man sich darauf, Autos für eine Spritztour "auszuleihen", um diese später und vor allem an einem anderen Ort wieder abzustellen. Dem rechtmäßigen Besitzer verpasste man somit nicht nur einen ordentlichen Schrecken, ob des vermissten Fahrzeugs, sondern er musste auch viel Zeit aufwenden, um wieder in Besitz des geliebten Automobils zu gelangen. Die Pechvögel wurden sorgfältig ausgewählt. In der Regel wurden Mitbürger bedacht, die sich in irgendeiner Form und in irgendeiner Weise etwas zu Schulden hatten kommen lassen. Zumindest in den Augen der Bande.

Einmal traf die „gerechte" Strafe einen besonders unbeliebten Lehrer. Dieser kam am Morgen völlig aufgelöst, natürlich auch viel zu spät und vor allem zu Fuß, in den Unterricht gerannt. Man brachte herzlichste Anteilnahme auf und erbot sich selbstverständlich und augenblicklich bei der Suche behilflich zu sein. Diese verlief seitens der Bande zwar sehr aufwendig und mit reichlich viel Getöse, jedoch ohne den geringsten Erfolg.

Gefunden wurden die Autos am Ende natürlich immer. Zwar mit leerem Tank, jedoch unversehrt. Sie waren ja schließlich keine Kriminellen. Das sah die örtliche Polizei allerdings anders. Sie ließ nach ihnen suchen.

„Also Hermann", wandte unsere Mutter anlässlich dieser Geschichten gerne ein, die immer dann zum Besten gegeben wurden, wenn Onkel Georg, der beste Freund unseres Vaters und Mitbegründer der Bande, aus Hamburg zu Besuch kam, „ich weiß nicht, ob eure Geschichten für die Ohren der Kinder geeignet sind", meinte sie. Da wir Kinder in diesem Punkt jedoch völlig gegensätzlicher Meinung waren, wurde unsere Mutter kurzerhand von uns überstimmt.

„Onkel Georg, bitte erzähle weiter", bettelten wir und konnten nicht genug bekommen von den Abenteuern, die unser Vater mit seinen Freunden erlebt hatte. Nun sei das Wort „Abenteuer" ja ein ziemlich weiter Begriff, grinste daraufhin Onkel Georg breit, der den Einwand unserer Mutter völlig richtig gedeutet hatte. Sich Autos "auszuleihen" sei auch damals schon nicht direkt erlaubt gewesen, lachte er und mein Vater nickte bekräftigend dazu. Mit diesem eindeutigen Bekenntnis zur Rechtswidrigkeit waren sowohl der Ordnung als auch dem Recht nunmehr umfassend Genüge getan und Onkel Georg und mein Vater konnten mit ihren unterhaltsamen Erinnerungen fortfahren.

Ich war heimlich verliebt in Onkel Georg. Natürlich war er nicht unser richtiger Onkel, aber wir durften ihn, wie alle guten Freunde unserer Eltern, so nennen. Nicht nur, dass

Onkel Georg toll aussah - ein hochgewachsener Mann, das dunkle Haar trug er glatt zurückgekämmt - er hatte auch die wohltönendste Stimme, die man sich vorstellen konnte. Mir liefen Schauer über den Rücken, wenn er mit sonorer Stimme von den vielen Missetaten, die sie in ihrer Jugend angestellt hatten, berichtete und dabei tief und kehlig lachte. Und das tat er oft. Obwohl er im Krieg seine rechte Hand verloren hatte. Gerne hätte ich ihn gefragt, wie das passiert war, aber ich traute mich nicht. Stattdessen fragte ich meinen Vater. Onkel Georg sei einer der tapfersten und mutigsten Soldaten gewesen, die es im Krieg gegeben habe, erklärte mir mein Vater daraufhin ungewohnt ernst. Seine Hand hatte ihm eine feindliche Handgranate abgerissen, die sein Freund einst in größter Bedrängnis aufgehoben hatte und fortwerfen wollte, um seine Kameraden zu schützen. Meine Bewunderung und meine Zuneigung für Onkel Georg stieg ins Grenzenlose. Tante Marion war seine Lebensgefährtin und die mochten wir ebenfalls sehr gerne. Leider konnten sie selbst keine Kinder bekommen und das war sehr schade, denn sie wären sicher prima Eltern geworden. So jedenfalls lautete unser fachmännisches Urteil, als einmal in unserem Beisein die Sprache darauf gekommen war. Beide hatten gelacht und Tante Marion hatte hinzugefügt, dass sie gerne solange mit uns vorliebnähmen. Aber ihre Stimme hatte dabei sehr traurig geklungen.

Wenn Onkel Georg und Tante Marion zu Besuch kamen, luden meine Eltern meistens auch den Rest der damaligen Bande ein. Dann befand sich unsere Familie im Ausnahmezustand: die Geschichten und Erlebnisse, das Gejohle und Geproste wollte nächtelang kein Ende nehmen. Wir Kinder lauschten heimlich an der Tür und bekamen Dinge zu hören, die durchaus nicht für unsere Ohren bestimmt waren. Am nächsten Morgen machten wir uns, die Erwachsenen waren erst vor Kurzem erschöpft in die Betten gefallen, wie eine Horde gefräßiger Heuschrecken über die Reste des Nachtessens her. In Windeseile verputzten wir alles, was der Tisch noch zu bieten hatte: angefangen von den restlichen Nüsschen, über Salzstangen, bis hin zum Käseigel und sogar den Cognacbohnen. Wenn man die nämlich aufbiss und den ekligen Inhalt ausschüttete, schmeckten sie gar nicht mal so übel. Der weiße, aufgeschlagene Inhalt in den Pfirsichhälften entpuppte sich als eine gepfefferte Gervaiscreme – so ein Betrug, keine Sahne – und wanderte unverzüglich in den Mülleimer. Im Übrigen war dies eine Zeit in der die Dehmels unter uns ihren Besenstiel recht häufig einsetzten und an die Decke klopften. Aber abgesehen von solch kleinen Störungen, verbrachten wir herrliche Tage und freuten uns jedes Mal von Herzen, wenn sich der Besuch von Georg und Marion ankündigte.

JESUS

Wieder einmal wandelte sich ein heller, blauer Sommer in einen golden leuchtenden Herbst. Die Tage waren schon längst wieder kürzer geworden, um einer lautlosen und samtenen Melancholie der bevorstehenden Endlichkeit des Lichtes den Vortritt zu gewähren. Ich liebte die darauffolgenden stillen, dunklen und ein wenig schwermütigen Tage der sich zurückziehenden Natur, bis der Winter sein weißes Tuch über der Welt ausbreiten und sich darunter in aller Stille ein neuerlicher, ewig wiederkehrender Anfang vorbereiten würde. Es war nur wenige Tage nach meinem siebten Geburtstag, den ich unbeschwert mit Kuchenessen und Spielen im Kreise meiner Familie und Freundinnen verbracht hatte, als ich etwas zu sehen bekam, was nicht vielen Menschen auf dieser Erde beschert wird. Das Ereignis hatte sich durch nichts, nicht einmal die geringste Vorahnung angekündigt.

Es geschah eines Nachts. Einfach so, als sei es das Natürlichste auf der Welt. Und was ich in dieser Nacht zu sehen bekam, trage ich seither als unauslöschliches Bild in meinem Innern. Es bedeutet mir meinen größten seelischen Schatz.

Wie so oft in meinen Kindertagen wachte ich in jener Nacht auf, um mich aus der obersten Etage meines Bettes zu hangeln und auf nackten Füssen durch die kalte Wohnung, in Richtung Elternschlafzimmer zu tappen. Wenn ich großes Glück hatte, würde das Bett meiner Mutter nicht schon von meinen kleinen Schwestern derartig überbelegt sein, dass ich gezwungen wäre, wieder in mein eigenes zurückzukehren. In jener Nacht aber, tat ich etwas anderes. Ich trat ans Fenster unseres Kinderzimmers. Weder hatte ich ein Geräusch gehört noch etwas gesehen, was mich dazu hätte veranlassen können, einen Stuhl unter das Kinderzimmerfenster zu schieben und die dunkelblauen Samtgardinen beiseite zu schieben. Diese, in völliger Absichtslosigkeit ausgeführte Handlung, führte zur größten Überraschung meines Lebens. Unten in unserem zauberhaften Garten, in der Mitte der Rasenfläche stand in dieser Nacht nämlich ein Mensch im weißen Gewand und mit langem Haar. Sein gütiges Gesicht war mir zugewandt und ein leuchtendes Schweigen umgab seine anmutige Gestalt wie ein feiner Schleier. So, als sei es das Natürlichste der Welt, stand er dort, still und regungslos.

In meinem ersten Schrecken riss ich die Vorhänge sofort wieder vor mein Gesicht und duckte mich unter das Fensterbrett. Mein Herz wummerte mir so heftig im Leibe, dass ich glaubte, ich müsste gleich vom Stuhl kippen. Ich klammerte mich mit der Hand an die Vorhänge, die andere schlug ich mir fassungslos vor den Mund. Gerade noch hatte ich einen Schrei unterdrücken können. Augenblicklich hatte ich gewusst, wer der Mensch dort unten war. Ich war wach und träumte nicht! In meinem Kopf schwirrten die Gedanken durcheinander: Der Sohn Gottes war doch tot. Menschen hatten ihn vor langer, langer Zeit getötet und an ein Kreuz geschlagen. Frau Hahn hatte im Unterricht erzählt, dass Jesus danach zwar auferstanden, aber zu seinem Vater in den Himmel zurückgekehrt war.

Wie konnte er dann bei uns im Garten stehen?

Und wieso in der Abteistraße, wo nix los war?

Da gab es in Aachen doch viel schönere Straßen, in denen sehr wichtige und sehr reiche Leute wohnten. Bei uns im Haus gab es doch nur die Dehmels, Frau Klinkenberg und die alten Schwestern. Und uns. Nein, ich schüttelte den Kopf; das war völlig unmöglich, was ich soeben gesehen hatte, das konnte überhaupt nicht sein! Oder etwa doch?

Vorsichtig und darauf bedacht, den Menschen in unserem Garten nicht mit einer brüsken Bewegung zu verschrecken, öffnete ich den Vorhang abermals vorsichtig einen Spalt und lugte hinaus. Der Mann in dem weißen Gewand und mit dem langen Haar stand noch immer so da wie zuvor. Ich hatte mich also nicht getäuscht. Vor Aufregung begann ich nun, so zu zittern, dass ich mich kaum mehr auf den Beinen halten konnte: Dort unten im Garten, mitten auf der Wiese, stand tatsächlich des Himmels Sohn, Jesus Christus. Leibhaftig. Nachdem ich so lange überall nach Gott gesucht hatte, stand nun sein Sohn in unserem Garten? Als ich den Gedanken vollständig zulassen konnte, wen ich dort sah, wagte ich kaum noch zu atmen. Ich wagte nicht, mich zu rühren.

Der Sohn Gottes sah genauso aus, wie ich ihn mir vorgestellt hatte. Das lange Haar trug er in der Mitte gescheitelt und es fiel ihm in weichen Wellen bis auf seine Schultern. Sein Gesicht strahlte eine solche Güte aus, dass mein kindliches Gemüt, mein Herz sogleich davon erfasst und von einer Woge unbändiger Liebe überschwemmt wurde. Über seinem Kopf leuchtete in der Dunkelheit ein feiner Kranz aus Licht und ich ahnte: das musste der Heiligenschein sein. Gekleidet war Jesus in eine weiße Kutte und die war so lang, dass sie ihm bis zu den Füssen reichte, die in einfachen ledernen Sandalen steckten. Um seinen Leib hatte er, statt eines Gürtels, eine einfache Kordel geschnürt. Die ausgefransten Enden der Kordel erweckten kurzfristig meine Aufmerksamkeit. Dass der Sohn Gottes lediglich eine Schnur, anstelle eines goldenen Gürtels, besaß, wunderte mich allerdings. In den Kirchen gab es so viele schöne Schätze, da hätte er, Jesus Christus, sich doch wahrhaftig etwas anderes als so eine alte Kordel nehmen können. Unfähig, auch nur die kleinste Bewegung auszuführen, verharrte ich minutenlang am Fenster und starrte in den Garten herab. Es war, als bliebe die Zeit stehen und als würde die Dunkelheit um mich herum von einer lebendigen Helligkeit erleuchtet. Nichts in mir und um mich herum bewegte sich und mein Herz und mein Kopf wurden mit einem Mal ganz leicht. Mir war, als badete die Luft um mich herum in einem Meer aus flirrendem Licht und ein Gefühl unendlicher Geborgenheit breitete sich in meinem Körper aus, gerade so, als streiche eine Feder von meinem Kopf bis zu den Füßen leicht und zart über meine Haut. Die Feder ließ meine Aufregung dort, wo sie mich berührte, behutsam abebben. Bald konnte ich wieder tief atmen und der unerwartete Schrecken löste sich auf in einer Stille, die mich umfing wie eine sanfte Umarmung. Für eine lange Weile existierte nichts weiter als lebendiges Licht und grenzenloser Frieden. Es gab nur diesen einen göttlichen Menschen, erleuchtet vom Licht seines eigenen Seins und mich, ein junges Mädchen am Fenster eines Hauses. Nach einer Weile hatte ich mich an seiner Gestalt satt gesehen und jedes Detail in mir aufgesogen. Nun schaute ich mich im Garten um.

Mein Blick fiel auf die Zweige der Ilexbäume mit ihren roten Beeren und den stacheligen Blättern, die hinter ihm an der Mauer wuchsen. Das leuchtende Rot der Beeren und das dunkle Grün des Laubes bildeten einen wunderschönen

Kontrast zu seinem hellen Kleid und fügten sich zu einem Bild geradezu himmlischer Schönheit und Anmut zusammen. Der Mond musste wohl hoch oben über dem Giebel des Hauses stehen, denn mit einem Mal war mir, als würde die leuchtende Gestalt Jesu Christi zusätzlich wie von einem himmlischen Scheinwerfer angestrahlt. Sein Gewand schien das schimmernde Licht des Mondes aufzusaugen und es mit Milliarden und Abermilliarden feinster Strahlen zu reflektieren. Nie würde ich diesen Moment vergessen! Er prägte sich als ewiges Bild in meinem Herzen ein. Die Fassaden der umliegenden Häuser hinter der Mauer waren dunkel. Nicht ein einziges der vielen Fenster war erleuchtet, niemand war weit und breit zu sehen. Alle Menschen schliefen in dieser Nacht tief und fest. Ich ging die Vorderseite aller Häuser durch und ließ meinen Blick an jeder einzelnen hoch und wieder herunter wandern. Irgendjemand musste doch zu sehen sein, denn ansonsten drohte dieses außergewöhnliche Ereignis unbemerkt zu verstreichen. Aber nichts geschah. War ich tatsächlich der einzige Mensch heute Nacht, der am Fenster stand und Jesus Christus im Garten stehen sah? Für wen der Sohn Gottes wohl gekommen sein mochte? Wer sollte ihn sehen? Wieder schaute ich mich in der Hoffnung um, einen Erwachsenen im Fenster der gegenüberliegenden Häuser entdecken zu können. Das durfte doch nicht wahr sein! Ich wurde gerade Zeugin eines unfassbaren Wunders, soviel war mir schon klar und niemand, aber auch wirklich niemand, nahm daran teil.

Niemand außer mir.

Aber das galt nicht. Ich war ja noch ein Kind. Noch dazu ein so unbedeutendes, eines aus der hintersten Reihe. Wer würde mir schon glauben? Die Erkenntnis traf mich wie ein Schock. Ein anderer, ein richtiger Zeuge musste her. Einer, dem man glauben würde. Ein Erwachsener! Damit schieden meine kleinen Schwestern allerdings aus. Einen kurzen Moment hatte ich überlegt, die kleine Antonia zu wecken, es jedoch gleich wieder verworfen. Das machte noch weniger Sinn, schließlich war sie noch kleiner als ich. Außerdem war das mit der kleinen Antonia so eine Sache. Die konnte manchmal ganz schön bockig sein, wenn sie etwas nicht wollte. Und ob die Lust hatte, mitten in der Nacht aufzustehen, um ans Fenster zu kommen, nur weil ich das von ihr verlangte? Da hatte ich so meine Zweifel.

Natürlich! … vor Erleichterung hätte ich beinahe laut aufgelacht. Meine Mutter! Auch wenn sie meine Besuche in der Kirche nicht unbedingt gebilligt hatte, da sie mein Verlangen, Gott zu treffen, offensichtlich nicht nachvollziehen konnte, so hegte ich doch nicht den geringsten Zweifel, dass sie sich selbstverständlich persönlich von der Wahrhaftigkeit meiner Beobachtung überzeugen wollen würde. Selbst wenn es mitten in der Nacht war. Immerhin würde ich ihr Jesus Christus zeigen können! Ich musste meine Mutter ans Fenster holen und zwar schnell. Wie lange würde er da unten in der Kälte und Dunkelheit wohl noch stehen bleiben? Hoffentlich so lange, bis ich meine Mutter herbeigeschafft hatte. Ich musste mich beeilen.

Schon hastete ich durch die dunkle Küche. Die Zeiger der Küchenuhr über der Türe leuchteten im Dunklen: Fünf Uhr. Wie furchtbar schade wäre es, wenn ich es zwar schaffte, meine Mutter zu wecken und ans Kinderzimmerfenster zu locken, aber der Garten wieder leer wäre, weil Jesus, der ja nicht wissen konnte, dass ich nur schnell jemanden holen wollte, wieder gegangen war? Wie ein Wiesel sauste ich durch die kalten Räume.

Im Schlafzimmer meiner Eltern angekommen, rüttelte ich meine Mutter vorsichtig an der Schulter.

„Mami, Mami. Jesus steht im Garten."

Doch die hatte einen festen Schlaf. „Mami!" Ich flüsterte nun schon ein wenig lauter, behielt dabei aber meinen Vater im Auge, der laut schnarchte. Wenn der von meinem Geschrei geweckt wurde, würde es ganz schön ungemütlich werden, selbst wenn ich ihm sagen konnte, dass Jesus im Garten stünde. Ich war mir sicher, dass selbst diese außerordentliche Begründung für eine nächtliche Ruhestörung bei meinem Vater nicht ausreichen würde. Bei meiner Mutter war ich mir hingegen sicher, dass sie mich verstehen würde. Zumindest, dass sie nicht gleich schimpfen würde. Grummelnd warf sich mein Vater auf die andere Seite, schnarchte aber Gott sei Dank weiter. „Mami, wach auf, Jesus ist im Garten", flüsterte ich jetzt so laut es eben ging.

Nichts passierte.

„Wach doch endlich auf, bitte" sagte ich nun mehr zu mir als zu ihr. Die Zeit drängte. Wie lange würde Jesus noch im Garten bleiben? Wenn er nicht schon längst gegangen war. „Mami, wach auf. Jesus steht im Garten!" Ich konnte keine Rücksicht mehr nehmen und rüttelte jetzt so fest ich nur konnte an ihrer Schulter. Verschlafen öffnete meine Mutter ein Auge und sah mich dösig an.

„Ach, meine Anas", raunte sie, als sie mich erkannte und schlief augenblicklich wieder ein. Nun wurde es mir langsam zu dumm. Jesus Christus, der Sohn Gottes, stand im Garten, aber meine Mutter schlief seelenruhig weiter.

Das konnte doch einfach nicht wahr sein! Ich kam mit meinem Mund ganz dicht an ihr Ohr und trompetete hinein:

„Du musst aufstehen! Jesus Christus steht im Garten!" Erschrocken schlug sie die Augen auf.

„Was ist passiert?"

Nun, da sie endlich wach war, konnte ich wieder ein wenig leiser antworten. Außerdem hörte ich meinen Vater, was denn da mitten in der Nacht bloß schon wieder los sei, ärgerlich maulen. Also, Vorsicht war geboten.

„Jesus steht im Garten", flüsterte ich deshalb und hatte das Gefühl, ich würde diesen Satz zum hundertsten Male sagen. Meine Mutter sah aus verschlafenen Augen verständnislos zu mir hoch.

„Waas? Wer steht wo?"

„Jesus", antwortete ich zum gefühlt zweihundertsten Mal. „Im Garten." Meine Mutter lächelte milde und fuhr mit einer Hand unter der Bettdecke hervor. Behutsam strich sie mir über die Wange. „Ach Kind, was für ein schöner Traum." Dann drehte sie sich genüsslich auf die andere Seite.

Ich war verzweifelt.

Was kann ich jetzt noch machen, fragte ich mich und starrte auf meine schlafenden Eltern herab.

Was soll ich jetzt tun?

„Komm schlafen, Kind", nuschelte meine Mutter noch, während sie ihre Bettdecke für mich anhob. „Komm doch schlafen." Und schlief augenblicklich weiter. Tief und fest. Das war nun nicht so gut gelaufen. Ich war, wie schon bei meiner Suche nach Gott in der Kirche, auf mich alleine gestellt. So schnell ich konnte, flitzte ich zurück ins Kinderzimmer, auf den Stuhl, ans Fenster. Ich musste eben noch einmal alles in mich aufsaugen, so gut ich nur irgendwie konnte.

Alles, bis hin zur kleinsten Kleinigkeit. Wenn ich jedes Detail, das ich heute Nacht gesehen hatte, haarklein und ohne etwas zu vergessen, beschreiben konnte, dann wäre das ja wohl der Beweis. Der Beweis dafür, dass ich Jesus Christus mit eigenen Augen, lebendig, in unserem Garten gesehen hatte.

Zum dritten Mal in dieser Nacht schob ich die blauen Gardinen zur Seite. Diesmal schnappte ich vor Verwunderung laut nach Luft. Das Bild, das sich mir bot, brannte sich augenblicklichen in meinem Gedächtnis ein: Die Türe des Waschhäuschens stand sperrangelweit offen und die dort untergebrachte Holzleiter befand sich mitten auf der Wiese. Auf der obersten Stufe stand Jesus Christus nun und blickte zu mir, dem kleinen Mädchen am Fenster, empor. Was wollte er dort oben auf der Leiter? Eine Leiter brauchte man doch nur, um an etwas heran zu kommen. Diese Leiter aber stand mitten auf der Wiese und ich sah nichts, was man hätte von dort aus erreichen können. Ich war verwirrt.

Wieder blieb ich lange am Fenster stehen und starrte hinunter, begierig, jedes Detail in meinen Kopf, in mein Herzen aufzunehmen. Still und reglos standen er und ich da und ich wusste, er würde mich nicht verlassen. Bis in alle Ewigkeit könnten wir uns nun so stehen und uns ansehen. Lediglich eine einzige Bewegung machte er. So flüchtig war diese Geste, dass ich sie beinahe übersehen hätte, wäre sie nicht aus dieser völligen Reglosigkeit und Stille entstanden. Ganz langsam und wie in Zeitlupe, drehte er seine Handflächen, die bis dahin ruhig und gelassen an seiner Seite geruht hatten, nach außen. Wie gebannt schaute ich auf seine Hände und wartete, ob dieser Bewegung noch eine weitere folgen würde. Aber es blieb bei dieser einzigen Geste. Nach einer

Weile merkte ich, dass es im Zimmer kalt war und ich furchtbar fror.

„Ich sehe dich", sagte ich leise zu Jesus hinunter und nickte ihm zu. „Ich sehe dich wieder." Dann zog ich die Gardinen zu und krabbelte in mein Bett zurück.

Fünf Uhr war es gewesen, als ich durch die Küche gelaufen war. Zwei Stunden konnte ich also noch schlafen, bis ich für die Schule geweckt würde. Ich fiel augenblicklich in einen tiefen Schlaf.

Es war kurz nach sieben, als meine Mutter mich weckte. Wie jeden Morgen kam sie noch im Bademantel ins Kinderzimmer und schaltete erst einmal das Licht ein. Normalerweise stellte ich mich solange schlafend, bis meine Mutter sich zu mir herauf hangelte und mich kitzelte oder zwickte, je nachdem, wie gut sie selbst geschlafen hatte. An diesem Morgen musste sie mich weder zwicken noch kitzeln. Wie von der Tarantel gestochen sprang ich aus meinem Bett und stürzte ans Fenster. Mein Herz schlug wie wild vor Aufregung. Würde er noch im Garten stehen? Aufgeregt riss ich die Vorhänge zur Seite.

Nichts.

Nichts, aber auch gar nichts, von dem, was ich in der Nacht erlebt hatte, war noch zu erahnen. Schade, nicht einmal die Tür des Waschhäuschens stand offen. Alles war wie immer.

Ich seufzte. Ob mir das jemand glauben würde? Ich hatte so meine Zweifel. Berechtigterweise, wie sich schon bald herausstellte. Meine Mutter konnte sich zwar erinnern, dass ich in der Nacht an ihr Bett gekommen war, bestand jedoch auf der Feststellung, dass ich einen ganz besonders schönen Traum gehabt habe.

Das sei aber kein Traum gewesen, beharrte ich auf meinem nächtlichen Erlebnis. Meine Mutter strich mir über den Kopf. Unmutig wehrte ich ihre Hand ab.

Warum konnte sie mir nicht einfach glauben?

Niedergeschlagen wartete ich am Abend auf die Heimkehr meines Vaters von der Arbeit.

„Du Papi", sagte ich, kaum dass er sein Jackett im Flur auf einen Bügel gehängt und sich in der Küche am Tisch niedergelassen hatte und setzte mich auf seinen Schoss. „Ich muss dir was ganz Wichtiges erzählen." Mein Vater wirkte müde und abgespannt, spitzte aber die Ohren. „Ich habe letzte Nacht Jesus Christus im Garten gesehen", fuhr ich, durch seine Aufmerksamkeit ermuntert fort, merkte jedoch selbst, wie unglaublich sich diese Aussage anhören musste. Sogar für meine Ohren. Trotzdem erzählte ich ihm haarklein, was ich in der Nacht zuvor erlebt hatte. Als ich geendet hatte, blickte ich zu meinem Vater auf. Er hatte mir die ganze Zeit aufmerksam zugehört und nickte jetzt zustimmend. Ich schöpfte Hoffnung.

„Na, das ist ja eine tolle Geschichte, die du da erlebt hast", meinte er anerkennend, allerdings störte mich sein amüsierter Unterton. Zudem irritierte mich das Wort Geschichte. Meine Hoffnung sank wieder auf den Nullpunkt. „Ich wusste gar nicht, dass ich eine Tochter mit so viel Phantasie habe." Ich fühlte mich so elend wie schon lange nicht mehr.

Meine schlimmsten Befürchtungen hatten sich noch am gleichen Tag bewahrheitet. Man glaubte mir nicht. Für meine Mutter war es ein schöner Traum gewesen, für meinen Vater eine Ausgeburt meiner überschäumenden Phantasie. Und dabei blieb es. Was sollte, was konnte ich mit meinem Wissen jetzt noch tun? Ich konnte doch etwas derartig

Wichtiges nicht nur für mich behalten. Sogar in der Schule wurde erzählt, dass Jesus Christus gestorben und nun bei seinem Vater im Himmel sei, aber seit dieser Nacht wusste ich, dass das nicht stimmte. Ich hatte ihn immerhin mit eigenen Augen gesehen! Dass Gottes Sohn sich nicht nur im Himmel, sondern auch bei uns Menschen auf der Erde aufhielt, war doch eine so wichtige Nachricht, die alle kennen mussten. Na ja, vielleicht erst einmal die Menschen in Aachen. Und die konnten es ja dann wieder anderen weitererzählen. Aber wenn mir nicht einmal meine eigenen Eltern Glauben schenkten, wer würde es dann tun?

Ich hockte mich, die Arme über meinem Kopf zusammengeschlagen, in die hinterste Ecke des Kinderzimmers, als mir ein Geistesblitz durch den Kopf schoss. Natürlich, das war es: Frau Hahn! Sie war nicht einfach nur meine Klassenlehrerin, sondern unterrichtete auch noch Religion, eines meiner Lieblingsfächer. Natürlich konnten meine Eltern mir nicht glauben. Sie hatten ja überhaupt keine Ahnung von Jesus, waren ja nicht einmal mehr in der Kirche. Frau Hahn hingegen würde doch sofort verstehen. Da war ich absolut sicher. Schließlich kannte sie sich als Religionslehrerin natürlich auch bestens mit Wundern aus.

Mir fiel eine schwere Last vom Herzen. Ich wunderte mich, dass ich nicht gleich auf Frau Hahn gekommen war. Morgen hatte ich wieder Religion. Morgen würde alles gut werden. Dafür würde Frau Hahn schon sorgen, denn DAS, was ich zu sagen hatte, würde sie in jedem Fall verstehen. Sie würde, nachdem sie meinen ganzen Bericht gehört hatte, der Welt verkünden, dass Jesus Christus nach seiner Auferstehung in den Himmel, sich keineswegs ausschließlich nur dort aufhalten würde. Sie würde aussagen, dass es in ihrer Klasse ein Kind gab, das mit eigenen Augen den

Sohn Gottes gesehen habe und das beschwören und vor jedermann bezeugen könne, dass der Christus mitten unter uns Menschen weile.

Vor meinem geistigen Auge sah ich, wie die Kinder auf dem Schulhof jubelten und sich gegenseitig um den Hals fielen. Nun würde alles gut werden.

Niemand musste mehr traurig sein und sich alleine und verlassen fühlen, denn Jesus Christus war ja mitten unter uns.

In dieser Nacht konnte ich kaum schlafen, so aufgeregt war ich. Immer wieder malte ich mir aus, wie Frau Hahn staunen und vor lauter Verwunderung in die Hände klatschen würde, wenn ich ihr die frohe Botschaft überbrachte und sicherlich würde sie mich sehr dafür loben, dass ich mir alles so gut gemerkt hatte. Vielleicht würde sie mir sogar eine Blume in mein Heft malen, so wie sie es manchmal bei den Guten tat, wenn die eine besonders lobenswerte Leistung erbracht hatten. Und möglicherweise … ja, eventuell auch das, würde sie mich sogar in die erste Reihe setzen, überlegte ich. Auch diese Möglichkeit machte durchaus Sinn, kam ich nach einigen Überlegungen zu dem sicheren Schluss. Von dort aus könnte ich zweifellos viel besser berichten, denn Frau Hahn hatte bestimmt noch jede Menge Fragen an mich. In derart befriedigende Träumereien versunken, schlief ich endlich doch noch ein.

Am nächsten Morgen stand ich schon vor dem Unterrichtsläuten am Lehrerpult. Ich wollte Frau Hahn unbedingt gleich zu Beginn der Religionsstunde über die wunderbare Neuigkeit in Kenntnis setzen. Und das möglichst erst einmal unter vier Augen. Ungeduldig trat ich von einem Fuß auf den anderen, während ich vor Aufregung beinahe platzte. Endlich hörte ich ihre energischen Schritte über den Korridor quietschen. Geräuschvoll schloss sich die Klassentür und Frau Hahns Aktentasche klatschte Sekunden später auf das Pult. Ungnädig stierte sie mich über ihren Brillenrand hinweg an. Vorne am Pult hatte niemand etwas zu suchen. Außer, er war Lehrer oder hatte etwas Wichtiges mitzuteilen. Ihr missmutiger Blick verriet mir, dass sie mich nicht dem illustren Personenkreis zuordnete, dem sie letzteres zutraute. Ich musste all meinen Mut zusammennehmen, um gegen ihre ablehnende Haltung anzusprechen. Eine ungute Voraussetzung für unser Gespräch, das fühlte ich genau.

„Ich habe gestern Nacht Jesus Christus bei uns im Garten gesehen", platzte es deshalb aus mir heraus, als sich Frau Hahn, mich tunlichst übersehend, auf ihrem Lehrerstuhl einrichtete. Der Luftzug, der ihren entrüsteten Lippen entwich, als sie mich anbrüllte, wehte mich beinahe von den Beinen. Hier versuche ein Kind doch tatsächlich den Herrn! Das sei Gotteslästerung wie Frau Hahn sie bis dato noch nicht gekannt habe. Ihre Stimme war so schrill, dass ich mir am liebsten die Ohren zugehalten hätte, derweil sie mit Worten auf mich eindrosch, von denen ich die meisten nicht einmal kannte. Ich wolle mich nur wichtigmachen, schrie sie mich an und ihr Gesicht wurde sogar noch eine Spur krebsroter. Das sei Blasphemie in seiner reinsten Form, ich solle mich schämen und zwar gewaltig.

In Sekundenschnelle war ich zu einem Häufchen stummen Elends zusammengeschrumpft, unfähig, diesem Ausmaß an heiligem Zorn auch nur das Geringste entgegen zu setzen. Das also wollte meine Lehrerin sein? Meine Religionslehrerin noch dazu? Eine Erwachsene, die sich aufführte, als habe sie ihren Verstand verloren? Außerdem, diesen

Herrn sollte mal einer verstehen, den man damit beleidigen konnte, indem man seinen Sohn gesehen hatte. Und überhaupt, wenn man ihn nicht sehen durfte, warum war Jesus zu uns in den Garten gekommen? Eines stand für mich augenblicklich fest: diesen Herrn da von Frau Hahn, den würde ich mein Lebtag nicht verstehen, denn der hatte nicht das Geringste zu tun mit dem Herrn, dessen Sohn ich gesehen hatte! Frau Hahns Stimme bebte vor Entrüstung als sie mich, noch immer um Fassung ringend, mit zusammengepressten Lippen anherrschte:

„Scher dich auf deinen Platz! ... Sofort!" Mit zitternden Fingern versuchte sie einer Haarsträhne, die sich vor lauter Empörung über mein gotteslästerliches Verhalten aus ihrem Dutt befreit hatte, energisch Einhalt zu gebieten. Wenn hier schon eine Schülerin derartig über die Stränge schlug, musste wenigstens die Frisur unverzüglich in Ordnung gebracht werden.

Im Klassenraum, der sich inzwischen gefüllt hatte, war es so still geworden, dass man eine Stecknadel hätte fallen hören können. Meine Mitschüler hielten vor Schreck den Atem an. Zwar wusste keiner so genau, worum es hier gerade ging, man war anfänglich eher damit beschäftigt gewesen, seinem Nachbarn die Religionsfibel über den Kopf zu ziehen, aber so hatte bislang noch niemand die arme Frau Hahn erlebt.

Mit hängendem Kopf und schwer gedemütigt, schlich ich mich wie ein geprügelter Hund auf meinen Platz in die hinterste Reihe. Dort verharrte ich bis zum Ende der Stunde, stumm und in finsterste Gedanken versunken. Ich schwor mir, Frau Hahn bis an mein Lebensende keines Blickes mehr zu würdigen. Und für den Fall, dass sie sich später besinnen würde und doch noch etwas über Jesus wissen wollte, von mir würde sie kein Wort mehr erfahren. Nicht ein einziges. Ich war zutiefst getroffen. Bis ins Mark. Nicht nur, dass sie mich so falsch eingeschätzt hatte, was schon schlimm genug war, sondern auch, dass meine Klasse nun nie erfahren würde, dass Jesus Christus da gewesen war. Leibhaftig!

Es gelang mir zwar, meine Bestrafung für Frau Hahn mehr oder weniger durchzuhalten, aber ich musste dafür ordentlich bezahlen. Unter anderem mit schlechten Kopfnoten.

Anastasia bringt sich nicht genug in den Unterricht ein, stand im nächsten Zeugnis zu lesen, wo es noch beim letzten Mal geheißen hatte, dass ich ein wenig zu rege daran teilnehmen würde.

Meine Eltern wunderten sich. Sollten sie ruhig. Da waren sie nämlich nicht die einzigen.

DAS KINDERHEIM

Als es zum Ende des Unterrichtes läutete, packte ich lustlos meine Sachen zusammen und begab mich nach draußen.

„Kommst du zum Spielen zu mir nach Hause?" lud mich meine Freundin Christiane ein. Obwohl ich das normalerweise herzlich gerne tat, lehnte ich heute ab. Auch ihr wollte ich nichts von meinem Erlebnis erzählen, zu tief noch saß der Schock, derartig abgeschmettert und bloßgestellt worden zu sein. Niemandem wollte ich jetzt noch meinen Schatz anvertrauen. Ich wollte alleine sein und musste nachdenken.

Was hatte Frau Hahn mir nicht alles an den Kopf geworfen, was nicht alles unterstellt? Ich hätte mich nur wichtigmachen wollen! Hätte mir die ungeheuerliche Geschichte nur ausgedacht, um mich in den Vordergrund zu spielen. Als ob ich nicht genau gewusst hätte, wie man das unauffällig machte. Schon hundertmal hatte ich mich in den Vordergrund gespielt und mich oft genug danach geschämt. Weil ich's ja eben gewusst hatte, dass ich's getan hatte. Wie oft hatte ich mich heimlich vor meine kleinen, süßen Schwestern gedrängt, wenn zu Hause Besuch kam oder hatte am Nikolausabend einen besonders großen Schuh von mir vor die Tür gestellt, in der Hoffnung, dass es der liebe Nikolaus nicht bemerken würde. Wieder einmal brummte mir der Schädel vor lauter quälenden Gedanken.

Wie sich Vordrängen ging, wusste ich zur Genüge. Immerhin hatte ich zwei ältere Brüder und außerdem zwei kleinere Schwestern. Unter Geschwistern musste man sich ja geradezu ab und an ein klein wenig vordrängeln, sonst wurde man womöglich noch ganz übersehen. Aber doch nicht so! Doch nicht mit Jesus! Im Leben hätte ich mich nicht gewagt, mir eine solche Geschichte auszudenken oder so zu lügen. Und überdies: Der liebe Gott hätte doch sowieso alles mitgekriegt. Da machte solch vorsätzliches Lügen doch überhaupt keinen Sinn.

Nun war niemand mehr da, mit dem ich mein Erlebnis teilen, dem ich das Mysterium um Jesu Erscheinen im Garten mitteilen konnte. Eine bis dahin nicht gekannte Traurigkeit erfasste mich und drückte mich gegen die Schulmauer. Am liebsten hätte ich auf der Stelle losgeheult. Aber es ging nicht. Zu groß war mein Zorn über Frau Hahn. Und über meine Eltern, die mir ja auch nicht glaubten. Und eigentlich über alle Erwachsenen, die ich kannte und die sich nicht interessierten. Doch keine Träne wollte meinen Augen entrinnen, um meinen Kummer zu lindern. Wütend schluckte ich sie hinunter und sie brannten wie Feuer in meinem Hals.

Wie schon so manches Mal strich ich noch eine Weile um meine Schule herum, bevor ich mich, in düsterste Gedanken versunken, auf den Nachhauseweg machte. Heute war mir alles vergällt.

Wie hatte ich diesen Morgen heiß herbeigesehnt! Hatte mir wohl an die hundertmal ausgemalt, wie wir uns alle freuten. Frau Hahn, meine Klassenkameraden, ich, wir alle zusammen eben. Und dann so etwas. Im Traum hatte ich mir nicht vorstellen können, dass Frau Hahn so reagieren könnte. Aber sie hatte einfach kein Interesse daran, was ich erlebt hatte und mit ihrem Gekreische hatte sie auch noch dafür gesorgt, dass sich auch von den Mitschülern nun niemand mehr wagte, mich danach zu fragen. Zum ersten Mal seit ich mich erinnern konnte, war es mucksmäuschenstill im Klassenraum gewesen und alle, sogar meine Freundin Christiane, hatten mich betreten angeschaut, als ich mich zurück in meine Bank geschlichen hatte. Als ich wieder aufsah, befand ich mich zu meiner Überraschung vor dem mannshohen Maschendrahtzaun, der das Kinderheim umgab. Was es mit dem Kinderheim auf sich hatte, wusste ich natürlich längst von meinen Eltern und von Maatschi. Dort lebten Kinder, hatten sie mir erzählt, die ein schlimmes Schicksal von ihren Familien trennte. Sogar ganz kleine gab es da. Von einigen waren die Eltern schon gestorben, die hießen Waisen. In manchen Familien verdienten die Väter nicht genug Geld und dann musste auch die Mutter mitarbeiten. Deshalb hatten sie oft keine Zeit mehr für ihren Nachwuchs, weil sie ja soviel arbeiten mussten. Wir hatten des Öfteren Heimkinder zum Mittagessen zu Besuch, für die mein Vater sich einsetzte, damit sie nach dem Abschluss der Grundschule das Gymnasium besuchen durften. Maatschi hatte bei einer solchen Gelegenheit wieder einmal laut vernehmlich durch die Nase geschnaubt und sich dabei an die Stirn getippt.

„Der Westen", hatte sie verächtlich gemeint, für jeden unnützen Kram würde das Geld zum Fenster rausgeworfen, aber den Kindern im Heim mal einen ordentlichen Schulranzen zu spendieren und ein paar anständige Räder hinzustellen, dafür sei natürlich nichts mehr da.

„Ach Maatschi", hatte meine Mutter daraufhin geseufzt, „als ob „drüben" alles besser wäre!"

Ich hakte meine Finger in den kalten, harten Draht des Zaunes und lehnte mich gegen ihn. Das eisige Metall kühlte mein erhitztes Gemüt und ich fühlte Linderung auf meinen feurigen Wangen. Eine Weile blieb ich so, lustlos gegen den Zaun wippend, stehen und schaute über die trostlose Spielfläche vor meinen Augen. Ein verfallener Sandkasten, nur halb gefüllt mit grobem, grauen Sand, aus dessen zerbrochener Umrandung schon das Unkraut hervorspross und eine Schaukel, die quietschend und schief in den Seilen pendelte, luden nicht gerade zum Spielen ein. Einem rostigen Dreirad fehlte ein Pedal und ein schäbiger Puppenwagen lehnte verlassen an der Hauswand.

Hier also sollten Kinder herumtoben und ihre Einsamkeit vergessen? Sollten vergessen, dass sie an diesen Ort einst von ihrem Vater oder ihrer Mutter abgegeben worden waren, um niemals wieder zurückgeholt zu werden? Jedenfalls die meisten nicht. Manche Kinder durften gelegentlich übers Wochenende nach Hause und ihre Familien besuchen. Dann waren sie bestimmt schon Tage vorher außer sich vor Freude, um entweder wieder einmal schwer enttäuscht oder tieftraurig, dass die Zeit nur so vorübergeflogen war, ins Heim zurückzukehren. Wie oft hatten meine Eltern in unserem Beisein über die Verhältnisse im Kinderheim gesprochen und überlegt, wie das Schicksal der Kinder zu erleichtern wäre.

Die Glastür des Kinderheims öffnete sich und Gudrun, eine meiner Klassenkameradinnen, trat heraus. Gudrun, die in der Klasse nur ein paar Stühle weiter neben mir saß, hatte mich entdeckt und kam zu mir an den Zaun gehumpelt. Eine schiefe Hüfte und ein zu kurzes Bein machten ihr beim Gehen zu schaffen. Gudrun hatte eine wunderschöne, schokoladenbraune Haut und sehr krauses, rabenschwarzes Haar. Ihre großen, braunen Augen blickten verträumt, bisweilen sogar geradezu entrückt aus ihrem freundlichen

Gesicht. Ihr Vater sei ein schwarzer GI gewesen und ihre Mutter habe sie eigentlich gar nicht haben wollen und gleich nach der Geburt verstoßen, da sie ein Mischlingskind sei, hatte ich erst vor Kurzem zwei ältere Frauen über Gudrun sprechen gehört. Ich hatte mich wieder einmal am Kinderheim herumgedrückt, bevor ich mich auf den Heimweg gemacht hatte. Die beiden Frauen hatten an der Straßenecke gleich gegenüber des Heims gestanden, die vollen Einkaufstaschen neben sich abgestellt und schielten immer wieder abschätzig zu den lustlos im Hof spielenden Kindern herüber. Tja, das hätte man eben davon, wenn man sich mit einem schwarzen Ami einlassen würde, bemerkte die eine gehässig und bedachte Gudrun, die gerade am Zaun entlang humpelte, mit einem besonders mildtätigen Blick.

„Ja, ja, diese armen gottverlassenen Mulattenkinder müssen letzten Endes immer die Sünden ihrer Eltern ausbaden", seufzte die andere daraufhin mit vor Güte triefender Miene und dann nickten sich beide einvernehmlich und sehr zufrieden zu. Obwohl ich einige Worte noch nie gehört hatte, spürte ich, dass die beiden Frauen gehässig waren, auch wenn sie noch so freundlich und besorgt taten. Ich nahm mir vor, meine Mutter am Nachmittag danach zu fragen, was denn ein Dschi Ei und ein Ammi seien.

Wo ich das denn aufgeschnappt hätte, wunderte sich meine Mutter später und erzählte mir sofort jede Menge politisches Zeug über die Alliierten, amerikanische Besatzer und Zonen.

Oje, ihr Lieblingsthema, wenn sie sich mal richtig aufregen wollte. Da hatte ich aus Versehen ins Schwarze getroffen. Gott sei Dank klingelte dann aber noch rechtzeitig das Telefon für sie und ich war entlassen. Mein Glück, der Vortrag hätte sonst noch Stunden gedauert.

Ich mochte Gudrun sehr. Nie beteiligte sie sich an Zank oder Streitereien. Sie war ein ruhiges und ernstes Mädchen.

„Hallo!" Durch den Maschendraht hindurch berührten wir uns mit den Fingern und lachten. Ihre Behinderung ließ sie beim Gehen hilflos wirken, da ihr schmaler Körper schwankte und wackelte als müsse sie gleich umfallen. Aber sie war nicht hilflos, überhaupt nicht. Und jetzt stand sie hier bei mir. „Bist du traurig?" fragte Gudrun und sah mich aus ihren großen Augen mitfühlend an. Ich nickte stumm und schlug unglücklich die Augen zu Boden. „Weil die Frau Hahn dich heute so angemeckert hat?" Wieder konnte ich nur stumm nicken. „Mach dir nichts draus, uns meckern sie auch immer an", fuhr Gudrun fort und deutete mit dem Kopf hinter sich in Richtung Heim. „Auch wenn man gar nichts gemacht hat." Dankbar sah ich sie an. Ihr Mitgefühl tat mir gut. Im Kinderheim ertönte das schrille und durchdringende Läuten der Klingel. „Ich muss wieder rein", erklärte mir Gudrun. „Es gibt Mittagessen."

„Bei uns auch bald", erwiderte ich leise und berührte sachte ihre Finger mit den meinen. Wieder lachten wir uns an. Ich blickte dem dunkelhäutigen Mädchen mit dem krausen, schwarzen Haar, das sie immer zu zwei starren Zöpfen geflochten trug, nach, bis sie winkend im Heim verschwunden war. Ich fühlte mich jetzt schon etwas besser, doch noch immer war ich kreuzunglücklich. Ach, hätte Frau Hahn mich doch nur ausreden lassen! Dann wüssten jetzt Gudrun und alle anderen Heimkinder, dass sie gar nicht verlassen waren, sondern dass Jesus Christus bei uns war, auch wenn die meisten ihn nicht sehen konnten. Er war da und zwar hier bei uns auf der Erde. Und nicht etwa weit entfernt bei seinem Vater, irgendwo im Himmel. Das war doch ein ungeheurer Trost. Ich verstand die Erwachsenen nicht. Nicht nur, dass sie oft von allem nur die Hälfte mitbekamen; als ob das nicht schon genügte, rannten sie immer nur mit sich selbst beschäftigt herum und schimpften mit denen, die nicht so blind waren wie sie selbst. So wollte ich später jedenfalls nicht werden. Wenn ich einmal erwachsen wäre, dann, ja, dann würde ich den Menschen und besonders den Kindern zuhören und ich würde ihnen auch glauben, wenn sie mir von ihren Erlebnissen erzählten. Jawohl, genau das würde ich später, wenn ich einmal groß war, anders machen.

Schweren Herzens beschloss ich in diesem Moment nie wieder jemandem davon zu erzählen, was ich in jener Nacht gesehen hatte. Außer der Erkenntnis, dass man einem Kind sowieso nichts glaubte, hatte ich mir nichts als Ärger eingehandelt und auf den konnte ich gut verzichten! Ich verschloss mein überwältigendes Erlebnis in meinem Innersten hinter einer schweren Tür. Und dort vergaß ich es auch bald, so, wie ich auch den Schlüssel zu der schweren Tür verlor. Aber nicht für immer. Nichts ist schließlich für immer!

# ZWEITER TEIL

DER BLÖDE DIETER

Auch wenn ich meine Begegnung mit Jesus Christus bald darauf beinahe vollständig aus meinem Bewusstsein verbannt hatte, so war seit jener Nacht doch etwas davon zurückgeblieben. Etwas Unerklärbares, Wundersames, Etwas, was ich wie so vieles in jener Zeit als kleines Mädchen, nicht hätte benennen können; ich nahm es damals als eine helle, durchsichtige und zarte Verbindung wahr, ohne dass mir bewusst gewesen wäre, zu wem oder zu was eigentlich. Mitunter war mir, als sei ich von etwas umgeben, etwas, was ständig bei mir war, mir überall hin folgte: wachsam ... bewusst ... fühlend ... immer da, immer wach, wohin ich mich auch wandte und was immer ich auch tat.

Wenn es mir in manchen seltenen Momenten unwillkürlich bewusst wurde, hatte ich sogar das Gefühl, auf eine seltsame Art, heiler, vollständiger und, tief in mir, fester verbunden zu sein.

Etwas war seitdem geblieben, doch das Etwas war unsichtbar. Aber fühlen, ja fühlen konnte ich es ganz deutlich. Da allerdings außer mir niemand etwas von dieser unsichtbaren Verbindung wahrnahm oder mich zu meinem Befinden befragte, wurde sie mir allmählich so selbstverständlich, dass ich ihr oft keine größere Beachtung mehr schenkte. Trotzdem ist die Verbindung geblieben. Bis heute. Lautlos, unsichtbar präsent, aufmerksam wachend, immer, überall!

Meine Begeisterung für die Schule begann noch im gleichen Halbjahr drastisch nachzulassen, selbst für die Fächer, die ich zuvor so geliebt hatte. Denn leider unterrichtete Frau Hahn fast alle von ihnen und ich konnte und wollte mit meiner Ablehnung ihr gegenüber nicht nachlassen. Zu schwer hatte sie mich mit ihrer völligen Fehleinschätzung enttäuscht. Schlimm lastete ihre Missachtung auf meiner Seele. Dummerweise behielt ich diese Haltung Lehrern gegenüber noch viele Jahre lang bei, obwohl ich irgendwann das Erlebnis mit meiner Klassenlehrerin vollständig vergessen hatte sowie die Gründe, die zu meiner Ablehnung geführt hatten.

Das Leben stürmte unaufhaltsam weiter und andere Dinge wurden zunehmend wichtiger und erforderten meine ganze Aufmerksamkeit. Zum Beispiel Jungs. Und zwar vorwiegend die, die über mir in die Klasse meiner Brüder gingen. Die Jungs aus meiner eigenen Klasse waren mir nämlich alle viel zu klein und natürlich auch viel zu kindisch. Es dauerte Jahre, bis mir auffiel, dass es den Jungs mit mir ebenso erging. Alles fing mit diesem blöden Dieter an.

Dieter gehörte zu den Jungs, die auf dem Pausenhof immer für ganz schön viel Lärm und Aufmerksamkeit sorgten. Genau wie meine Brüder. Deshalb fand ich ihn wahrscheinlich auch so toll. Jedenfalls stand dieser Dieter eines sonnigen Tages nach Schulschluss auf dem Schulhof und wartete. Wie sich herausstellte, auf mich. Mein Herz machte vor Freude einen kleinen Hüpfer. Aber nur kurz.

„Bist du die Schwester vom Andranik und vom Armin?" lautete die scheinbar harmlose Frage. Mit hinterhältiger Miene musterte Dieter mich von oben herab. Ich nickte nur, da mir mittlerweile schwante, dass die Frage leider nicht zu einer Verabredung zum Spazierengehen oder zum Eis essen führen würde. „Weil mich deine Brüder in der Pause immer verhauen, verhaue ich heute dich!" verkündete Dieter auf mein Nicken und hob drohend seine Faust. Welch merkwürdige Logik! Was hatte ich mit den Prügeleien der älteren Jungs zu tun?

Für derlei Erörterungen blieb im Moment jedoch keine Zeit. Ich weiß bis heute nicht, ob der unglückliche Dieter seine Drohung, mich zu verprügeln, tatsächlich wahr gemacht hätte, hätte er mich nur früh genug zu fassen gekriegt. In diesem Moment hegte ich jedoch nicht den geringsten Zweifel, dass er seine Androhung in die Tat umsetzen würde und stob, wie vom Teufel gejagt, davon. Dieter folgte mir auf dem Fuße nach. An der nächsten Kreuzung, die es zu überqueren galt, musste ich kurz anhalten. Dieter hatte mich jetzt fast eingeholt und versuchte, mich an meinem Schulranzen festzuhalten. In der Hoffnung, meinen Verfolger durch lautes Schreien zu vertreiben, hob ich ein ohrenbetäubendes Gebrüll an.

„Andranik, Armin, helft mir!" schrie ich aus Leibeskräften, obwohl meine Hoffnung, dass meine Brüder mich hören könnten, gleich null war. Viel zu weit waren wir noch von meinem Zuhause entfernt. Trotzdem hoffte ich, Dieter mit dem Geschrei nach meinen Brüdern so zu beeindrucken, dass er von mir ablassen würde. Leider erreichte ich damit das Gegenteil! Anstatt mich loszulassen und wegzulaufen, versuchte Dieter, mich zum Schweigen zu bringen.

„Halt doch die Klappe!", brüllte er und schüttelte mich mitsamt des Schulranzens, so fest er nur konnte. Und während Dieter mich immer fester rüttelte und schüttelte und mich anbrüllte, doch endlich still zu sein und meine blöde Fresse zu halten, bekam ich es erst recht mit der Angst zu tun und schrie immer noch lauter nach meinen Brüdern.

Wie durch ein Wunder tauchte mit einem Mal Andi hinter mir aus dem Nichts auf und stürzte sich auf den armen Dieter, der an diesem Tag die zweite gehörige Tracht Prügel einstecken musste. Laut heulend, meine Brüder und mich verwünschend, trollte der sich davon, nachdem mein Bruder von ihm abgelassen hatte. Nach nur kurzem Kampf hatte Dieter zum Zeichen seiner Unterlegenheit mit der Hand auf den Boden geklopft.

Das galt!

Wenn einer mit der Hand auf den Boden schlug, hatte er den Kampf verloren und der Gegner musste unverzüglich ablassen. Alles andere wäre ehrenrührig gewesen.

So lautete die Regel.

Jedenfalls bei den Pfadfindern und denen waren Andi und Armin schon vor einem Jahr beigetreten. Ach, was war ich stolz auf meinen großen Bruder, der genau im richtigen Moment aufgetaucht war und den feigen Dieter in die Flucht geschlagen hatte. Bewundernd blickte ich Andi an, der an der nächsten Ecke die Einkaufstasche wieder aufhob, die er dort hingeworfen hatte, als schon von weitem mein Gebrüll zu hören gewesen war.

„Gott sei Dank sind wenigstens die beiden Milchflaschen heil geblieben", brummte mein Bruder und versuchte, ein unbeteiligtes Gesicht zu machen, aber ich spürte, dass er meine Bewunderung genoss.

Als ich am nächsten Tag in der Pause den Schulhof betrat, hatte sich der Vorfall vom Vortag unter den anderen Jungs herumgesprochen. Dieter hatte eine offenbar völlig übertriebene Darstellung des Ereignisses sowie der Anzahl der zu bewältigenden Gegner abgegeben, denn wo immer ich nun hinging, bildeten die Kinder eine Gasse um mich herum und starrten mich an.

„Pass auf, das ist eine Heerhausen", hörte ich jemanden hinter meinem Rücken flüstern und „wenn du dich mit der anlegst, haste gleich die ganze Familie am Hals", kam es von anderer Seite respektvoll zurück.

Als ich mich zu den Flüsterern umdrehte, wichen die Jungs beinahe ängstlich vor mir zurück. Ein bisschen gefiel es mir ja schon, dass mir auf einmal eine solche Aufmerksamkeit zuteilwurde, allerdings verriet mir meine Intuition, dass diese Art Aufmerksamkeit nicht nur Vorteile hätte. Der Ruf nämlich, sich besser nicht mit mir, einer Heerhausen, abzugeben, hielt sich sogar noch, als meine Brüder im Jahr darauf die Volksschule verließen, um aufs Gymnasium zu gehen. Dummerweise sogar dann noch, als ich Jahre später selbst in die Mittelstufe versetzt wurde!

DAS LIEBE FRÄULEIN NÖHLENS

Inzwischen drohte Ungemach gänzlich anderer Ursache meinen Kinderhimmel zu verdüstern. Und zwar in Gestalt der neuen Klavierlehrerin; einer schon ziemlich betagten und obendrein ganz schön miesepetrig dreinblickenden noch dazu.

„Fräulein Nöhlens, wenn ich bitten darf!" korrigierte eine alte Schachtel in gereiztem Unterton unsere Mutter, die uns unsere zukünftige Lehrerin als „die liebe Frau Nöhlens" vorgestellt hatte. Das für meinen Geschmack so überhaupt kein bisschen liebe Fräulein Nöhlens spitzte hierauf ihre verkniffenen Lippen und musterte uns Kinder nacheinander eindringlich und streng durch ihre spießige Brille. Na bravo, dachte ich aufsässig, der Klavierunterricht versprach ja schon bei der ersten Begegnung so richtig spaßig zu werden! Das werte Fräulein machte ihrem altjüngferlichen Aussehen in ihrem mausgrauen, wadenlangen Kostüm und mit bis zum Halse fest verzurrter, weißer Bluse mit Schluppe dann auch zügig alle Ehre.

Um uns alle in den Genuss ihres musikalischen Könnens kommen zu lassen, bestand sie darauf, ohne Umschweife an unser Klavier geführt zu werden, wo sie uns eine Kostprobe ihrer musikalischen Fähigkeiten zu demonstrieren gedachte. Zum ersten Mal hörten wir kirchliche Sonaten. Diese trug die neue Lehrerin mit leidenschaftlicher Inbrunst sowie ihrem gesamten Körpereinsatz vor. Davon war ich beeindruckt, hätte mir jedoch schon nach den ersten paar Takten am liebsten die Ohren zugehalten. Die gute Nöhlens mit ihrem vorsintflutlichen Kirchenkram konnte mich nämlich mal! Ein kurzer Blick auf meine Geschwister genügte mir, um mich zu vergewissern, dass es ihnen ebenso erging wie mir.

Mit steil aufgerichtetem Oberkörper und hoch erhobenen Hauptes schwankte ein ganz und gar steifes Fräulein im Rhythmus kirchlicher Klänge derart heftig auf und nieder, beugte sich, mit kerzengeradem Rücken, mal weit nach rechts und dann wieder strack nach links, dass ich schon dachte, gleich fliegt sie aber im hohen Bogen vom Klavierhocker. Den Gefallen tat uns die Gute leider nicht. Stattdessen bearbeiteten ihre dürren Finger die Tastatur des Klaviers derart, bis sie endlich nach Stunden, von ihrem leidenschaftlichen Vortrag sichtlich ermattet und völlig außer Atem, vom Klavier abließ. Triumphierend wandte sie sich zu uns um. Na gut, vielleicht waren es auch nur zehn Minuten gewesen. Unsere Mutter nickte bedächtig und klatschte anerkennend in die Hände, während wir Kinder noch wie die Ölgötzen dastanden und fieberhaft überlegten, wie sich das nahende Ungemach vielleicht doch noch abwenden ließe und wir um den vermaledeiten Klavierunterricht herumkommen könnten.

Das sei aber wirklich sehr schön gewesen, meinte unsere Mutter freundlich und bedeutete uns heimlich mit den Augen, ihr das Klatschen nachzutun. Hastig fielen wir sofort darin ein, denn obgleich kirchliche Sonaten sowie auch die neue Klavierlehrerin an und für sich so überhaupt nicht meinen Vorstellungen entsprechen wollte, durften wir natürlich nicht unhöflich sein und dieser den gehörigen Respekt verweigern.

„Ob es denn wohl möglich ist, den Kindern, außer dieser eben gehörten, wirklich sehr ... ä-hem ...", unsere Mutter suchte nach den passenden Worten, „… tatsächlich außerordentlichen Musik auch noch etwas von Mozart oder eventuell Beethoven beizubringen?"

Die Nöhlens blickte unsere Mutter über ihre Brillengläser hinweg strafend an.

„Natürlich werden meine Schüler bei-zei-ten auch mit den ganz Großen der Musik in Kontakt treten", raunzte das liebe Fräulein unsere noch viel liebere Mutter gereizt an und betonte dabei das Wort „beizeiten" ganz besonders. Befriedigt durfte sie feststellen, dass unsere Mutter gebührend zusammengezuckt war. „Erst einmal müssen dafür jedoch die erforderlichen Grundlagen geschaffen werden", erklärte sie das weitere Vorgehen und bedachte uns Kinder mit einem kritischen Blick, um mit säuerlicher Miene fortzufahren: „Dies bedeutet zuallererst einmal das ein-wand-freie Beherrschen von Czernys Schule der Geläufigkeit sowie das per-fek-te Abspielen aller chromatischen Kirchentonleitern." Unsere klaviertechnisch völlig ahnungslose Mutter nickte verständnisvoll.

„Ja, aber selbstverständlich", pflichtete sie dem lieben Fräulein eiligst bei, aber DANN, dann dürfe sie doch wohl damit rechnen, dass die Kinder eventuell auch ein paar so hübsche Volkslieder wie „Am Brunnen vor dem Tore" oder zu Weihnachten ein nettes Weihnachtsliedchen spielen könnten? Unsere ungetrübt enthusiastische Mutter rang von reinsten Vorfreuden ergriffen die Hände vor der Brust und sah Fräulein Nöhlens erwartungsvoll an. Missmutig packte diese das Notenheft in ihre abgegriffene Ledertasche zurück.

„Ja nun, … äh, also das wird man ja dann schon sehen", murmelte sie undeutlich. Wir mussten uns alle Mühe geben, ihre Worte zu verstehen, da unsere zukünftige Lehrerin in die Untiefen ihrer Tasche abgetaucht war und dort überaus konzentriert herumkramte: „... aber nun ja, ... ein paar leichte Stückchen kann man sicherlich auch diesen Kindern da beibringen", rang sie sich noch ab, ehe sie mit griesgrämiger Miene irgendwann wieder aus ihrer Tasche auftauchte. Das liebe Fräulein Nöhlens hatte aber auch eine Gabe, musikalische Vorfreuden zu wecken und Kinder für den Klavierunterricht zu begeistern! Alle Achtung!

Unsere Mutter überhörte die abfällige Bemerkung, „auch diesen Kindern da" geflissentlich und gab ihrer Erwartung zukünftiger musikalischer Freuden überschwänglich Ausdruck: Ach, was würden das für herrliche Nachmittage werden, wenn die ganze Familie, vom munteren Klavierspiel begleitet, die schönsten Volkslieder singen würde ... Zufällig fiel mein Blick auf Armin, der, mir gegenüber, im Türrahmen lehnte. Unverzüglich streckte der mir sofort die Zunge raus und schnitt eine gehässige Fratze dazu. Hm, ja, das würden sicherlich furchtbar nette Nachmittage werden, dachte ich und erwiderte unser heimliches Gerangel nun meinerseits mit der hässlichsten Fratze, zu der ich imstande war.

Das ärgerliche Räuspern meiner Mutter schreckte mich auf. Ungehalten schüttelte sie den Kopf über mein ungebührliches Benehmen. Was sollte nur das Fräulein von meinem Verhalten denken, sagten mir ihre bis zu den Haarwurzeln hochgezogenen Augenbrauen. Am Ende konnte sie denken, dass das Fratzenschneiden ihr gegolten habe! Mein Bruder, mir gegenüber, feixte. Na klar, meine Mutter hatte wieder nur mich gesehen. Wir Kinder hatten die bissige Bemerkung nicht überhört und waren ausnahmsweise einer Meinung. Sogar meine Brüder pflichteten mir später bei: Ja, diese alte Schreckschraube musste unbedingt wieder weg.

Wir jammerten unserer Mutter die Ohren voll, doch die blieb hart. Sie habe extra nach einer strengen Lehrerin für uns inseriert, denn ein wenig Strenge und Ordnung würde uns sicherlich nicht schaden, erklärte sie uns. Wie bitte? Strenge und Ordnung, gut und schön, aber die neue Lehrerin sei die Ausgeburt der Humorlosigkeit, die wahrscheinlich schon ein kleines Witzchen als untrügliches Zeichen von Ungehorsam und Lasterhaftigkeit ansah, klagten wir ungewöhnlich einstimmig. Bei der wäre nichts mit fröhlichem Klavierspiel und heiterem Geträller, bei der zähle doch nur „Leistung, Gehorsam und ab-so-lu-te Disziplin", klagten wir in der Hoffnung, unser Schicksal mit derartigen Einwänden beeinflussen zu können.

Die nächsten drei Jahre übten wir dann erst einmal Czernys Schule der Geläufigkeit sowie sämtliche aufsteigende und absteigende chromatische Tonleitern! Und zwar ausschließlich! Dann wurden die pianistischen Grausamkeiten eines schönen Tages sogar unserem Vater zu bunt. Er war nach einem anstrengenden Nachtdienst erst am Mittag völlig übermüdet aus der Redaktion gekommen und wollte nur noch schlafen! Unsere Mutter wollte hingegen, dass wir Klavier übten. Und zwar jeder! Mindestens eine halbe Stunde lang! Wie wir ja wohl alle wüssten, würden die Stunden uns nicht hinterhergeschmissen und da könne man schließlich erwarten, dass das liebe Fräulein Nöhlens nicht ständig wegen unserer Faulheit verärgert würde. Unser Vater fühlte sich durch das Geklimper disharmonischer Kirchentonleitern in seinem wohlverdienten Schlaf gestört.

„Wenn die Kinder wenigstens die kleine Nachtmusik von Mozart spielen könnten", tönte es übellaunig aus dem Schlafzimmer ... aber nein, bei diesem grauenhaften Rumgeklimpere könne man kein Auge zu tun, das müsse augenblicklich ein Ende haben! Nach kurzer Überlegung stimmte unsere Mutter ihm zu. Ja, da war durchaus etwas dran an diesem Einwand. Vor allem an dem Teil mit Mozart. Nach einem kurzen Anruf beim Fräulein Nöhlens wurde schon am nächsten Tag eine Sammlung der schönsten, deutschen Lieder angeschafft. Unsere Mutter jubilierte! Da war sie allerdings die einzige. Denn trotz der Anschaffung herrlichsten Liedgutes deutscher Volksmusik sowie einer gebundenen Ausgabe für „Das wohltemperierte Klavier" von Johann Sebastian Bach, so zumindest frohlockte die verschnörkelte Überschrift des Einbandes, blieb der langweilige, wöchentliche Klavierunterricht beim lieben Fräulein, was er war: eine durch und durch freudlose Angelegenheit. Besonders für mich.

Aus rein praktischen Gründen sollten Armin und ich die Klavierstunden jeweils nacheinander nehmen. Und damit wir den Weg zusammen gehen könnten, sollten wir schön aufeinander warten. Schön daran war allerdings nur, dass Armin seinen Frust über die ungeliebten Klavierstunden ungehindert an seiner doofen, kleinen Schwester auslassen konnte. Meistens kam ich also zum oder vom Klavierunterricht völlig verheult an, da es mir partout nicht gelingen wollte, mich gegen die Hänseleien und Grobheiten meines älteren Bruders zu wehren.

Meine Mutter reagierte unwirsch auf meine Klagen. Sie hatte seit längerer Zeit schon so ganz andere Sorgen: in der Ehe meiner Eltern kriselte es nämlich ganz gewaltig. Entweder ging es um die Erziehung meiner Brüder oder ums Geld. Letzteres war häufig knapp und meine Brüder völlig verweichlicht. Zumindest der Meinung meines Vaters nach.

„Früher waren wir Fähnriche, heute seid ihr Fönriche", lautete sein verächtliches Urteil, wenn er einen meiner Brüder dabei erwischte, sein Haar mittels Fön in Form zu bringen. So wie bei den Beatles eben. Streichholzkurz sei zu seiner Zeit das Haar getragen worden und die Männer noch richtige Kerle gewesen, selbst bei minus 10 Grad hätte man noch kurze Lederhosen getragen. Ich musste heimlich kichern, wenn ich mir meinen Vater in kurzen Lederhosen vorstellte. Das musste doch völlig bekloppt ausgesehen haben, so etwas zog doch heute kein Mensch mehr an. Meine Brüder taten mir leid. Immer nörgelte er an ihnen herum, dabei sahen die beiden so toll aus. Das fanden übrigens auch alle Mädchen aus meiner Klasse und sogar die vom Spielplatz. „Damals waren wir noch nicht so ein verweichlichter Haufen wie heute", wurde mein Vater nicht müde bei jeder Gelegenheit zu beteuern. Mit diesen und ähnlich wenig dienlichen Hinweisen versuchte er der heranwachsenden Jugend Herr zu werden. Gerne auch, indem er sich betrank und das wiederum tat er gar nicht einmal so selten. Meine Mutter gab in der Erziehung meiner Brüder meistens nach. Für den Geschmack meines Vaters zu oft und zu viel. Für den Geschmack meiner Brüder eher nicht. Der Ton zwischen meinen Eltern wurde zusehends unnachgiebiger und harscher.

„Jetzt stell dich nicht so an!" fuhr mich meine Mutter an, wenn ich mich über die Grobheiten meiner Brüder beklagen wollte. „Außerdem sollst du nicht petzen", tadelte sie mich. Dass meine Brüder mich hinter ihrem Rücken hämisch angrinsten, sah sie leider nicht. Es geschah aber auch hinter ihrem Rücken und dort hatte sie schließlich keine Augen. Schade eigentlich!

Da hätte sie nämlich einiges sehen können.

Trotz ihrer Grob- und Gemeinheiten verehrte und bewunderte ich meine Brüder bedingungslos. Die Beatles übrigens auch. Leider hatte das so gar keinen Einfluss auf mein Leben, denn weder meine Brüder noch die Beatles scherten sich einen feuchten Kehricht um meine Bewunderung.

Kurze Zeit später kam es zum traurigen Höhepunkt unserer pianistischen Karrieren. Fräulein Nöhlens war nämlich auf die brillante Idee gekommen, einmal alle ihre Schüler zu einem kleinen Konzert in ihre Wohnung einzuladen. Das sei doch eine ganz besonders herrliche Idee, wenn sich alle Schüler einmal kennenlernten und man "hernach gemeinsam musizierte". Oh Gott! Gemeinsam musizieren! Das Wort musizieren war ja schon altbacken genug. Das sagte doch kein Mensch mehr. Heute machte man Musik oder spielte in einer Band. Und dann auch noch mit all ihren braven Musterschülern, die uns das liebe Fräulein bei jeder Gelegenheit unter die Nase rieb. Mir wurde schlecht.

Ein jedes Kind solle bis dahin ein Stückchen am Klavier üben, um dieses dann vor allen anderen, möglichst fehlerfrei versteht sich, vorzutragen. Dazu hatte das liebe Fräulein Nöhlens aus Papier und Pappe ein richtiges kleines Programmheft gebastelt. Handschriftlich war in selbigem säuberlichst aufgezeigt, in welcher Reihenfolge, welches Kind, was vortragen würde. An vierter Stelle stand schwarz auf weiß zu lesen: „16 Uhr 15 bis 16 Uhr 30, die Geschwister Armin und Anastasia Heerhausen / Geburtstagsmarsch von Schubert, vierhändig."

Die Zeilen verschwammen mir vor meinen Augen. Den Geburtstagsmarsch von Schubert bis zum genannten Termin hinzukriegen war ja an sich schon eine Herausforderung, aber zusammen mit Armin? Nebeneinandersitzend, dicht an dicht? Hatte das liebe Fräulein eigentlich noch alle Tassen im Schrank und auch nur den geringsten Schimmer, was sie da verlangte? Ein Anflug von Panik überkam mich. Armin und ich zeitgleich am Klavier! Das war nicht zu machen, da war ich mir absolut sicher.

Zaghaft unternahm ich einen Versuch, Fräulein Nöhlens zu erklären, warum es unter keinen Umständen möglich war, mit meinem Bruder zusammen am Klavier zu spielen. Verständnislos blinzelte sie mich durch ihre Brillengläser an. Wie? Was? Ich könne nicht mit meinem Bruder zusammen am Klavier sitzen und spielen? Fräulein Nöhlens wischte meinen verzweifelten Versuch, das drohende Unheil noch rechtzeitig abzuwenden, höchst unwirsch vom Tisch. Ich solle mich mal gefälligst zusammennehmen und zwar unverzüglich, herrschte sie mich an und durchbohrte mich mit Blicken aus bösen Augen.

Resigniert sank ich in mich zusammen. Das Programm stand, da war nicht dran zu rütteln. Ich versuchte, das sich anbahnende Desaster abzuschwächen, indem ich schon einmal meinen Part übte. Das klappte so leidlich, aber wie sollte das vierhändig werden? Ich blickte dem Termin mit allerhöchster Sorge entgegen. Im Übrigen völlig zu Recht. Die wenigen Male, die ich zusammen mit Armin am Klavier saß, endeten jedes Mal schon nach kurzer Zeit in einem erbitterten Handgemenge um die zu spielenden Tasten. Aufgebracht stürmte unsere Mutter das Klavierzimmer.

„Was um Himmels Willen ist jetzt schon wieder los?", wollte sie wissen und schaute gehetzt von einem zum anderen. Armin setzte seine harmloseste Unschuldsmiene auf:

„Die Anas kann ihre Noten nicht und spielt immer falsch", behauptete er lammfromm und sah meine Mutter treuherzig an.

„Stimmt überhaupt nicht, der Armin boxt und kneift mich immer!", blökte ich Schaf sofort los und fing angesichts der gemeinen Lüge meines Bruders sofort an zu heulen. Wenn einer seine Noten nicht konnte, dann war das wohl er!

Unsere gute Mutter war mit der erforderlichen Wahrheitsfindung sichtlich überfordert und schimpfte erst einmal gründlich, wenn auch nicht besonders zielführend, los. So endeten unsere wenigen Versuche, den Geburtstagsmarsch zu spielen, eigentlich immer. Wütend verließ unsere Mutter das Zimmer und knallte mit der Tür, dass die Fenster schepperten und überließ uns unserem Schicksal. Mein Bruder lachte mich aus, ich heulte. Mal wieder.

Der verhängnisvolle Tag rückte unbarmherzig näher. Am Morgen des großen Ereignisses bekam ich vor lauter Angst tatsächlich heftige Bauchschmerzen. Für meine Bauchschmerzen gab es von meiner Mutter, die hinsichtlich echter oder vorgetäuschter Bauchschmerzen nicht besonders zimperlich war, eine schöne Tasse heißen Kamillentee.

„Der wird die Bauchschmerzen im Handumdrehen vertreiben, du wirst schon sehen, mein Ännchen." Von meinen Brüdern gab es jede Menge gute Ratschläge. Ziemlich gehässige zwar, aber immerhin!

Am Nachmittag machten Armin, Antonia und ich uns auf den Weg. Meine Beine fühlten sich an, als hingen zentnerschwere Gewichte aus Blei daran. Selbst Armin war während des gesamten Weges ungewöhnlich still; mir war immer noch übel. In dieser andächtigen Stimmung trafen wir reichlich verspätet und auch als letzte beim Fräulein Nöhlens ein. Alle Kinder saßen schon artig im Wohnzimmer versammelt und hatten nur noch auf uns gewartet. Nun konnte das Konzert also endlich beginnen!

Bis zuletzt hatte ich insgeheim und inständig auf ein Wunder gehofft, dass das liebe Fräulein von einer tückischen Krankheit dahinraffen oder doch wenigstens derart ans Bett fesseln würde, so dass der herrliche Klaviernachmittag auf nimmermehr verschoben werden müsste. Leider hatte der Liebe Gott an diesem Nachmittag sowohl mit unserer Klavierlehrerin als auch mit mir und meinem Bruder etwas anderes vor. Die Erfahrungen, die wir heute machen sollten, waren durchaus unterschiedlichster Natur: Das Fräulein sollte einmal so richtig an die Grenzen ihrer Geduld und Leidensfähigkeit gebracht werden, während Armin und ich reichlich Zeit und Gelegenheit bekamen, uns mehrmals ausgiebig zu schämen. Um genau zu sein: 15 Mal! So oft ließ uns nämlich das liebe Fräulein mit dem Geburtstagsmarsch beginnen, bevor sie unser desaströses Gestümper am Klavier nach nur wenigen Takten völlig entnervt abbrach. Unsere Klavierlehrerin rang um Fassung.

„Das wird noch ein Nachspiel haben", keuchte sie halb ohnmächtig vor Wut. Dann gab es eine kurze Pause. Gott sei Dank nicht unseretwegen! Die kurze Pause war nämlich genau so in dem Programmheftchen, das das Fräulein ja eigens zu diesem Zwecke gebastelt hatte, aufgeführt. Pause: 16 Uhr 30 bis 16 Uhr 45! Und während nun eine Schachtel Pralinen herumgereicht wurde, aus der sich jedes Kind ausdrücklich eine! Praline, nebst beiliegendem Serviettchen herausfischen und nach Herzenslust daran laben durfte, nutzte Fräulein Nöhlens die Zeit, um das schamlose Geschwisterpaar in den hintersten Winkel ihres Wohnzimmers zu verbannen. Dort sollten wir nicht nur bis zum Ende des Konzertes sitzen bleiben und uns schämen und zwar gründlich, sondern auch ja keinen Ton von uns geben.

„Nicht einen einzigen! Verstanden?"

Bis ins Mark beschämt und randvoll mit Reue, nickten wir beide ergeben und schlugen die Augen zu Boden. Einem mit senffarbig belegter Teppichware übrigens. Trotzdem bediente ich mich, als die Pralinenschachtel schließlich auch zu uns nach hinten weitergereicht wurde. Reue hin oder her, schlimmer konnte es eh nicht mehr kommen, überlegte ich kurz, außerdem waren sowieso nur noch die wenigen Pralinen in der Schachtel übriggeblieben, die keiner mochte und griff zu. Armin lehnte mit einer knappen Handbewegung stolz und bestimmt ab. Donnerwetter, dachte ich voll Bewunderung für meinen standhaften Bruder und sinnierte einen kurzen Moment lang, ob ich denn eventuell seine Praline auch noch nehmen könnte, unterließ es dann aber, da ich aus den Augenwinkeln bemerkte, dass das Fräulein Nöhlens mit hoch gezogenen Augenbrauen und gerunzelter Stirn zu uns herüber schaute. Die wird doch wohl nicht so dreist sein ... Nein, nein, war ich natürlich nicht!

Der Nachmittag zog sich in die Länge, wie ausgelutschtes Kaugummi und wollte einfach kein Ende nehmen. Die anderen Kinder, selbst meine kleine Schwester Tonia, konnten ihre Stücke zwar auch nicht immer völlig fehlerfrei, jedoch alles wunderbar bis zum Ende spielen. Ich langweilte mich schon bald, versuchte aber augenblicklich ein ungemein interessiertes Gesicht zu machen, sobald uns Fräulein Nöhlens wieder einmal mit einem bitterbösen Blick bedachte. Wenn das liebe Fräulein aber nicht hinschaute, sah ich mich verstohlen in ihrem Wohnzimmer um. Es war genauso schmuck- und lieblos wie das Fräulein selbst.

Ein schlichtes Holzkreuz mit dem Gekreuzigten hing über einem passend zur Auslegware ebenfalls senffarbenen Sofa, auf das sich heute eine Horde Kinder gequetscht hatte. Ansonsten gab es lediglich kahle Wände, hier und da ein Heiligenbildchen mit der Gottesmutter und dem lieben Jesulein sowie einen niedrigen, nierenförmigen Couchtisch und mehrere senffarbene Sesselchen; alle besetzt mit artigen, ordentlich gekämmten Kindern.

Senf war ganz offensichtlich die Lieblingsfarbe vom lieben Fräulein Nöhlens, ansonsten hätte sie wohl kaum so viel davon gehabt in ihrer Wohnung. Im Schlafzimmer, das ich durch den Türspalt von meinem Stuhl aus gut sehen konnte, gab es neben einer gesteppten, senffarbenen Tagesdecke auf dem Bett, nur noch einen Schrank und senffarbene Vorhänge. Und, ach ja, auch noch ein Nachttischchen mit einer Nachttischlampe, nebst dazu passendem Lampenschirm. Senffarbig natürlich. In derart pittoreske Ansichten versunken, kam der schmachvolle Nachmittag irgendwann doch noch zu einem Ende und wir wurden entlassen. Sicherlich hätte uns Fräulein Nöhlens gerne noch die eine oder andere düstere Prophezeiung hinsichtlich unseres liederlichen zukünftigen Lebens mit auf den Weg gegeben, doch im Abschiedsgetümmel in dem winzigen Flur, zwischen all den anderen sich wieder ankleidenden Kindern, gelang uns die Flucht. Wie von Furien gehetzt, rannten wir nach Hause.

„Na, wie war der Nachmittag?" fragte uns wenig später meine Mutter misstrauisch, als wir völlig außer Atem, zu Hause ankamen. Ohne die üblichen Rangeleien und ohne zu heulen waren wir zusammen die Treppe heraufgekommen. Da stimmte doch etwas nicht. Doch noch bevor der eine oder andere von uns beiden seine ureigenste Version des verunglückten Vorspielens abliefern konnte, schrillte auch schon das Telefon. Ein sehr erregtes Fräulein Nöhlens schilderte unserer Mutter am anderen Ende der Leitung nun den Hergang der nackten Tatsachen. Und zwar ohne jegliches Mitleid. Das merkten wir daran, dass unsere Mutter so wenig erwiderte, sondern nur ab und zu seufzend den Kopf schüttelte. Es sah schwer danach aus, dass dem verunglückten Nachmittag ein nicht minder verunglückter Abend folgen würde. Ich lag gar nicht einmal so falsch mit meiner Einschätzung.

Verhängt wurde als vorläufige, allerdings sofortige Strafmaßnahme: eine Woche Stubenarrest für uns beide sowie tägliches! halbstündiges Üben am Klavier!

„Na, das wollen wir doch einmal sehen! So, das schon einmal fürs erste!" Und während unsere Mutter kurz Luft holte, um sich Teil zwei der Bestrafung auszudenken, nutzte Armin die günstige Gelegenheit, mir heimlich gegen das Schienbein zu treten. Augenblicklich plärrte ich los.

Das langte!

Leider nur meiner Mutter:

„Die nächsten zwei Wochen auch keinen Nachtisch! Und zwar für euch beide nicht! So, zum Donnerwetter!" Hä? Wieso eigentlich für uns beide keinen Nachtisch? Es war doch nicht ich, die getreten hatte. Und überhaupt, welchen Nachtisch sollte es nicht geben? Den gab es doch sowieso nie bei uns? Na gut, vielleicht Weihnachten. Aber bis dahin waren es immerhin noch ein paar Monate!?

Noch während ich über den Sinn oder Unsinn unserer Bestrafung sowie über mein ganz und gar ungerechtes Schicksal grübelte, verließ unsere Mutter wieder einmal Tür knallend das Zimmer. Armin verzog das Gesicht und sah mich hämisch an. Mein Gott war der blöd! Ihn traf es doch genauso! Merkte dieser Blödmann das etwa nicht? Meine Bewunderung für ihn hielt sich in diesem Augenblick reichlich in Grenzen.

Wenige Seiten herrlichster deutscher Volkslieder später, unsere Mutter fieberte seit Wochen schon genau diesem Termin entgegen, wendete sich das Blatt für uns. Endlich! Es ging um das hübsche Liedchen „Sah ein Knab ein Röslein stehn", auf das unsere Mutter sich schon gefreut hatte, seit sie das Liederbuch das erste Mal in den Händen gehalten und voller Vorfreude darin geblättert hatte. Ich erinnere mich noch genau, wie sie bei Seite 52 einen kurzen, spitzen Schrei der Verzückung ausgestoßen und „Ach, darauf freue ich mich schon ganz besonders!", gerufen hatte. Nun, endlich war es soweit. Wir waren auf Seite 52 angekommen ... und machten weiter mit Seite 53, dem Lied von der Lorelei, „Ich weiß nicht, was soll es bedeuten" ...

Warum wir denn das schöne Lied vom Knaben mit dem Röslein übersprungen hätten, fragte meine Mutter mich am Abend enttäuscht. Ahnungslos zuckte ich mit den Schultern.

„Ich weiß nicht genau", antwortete ich wahrheitsgemäß. „Fräulein Nöhlens hat nur gesagt, SO ein Lied würde SIE uns jedenfalls nicht beibringen!" Meine Mutter war verblüfft.

Gleich am nächsten Tag fragte sie einmal ganz unverbindlich und natürlich auch nur rein interessenhalber beim Fräulein nach dem Grund für ihr, sie möge doch bitte das Wort entschuldigen, merkwürdiges Verhalten, das hübsche Liedchen vom Knäblein mit dem Röslein betreffend.

Auf eine solche Frage hatte unserer Lehrerin offenbar schon sehr lange und auch sehr sehnsüchtig gewartet und holte mal so richtig aus. Ob meine Mutter denn überhaupt keine Ahnung habe, was dieses Lied in der Literatur bedeute? Das bis ins tiefste Mark erschütterte Fräulein Nöhlens schüttelte über so viel sittliche Ahnungslosigkeit am anderen Ende der Leitung, wohl den Kopf.

„Das kann nun doch wirklich nicht wahr sein, dass sie das nicht wissen, liebe Frau Heerhausen, noch dazu wo sie doch selbst so viele Mädchen haben ...", das Fräulein rang um Fassung, wie auch um Worte. Meine Mutter um Verständnis. Das fehlte ihr nämlich und zwar komplett. Wovon redete die Nöhlens da bloß? Als das liebe Fräulein am Ende doch noch seine Fassung sowie einen geringen Teil des Wortschatzes wiedererlangt hatte, schaltete es sofort: hier tat sofortige und umfassende Aufklärung not. Allerdings geriet ein sicherlich jäh errötendes Fräulein Nöhlens, ob dieser doch sehr delikaten Thematik, zügig ins Stocken und stammelte lediglich einige verwirrende Worte in den Hörer. Und während meine Mutter, die endlich verstand, vor welch erschütternder Symbolik menschlicher Abgründe das sittsame Fräulein uns bewahren wollte, nur mit Mühe ein schallendes Gelächter unterdrücken konnte, hatte auf der anderen Seite ein sehr mitgenommenes Fräulein so seine Schwierigkeiten, den Hörer mit zittriger Hand auf die Gabel zurückzulegen. Herr Gott nochmal! Dass sie auf ihre alten Tage einer viel jüngeren, noch dazu verheirateten Frau, einer mit so vielen Kindern, erklären musste, wie sündig manche Knäblein unschuldige Röslein brechen konnten. Nun, zumindest davor hatte der Herr sie in seiner unendlichen Güte einstmals bewahrt!

In tiefer Dankbarkeit faltete das, derartig errettete, Fräulein Nöhlens die Hände zum Gebet und dankte dem Herrn. Wieder einmal. Und zwar aus tiefster Seele.

Nach diesem Gespräch beschloss unsere Mutter, dass das liebe Fräulein einen ganz schönen Knall habe und eventuell doch nicht so die geeignetste Lehrerin für uns sei. Goethes Knäblein ein rücksichtsloser Verführer? Das Röslein auf ein entehrtes Mädchen reduziert? Und alles nur, weil dem durch und durch verfrommten Fräulein ein Leben lang die Freuden auf der Heiden verwehrt geblieben waren? Also das ging nun doch eindeutig zu weit!

Vierzehn Tage später stellte sich Frau Heller bei uns vor. Frau Heller war eine übergewichtige, burschikos gekleidete Frau in den 30ern, mit praktischem Kurzhaarschnitt und jeder Menge Herz. Wir mochten sie auf Anhieb. Sie uns, Gott sei Dank, auch. Frau Heller war aber auch keineswegs der Ansicht, dass sie es mit einer Horde wilder, ungezogener Kinder zu tun hatte, sondern fand, dass wir lebhafte und äußerst umgängliche Kinder seien, die sie gerne unterrichten würde. Des Weiteren fand Frau Keller, dass chromatische Kirchentonleitern, egal ob auf- oder absteigend, so ziemlich das Letzte waren, wir hingegen fingertechnisch so weit vorne lagen, dass sie uns sofort mit Sonaten und Walzern von Chopin, Mozart und Beethoven weitermachen ließ. Als wir uns sogar noch Lieder von den Beatles aussuchen durften, stellte sich bei uns das erste Mal so etwas wie eine zaghafte Freude und ein vorsichtiger Optimismus beim Klavierspielen ein. Da hatte Fräulein Nöhlens doch nicht alles zerstören können. Ach ja, manchmal konnte die Lösung eines Problems doch ungeheuer einfach sein. Man musste einfach nur mal darauf kommen.

DER NEBEL VERDICHTET SICH

Am 8. August, mitten in den Sommerferien, kam meine jüngste Schwester Alexandra zur Welt. Maatschi war wie immer rechtzeitig aus der DDR zu uns in den Westen und meiner Mutter zu Hilfe gekommen. Die Freude über ein so süßes und gesundes Mädchen war natürlich wieder riesengroß und wurde, wie schon bei Antonia und Astrid, ausgiebig gefeiert. Trotzdem spürte ich, dass sich seit geraumer Zeit etwas verändert hatte. Die sorglose Fröhlichkeit und die unbeschwerte Leichtigkeit, die bislang die Stimmung in unserem Hause bestimmt hatte, war aus der Familie gewichen, ohne dass ich hätte sagen können, wann das genau geschehen war und wo sich das Leck befand.

Oft war eigentlich alles wie immer. Jedoch hatte sich eine ungewohnte Schwere wie ein unheilvoller Nebel, nicht wahrnehmbar für das Auge, doch überdeutlich spürbar für das Gemüt, hinterrücks über uns ausgebreitet und waberte zuweilen bleiern und düster durch die Räume unserer Wohnung, schluckte und saugte wie ein abscheulich gefräßiger Wurm alle Freude aus den Zimmern und vergällte uns die Stimmung. An solchen Tagen fielen die politischen Diskussionen meiner Eltern, welche meistens am Mittagstisch ausgefochten wurden, besonders heftig aus. Der Ton zwischen beiden wurde schärfer und die Debatten immer hitziger. Mein Vater konnte sich mit geradezu kämpferischer Angriffslust stundenlang über die neuen Zeiten erregen, während meine Mutter ausdauernd und zutiefst mit der Bewältigung der Vergangenheit haderte. Eigentlich waren sie politisch durchaus einer Meinung, jedoch machte mein

Vater eine völlig verweichlichte, langhaarige und neuerdings sogar strickende Männlichkeit im Bundestag für die Miseren im Lande verantwortlich, während meine Mutter sich gedanklich gerne in der Zeit vor dem Krieg aufhielt und darauf beharrte, dass sich diese völlig anders zugetragen habe. Die vielen Freunde von früher kamen immer seltener zu Besuch, dafür kamen jetzt neue. Die meisten mochte ich nicht besonders. Immer ging es jetzt um Politik. Wie schön waren doch die Zeiten gewesen, als die Nächte noch rauschend und lachend durchgefeiert worden waren, mit nichts anderem im Sinn, als mit Freunden in froher Runde beisammen zu sein und als uns Kinder das Lachen und fröhliche Johlen der Erwachsenen in den Schlaf begleitet hatte.

Wann, wodurch, war es uns verloren gegangen?

Ach, wie vermisste ich das heitere, unbeschwerte Geschichtenerzählen der alten Freunde von früher und wie zuwider waren mir die aufbrausenden und unbeherrschten Streitgespräche von heute. Auch Maatschi fiel es zunehmend schwerer, Ruhe und Gelassenheit in die angespannte Atmosphäre zu bringen. Aber vielleicht lag das ja auch daran, dass wir mittlerweile so viele waren und sie und meine Mutter den ganzen Tag so viel zu tun hatten.

Das Weihnachtsfest des Jahres 1967, ich war gerade zehn Jahre alt geworden, kam und brachte mir neben zwei tiefgreifenden Erkenntnissen, zusätzlich eine Beförderung ein.

„Nun gehörst du aber wirklich zu den Großen, meine Anas", sagte meine Mutter am Abend feierlich zu mir und wischte mit einer ungeduldigen Gebärde die entrüsteten Einwände meiner Brüder, dass das doch überhaupt nicht möglich sei, da ich doch ein Mädchen wäre, zur Seite.

„Nein", wiederholte sie bestimmt und wandte sich ärgerlich an meine Brüder, „es bleibt dabei. Anas gehört ab heute zu den Großen!" Ich platzte beinahe vor Stolz. Aber wirklich nur beinahe. Meine Brüder belohnten meine Beförderung nämlich augenblicklich mit einer Sammlung neuer blauer Flecken sowie einigen heimlich geflüsterten Bosheiten. Aber das war mir an diesem Abend egal, nichts konnte meine Freude über den unvorhergesehenen Aufstieg trüben.

Das, was ich entdeckt habe, müsse aber auf jeden Fall unter den Großen bleiben, setzte meine Mutter noch verschwörerisch hinzu, meine kleineren Schwestern dürften unter keinen Umständen davon erfahren. Na klar, nickte ich, fest entschlossen, meinem neuen Status zügig und vor allem richtig Ehre zu erweisen. Ich hatte nämlich entdeckt, dass der liebe, gute Weihnachtsmann, ganz genau der, der jedes Jahr persönlich und mit einem ganzen Sack voller Geschenke zu uns nach Hause kam, dass dieser liebe Weihnachtsmann also, zum einen sternhagelvoll und zum anderen unser Vater war.

Es hatte mich bislang nie sonderlich gewundert, dass unser Vater regelmäßig so spät noch am Heiligen Abend zu einer wichtigen Besprechung in die Redaktion gerufen wurde. Ich war viel zu aufgeregt gewesen, als dass ich mich am Weihnachtsabend um das Schicksal meines armen Vaters hätte kümmern können. Wenn ich ehrlich war, war es mir gar nicht einmal so unlieb, dass mein Vater dem Weihnachtsmann nun nicht begegnen würde. Denn weder war ich mir sicher, ob der Weihnachtsmann nicht vielleicht doch noch etwas sehr Unangenehmes aus seinem goldenen Buch ausplaudern könnte noch war ich mir absolut sicher, ob sich mein Vater dem lieben Weihnachtsmann gegenüber geziemend verhalten würde. Am Ende könnte der Weihnachtsmann nämlich einen auf Sippenhaft machen und wieder einmal alle Heerhausens in einen Topf werfen und die Geschenke zurück in seinen Sack stecken. Mein interner Interessenkonflikt hinsichtlich der An- bzw. Abwesenheit meines Vaters endete abrupt, als die schweren Schritte des Weihnachtsmannes schon im Treppenhaus zu hören waren.

„Er kommt, er kommt!" rief meine Mutter, die an der Tür gewartet hatte und stürzte zurück ins Zimmer, wo der Tannenbaum im Schein unzähliger brennender Kerzen und bunter Kugeln so wunderbar festlich glänzte und wo wir Kinder, zitternd vor Freude und Angst, schon seit geraumer Zeit auf die Ankunft der himmlischen Gesandtschaft warteten. „Singt Kinder, singt!" rief meine Mutter und klatschte begeistert in die Hände. Augenblicklich jubilierten wir, in der Hoffnung, uns den lieben, guten Weihnachtsmann möglichst gnädig zu stimmen, aus voller Kehle los.

Voller Inbrunst sangen wir das Lied von den Kinderlein, die alle kommen sollten, während im Hintergrund jemand „Süßer die Glocken nie klingen" am Klavier anstimmte. Aber das fiel in dem Tohuwabohu niemandem so richtig auf. Jedenfalls nicht dem Weihnachtsmann, der gerade unter lautem Ächzen und Stöhnen den schweren Sack mit den Geschenken durch die Tür bugsierte. Ach Gott, der liebe Weihnachtsmann sei aber ganz schön alt geworden und sicherlich müde von der vielen Schlepperei und müsse sich jetzt bestimmt erst einmal ausruhen, rief meine Mutter bei seinem Anblick und runzelte die Stirn. Hastig spurteten wir los und schoben dem Weihnachtsmann, der mit seiner Last schwankend und schaukelnd das Wohnzimmer durchqueren wollte, ehrfürchtig den nächstbesten Stuhl unter den gnadenreichen Allerwertesten. Plumps ließ der sich darauf nieder und verlangte mit seiner tiefen, brummigen Weihnachtsmannstimme erst einmal ein kleines Slibowitzchen von der schönen, jungen Hausfrau; ein klitzekleines natürlich nur, zum Warmwerden, verstehe sich, es sei immerhin sehr kalt da draußen auf dem himmlischen Schlitten. Also, wenn es nach mir gegangen wäre, hätte der liebe Weihnachtsmann ja sofort einen kräftigen Schluck bekommen, noch dazu, wo er unserer Mutter so tolle Komplimente machte, aber die hatte komischerweise überhaupt kein Verständnis für den alten Mann mit Bart. Ungehalten stemmte sie die Arme in die Hüften und starrte ihn wütend an. Die Kinder sollten erst einmal ihre Gedichte aufsagen, verlangte sie und rollte mit den Augen. Dann musterte sie den Weihnachtsmann sehr lange und sehr intensiv aus schmalen Augen. Erschrocken hielt ich den Atem an. Das war ganz schön unvorsichtig von meiner Mutter. Geradezu waghalsig! So konnte man doch nicht mit dem Weihnachtsmann umgehen! Ich hoffte inständig, dass sie ihn mit ihrem Gehabe am Ende nicht etwa verärgern würde.

Als die Reihe an mich kam und ich gerade mit zittrigen Knien vortrat, um dem Weihnachtsmann das Gedicht „Draus vom Walde komm ich her" aufzusagen, hörte ich, wie meine Mutter leise „jetzt reiß dich aber mal zusammen, Hermann!" zischte. Der Weihnachtsmann hatte nämlich große Mühe gehabt, die Mundharmonika für Armin aus dem Sack zu fischen und wäre beinahe kopfüber vom Stuhl und unter den festlich geschmückten Tannenbaum gefallen! Wenn meine Mutter ihm nicht schnell zu Hilfe gekommen wäre.

Verblüfft traute ich mich, mir den Weihnachtsmann, trotz größter Ehrfurcht, nun etwas genauer anzusehen. Und tatsächlich: unter dem langen Bart, der ein klein wenig zur

Seite gerutscht war, erkannte ich das Gesicht meines Vaters. Ich war so verwirrt, dass ich mich beim Gedichtaufsagen gleich zweimal verhaspelte. Aber der Weihnachtsmann fand das überhaupt nicht schlimm, sondern überreichte mir mein Geschenk, mit dem wohl gemeinten Rat, immer schön artig zu sein und meinen Eltern zu folgen. Ich nickte stumm, machte automatisch meinen Knicks und konnte die neu gewonnene Erkenntnis kaum fassen.

Nachdem alle Gedichte aufgesagt, unsere Missetaten aus dem goldenen Buch vorgelesen, die Geschenke rechtmäßig verteilt und der Weihnachtsmann mit den besten Grüßen an die Engelchen sowie mit zwei weiteren, froh geträllerten Liedern ausgiebig verabschiedet und auch wieder zur Tür hinaus manövriert worden war, rannte ich sofort zu meiner Mutter. Die fand es wahnsinnig schade, dass Weihnachten für mich nun den kindlichen Zauber verloren hatte, ich hingegen fand es toll. Endlich war es soweit: ich durfte mich zu den Großen zählen.

Nach den Sommerferien kam ich auf das Gymnasium, mein Vater ins Sanatorium. Eigentlich machte er ja eine Entziehungskur, aber das hieß früher noch nicht so. Jedenfalls nicht bei uns. Dass in den folgenden Jahren noch zwei weitere Entziehungskuren folgen würden, wussten wir, wie so vieles zu diesem Zeitpunkt, noch nicht, sondern hofften, dass unser Vater alsbald genesen und bald wieder ganz der alte sein würde. Der Papi sei für einige Wochen im Sanatorium und müsse sich ausruhen, weil er vor Erschöpfung ganz krank geworden wäre, erklärte uns meine Mutter, nachdem uns irgendwann einmal aufgefallen war, dass unser Papi weder spät abends noch früh morgens nach Hause kam. Wieder einmal war ich sehr überrascht. Was das denn für eine Krankheit sei und wie lange der Papi im Sanadingsbums bleiben müsse, wollte ich von meiner Mutter wissen.

„Ach Kind, das verstehst du noch nicht!" bekam ich zur Antwort. Damit gab ich mich dieses Mal nicht zufrieden. Immerhin gehörte ich seit Weihnachten zu den Großen, erinnerte ich meine Mutter und sei aus eben diesem Grunde zweifelsfrei in der Lage, über meinen Vater und dessen Zustand aufgeklärt zu werden. Meine Mutter seufzte tief, gab mir aber leidlich ergiebig Antwort auf meine Fragen. Ich würde schon sehen, wie gut es dem Papi bald wieder ginge, meinte sie zuversichtlich und strich mir über den Kopf. Unsicher sah ich sie an. Dass mit meinem Vater etwas nicht stimmte, ahnte ich ja schon seit Langem, schließlich hatte ich Augen und Ohren im Kopf. Dass sein Verhalten aber auf Müdigkeit zurückzuführen sei und sich dieses, insbesondere meiner Mutter und meinen Brüdern gegenüber, durch einen Aufenthalt in einer Klinik ändern sollte, daran hegte ich größte Zweifel. Die behielt ich aber lieber für mich. Meine Mutter war so voller Zuversicht und Hoffnung, dass ich es nicht übers Herz brachte, ihr meine Zweifel und Befürchtungen anzuvertrauen.

„So, Kinder lauft und umarmt den Papi, damit er sieht, wie ihr euch freut, dass er wieder nach Hause kommt", forderte meine Mutter mich und meine Geschwister auf, als wir unseren Vater drei Wochen später aus dem Sanatorium abholten. Wir sollten alle mitkommen, hatte meine Mutter gewünscht, und dem Papi zeigen, wie froh wir wären, dass er nun endlich wieder daheim sei. Damit stellte sie mich vor eine ziemlich schwierige Aufgabe, denn eine echte Freude wollte sich bei mir einfach nicht einstellen, als sich nach nur wenigen Augenblicken meine geheimen Befürchtungen erhärteten, dass sich bei meinem Vater nichts, aber auch überhaupt nichts, verändert hatte. Gerade hielt unser Auto vor der Klinik an, da sah ich schon von Weitem wie er, einen ganzen Pulk Ärzte und Pflegepersonal um sich geschart, lachend und scherzend von diesen verabschiedet wurde. Einen gerade Genesenden hatte ich mir anders vorgestellt! Irgendwie seriöser, ernsthafter ... Ich hatte gehofft, dass er wenigstens ein kleines bisschen nachdenklicher durch seine Krankheit geworden sei, von der ich immer noch nicht so ganz genau verstand, worin sie eigentlich bestand.

Schon aus der Entfernung machte er auf mich den gleichen Eindruck, wie immer: Aufgekratzt, im Mittelpunkt einer großen Schar Menschen stehend und von dieser bewundert und verehrt, beinahe wie ein Popstar! Hm, eigentlich alles wie zuvor!

Ich beobachtete ihn während der Fahrt nach Hause aufmerksam, wie auch die kommenden Tage, immer in der Hoffnung, dass mir etwas Entscheidendes entgangen war, etwas, woran ich erkennen konnte, dass er sich verändert hatte. Aber da war nichts, stellte ich schon bald enttäuscht fest. Beim besten Willen nicht. Er war noch nicht ganz zu Hause angekommen, da gingen die Sticheleien gegen meine Brüder auch schon wieder los. Wie schön ruhig war es doch bei uns gewesen, in den Wochen seiner Abwesenheit, dachte ich wehmütig. Keine lauten Worte, keine Schreierei und auch meine Brüder waren mir viel umgänglicher vorgekommen. Der Gedanke fuhr mir in die Magengrube, wie ein Hieb! Wie konnte ich etwas so Ungeheuerliches, dass die Zeit ohne meinen Vater entspannter und freudiger gewesen war, auch nur denken? Ich war zutiefst bestürzt über derart ketzerische Überlegungen und fühlte mich abgrundtief schuldig.

An einem Abend fragte ich meine Mutter vorsichtig, ob sie denn das Gefühl habe, dass der Sanatoriumsaufenthalt den erwünschten Erfolg gebracht hätte. Eine Weile schwieg meine Mutter. Zögerlich antwortete sie mir, ihre Stimme hörte sich sehr müde an, dass manche Dinge wohl ihre Zeit bräuchten und der Papi sicherlich bald viel weniger trinken würde. Und genau in diesem Punkt hegte ich wiederum allergrößte Zweifel.

Gehorsam marschierte ich, einmal die Woche, in den Klavier- und in den Ballettunterricht, ohne dass ich auch nur einen einzigen Tag besondere Freude daran empfunden hätte. Fräulein Heller gestaltete den Unterricht zwar sehr annehmbar und war eine Lehrerin mit der sich leicht auskommen ließ, jedoch hätte ich das viele Geld, das meine Mutter für mich ausgab, nach wie vor gerne für etwas anderes verwendet. In regelmäßigen Abständen versuchte ich weiterhin, die kulturellen Fesseln meiner Freizeitgestaltung zu lockern und wenigstens den Ballettunterricht in Reitstunden umwandeln zu dürfen, aber auf diesem Ohr blieb meine Mutter, wie schon zuvor, völlig taub. Ich solle mal schön dankbar sein für die gute Erziehung, die sie sich vom Munde absparen würde, gab sie mir dann stets zu bedenken und später, ja später, wenn ich erwachsen wäre, würde ich noch einmal sehr froh darüber sein. Später, dachte ich missmutig, wann sollte das wohl sein; später, das war doch noch so lange hin und schließlich lebte ich doch jetzt.

Meine gelegentlichen Aufstände beendete meine Mutter, wenn sie ihr denn zu lange dauerten, meist damit, dass sie mir eine oder zwei Schwestern an die Hand gab, die ich dann auf dem nahe gelegenen Spielplatz beaufsichtigen sollte. Nicht, dass ich ohnehin jemals ohne mindestens eines meiner Geschwister zum Spielen hätte gehen können. Aber nicht nur meine Mutter hatte ihre kleinen Tricks auf Lager; die hatte ich auch! Ich hatte nämlich herausgefunden, dass es auf dem Spielplatz genug ältere Mädchen gab, die nichts lieber machten, als stundenlang einen Kinderwagen in der Gegend herum zu schieben. Sie taten dann vor den anderen Spaziergängern in dem Park so, als wäre das Baby in dem Wagen ihr eigenes und kamen sich sehr erwachsen vor.

Sollten sie ruhig!

Ich behielt die Mädchen, mit meinen ausgeliehenen Schwestern, natürlich immer im Auge, aber so konnte ich selbst auch mal Rollschuhlaufen oder Seilspringen. Und damit war uns allen geholfen.

PUBERTÄT!

Mit etwa 14 Jahren brach die frohe Zeit der Pubertät über mich herein. Vom Ballett hatte ich so muskulöse Beine bekommen, dass ich den Reißverschluss meiner Stiefel nicht mehr richtig zubekam. Oben herum war ich flach wie ein Brett geblieben. Das müsse an den vielen Rückbeugen liegen, meinte meine Mutter nachdenklich, die einmal unbemerkt dazugekommen war, als ich gerade jammernd meine völlig missratene Figur vor dem Spiegel begutachtete.

Überraschenderweise hatte meine Mutter daraufhin ein Einsehen. Dass ihre älteste Tochter aussah, als würde sie in ihrer Freizeit Holzfässer für eine Brauerei zureiten, ging natürlich überhaupt nicht. Das war ja sozusagen kontraproduktiv für den späteren Heiratsmarkt! Eingehend inspizierte sie meine eher unweiblich verteilten Muskelpakete und rang sich ein zögerliches Nicken ab. Sofort witterte ich Morgenluft und legte noch einmal kräftig nach. Andere Mädchen in meiner Klasse müssten sogar schon einen BH tragen, schluchzte ich so herzzerreißend ich nur konnte. Und überhaupt sähen alle viel toller und hübscher aus als ich, heulte ich noch eine ganze Weile, da ich aus den Augenwinkeln bemerkte – ich hatte meine Mutter natürlich genauso im Visier wie sie mich –, dass sie von meinen Ausführungen angemessen beeindruckt war. Endlich, nach sieben Jahren, wurde ich zumindest aus dem verhassten Ballettunterricht entlassen und ich fühlte mich wie ein Vögelchen, das nach langer Zeit, unverhofft aus seinem Käfig in die Freiheit entlassen worden war.

Das neue Leben feierte ich damit, dass ich mir erst einmal eine ordentliche Beschäftigung als Babysitter organisierte. Für 1,50 Mark die Stunde würde ich die beiden kleinen Mädchen von guten Freunden meiner Eltern hüten. Damit ließ sich an zwei bis drei Nachmittagen in der Woche ein ansehnliches Taschengeld verdienen.

Als ich am Ende des Monats auf diese Weise, sage und schreibe, an die 50 Mark verdient und gespart hatte, begann für mich ein neues Dasein. Ein Leben in Luxus!

Von meinem ersten selbst verdienten Geld kaufte ich mir eine schwarze Wimperntusche, eine getönte Tagescreme und einen Labello. Wenn ich nicht gerade Baby sittete oder mit meinen Freundinnen abhing, würde ich die nächsten zwei, drei Jahre damit verbringen, mit hoch gezogenen Schultern, das lange, blonde Haar weit ins Gesicht gekämmt, maulig und zutiefst verunsichert, in der Gegend herumzustehen. Und dabei wollte ich wenigstens ein bisschen nett aussehen. Das gelang mir für meinen Geschmack auch einigermaßen gut, alles andere eher weniger. Es war nämlich überhaupt nicht so leicht von nun an ständig gelangweilt und am täglichen Allerlei völlig uninteressiert rüberzukommen. Außerdem war ich auch noch gegen alles und jeden, fand meine Eltern nur noch peinlich, meine Geschwister abartig nervig, von mir selbst ganz zu schweigen.

Eher weniger gelang mir in dieser wunderbaren Zeit der pubertären Selbstfindung auch die Schule, was möglicherweise aber auch daran lag, dass ich so viel schwänzte. Und dass ich so viel schwänzte, lag wiederum eindeutig an Toni Carstens! Toni Carstens war zu dieser Zeit DER Mädchenschwarm in Town. Er ging auf dem Gymnasium in die gleiche Klasse wie meine beiden Brüder, spielte mit ihnen im gleichen Handballverein und sah zum Anbeten aus. Sogar noch besser als Cat Stevens! Mit seinen 17 Jahren trug er schon einen dichten schwarzen Vollbart und seine himmelblauen Augen blitzten bald spitzbübisch und gut gelaunt unter seiner braunen Matte hervor, bald schimmerten sie melancholisch und wunderschön durch seine langen, sündig gebogenen Wimpern hindurch. Schon beim bloßen Anblick seiner hochgewachsenen, durchtrainierten Gestalt verwandelten sich meine Knie unversehens in eine ziemlich wabbelige und wachsweiche Angelegenheit. Und genau diese Gestalt lehnte eines frühen Morgens sehr malerisch und äußerst lässig am Brunnen der heißen Quellen, die sich genau gegenüber der Klostertreppe befanden.

Ich war auf meinem Weg zur Schule die Klostertreppe schon zur Hälfte hinabgestiegen, als meine verschlafenen Augen in meinem noch viel verschlafeneren Hirn einen schrillen Alarm auslösten. Riiiiiiiiinnnnnnnnng, schrillte die Alarmglocke in meinem Kopf. Ach herrje, da steht ja tatsächlich ER! Gedanken zuckten wie ein Blitzgewitter durch mein Hirn. Was macht denn Toni Carstens hier? Und dann ausgerechnet um diese Uhrzeit? Ach du Schreck, hoffentlich sind meine Haare heute Morgen bloß nicht so fettig! Oh nein ... ausgerechnet heute habe ich auch noch die doofe Hose an, in der ich einen so dicken Hintern habe ... hätte ich doch nur meine schöne, schwarze Samthose angezogen ... Hej, du dämliches Schaf, geh weiter, du kannst jetzt nicht stehen bleiben, geh weiter!

Langsam stiefelte ich die steilen Treppen hinunter, während die Gedanken weiterhin in meinem Kopf durcheinander wirbelten, dass mir fast schwindelig wurde. Guck nicht so blöd, sondern tu was, mach was!

Ja, aber was denn, um Himmels Willen? Winken etwa? Etwas Peinlicheres gibt es wohl kaum! Mühsam rang ich nach Atem und hatte das unbestimmte Gefühl, dass mein Herzschlag auszusetzen drohte. Oh Gott, oh Gott, was sag ich nur, wenn ich gleich unten bin? Vielleicht sieht er mich aber auch überhaupt nicht und ich kann mich unbemerkt an ihm vorbeischleichen, aber was ist, wenn er mich doch sieht? Was mache ich dann? Sage ich dann nur Hallo und gehe einfach weiter oder bleibe ich kurz stehen? Aber was dann? Wie geht es dann weiter? Oh, mein Gott, wie blamabel, ich hab überhaupt keine Ahnung, was ich sagen soll, ist „Hallo" angemessen oder völlig uncool? Vielleicht winke ich auch nur möglichst lässig zu ihm rüber und tue so, als hätte ich ihn erst im letzten Moment gesehen, ja, ich glaube das ist gut ... huch, du meine Güte, was ist jetzt?

Oh neiiiiin ... jetzt guckt er genau in meine Richtung, du lieber Gott, was mach ich nur? Der guckt doch nicht etwa mich an? Sieht er mich? Hierauf zeigte sich, dass ich nicht den geringsten Einfluss auf irgendeine Entscheidung hatte, denn ganz offensichtlich hatten meine Beine, schon längst und hinter meinem Rücken, die Führung übernommen, denn sie marschierten, ohne meinen ausdrücklichen Willen, zügig und unbeirrt einfach weiter. Strebten vorbei am Brunnen, vorbei an Toni Carstens, unaufhaltsam immer weiter in Richtung Schule. Die Schultern bis an die Ohren hochgezogen, das Gesicht hinter den langen, blonden Fransen versteckt, die Augen verlegen zu Boden geschlagen. Dabei klopfte mein Herz so laut und ungestüm – mein Herzschlag hatte glücklicherweise irgendwann wieder ganz von selbst eingesetzt –, dass ich schon befürchtete er müsse bis zum Brunnen zu hören sein, während ich krampfhaft darum bemüht war, meinen Kopf unter Kontrolle zu halten und nicht wie hypnotisiert und völlig verblödet zu Toni herüber zu starren. Und dabei auch noch ein möglichst unbeteiligtes Gesicht zu machen. Mein Gott, wie anstrengend!

Ich hatte es gerade irgendwie geschafft mich, einigermaßen aufrecht und mit den meisten Körperteilen zugleich an Toni Carstens vorbei zu bewegen, als ich hinter mir, Gott gleich, seine tiefe, wohlklingende Stimme vernahm:

„Hey Anas! Jetzt bleib doch mal stehen, warte doch mal kurz!" Wenn sich in diesem Moment der Himmel über mir mit Donnern und Blitzen aufgetan hätte, wenn sich himmlische Heerscharen pausbackiger Engel mit Pauken und Trompeten daraus hervor geschwungen hätten, um der Menschheit jauchzend und frohlockend ihr heiliges Hosianna entgegen zu schmettern, ich hätte nicht überraschter sein können. Zögernd blieb ich stehen und drehte mich unsicher um. Eventuell gab es ja noch eine andere Anas hier irgendwo? Aber nein, niemand war in der Nähe, Toni Carstens schien also tatsächlich mich zu meinen. Ich blieb wie angewurzelt stehen und Toni machte ein paar Schritte auf mich zu.

„Kennst du mich denn nicht mehr?" fragte er und lachte mich freundlich an. „Ich gehe doch mit deinen Brüdern in eine Klasse." Oh, mein Gott, dachte ich und starrte ihn belämmert an, kann der aber nett lachen und was für schöne Zähne er hat. Zu mehr war ich im Augenblick leider nicht in der Lage, denn sowohl meine Sprache als auch mein Körper versagten mir den Dienst. Wie erstarrt stand ich da. „Hey, was ist denn los mit dir?" wollte Toni von mir wissen und berührte meine Schulter. Augenblicklich kehrte das Leben in meine Glieder zurück und die Notrufzentrale in meinem

Hirn schaltete sich dazu. Du müsstest jetzt mal was sagen, befahl sie mir, und zwar unverzüglich, möglichst noch bevor du dich völlig lächerlich machst. Mir schwante Schreckliches: nun hatte ich Toni höchstwahrscheinlich doch noch minutenlang wie hypnotisiert und völlig verblödet mit offenem Mund angeschmachtet. Oh, mein Gott, hoffentlich hatte ich nicht auch noch die Zunge raushängen lassen! Spätestens jetzt musste er doch von mir denken, dass ich völlig bescheuert wäre und eindeutig nicht mehr alle Tassen im Schrank hätte. Sag was, erinnerte mich die Notrufzentrale. Sag einfach „Guten Morgen" oder wenigstens „Hallo"... sag was ... JETZT!!! Mein erster Versuch, einen Satz über die Lippen zu bringen, endete in einem Krächzen.

„Oh, ich glaube, du hast dich verschluckt." Toni lächelte mich verständnisvoll an und klopfte mir hilfsbereit den Rücken.

„Hm, äh ja, hä hä hä." Gütiger Gott, es wurde ja immer schlimmer!

„Wo willst du eigentlich hin?" fragte Toni und klopfte mir, als wären wir schon seit hundert Jahren die besten Freunde, weiterhin den Rücken. Waas? ... Hä? ... Wieso? Was war das denn nun schon wieder? Was glaubte er denn, wohin Jugendliche in meinem Alter, mit einer Schulmappe unter dem Arm um diese Uhrzeit wohl hingingen? Außerdem ... er hatte doch selbst eine Schultasche dabei? Antworte jetzt etwas ganz Witziges, hämmerte es in meinem Kopf, lass dir was einfallen ... schnell!

„Ähhh, also, ähhh, eigentlich wollte ich ja, äh äh, gerade in die Schule." Aha, und das ist also witzig, ja? Mann, du bist so ein dämliches Schaf. Ich hätte mich am liebsten geohrfeigt, aber dazu kam es nicht, denn Toni nahm mich am Arm.

„Ich habe da eine viel bessere Idee", verkündete er gut gelaunt und strahlte mir mit diesem unwiderstehlichen Lächeln mitten ins Gesicht. „Wir gehen ins Café Lammerskötter und ich lade dich zu Kakao und Streuselbrötchen ein!" Irgendwie hatte ich das Gefühl, dass der Gehweg unter mir zu schwanken begann. Toni deutete mein Taumeln als ein eindeutiges Ja und zog mich fröhlich und bestimmt in Richtung Café Lammerskötter.

Ach ja ... halb zog er sie, halb sank sie hin ... wo hatte ich diese Zeilen nur schon einmal gelesen? „Nur die erste Stunde", sprach Toni beruhigend auf mich ein, als ich lahme Einwände erhob und etwas von Mathe und Latein faselte. „Wir schwänzen doch nur die erste Stunde." Das taten wir natürlich nicht, sondern schwänzten, da wir nun schon einmal dabei waren, auch gleich noch die zweite und die dritte Stunde. Es war aber auch zu schön! „Zur vierten muss ich aber wirklich hin", machte ich, im Schuleschwänzen noch völlig ungeübt und bis obenhin voller Skrupel stündlich zaghafte Versuche, mich von Toni Carstens loszueisen. Gegen meinen ausdrücklichen Willen, versteht sich. „In der vierten hab ich nämlich Mathe und da ..."

„Na klar", fiel mir Toni gönnerhaft ins Wort, „klar ... zur vierten bist du wieder in der Schule. Versprochen!", und grinste mir wieder so unverschämt sexy ins Gesicht.

Ach ja ... Meine Sprache, wie auch meine Hirntätigkeit hatte ich im Übrigen nach wenigen Minuten im Lammerskötter wiedererlangt. Nach kurzer Zeit schon war mir eins klar geworden: Mit meinen beiden Brüdern hatte Toni, außer dem guten Aussehen, nichts, aber auch gar nichts gemeinsam! War ich von meinen Brüdern ausschließlich Hohn und Spott gewohnt, so machte ich jetzt zum ersten Mal die Erfahrung, dass ein Junge, noch dazu ein älterer und gut aussehender wie Toni Carstens, nett zu mir war. Und zwar richtig nett. Und mir zuhörte. Und mit mir lachte und mich ernst nahm. Mit mir redete und plauderte, als sei dies das Normalste auf der ganzen Welt. Ich wagte kaum, meinen Augen und Ohren zu trauen ... und doch war es so.

Als ich am Ende der großen Pause völlig außer Atem auf dem Schulhof eintraf, waren meine Freundinnen neugierig und wollten von mir wissen, wo ich die ersten Stunden gewesen war. „Ach", erwiderte ich unter Aufbietung aller meiner Kräfte leichthin und versuchte ein gleichgültiges Gesicht zu machen, „ich war mit Toni Carstens im Lammerskötter Kaffee trinken!"

Die uneingeschränkte Bewunderung meiner Klassenkameradinnen war mir von nun an gewiss, denn es sollte nicht bei diesem einmaligen Schuleschwänzen bleiben. Seit jenem Morgen stand Toni nun mit schöner Regelmäßigkeit unten am Brunnen bei den heißen Quellen und wartete auf mich.

Ich zahlte für diese unbeschwerten Stunden mit einer Ehrenrunde in der Schule. Aber das war es mir wert.

Unbedingt!

In der Schule flunkerte ich ein wenig, weil meine Freundinnen irgendwann von mir wissen wollten, wie es mit Toni und mir denn weiterginge. Nun ja, das hätte ich selbst auch ganz gerne gewusst, aber da ging nichts weiter. Leider!

Unsere morgendlichen Treffen, die wir mittlerweile immer in Tonis Zimmer verbrachten, kaum dass seine Mutter aus der Türe und zur Arbeit gegangen war, kann man nur als völlig harmlos bezeichnen. Wir frühstückten zusammen, quatschten, tranken Kaffee und spielten alle möglichen Brettspiele. Mittlerweile waren wir gute Freunde geworden und ich genoss unser Zusammensein sehr.

Meinen Freundinnen erzählte ich eine etwas aufgepepptere Version der Realität, dass ich mir nämlich noch nicht sicher sei und erst einmal sehen müsse ...

Ach, Gottchen, also wenn's nach mir gegangen wäre ...

Zwei Jahre lief das so und hätte von mir aus auch noch weitere zehn Jahre so weitergehen können, aber dann lernte Toni Marleen kennen und ging lieber mit ihr. Da hatte unser morgendliches Treffen natürlich ein Ende. Ich war traurig und noch ein wenig mehr beleidigt, dass er nun lieber mit Marleen zusammen sein wollte. Aber ich konnte Toni auch verstehen, denn irgendwie hatte ich schon seit Längerem das Gefühl, dass ich noch ein bisschen auf die Wiese gehörte. Außerdem war Marleen wirklich toll. So modern und aufgeschlossen, witzig und unterhaltsam, hübsch und selbstbewusst. Zumindest dachte ich das damals.

Statt auf die grüne Wiese ging ich lieber Einkaufen. Getreu dem Motto „viel hilft viel", versuchte ich nun möglichst viel aus mir zu machen. Und das am liebsten mit Schminke und Klamotten. Damit ich diesen Plan auch entsprechend realisieren konnte, besorgte ich mir eine zweite Stelle als Babysitter in einer Familie, die jemanden am Abend brauchten. Neben dem Geld, das ich verdiente, musste ich auch nicht mehr so oft zu Hause sein, denn da war es mittlerweile nicht mehr zum Aushalten. Wenn es mir irgend möglich war, war ich gerne überall, außer bei uns daheim.

Meine Befürchtung, dass sich der Zustand meines Vaters durch diverse Aufenthalte im Sanatorium nicht verbessern würde, bestätigte sich. Unsere Familie fiel auseinander und niemand war in der Lage diesen Prozess aufzuhalten.

Kurz nach meinem 16. Geburtstag lernte ich Hans kennen und wollte sterben. Natürlich nicht sofort, sondern erst nachdem er mich so schnöde sitzen ließ. Hans war ein guter Freund von Toni und damals war ich fest überzeugt, dass er meine einzige, große Liebe wäre. Ich wusste ja damals noch nicht, dass ich die erst viele Jahre später in Bad Homburg finden würde!

Wenn ich mit Hans zusammen war, war ich so aufgeregt, dass ich kaum sprechen konnte. Atmen klappte auch nicht so gut und essen konnte ich in seiner Gegenwart schon überhaupt nicht. Das war insofern nicht besonders günstig, weil Hans mich öfter zum Essen einlud und ich dann keinen Bissen herunterbekam. Und wer will schon eine Freundin haben, die ständig mit angehaltenem Atem vor einem sitzt und nichts weiter tut, als einen mit vor Verliebtheit dösigem Blick ununterbrochen anzuglotzen? Alles, was ich konnte, war stumm dazusitzen und ihn anzuhimmeln. Stundenlang!

Zustimmend mit dem Kopf nicken und dabei blöde grinsen, wenn er etwas erzählte oder einen Vorschlag machte, ging zur Not auch noch, aber mehr war einfach nicht drin. Tilt! Nichts ging mehr. Und dabei hätte ich mich doch so gerne mit ihm unterhalten, wäre witzig und spritzig gewesen, hätte mit ihm zusammen gelacht und getanzt, wie es so viele andere Mädchen in meinem Alter machten, hätte mit ihm die Nacht zum Tag gemacht. Aber es funktionierte einfach nicht. Ich funktionierte nicht und zwar pünktlich, sobald Hans in meiner Nähe auftauchte. Hatte ich kurz vorher noch lachend und unbeschwert mit meinen Freundinnen herumgealbert, hatte mich fröhlich unterhalten, sobald ich seinen weißen VW Käfer irgendwo in der Straße auftauchen sah, verwandelte ich mich augenblicklich in eine sprach- und leblose Marionette. Wahrscheinlich hatte Hans sich unter einer Freundin auch etwas anderes vorgestellt. Das muss so gewesen sein, denn nach nur dreimonatiger Probezeit wurde ich entlassen. Fristlos. Da wollte ich sterben. Ich hatte ihn eines Abends mit seiner Exfreundin Arm in Arm und verliebt lachend aus einer Kneipe kommen sehen. Bis dahin hatte ich noch angenommen, dass es auch für ihn nur mich gab und er auch nur mit mir dort hinging.

Am Telefon hatte er mir noch kurz vorher mitgeteilt, dass er sich im Moment nicht ganz wohl fühle und mal einen Abend allein zu Hause sein wollte. Als ich die beiden nun so innig und vertraut mit einander turtelnd zum Auto gehen und wegfahren sah, ich hatte mich gerade noch rechtzeitig mit einem Satz hinter den Brunnen mit dem Fischbüddelchen gerettet, brach meine ohnehin nicht besonders heile Welt vollständig zusammen. Ich war untröstlich. Und zwar genau ein Jahr lang. Vom Sterben wollen hatte ich nach einiger Bedenkzeit doch wieder Abstand genommen, da mir diese Lösung dann doch ein klein wenig zu endgültig vorgekommen war. Vielleicht hatte ich aber auch wieder einmal so eine Ahnung, dass noch einmal alles richtig gut werden würde in meinem Leben.

Kurz nach meinem nächsten Geburtstag, traf ich Hans ganz unverhofft in meiner Lieblingskneipe wieder. Seit seinem Anruf, in dem er mich erst angelogen und dann wortlos abserviert hatte, hatte ich nichts mehr von ihm gehört. In der Zwischenzeit hatte ich in diversen Jeansläden gearbeitet und ausgiebig um ihn getrauert. Zum einen arbeitete ich nun dort, weil mir das sehr viel mehr Spaß machte als Kinder zu beaufsichtigen, zum anderen aber auch, weil sich damit mehr Geld verdienen ließ. Ich wollte nämlich unbedingt den Führerschein machen. Und dann nix wie weg und frei sein, egal wohin. Hauptsache weg von zu Hause! Jetzt aber fuhr mir das altbekannte und wohlvertraute Gefühl der Beklommenheit in die Magengrube, als ich ihn so plötzlich vor mir stehen sah.

„Ähem, hast du mal einen Moment Zeit?", fragte er mich, so als hätten wir erst gestern noch miteinander telefoniert und lächelte mich an. Hm, ja, hatte ich! Leider! Da musste ich nicht erst groß überlegen. Es hätte mir allerdings auch nicht wirklich etwas genutzt, da ich in diesem Augenblick wieder nicht einmal den Hauch einer Vermutung hatte, was ich überhaupt hätte überlegen können. Sprachlos vor Freude nickte ich also nur und stieg ohne größeres Zögern in sein Auto ein. Dann fing alles wieder von vorne an. Tilt!

Stumm vor Glück, hörte ich in seiner Gegenwart wieder auf, zu sprechen, zu denken, zu fühlen. Und ebenfalls auch, zu atmen, was wahrscheinlich dazu führte, dass mir damals so oft schwindelig und schwarz wurde vor Augen.

Ich bin mir im Nachhinein nicht sicher, ob Hans mein merkwürdiges Verhalten jemals mit seiner Person in Zusammenhang gebracht hat. Möglicherweise hat er auch nie einen Gedanken daran verschwendet. Jedenfalls haben wir nie darüber gesprochen. Wie aber auch? Zu einem guten Gespräch hätten vermutlich wir beide gehört und das wäre, zu dieser Zeit, ein bisschen eng geworden für mich. Ich hatte zwar eine ziemlich große Klappe, wenn es um nichts ging, aber davon, wie man ein echtes Gespräch führte, unter vier Augen und ohne mich lustig zu machen oder mich aus purer Verlegenheit weg zu lachen, nicht die geringste Ahnung.

Nach drei Monaten schwindelerregenden Hochgefühls wurde die frohe Zeit der Glückseligkeit auch schon wieder beendet. Diesmal von mir. Naja, zumindest auch. So ein kleines bisschen jedenfalls. Ich rief Hans an einem Abend zitternd vor Aufregung an, um ihn für den nächsten Tag auf die Geburtstagsparty meines Bruders einzuladen. Stundenlang hatte ich den Text für die Einladung vor dem Spiegel im Badezimmer geübt, bis ich das Stottern und Zittern in meiner Stimme einigermaßen unter Kontrolle gebracht hatte.

„Oder sollen wir lieber Schluss machen?", erwiderte Hans meine freundliche Einladung und hüstelte ein bisschen. Es dauerte ein paar Sekunden, bis sich die Information durch mein vernebeltes Hirn gequält hatte. Dann legte ich langsam und bedächtig den Hörer auf die Gabel zurück und es kam mir für einen Moment so vor, als würde die Welt um mich herum aufhören, zu existieren. Wie durch eine dicke Watte hindurch hörte ich ganz entfernt die Stimme meiner Mutter, die mich besorgt fragte, ob alles in Ordnung mit mir sei und ob dieser Hans am nächsten Tag zur Party kommen würde. Erstaunt über mein ungewohnt ruhiges Verhalten, schüttelte ich nur wortlos den Kopf, während ich innerlich eine Türe hinter mir zuzog, abschloss und den Schlüssel weit von mir fortwarf. Das würde mir nie wieder passieren! Niemals wieder würde ich mich in eine derartige Situation begeben und mich so behandeln lassen. Ab jetzt würde ich dafür sorgen, dass sich niemand mehr wagte, derart demütigend mit mir umzugehen.

Hans habe ich danach nie wieder gesehen oder auch nur von ihm gehört. Meinen neuen Vorsatz setzte ich zügig in die Tat um. Und zwar gleich schon am nächsten Tag auf

Armins Geburtstagsparty. Von meinem Schmerz, der sich tief in mein Gemüt gefressen hatte, ließ ich mir keine Sekunde lang etwas anmerken und auf die Nachfragen meiner Mutter reagierte ich lediglich mit einem leichten Schulterzucken und einer abwertenden Handbewegung. Phhh, machte mir doch nichts aus! Der Blödmann konnte mir doch mal im Mondschein begegnen, auf den war ich doch nun wirklich nicht angewiesen ...

Zwar schmerzte mein Hals beim Schlucken seitdem so merkwürdig, aber egal ...

Auf der Party zeigte ich mich besonders ausgelassen und witzig, parierte die ironischen und sarkastischen Bemerkungen meiner Brüder hinsichtlich meiner Person so gut ich nur konnte und begann nun meinerseits, auszuteilen. Zum ersten Mal machte ich mich, ohne Rücksicht auf meine Brüder, lustig über deren zu kurze Frisur, ihr Aussehen oder was mir sonst noch durch den Sinn kam. Im Laufe des Abends steigerte ich mich immer weiter in diese neue Haltung der witzigen Abwehr hinein, bis ich irgendwann überrascht bemerkte, dass mir das eigentlich ganz gut gefiel. Und es war so einfach! So furchtbar einfach. Erstaunt war ich auch darüber, dass ich meine sonst so überheblichen Brüder damit auf einmal ziemlich gut in Schach halten konnte. Je schlagfertiger ich ihren Gehässigkeiten begegnen konnte, desto zurückhaltender wurden die beiden. Das musste ich mir unbedingt merken! Statt mit Heulen und Zähneklappern zu reagieren, musste ich den Spieß nur umdrehen.

So leicht ging das!

Nicht, dass ich nicht schon längst gewusst hätte, dass Worte noch viel schwerer verletzen konnten als Kniffe oder

Tritte, aber bislang hatte ich bei meinen Brüdern noch keinen Gebrauch davon gemacht. Zumindest noch nicht absichtlich. Das sollte sich ab sofort ändern. Bevor mich noch einmal jemand sitzen ließ oder auf die Idee kam, sich über mich lustig zu machen, würde ich das jetzt übernehmen. Und zwar gründlich!

Gelegenheiten, meine neuen Waffen auszuprobieren, verschaffte ich mir im darauffolgenden Jahr reichlich. Nach der Schule, die mir mittlerweile sogar richtig Spaß machte, da ich durch die Wiederholung einer Klasse ganz schön aufgeholt hatte und erstmals Zusammenhänge verstand, arbeitete ich, so oft ich nur konnte, im Jeansladen.

Danach traf ich mich mit meinen Freundinnen in unserer Lieblingskneipe und ließ abblitzen, wen und wann ich nur konnte. Ich machte mich lustig über alles und jeden, lachte über alles und jeden, immer zu viel, immer eine Spur zu laut.

Zusammen mit dem Ruf, eine Heerhausen zu sein, mit der man sich besser nicht einließ, da man sonst gleich die Brüder am Hals hatte, klappte die Abschottung ganz gut, die ich mir durch mein neues Verhalten verschaffte. Mehr, als mir lieb war und vor allem mehr, als ich tatsächlich beabsichtigte. Doch die neuen Geister, die ich bemühte, ließen sich nur schwer kontrollieren, geschweige denn, dosieren.

Zuhause wurde die Situation auch nicht besser, zumal jetzt auch ich wagte, mich gegen meinen Vater aufzulehnen und ihm ab und zu die Stirn zu bieten. Wenn sich eine Konfrontation absolut nicht vermeiden ließ.

GEGENEINANDER

Das Weihnachtsfest kurz nach meinem 17. Geburtstag, endete dann auch, wie es einmal kommen musste: in einem Desaster.

Ich erinnere mich nicht mehr genau, was genau den Anlass gegeben hatte, es war aber etwas ziemlich Nichtiges gewesen. Nicht jedoch für meinen Vater. Wieder einmal ging es um meine Brüder, genauer gesagt um Armin, der irgendetwas gesagt oder getan hatte, was unseren Vater bis aufs Blut reizte. Diesmal wollte, diesmal musste er der völlig verlotterten und gänzlich verdorbenen Jugend zeigen, wer der Herr im Hause war. Da er gegen diese Halbstarken, wie er meine Brüder oft herablassend titulierte, nicht ohne Weiteres ankam, zur Not auch mit Gewalt.

Wutentbrannt stürmte mein Vater in sein Zimmer, riss dort den erstbesten Dolch von der Wand und ging mit diesem auf meinen Bruder los. Ein kurzer, erbitterter Kampf entbrannte im Flur unserer Wohnung.

Ich sah meinem Bruder an, wie schwer es ihm fiel, den eigenen Vater zu Boden ringen zu müssen und ihn dort in einer so demütigenden Position festzuhalten, während unsere Mutter schreiend um das kämpfende Knäuel herumsprang und versuchte, unserem Vater den Dolch aus der Hand zu winden. Gleichzeitig rang sie darum, ihren Mann zu beruhigen. Doch anstatt sich zu beruhigen, wurde unser Vater nur noch rasender. Wie schmachvoll für ihn, so eindeutig unterlegen, von seinem „halbstarken" Sohn am Boden gehalten zu werden.

Starr vor Angst stand ich mit meinen Schwestern um die miteinander Ringenden herum und wusste nicht, was ich tun sollte; wem helfen, wen von wem wegziehen und gleichzeitig aufpassen, dass sich keiner an dem scharfen Messer verletzte?

Das Geschrei im Flur war ohrenbetäubend. Alles brüllte, schrie und kreischte wie wild durcheinander. Erst als meine Mutter jemanden hinter meinem Rücken zurief, ich glaube, es war Andi, der nach Hause gekommen war, er solle die Polizei anrufen und Hilfe holen, beruhigte sich mein Vater schlagartig. Geradezu unheimlich ruhig wurde er mit einem Mal. Vorsichtig löste sich Armin aus der Umklammerung und erhob sich. So auch mein Vater. Ich sehe ihn noch genau vor mir, wie er sich langsam und bedächtig mit beiden Händen das Haar aus der Stirn strich und sein Hemd richtete. Dann verschwand er wortlos in seinem Zimmer, wo er bis zum Eintreffen der Polizei ausharrte.

Die beiden Polizeibeamten, im Alter meines Vaters und dem, meines Bruders, waren sich im ersten Moment uneinig, wem hier wohl zu glauben sei. Schlagartig ernüchtert, gewann mein Vater augenblicklich seine Selbstsicherheit zurück und zog den älteren Beamten mit sicherer Stimme auf seine Seite. Vollkommen ruhig und scheinbar gelassen, erklärte er den Beamten seine Version, wie es zu dem Streit gekommen war. Er hatte sich äußerlich wieder völlig unter Kontrolle, aber ich konnte sehen, dass seine Hände zitterten.

Während der ältere Beamte nun zustimmend nickte und meinem Vater in der Beurteilung der völlig außer Rand und Band geratenen Jugend beipflichtete, schaute der Jüngere mitfühlend zu meinen Brüdern herüber. Doch weder meine Brüder, geschweige denn wir Mädchen kamen zu Wort.

Selbst eine Erklärung meiner Mutter wurde unwirsch beiseite gewischt. War doch völlig klar, wie sich alles abgespielt haben musste. Das kannte man doch! Nicht zuletzt aus eigener Erfahrung, schließlich hatte der Beamte selbst Halbwüchsige zu Hause und wie die sich in der heutigen Zeit getrauten, mit ihren Eltern umzuspringen, hier machte der Polizist eine eindeutige Handbewegung, nun ja, das wisse man ja … Und daran seien ganz eindeutig die neumodischen Ideen der Linken schuld, die die heranwachsende Jugend, wider jegliche Vernunft, aufwiegelten und dazu anstachelten, alles und jeden in Frage zu stellen! Sogar die eigenen Väter! Da müsse man sich doch nicht wundern, dass die eigenen Söhne sich gegen ihre Erzeuger erhoben, empörte sich mein Vater, der sich der Zustimmung des älteren Beamten indes gewiss geworden war.

Hö hö, das würde ja immer schöner! Und dazu noch die laschen Erziehungsmethoden, wie sie seit Neuestem propagiert würden von diesen sogenannten Emanzen, diesen grauenhaften Mannweibern, die kein anständiger Mann um sich haben wolle, referierte der mittlerweile von meinem Vater ganz und gar begeisterte Polizist und fuchtelte mit erhobenem Zeigefinger in unseren Gesichtern herum. Die beiden Männer waren sich einig. Endlich war die Kontrolle wieder da, wo sie hingehörte.

Blass vor Wut starrte ich zu ihnen herüber. Fehlte nur noch, dass sie sich jetzt vor lauter Glück in die Arme fielen und Blutsbrüderschaft tranken! Am Ende sprach der Beamte meinem Vater noch einige mitfühlende Worte zu, klopfte ihm die Schulter und versicherte ihm seine rückhaltlose Unterstützung, falls diese noch einmal nötig sein sollte. Für den jugendlichen Aufmüpfigen fand er noch mahnende Worte, dann wandte er sich der Tür zu. Der Jüngere dackelte hinterher. Mein Vater geleitete die Delegation deutscher Rechtschaffenheit selbstverständlich persönlich zur Tür, machte noch einige seiner typischen Witzchen und verabschiedete sich wohlgelaunt und im besten Einvernehmen.

Fassungslos blieb die restliche Familie in der Küche zurück. Ich war so wütend auf meinen Vater und diesen höfischen Beamten, dass ich kaum atmen konnte. Wie konnten sie nur die Realität so verzerren? Niemanden, nicht einmal unsere Mutter, hatten sie zu Wort kommen lassen! Hatten sich nicht einmal die Mühe gemacht, auch nur ein einziges Wort der anderen Seite zu hören!

Mein Vater hatte meinen Bruder mit dem Messer angegriffen! Nicht umgekehrt! Und vor den Beamten hatte er es so dargestellt, als ob er sich gegen seinen rauflustigen Sohn hatte wehren müssen. Und dieser Oberdepp hatte das auch noch geglaubt, während der andere Depp sich nicht getraut hatte, etwas dagegen zu sagen. Ich konnte kaum fassen, wie leicht die beiden sich hatten einseifen lassen. Für einen geübten Rhetoriker wie meinen Vater allerdings das reinste Kinderspiel. Dafür hätte er nicht einmal nüchtern sein müssen.

Ohnmächtig vor Enttäuschung und Zorn, beschloss ich an diesem Tag, nie wieder ein Wort mit meinem Vater zu sprechen. Nie, nie wieder! Da wollte ich lieber tot am Boden liegen und verrecken, als mit diesem Verleumder, diesem Verräter, der mit einem Messer auf meinen Bruder losgegangen war, jemals wieder gut zu sein. Große Worte, die sich gar nicht so einfach umsetzen ließen, wie ich es mir selbst so vollmundig vorgenommen hatte.

Nachdem wir anderen unsere Fassung wiedererlangt hatten, überlegten wir, wie es nun in der Familie weitergehen sollte. Jeder für sich allein, versteht sich. Und während ich an meinem sturen, inneren Vorsatz, nie wieder ein Wort mit meinem Vater zu sprechen, festhielt, arbeitete meine Mutter, schwere Zeiten vorahnend, an einer besseren Lösung für uns alle. Das war ihre Art gewesen. Ich bin mir nicht sicher, ob ich damals schon gewusst habe, dass der Arbeitsplatz meines Vaters durch seine Alkoholsucht schwer ins Wanken geraten war, aber meine Mutter hatte es gewusst. So, wie sie auch gewusst hatte, dass sie meinen Vater verlassen musste, um uns Kinder vor ihm zu schützen.

Erst viele, viele Jahre später, nach dem Abschluss meiner therapeutischen Ausbildung, haben wir in der Familie erstmals über diese schwere Zeit sprechen können. Niemals hätte meine Mutter meinen Vater damals freiwillig verlassen, lieber wäre sie zusammen mit ihm untergegangen, als sich von ihm zu trennen. Aber an diesem verhängnisvollen Nachmittag, an dem mein Vater einen ihrer Söhne mit dem Messer bedroht hatte, hatte ihr Entschluss festgestanden: Sie musste sich trennen, um uns Kinder in Sicherheit zu bringen und sich ohne ihren Mann ein neues Leben aufbauen. Darüber, wie auch über ihren Entschluss, zur Uni zu gehen und Lehrerin zu werden, um selbst Geld zu verdienen, hatte sie ihn kurz darauf in Kenntnis gesetzt.

Ich kann nur ahnen, wie mein Vater den Scherbenhaufen, der zu seinen Füssen lag, aufgenommen hat. Ich könnte mir sogar vorstellen, dass er, zutiefst verletzt, wieder einmal nur höhnisch über meine Mutter und ihre emanzipierten Pläne gelacht hatte, während es sein Herz vor Verzweiflung zerriss und seine Seele in höchster Not um Hilfe flehte.

Sechs Wochen später, einen Tag vor dem anberaumten Scheidungsgespräch, setzte mein Vater seinem so unglücklich gewordenen Leben, das ihm einfach nicht mehr gelingen wollte, mit zwei Schüssen aus seiner Beretta mitten ins Herz, ein vorzeitiges Ende. Ich war die letzte aus der Familie, die ihn an diesem Tag lebend gesehen hat.

Früher als sonst, kam ich schon gegen zwölf Uhr mittags nach Hause und glaubte mich alleine in der Wohnung. Meine Geschwister waren alle noch in der Schule und meine Mutter an der Uni, wo sie schon die ersten Vorlesungen besuchte. Meinen Vater wähnte ich längst in der Redaktion. Ich wollte mir in der Küche nur schnell ein Brot machen, um dann schleunigst wieder zu verschwinden; möglichst noch bevor irgendjemand auftauchen und mich mit einer unliebsamen Tätigkeit wie Küche aufräumen oder Staubsaugen betrauen konnte. Zu meinem Schrecken hörte ich plötzlich Geräusche aus dem Zimmer meines Vaters.

So ein Mist!

Ich wollte ihm auf keinen Fall und schon überhaupt nicht alleine in der Wohnung begegnen. Es war ohnehin schwer genug für mich, ihn mit Stummheit zu strafen, wenn alle anderen zugegen waren, aber ihm das Wort zu verweigern, wenn er mir so Auge in Auge gegenüberstand, wäre eine Herausforderung für mich gewesen. Hastig versuchte ich, mich mitsamt des Butterbrotes zu verdünnisieren, als mein Vater auch schon in der Küchentür auftauchte. Vor Schreck blieb mir das Stück Brot, von dem ich noch schnell abgebissen hatte, im Halse stecken. Es waren nun schon etliche wortlose Tage seit diesem unglückseligen Ereignis vergangen, trotzdem war ich fester entschlossen denn je, mein Vorhaben bis zum Sankt Nimmerleinstag fortzusetzen. So zornig ich nur konnte, starrte ich meinen Vater aus schmalen Augen an, obwohl mir das Herz im Leibe zitterte.

Ich wollte, dass er schon von Weitem sehen konnte, dass ich nie wieder mit ihm zu tun haben wollte. Im Aufbegehren gegen meinen Vater noch reichlich ungeübt, fühlte ich mich beim Versuch, ihm meine Verachtung ins Gesicht zu schleudern, innerlich nicht einmal halb so sicher und mutig, wie ich ihm äußerlich gegenüber auftrat. Am liebsten wäre ich auf der Stelle weggelaufen und hätte mich unter der Bettdecke versteckt. Aber ich blieb stehen und starrte ihm, so gut ich dazu in der Lage war, trotzig ins Gesicht.

Traurig schaute mein Vater mich an. Ja, guck nur traurig, dachte ich und wurde nur noch wütender auf ihn. Jetzt siehst du mal, wie das ist. Herrgottnochmal! Dachte er tatsächlich, er müsste nur mal traurig gucken und schon wäre wieder alles gut? So einfach? Oh, Entschuldigung, ich bin zwar mit dem Messer auf deinen Bruder losgegangen und habe später auch noch die Polizisten belogen, aber das war doch nur ein kleines, verzeihliches Versehen, oder? Nein, nein, so leicht würde ich es ihm nicht machen! So einfach würde ich nicht wieder zur Tagesordnung übergehen, da konnten wir noch Tage rumstehen und uns anglotzen!

„Ich wollte mich noch von dir verabschieden", sagte mein Vater jetzt leise und schaute mich unglücklich an. „Ich gehe jetzt nämlich." Ja, geh doch, schrie eine Stimme qualvoll in mir auf. Hau doch ab und lass uns in Ruhe. Verschwinde doch einfach und komm bloß nicht wieder! Ich deutete mit dem Kopf ein kurzes, unwilliges Nicken an. „Willst du dich denn nicht von deinem Vater verabschieden?" fragte er mich nun mit einer solch kläglichen Stimme, dass ich schlucken musste. Nein, wollte ich nicht, da konnte er noch so erbarmungswürdig schauen, wie er wollte! Böse schüttelte ich den Kopf.

„Nun gut", sagte mein Vater und schien noch eine Sekunde zu zögern, „ich gehe dann jetzt!" Ja doch, hast du schon mehrmals gesagt, dachte ich gereizt und verschränkte die Arme vor der Brust. Nichts sollte darauf hinweisen, dass ich einlenken würde. Kurz darauf hörte ich die Haustür zufallen und atmete befreit auf. So, dachte ich voll grimmiger Befriedigung, jetzt hast du es ihm aber gezeigt. Zum ersten Mal bist du stark geblieben und hast ihm die kalte Schulter geboten. Soll er nur wissen, dass mit dir nicht gut auszukommen ist, wenn er so schrecklich zu den Jungs ist. Nach dieser unseligen Verabschiedung setzte mein Vater sich ins Auto und fuhr mit seiner Beretta in der Manteltasche in den Aachener Stadtwald. Aber das konnte ich nicht mehr sehen, denn ich musste noch ziemlich lange mit trotzig verschränkten Armen in der Küche rumstehen und wütend sein.

Nicht, dass ich mir jemals eingebildet hätte, ich hätte damals tatsächlich irgendetwas verhindern können oder müssen, dazu war ja nicht einmal der Psychiater in der Lage gewesen, den mein Vater schon seit Längerem konsultiert hatte und über den er sich bei jeder Gelegenheit lustig gemacht hatte, aber dass meine Wut und meine Ablehnung das Letzte gewesen waren, was er von mir zu hören, respektive zu sehen bekommen hatte, hat mir viele Jahre lang schwer zu schaffen gemacht.

Als ich am Abend von der Arbeit im Jeansladen nach Hause kam, spürte ich schon unten im Hausflur, dass etwas nicht stimmte. Auf der Treppe standen Menschen herum, die wisperten und raunten, etwas ganz Furchtbares sei geschehen. „Oh die arme Frau Heerhausen", flüsterte eine Nachbarin und schlug die Hände vor das Gesicht, als ich die

Treppe hochstieg. Andere wichen betreten vor mir zurück und stierten mich aus großen Augen an. Oh Gott, dachte ich plötzlich voll schrecklicher Vorahnung und stürzte wie eine Wahnsinnige die Treppen zu unserer Wohnung hinauf. Lieber Gott, bitte, bitte nicht meine Brüder! Wieder stand die Welt für eine Zeit still und die Wirklichkeit hörte auf, zu existieren, als ich den Flur betrat und in das vom Weinen gerötete Gesicht einer meiner Schwestern blickte. Wie aus weiter Ferne und merkwürdig distanziert, hörte ich die Stimmen verschiedener Menschen, die beruhigend auf jemanden einredeten. Es war meine Mutter, zu der sie sprachen, denn ich hörte kurz darauf ihre schluchzende Stimme etwas antworten. Gott sei Dank, sie also nicht!

Wie in Trance wankte ich durch die einzelnen Zimmer, suchte wie von Sinnen nach meinen Brüdern und zählte meine Schwestern. Großer Gott, ich danke Dir! Alle heil und unversehrt!

„Der Papi ist tot, der Papi ist tot!" Die Worte kamen von Alexandra, meiner jüngsten Schwester. Sie stand schreiend vor mir und rüttelte mich am Arm. „Anas, Anas, hörst du?" Ich verstand nicht. Was sollte das heißen, der Papi ist tot, das ergab doch überhaupt keinen Sinn? Und warum weinten sie alle und schrien wie bekloppt herum? Wir waren doch alle vollzählig versammelt? Alle, bis auf einen, aber der war ja auch in der Redaktion. So wie immer! Dann hörte ich wieder aus der Ferne und wie durch dicke Watte hindurch, unverständliche Worte an meine Ohren dringen. Meine Mutter sprach zu mir, aber ich konnte sie nicht verstehen. Ich sah zwar, dass sich ihre Lippen bewegten, sah, dass sie Worte formulierte, aber diese ergaben keinen Sinn. Alles ergab keinen Sinn. Wie durch einen Schleier und in Zeitlupe sah ich meine Brüder das Zimmer betreten, sah, dass ihnen aus rot geweinten Augen dicke Tränen über die Wangen rollten. Ich hatte sie vorher noch nie so weinen gesehen und es zerriss mir beinahe das Herz.

„Der Papi ist tot!"

Ich sank auf eines der Betten im Kinderzimmer, wo meine Schwestern fest aneinandergeklammert saßen und hemmungslos schluchzten. Allmählich drang die schreckliche Wahrheit durch die Watte hindurch bis hin zu meinem Verstand. Dann hörte ich jemanden furchtbar lachen. Das war doch hoffentlich nicht ich, oder?

„Ein Anfall von Hysterie!"

Kühl und distanziert diagnostizierte jemand meinen Zustand. Die Stimme war mir fremd, ich kannte den Menschen nicht, der da in der Tür lehnte und offensichtlich über mich sprach. Meine Geschwister starrten mich mit großen Augen an. Oh, mein Gott, dachte ich verzweifelt, was ist denn jetzt nur wieder mit mir los? Hilfe, warum lache ich wie eine Bescheuerte? Mein Vater hat sich umgebracht und ich lache? Was müssen denn jetzt die anderen von mir denken? Dass ich das etwa lustig finde? Ich bin doch nur erleichtert, dass er nicht Andi oder Armin erstochen hat, aber ich bin doch nicht froh, dass er sich erschossen hat. Das wollte ich doch nicht. Ohgottohgott, ich kann nicht aufhören zu lachen! Wie furchtbar!

Hilflos stand meine Mutter im Zimmer und blickte mit leeren Augen von einem zum anderen. Ich spürte, dass sie gerne etwas gesagt oder getan hätte, um uns zu trösten, aber jeder konnte sehen, wie verstört sie selbst war. Nach einer Weile konnte ich endlich aufhören, zu lachen. Ich fühlte, wie sich eine große und dunkle Leere in mir breit machte. Nichts. Leer. Keine Wut, keine Trauer, kein Schmerz, keine

Anteilnahme. Nicht für mich, nicht für die anderen. Nur eine grenzenlose und weite Leere. Eine, die gnädig jedes Gefühl, jede Regung, jede Emotion verdrängte.

Leere!

Überall!

Mein Kopf wurde leer, dann mein Herz, mein Bauch, mein Körper. Aus leeren Augen beobachtete ich meine Mutter, wie sie hilflos und verstört da herumstand und nicht wusste, wo sie sich lassen sollte. Schließlich verließ sie mit hängenden Schultern, wortlos das Zimmer. Auch meine beiden Brüder verkrümelten sich irgendwohin. Jeder für sich allein. Jeder allein mit seiner Trauer. Auch ich stand kurz darauf mit schweren, steifen Gliedern auf und verzog mich in mein eigenes Bett. Aus jedem Raum, aus jeder Ecke, aus jeder Ritze der Wohnung drang einsames, unterdrücktes Schluchzen an mein Ohr. Ich zog mir die Bettdecke über den Kopf. Gerne hätte ich auch so geweint und geschluchzt wie die anderen.

Aber es ging nicht. Da waren keine Tränen, da war keine Trauer. Nur diese gährende, grenzenlose Leere, die mich müde machte und mich lähmte.

Als ich aufwachte, wollte ich zur Schule gehen, aber meine Mutter meinte, wir sollten diesen Tag zu Hause bleiben, das gezieme sich nicht, gleich am nächsten Tag schon wieder in die Schule zu rennen. Aber zu Hause war es nicht zum Aushalten. Schon am frühen Morgen kamen Bekannte und Nachbarn und standen bei uns in der Wohnung herum. Alle sorgten sich sehr um meine Mutter und redeten auf sie ein.

„Aber nein, liebste Freya, DICH trifft doch keine Schuld", hörte ich eine Freundin meiner Mutter gerade mit schriller

Stimme sagen, als ich die Küche betrat. „Dich doch nicht!" Ihre Stimme schnappte beinahe über. Alle redeten und quatschten wie wild durcheinander, derweil meine Mutter stumm am Küchentisch saß und die hilflosen Trostversuche über sich ergehen ließ.

Von uns Kindern nahm kaum jemand Notiz.

Hin und wieder streiften uns die mitleidigen Blicke der Erwachsenen, während sie unbeholfenen und mit täppischen Gesten die Köpfe meiner kleinen Schwestern zu streicheln versuchten.

„Mach doch mal einer das Fenster auf, die Luft ist ja so stickig hier drin!" kommandierte eine männliche Stimme ungeduldig. Sofort stürzte jemand los, den Befehl unverzüglich auszuführen. Ach ja, da war sie wieder, die Frischluft für uns Kinder. Hätte ich beinahe ganz vergessen! Aber dieses Mal reichte mir dieses Maß an Zuwendung nicht aus. Konnte denn nicht einer der vielen älteren Anwesenden auch einmal uns fragen, wie es uns in diesen schweren Stunden erging? Einer, der erkannte, wie sehr wir litten, wie wir uns quälten! Jeder für sich allein!

Allein mit den vielen Fragen, die uns auf der Seele brannten. Aber da war niemand. Niemand der uns fragte. Fragte, „Wie kommen eigentlich die Kinder mit Hermanns Tod zurecht; müsste sich nicht einmal jemand auch um die Kinder kümmern? Blass und stumm saßen meine Brüder im Wohnzimmer und ergaben sich den unterschiedlichsten Theorien und Mutmaßungen eines Bekannten meiner Eltern, wieso und warum Hermann diesen furchtbaren Weg gewählt hatte. Ich selbst schlich eine Weile durch die Zimmer, auf der verzweifelten Suche nach jemandem, der mich vielleicht doch noch ansprechen würde. Jemanden, dem ich anvertrauen konnte, dass ich unseren Vater als Letzte gesehen und ihm den Abschiedsgruß verweigert hatte. Schwer lastete die Bürde um dieses Wissen auf mir. Am Ende hielt ich es nicht mehr aus und huschte in einer günstigen Minute aus dem Haus. Ich rannte wie blind durch die Straßen. Rannte wie von Sinnen drauflos, egal wohin, nur weit weg von hier, irgendwohin, nur immer weiter.

Der Wind pfiff mir kalt ins Gesicht und trieb mir die Tränen in die Augen, aber ich weinte nicht. Ich lief einfach nur weiter und weiter, bis ich nicht mehr konnte. Dann blieb ich stehen und schaute mich um. Sah die vielen Menschen auf der Straße an mir vorüberhasten, schaute in ihre abweisenden Gesichter, bemerkte, dass sie alle in großer Eile waren und hoffte dennoch, dass doch noch jemand stehen blieb und mich ansprach. Mir erklärte, warum ich so schrecklich hatte lachen müssen, obwohl ich doch so entsetzt gewesen war. Einer, der verstehen würde, dass ich beim Abschied so stur hatte bleiben müssen. Das hatte ich doch nicht gewollt! Das war doch nicht meine Absicht gewesen! Ich hatte doch nicht wissen können, was er vorgehabt hatte!

Langsam trottete ich die Straße entlang. Sie kam mir bekannt vor. Als ich aufschaute, bemerkte ich, dass ich gerade an den Schaufenstern der Aachener Nachrichten vorbei ging. Jeden Morgen wurde die neueste Nachrichtenausgabe in die Schaukästen gehängt. Wie oft war ich hier schon vorübergegangen und hatte im Vorbeigehen nach dem Namen meines Vaters unter den vielen Berichten Ausschau gehalten. Hatte seinen Namen gezählt und war stolz gewesen, wenn ich ihn oft unter einem der vielen Artikel entdeckte.

„Hermann Heerhausen". Vor Schreck machte mein Herz einen riesigen Sprung! „Wir nehmen Abschied von unserem Kollegen und Freund ..."

Die Zeilen verschwammen vor meinen Augen, als ich die Todesanzeige der Aachener Nachrichten für meinen Vater las. Wieder rannte ich, wie von Furien gehetzt, drauflos. Nur fort von hier. Fort von diesen furchtbaren Worten. Abermals rannte ich kreuz und quer durch die Gegend, irrte keuchend und sinnlos durch die Straßen, bis ich irgendwann zum Dom gelangte. Eine ganze Weile trieb ich mich am Münsterplatz herum, als meine Aufmerksamkeit plötzlich von einem Schild geweckt wurde. Eine unscheinbare Frau, die zusammen mit einem älteren Mann in einer zugigen Toreinfahrt harrte, hielt es hoch in den Händen.

„Jesus liebt dich" stand auf dem Schild zu lesen. Ich blieb wie angewurzelt stehen und starrte minutenlang auf die drei Worte, als wären es seltene Hieroglyphen einer längst vergessenen Sprache. Jesus liebt dich, wiederholte ich sie in Gedanken und fühlte, wie die Worte tief in meinem Innern etwas bewegten, etwas zum Klingen brachten. Etwas, das mir seit Ewigkeiten vertraut und bekannt war. Natürlich kannte ich die Worte, hatte sie schon oft irgendwo gehört. Die ganze Friedensbewegung lebte von ihnen. „Jesus loves you, yeah, yeah, yeah!" Viele der populärsten Songs handelten davon. Joan Baez, Bob Dylan und sogar die Beatles sangen darüber. Aber nein, das war es nicht. Nachdenklich schüttelte ich den Kopf.

Woher sonst kannte ich die Worte?

Die Frau mit dem Schild musterte mich verholen. Wahrscheinlich blieb nicht oft jemand bei ihnen stehen, dachte ich sarkastisch. Mir waren ihre altmodische Kleidung und ihr völlig unmoderner Haarschnitt sofort aufgefallen. Überhaupt wirkten die beiden, wie sie so steif und mit gänzlich ausdruckslosen Gesichtern in der windigen Toreinfahrt standen, Wind und Wetter trotzten und dabei ein Schild hochhielten, wie Relikte aus einer fernen, längst vergangenen Zeit. Ein kleiner Schauer überkam mich; die beiden reglosen Gestalten kamen mir ein bisschen unheimlich vor. Jesus liebt dich ... mir war, als läge jenseits der so oft gehörten und abgedroschenen Worte eine weitere, tiefere Wahrheit. Eine Wahrheit jenseits aller Worte, irgendwo in mir, tief verborgen und vergessen. Und diese Wahrheit hatte irgendwie mit mir zu tun. Ich fühlte genau, dass sie mit mir zu tun hatte. Irgendwo, vor langer, langer Zeit hatte ich schon einmal etwas erlebt, etwas gesehen, was sich jetzt gerade versuchte, in mein Bewusstsein zu drängen. Mit einem Mal kam es mir so vor, als würde ich weit von mir entfernt einen zarten, weißen Schleier sanft und leicht, wie eine Feder im Wind wehen sehen. Goldenes Sonnenlicht strahlte durch das schimmernde, lichte Gewebe hindurch und ließ es hell aufleuchten.

Unwillkürlich schloss ich die Augen und versuchte, das schöne, das tröstliche Bild vor meinem inneren Auge festzuhalten, doch es war schon wieder verschwunden. Hatte sich in Windeseile aufgelöst, in meinem Versuch, es zu halten.

Jesus liebt mich, murmelte ich gebetsmühlenartig vor mich hin, als ich durch den Elisengarten in Richtung Adalbertstraße trabte. Wiederum hatte ich das sichere Gefühl, dass eine geheime Botschaft diesen drei vertrauten Worten innewohnte und mich an etwas zu erinnern versuchte. Ich kenne den Inhalt der Botschaft von irgendwoher genau, dachte ich ungeduldig und schüttelte ärgerlich den Kopf. Dann erinnere dich gefälligst, befahl ich mir unwirsch, es ist doch schon so nah. Du hast es selbst erlebt! Es ist schon sehr, sehr lange her, aber du hast etwas selbst erlebt. Vielleicht in einem anderen Leben ...?

Jetzt dreh mal nicht gleich durch. So ein Unsinn! Werde bloß nicht wieder hysterisch, schalt ich mich selbst. Aus einem anderen Leben, wo hast du denn den Quatsch nur wieder her?

Ich war so in Gedanken versunken, dass ich nicht einmal das schrille Läuten der Straßenbahn vernahm, als ich mitten auf der Straße über die Gleise schlenderte. Jemand riss mich am Arm und stieß mich zur Seite. Quietschend schoss die Bahn im gleichen Moment an mir vorüber. Erschrocken schaute ich dem Fahrer hinterher, der mir am Fenster seiner Kabine wild gestikulierend einen Vogel zeigte. Auch die ältere Frau, die mich von den Gleisen gestoßen hatte, zeterte jetzt los:

„Sach ma, du hast doch wirklich nich mehr alle Tassen im Schrank! Mensch, pass doch auf, oder willste vielleicht schon sterben?" Entsetzt starrte ich sie an.

„Da ... da ... danke", stotterte ich bestürzt, als mir dämmerte, dass ich gerade beinahe von der Straßenbahn überfahren worden wäre. Ich schüttelte den Kopf. Nein, nein, sterben wollte ich nun wirklich noch nicht.

Als ich am Abend nach Hause kam, rief meine Mutter uns alle im Wohnzimmer zusammen. Der Papi habe sich für uns geopfert, erklärte sie uns mit leiser Stimme und schaute uns eindringlich an. Er habe mit uns zusammen nicht mehr leben können, jedoch ohne uns nicht mehr leben wollen, war sie nach kurzem Zögern fortgefahren.

Aha, so war das also!

Ja, und wir könnten dem Papi sehr dankbar dafür sein, dass wir nun alle miteinander in Frieden weiterleben könnten.

Hmhm. Ach so? Ja ... so.

Eine Weile saßen wir noch nachdenklich und in Gedanken versunken beieinander, ein jeder darum bemüht, diese Information auf seine Art zu verdauen. Das war alles, was uns zum Freitod unseres Vaters gesagt wurde. Immerhin, drei ganze Sätze! Wir haben lange Zeit nie mehr darüber gesprochen. Erst wieder nach vielen Jahren, nach unzähligen Therapiestunden, als die Zeit der Sprachlosigkeit endlich ein Ende gefunden hatte.

Auch wenn ich mit der Erklärung meiner Mutter, so kurz sie auch immer gewesen sein mag, eigentlich ganz gut zurechtkam, so lastete doch die Bürde meiner Verweigerung, mein furchtbares Lachen sowie mein Unvermögen, Trauer und Schmerz zu fühlen, schwer auf meinen Schultern. Ich beneidete meine Mutter und meine Geschwister um ihre Tränen, um ihre Fähigkeit, ihrer Trauer und ihrem Schmerz so deutlich Ausdruck geben zu können, während ich selbst, innerlich zur Salzsäule erstarrt, wie leblos daneben saß und mich selbst schwer verurteilte.

SCHWIEGERMUTTER

Drei Monate später lernte ich Björn kennen. Ich hatte ihn schon öfter auf dem Nachhauseweg vom Jeansladen gesehen, wenn er am Abend den Nachtdienst der kleinen Tankstelle in der Wirichsbongardstraße übernommen hatte. Er war mir natürlich sofort aufgefallen, weil er mich dann so nett gegrüßt hatte und weil er immer ein bisschen wild und verwegen aussah.
 Björn fuhr damals einen entzückenden, kleinen Mini und man konnte ihn schon von Weitem hören, da er zum einen einen äußerst rasanten Fahrstil hatte und zum anderen dem kleinen Mini, neben einem riesigen Auspuff, auch noch ein paar Extra-PS verpasst hatte. Ich befürchte, dass mir das damals ein bisschen imponiert hat. Jedenfalls erkundigte ich mich möglichst unauffällig bei meinen Brüdern nach ihrem Klassenkameraden, da ich einmal aufgeschnappt hatte, dass sie alle zusammen auf das gleiche Gymnasium gingen. Seltenerweise gab mir Armin bereitwillig und ohne Argwohn Auskunft. Ja, der Björn sei ein ganz netter Kerl. Er würde in jeder freien Minute zwar immer nur an seinen Kisten rumschrauben, sein Hobby seien Autorennen, aber ja, der Björn sei wohl ganz in Ordnung.
 Diese wenigen, wohlgesonnenen Worte meines Bruders hinsichtlich Björns Person waren für mich wie das Amen in der Kirche. Ein Gütesiegel mit dem Prädikat „besonders wertvoll" sozusagen und siehe da ... bei unserer nächsten Begegnung musste ich auch überhaupt nicht mehr so hochmütig gucken und Björn und ich verabredeten uns für das

kommende Wochenende. Dann für das nächste und das übernächste und dann „gingen" wir miteinander. So hieß das früher nämlich.

Kurz darauf machte Björn mit Abschluss der mittleren Reife eine Lehre als KFZ-Mechaniker, ich besuchte weiterhin die Viktoriaschule. Sogar sehr regelmäßig. Bei Björn fühlte ich mich zum ersten Mal sicher. Sicher vor Spott und Ironie, aber auch im Vertrauen darauf, von ihm nicht noch während der Probezeit verlassen zu werden.

Wir verbrachten viel Zeit miteinander und ich war gerne mit ihm zusammen, auch wenn ich hier und da spürte, dass wir nicht in allen Punkten besonders gut harmonierten. Außerdem gab es von Anfang an, Armins positiver Beschreibung zum Trotz, eine gewisse Rivalität zwischen Björn und meinen Brüdern, wie auch erhebliche Unterschiede zwischen unseren Familien. Während ich aus einem, um es freundlich zu formulieren, liebevollen Chaos stammte, kam Björn aus einer eher kleinbürgerlich und konservativ strukturierten Familie mit geregelten Essenszeiten und sonntäglichem Kirchgang. Waren wir in den Sommerferien in unserem völlig überladenen Citroen Kombi sechs Wochen lang und mit acht Personen an Bord durch halb Europa bis in die Türkei ans Schwarze Meer gefahren; so hatte Björns Familie schöne Spaziergänge um den Ruhrsee herum gemacht, mit anschließendem Kaffeetrinken im Gasthaus „Zur Eifelperle".

Eine ganze Weile imponierte mir diese neue Welt, in der sonntags pünktlich um ein Uhr gegessen, danach unverzüglich das Geschirr abgewaschen und Kaffee getrunken wurde, um dann wieder unverzüglich das Geschirr abzuwaschen und einfach nur dazusitzen und belangloses Zeug zu plaudern. Vormittags um zehn war meine damalige, zukünftige Schwiegermutter schon mit der ganzen Wohnung durch, hatte geputzt und gewischt, gewaschen und gebügelt, gesaugt und gefegt.

Die ganze Wohnung!

Und zwar gründlich.

Danach hatte die Hubertine, so lautete ihr Name, noch reichlich Zeit, um sich den restlichen Tag nach Herzenslust zu langweilen, was sie auch mit Hingabe und Ausdauer tat. In Ermangelung eines frühzeitig erlernten Hobbys oder irgendeiner anderen interessanten Beschäftigung, außer Putzen und Kochen, war sie dazu verdammt, den verbleibenden, lieben langen Tag einfach nur noch herumzusitzen und zu nörgeln. Dafür gab es durch meine Person, die aus einem so entgegengesetzten Elternhaus stammte, auch durchaus Potenzial. Eine oft zitierte Maxime aus Hubertines reich bestücktem und nie versiegendem Phrasenkästchen war: Was man bis morgens um zehn nicht geschafft hat, bekommt man den ganzen Tag nicht mehr getan. Punkt!

Diese Regel hatte mir von Anfang an nie so recht einleuchten wollen, da nach meiner eigenen ersten, wenn auch recht groben Berechnung, der Tag selbst nach zehn Uhr doch noch etliche Stunden bereithielt, in denen sich auch noch ganz wunderbar saugen, putzen und wienern ließ.

„Nein", bestand Hubertine unerbittlich auf Einhaltung ihrer strengen Regel, „diese Tätigkeiten sind eindeutig und auch ausschließlich für den Morgen bestimmt."

„Aber dem Teppich ist es doch ganz egal, ob er schon morgens oder aber erst mittags gesaugt wird", hatte ich einen zaghaften Einwand gewagt. Meine zukünftige Schwiegermutter war standhaft geblieben.

„Anas, nimm Lehre an!" Ich nahm mir fest vor, diesen guten Rat zu befolgen und schaute mich bei unserem nächsten sonntäglichen Besuch im Wohnzimmer von Björns Eltern noch einmal etwas genauer um. Vielleicht konnte ich mir ja das eine oder andere von der tüchtigen Hubertine abgucken.

Stolz präsentierte sie mir ihre Fensterbank mit der herrlichen Usambara- und Alpenveilchen-Sammlung, die in nur allen erdenklichen Rosatönen gehalten war. Wie der Elitetrupp einer Garnison, posierten die auf Hochglanz polierten Messingübertöpfe präzise in Reih und Glied, ein jeder exakt an seinem Platz. Die gute, blütenweiße Ado- Gardine, - tatsächlich die, mit der Goldkante, wie mir nebenbei zugeraunt wurde, - wölbte sich in einem schönen Bogen und wie mit dem Zentimetermaß in akkurate Falten gelegt, über der so prachtvoll bestückten Fensterbank. Durch den zwei Zentimeter breiten Spalt, den die fein geklöppelte Spitze am Ende des Volants den Blüten zum Atmen gewährte, konnte man, wenn man sich ganz tief hinunterbeugte, sogar noch einen Blick nach draußen erhaschen. Wunderbar.

Fein geklöppelte Spitze fand sich auch noch als Deckchen auf dem Couchtisch des altdeutschen Chippendale Ensemble wieder, auf dem ein zentnerschwerer Aschenbecher aus gelben Marmor thronte sowie als Bordüre an der eichenen Schrankwand mit den guten Weingläsern. Vorsichtig ließ ich mich neben Björn auf dem ockerfarbigen Chippendale Sofa nieder und versuchte, das kunstvoll drapierte Sofakissen im Rosendesign nicht unnötig zu berühren.

Vater, wie Björn seinen Erzeuger ein wenig steif nannte, nahm uns gegenüber in einem der beiden Sessel Platz und ruckelte gleich den anderen näher zu sich heran, indes seine geschäftige Gattin schon mit dem Schlüssel der Schrankwand kämpfte. Die kleine Pause, die nun entstand, nutzen die beiden Männer, indem sie leise vor sich hin flötend mit den Fingern auf ihre Armlehnen trommelten. Vater nickte dazu freundlich in meine Richtung und Björn murmelte etwas, was sich wie „Ja, ja, so ist das", anhörte. Vater und Sohn schienen in dieser auch eher übersichtlichen Kommunikation sehr geübt und damit durchaus zufrieden zu sein. Offensichtlich gab es zwischen beiden nicht viel zu sagen.

Zur Feier des Tages gab es ein Gläschen Eierlikör. Die guten Kristallgläschen wurden auf dazu passenden Untersetzern serviert, deren Unterseite mit grünem Samt beschlagen war.

„Damit die Gläser keine Ringe auf dem polierten Holz hinterlassen", erklärte mir Hubertine gefällig und verschloss die Flasche Verpoorten flugs wieder im Barfach des eichenen Prachtstücks. Bei uns zu Hause würde eine solche Flasche nicht einmal das Ende des Nachmittages erleben, überlegte ich amüsiert und versuchte, den dickflüssigen Likör aus dem winzigen Gläschen irgendwie in meinen Mund rinnen zu lassen. Während der etwas zähen Unterhaltung, für meinen Geschmack hatten wir das wichtige Thema Haushalt schon seit Stunden hinreichend erörtert, fiel mein Blick auf das opulente Ölgemälde im schweren Eichenrahmen über dem Sofa. Wie gebannt starrte ich auf die Gruppe röhrender Hirsche im Sonnenuntergang. Möglicherweise auch Sonnenaufgang, so genau ließ sich das nicht erkennen. War aber auch egal, jedenfalls handelte es sich bei diesem prunkvollen Gemälde um ein Hochzeitsgeschenk, das die Hubertine und der Vater seinerzeit von einem gar nicht mal so bekannten Eifeler Maler erhalten hatten. Ich spitzte die Lippen und pfiff anerkennend, wie es von mir erwartet wurde.

Die rustikale Schrankwand war im Übrigen ähnlich aufgeräumt wie der sorgsam gefaltete Vorhang über der Blumenbank. Unter dem Barfach mit den guten Gläsern aus Bleikristall, gab es selbstverständlich noch genügend Raum für allerlei Nippes. Für drei Bücher einer Schmuckausgabe der Angelique-Reihe und eine ganz reizende Hummelfigur zum Beispiel. Weinendes Kind mit Hündchen. Allerliebst!

Dann kamen wieder drei Bücher, ebenfalls gebundene Ausgaben der berühmten Romanreihe. Die Lektüre des Vaters, eine nicht minder beträchtliche, jedoch schon ziemlich abgeliebte Ansammlung der bekannten Jerry Cotton Groschenromane, war wegen Unansehnlichkeit auf die Fensterbank in der Küche verbannt worden, zwischen das Transistorradio und die Kaffeekannen-Warmhaltehaube mit aufgesticktem Zwiebelmuster, wie ich später sah. Das Zwiebelmuster hatte die geschickte Hubertine sogar eigenhändig auf die Haube gestickt. Schließlich müsse die Haube ja zum Zwiebelmuster des Kaffeeservices passen, erfuhr ich.

„Klar", nickte ich voller Verständnis für ein solch abgefahrenes Ansinnen und überlegte, wie gerne ich den Rest Eierlikör jetzt einfach aus dem blöden Glas geleckt hätte. Das unterste Regal des altdeutsch-rustikalen Prachtstückes beherbergte außerdem noch die mehrteilige Sammlung verschiedener Zinnteller und -becher sowie einen ganz aufwendig verzierten Bierkrug. Aus Zinn natürlich. „Natürlich", pflichtete ich Björns Vater eiligst bei, dessen ganzer Stolz in diesen grauen Metallteilen zu stecken schien. Woraus denn sonst. Vater nickte beifällig und ich seufzte befreit auf. Richtige Antwort, Gott sei Dank.

Björn gähnte gelangweilt und stützte den Kopf auf den Arm. Ob die Eltern das Autorennen von Monte Carlo im

Fernsehen gesehen hätten und wer von seinen Geschwistern am Vormittag schon da gewesen sei, wollte er wissen. Ausführlich erstattete seine Mutter daraufhin Bericht, wer zu welcher Uhrzeit seinem Pflichtbesuch nachgekommen war. Zwei seiner Brüder und eine Schwester hatten schon früh zum Kaffeetrinken hereingeschaut. Die Schwester hatte sogar ein frisches Usambara Veilchen vom Markt mitgebracht, der eine Sohn eine Tüte Printen, der andere nichts. Aber dann seien alle schon um elf Uhr gegangen und hätten die Eltern wieder alleine gelassen.

„Tja," meinte Hubertine achselzuckend und seufzte tief, während ihre Mundwinkel in Richtung Fußboden wanderten, „und da waren der Vater und ich wieder allein!" Der Blick, mit dem sie Björn und mich nun bedachte, war eine Mischung aus stummem Vorwurf und Anklage. Hierauf stöhnte sie nochmals schwer auf, senkte die Augen zu Boden und faltete ihre Hände im Schoss zusammen. Vater nahm seine Pfeife aus dem Mund, beugte sich zu seiner Frau und tätschelte mitfühlend ihre Hände. Björn runzelte die Stirn.

„Aber Mutter," bemerkte er gereizt, (auch seine Mutter nannte er tatsächlich nur Mutter) „dann war doch seit heute morgen dauernd jemand da!" Beinahe gleichzeitig schüttelten beide die Köpfe:

„Aber das war doch nur kurz!"

Wie anders hier doch alles ist, als bei uns, dachte ich, als ich mich weiter in dem Raum umschaute. Nicht, dass wir nicht auch ein gutes Zimmer gehabt hätten, das auch meine Mutter hütete wie ihren Augapfel, seit meine Brüder einmal die zierliche Armlehne eines der Biedermeier Sesselchen zerschlagen hatten, als sie sich raufend und prügelnd bis dorthin vorgearbeitet hatten. Mein Vater hatte den schönen Fauteuil am Abend zwar wieder geleimt und meine Brüder ermahnt, sich zum Prügeln doch freundlicherweise nach unten in den Garten zu begeben, aber seit diesem Tag blieb der gute Biedermeier Salon, mit den elegant verzierten Vitrinen aus Kirschholz, vollgestopft mit kleinen Kostbarkeiten, wie den Mokkatässchen vom Schwäble, Meißner Porzellanfiguren und diversem Silberzeugs, für uns Kinder tabu. Jedenfalls, wenn wir vorhatten, uns zu prügeln. Aber wir hatten sowieso nie Lust, uns dort aufzuhalten, da die Biedermeier Sitzmöbel eine ziemlich unbequeme Angelegenheit waren und man gezwungen war, sehr aufrecht darin zu sitzen. Kein Wunder, dass die Biedermeier damals so steife Leute gewesen waren. Bei solchen Sitzmöbeln!

Trotzdem wäre es bei uns niemandem auch nur im Traum eingefallen, irgendwo Untersetzer zu benutzen oder überhaupt etwas zu schonen. Alles wurde gnadenlos benutzt. Meine Mutter war schon froh, wenn beim Mittagessen einmal kein Glas auf dem Tisch umfiel. Das müssen wir aber im Kalender ankreuzen, meinte sie an diesen seltenen Tagen und malte tatsächlich ein rotes Kreuz an das Datum des Abrisskalenders, der an der Küchentür hing.

Als auch der Vater und die Hubertine ihren Eierlikör zu Ende genippt hatten und wir das Wohnzimmer wieder verlassen wollten, verpasste die akkurate Hubertine dem Zierkissen meines Sessels im Vorbeigehen noch hurtig einen zielgerichteten Handkantenschlag. Haargenau in der Mitte. Erschrocken sprang das Kissen augenblicklich in seine Fasson zurück. Huch, da hatte ich mich doch tatsächlich aus Versehen daran angelehnt. Und während ich mich in der Diele in meinen todschicken, cognacfarbenen Midi-Ledermantel zwängte, konnte ich durch den Türspalt zum Wohnzimmer beobachten, wie meine zukünftige Schwiegermutter mit einem eigens dafür vorgesehenen Kamm, noch eben schnell die Fransen des dunkelroten Teppichläufers kämmte. Respekt! Also von der konnte ich wirklich etwas lernen. Eigentlich.

In unserem ersten Sommerurlaub fuhren Björn und ich im Mini nach Südfrankreich. Als wir nach zwei Wochen endlich wieder zu Hause waren, bemerkte ich, dass ich aus unserem Urlaub, außer einer herrlichen Sommerbräune, auch noch eine andere Überraschung mitgebracht hatte. Eine richtig große sogar. Eine, von der ich allerdings schon ahnte, dass sie nicht unbedingt überall die gleiche Freude auslösen würde, wie bei Björn und mir. Wenn ich ehrlich war, musste ich mir selbst eingestehen, dass der Termin tatsächlich nicht hundertprozentig optimal war, da ich im kommenden Mai mein Abitur machen wollte.

Meine Mutter war damals so sehr mit der Uni beschäftigt, dass wir regelrecht jedes Mal um einen Termin betteln mussten, wenn wir sie einmal sprechen wollten. Wenn sie nicht gerade an Vorlesungen teilnahm, musste sie den ganzen restlichen Tag für irgendeine anstehende Prüfung büffeln. Immer stand eine dringende Hausarbeit oder eine noch wichtigere Prüfung an, die verhinderte, dass ich meiner Mutter einmal in Ruhe die Neuigkeit beichten konnte. Nach drei Wochen war es aber endlich soweit und zwischen Mittagessen und anschließendem Lernen konnte ich meine Mutter dazu bringen, mir kurz und unter vier Augen, zuzuhören.

Im ersten Moment dachte ich, jetzt trifft sie gleich der Schlag, als ich ihr ohne Umschweife mitteilte, die Zeit drängte ja schließlich, dass ich schwanger sei. Entgeistert starrte sie mich an und ich konnte sehen, dass es ihr Schwierigkeiten bereitete, zu glauben, was sie da gerade gehört hatte.

„Wie bitte? ... waaas bist du? ... Schwanger?" Ich nickte voller Inbrunst, während ich überlegte, ob ich ihre Fassungslosigkeit nutzen und möglicherweise schon mit weiteren Details herausrücken sollte. Aber meine arme Mutter löste sich bereits aus ihrer Schockstarre. Sie erhob sich aus ihrem Sessel. Langsam und wie in Zeitlupe. Als sie dicht vor mir stand und mich weiterhin so entgeistert anstarrte, dachte ich schon, jetzt knallt sie mir gleich eine. Aber das tat sie natürlich nicht. Stattdessen taumelte sie zurück, ließ sich matt und kraftlos in ihren Sessel zurücksinken und warf mir aus tiefstem Herzen die folgenden Worte an den Kopf:

„Du dämliches Suppenhuhn!" Na, die große Enthüllung hatte ich mir wesentlich schlimmer vorgestellt und war mit dem dämlichen Suppenhuhn erst einmal ganz zufrieden.

„Ja und wie stellst du dir das weiter vor? Wie soll es mit dir und Björn denn jetzt weitergehen?" Auf diese Frage war ich nun bestens vorbereitet, immerhin schon seit drei Wochen. Das hatte ich mit Björn natürlich sofort und auch alles schon genauestens besprochen und bis ins Detail durchgeplant! Wir würden so bald wie möglich heiraten, eine Wohnung suchen und zusammenziehen. Äh, oder umgekehrt. Vielleicht ging das mit der Wohnungssuche ja schneller, als heiraten. Also, auf jeden Fall heiraten und zusammenziehen! Egal, in welcher Reihenfolge. Triumphierend schaute ich meine Mutter an. Sie mich noch immer entgeistert. Mühsam rang sie um Luft.

„Du glaubst doch nicht im Ernst, dass ich dir erlaube, diesen Lümmel zu heiraten?" keuchte sie und ihre Stimme schnappte beinahe über.

Hm, doch, eigentlich schon, immerhin sei ich schon über 18 und damit volljährig, erinnerte ich meine Mutter vorsichtig freundlich. Ich war mir nicht ganz sicher, ob sie schon ganz über dem Berg war mit Überschnappen. Meine Mutter rollte mit den Augen.

„Herrgott! Was habe ich nur für eine dämliche Tochter!" rief sie und rang die Hände. „Du musst doch nicht heiraten! Du bekommst erst einmal in Ruhe das Kind und dann sehen wir weiter ... Und so lange bleibst du noch zu Hause. Das schaffen wir schon zusammen." Mir fiel ein zentnerschwerer Stein vom Herzen. Wenigstens musste ich meine Mutter nicht davon überzeugen, dass ich mein Baby unter allen Umständen und gegen jeden Widerstand bekommen würde. Nichts und niemand auf der ganzen Welt würde mich davon abhalten können, mein Kind zur Welt zu bringen. Das war der einzige Punkt, der mit mir nicht zu verhandeln war. Um es kurz zu machen: Am Ende imponierte meiner Mutter das ritterliche Verhalten ihres zukünftigen Schwiegersohnes sogar sehr, der darauf bestand, für seine Familie höchstpersönlich und selbst zu sorgen.

Auf der anderen Seite der erweiterten Familien hielt sich bei unserer Verkündung der Tatsachen die Begeisterung über die unverhoffte Überraschung auch ziemlich in Grenzen. Bis Björn zu Hause zum ersten Mal in seinem Leben mit der Faust auf den Tisch schlug. Da waren sogar die guten Kaffeetassen im Zwiebelmuster samt Untertellerchen sehr munter auf der Tischdecke herumgehüpft.

Auch der Vater erwachte vom ungewohnten Geklimper des Geschirrs aus seinem Mittagsschläfchen, das er nach dem Essen auf der Küchenbank zu halten pflegte und nahm erst einmal seine Pfeife zur Hand. Bedächtig klopfte er diese am Aschenbecher aus, während er gutmütig nickte und seinen Jüngsten in seinem Vorhaben bestärkte. Seiner empörten Gattin blieb daraufhin nichts weiter übrig, als unverzüglich einen Herzanfall aufzuführen; einen richtig schlimmen sogar. Bühnenreif schmiss Hubertine sich in voller Länge über den Küchentisch und lamentierte, dass es mir die Sprache verschlug. Nicht genug, dass die Anas ihr den Sohn genommen habe, nein, damit nicht genug, die Anas war noch nicht einmal getauft. Und so eine wollte nun ihr Jüngster heiraten. Das könne ja nur schiefgehen, ohne einen christlichen Segen und ins dunkle Grab brächten wir sie obendrein. Jedenfalls, wenn wir nicht kirchlich heirateten. Unter derartig düsteren Prophezeiungen rollte sich die recht umfangreiche Hubertine wie ein gestrandetes Walross auf die Seite und fasste sich röchelnd ans Herz. Die Reaktionen der geneigten Zuschauer selbstverständlich ununterbrochen im Blick.

Was für ein Theater!

Welch grandiose Vorstellung!

Ich war angemessen schockiert.

Das restliche Publikum zeigte sich hingegen nur mäßig beeindruckt. Björn hockte, mir gegenüber auf einem Küchenstuhl vor dem Fenster und schaute währenddessen gelangweilt hinaus. Er zählte die vorbeifahrenden Autos, dieweil der Vater sich erst einmal sein Pfeifchen in Brand steckte.

„Das macht die immer, wenn ihr was nicht passt", meinte Björn lapidar, ohne sich auf seinem Beobachtungsposten stören zu lassen und machte eine gleichgültige Handbewegung. Oha, da hatte die Künstlerin ihr kleines, gut einstudiertes Drama möglicherweise einen Tacken zu oft aufgeführt. Das Programm riss ihr Stammpublikum einfach nicht mehr vom Hocker.

„Keine Angst, die stirbt schon nicht!" fügte Björn jedoch hastig hinzu, als er mein entsetztes Gesicht bemerkte. Der fachmännischen Einschätzung meines Zukünftigen, hinsichtlich der Überlebenschancen seiner Mutter zum Trotz, überlegte ich dennoch, ob ich meine junge Ehe mit einer derart schweren Schuld beginnen sollte, wie die Mutter meines zukünftigen Gatten auf dem Gewissen zu haben und beschloss kurzerhand, mich zum Segen aller taufen zu lassen. Wie durch ein Wunder genas auf diese Zusage hin meine zukünftige Schwiegermutter augenblicklich von ihrer Herzattacke und hangelte sich vom Küchentisch herunter. Dann gab es Kaffee und Kuchen.

Danach ging eigentlich alles recht schnell. Die gute Hubertine eilte mit der frohen Botschaft, ein weiteres Schäfchen in die weit geöffneten Arme ihrer geliebten Kirche treiben zu können, schnurstracks zu Pater Segelroth, der mir eine kurze Zusammenfassung in punkto katholischen Glauben, inklusive anstehender Prüfung verpassen sollte. Eine weitere glückliche Fügung des Schicksals: Die ehemalige Wohnung der Familie Dehmel, in dem wunderschönen Haus meiner Kindheit war frei geworden und man würde uns dort gerne aufnehmen. Doch alles schön der Reihe nach.

Erst einmal die kirchliche Prüfung, nebst unverzüglicher Taufe, dann die standesamtliche, wiewohl kirchliche Hochzeit mit dazu gehörigem Segen, dann der Einzug ins eigene Heim. Wir erledigten alles ruck zuck und am 14. Oktober wachte ich morgens verheiratet und schon sehr schwanger in der neuen Wohnung auf.

Mein frisch gebackener Ehemann quälte sich am Morgen zur Arbeit, ich mich zur Schule. Meine resolute Schwiegermutter hatte mich noch am Tag der Hochzeit, die wir auf ihren Wunsch im kleinsten Kreis gefeiert hatten – „Man muss ja nicht gleich alles an die große Glocke hängen, nicht wahr Anas?" – auf bestimmte Pflichten einer Ehefrau hingewiesen. Auf die Pflicht, zum Beispiel, meinem Gatten am Abend eine nicht nur warme, sondern auch noch schmackhafte Mahlzeit zuzubereiten. Zu dieser Information gab es selbstverständlich eine weitere kleine Kostprobe aus Hubertines unerschöpflichem Phrasenkästchen, die besagte, dass der gestärkte Hemd- und Manschettenkragen des Mannes die Fisittenkarte (Visitenkarte) einer jeden Hausfrau sei.

Ich war beeindruckt.

Das war mir neu!

Außerdem, hier hatte meine liebe Schwiegermutter angelegentlich die Stimme gesenkt und mir, nicht ohne die dazu gehörige Portion Dramatik, mitgeteilt, dass ich sie ab sofort Mutter nennen dürfe. Mir gefror das Blut in den Adern. Die Bezeichnung Mutter hatte ich eigentlich immer für meine eigene reserviert gehabt und hätte es auch ganz gerne dabei belassen. Außerdem war eine solche Anrede für meinen Geschmack auch nicht ohne Weiteres austauschbar.

„Papperlapapp", fuhr mir mein allerliebstes Schwiegermütterchen nun recht bestimmt in die Parade, „Anas, ab sofort bin ich auch für dich die „Mutter"! Keine Widerrede!"

Ach so, na dann. Aber ich war noch nicht restlos überzeugt. Erst als mir meine Mutter schräg über den Tisch hinweg, mit den Augen bedeutete, nun mach der alten Frau doch die Freude und sag Mutter zu ihr, ist das denn so schwer, um Himmels Willen, gab ich nach.

„Mutter, darf ich dir noch etwas von der köstlichen Pastete anbieten?" bat ich meine neu erworbene Sippschaft daraufhin freundlichst und hielt Mutter die silberne Platte mit den Häppchen unter die Nase. „Nein, nicht? Lieber noch eine Kleinigkeit vom Käseigel, Mutter?"

„Aber wirklich nur eine winzige Kleinigkeit, Anas, ich platze ja schon gleich."

„Haha, ja köstlich, nein wie witzig ... du doch nicht ..."

Da ich meine Pflicht, am Abend für eine warme und schmackhafte Mahlzeit zu sorgen, wie es mir mein liebstes Schwiegermütterchen so dringend angeraten, beziehungsweise befohlen hatte, sehr ernst nahm, machte ich mich also die kommenden Wochen morgens weiterhin auf den Weg in die Schule. Allerdings nicht etwa, um mich vorrangig auf mein Abitur vorzubereiten, sondern um mich um Kochrezepte zu bemühen. Das mit dem schmackhaften Abendessen war nämlich so eine Sache, die ich bislang noch nicht so unbedingt auf dem Zettel hatte und deshalb mussten Informationen her. Und zwar schnell!

„Wie macht man Blumenkohl?", schrieb ich während des Unterrichtes zum Beispiel auf eine Seite aus meinem Deutschheft und ließ diese in der Klasse umhergehen oder: „Weiß jemand, wie man Gulasch kocht?" Dann war ich den Rest der Stunde damit beschäftigt, die verschiedenen Antworten zu interpretieren und nachzuhaken, was denn „reichlich Wasser" und „etwas Salz" bedeuten sollte. Musste das Viech bis obenhin mit Wasser bedeckt sein und bedeutete etwas Salz, einen oder zwei Esslöffel voll? „Und woher weiß ich, wann dieses blöde Viech von einem Blumenkohl gar ist?"

Fragen über Fragen!

Zu allem Überfluss sollte die schmackhafte Mahlzeit am Abend, außer dass sie eben schmackhaft und warm sein sollte, auch noch aus mehreren Komponenten bestehen. Genau genommen aus mindestens drei. Einem frischen Gemüse der Saison, einer Beilage wie Kartoffeln, Nudeln oder Reis und, die Wichtigste zum Schluss: einem Fleischgericht. Und das nicht etwa nur sonntags, wie es bei uns zu Hause allerhöchstens üblich gewesen war, sondern täglich, bzw. allabendlich. Gerne auch mit anschließendem Nachtisch und einer schönen, heißen Suppe vorweg. Die ließ sich ja flott aus den paar Knöchelchen fürs Gulasch, etwas frischem Suppengemüse, einer Handvoll Nüdelchen, „du weißt schon, die kleinen Sternchen oder Buchstaben" und einigen Gewürzen, ganz nebenbei und ruck zuck zaubern. So ein Süppchen vorweg kocht sich ja fast von allein.

„Nicht wahr, Anas? Ganz wie bei Muttern eben. Ach so, ja, und möglichst abwechslungsreich, nicht immer nur das gleiche kochen. Der Junge isst auch gerne mal was anderes und recht deftig sollte es natürlich sein." Hm, ja, war schon klar. Da konnte ich mir das leckere Käsebrot, das ich mal gewagt hatte, am Abend zu servieren, aber ganz schön an den Hut stecken! Und nicht nur dahin. „Der Junge braucht doch schließlich Fleisch! Und zwar täglich." Und genau in diesem täglich, steckte ein ganz schönes Problem. Nun stammte ich zwar aus einer recht großen Familie und Bettenmachen, Staubsaugen, Putzen und Einkaufen waren auch überhaupt nichts Neues für mich, aber quasi über Nacht, neben der Schule und den Abiturvorbereitungen, einen Ehemann und einen eigenen Haushalt zu haben, für den ich ganz allein verantwortlich war, war doch eine andere Sache.

Und auch nicht immer ganz einfach.

Neben der ganzen Hausarbeit, die in regelmäßigen Abständen von meinem allerliebsten Schwiegermütterchen kontrolliert wurde –

„Nein, nein, Anas, ich komme nur mal so vorbei, ich war gerade in der Nähe (ah ja, so so) und wollte nur mal schauen, ob alles in Ordnung ist" –, hätte es eigentlich auch noch recht umfangreiche Schulaufgaben für mich gegeben. „Ach, du hattest heute noch keine Zeit zum Aufräumen gehabt? Hmmm ... Wann bist du nochmal aus der Schule gekommen? Naja, bis zum Abend hast du ja noch Zeit, nicht wahr? Was gibt es eigentlich heute Abend zu essen für meinen Sohn?" Und während sie mich im seichten Plauderton so ganz nebenbei versuchte, auszuhorchen, wischte das Schwiegermütterchen doch tatsächlich heimlich mit dem Finger über das Bücherregal im Wohnzimmer. Allerdings nicht heimlich genug, sonst hätte ich es ja nicht bemerkt!

Donnerwetter, dachte ich erstaunt, was sie mit dieser spektakulären Entdeckung, die ihr jetzt am Finger haftet, nun wohl macht? Kaum hatte ich mir die Inquisition schwiegermütterlicher Neugier vom Halse gewimmelt, da klingelte auch schon das Telefon und ich musste mich mit meinen Freundinnen sehr lange und auch sehr ausgiebig über das herzallerliebste und so überaus besorgte Schwiegermütterchen besprechen. Außerdem noch fürs Abi pauken, regelmäßig zur Schwangerschaftsgymnastik, zum Wickelkurs (eigentlich), den schwänzte ich aber immer – im Kinderwickeln hatte ich nun wirklich schon genug Übung gehabt – und in die Nachmittagsstunden der Leistungskurse. Danach natürlich noch schnell einkaufen, die Wohnung aufräumen und eine warme und schmackhafte Mahlzeit zubereiten.

Uff, am Abend war ich oft so müde, dass ich kaum noch den Löffel halten konnte. Aber der Abend war natürlich noch nicht vorbei, schlussendlich musste noch abgewaschen und wieder aufgeräumt und ganz nebenbei auch noch der Gatte unterhalten werden. In den nächsten Wochen versiegten meine Quellen bezüglich schmackhafter Nahrung allmählich, eventuell verlor auch nur die eine oder andere Klassenkameradin das Interesse an meinen häuslichen Aufgaben. Immerhin standen wir wenige Wochen vorm Abitur.

Ich redete mir ein, dass ich genug gelernt hätte und das Abi nicht brauchen würde. Immerhin hatte ich ja nun einen Ehemann. Einen, der für uns sorgen würde. Björn war mit der neuen Regelung absolut einverstanden, er hatte von vorneherein nicht verstanden, warum ich unbedingt dieses dämliche Abitur bräuchte. War doch eh nur reine Zeitverschwendung für eine Hausfrau und werdende Mutter. Sicherheitshalber schaffte ich mir aber ein Kochbuch an. Eines, in dem alle Schritte am Herd ausführlich erklärt wurden. Allerdings wurde mit eben dieser Anschaffung auch mein Schulbesuch überflüssig, denn mit den zusätzlichen Aufgaben als Hausfrau sowie den vielen Veränderungen, die mein neues Eheleben mit sich brachten, war ich schlichtweg überfordert. Insgeheim befürchtete ich aber vor allem, mit Pauken und Trompeten durch die Prüfungen zu rasseln, da ich den Faden in zwei Leistungskursen schon seit einer ganzen Weile verloren hatte. Kurzerhand beschloss ich, auf weitere Unterrichtsstunden zu verzichten.

Meiner Mutter erzählte ich von meinem neuesten Beschluss erst einmal lieber nichts, ich hatte nämlich so ein Gefühl, dass sie mit diesem nicht restlos einverstanden sein würde.

Die folgenden Tage flogen dahin, während ich versuchte, mich so gut wie möglich in meine neue Rolle einzufinden. Die Besuche meiner Freundinnen wurden inzwischen immer seltener; sie büffelten jetzt in der Schule intensiv fürs Abi, ich zu Hause Rezepte. Dann klingelte es eines Morgens stürmisch an der Haustür.

Wenn es nicht gerade die Post war, konnte das um diese Zeit nur eine meiner Freundinnen sein, dachte ich fröhlich, denn mein liebes Schwiegermütterchen ärgerte sich zu dieser Uhrzeit stets schon auf dem Wochenmarkt am Gemüsestand herum. Ich spurtete also in der freudigen Erwartung eines unverhofften Kaffeeklatsches zum Flur und riss die Haustür auf. Zu meinem größten Erstaunen, wie auch zu meinem größten Schrecken, stand ich jedoch Frau Meister gegenüber, meiner Lieblingslehrerin. Bis vor kurzem hatte ich noch ziemlich regelmäßig ihren Deutschleistungskurs besucht. Wie ich aber Frau Meister nun Auge in Auge, und so überaus unverhofft, an meiner Haustür gegenüberstand, wusste ich gar nicht so genau, was ich außer:

„Äh, oh, hm ja, also ähem ...", sagen sollte. Und weil Frau Meister genau das offensichtlich bemerkt hatte, fragte sie mich freundlich:

„Guten Morgen Anastasia. Hast du mal einen Moment Zeit? Kann ich mal kurz reinkommen?" Da mir auf die Schnelle nicht einmal die kleinste Ausrede einfallen mochte, nickte ich nur stumm und Frau Meister huschte an mir vorbei in die Küche. Gott sei Dank war die wenigstens schon aufgeräumt! Und während ich für Frau Meister und mich einen schönen Kaffee kochte, erklärte mir meine Deutschlehrerin unumwunden den Grund ihres überraschenden Besuches. Ungefähr eine Stunde lang redete mir Frau Meister inständig ins Gewissen, wieder in die Schule zu kommen und mein Abitur zu Ende zu bringen. Heute weiß ich, dass dies eine der wichtigsten Stunden in meinem Leben gewesen ist. Im Leben hätte ich mich nur wenige Jahre später nicht getraut, mich bei der Lufthansa zu bewerben, ohne wenigstens die Schule abgeschlossen zu haben. Nicht, dass ich das Abitur unbedingt dafür gebraucht hätte. Für den Job als Stewardess hätte der Lufthansa auch die mittlere Reife genügt, aber ohne die so dringende Erfahrung, schon einmal etwas so Wichtiges wie die Schule zu Ende gebracht und abgeschlossen zu haben, hätte ich niemals den Mut aufgebracht, mich für meinen unerreichbar erscheinenden Traumberuf zu bewerben.

Auf einer Abiturfeier vor einigen Jahren habe ich Frau Meister glücklicherweise noch einmal wiedergetroffen und wir haben beide ein bisschen zusammen geweint. Ich habe ihr nämlich erzählt, dass es in meinem Leben, außer meiner eigenen Mutter natürlich, nur noch zwei Frauen gegeben hat, die mein Leben entscheidend zum Guten verändert haben.

Die erste der beiden war Frau Meister gewesen, die mir damals Mut und Zuspruch gegeben hatte, wieder in die Schule zu kommen. Was ein gutes Wort zur rechten Stunde doch alles bewirken kann!

Wie wichtig dieses Wort für mich noch einmal werden würde, hatte ich damals allerdings noch nicht geahnt. Frau Meister hingegen schon. Nicht, dass mir meine Mutter nicht auch schon längst und eindringlich zugeredet hatte, aber ihre Worte waren mir zum einen Ohr hinein und zum anderen schnurstracks wieder heraus gewandert. Ich hatte alles besser gewusst. Hatte gewusst, dass ich bis an mein Lebensende bei meinem Mann und Hausfrau bleiben würde, hatte natürlich auch gewusst, dass ich eben deshalb auf das Abitur pfeifen konnte und dass es mir sowieso überhaupt nichts ausmachen würde, nur die mittlere Reife erreicht zu haben. War doch überhaupt nicht so schlecht, oder? Meine Mutter war da anderer Meinung gewesen. Ich wäre doch noch so jung und mein Leben noch so lang und man wüsste ja nie, was noch so alles kommen konnte. Doch, wusste ich schon! Und außerdem auch noch besser!

„Ja Mama, bei dir früher, da war das noch so! Aber heutzutage, heute ist alles anders!" Wie mir aber nun von offizieller Seite so zugeredet wurde und Frau Meister mir obendrein versprach, mich zu unterstützen, wo sie nur konnte, was sie mir im Übrigen von fast allen Lehrern ausrichten sollte (ich konnte mir schon denken, von wem nicht), da fasste ich tatsächlich neuen Mut. Den hatte ich in dem ganzen Wust von Veränderungen, neuen Pflichten und bevorstehenden Verantwortlichkeiten nämlich völlig verloren.

Im Mai bestand ich zu meiner eigenen Überraschung tatsächlich die Abiturprüfung und das nicht einmal so schlecht, denn in zwei mündlichen Prüfungen konnte ich mich sogar um eine Note verbessern. Meine Lehrer hatten sich allesamt, unter Frau Meisters ausdrücklicher Schirmherrschaft, geradezu rührend um mich gekümmert und mir großzügige Freiräume geschaffen. So durfte ich z.B. während der schriftlichen Klausuren in den kurzen Pausen in einen anderen Raum huschen und meinen kleinen Gabriel stillen, der gesund und munter am 15. März zur Welt gekommen war. Kaum, dass er sein ausgiebiges Bäuerchen gemacht hatte, musste ich ihn auch schon wieder demjenigen in die Arme drücken, der ihn mir freundlicherweise gebracht hatte und zurück ins Klassenzimmer stürzen.

Auf einem Bein kann man nicht stehen und da wir auf keinen Fall ein Einzelkind großziehen wollten, kam eineinhalb Jahre später, genauso gesund und munter, mein kleiner Leander zur Welt. Björn und ich hätten nicht glücklicher sein können! Wenn es denn so geblieben wäre. Blieb es aber nicht. Und nicht wenige hat es damals wirklich gewundert.

„WIE SCHON DIE ALTEN SUNGEN" ...

Für die vielen Hürden und Probleme, die das Leben bietet, waren wir eindeutig zu jung und auch nicht gut genug vorbereitet. Unfähig, wirklich in die Tiefe zu gehen und ernsthaft über uns und unsere Beziehung zu sprechen, geschweige denn an eben dieser auf einer erwachsenen Ebene zu arbeiten, verfielen auch wir nach und nach in eine immer einsamer machende Sprachlosigkeit. Allein gelassen mit den eigenen Vorstellungen und Wünschen hinsichtlich einer glücklichen Verbindung, begannen wir schon nach kurzer, anfänglicher Euphorie, jeder sein eigenes Leben zu leben. Ich meines mit den Kindern zu Hause, Björn seines mit seinen Autos in seiner Werkstatt.

Die Werkstatt hatte sich Björn, ehrgeizig und fleißig wie er immer war, noch während seiner Lehr- und Gesellenzeit aufgebaut, um sich selbstständig zu machen, kaum dass er seinen Meisterbrief voller Stolz in den Händen gehalten hatte. Der jüngste KFZ-Meister Deutschlands zu werden, war stets sein vorrangigstes Ziel gewesen. Am Ende hatte er es zwar geschafft, aber unsere Beziehung hatte zu viele Federn gelassen. Eine Weile gelang es uns noch, das Bild der jungen, glücklichen Familie mit einem tüchtigen Ehemann und den zwei goldigen Jungs vor uns selbst und der Familie aufrecht zu halten, doch mit der Unfähigkeit uns gegenseitig mitzuteilen, wuchs auch unsere Isolation zueinander. Nichts macht bekanntlich einsamer als die Einsamkeit in einer Beziehung. Ich hatte mich schon damit abgefunden, mein Leben in einem extrem kleinen Radius zwischen Familie, Werkstatt und Schwiegermutter zu verbringen, als mir eines Tages ganz unverhofft ein Buch in die Hände fiel, das mir mit einem Schlag die Augen öffnen und mich aus meinem Wachkoma reißen sollte. Ich hatte mich an einem Nachmittag, Astrid hütete zu Hause Gabriel und Leander, mit einer guten Freundin verabredet. Wir wollten in der Stadt ein bisschen ausgehen und zusammen bummeln. Ein wenig zu früh war ich bei Edith eingetroffen.

„Du, ich muss aber erst noch ins Bad und mich schminken", meinte sie. „Dafür brauche ich noch ein paar Minuten." Ich nickte und lümmelte mich auf einem ihrer Rattansessel herum, als mir ein Buch, das auf dem Couchtisch lag, förmlich in die Augen sprang. „Die Macht Ihres Unterbewusstseins" stand darauf zu lesen. Neugierig nahm ich es zur Hand und sah es mir näher an. Der Autor, ein gewisser Erhard Freitag, sagte mir nichts.

„Sag mal, was ist denn das für ein Quatsch, den du da gerade liest?" rief ich meiner Freundin nicht besonders nett durch die halb geöffnete Badezimmertür zu. „Die Macht Ihres Unterbewusstseins? Was'n das für ein Scheiß?" Wie gesagt, nicht besonders nett von mir. Keine Sekunde später tauchte Edith in der Wohnzimmertür auf. Die eine Hand mit der Wimpernzange am Auge, fuchtelte sie mit der anderen aufgebracht in der Luft herum.

„Jetzt lies doch erst mal, was er schreibt", schlug sie mir mit gereizter Stimme vor, „bevor du dir so ein Urteil erlaubst!" Der Vorschlag entbehrte nicht einer gewissen Logik, wie ich mir eingestehen musste. Wo sie Recht hatte, hatte sie nun einmal Recht! Ich schlug das Buch sogleich irgendwo auf und begann ein paar Zeilen zu lesen. Das mache ich immer so, wenn ich ein neues Buch in die Hände bekomme: irgendwo aufschlagen und ein paar Zeilen lesen.

Dann weiß ich gleich, ob mir der Stil gefällt und sich das weitere Lesen lohnt oder nicht.

Ich las also ein paar Zeilen und dann noch ein paar ... Wie elektrisiert schlug ich es hastig woanders auf und las weitere Zeilen. Und dann weitere und weitere und weitere ... Dann musste ich innehalten.

Mir war auf einmal, als hätte mich ein Blitzstrahl getroffen und mich aus einem tiefen Schlaf aufgeschreckt. Mit einem lauten Geräusch der Verwunderung sog ich die Luft ein. Was ich gelesen hatte, rührte mich auf eine Weise an, die mir den Atem verschlug! Wieder starrte ich auf die letzten Worte vor meinen Augen. Als mir die Atemluft langsam wieder entwich, spürte ich, wie sich eine Woge des Anklanges in mir ausbreitete, mich mit Macht überflutete und meine alltäglichen Gedanken vollständig aus meinem Kopf schwemmten. Eine wohlige Leere ergriff Besitz von meinem Hirn, drängte die unentwegt plappernden Gedanken meines aufgeregten Verstandes zur Seite und schaffte Raum.

Stille.

Eine Weile saß ich so und gab mich ganz dieser plötzlichen und köstlichen Stille hin, als es mir unversehens in den Sinn schoss!

Meine Erinnerungen. So wuchtig war mir der Gedanke eingefahren, dass ich erschreckt auffuhr. Ja, aber welche Erinnerungen denn? Edith kam mit ihrem Schminktäschchen unter dem Arm ins Zimmer und kramte in ihrer Handtasche herum.

„Sag mal, was ist denn auf einmal mit dir los?" fragte sie mich verwundert als sie aufschaute und starrte mich neugierig an.

„Du siehst aus, als hättest du einen Geist gesehen!" Wie bitte? Einen Geist gesehen? Ja, vielleicht... vielleicht war es ein Geist gewesen. Irgendwo hatte ich vor langer Zeit etwas gesehen oder erlebt ... und dieses ES strebte nun mit Macht aus der Tiefe heraus, fort von der dunklen und engen Gefangenschaft einer verdrängten Erinnerung, hinaus ans helle Licht des Bewusstseins. Aber was um Himmels Willen war bloß dieses ES? Erinnere dich, befahl ich mir selbst, wie schon so oft. Nun erinnere dich doch endlich.

„Kommst du?" fragte Edith, die natürlich keinen Schimmer hatte, mit welchen Gedanken ich mich gerade herumschlug und streifte sich ihren Mantel über.

„Da ... da ... da ... das Buch", stotterte ich und hielt es meiner Freundin überwältigt unter die Nase.

„Aha, doch nicht so ein Quatsch?", lachte Edith leichthin und durchstöberte ihre Manteltaschen nach den Hausschlüsseln. „Kannste mitnehmen, wenn du willst ... habs schon ausgelesen. War ganz interessant!" Ganz interessant? Ich ahnte schon, dass mein LEBEN, zumindest das meiner Seele, abhing von diesen wenigen Worten, die ich soeben auf die Schnelle verschlungen hatte.

Ganz entgegen meiner sonstigen Gewohnheit, war ich an diesem Nachmittag nicht bei der Sache. Wenn ich sonst nichts lieber tat, als mit einer guten Freundin in der Stadt ein wenig zu bummeln und zu tratschen, so war ich jetzt mit meinen Gedanken ausschließlich bei den paar Sätzen, die ich gelesen hatte. Gierig und ausgedörrt wie ein trockener Schwamm, hatte ich sofort gespürt, dass mir dieses Buch etwas geben konnte, wonach ich mich schon so lange sehnte. Kaum konnte ich es erwarten wieder nach Hause zu kommen, um mich schnellstmöglich mit meinem unverhofften Schatz aufs Sofa zu verkrümeln. Ich konnte nicht mehr aufhören, zu lesen, saugte wie eine Verdurstende jedes einzelne Wort in mich auf und empfand einen geradezu körperlichen Schmerz, als ich es aus der Hand legen musste, um zu kochen und die Kinder ins Bett zu bringen. Kaum hatte ich das getan, da hatte ich es auch schon augenblicklich wieder in der Hand. Björn kam spät am Abend müde und schlecht gelaunt nach Hause. Sein Tag war offensichtlich nicht allzu schön gewesen.

„Was gibt`s zu essen?", knurrte er statt einer Begrüßung als er die Küche betrat, ließ sich auf einen Stuhl am Küchentisch fallen und zündete sich eine Zigarette an.

„Heute gibt`s Gulasch mit Kartoffeln und grünen Bohnen," antwortete ich und schaltete den Herd ein. Missmutig starrte er mich aus halb geschlossenen Augen an.

„War wieder so ein Scheißtag heute", maulte er, „die Autoteile für die zwei BMWs sind wieder nicht gekommen. Und bei dir?" Gerne hätte ich ihm gleich von dem tollen Buch erzählt und von meinen Erinnerungen, die so unverhofft zurückgekehrt waren, aber ich fühlte, dass dies nicht der allerbeste Zeitpunkt für derartige Offenbarungen war. Vielleicht später, überlegte ich, wenn er etwas gegessen hatte und nicht mehr so gereizt war.

„Ich mache dir erst einmal dein Abendessen warm", schlug ich deshalb vor, „eventuell können wir uns ja danach noch unterhalten, wenn du Lust hast." Statt einer Antwort stützte Björn den Kopf auf die Arme und war schon halb eingeschlafen, als ich ihm kurz darauf seinen vollgepackten Teller vorsetzte. Ich setzte mich zu ihm an den Tisch und beobachtete ihn, wie er, in der linken Hand die nächste brennende Zigarette, völlig erledigt, sein Abendessen verschlang. Es tat mir in der Seele weh, ihn so elendig abgekämpft zu erleben und ich hätte ihn gerne ein wenig aufgemuntert, aber so etwas wie ein Gespräch kam nicht zustande. Nach dem Essen blieb Björn noch eine Weile stumm am Tisch sitzen und sah mir aus übernächtigten Augen zu, wie ich das restliche Geschirr abwusch.

Nachdem wir zu Bett gegangen waren, las ich gleich wieder weiter, bis ich an eine bestimmte Stelle kam. Ich kann mich heute nicht mehr genau erinnern, welche Stelle es gewesen ist, es ist auch nicht mehr wichtig, aber ich erinnere mich noch genau, dass ich ein lautes Geräusch in meinem Kopf vernahm. Krrrrttttsch ... machte es dort ganz laut und ich hatte das Gefühl, als würde mir jemand mit einem heftigen Ruck einen Vorhang vor dem Gesicht wegziehen. Und mit einem Mal konnte ich mich wieder erinnern!

An alles!

Wie von Geisterhand hervorgezaubert, kamen auf einmal alle Erinnerungen zurück. Paralysiert, als hätte ich mit den Fingern in eine Steckdose gefasst, saß ich aufrecht in meinem Bett und erinnerte mich. Erinnerte mich an die herrliche Begegnung mit Christus und sein wunderbares Licht, das ich als Kind in unserem Garten gesehen hatte. Erinnerte mich, wie ich verzweifelt versucht hatte, meine Mutter zu wecken und wie ER auf der Leiter gestanden und zu mir aufgeschaut hatte. So mild, so sanft. Wie hatte ich dieses Erlebnis nur so lange vergessen können? Dann erinnerte ich mich, dass mir niemand geglaubt hatte, nicht einmal meine Eltern, erinnerte mich, dass ich sogar angeschrien und weggeschickt worden war von meiner Lehrerin.

Niemand hatte hören wollen, was ich erlebt und gesehen hatte. Ich verstand. Deshalb hatte ich die Erinnerungen in mir verschlossen, wie so viele andere auch. Die schrecklichen Kinder, an die ich nie mehr gedacht hatte, fielen mir plötzlich wieder ein und das rothaarige Mädchen. Ach Gott, die hatte ich all die Jahre ja auch völlig vergessen. Was wohl aus ihr geworden war?

Lange saß ich in dieser Nacht noch wach in meinem Bett und gab mich meinen Erinnerungen hin. Sah und fühlte die vielen schönen, aber auch schmerzlichen Bilder vor meinem inneren Auge, durchlebte nach vielen Jahren noch einmal längst vergangene Zeiten meiner Kindertage. Die schlagartige Erinnerung in jener Nacht brachte die Wende in meinem Leben. Nichts war plötzlich mehr wie vorher.

Ich schaute mich um und mein Blick fiel auf Björn, der neben mir im Bett lag und schlief. Was mache ich eigentlich hier, dachte ich verzweifelt. Wer bin ich überhaupt und wie bin ich nur hierhergekommen? Und was mache ich hier neben diesem Mann? Auf einmal kam mir alles fremd und unwirklich vor. Hastig sprang ich aus dem Bett und rannte, so schnell ich konnte, ins Kinderzimmer, an die Bettchen meiner schlafenden Kinder. Gott sei Dank, dachte ich dankbar, nein, ihr zwei seid mir nicht fremd, ihr beiden seid mein größtes Glück! Welch unfassbares Glück, dass ich euch habe!

Ich war aufgewacht. Das jähe Erwachen brachte allerdings Probleme mit sich. Gleich schon am nächsten Morgen, den ich beinahe wie in Trance erlebte.

„Was ist denn mit dir los?" fragte mich Björn am Frühstückstisch übel gelaunt und stierte mich aus verschlafenen Augen griesgrämig an. „Haste etwa schlecht gepennt?" Ich versuchte, so gut ich konnte, meinem Mann, der besonders morgens immer unter übelster Laune litt, zu erklären, was in mir vorging. Mein Erfolg war eher bescheiden. Vielleicht war aber auch der Morgen nicht die günstigste Tageszeit für ein derart kompliziertes Gespräch, überlegte ich und versuchte es am Abend noch einmal. Wie ich allerdings schon insgeheim befürchtet hatte, gab es für derlei Gespräche niemals einen günstigen Zeitpunkt. Björn wehrte meine diversen Versuche, ein Gespräch zu eröffnen, jedes Mal brüsk ab. Seiner Meinung nach sei ich gerade nicht besonders dicht im Kopf und das läge ganz klar an meinen bekloppten Freundinnen und meinen noch bekloppteren Schwestern, die mir allen möglichen Scheiß einzureden versuchten, diese dämlichen Weiber. Blödes Gelaber! Blöde Gänse! Nun ja, dachte ich, noch nicht gänzlich entmutigt, aller Anfang ist schließlich schwer.

Das wird noch mit uns.

Bestimmt!

Wir brauchten nur noch etwas mehr Zeit, bis wir uns mal richtig toll unterhalten könnten. Es mussten ja nicht unbedingt sofort Themen aus der Weltliteratur oder meine Erinnerungen sein, aber auch nicht nur solche, die die Werkstatt oder aufgemotzte Autos betrafen.

„Eventuell können wir uns ja mal über uns unterhalten. Nur einfach mal so. Nichts Besonderes. Aber jeder könnte doch einfach mal erzählen, wie es ihm gerade so geht mit dem anderen. Hmm, wäre das nichts für uns?" Björn starrte mich an, als hätte ich Suaheli mit ihm gesprochen. Kopfschüttelnd zeigte er mir einen Vogel und schaltete die Sportschau ein.

Ach, das wird noch. Bestimmt ...

Wurde es aber nicht. Eher noch schlimmer. Seit die Erinnerung an meine Christuserscheinung so unversehens zurückgekehrt war, hatte sich in mir etwas Entscheidendes verändert. War ich bislang mit meinem Leben an Björns Seite, trotz allem noch einigermaßen zufrieden gewesen, so war ich es seit meinem Erwachen nicht mehr. Etwas Wichtiges, Existenzielles, so wurde mir plötzlich bewusst, fehlte mir seit Jahren schon.

Heute weiß ich natürlich, dass es die spirituelle Seite meines Seins gewesen ist, die ich so lange verdrängt und vermisst hatte, habe aber damals noch keine Worte dafür gehabt. Lediglich, dass eine ganz entscheidende, lebenswichtige Dimension in meinem Leben irgendwann einmal aufgehört hatte, zu existieren, war mir seit jener Nacht klar geworden. Und diese Dimension musste ich mir in mein Dasein zurückholen, das spürte ich genau, weil ich sterben müsste, wenn mir das nicht gelänge. Nie wieder, so schwor ich mir, würde ich diesen Teil meines Seins vergessen oder missachten! Von Tag zu Tag wurde mir klarer, dass ich mich in ein Leben manövriert hatte, das ich so nicht mehr aushalten konnte. So konnte ich nicht weiterleben. Was für leere, sinn- und zwecklose Gespräche waren das eigentlich, die wir schon seit Jahren führten? Und was für trostlose Inhalte lebten wir vor uns hin? Ich wollte mehr, als mich abends ausschließlich über Leute, die ich oft nicht einmal kannte, aufzuregen oder vor dem Fernseher zu verkümmern. Mir wurde bewusst, dass ich mich vertan hatte. Und zwar gewaltig. Hatte ich bis vor Kurzem noch die Spießigkeit und das festgezurrte Korsett des kleinbürgerlichen Lebens mit sonntäglichem Essen und anschließendem Kaffeetrinken bei der Mutter als Halt und Stabilität empfunden, so raubte mir diese Enge jetzt die Luft zum Atmen. Ich wollte wieder leben!

Richtig leben, mit interessanten, geistreichen Gesprächen und inspirierenden Freunden, die unser Leben bereichern konnten. Ich schaute mich um und fragte mich, wie mir das hier hatte passieren können. Ich hatte eindeutig Enge mit Halt und Spießigkeit mit Stabilität verwechselt. So einfach war das.

Mein Fehler. Und dafür konnte Björn natürlich nichts. Bei ihm hatte sich schließlich nichts verändert und das war auch nicht sein Wunsch. Alles sollte genauso bleiben, wie es immer schon gewesen war. Das war nun ein ganz schönes Dilemma, denn genau das wollte ich ja nun nicht mehr. Je mehr ich von nun an versuchte, die Fesseln meines eingeengten Lebens zu lockern und einen neuen Kurs einzuschlagen, desto heftiger zog Björn am anderen Ende stramm. Wie aber konnte ich meinem Gefängnis entkommen? Immerhin hatte ich bei meiner Eheschließung in der Kirche einen lebenslangen Treueeid geschworen. Und den konnte ein Mensch nicht wieder aufheben. Das konnte nur Gott. Jedenfalls hatte mir das Pater Segelroth damals so eingebläut. Wir saßen in der Falle. Jeder für sich allein. Jeder in seiner eigenen.

„Bis dass der Tod euch scheidet!"
Und zwar genauso lange!

Während ich bei dieser Erkenntnis mit Riesenschritten in eine saftige Depression marschierte, marschierte Björn, nicht weniger beherzt, in eine saftige Pleite. Ein jeder halt so, wie er kann.

Unser gemeinsames Scheitern erfolgte zügig und auf allen Ebenen zugleich. Auslöser (nicht zu verwechseln mit Grund) dafür war der markerschütternde Schrei meiner Mutter, die mich zusammengekauert und mit leeren Augen an dem einzig noch funktionierenden, weil elektrischen Heizkörper unseres Hauses vorfand. Mit einem Blick hatte sie erkannt, wo hier die Wurzel des Übels lag. Und dann eben diesen Schrei ausgestoßen. Dabei schlug sie die Hände über dem Kopf zusammen und rief mit bebender Stimme:

„Oh, mein Gott, das Kind hat ja eine schwere Depression!" Ich hatte meine Mutter schon seit vielen Tagen nicht mehr besucht und da das Telefon seit Wochen wegen nicht bezahlter Rechnungen abgeschaltet worden war, auch nicht mehr auf ihr vergebliches Klingeln antworten können. Kurzentschlossen hatte meine Mutter sich auf den Weg zu mir gemacht. Da stimmte doch etwas nicht.

Unsicher hob ich meinen Kopf und sah hoch. Oh, meine Mutter stand plötzlich im Zimmer. Ich hatte sie nicht kommen hören. Nur diesen Schrei plötzlich. Und dann hatte sie auch schon im Zimmer gestanden. Aber Depression? Was sollte das denn? Meinte meine Mutter etwa mich? Ich hatte doch keine Depression, so ein Quatsch.

Mir ging es doch gut ... eigentlich. Oder?

Mir war doch nur so kalt, so furchtbar kalt. Das war doch schon alles. Und müde, ich war so schrecklich müde ...

„Lass mich doch schlafen, Mama. Nur noch ein bisschen schlafen ... ich steh ja gleich auf ..." Statt mich aber schlafen zu lassen, hatte meine Mutter eine viel bessere Idee. Energisch zog sie mich auf die Beine und kochte einen Kaffee. Dann lief sie zu unseren Nachbarn und rief einen meiner Brüder an, der uns abholen sollte. Dann eilte sie hurtig wieder zu mir zurück und flößte mir den heißen Kaffee ein, währenddessen sie darum bemüht war, sich ein Bild über die augenblickliche Situation zu machen. Ich saß noch immer wie ein Häufchen Elend auf dem Stuhl in der Küche, fror wie ein Schneider und versuchte, nicht so stark zu husten. Der Husten war dieses Mal nämlich ungewöhnlich schmerzhaft und brannte wie Feuer in meiner Lunge.

„Wo sind die Kinder und warum geht die Heizung nicht?" wollte meine Mutter wissen und legte mir eine Decke über die Schultern. Dankbar nahm ich die Decke, wie auch den heißen Kaffee, an und versuchte, so gut wie möglich, ihre Fragen zu beantworten.

„Also die Jungs sind bis zum Abend bei Margret. Da können sie bleiben, bis Björn nach Hause kommt und einen Kanister Öl mitbringt." Meine Mutter runzelte die Stirn.

„Ihr habt kein Öl? Wie lange schon nicht?" Ich zuckte die Schultern.

„Weiß nicht genau. Aber so geht's schon. Björn bringt am Abend immer Öl mit und das reicht dann für ein paar Stunden." Ungläubig schaute meine Mutter über die schneebedeckte Wiese vor dem Fenster. Dann sah sie sich in der Küche um. Die war eiskalt, dafür aber schon seit Tagen nicht mehr besonders aufgeräumt. Traurig schüttelte sie den Kopf. Ich wusste, dass sie sich fragte, warum ich nichts gesagt hatte, aber diese Frage hätte ich eh nicht beantworten können. Da hätte ich ja wenigstens die Idee dazu haben müssen und genau da lag der Hase im Pfeffer.

Ich hatte keine!

Ideen, Fragen, Antworten waren uns, so wie alles andere auch, schon seit Längerem ausgegangen. Einfach futsch!

Als mein Bruder kurz darauf kam, um uns abzuholen, hatte ich mit meiner Mutter zusammen das Nötigste für die Kinder und mich in einem Koffer zusammengepackt. Am späten Nachmittag kamen wir erschöpft in der Eifel an, nachdem wir die Jungs von Margret abgeholt und mit Björn in der Werkstatt gesprochen hatten, um ihm zu erklären, dass die Kinder und ich erst einmal bei meiner Mutter bleiben würden. In Monschau hatte meine Mutter nach ihrem Abschluss als Lehrerin eine Anstellung an der Hauptschule bekommen und im Nachbarort ein Haus mit vielen Zimmern gekauft. Damit wir alle zurückkommen könnten, wenn wir nicht wüssten, wohin. Das passte im Moment ganz gut, denn ich hatte keinen blassen Schimmer, was ich sonst hätte tun können. Außer natürlich, mich wieder einmal zu schämen. Das tat ich lange und ausgiebig, Grund dafür gab es immerhin reichlich. Ich hatte als Ehefrau versagt und somit nicht nur mein und sein, sondern auch das Leben unserer Kinder komplett vermurkst. Außerdem war ich nach Meinung meiner Schwiegermutter natürlich schuld daran, dass mein Mann pleite war. Wer denn sonst, schließlich war das Sache der Ehefrau, ihrem Mann die Stange zu halten. Oder so ähnlich jedenfalls.

Wie das mit dem Stangehalten konkret hätte aussehen können, wusste die patente Hubertine natürlich auch nicht, nur eben, dass irgendwem, irgendwann, irgendwelche Stangen gehalten werden mussten. Und dass eindeutig die Anas Schuld hatte. Natürlich die.

„Letztendlich hat die Anas meinem Sohn ja auch den Stab gebrochen." Hier war ich mal kurz durcheinandergekommen. „Ja und natürlich die Karahsche (Garage, wie Mutter die Werkstatt ihres Sohnes zu nennen pflegte), ja, die natürlich auch." Also die beiden zusammen. Die Anas und die Karahsche. Ich hatte eine vage Vorstellung davon, was meine Schwiegermutter mit diesen etwas abgewandelten Metaphern von Stangen und Stäben meinen konnte und schämte mich sicherheitshalber noch ein bisschen weiter. Vor allem aber dafür, dass ich eine Depression bekommen hatte. An einer Depression zu erkranken war damals ungefähr so verachtenswert, wie in der Gosse zu landen. Oder Nutte zu werden. Oder Gammler. Oder sich bei einem von den beiden einen Tripper zu holen.

Frau Doktor Schrieke-Bluhme, die langjährige und lebenserfahrene Hausärztin unserer Familie, sah das ein wenig differenzierter und klärte mich geduldig über meinen Zustand auf. Das beruhigte mich. In der Diagnose schwere Depression, so verachtenswert sie denn auch sein mochte, lag nämlich noch etwas anderes: und zwar eine Lösung! Denn wenn ich irgendwie dort hineingeraten war, so gab es ganz bestimmt auch einen Weg wieder hinaus. Das waren doch ganz erfreuliche Aussichten. Jedenfalls was die Depression betraf. Für die doppelseitige Lungenentzündung, die ich mir, nach einer anständigen Erkältung, während der Frostperiode in unserem Haus zugezogen hatte, gab es von Frau Schrieke-Bluhme eine gute Portion Penicillin. Nach fünf Tagen waren die schlimmsten Schmerzen wie weggeblasen, da konnte man nicht meckern. Alle anderen Aussichten waren eher ein wenig trüb. Besonders die, die meine finanzielle Situation betrafen.

Als ich mit meinen Kindern an der einen und dem Köfferchen mit Wäsche an der anderen Hand, das Haus meiner Mutter betreten hatte, hatte ich es sofort gespürt: Ich würde in mein früheres Leben nicht wieder zurückkehren. So leid es mir auch um Björn und unsere Ehe tat.

Glücklicherweise habe ich diesen Schritt nie bereuen müssen, egal, wie schwer die Zeiten auch waren, die noch kommen sollten. Aber auch die waren nichts im Vergleich zu den Fesseln meiner trostlosen Ehe.

Mein Anwalt riet mir, zukünftig Sozialhilfe zu beziehen und mir, wie er es nannte, ansonsten ein „schönes Leben" zu machen. Dabei zwinkerte er mir ganz verwegen ein Äugelchen und sagte, dass das für mich doch kein Problem sein dürfe. „Bei Ihrem Aussehen und in Ihrem Alter, liebe Frau Soundso ..." Dann fragte er mich noch, ob ich Lust hätte, einmal mit ihm auszugehen. Hatte ich aber nicht. Eher, ihm ein paar zu knallen, aber das behielt ich für mich. Desweiteren hatte ich auch keine Lust, Sozialhilfe zu beziehen, was meiner Meinung nach auch überhaupt keinen Sinn machte. Immerhin war ich, wie mein Anwalt ja ganz richtig bemerkt hatte, noch jung genug und konnte mir selbstverständlich eine Arbeit suchen.

Das sei aber Blödsinn, meinte der daraufhin lakonisch und verzog nachdenklich den Mund. Von den Schulden, die mein Gatte gemacht habe und für die ich hatte bürgen müssen, würde ich mein Lebtag nicht mehr runterkommen. Da sei es doch eindeutig klüger, sich auf den Staat zu verlassen. Oder aber auf einen neuen Mann. Och nö, dachte ich, lieber arbeiten.

FLUGBEGLEITERLEBEN

Am Wochenende kam Andi zu Besuch in die Eifel. Er war nach dem Abitur für einige Zeit zur See gefahren, um dann mit Armin und dessen Ehefrau Birgit in einem ganz süßen Häuschen am Waldrand, in der Nähe von Frankfurt, zusammenzuziehen.

Andi und Birgit hatten sich kurz nacheinander bei der Lufthansa als Flugbegleiter beworben und flogen nun schon seit ein paar Jahren in der Weltgeschichte herum. Wie oft hatte ich die drei schon glühend um ihr unbeschwertes Leben beneidet, wenn sie braungebrannt und gut gelaunt zu Besuch kamen und uns mit witzigen Geschichten und Anekdoten aus ihrer aufregenden Welt unterhielten. Ach, dachte ich dann bei mir, das müsste schön sein in einer so lustigen Wohngemeinschaft zu leben, immer jemanden zum Unterhalten zu haben, niemals allein zu sein und die Abende in ausgelassener Runde verbringen zu können. Ja, das müsste ein tolles Leben sein, so ein Flugbegleiterleben!

„Dann fang doch auch bei der Lufthansa an", meinte Andi leichthin, als wir an einem sonnigen Nachmittag einen langen Spaziergang durch den Wald machten. Argwöhnisch warf ich ihm von der Seite einen Blick zu. Machte er sich gerade wieder lustig über mich? Aber mein Bruder meinte es offensichtlich ernst.

„Stell dir vor, wir requesten gemeinsam Flüge und fliegen zusammen nach Los Angeles oder Bangkok. In einer Crew! Wär doch super, oder?" Ich nickte und hatte auf einmal einen ganz schönen Kloß im Hals.

„Ach ja, wie wäre das schön", seufzte ich. „Aber der Traum von der Stewardess wird wohl immer nur ein schöner Traum bleiben."

„Wieso das denn?", fragte mein Bruder erstaunt, „du brauchst dich doch nur zu bewerben und dann wirst du auch Stewardess!"

Jetzt war ich an der Reihe zu staunen und zählte ihm alle Gründe auf, die mir gerade einfielen, warum man mich bei der Lufthansa auf keinen Fall nehmen würde. „Und außerdem", schloss ich das Plädoyer gegen mich selbst, „ich kann überhaupt nicht richtig Englisch. Nur das bisschen, was ich in der Schule gelernt habe."

„Also, da brauchst du dir nicht die geringsten Sorgen zu machen", lachte Andi und wischte meinen letzten Einwand mit einer Handbewegung zur Seite. „Das können bei uns viele auch nicht. Außerdem lernst du das mit der Zeit sowieso!" Trotzdem, die würden mich nicht nehmen, da war ich mir sicher. Mein Bruder war unterdessen ungewohnt nachdenklich geworden. Langsam und bedächtig sagte er: „Weißt du, Schwester, wenn du später mal alt bist, dann wirst du vielleicht ein paar Dinge bereuen, kann schon sein. Kann auch sein, dass die Lufthansa dich tatsächlich nicht nimmt. Aber es überhaupt nicht erst versucht zu haben, das könnte dir später wirklich mal leidtun, denn irgendwann ist es einmal für alles zu spät. Deshalb musst du es wenigstens versucht haben. Wenigstens das!"

Unter der mächtigen Eiche, die an der Weggabelung nach Monschau hin, am Rande des Waldes steht, blieben wir stehen und schauten über die weiten, grünen Wiesen und dunstigen Höhenzüge der Eifel. Es war die Zeit der blauen Stunde, wenn der sich dem Ende zuneigende Tag auf die beginnende Dämmerung trifft und die verblassende Sonne die Welt für eine einzige Stunde in ein bläuliches Licht hüllt, bevor sie sich leise auf ihren heimlichen Platz hinter dem Firmament zurückzieht. Eine Weile schauten wir schweigend, und jeder in seine eigenen Gedanken vertieft, dem Schwinden des Lichtes zu. Die Worte meines Bruders waren mir unter die Haut gegangen und bewegten mich.

Als wir wieder zu Hause waren, brachte mein Bruder das Thema nochmals zur Sprache. Meine Mutter klatschte vor Begeisterung in die Hände und meinte, das sei doch die beste Idee, die mein Bruder je gehabt habe.

„Mach was aus deinem Leben, Kind", sprach sie mir gut zu, „und versauere nicht hier auf dem Land."

„Danke Mama", flüsterte ich leise, da ich nur mit Mühe die Tränen zurückhalten konnte und es in meinem Hals auf einmal wieder so furchtbar schmerzte. Außer, dass meine Mutter und meine jüngste Schwester Alexandra sich bereit erklärten, gerne und unter allen Umständen für meine Jungs in der Zeit meiner Abwesenheit zu sorgen und mich würdig zu vertreten, spendierte meine Mutter mir noch einen zweiwöchigen Sprachkurs. Ich hatte mich inzwischen über die Einstellungskriterien bei der Lufthansa informiert und eindeutigen Handlungsbedarf festgestellt. Vor allem in Englisch, aber auch in Französisch. Dann hatte ich mit viel Hilfe einen Lebenslauf zusammengebastelt, der beschönigen musste, dass ich nicht nur in Scheidung lebte, sondern auch noch zwei kleine Kinder zu versorgen hatte. Das sah man damals bei Stewardessen noch nicht so gerne. Trotzdem sei ich meiner Meinung nach bestens für diese Arbeit geeignet, ließ ich in meinem Bewerbungsschreiben die Lufthansa wissen, da ich einen ungeheuren Enthusiasmus für die neue Aufgabe mitzubringen gedächte.

Als ich auf meine zusammengeschusterte Bewerbung kurz darauf tatsächlich eine Einladung für das dreitägige Interview bekam, konnte ich mein Glück kaum fassen. Soviel Fortuna konnte doch ein einzelner Mensch überhaupt nicht haben, oder? Im Leben hätte ich nicht damit gerechnet, überhaupt nur eingeladen zu werden. Ich hatte es doch nur einmal versuchen wollen!

Keine vier Wochen später, im Sommer 1986, saß ich im Auto meiner Schwester und düste das erste Mal in meinem Leben alleine, ohne die Kinder und ohne meinen Mann nach Frankfurt, um mich bei der Lufthansa höchstpersönlich für meinen Traumjob als Stewardess zu bewerben. In mein altes Leben mit Björn und Schwiegermutter war ich tatsächlich nicht mehr zurückgekehrt. An den seltenen Wochenenden, an denen Björn Zeit für seine Söhne fand, besuchte er mit ihnen seine Eltern, die sich damit abgefunden hatten, dass sie ihren Sohn nun wieder ganz für sich allein hatten.

Ich war so aufgeregt, dass ich beinahe wieder nicht atmen konnte. Aber das machte diesmal nichts! Wie im Traum flog ich mit bestimmt hundert Sachen in Alexandras VW Käfer über die Autobahn, einem neuen Ziel, hoffentlich einem neuen Leben entgegen. Ich hätte abheben können vor Glück.

Das mit dem Abheben klappte übrigens nur deshalb nicht, weil sich die Heizung in dem alten Käfer nicht mehr regulieren ließ und mir die Heißluft mit gefühlten 50 Grad über die Füße wummerte.

„Ist aber, wenn du die Fenster vorne und schräg hinten auflässt und für Durchzug sorgst, kein Problem, Anas!" hatte Alexandra mir noch hinterhergerufen. Ich legte einfach ein paar mehr Pausen ein, in denen ich nach kühlerer Luft schnappen und mir aus meiner Flasche kaltes Wasser über meine heißen Füße gießen konnte. Später verbrachte ich einen unvergesslichen Abend in der Flugbegleiter-Wohngemeinschaft in Oberursel, am Rande des Waldes.

Meine Brüder hatten sich ein wenig gewundert und sogar gesorgt, dass ich erst so spät am Nachmittag eingetroffen war – es sei doch hoffentlich nichts passiert? – dann aber unverzüglich den Grill angeschmissen. Damit es nicht zu spät würde für mich, denn morgen sei schließlich der große Tag. Andi hatte von einem Flug aus Buenos Aires einen ganzen Koffer voll köstlichstes argentinisches Rinderfilet mitgebracht sowie mehrere Flaschen vom besten Malbec. Und weil das Riesenfilet für uns vier viel zu viel gewesen wäre, hatte er gleich noch ein paar gute Freunde dazu eingeladen. Ich kam mir an diesem Abend vor wie die unscheinbare Landpomeranze, die zum ersten Mal auf Menschen aus der Großstadt trifft.

„Das sind übrigens deine zukünftigen Kollegen und Kolleginnen, allesamt Stewardessen oder Piloten", meinte Birgit schmunzelnd und zeigte auf die fröhliche Gesellschaft, die sich, so herrlich entspannt plaudernd, im Garten meiner Familie vergnügte. Sofort umringten mich alle, wünschten mir viel Glück und Erfolg für den kommenden Tag und nahmen mich in ihre Runde auf. Dann bekam ich von allen Seiten noch viele gute Tipps und Ratschläge für das bevorstehende Interview.

Ich merkte mir jedes Wort.

Allmählich wurde es dunkel im Garten und Birgit zündete Windlichter und Lampions an, die daraufhin, fröhlich lachend, auf dem Tisch und in den Ästen der Obstbäume verteilt wurden. Meine Brüder standen schwatzend mit den Männern am Grill und tranken Bier, während einige der Frauen mit Tellern und Gläsern klapperten, als sie den Tisch unter dem Kirschbaum deckten. Ich setzte mich für einen Moment ein wenig abseits auf eine Gartenbank, um das beschauliche Bild, das sich mir bot, ganz in mich aufzunehmen und noch eine Weile still zu genießen. Was haben die für ein glückliches Leben, dachte ich ergriffen und hatte das Gefühl, mein Herz müsste überfließen vor Freude. Wie sehr sich dieses Leben hier doch von dem unterschied, das ich bis vor Kurzem noch geführt hatte. Und wie sehr ich das unbeschwerte Zusammensein und das fröhliche Lachen mit Freunden und Familie vermisst hatte! Lieber Gott, betete ich aus tiefster Seele, steh mir morgen bei und hilf mir bei den Prüfungen. Wie gerne wollte ich teilhaben, an diesem schönen, an diesem unbeschwerten Leben.

Glücklicherweise wollte der liebe Gott offenbar das Gleiche wie ich, aber er machte es erst noch ein bisschen spannend. Vielleicht wollte er aber auch nur prüfen, ob ich mein Vertrauen in ihn behalten würde. Es gab da nämlich noch eine kleine Hürde zu überwinden.

Am dritten Tag, die schriftlichen und mündlichen Tests wie auch die medizinische Untersuchung waren gelaufen, ging es um alles! Jetzt nahte die Stunde der Wahrheit. Wer gehörte am Ende des Tages zu den Glücklichen, die heute, mit einem Arbeitsvertrag in der Tasche, das Gelände der Deutschen Lufthansa verlassen würden? Blass vor Anspannung saß ich mit dem Rest der Truppe, der mit mir zusammen während der drei Tage geprüft worden war, in dem langen Gang der Personalabteilung und wartete auf das Ergebnis. Einige waren schon nach wenigen Minuten, jubelnd und vor Freude schreiend aus den Zimmern gestürmt, während andere erst nach einer Ewigkeit, mit hängenden Schultern und den Tränen nahe, den Raum verlassen hatten. Mitfühlend blickte ich ihnen hinterher, wie sie sich mit schweren Schritten den langen Gang in Richtung Ausgang schleppten und Abschied von ihrem geplatzten Traum nehmen mussten. Wieder einmal hatte sich ein schöner Traum in Luft aufgelöst, war die große Hoffnung auf ein Leben als Stewardess oder Steward gestorben. Ich betete, dass mir nicht das gleiche Schicksal blühte. Man hatte uns gleich zu Anfang mitgeteilt, dass von den vielen Bewerbern heute nur einige genommen werden könnten; jetzt saßen nur noch ein junger Mann und zwei junge Frauen neben mir. Alle drei so Anfang 20, schätzte ich. Mit meinen 28 Jahren gehörte ich zu den ältesten Anwärtern und nächstes Jahr, mit 29 hätte ich mich bei der Lufthansa schon nicht mehr bewerben können. Dies hier war meine erste, allerdings auch letzte und einzige Chance, das war mir klar.

Die Spannung stieg von Minute zu Minute, jeder von uns wusste, dass es eng werden würde. Ich war dann tatsächlich die Letzte, die aufgerufen wurde, von den dreien vor mir hatte es keiner geschafft. Kein gutes Zeichen sagte ich mir, mittlerweile schon halb ohnmächtig vor Angst, als die anderen nacheinander und zutiefst betrübt das Zimmer verließen. Lieber Gott, wo bist du? Lass mich jetzt bitte nicht im Stich!

Endlich öffnete sich die Türe und einer der Psychologen trat aus dem Zimmer, steuerte langsam zu mir herüber und setzte sich neben mich. „Tja, Frau Kaussen", eröffnete er das Gespräch und legte mir behutsam seine Hand auf den Arm. „Wir haben uns die Entscheidung gerade bei ihnen nicht leicht gemacht! Wirklich nicht." Mitfühlend schaute er mir in die Augen. „Bei ihnen haben wir lange überlegt, was wir tun sollen." Hilflos schüttelte er den Kopf. „Es sieht nicht gut aus für Sie."

Lieber Gott, hilf! Lass mich jetzt bitte das Richtige sagen oder tun! Ich nickte so freundlich, wie es mir in diesem Moment überhaupt noch möglich war. Da war doch noch etwas, dieses Zögern, dieser gewisse Unterton in seiner Stimme. Es war noch nicht restlos vorbei, noch gab es einen Schimmer Hoffnung, das spürte ich genau. Voll banger Zuversicht schaute ich ihn an.

„Gehen Sie noch einmal rüber in das Zimmer zur Personalchefin, das ist die Frau Klaus, und sprechen Sie mit ihr", gab mir der nette Psychologe seufzend zu verstehen. „Vielleicht können Sie ja noch etwas retten. Versuchen Sie ihr Glück!" Höflich geleitete er mich zur Türe.

„Setzten Sie sich!"

Die elegante Dame am Schreibtisch schaute nicht einmal von der Akte auf. Ihre Stimme hatte barsch und ungeduldig geklungen. Zaghaft nahm ich am vordersten Rand des Sitzmöbels Platz und versuchte, mir mein innerliches Zittern nicht anmerken zu lassen.

Die Dame am Schreibtisch, Frau Klaus, ließ mich zappeln. Mit einem tiefen Seufzer lehnte sie sich nach einer unerträglichen Ewigkeit in ihrem Sessel zurück und blätterte betont lustlos in den Blättern meiner Akte herum, ihre Mine eine Mischung aus Langeweile und Überdruss.

Ach herrje, das versprach ja ein besonders reizendes Gespräch zu werden!

„Was haben sie sich eigentlich dabei gedacht, sich mit zwei Kindern hier zu bewerben? Hm? Wie stellen sie sich das überhaupt vor?" Die Stimme der eleganten Dame herrschte mich so plötzlich an, dass ich vor Schreck zusammenzuckte. Frau Klaus klatschte die Akte unnötig heftig auf den Tisch zurück. Zum ersten Mal, seit meinem Eintreten, blickte sie mir direkt in die Augen. Das war auch nicht besonders angenehm, da Frau Klaus mich mit einem höchst unerfreulichen Blick musterte. Und zwar von oben bis unten. Wie unangenehm!

Mit der Erwähnung meiner Kinder erwachte jedoch augenblicklich mein Kampfwille. Daran sollte meine Bewerbung jetzt scheitern? An meinen Kindern? Ich habe mich schon immer geweigert, Kinder als ein Problem anzusehen. Auch damals schon, als man mir in der Schule geraten hatte, mir doch noch einmal alles gut zu überlegen – ich wolle mir doch schließlich mein Leben nicht verbauen, oder? – hatte meine Meinung festgestanden: Kinder sind kein Problem und verbauen auch kein Leben; keine Kinder, das ist ein Problem und kann ein Leben verbauen. Jetzt war es an mir, einen gewissen Ärger hinsichtlich der Beurteilung meiner beiden Sprösslinge zu verspüren. Ich hatte von vorne herein mit offenen Karten gespielt, hatte in meiner Bewerbung genauestens beschrieben wie ich die Versorgung meiner Kinder zu regeln gedachte. Das hatte man von Anfang an gewusst: Mich gab es nur zu dritt!

„Es ist doch so", meinte Frau Klaus unwirsch und knipste ungeduldig auf ihrem Kugelschreiber herum. „Kinder werden manchmal krank und dann sind die Mütter auch auf einmal krank!" Herausfordernd musterte sie mich aus schmalen Augen, während sie mit ihrem Kugelschreiber nun ein Stakkato auf dem Schreibtisch trommelte.

Inzwischen war ich wieder ganz ruhig geworden, denn zu meinem Kampfwillen hatte sich mein Überlebenswille gesellt. Beide zusammen flüsterten mir zu: Gib nicht auf! ... Wehr dich! ... Erkläre ihr genau, wie du dir alles vorstellst und lasse dich auf keinen Fall unterkriegen. Die will doch auch nur sehen, wie sicher du selbst bist. Sag ihr, dass du die Arbeit ja auch vor allem wegen der Kinder brauchst. Ich hatte die Empfehlungen meiner so harmonisch verbündeten Willensanteile für meinen Geschmack eigentlich bereits in einem ersten Schwall ganz gut aus-geführt; als ich aber erneut Luft holen wollte, um Frau Klaus mit Teil zwei zu überzeugen, hob diese unvermittelt die Hand.

Das genügt!

Okay, dachte ich bestürzt, das war's dann wohl. Sie hat genug von deinem Gequatsche. Du hast es vergeigt. Ich war den Tränen nahe. Nur mühsam konnte ich meine Enttäuschung verbergen. Aus für mich, aus der Traum! Aber dann geschah das kleine Wunder: Frau Klaus lächelte mich plötzlich ganz freundlich an. Zum ersten Mal, seit meinem Eintreten, sah ich sie lächeln.

„Na dann", meinte sie leichthin, warf mir einen vergnügten Blick zu und zückte ihren Kuli. „Dann trage ich sie mal für den Lehrgang 492 ein. Der beginnt in 14 Tagen."

Man kann es wohl erraten: Frau Klaus ist die andere wichtige Frau in meinem Leben gewesen! Leider habe ich es ihr später nicht mehr selbst sagen können, dass sie die Zweite in meinem Leben gewesen ist, die entscheidend dazu beigetragen hat, dass mein Leben sich so zum Guten verändern konnte. Auch nicht, dass ich später noch so oft an sie gedacht habe. Nachts zum Beispiel, wenn mir die Arbeit schwerfiel, weil mir die Augen vor Müdigkeit zufallen wollten. Da habe ich an sie gedacht und daran, dass ich ihr damals in dem Gespräch versprochen hatte, sie nicht zu enttäuschen. Aber möglicherweise war das auch gar nicht nötig, weil genau in diesem Moment, da ich diese Worte schreibe, einer meiner vielen Engel, Meister und Beschützer in der unsichtbaren Welt, neben Frau Klaus steht und ihr anerkennend die lichte Schulter klopft. Vielleicht sagt er sogar gerade zu ihr:

„Siehste, Frau Klaus, das haste gut gemacht damals mit der Frau Kaussen. Da hast du eine gute Entscheidung getroffen und einer anderen Frau dazu verholfen, sehr glücklich zu werden. Und außerdem haste noch jede Menge gutes Karma angehäuft!" Wer weiß das schon?

Möglich wäre es immerhin!

Ich jedenfalls wusste nichts davon, als ich damals im Zimmer von Frau Klaus meinen Arbeitsvertrag unterschrieb, um mich dann, wie in Trance, zu erheben, mich von ihr zu verabschieden und wie eine Traumwandlerin nach Oberursel zurückzufahren. Mein Kopf war völlig leer. Wie im Rausch bestieg ich die U-Bahn und sah zum Fenster hinaus, aber ich sah nichts. Häuser und Bäume flogen an mir vorbei, aber ich nahm sie nicht wahr. Hörte nicht die Geräusche der quietschenden Tramräder beim Wechseln der Gleise, nicht das Murmeln der vielen Stimmen um mich herum.

Nichts.

Leer.

Aber ich fühlte ein angenehmes Nichts, fühlte eine wohlige Leere, eine, die nicht einsam oder unglücklich macht, sondern eine, die still macht.

Still vor Dankbarkeit und Glück. Unfassbar, ich durfte dabei sein!

Als ich später in das kleine Häuschen am Waldrand zurückkehrte, war es schon Abend geworden. Wie eine

Schlafwandlerin hatte ich mich in die nächstbeste Bahn gesetzt, hatte viel zu lange an der Konstablerwache zum Umsteigen gebraucht, weil ich, wie im Traum, dagestanden und die nächste S-Bahn an mir hatte vorbeifahren lassen. Wie ich nun die quietschende Gartenpforte öffnete und die wenigen Schritte zur Terrasse ging, sah ich, dass alle schon versammelt waren und nur auf mich gewartet hatten.

„Ach, du Schreck", murmelte Birgit, die mich als erste entdeckt hatte und stürzte sogleich auf mich zu. „Mach dir nichts draus, Anas, du findest bestimmt eine andere schöne Arbeit, du wirst schon sehen", versuchte sie mich zu trösten. Meine Brüder machten betroffene Gesichter. Wie in Zeitlupe bewegte ich mich zu ihnen an den Tisch und ließ mich wortlos auf den nächstbesten Stuhl fallen. Erst jetzt begann die übergroße Anspannung der letzten Tage von mir abzufallen.

„Ach komm", sprach mir jetzt auch Andi gut zu und schenkte mir aus der Sektflasche ein, die sie schon vor Stunden in einem silbernen Kühler bereitgestellt hatten. „Wenigstens hast du es versucht! Lass uns trotzdem anstoßen, dann klappt eben etwas anderes!"

Ich nahm mein Glas zur Hand und blickte in die mitfühlenden Gesichter um mich herum.

„Aber, aber ... die haben mich doch genommen", hörte ich mich plötzlich stottern. „Ich bin ja gar nicht traurig ... ich freu mich doch nur so wahnsinnig ...", stammelte ich und schaute belämmert in die Runde. „Die haben mich tatsächlich genommen!"

Schlagartig wurde es so still im Garten, dass ich nur noch mein eigenes Schnaufen hören konnte. Es war zu kurios. Erst jetzt, da ich selbst diese Worte laut ausgesprochen hatte, begann ich allmählich zu realisieren, was Wirklichkeit geworden war. Das Geschrei meiner Geschwister war ohrenbetäubend. Und in diesem Moment begann es tatsächlich, mein neues Leben!

Mein neues Leben begann mit einem sechswöchigen Training, in welchem wir übten, mit Wein- und Sektgläsern bestückte Tabletts durch die Gegend zu balancieren, Cocktails zu mixen und freundlich zu gucken sowie, im Notfall, ein Flugzeug zu evakuieren. An den Wochenenden fuhr ich zu meinen Kindern in die Eifel oder Alexandra kam mit ihnen nach Oberursel und wir verbrachten eine herrliche Zeit zusammen. Dann kam mein erster Flug als Stewardess in einer Boeing 727.

Als ich am Abend völlig erschöpft, aber überglücklich, es hatte auf meinem ersten Flug alles ganz wunderbar geklappt, in meinem riesigen King Size Bett einer Suite des Sheraton Hotels saß und mich von dort aus durch die Kanäle eines überdimensionalen Fernsehers zappte, während ich mir genüsslich ein Clubsandwich zu Gemüte führte, hätte ich nur noch überschnappen können vor lauter Dankbarkeit und Freude! Wieder und wieder dankte ich in dieser Nacht aus tiefstem Herzen meinem gnädigen Schicksal für die glückliche Fügung. Der Traum vom Flugbegleiterleben war für mich Wirklichkeit geworden! Ich verdiente mein eigenes Geld, lernte die Welt mit all ihren Abenteuern und Abwechslungen kennen, traf jeden Tag viele interessante Menschen, während ich mich darauf verlassen konnte, dass meine Mutter und meine Schwester sich rührend um meine Söhne kümmerten.

Manchmal frage ich meine Schwester Alexandra, ob ihr die Aufgabe als Ersatzmutter nicht doch ab und an zu viel geworden sei, aber dann versichert sie mir jedes Mal, dass diese Zeit zu der schönsten in ihrem Leben gehöre. Welch ein Glück!

Nach sechs Monaten kamen die Flüge auf der Langstrecke dazu und ich flog jetzt auch noch mit dem Jumbo Jet abwechselnd nach Rio, Kapstadt, Tokio und Los Angeles, indessen ich auf der Kurzstrecke ganz Europa sowie den nahen und den mittleren Osten kennenlernte.

Mein Leben als Stewardess entpuppte sich als noch aufregender und unterhaltsamer, als ich es mir je hatte vorstellen können. Mit meinen internationalen Kolleginnen und Kollegen aus der Kabine und dem Cockpit erfüllten sich meine kühnsten Träume von einem beglückenden Berufsleben. Nächtelang saßen wir nach der letzten Landung in einer der großen Städte der Welt im Zimmer eines Kollegen zusammen, meistens in dem des Kapitäns oder des Chefstewards und ließen die gemeinsame Arbeit fröhlich und gut gelaunt ausklingen. Es wurde erzählt, gelacht und getanzt, bis uns die Müdigkeit oder der nächste Flug in die Betten zwang.

Und dennoch „fehlte" etwas.

DAS ZEICHEN

Unter all meinen neuen Kolleginnen und Kollegen gab es zwar viele, die offen waren für „geistreiche" und spirituelle Gespräche, aber niemand von ihnen hatte jemals etwas erlebt oder auch nur davon gehört, was ich als Kind erlebt hatte. Soviel hatte ich erfahren, wenn ich mich vorsichtig nach ungewöhnlichen Ereignissen in diesem Zusammenhang erkundigte. Dann geschahen kurz nacheinander zwei merkwürdige Ereignisse, die dazu führen sollten, dass ich meine Suche nach Gleichgesinnten intensivierte und die mich am Ende sogar dazu brachten auf die Philippinen zu reisen, wo ich das zweite und noch größere Wunder meines Lebens erleben sollte. Aber der Reihe nach.

Ich erinnere mich noch genau, dass das erste merkwürdige Ereignis, das damals seine Schatten vorauswarf, in Düsseldorf stattgefunden hat. Es war eine besonders schöne und laue Sommernacht und die ganze Crew fand sich nach dem Flug noch auf der Terrasse des Rheinstern Penta Hotel zum Debriefing ein. Wir nahmen noch einen letzten Absacker, dann verzogen sich alle nacheinander auf ihre Zimmer. Alle, bis auf den Kapitän und mich. Ich war mit dem Kapitän, einem liebenswürdigen Mann und ehemaligem Starfighterpiloten der Bundeswehr, im Laufe des Abends ins Gespräch gekommen. Er entpuppte sich während unserer Unterhaltung als ein tief religiöser Mensch und erzählte mir, dass er im Garten seines Anwesens in Bayern eine Kapelle errichten wolle. Ich horchte auf und wollte unbedingt noch mehr erfahren über die Gründe seines ungewöhnlichen Vorhabens. Ich musste nicht lange bitten. Auch er habe als Kind schon früh den Wunsch gehegt, seiner Verbundenheit zur Mutter Gottes Ausdruck zu verleihen, indem er ihr eines Tages ein Denkmal errichten wolle. Nun sei er in seinen 40ern und der Zeitpunkt gekommen, sein Vorhaben in die Tat umzusetzen. Er sprach mit einer solchen Hingabe und stillen Ehrfurcht von seinem Projekt, dass ich zum ersten Mal seit meiner unverhofften Erinnerung an die Begegnung mit Christus den Wunsch verspürte, mein Erlebnis mit jemandem zu teilen. Ich war bei meinen ersten Worten noch ein klein wenig aufgeregt und hoffte, dass er mich nicht etwa auslachen würde. Aber das tat er nicht, sondern hörte mir still und konzentriert zu. Einige Male zog er verwundert die Augenbrauen hoch, während er mit dem Kopf zu meiner Erzählung nickte. Als ich geendet hatte, es war mittlerweile weit nach Mitternacht geworden, schaute er mich ernst an und hakte noch einmal nach: „Was sagtest du, um wieviel Uhr ist das gewesen?"

Nun hätte ich ja mit allem gerechnet, nur nicht mit einer solchen, beinahe banalen Frage. Trotzdem warf sie mich kurz aus dem Konzept. Noch niemals zuvor hatte ich die Uhrzeit in Frage gestellt oder groß darüber nachgedacht. Das tat ich nun. Ich erinnerte mich an die große Uhr in der Küche.

Ist es nicht vielleicht doch Viertel nach fünf gewesen? Mein innerer Zweifler versuchte mich zu verunsichern. Wie kannst du dir so sicher sein, dass es fünf Uhr gewesen ist? Ich visualisierte die Uhr vor meinem geistigen Auge. Es war genau fünf Uhr!

Als ich wenig später auf mein Zimmer ging, nagte wiederum der Zweifel an mir. Hartnäckig. Wie willst du das noch so bestimmt wissen?, versuchte der hinterhältige Zweifler in meinem Kopf mich zu verunsichern. Konntest du denn überhaupt schon die Uhr lesen? Na klar, konterte ich ärgerlich. Ich ging doch schon zur Schule und wusste damals, dass bis zum Aufstehen noch zwei Stunden Zeit waren.

In meinem Zimmer war es stickig. Bei meinem ersten Eintreffen vor Stunden hatte ich die Klimaanlage abgeschaltet, denn ich hasste tiefgekühlte Räume. Nun öffnete ich die Schiebetür zu dem großzügigen Balkon und ließ die laue Sommerluft in mein Zimmer einströmen. Eine Weile stand ich noch still auf dem Balkon und hörte dem sanften Raunen des ruhig dahinfließenden Rheines zu. Die Nacht war sternenklar und vom Wasser her wehte eine Brise den betörenden Duft blühender Lindenbäume zu mir herüber. Der Abend war so schön und das Gespräch so herrlich anregend gewesen. Wäre da nicht so unvermutet diese läppische Frage aufgetaucht. Unwillig schüttelte ich den Kopf und ging zurück ins Zimmer. Welch ungeheurer Luxus dachte ich, als die seidenen Gardinen sachte im Luftzug raschelten und der sanfte Schein der Nachttischlampen rechts und links des riesigen Doppelbettes, das elegant eingerichtete Zimmer in schimmerndes Licht tauchte. Aber wie blöd, dachte ich noch vage, als ich mich kurz darauf in die weichen Daunen des Federbettes kuschelte und die Augen schloss. Ist es damals wirklich genau fünf Uhr gewesen?

Ich erwachte mit einem Schlag, als und weil die Nachttischlampen an meinem Bett aufleuchteten. Augenblicklich war ich hellwach und fuhr mit einem Ruck hoch. Einbrecher, schoss es mir durch den Kopf, da durch die geöffnete Balkontür gerade ein mildes Lüftchen zu mir herüber wehte. Nein, schoss sofort der nächste Gedanke hinterher, keine Einbrecher!

Ungläubig schaute ich erst zu den beiden Nachttischlampen, dann an mir herunter. Ich saß mitten in dem riesigen Bett, die Hände dicht an meiner Seite. Ich ahnte es schon! Beim besten Willen hätte ich die Lampen nicht aus Versehen oder unbewusst selbst einschalten können, dazu hätte ich, zumindest mit einem Bein, das Bett verlassen müssen, soweit standen die Lampen entfernt. Ich erinnerte mich, wie ich noch vor dem Einschlafen einen Riesenschritt hatte machen müssen. Die Schalter waren so angebracht, dass sie zwar vom Bett aus, jedoch nicht ohne sich erheblich strecken zu müssen, zu erreichen waren. So, dachte ich und hielt vor Aufregung den Atem an, nun bin ich aber mal gespannt: Langsam ließ ich meinen Blick zur Uhr auf dem rechten Nachttisch wandern: Sie zeigte fünf Uhr morgens an!

Um allen möglichen Missverständnissen an dieser Stelle unverzüglich vorzubeugen: Selbstverständlich wusste und weiß ich, dass es für das Phänomen der jählings aufleuchtenden Nachttischlampen eine ganz einfache, eine logische und naturwissenschaftliche Erklärung gibt: Kriechstrom. Das Wunder liegt für mich nicht nur in der möglichen naturwissenschaftlichen Erklärung bezüglich defekter elektrischer Leitungen, sondern das Wunder liegt für mich vor allem in dem Zeitpunkt. Nie wieder und auch noch niemals zuvor hatte sich in meinem Leben eine Lampe um eine Uhrzeit, über die ich zuvor lange und ausgiebig gegrübelt hatte, wie durch Geisterhand entzündet.

Als ich in dieser Nacht irgendwann zu Ende gestaunt hatte, hangelte ich mich zu den Nachttischen herüber, löschte beide Lampen aus und kletterte zurück in mein warmes, weiches Bett. Noch eine ganze Weile lag ich wach und dachte über das wunderbare Zeichen nach. Unglaublich! Im wahrsten Sinne des Wortes!

Von dem zweiten merkwürdigen Ereignis berichtete mir ein paar Tage später Gabriel. Ich war von einem anstrengenden Nachtflug erst nachmittags aus Tokio zurückgekommen. Als ich zu Hause in der Eifel eintraf, waren die Kinder schon längst ins Bett gebracht worden. Meine Mutter begrüßte mich ungewohnt ernst.

„Schau doch sofort noch mal nach Gabriel", bat sie mich, kaum dass ich mir meine Uniformschuhe im Flur von den Füssen gestreift hatte. „Ich hab ihm versprochen, dass du auf jeden Fall nochmal zu ihm reinschaust, sobald du zu Hause bist", fügte sie erklärend hinzu, als sie meinem fragenden Blick begegnete. „Er muss dir etwas ganz Wichtiges erzählen. Und ich habe ihm fest versprechen müssen, dass er es dir selbst sagen darf!" Bestürzt zog ich die Brauen hoch.

„Doch nichts Schlimmes?", fragte ich ängstlich. Meine Mutter wehrte ab.

„Nein, nein, nichts Schlimmes für Gabriel, aber es ist schon etwas sehr, sehr Merkwürdiges passiert!"

Als ich das Kinderzimmer betrat, lag Gabriel mit weit geöffneten Augen im Bett und starrte an die Decke. Er wartete sehnsüchtig auf mich. Leander, im anderen Bett, schlief tief und fest.

„Hallo, mein Gabrielchen. Du bist ja tatsächlich noch wach." Ich setzte mich leise zu meinem Ältesten ans Bett, nahm ihn in die Arme und streichelte sanft über seinen Kopf.

Nach einer Weile löste sich Gabriel aus meiner Umarmung und sah mir fest in die Augen.

„Ich muss dir etwas Komisches erzählen, was mir passiert ist, Mama."

„Ja", sagte ich ruhig, „Oma hat mir schon gesagt, dass du mir etwas Wichtiges sagen musst." Aufmunternd nickte ich ihm zu.

„Vor ein paar Tagen, als du noch in Tokio warst", begann Gabriel leise und ich spürte, wie er schauderte, „also vor ein paar Tagen, da ist der Opa zu mir ans Bett gekommen, gerade als die Oma die Tür zugemacht und gesagt hat, wir sollen jetzt schlafen."

„Ach was!", antwortete ich verblüfft und schaute meinem Sohn prüfend in die Augen. „Ja, und hat er denn etwas zu dir gesagt?" Gabriel nickte stumm. Mit großen Augen sah er mich an.

„Ja. Er hat gesagt, dass er jetzt gehen muss und sich noch von mir verabschieden will! Dann hat er noch gesagt, dass er nicht mehr wiederkommt, weil er ja jetzt gehen muss und dass ich ihn nicht vergessen soll!" Wieder schaute mich mein Sohn aus großen, dunklen Augen an.

„Hast du geweint?", wollte ich vorsichtig von ihm wissen, „und hattest du Angst?" Gabriel schüttelte energisch den Kopf.

„Nein. Opa hat gesagt, ich brauche nicht zu weinen, weil er mich ja jetzt immer beschützen kann, weil er doch nun in den Himmel geht." Ich wagte kaum zu atmen. Großer Gott, wenn das wahr war, dann ... „Der Opa war tot, stimmt`s? Der Papa hat gestern Abend angerufen und gesagt, dass der Opa gestorben ist." Seine schmalen Schultern waren bei den letzten Worten zusammengesunken und mit Mühe unterdrückte sein tapferes kleines Herz ein Schluchzen. „Aber Mama, weißt du, der Opa war ganz hell, als er an mein Bett gekommen ist und dann hat er immer noch so ein komisches Wort zu mir gesagt." Nachdenklich legte Gabriel seine kindliche Stirn in Falten und überlegte. Zögerlich meinte er: „Es war ein komisches Wort ... so, so wie ... also es hörte sich an wie mein Pritzche oder Printzsche oder so."

„Mein Princeje", erwiderte ich leise. „Der Opa hat dich immer sein Princeje genannt, als du noch ganz klein warst. Du kannst dich nicht mehr daran erinnern, ihr habt den Opa ja schon so lange nicht mehr gesehen."

„Ja, Mama, das war das Wort, das der Opa gesagt hat", bestätigte Gabriel aufgeregt meine Vermutung. „Und dann hat der Opa mir noch zugewinkt, als er wieder durch die Tür gegangen ist!" Fassungslos deutete mein Sohn auf die geschlossene Kinderzimmertür. „Er ist einfach durch die Tür gegangen!" Ich war so überwältigt, dass es mir die Sprache verschlug. „Aber dann habe ich doch noch ein bisschen geweint", gestand mir mein Sohn treuherzig, „weil der Opa jetzt ja nie mehr wiederkommt."

Wir saßen noch eine ganze Zeit lang eng umschlungen zusammen im Bett und dachten an den Opa und wie lieb das von ihm gewesen war, sich noch zu verabschieden und auch daran, dass manche Seelen so etwas tun, wenn sie jemanden sehr lieb haben.

„Aber nicht jeder Mensch kann eine Seele sehen, oder Mama?" Ich nickte. Nachdenklich nestelte Gabriel an seinem Kissen herum. „Aber warum ich, Mama? Warum habe ich ihn gesehen und die Oma nicht oder der Anderl?"

„Das weiß ich auch nicht, mein Schätzchen", antwortete ich wahrheitsgemäß und seufzte ratlos. „Vielleicht finden wir das ja eines Tages noch heraus, warum nur manche Menschen eine Seele nach ihrem Tod sehen können. Wichtig ist jetzt nur, DASS du ihn noch gesehen hast und dass der Opa dich jetzt vom Himmel aus beschützt."

Als Gabriel zu guter Letzt eingeschlafen war, ging ich zu meiner Mutter ins Wohnzimmer.

„Er konnte es nicht wissen", murmelte sie in Gedanken versunken bei meinem Eintreten und schüttelte den Kopf. „Der Junge konnte das nicht wissen. Björn hat uns tatsächlich erst zwei Tage später informiert!"

"..... DEN UNWILLIGEN ZERRT ES"

Meinen ersten Jahresurlaub teilte mir die Lufthansa gleich am Stück und über die gesamten Osterferien zu. Ich versuchte, zu tauschen, um wenigstens in den Sommerferien ein bis zwei Wochen zusammen mit den Kindern verbringen zu können, aber es war nichts zu machen. Die Urlaubsplanung stand, da war nicht dran zu rütteln. Anfangs war ich noch ziemlich unwillig darüber, gleich den gesamten Urlaub auf einmal zugeteilt bekommen zu haben, aber dann beruhigte ich mich wieder. Immerhin, ich bekam Urlaub und eventuell war es ja auch für irgendetwas gut, dass ich ihn auf einmal nehmen sollte.

Seit meiner Trennung von Björn hatte sich das Verhältnis zu Andi und Armin, wie durch ein Wunder, schlagartig verbessert. Es war ein neues und äußerst beglückendes Gefühl, mittlerweile zwei ältere Brüder zu haben, die sich in ihrer Freizeit nicht mehr ausschließlich darauf konzentrierten, wie sie ihre jüngeren Schwestern ärgern konnten. Insbesondere mit Andi, der mittlerweile selbst ein spirituell Suchender geworden war, hatte ich mir schon des Öfteren die eine oder andere Nacht mit „geistreichen" Gesprächen um die Ohren gehauen. An manchen Abenden, wenn unsere Unterhaltungen wieder einmal kein Ende finden wollten, konnte es geschehen, dass in meinen Gedanken so etwas wie ein Déjà-vu durchblitzte und ich plötzlich das Gefühl hatte, Andi schon sehr, sehr lange zu kennen.

„Klar," meinte der, als ich ihm meine Ahnung einmal anvertraute. „Kann schon sein, dass Familienmitglieder in den verschiedenen Leben immer mal wieder zusammen inkarnieren." Nachdenklich runzelte er die Stirn. „Und was denkst du, woher wir uns kennen?" Ich hob die Schultern.

„Keine Ahnung, ehrlich gesagt. Es ist ja nichts Konkretes, nur so ein Gefühl." Andi nahm sein Weinglas zur Hand und prostete mir zu.

„Stell dir vor, Schwester," lachte er, „vielleicht haben wir schon mal irgendwo zusammen Büffel gejagt ..."

„Na klar," erwiderte ich grinsend und zeigte ihm mit erhobener Hand das Peacezeichen. „Ich, Winnetou, du, Old Shatterhand! Irgendwoher müssen die ganzen Geschichten ja kommen!"

Seitdem wollte mein ältester Bruder immer mal wieder, dass ich ihm von der Nacht meiner Begegnung mit Jesus erzählte und natürlich kannte er mein Verlangen, Menschen zu treffen, die eine ähnliche Vision gehabt hatten wie ich.

„Flieg doch nach Boracay auf die Philippinen", meinte Andi als er mitbekam, dass ich mich mit Urlaubsplänen herumschlug. „Da hast du auf jeden Fall gutes Wetter, das Essen ist super und günstig ist es auch noch. Eine tolle Hütte bekommst du da schon für ein paar Mark am Tag."

„Das hört sich toll an. Aber gleich die Philippinen? Die sind doch so weit weg und ich dort so ganz alleine mit den Kindern?" Andi zuckte die Schultern.

„Überleg's dir. Ich war gerade da, als ich fünf Tage Manilastopp hatte. Die ganze Crew ist für die fünf Tage rüber auf die kleine Insel geflogen und es war toll."

Ich war hin- und hergerissen.

„Ich hab' übrigens zwei ganz interessante Leute da kennengelernt", legte mein Bruder nach, der offensichtlich nun meine Gedanken lesen konnte. „Die beiden leben da in einer selbst gebauten Pyramide aus Holz und ... sie haben Kontakt zu Jesus." Mein Kopf flog zu ihm herum. Jetzt war meine Aufmerksamkeit geweckt.

„Was haben die?", fragte ich überrascht. „Die haben Kontakt zu Jesus? Wirklich?" Mein Bruder nickte nachdrücklich mit dem Kopf.

„Ja, der Mann heißt Sebastian und ist da so eine Art religiöser Lehrer, seine Frau Susanne ist auch eine super Nette. Sind echt interessante Leute, die beiden, und wir hatten ein paar ganz tolle Gespräche über Gott und die Welt." Hmm, eventuell waren die Philippinen ja doch nicht so ganz weit weg. „10.000 Kilometer vielleicht. Höchstens!", vermutete ich laut. Andi nickte.

„Keine Angst, Schwester, das packst du schon", setzte er fröhlich hinzu und wischte meine Unsicherheit mit einer Handbewegung vom Tisch. „Und für die Jungs wäre das auch klasse! Der Basti und die Susi haben nämlich auch zwei Söhne im Alter von Gabriel und Leander. Die Kinder könnten den ganzen Tag am Strand und im Meer sein ... und wie gesagt ... er hat Kontakt zu Jesus, das könnte doch ganz interessant für dich sein. Überleg' es dir!", legte mein Bruder weiter nach und lachte mir verschmitzt zu.

Wenn ich ehrlich bin, war das im Großen und Ganzen der gesamte Wortwechsel, der dazu führte, dass ich eine ziemlich abenteuerliche Reise zu den Philippinen unternehmen würde! Mehr Informationen hatte ich nicht und mehr brauchte ich offensichtlich auch nicht. Da gab es nach Aussage meines Bruders Menschen, die Kontakt zu Jesus hatten. Und das hatte mir genügt. Diese Menschen wollte ich treffen. Ich musste zu ihnen, das spürte ich ganz genau. Unbedingt! Also gut ... auf zu den Philippinen.

Meine Reisevorbereitungen waren – wie eigentlich alle meine bisherigen Vorbereitungen im Leben – eher übersichtlich. Handys, so wie wir sie heute kennen, gab es für das gemeine Volk in den 80ern noch nicht und wenn, dann nur in der Dimension eines handelsüblichen Ziegelsteines und der kostete etwa so viel wie ein Kleinwagen. Nun gut, zumindest wie einer in meiner Preiskategorie. War also nur was für die Superreichen und zu denen gehörte ich eindeutig nicht. Von den übernommenen Bürgschaften für die Werkstatteinrichtung meines Exmannes hatte mich, trotz größter Bemühungen, auch mein Anwalt nicht befreien können. Stattdessen hatte mir der freundliche Richter nur sein tiefstes Bedauern über die zu verhängende Rechtsprechung ausgedrückt. Aber ihm seien hier, leider leider, die Hände gebunden ...

„Tja ... Sie müssen verstehen Frau Kaussen, die deutsche Rechtsprechung!"

Eine Ehefrau hatte derzeit noch für den Gatten zu bürgen, einerlei, ob sie dazu überhaupt in der Lage war oder nicht. Selbst wenn diese Unterschrift im Falle eines Falles, unausweichlich den völligen Ruin nach sich ziehen sollte.

„Ihre Unterschrift bitte, eine unbedeutende, jedoch leider unumgängliche Formalität, liebe Frau Kaussen", hatte mir der zuversichtliche Banker voller Inbrunst bei der Kreditvergabe versichert, als ich vorsichtig darauf hingewiesen hatte, dass ich doch außer meinem Abitur und meinen beiden Kindern so überhaupt nichts besäße, womit ich, im Falle eines Falles natürlich nur, für meinen Mann bürgen könnte. Ich war sofort von allen Seiten aufs vehementeste beruhigt worden, schließlich handelte es sich hier doch wirklich nur um eine reine Formsache, eine überflüssige Formalität quasi. „Du liebe Güte, verehrteste Frau Kaussen!" Und mein fürsorglicher Gatte hatte noch eifrig hinzugefügt, dass, bevor jemand tatsächlich wagen sollte, jemals an mich heranzutreten, er auf jeden Fall ... Dummerweise hatte ich damals das Ende dieses eigentlich sehr wichtigen Satzes nicht mehr mitbekommen, da just in diesem Moment die Tür zum Büro aufgerissen wurde und jemand die fertigen Papiere abholen wollte.

Wortlos war mir der Füllhalter gereicht worden ... und ich hatte unterschrieben. So hatte sie damals nun einmal gelautet, die deutsche Rechtsprechung, und seit meinem Eintritt ins Arbeitsleben wurde mir darum der zu pfändende Teil meines Gehaltes jeden Monat pünktlichst abgezogen. Ordnung musste schließlich sein. Jedenfalls in der deutschen Rechtsprechung. Im übrigen sorgte eben jene Ordnung auch dafür, dass ich auf der Sparkasse leider keine Kreditkarte bekommen konnte. Die gab es damals zwar schon, allerdings nicht für mich. Leider! Der Angestellte der Sparkasse drückte mir sein tiefstes Bedauern aus.

„Die Rechtsprechung ...", meinte er vielsagend und hob bedauernd die Hände. „Tja, Frau Soundso, da kann man leider nix machen." Leider! Das Gesicht des Angestellten verzog sich zu einer Grimasse stummen, anteilnehmenden Leidens. Na gut, dann musste es eben anders klappen. Unnötig zu erwähnen, dass vonseiten meines Ex nichts zu erwarten gewesen war. Theoretisch, ja, theoretisch hätte den Kindern ein kleiner Betrag an Unterhalt zugestanden. Aber der kam, wenn überhaupt, nur unregelmäßig. Leider! Konnte man aber wieder mal nix machen ...

„Sie wissen schon Frau Soundso, die Rechtsprechung ... Und seien Sie überhaupt froh, dass sie für ihren Ex-Mann nicht auch noch Unterhalt zahlen müssen! Immerhin ... SIE haben ja schließlich Arbeit. Und die Kinder obendrein!"

„Wie bitte?" Da hatte ich mich doch hoffentlich verhört?
„Das kann nicht Ihr Ernst sein? Ich werde doch schon für die Bürgschaften bis hin zur Pfändungsfreigrenze in Anspruch genommen! Da könnte wenigstens das bisschen Unterhalt regelmäßig kommen. Und die Geschäfte meines Ex laufen doch unter neuer Flagge meinen Informationen nach eigentlich auch wieder ganz gut!"

„Tja, trotzdem!" Die Frau vom Jugendamt zuckte mit den dürren Schultern und kniff die schmalen Lippen zusammen, dass nur noch ein Strich unter der Nase zu sehen war. Einem nackten Mann könne man wohl kaum in die Taschen greifen. Der arme Herr Kaussen versuche ja immerhin wieder auf die Beine zu kommen, während ich – die Frau vom Jugendamt bedachte mich mit einem eindeutig nicht ganz jugendfreien Blick – nur so in der Weltgeschichte herumflöge. Angewidert blähte sie die Nüstern ihrer spitzen Nase, als gelte es, die Topsegel eines Zweimasters zu setzen. Oha. Daher wehte also der Wind. Jupp, dachte ich schnippisch, und das mach ich alles auch nur zu meinem reinen Privatvergnügen. Aber diese Bemerkung, so sehr sie mir auch auf der Zunge lag, ersparte ich uns beiden lieber. War bestimmt schwer für die Gute, sich eine eigene Meinung zu bilden, wenn man nur die Seite des armen, verlassenen Mannes kannte. Und wie die bei Unterschlagung gewisser Fakten nach außen hin aussah, konnte ich mir leicht vorstellen. Da hatte Björn offenbar ganze Arbeit geleistet und dieser verbitterten Tante da, in ihrem einsamen Büro samt Gummibaum, eine beeindruckende Vorstellung geliefert. Wie dem auch sei, überlegte ich kurz darauf schon wieder vergnügt, als ich den Raum mit der vertrockneten Zimmerpflanze verließ und die Tür hinter mir zuzog.

Sieht ja tatsächlich alles ziemlich gut aus!

Von meinen Spesen sparte ich auf jedem Flug so viel ein, wie es nur irgend möglich war, und als ich im März 87 die große Reise antrat, hatte ich immerhin satte 350 D-Mark gespart. Meine Mutter gab mir noch 200 dazu, ich verfügte also über ein kleines Vermögen. Allerdings musste das kleine Vermögen auch für den ganzen sechswöchigen Urlaub reichen! War aber kein Problem. Den fundierten Aussagen meines Bruders nach, kostete eine Hütte umgerechnet so etwa sechs Mark pro Tag, dann rechnete ich nochmal großzügig sechs Mark für Verpflegung dazu und siehe da: wenn ich 30 Tage für den Urlaub zugrunde legte, blieben uns jeden Tag sogar noch sechs Mark für Firlefanz übrig! Allerdings durften nicht allzu viele unvorhergesehene Ausgaben dazu kommen. Dann musste eben der Firlefanz wegfallen. Mehr Geld gab es nun einmal nicht und es sollte wohl reichen.

Derart ausgestattet, machten wir uns am nächsten Abend auf den Weg zum Flughafen. Da ich reichlich Gepäck dabeihatte, meine Mutter hatte mir in letzter Minute noch einen großen Korb Ostereier für die Jungs aufgedrängt (die zwei müssen doch am Ostersonntag etwas zum Suchen haben), brachte Andi uns zum Flughafen. Ich benötigte noch eine kleine Einweisung in Punkto Standby-Fliegen und dafür bot sich die Fahrt zum Flughafen geradezu an. Für die weite Reise wollte ich gut vorbereitet sein. Geduldig erklärte mir mein Bruder, was ich in Bangkok am Gate zu tun hatte, an wen ich mich im Falle des Falles wenden müsste und wo ich schließlich welches Flugzeug in Manila nehmen sollte, um auf die Insel Boracay zu gelangen. Ich war dann doch ein bisschen aufgeregt, als wir am Gate ankamen, denn im Grunde bestand meine ganze Vorbereitung aus drei Papiertickets, den 550 D-Mark und der kurzen Einweisung im

Auto meines Bruders. Lieber Gott, betete ich innerlich so inbrünstig, wie ich nur konnte. Ich hoffe, Du willst auch, dass ich zu den Leuten mit der Pyramide komme, die Kontakt zu Deinem Sohn haben. Bitte, bitte, flehte ich stumm, steh mir bei auf dieser Reise. Die Antwort vom lieben Gott konnte ich leider nicht mehr hören, aber ich denke, er hätte mir eh nur gesagt, ich solle mir keine unnötigen Sorgen machen. In diesem Moment rief uns nämlich eine Stimme vom Abfertigungsschalter zu, dass der Schalter geschlossen würde und alle Standbys nach Hause gehen könnten. (Standbys nannte man Passagiere, wie mich, die ohne jegliche Buchung, dafür aber zu einem sagenhaft ermäßigten Preis fliegen durften, in der Regel Mitarbeiter und deren Angehörige der Fluggesellschaft.) Der Flug nach Bangkok sei komplett ausgebucht.

„Schluss für heute. Versuchen sie es morgen noch einmal." Na, die Reise ging ja gut los!

„Wir wollen aber auf die Philippen!", heulten meine Jungs augenblicklich unisono los. Ja, das wollte ich auch. Sah aber nicht gut aus heute.

„Los, kommt schnell!", hörte ich auf einmal die keuchende Stimme meines Bruders hinter mir. Hastig schleuderte er sich meine Taschen auf den Rücken und rannte auch schon wieder los. „Schnell ... beeilt euch, an Gate 45 geht in zehn Minuten der Flug nach Hongkong raus!" brüllte mir mein Bruder über die Schulter zu, während er auch schon den Gang hinunter hastete.

„Wie? Was, nach Hongkong?" Aber noch ehe ich einen klaren Gedanken fassen konnte, hatten sich meine beiden Kleinen auch schon das restliche Gepäck geschnappt und sich ihrem Onkel eiligst an die Fersen geheftet. Auch ich packte jetzt schleunigst meine Siebensachen zusammen und

rannte den Dreien hinterher. Völlig außer Atem erreichten wir das Gate.
„Andi, wieso Hongkong? Wir wollen doch nach Manila?" erlaubte ich mir, noch immer ohne Puste, einen kleinen Einwand.
„Also, was ist jetzt? Steigen Sie ein, oder was?", rief uns die Dame in der schicken blauen Uniform an Gate 45 sichtlich genervt zu. „Wir schließen jetzt!"
„Augenblick noch, bitte! Und ja, meine Schwester und die Jungs fliegen mit. Sie können sie schon mal einchecken!" Eilig kritzelte mein Bruder eine Nummer auf ein Stück Papier und steckte es mir zu.
„Ihre Pässe, schnell!" befahl die Kollegin am Schalter, während sie hektisch auf der Tastatur ihres Computers herumhämmerte. Hastig fummelte ich die Ausweise aus meiner Tasche, als mir auch schon die Bordkarten ausgehändigt wurden.
„Die Nummer kannst du in Manila anrufen, wenn du Hilfe brauchst", schrie Andi mir über die Schulter zu, während wir im Schweinsgalopp in Richtung Flugzeug jagten. „Das ist die Telefonnummer von Susan, eine ganz Nette." Wie bitte? Hatte er Nette oder Fette gesagt? Ach, egal.
„Aha!" brüllte ich im Laufen zurück, „woher kennst du sie?" Soviel Information musste sein!
„Sie ist mit einem von der Lufthansa verheiratet, der in Manila stationiert ist! Auch ein ganz Netter! Ruf die beiden an und bestell schöne Grüße von mir!"
Keuchend erreichten wir den Schlauch, der zum Flugzeuginneren führte und ich musste Abschied nehmen sowohl von Andi als auch von dem Gefühl der Sicherheit, das mich bis hierher mit dem Erdboden verband. Ich hatte

Seitenstechen und konnte kaum noch atmen, aber noch immer brannte mir die Frage, wieso eigentlich Hongkong, auf der Seele.

„Ach, das ist kein Problem!" Mein Bruder, der als Mitarbeiter der Firma und Träger des begehrten gelben Lufthansaausweises damals noch bis an die Flugzeugtüre mitlaufen durfte, machte eine wegwerfende Geste. „Von Hongkong aus gehen dauernd Flüge nach Manila. Lass dir das Ticket einfach da umschreiben." Hastig umarmte mich Andi noch und schob mich energisch in den Flieger.

„Einfach umschreiben lassen, ja?"

Zögernd tat ich zwei Schritte ins Flugzeuginnere. „Ach so. Aha, na dann ... aber ... ?"

„Ja, ja, das geht ganz einfach! Viel Spaß, wird schon schiefgehen!" Winke, winke. Mit einem kräftigen Rumms schloss die Stewardess hinter mir die Flugzeugtür.

Als ich mich, noch immer schwer pustend und wie ein Muli mit meinen Taschen beladen, durch die Gänge bis in den hinteren Teil der Economy Class gekämpft hatte, winkten mir Gabriel und Leander schon aufgeregt zu. Sie hatten sich auf den uns zugewiesenen Plätzen bereits häuslich niedergelassen, wiewohl die Frage geklärt, wer wann den Platz am Fenster bekäme.

Gut so, dachte ich und ließ mich in meinen Sitz fallen, die nächsten Minuten brauchte ich nämlich ein wenig Ruhe, um mal kurz über mein Leben nachzudenken. Und über die Frage, ob wir für Hongkong eventuell irgendwelche Einreisepapiere brauchten. Die hatten wir nämlich nicht! Mit diesen und ähnlichen Fragen kann ich mir ja jetzt die nächsten zehn Stunden vertreiben, überlegte ich grimmig. Lieber Gott, ich hoffe, du weißt, was ich tue!

Als nach dem Start die heißen Saunatücher verteilt wurden, erspähte ich im Gang gegenüber zwei Kolleginnen, mit denen ich erst kürzlich in Mexiko gewesen war. Gott sei Dank, dachte ich! Verbündete!

„Hey Anastasia", rief mir die eine zu, als sie mich erkannte und kam sofort an meinen Platz geschossen. „Fliegst du Deadhead (Crewmitglieder auf dem Weg vom oder zu einem Einsatzort) nach Hongkong oder machst du da Urlaub?", fragte sie neugierig und reichte mir die Hand. „Ich mache Urlaub mit meinen Jungs", antwortete ich und deutete auf meine Söhne, die sich auf einem Sitz zusammenquetschten und begeistert aus dem Fenster schauten.

„Oh, sind die süß und so höflich!" Meine Kolleginnen quietschten entzückt, als ich mich später mit den Kindern an der Hand, der Crew in der Bordküche vorstellte. Artig hatten die beiden zur Begrüßung ihre Baseballkappen abgenommen und eine leichte Verbeugung dazu gemacht, den Stewardessen dabei in die Augen gesehen und auch noch in einem ganzen Satz gesprochen. Alle Achtung, da hatte meine Mutter in meiner Abwesenheit aber ganze Arbeit geleistet! Soviel Höflichkeit und Anstand wurde seitens der Crew umgehend belohnt und meine Kinder mit kleinen Geschenken, Spielzeug sowie Bergen von Süßigkeiten überhäuft. Während der Nachtwache suchte ich noch einmal die Bordküche auf und berichtete meinen Kolleginnen von meinen Sorgen bezüglich des Weiterfluges.

„Du bist aber mutig", bemerkte die eine anerkennend, als ich geendet hatte. „So ganz alleine mit deinen Kindern auf die Philippinen zu fliegen! Mensch du, also das würde ich mich in hundert Jahren nicht trauen!" Die andere Kollegin nickte sich vor lauter Sorge um die Kinder und mich beinahe ein Schleudertrauma, als sie ihrer Freundin heftigst beipflichtete. Mutig? So hatte ich das überhaupt noch nicht gesehen. Ich wollte uns ja nicht ins Weltall schießen, sondern nur für ein paar Wochen Urlaub machen. Gut, eventuell gab es da noch die eine oder andere kleine offene Frage ... Beide Kolleginnen versprachen, sich um mich und die Kinder zu kümmern. Als ich kurz darauf wieder auf meinem Platz saß, kam auch schon der Chefsteward zu mir und versprach mir jegliche Unterstützung.

„Wir Lufthanseaten müssen doch zusammenhalten", meinte er und zwinkerte mir verschwörerisch zu. Das war nun Musik in meinen Ohren und für ein paar Stunden fand ich tatsächlich ein wenig Ruhe. Trotzdem ich einige Zeit sogar geschlafen hatte, war ich am Morgen wie gerädert. Da wir in den hintersten Reihen gesessen hatten, verließen wir auch als letzte das Flugzeug. Überschwänglich wurden wir von der Crew verabschiedet. Man wünschte mir und den Kindern eine glückliche Weiterreise, sowie einen schönen Urlaub. An der Flugzeugtür erwartete mich der Stationsleiter von Hongkong.

„So, so", meinte der schmunzelnd, als er mich und die Kinder erblickte. „Das ist also die mutige, junge Frau, die ganz alleine mit ihren kleinen Kindern eine so weite Reise macht!" Kleine Kinder? Amüsiert bemerkte ich, dass die Köpfe meiner Jungs empört zu ihm herumfuhren. Ich hingegen fühlte eine große Erleichterung, dass ganz offensichtlich sein Beschützer-Instinkt geweckt worden war und hoffte zuversichtlich darauf, dass er uns weiterhelfen konnte. Konnte er! Nur eine Stunde später saßen wir am Fenster der Business Class der philippinischen Airline Garuda, auf dem Weg nach Manila. Der zuvorkommende Stationsleiter hatte wie mit Zauberhand und in „no time" alles für uns mit den philippinischen Kollegen geregelt. Zum Dank für die unerwartete Hilfe und Fürsorge hatten dann wir für ein bisschen Freude gesorgt und den Korb Schokoladenostereier zwischen der Lufthansa und der Garuda aufgeteilt. Ohne den großen Korb ließ es sich auch gleich viel besser reisen.

Als wir das Gebäude von Manila Airport verließen, hatte ich das Gefühl, als würde mir jemand einen heißen Saunalappen ins Gesicht klatschen. Durch die Zeitverschiebung war es dort zwar mittlerweile schon Abend geworden, die Temperaturen bewegten sich allerdings immer noch im Vorhöllenbereich. Bei hundertprozentiger Luftfeuchtigkeit. Eines der hundert Millionen ununterbrochen hupenden Taxis Manilas sollte uns unverzüglich zum Domestic Airport bringen; ich gedachte nämlich, noch zur gleichen Stunde zur ersehnten Insel weiterzufliegen. Mein ehrgeiziges Vorhaben stellte sich nach kurzer Fahrt schon als köstlicher Witz heraus. Selbst für den gewieften Taxifahrer ein Ding der Unmöglichkeit, auch nur bis auf drei Kilometer an den Inlandsflughafen heran zu kommen. Die Idee mit dem Fliegen hatten, außer mir, nämlich auch noch eine Milliarde Philippiner gehabt. Mindestens. Tausende drängelnder, sich gegenseitig die Vorfahrt nehmender Taxis mit laut brüllenden und wild fluchenden Fahrern am Steuer, grell bunt bemalte, wendige und wie verrückt knatternde Tuk-Tuks, sowie völlig überladene und geradezu aufreizend langsame Pferdekarren verstopften die geschäftigen Straßen der Millionenstadt. Der Lärm war ohrenbetäubend, die Hitze sportlich.

Im Schritttempo ging es ab und zu ein paar Meter voran, dann wieder minutenlanges Harren im tosenden Inferno der nicht enden wollenden Blechlawinen.

Nach drei Stunden und einer gefühlten Ewigkeit kamen wir endlich auf die Zufahrt zum Flughafen. Schon von Weitem konnte ich sehen, dass die Menschen in mehreren Reihen nebeneinander vor den Abfertigungshäuschen Schlange standen. Mir schwante weiteres Ungemach. Als ich die Überschrift Boracay über einer der vielen Abfertigungsbuden las, bedeutete ich unserem geduldigen Fahrer anzuhalten und zu warten. Gabriel und Leander waren längst völlig übermüdet im Auto eingeschlafen.

„Ma'am, you are number 64 on the waiting list", erklärte mir der Angestellte am Schalter und zuckte bedauernd die Schultern. „Maybe you try again in three days." Das hörte sich gar nicht einmal so gut an. Nummer 64 auf der Warteliste nur für die Stand-by's? Und das bei einer Maschine, die Platz für ganze 25 Passagiere hatte. Das konnte ja locker eine Woche dauern, bis wir aus Manila wegkonnten. Mit hängenden Schultern kehrte ich zum Taxi zurück. Mitfühlend sah mich unser Fahrer an.

„Too crowded, yes?", wollte er von mir wissen und machte ein bekümmertes Gesicht. Resigniert und reichlich erschöpft nickte ich.

„Yes, totally overbooked. No chance for today, no chance for the next days", erklärte ich ihm niedergeschlagen. Was nun? Der freundliche Philippiner klärte mich dienstbeflissen über den Grund für das extreme Reiseaufkommen auf. Das Osterfest sei das höchste Fest, das man auf den Philippinen überhaupt feiere. Ostern sei den Menschen hier sogar noch heiliger als das Weihnachtsfest, das ja auch schon sehr, sehr heilig sei. Deshalb würde also jeder anständige Philippiner versuchen, die Osterfeiertage bei seiner Familie zu verbringen. Oh Schreck, ich hatte nicht einmal gewusst, dass die Philippinen überwiegend katholisch waren, geschweige denn, dass das Osterfest eine solche Bedeutung für sie hatte.

„Oh, yes", nickte unser Fahrer bekräftigend und in seiner Stimme schwang ein nicht zu überhörender Stolz mit, „and that is why everybody goes back to his island, where he comes from! And all airplanes and all trains and all buses are completely crowded theses days!" Na, mit dieser Information hätte er aber auch schon vor ein paar Stündchen rausrücken können! Aber auf der anderen Seite, was wäre dann gewesen? Hätte ich einem mir wildfremden Taxifahrer geglaubt und wäre wieder umgekehrt? Und wohin überhaupt? Ich seufzte tief auf. Was nun? Der Taxifahrer sah mich aus mitfühlenden Augen an und wartete schicksalsergeben auf weitere Instruktionen. Er schien Zeit zu haben. Viel Zeit. Und ein Zuhause obendrein. Ein Zuhause ... das war's! Wir brauchten erst einmal eine Unterkunft. Ohne groß nachzudenken bat ich ihn, die Kinder und mich in ein günstiges, trotzdem nicht unbedingt schlechtes Hotel zu fahren. Ob er denn so eines kenne, wollte ich von ihm wissen und erkannte im gleichen Moment, dass er auf diese Frage ganz offensichtlich nur gewartet hatte. Ein kleines Zweifelchen schlich sich in mein Unterbewusstsein ein und wuchs sich zur handfesten Sorge aus, als ich sein schlecht unterdrücktes Grinsen bemerkte. Einen mir völlig unbekannten Taxifahrer um eine Unterkunft zu bitten, war eventuell nicht meine allerbeste Eingebung, schoss es mir durchs übernächtigte Hirn, aber es war schon zu spät für nachträgliche Bedenken, denn unser Taxi stob, justament, in dieser Sekunde los.

Die Straße jenseits des Flughafens war stockdunkel und menschenleer. Keine einzige Seele weit und breit. Nicht mal ein einziges, knatterndes Tuk-Tuk oder ein einsamer Eselskarren war in diesem Teil der Stadt um diese Zeit unterwegs. Ich Idiotin! Bestimmt würde der Fahrer uns in eine ganz üble Kaschemme bringen oder mich irgendwo in einer dunklen Ecke abzocken! Wenn wir Glück hatten. Ich war von allen Seiten gewarnt worden. Gerade vor Taxifahrern! Besonders vor denen in Manila! Guter Gott, ich bin so bescheuert, dachte ich, mit einem Schlag hellwach. Wenn mich nicht alles täuscht, sitze ich gerade bei einem Kidnapper, Räuber oder Menschenhändler im Auto und überlasse mich und die Kinder seiner Willkür.

Unser potenzieller Verbrecher, ein kleiner, dicklicher Mann mit gutmütigem Gesicht und freundlichen, dunklen Augen, der übelsten Tarnung übrigens, die man sich für einen gewieften Menschenhändler überhaupt nur vorstellen konnte, entpuppte sich als besonders fürsorglicher Reiseführer, der mich während der halbstündigen Fahrt zum Hotel ins Gebet nahm und mich eindringlich warnte. Insbesondere vor Taxifahrern! Ausdrücklich vor denen in Manila!

Am Ende der kurzen Reise, er setzte uns vor einem dreistöckigen, unscheinbaren Gebäude irgendwo am Rande der Millionenstadt ab, zufällig vor dem tadellosen Hotel seines Schwagers, (wobei jeder Taxifahrer in Manila mindestens drei Schwager mit dem besten Hotel in der ganzen Stadt besitzt) und steckte mir beim Ausladen seine Visitenkarte zu, mit der eindringlichen Bitte, unter allen Umständen, nur diese Nummer anzurufen, falls ich noch einmal ein Taxi bräuchte.

Das konnte ich ihm mit gutem Gewissen versprechen und wäre unserem Retter vor lauter Dankbarkeit, dass er uns nicht gleich an der nächsten Ecke für ein paar Dollar verschachert hatte, beinahe um den Hals gefallen.

Hoffentlich hat der nette Mann von meinen üblen Unterstellungen hinsichtlich seiner Gesinnung nichts mitbekommen, dachte ich zerknirscht und nahm mir vor, ab sofort ein besserer Mensch zu werden.

Das Hotel erwies sich als absoluter Glücksfall, denn es war nicht nur sauber und günstig, sondern auch der Schwager mit seiner Familie entsprach hundertprozentig meinen Vorstellungen von einem Hotelbetreiber. Ganz offensichtlich waren aber auch wir für ihn ein schöner Zufall, denn das Hotel war nicht eben ausgebucht. Unser Taxifahrer wurde also überschwänglich von allen Seiten verabschiedet, wir wiederum überschwänglich von allen Seiten begrüßt, unterdessen eines der vielen Familienmitglieder schon mal das Gepäck auf unser Zimmer bugsierte. Uff, der erste Teil unserer Reise war ja schon mal gut gegangen. Die nächsten Tage versuchte ich in Punkto Weiterreise etwas zu deichseln, musste aber bald einsehen, dass sich dummerweise genau dieser Punkt als besonders schwierig, um nicht zu sagen als unlösbar, erwies. Alles, was Beine hatte, befand sich auf eben diesen und versuchte für die kommenden Feiertage woanders hinzueilen, als man gerade war. Außer denen natürlich, die schon woanders waren und nur noch zurück nach Manila wollten. Jedenfalls war das ganze Land auf Achse und besetzte die Straßen, Züge und Flugzeuge. Alles lärmte und wuselte geschäftig um mich herum, als ich mich mit den Kindern an der Hand durch die Menschenmassen quälte, auf der Suche nach einem fahr- bzw. fliegbaren Untersatz in Richtung Boracay.

„No Ma'am sorry, every seat sold out. Try next week!" bekam ich an jedem Fahrkartenschalter, jeder Busstation, jedem noch so winzigen Reisebüro zu hören. Überall die gleiche Antwort.

Am Abend kehrten wir müde ins Hotel zurück. Morgen würden wir es erneut versuchen, die Stadt war ja groß. Spaß hatten wir dennoch jede Menge auf unserer Suche gehabt. Alles an dem hektischen Treiben dieser faszinierenden Großstadt war herrlich abenteuerlich und aufregend. Das Essen, das auf den Straßen in einfachen, rollenden Garküchen zubereitet wurde, schmeckte exotisch und köstlich; und die vielen fremdartigen Menschen, denen wir begegneten, behandelten uns mit großer Freundlichkeit und herzerfrischender Offenheit. Frauen strichen den Jungs im Vorbeigehen lachend über das blonde Haar und auf einem der vielen Märkte bekamen meine beiden sogar eine Handvoll Mangostinos geschenkt. Wir ließen uns auf der nächstbesten Parkbank nieder und waren uns einig, noch nie zuvor derart wohlschmeckende Früchte gegessen zu haben.

Auf unseren Zimmern – wir hatten sogar eine Suite bekommen, weil im Hotel sonst nix los war – sowie im Aufenthalts- und Speiseraum gab es Fernseher. Dort hetzten sich von früh morgens bis weit in die Nacht hinein Tom und Jerry, in einer Laut-stärke, die an Körperverletzung grenzte, über die Mattscheiben, während aus zahllosen Verstärkern philippinischer Pop durch das Gebälk der Hotelgänge wummerte. Doch meine Jungs wurden nicht müde, zu versichern, dass es selbst im Paradies nicht schöner sein könnte. Trotzdem: ich wollte mich nicht damit abfinden, soviel Zeit in dieser lärmenden, heißen und stinkigen Großstadt zu verbringen, Paradies hin oder her, und kramte in meinen Taschen nach dem Zettel, den Andi mir am Flughafen noch in letzter Minute zugesteckt hatte. Irgendwann an diesem Tag war mir der Zettel wieder eingefallen und möglicherweise konnte ich diese Susan ja fragen, ob sie eventuell noch eine Idee für unsere Weiterreise habe.

„WHO are you?" fragte mich die weibliche Stimme am Telefon verwundert, als ich ihr umständlich zu erklären versuchte, wer ich war. „Sorry, no", einen Andranik Heerhausen kannte sie nicht. Hm, komisch, hatte Andi mir etwa eine falsche Nummer gegeben? „Oh Andi, you are Andis sister!" rief sie begeistert ins Telefon, nachdem der Groschen doch noch gefallen war. Ich war mir schon reichlich dämlich vorgekommen und hatte schon dankend auflegen wollen, als ich zum Glück noch das Zauberwort „Andi" ausgesprochen hatte. Und siehe da: Sesam öffnete sich! Oh ja, Andi, den kannte sie! „Andi, the gorgious looking and very charming German with his guitar! Such a nice guy. And you are his sister?" Susan schien sich tatsächlich außerordentlich über den Anruf von Andis Schwester zu freuen und bestand darauf, uns gleich am nächsten Tag aus dem Hotel abholen zu lassen. Sie hätte ein großes Haus, erklärte sie mir noch am Telefon und würde sich von Herzen freuen, wenn die Schwester von Andi mit den Kindern bei ihr wohnen würde. Nein, nein, kein aber, „you come to my place", erklärte sie entschieden und ließ nicht den geringsten Widerspruch zu.

Am Nachmittag des darauffolgenden Tages tauchte tatsächlich ein hübscher junger Bursche im Hotel auf, der sich uns als Billy, der jüngste von Susans elf Geschwistern, vorstellte. Billy packte geschwind unser Gepäck in das Auto und ehe wir uns versahen, fuhren wir auch schon einer weiteren, uns völlig unbekannten Destination, entgegen. Bei unserer Ankunft begrüßte uns Susan so herzlich, als seien wir seit Jahren schon beste Freundinnen. Na, das nannte ich, alles in allem, aber mal Gastfreundschaft! Susans schwarzes Haar fiel üppig und glänzend bis weit über ihre Schultern und schöne, mandelförmige Augen leuchteten aus ihrem Gesicht. Als einzige der vielköpfigen Familie hatte sie Arbeit, weshalb sie praktischerweise die ganze Familie ernähren konnte. Das sei bei ihnen so üblich, meinte sie lachend, als sie meinen erstaunten Blick bemerkte, dass derjenige mit Arbeit sich um die restliche Familie kümmere. Und außerdem sei sie ja noch mit einem Deutschen verheiratet! In den Augen ihrer selbst, wie auch in den Augen ihrer Familie, ein doppelter Glücksfall und Grund genug für immerwährende Fröhlichkeit. Gleich zwei in der Familie mit Arbeit, das konnte im ganzen Land wahrlich nicht jede Familie vorweisen. Das zahnlose, runzelige Mütterchen, das in der Küche an einem wackeligen Tisch hockte und im Zeitlupentempo Gemüse in schmale Streifen schnitt, lächelte selig vor sich hin als sie Susans Stimme hörte. Ihre winzigen, von jahrelanger Arbeit, dunkel und rissig gewordenen Hände legten das Messerchen für einen Moment beiseite.

„My mother", stellte Susan sie uns vor und strich der alten Frau liebevoll über den gebeugten Rücken. Früher sei die Mutter eine im ganzen Viertel anerkannte und beliebte Schneiderin gewesen, erklärte uns Susan voller Stolz, mit jeder Menge Kundschaft und sie habe die Familie viele Jahre ganz allein mit ihrer Hände Arbeit ernährt. Nun aber sei sie fast blind und könne nur noch in der Küche helfen. Susan selbst arbeitete als Sekretärin am Goethe Institut, wo sie auch ihren Mann kennengelernt hatte. Leider war der gerade auf Besuch in Deutschland und konnte Andis Familie nicht mehr antreffen.

„Too sad. Maybe next time."

Wir verbrachten einige herrliche Tage bei Susan und ihrer fröhlichen Familie. Susan hatte versprochen, während ihrer

Arbeitszeit im Büro, herauszufinden, ob es nicht doch noch eine Möglichkeit für uns gab, noch vor den Osterfeiertagen nach Boracay zu gelangen.

Am vierten Abend hatten wir Glück: Susan teilte uns freudestrahlend mit, dass sie uns für die nächste Nacht drei Plätze auf einem Schiff gebucht hätte, das den Hafen von Manila in Richtung Boracay verlassen würde. Ziel des Schiffes sei zwar eine noch viel weiter entfernt liegende Insel, aber man käme an Boracay vorbei und würde uns dort rauslassen. Nun müsse nur noch die Frage geklärt werden, wie wir morgen Nacht zum Hafen kämen. Ich bedankte mich von ganzem Herzen bei unserer großzügigen Gastgeberin und versicherte ihr, dass sie nun schon eindeutig genug für uns getan hätte und wir selbstverständlich am morgigen Abend ein Taxi nehmen würden, das uns zum Hafen bringen solle. Die mitleidigen Blicke der anwesenden Familienmitglieder machten mich ein wenig stutzig. Einige kicherten sogar und schlugen sich vergnügt auf die Schenkel. Ich verstand nicht. Was hatte ich Lustiges gesagt, um derartige Heiterkeitsausbrüche zu verursachen? Billy wollte wissen, ob ich schon mal am Hafen gewesen sei und mich dort ein wenig umgesehen hätte. Hatte ich nicht, aber wo lag das Problem?

„We need at least three cars", überlegte Susan laut, ohne auf meine Frage einzugehen, und runzelte die Stirn. „One for the luggage, one for us and one for safety ", meinte sie und blickte nachdenklich in die Runde. Ihre Brüder nickten. Ja, drei Autos sollten reichen für uns. Ein Auto solle vorausfahren, dann kämen wir und schließlich das letzte Auto mit dem Gepäck. Die Sache war damit beschlossen und ich reichlich verdattert. Drei Autos waren tatsächlich nötig, um die Kinder und mich zum Hafen zu bringen?

Das augenblickliche und heftige Nicken aller Anwesenden überzeugte mich.

„Yes", erklärte mir Susan, „Manila Port is not funny at night! Especially not that part, where you have to go to!" Hm, da hatten wir ja mal wieder ordentlich Glück gehabt, dass Susan und ihre Familie sich so gut auskannten! Wie ich mich einschätzte, wäre ich selbstverständlich einfach mal drauflosgefahren.

Danke, ihr Beschützer da oben.

Das Schiff sollte um Mitternacht auslaufen, weshalb Susan veranlasste, dass wir gegen neun Uhr aufbrechen würden. Spätestens. Man wusste ja nie.

Wir erreichten den Hafen von Manila ohne Zwischenfälle. Der Wagen vor uns lotste die nachfolgenden Autos sicher durch das völlig unüberschaubare Labyrinth aus dunklen Gassen, engen Seitenwegen und düsteren Kaianlagen. Kreuz und quer kurvten wir eine halbe Stunde lang durch die stockdunkle Nacht, vorbei an unheimlichen Gestalten, die da und dort herumlungerten, vorbei an verkommenen Schiffscontainern und einsamen Ankerplätzen. Stellenweise war es so dunkel, dass mir lediglich die Geräusche der gegen die Kaimauern klatschenden Wellen und das glucksende Wasser unter den Kielen der vielen Boote verrieten, wo wir uns befanden. Ab und zu leuchtete irgendwo eine einsame Laterne flackernd am Straßenrand und ließ das ganze Ausmaß an Unrat erkennen, der überall herumlag und so entsetzlich stank. Zwischen zerfallendem Plastikmüll und stinkigen Fischresten huschten fette, mopsgroße Ratten durch die Dunkelheit. Im fauligen Brackwasser gammelten zerfranste Schiffstaue und rostige Ankerketten. Dazwischen streunten erbärmliche Köter durch den Abfall, in dem hoffnungslosen Versuch, sich ihre Flöhe vom geschundenen, struppigen Fell zu kratzen.

Mittlerweile war mir richtig flau geworden im Magen, bei der bloßen Vorstellung, dass ich tatsächlich geglaubt hatte, mich an diesem entlegenen Ort der Hölle, an dem selbst der Leibhaftige blass um die Nase geworden wäre, alleine zurechtfinden zu können. Und sandte wieder einmal ein Stoßgebet gen Himmel. Danke, ihr da oben oder wo auch immer ihr seid, danke für eure Umsicht und die Hilfe, die stets zur richtigen Zeit an meine Seite kommt! Auch Gabriel und Leander waren während der Fahrt durch den nächtlichen Hafen ziemlich still geworden und starrten stumm und mit staunenden Augen aus dem Fenster unseres Jeeps. Endlich gelangten wir in einen etwas belebteren Teil. Hier leuchteten überall helle Laternen und gaben den Blick frei auf das geschäftige Be- und Entladen am Kai. Mächtige Schiffe lagen vor Anker, auf denen abenteuerlich aussehende Matrosen ihre schwere Arbeit verrichteten. Hölzerne Fässer, riesige Kisten und eiserne Container standen in der Gegend herum und warteten darauf, diese Nacht noch verladen zu werden.

Geschickt wich unser Fahrer immer wieder schwer beladenen Schubkarren oder unter ungeheuren Lasten schwankenden Personen aus, die plötzlich, von irgendwoher, vor dem Auto auftauchten. Dann hielten wir an. Da lag es, unser Schiff! Das Schiff, das uns diese Nacht noch zu der entlegenen Insel im Ozean bringen sollte und auf das wir so lange und sehnsüchtig gewartet hatten. Sieht allerdings ganz schön schäbig aus, dachte ich, bei näherer Betrachtung, und eilte aus meinen romantischen Träumereien zurück in die Realität. Macht aber nix, beruhigte ich mich sofort, dafür bringt es uns bestimmt sicher ans Ziel. Und das auch noch recht kostengünstig.

Susan und ihre Gefolgschaft halfen uns noch, unsere Plätze auf Deck zu finden sowie unser Gepäck zu verstauen, dann kam der Abschied. Ich rannte mit den Kindern zur Reling und wir winkten den davonfahrenden Autos solange hinterher, bis die Dunkelheit des Hafenlabyrinths sie wieder verschluckte. Ein bisschen traurig, aber noch sehr viel aufgeregter, begaben wir uns zurück zu unserem Platz. Der befand sich im zweiten Stock unter fast freiem Himmel. Circa vierzig bis fünfzig Etagenbetten aus Eisen und Drahtgeflecht standen über das gesamte Deck verteilt. Eines davon, ungefähr in der Mitte des Decks, war unseres. Wir richteten uns auf dem erstaunlich bequemen Bett so gut ein, wie wir konnten. Da ich über keinerlei Wertsachen verfügte, das Geld sowie unsere Tickets und Reisepässe trug ich in einem Ledertäschchen unter meinem T-Shirt verborgen bei mir, konnten wir unsere Bettstatt, ruhigen Gewissens, verlassen und uns erst einmal in aller Ruhe auf dem riesigen Pott umsehen.

Was für ein Gewusel und Gewimmel auf dem ganzen Schiff! Hunderte von dicken, dünnen, langen oder kurzen Beinen und Beinchen, die allesamt in Flip-Flops oder Badelatschen steckten, rannten, sprangen und hüpften herum, wie die Bewohner eines riesigen Ameisenhaufens. Egal, ob Männlein oder Weiblein, Kind oder Greis, ein jeder schleppte, zerrte oder wuchtete die typischen, überdimensionalen blau-weiß-rot-gestreiften Plastiktaschen, alte abgestoßene Koffer, riesige Obstberge und zugenagelte Holzkisten über die schmalen Treppen hinauf, durch die langen Gänge hindurch, bis hin zum eigenen Platz. Schwatzend und scherzend schob ein jeder seinen Vordermann vor sich her, alle in

Erwartung der langen Reise auf dem Ozean, an deren Ende schon die Freuden des Festes im Kreise der ganzen Familie leuchteten.

Wir staunten, was nicht alles an Gepäck auf und unter, neben oder über den Sitzen Platz fand. Es wurde gequetscht und festgezurrt, gegurtet und geschnürt. Einige der Reisenden brachten in kleinen Käfigen aus dünnen Bambusstäbchen sogar Hühner, Gänse oder Enten mit an Bord. Aufgeregtes Geschnatter, fröhliches Lachen und ängstliches Piepsen mischte sich als vielstimmiges Crescendo in das lärmende Stimmengewirr an Bord mit ein. Der erste schäbige Eindruck, den ich von außen von dem schwimmenden Monster aus Eisen gehabt hatte, täuschte glücklicherweise. Das Innere des Schiffes war zwar spartanisch eingerichtet, aber ansonsten war alles blitzsauber und ordentlich. Während die Betten auf dem offenen Deck aus Metall gemacht waren, bestanden die Aufenthaltsräume unter Deck aus exotischem, dunklem Holz. Sie machten einen einladenden und gemütlichen Eindruck. Außerdem gab es ein Bordrestaurant mit bunten Wachstuch-Decken auf den Tischen sowie Waschräume und WCs. Vielmehr als das Bordrestaurant, in dem es all die internationalen Köstlichkeiten, wie labbrige Hot Dogs, triefende Burger oder fettige Pommes Frites gab, interessierten uns die vielen Händler, die an Deck herumliefen und in ihren kleinen Bauchläden alles mögliche zum Kauf anboten. Nicht nur Kaffee und Tee sowie gebackene Bananen und knusprige Heuschrecken konnte man bei ihnen erstehen, zusätzlich auch noch Schnürsenkel, zerfledderte Comic-Heftchen oder grellbunte Zuckerwaren.

Ein etwa zehnjähriger Junge in geflickten Hosen und speckigem Unterhemd, erweckte mit seinem durchtriebenen

Gesichtsausdruck schon von Weitem mein Interesse. Seine listigen Augen wanderten hierhin und dorthin, ununterbrochen auf der Suche nach einem potenziellen Käufer für seine Erdnüsse. Seine Mimik, seine Gesten, alles an dem schmächtigen Bürschlein wirkte, als hätte er gerade ein mehrjähriges Praktikum bei Walt Disneys legendären Panzerknackern absolviert. Geschickt balancierte er seinen Bauchladen, der ihm an einem breiten Riemen quer über der Schulter hing, an den dichtgedrängt stehenden, schwatzenden Leibern vorbei und verkaufte seine Ware in winzigen Beutelchen. Mit der selbstbewussten Miene des erfolgreichen Geschäftsmannes, zählte er bei jedem Geschäft, mit flinken Fingern, die erhaltenen Geldscheine, wobei er sich stets den Zeigefinger seiner rechten Hand leckte. Wir verspürten, trotzdem wir gut zu Abend gegessen hatten, schon wieder Hunger und kauften ihm gleich eine beträchtliche Menge seiner winzigen Tütchen ab.

„Muss der Junge denn nicht in die Schule gehen?" fragte mich Gabriel erstaunt und schaute dem schmutzigen kleinen Kerl, der, mit bloßen Füssen, noch mitten in der Nacht herumlief und Erdnüsse verkaufte, verwundert hinterher. Ich glaube, ich bin meinem Sohn eine eindeutige Antwort schuldig geblieben.

„Eher nicht", sagte ich nämlich nur vage. Wir leisteten uns noch hier und da ein paar exotische Kleinigkeiten und zogen uns alsbald müde, aber glücklich, auf unser eisernes Bettgestell zurück.

Auch die meisten Verkäufer verließen nun, sichtbar abgekämpft, mit ihren mehr oder weniger leeren Bauchläden, einer nach dem anderen, das Schiff, das nach wie vor fest vertäut am Kai lag und immer noch für das Auslaufen gerüstet wurde. Hier oben auf dem offenen Deck, mit nichts weiter als dem Mond, einer im Wind flatternden Plane und dem gewaltigen Sternenhimmel über uns, war es erstmals angenehm kühl. Vom Meer her wehte eine sanfte Brise und sandte all die fremden Gerüche des Hafens zu uns herüber. Rechts vom Schiff lag die in der Nacht glitzernde und lärmende Millionenstadt Manila, auf der anderen, der linken Seite, die dunkle und geheimnisvolle Schwärze des unendlichen Ozeans. Dorthin würde uns unsere Reise führen, wo es nichts anderes gab, als die undurchdringlichen Wasser des riesigen Weltmeeres. Ich schauderte ein wenig; und das nicht nur, weil plötzlich ein Windchen so angenehm kühl wehte.

Pünktlich, nämlich mit nur einer Stunde Verspätung, legte unser Schiff in stockfinsterer Nacht ab. Alle Familien waren inzwischen zur Ruhe gekommen und hatten ihre Plätze über oder unter Deck eingenommen. Die meisten waren für die weite Reise auf dem Ozean gut gerüstet, hatten Decken und Kissen dabei, Getränke und Proviant sowie kleine Gaskocher, auf denen einfache Mahlzeiten zubereitet werden konnten. Ich ließ meinen Blick umher gleiten und bemerkte zum ersten Mal, seit wir das Schiff betreten hatten, dass wir eindeutig die einzigen Europäer hier waren. Ich blickte in freundliche und neugierige Augen rings um mich her! Wir saßen aber auch wie auf dem Präsentierteller. Unsere blonden Haarschöpfe waren den anderen nicht verborgen geblieben, denn alle Mitreisenden hatten ihre Schlafstätten in unsere Richtung ausgerichtet und betrachteten uns aufmerksam.

Einige tuschelten lachend und völlig ungeniert über uns, winkten aber fröhlich herüber, sobald sich unsere Blicke trafen. Ich atmete erleichtert auf.

Nichts als echtes und tiefes Wohlwollen konnte ich in ihren Gesichtern erkennen.

Die Stimmung auf Deck war freudig erregt, auf eine angenehme Weise gelöst und unendlich friedlich. Ein kurzes, brummiges Tröten ertönte vom Steuerstand her, dann nahm plötzlich der Wind zu. „Fahrtwind", wie meine Jungs augenblicklich diagnostizierten. Hastig sprangen sie auf und sausten zur Reling. Schon glitt das Schiff lautlos durch die Nacht und aus dem Hafen heraus. Ich eilte den Jungs nach, um mit ihnen den schwindenden Lichtern Manilas hinterher zu sehen. Als die Stadt nur noch als ein heller Streifen in der Ferne zu erkennen war, wandten wir uns wieder unserem Schlafplatz zu.

An meine Kinder gekuschelt, nickte ich augenblicklich ein. Ich muss wohl an die zwei Stunden fest geschlafen haben, als ich plötzlich erwachte und, als erstes, nach meinen Jungs tastete.

Nichts!

Mutterseelenallein lag ich auf unserer Pritsche und war mit einem Schlag hellwach. Suchend schaute ich über das Deck. Eine ältere Philippinerin, die im Schneidersitz auf dem Nachbarbett hockte, grinste mich wissend an und deutete mit dem Finger in Richtung der Treppen, die nach unten, ins Innere des Schiffes führten. Erleichtert atmete ich auf, nickte meiner Nachbarin dankend zu und machte mich umgehend auf die Suche nach meinen beiden Ausreißern.

Ein kurzer Blick in den Speisesaal des Bordrestaurants genügte, um mich zu vergewissern, dass meine zwei Abenteurer nicht der schiere Hunger von unserer Schlafstätte getrieben hatte, sondern, ich ahnte es schon, der Durst nach einer so ganz anderen Erfahrung. Gleich hinter dem Speisesaal begann nämlich die kleine Vergnügungsmeile des Schiffes, wie meine beiden bei unserem ersten Rundgang sofort und auch ganz richtig erkannt hatten. Außer einer Spielhalle mit jeder Menge Flipperautomaten, Tischfußball und einem Billardpool, gab es nämlich auch noch ein kleines Kino. Wenn mich nicht alles täuschte, würde ich dort fündig werden. Und richtig, als ich leise den völlig überfüllten Kinosaal betrat, leuchteten mir schon von Weitem aus einem Meer von schwarzen Haaren, meine beiden Blondschöpfe entgegen. Auffällig wie zwei Kanarienvögel in einem Nest voller Schwalben. Bruce Lee pöbelte sich gerade kickboxend und gleich eine ganze Schar weiterer, schwachsinniger Kampfmaschinen vor sich hertreibend, über die Leinwand. Wie hypnotisiert verfolgten meine Jungs die Kampfkünste eines unentwegt Salto schlagenden, nach allen Seiten hin Hiebe und Tritte austeilenden sowie ununterbrochen und in höchster Verzückung kreischenden, allmächtigen Bruce Lee. Einen kurzen Moment lang war ich versucht, meine beiden minderjährigen Früchtchen augenblicklich aus ihren Sitzen zu pflücken und zurück in unsere Bettstatt zu scheuchen, ließ es dann aber doch bleiben. Ach was, sollten sie doch ihr kleines, nächtliches Abenteuer genießen! Was war schon dabei? Lächelnd hockte ich mich für den Rest des Films an die hinterste Wand im Kino und beobachtete meine zwei Helden, die, mit großen Augen und wie gebannt, ihr flimmerndes Idol verfolgten.

Nachdem Bruce Lee nach einer gefühlten Ewigkeit, nicht nur sämtliches Mobiliar in Klump und Asche gehauen, sondern auch noch alle Widersacher restlos ausgerottet hatte, war eine bemerkenswerte Gerechtigkeit wiederhergestellt und Bruce Lee, wie auch die Zuschauer, konnten befreit aufatmen. Ein Raunen der Anerkennung ging durch die Menge. Während noch der Abspann über die Leinwand ratterte, überlegten meine Jungs, ob der Durst nach noch mehr Verbotenem schon gestillt war. Unschlüssig schoben sie sich in der Menge Halbwüchsiger zum Ausgang. Schnell schlich ich mich zur Tür hinaus und versteckte mich hinter der nächsten Ecke. Völlig übernächtigt riskierten die zwei doch noch einen Blick in die Spielhalle, in der sich die meisten der jugendlichen Kinobesucher einfanden und nun auf die Flipperautomaten und Tischfußballer einhämmerten, als gälte es, Bruce Lee, Teil zwei, aufzuführen. Aber letztlich siegte die Müdigkeit der beiden über die Sehnsucht nach noch mehr Unterhaltung, immerhin würde in ein bis zwei Stunden der neue Tag über dem weiten Ozean anbrechen. Meine Jungs trotteten also in Richtung Treppe. Flugs eilte ich noch schnell vor ihnen die Stufen hoch, sprang mit einem Satz in unser Bett zurück und stellte mich schlafend.

Meine philippinische Bettnachbarin grinste verschwörerisch, als Gabriel und Leander, nur Sekunden später, flüsternd und verstohlen kichernd, neben mich zurück auf die Pritsche krochen. Und noch während sie sich ihre Jacken überzogen, waren sie auch schon eingeschlafen.

Als wir am Morgen erwachten, war die Sonne schon längst aufgegangen und strahlte von einem wolkenlosen Himmel zu uns herab. Um uns herum nichts als herrlich blaues Wasser und hochschäumende Gischt. Ich streifte die Decke, die uns eine fürsorgliche Seele in der Nacht übergelegt hatte ab, um mich auf die Suche nach einer Tasse Kaffee und etwas Essbarem für meine Kinder zu machen.

„Coffee?", fragte mich da eine helle Stimme hinter mir und ich blickte in die dunklen Augen des Jungen von letzter

Nacht. Du meine Güte, der fleißige kleine Kerl war schon wieder mit Kaffee unterwegs!

„Oh yes, please", erwiderte ich verschlafen und nahm dankbar einen Becher mit dem dampfenden, köstlich duftenden Kaffee in Empfang.

Später machten wir einen Spaziergang an der Reling entlang und staunten über die vielen fliegenden Fische, die unser Schiff begleiteten. Wie hunderte bunter Pfeile schossen sie aus dem schäumenden Meer hervor, flogen in einem schönen hohen Bogen fast bis zu uns herauf, um gleich darauf wieder in das türkisfarbene Wasser einzutauchen und in der unendlichen Tiefe des Ozeans zu verschwinden. Eine Schule übermütiger Delfine eskortierte eine ganze Weile unser Schiff und wir wurden nicht müde, ihnen bei ihrem stetigen Auf und Ab im Wasser zuzusehen. Plötzlich zupfte mich jemand am Rock und die schon bekannte Stimme des Jungen rief mir zu:

„Madam, Madam, come this way!" Ich drehte mich erstaunt zu ihm um. Was wollte der Kleine von mir? „Madam", rief er schon wieder und deutete mit dem Finger irgendwohin in die Ferne. „Boracay!" Aufgeregt wedelte er mit den Händen vor mir herum.

„Borcay?" fragte ich überrascht und schaute mich suchend um. „Where?" Wieder zeigte der Junge mit dem Finger in Richtung Horizont.

„Come quickly, Madam! They are waiting for you!" Ich schaute auf meine Armbanduhr. 13 Uhr mittags. Ja, das passte so ungefähr zu der Reisezeit, die mir Susan genannt hatte. Aber wir befanden uns mitten auf dem Ozean. Von einer Insel war weit und breit nichts zu sehen. Ungeduldig zappelte der Junge vor mir herum und zupfte mich wieder am Rock. „Please, Madam, come!" Inzwischen war ein Schiffssteward an der Treppe aufgetaucht und winkte nun auch noch zu uns herüber. Also gut. Hastig packten wir unser Gepäck zusammen und verließen eilig das Deck, gefolgt von vielen neugierigen Blicken aus schwarzen Augen. Wie ein Großer lotse uns der Junge durch die vielen verwirrenden Gänge und Flure des riesigen Schiffes. Durch eine niedrige Tür stiegen wir eine schmale eiserne Treppe hinunter, immer tiefer und tiefer, wie in den dunklen Schlund der Hölle.

Unerträglich heiß wurde es mit jeder Stufe, die wir tiefer hinabstiegen. Die eisernen Stufen unter unseren Füssen zitterten vom dröhnenden Rollen und Stampfen der Schiffsmaschinen. Aus dem lärmenden Maschinenraum, an dem wir nun vorbeigeführt wurden, quoll zischend weißer Wasserdampf. Es war, als würde man durch die dichte Nebelwand einer feuchten Waschküche gehen. Aus einem Türspalt lugte unvermutet das ölverschmierte Gesicht eines neugierigen Matrosen hervor, dem der Schweiß in kleinen Rinnsalen vom glänzenden Körper in sein schmutzstarrendes Unterhemd floss. Er schien sich über den ungewohnten Besuch hier unten zu wundern. Hm, überlegte ich zaghaft, von den gigantischen Ausmaßen und der gewaltigen Hitze im Bauch des Ozeanriesen beeindruckt, also ganz so oft scheinen die hier ja nicht Passagiere durchzuführen ... Aber noch ehe ich den Gedanken zu Ende gedacht hatte, eilten wir schon hastig einen weiteren langen und dunklen Korridor entlang. Hier stand, fest auf hölzerne Paletten verzurrt, meterhoch die Schiffsladung herum, um die wir eiligst herumkurvten.

Eigentlich müssten wir jetzt schon unter Wasser sein, dachte ich, während ich im Laufen meine schwere Tasche auf die andere Schulter hievte und meine Kinder hinter mir herzerrte.

Dann ging es nochmals eine steile Treppe herab, die vor einer hohen, kahlen Bordwand mündete. Ein weiterer Schiffssteward stand wartend davor und nahm von unten mein Gepäck in Empfang.

Ich sprang die letzten Stufen herab. Wie von Zauberhand öffnete sich plötzlich eine schwere Eisentür in der Schiffswand und ich schaute hinaus auf das weite, auf das unendliche Blau der Südsee, direkt vor meinen Füssen. Bis zum Horizont nichts als tiefes, dunkles Wasser. Das Herz sank mir in die Hose.

„Boracay?" stotterte ich und sah den Steward ängstlich an. „Where is Boracay?"

„You go by boat", informierte mich dieser, ohne auch nur im mindesten auf meine Frage einzugehen, und deutete mit dem Finger nach draußen. Aha, dachte ich erleichtert, wenigstens müssen wir nicht schwimmen und trat noch einen Schritt näher an die offene Türe heran. Jetzt erblickte ich auch das lange und schmale Auslegerboot, in dem sich ein einzelner Mann schaukelnd an ein Schiffstau klammerte, das von der Reling herabbaumelte. Das winzige Boot hüpfte unter seinen Füßen luftig und leicht wie die sprichwörtliche Nussschale in den mächtigen Wellen auf und ab. Guter Gott! Da hinein? Vielleicht sollten wir doch besser schwimmen! Zumal der Kerl, der sich da schaukelnd und schwankend am Schiffstau festhielt, aussah, als sei er der uneingeschränkte und oberste Anführer aller Schrecken der Meere, der es nur auf allein reisende Europäerinnen und deren minderjährige Kinder abgesehen hätte. Gegen diesen Freibeuter da unten, wirkte ja sogar Kapitän Ahab mit seinem Walfangbesteck unterm Arm wie ein Sonntagsschüler auf dem Weg zur Messe. Kurz schoss mir das Gesicht des Taxifahrers von Manila in den Sinn und für den Bruchteil einer Sekunde erinnerte ich mich daran, dass ich mir doch vorgenommen hatte, mich mit meinen Bewertungen mehr zurückzuhalten. Jedoch angesichts des Ausmaßes an dem tiefen, dunklen Wasser um uns herum und der Tatsache, dass ich mich mit den Kindern erneut in die Hände eines mir völlig unbekannten Mannes begeben musste, dem ich hier auf dem weiten Ozean restlos ausgeliefert war, zerrann mein Streben nach Vorurteilslosigkeit wie die schäumende Gischt auf den Wellen. Meine Furcht vor dem Unbekannten, das sich bis über den Horizont und sogar darüber hinaus vor mir erstreckte, ließ mich die furchteinflößendsten Gedanken denken. Am liebsten wäre ich sofort wieder die steilen Treppen zurück aufs Deck gestürzt. Nur schnell zurück zu den vielen fremden, trotzdem vertrauten Menschen. Leider hatte ich wieder einmal zu lange gezögert, denn mit einem lauten Klatschen landete mein Gepäck in dem geradezu lächerlich kleinen Bötchen. Gleich darauf auch meine beiden Jungs, die sich jauchzend vor Glück sowohl dem Gepäck als auch dem bevorstehenden Abenteuer hinterhergeworfen hatten. Also gut. Ich holte einmal tief Luft und sprang ihnen nach.

Das winzige Boot geriet bei meiner Landung bedenklich ins Schaukeln, aber unser wackerer Seeräuber balancierte es, fest an das Schiffstau geklammert, geschickt aus. Vorsichtig robbte ich mich zu meinen Kindern. Wobei die günstigste Stelle zu kentern eigentlich Hier und Jetzt wäre, überlegte ich. Eine bessere Gelegenheit gerettet zu werden, kommt sicher nicht mehr. Aber unser Pirat löste gerade die letzte Verbindung zum Schiff, kletterte behände zurück in den hinteren Teil des Bootes und warf den Motor an. Ich schaute die steilen Bordwände zum Schiff empor, das mir aus dieser Position geradezu überdimensional vorkam. Wie unfassbar klein, wie geradezu lachhaft unbedeutend, war unser Bötchen angesichts dieses Schiffsriesen.

Ein ausgehöhlter Baumstamm mit Motor. Mehr nicht.

Allerdings mit einem Piraten am Ruder!

Der lächelte mich jetzt mit einem schiefen Lächeln sehr merkwürdig an und entblößte dabei zwei ansehnliche Goldzähne, die in der Sonne funkelten. Auch das noch, Goldzähne! Blitzschnell durchforstete ich meine Erinnerungen an die vielen Erzählungen aus meinen Abenteuerbüchern. Wenn mich nicht alles täuschte, waren Goldzähne doch geradezu DAS Markenzeichen eines jeden anständigen Piraten. Ich lächelte unbeholfen zurück und versuchte, so gut es eben ging, mir mein Unbehagen nicht anmerken zu lassen. Jetzt nur keine Schwäche zeigen, überlegte ich und versuchte, so grimmig wie nur möglich auszusehen. Mit dir werde ich schon fertig, dich schubse ich ins Wasser, bevor du noch überhaupt eine Hand an meine Kinder oder an mich legen kannst, befeuerte ich mich innerlich. Obwohl der Motor des ausgehöhlten Baumstammes mittlerweile röhrte, hustete und spuckte wie ein großer, kamen wir nicht von der Stelle. Ich schaute mich um und bemerkte, dass uns der Schiffssteward mit einem langen Eisenhaken zurückhielt.

„Why are we waiting?" fragte ich ihn irritiert.

„One more passenger's coming", antwortete er mir mit ausdruckslosem Gesicht und blickte gelangweilt über den Ozean. Sekunden später kam auch schon der Passagier, ein gut gekleideter Philippiner, Mitte 40, schätzte ich und sprang zu uns ins Boot. Augenblicklich schossen wir los. Die beiden Männer schienen sich gut zu kennen, denn derweil wir in rasender Geschwindigkeit über die hoch schäumenden Wellen knatterten, schrie der eine dem anderen in ihrer einheimischen Sprache irgendetwas zu. Sofort schaute der Pirat in meine Richtung und grinste wieder so merkwürdig zu mir herüber. Wieder dieses schiefe, hinterhältige Lächeln, dazu die blitzenden Goldzähne. Aha, sie hatten also über mich gesprochen. Während ich schon fieberhaft überlegte, wie ich mich nun gegen zwei Männer zur Wehr setzen würde, schaute mich der zuletzt gekommene Philippiner eine Weile stumm und ernst an. Sofort reckte ich mein Kinn vor und starrte so unerschrocken ich nur konnte, aus schmalen Augen zurück. Wahrscheinlich wollte er abschätzen, ob sie leichtes Spiel mit mir hätten. Aber die würden sich wundern ... auch wenn ich nicht unbedingt so aussah, als könnte ich kämpfen wie eine Löwin, aber ich würde ihnen meine ...

„Are you Lufthansa Crew?" Die Stimme des Philippiners klang überraschend sanft. Wie bitte? Wir befanden uns in einem winzigen Schiffchen, irgendwo mitten auf dem pazifischen Ozean, meilenweit vom Festland und tausende Kilometer vom Frankfurter Flughafen entfernt und dieser mir völlig fremde Mensch fragte mich tatsächlich, ob ich Lufthansa Crew sei? Ich war völlig verdattert.

„Is it written on my forehead?"

„Yes", nickte der Philippiner und zog die Augenbrauen zusammen. „Only a Lufthansa Crewmember would dare to make such a journey by boat! Especially with two little boys", gab der Fremde zu bedenken und schüttelte erstaunt den Kopf. Trotzdem, wie hatte er nur meinen Beruf erraten können? Immerhin hätte ich auch Abteilungsleiterin im

Kaufhof sein können! Oder Sachbearbeiterin der Ortskrankenkasse! Ich war sprachlos. Allerdings nicht besonders lange, denn der freundliche Philippiner erwies sich als überaus angenehme Reisebegleitung.

Auch er gehörte zu denjenigen Familienangehörigen, die über die Osterfeiertage zurück nach Hause fliegen wollten und der keinen Platz mehr in einem der kleinen Passagiermaschinen bekommen hatte.

Ob wir denn schon eine Unterkunft gebucht hätten, wollte er von mir wissen. Als ich diese Frage eindeutig verneinen musste, schaute er mich eine Weile wieder so ernst und nachdenklich an und ich fühlte mich sofort gar nicht mehr so wohl in meiner Haut. Da hättest du aber besser mal etwas gebucht, sagte mir sein Blick, wenigstens den Kindern zuliebe. Die ganze Insel sei über Ostern komplett ausgebucht, wegen der vielen Angehörigen, die zu Besuch nach Hause kämen, erklärte er mir; ob mir das denn niemand gesagt habe. Wieder schüttelte ich verneinend den Kopf und musste mir eingestehen, dass meine Reisevorbereitungen doch tatsächlich einen Tick zu dürftig ausgefallen waren und ich an unsere Unterkunft auf der Insel nicht einen einzigen Gedanken verschwendet hatte.

„I will help you", meinte er nach kurzer Bedenkzeit und nickte nachdrücklich mit dem Kopf. „Don't worry, I will help you." Pfeilschnell schoss unser Boot über das Wasser dahin.

DIE PYRAMIDE

„Boracay!"

Wie elektrisiert flogen unsere Köpfe bei diesem Ausruf herum und tatsächlich: hinter dem nächsten Wellenhügel waren auch schon vage die ersten Palmen des herrlichen Sandstrandes von Boracay zu erkennen.

Keine zehn Minuten später knirschte der Kiel unseres Bootes über der weißen Sand der Insel. Mir blieb beinahe das Herz stehen.

Der Anblick, der sich uns bot, war atemberaubend.

Kilometerlang erstreckte sich die Bucht des weißen Sandstrandes vor unseren Augen, gesäumt von hunderten Kokospalmen, die ihre grünen Häupter malerisch über das glitzernde, kristallklare Wasser neigten. So weit erstreckte sich der Strand, bis er mit dem goldenen Licht der Sonne in weiter Ferne verschmolz. Die warme Luft duftete würzig nach Tang und Salzwasser und eine leichte Brise raschelte sanft durch die Blätter der Palmen. Nie habe ich etwas Schöneres in meinem Leben gesehen! So musste sich Christoph Columbus, der Entdecker der neuen Welt, gefühlt haben, dachte ich berauscht, als dieser erstmals, nach monatelanger Irrfahrt, mit seinen Männern am perlweißen Strand landete. Heute kommt mir an dieser Stelle immer der Film mit Gerard Depardieu als Columbus in den Sinn; wie er mit erhobenem Säbel in der Hand, in Zeitlupe aus dem Boot heraus und hinein in die schäumenden Wogen springt, wie er mit mächtigen Schritten, in sexy hüfthohen Lederstiefeln, das türkisfarbene Wasser durchwatet. Dann fällt er im Sand

auf die Knie und hebt dankend die Hände zum Himmel ...
Was für eine Geste! Welch heroischer Augenblick!

„Mama, Mama! Guck mal wie schön!" Die jauchzenden Rufe meiner Kinder brachten mich zurück ins Hier und Jetzt. Eifrig waren sie schon dabei, unser gesamtes Gepäck über den Strand in Richtung der Kokospalmen zu schleifen. Ich blickte mich nach meiner Reisebegleitung um, aber der freundliche Mensch war wie vom Erdboden verschwunden. Na klar, dachte ich mürrisch, Männer! Genau wie Björn! Der hatte mir damals auch tausendfach beteuert, sich bis an sein Ende um die Kinder und mich zu kümmern. Geschworen hatte er mir das sogar, doch seitdem das Gericht das Sorgerecht auf mich übertragen hatte, kümmerte er sich einen feuchten Kehricht darum, dass ich gepfändet wurde und oft nicht wusste, wie ich die Schulbücher unserer Söhne bezahlen sollte. Erst versprechen sie einem das Blaue vom Himmel, brummte ich in mich hinein, aber wenn's draufkommt, sind sie auf einmal verschwunden.

Meine üble Anschuldigung sollte sich als voreilig und völlig unbegründet erweisen, ja, als geradezu unverschämt von mir! Ich hatte noch nicht einmal meine Kinder eingeholt, die sich eine besonders wohlgestaltete Palme als unseren Lagerplatz für die nächsten Tage ausgesucht hatten, als der nette Herr wieder auf der Bildfläche erschien, im Schlepptau eine ältere Frau mit freundlichem Gesicht. Er stellte sie mir als „Mother Maria" und Besitzerin der herrlichen Bambushütten-Anlage vor, die sich längs des gesamten Sandstrandes erstreckte. Ich schüttelte Mother Maria die Hand. Die Hütten seien um diese Jahreszeit zwar allesamt ausgebucht, erklärte sie mir höflich, aber eine der schönsten halte man für liebe Überraschungsgäste immer zurück.

Peter – aha, so hieß der freundliche Mann also – habe sie gebeten, genau diese nun an mich und die Kinder zu vermieten und da Peters Wort auf der Insel etwas gälte, dürfe ich, solange es mir beliebe, diese Hütte beziehen.

„Oh, wie schade", meinten meine Söhne, die sich schon auf einen Urlaub als Robinson Crusoe und Freitag unter der Palme am Strand eingestellt hatten.

„Dem Himmel sei Dank", entgegnete ich Mother Maria und fiel erst ihr und dann dem fürsorglichen Peter um den Hals. Dann folgten wir Mother Maria nach, die uns zu unserer Hütte direkt am Strand bringen wollte. Ich schaute noch ein letztes Mal zurück, um unserem Piraten zuzuwinken und fand überraschenderweise überhaupt nicht mehr, dass er gefährlich oder sogar hinterhältig aussah. Eigentlich eher sympathisch und sein Lächeln mit den goldblitzenden Zähnen hatte sogar etwas Verwegenes. Im positiven Sinn. Tja, dachte ich zerknirscht, die Macht der Gedanken. Was die alles können!

Peter habe ich nur noch ein einziges Mal wiedergesehen. Drei Tage später stand er am frühen Abend plötzlich vor unserer Hütte, um sich persönlich davon zu überzeugen, dass es den Kindern und mir gut ging. Wir haben uns noch ein wenig auf der kleinen Veranda der Bambushütte unterhalten und uns den gewaltigen Sonnenuntergang angesehen, den es in diesen spektakulären orange-rot und rosa-violett Tönungen auch nur in der Südsee gibt. Der goldrote Feuerball der Sonne versank in Minutenschnelle hinter dem Horizont und flutete den dunkelblauen Ozean mit purpurfarbenem Licht.

Als auch die letzten Sonnenstrahlen am Firmament verblasst waren, verabschiedeten wir uns herzlich und Peter kehrte zu seiner Familie ans untere Ende von „White Beach" zurück.

Wir verbrachten Tage wie im Paradies. Sobald die Dämmerung am Abend einsetzte, brachte Mother Maria jeder einzelnen Hütte ihre Öllampe, die an einen Haken an der Decke der Veranda gehängt wurde. Das war unsere Lichtquelle. Das Innere der Bambushütte bestand aus einem einzigen Raum, in dem es, neben vier sauberen Betten, noch einen hübschen Tisch mit vier Stühlen und einen Schrank gab. Das Bad mit einer einfachen, offenen Dusche befand sich am hinteren Teil des Hauses, quasi unter freiem Himmel. Um uns herum nichts als Palmen, Sandstrand und die blaue Südsee. Die übrigen Hütten lagen so weit auseinander, dass sich niemand am anderen stören musste. Von morgens bis abends liefen meine Jungs, nur mit einer Badehose bekleidet, mit den einheimischen Kindern johlend am Strand herum oder spielten Fußball mit ihnen.

Ich selbst verbrachte die meiste Zeit des Tages in meiner Hängematte am Strand und ließ es mir gut gehen. Gleich am ersten Abend hatte ich es mir mit einem Buch in einem der beiden Deckchairs auf der Veranda bequem gemacht, nachdem Gabriel und Leander erschöpft, aber überglücklich, in ihre Betten gefallen waren. So lässt es sich aushalten, dachte ich und schloss die Augen, um mich erst einmal nur dem Rascheln des Windes in den Blättern der Palmen und dem sanften Raunen des Meeres hinzugeben. Ich lehnte mich zurück und genoss die Ruhe und Stille dieser einfachen Hütte, weitab vom Lärm des Alltags und der Hektik meines unruhigen Berufslebens.

Als ich meine Augen irgendwann wieder öffnete, waren auch die letzten, der am Nachmittag heraufgezogenen, Wolken wieder verschwunden und ich schaute in den gewaltigsten Sternenhimmel, den ich je gesehen hatte.

Ich hielt den Atem an.

Wie eine unendliche Kuppel, erleuchtet von Milliarden winziger, funkelnder Lichtpunkte, spannte sich das tiefschwarze Firmament über meinem Kopf aus. Beinahe zum Greifen nahe erstreckte sich die Milchstraße gleißend und glitzernd über das Himmelszelt. Ich erschauderte. Stumm vor Ehrfurcht im Angesicht einer Erhabenheit, die sich mit Worten kaum beschreiben lässt, überkam mich eine Ruhe und Gelassenheit, wie ich sie schon lange nicht mehr in mir wahrgenommen hatte. Köstliche, berauschende Minuten verstrichen, bis ich es auf einmal gewahrte: Am Hohen Himmel ein leuchtendes Schweigen.

So intensiv spürte ich dieses leuchtende Schweigen, dass es mein Herz mit einer unfassbaren Glückseligkeit überschwemmte und mir unversehens die Tränen in die Augen schossen. Mir war, als läge in dieser Schweigsamkeit das Strahlen und Glänzen einer Macht, die mich schon mein ganzes Leben lang begleitete und beschützte. Ich kannte diese Macht! Mehr als zwanzig Jahre waren seit jener Nacht im Dezember vergangen, als ich den Christus vom Fenster meines Zimmers aus in unserem Garten gesehen hatte. Genauso hatte sich diese Macht, die ER ausgestrahlt hatte, angefühlt und ebenso hatte die Luft geflimmert vom göttlichen Licht. Derart präsent stand mir plötzlich dieses Bild vor Augen, dass sich Raum und Zeit aufzulösen schienen und mich das Gefühl überkam, der Göttliche Sohn sei jetzt, genau in diesem Augenblick, wieder hier bei mir, ganz dicht an meiner Seite.

Den Rest der Nacht verbrachte ich in eine Decke gehüllt still und in mich gekehrt, draußen auf der Veranda, das

Buch war vergessen. Obwohl ich hätte schwören können, in dieser Nacht kein einziges Auge zugemacht zu haben, weckten mich am Morgen die Strahlen der aufgehenden Sonne. Blassrosa färbte sich der wolkenlose Himmel über dem Ozean, ein neuer Tag begann.

Am dritten Abend, den ich wieder alleine auf der Veranda verbrachte, sollte sich unerwartet das euphorische Gefühl der vergangenen zwei Tage verändern. Ich hatte mit den Kindern erst spät zu Abend gegessen und dann noch ein paar Runden Karten mit ihnen gespielt. Als ich schließlich ins Freie trat, stand der Mond schon weit oben am Himmel und warf sein schimmerndes Spiegelbild wie flüssiges Silber über das dunkelblaue Wasser. Seit dieser ersten Nacht hier in der Hütte, hatte ich die Empfindung gehabt, irgendwie wieder offener und verbundener mit dem Licht zu sein. Ganz leicht und schön fühlte sich das Gefühl an.

Ich hatte es mir auch diesmal in dem Deckchair gemütlich gemacht und genoss abermals die Stille und Ruhe dieses besonderen Ortes, als sich wie aus heiterem Himmel eine völlig gegensätzliche Wahrnehmung einstellte. Zuerst bemerkte ich nur ein gewisses Unbehagen, von dem ich nicht die leiseste Ahnung hatte, was es wohl ausgelöst haben mochte.

Hatte ich vielleicht ein ungewöhnliches Geräusch gehört?

Aufmerksam schaute ich mich um.

Nichts.

Möglicherweise war es das leise Flattern eines Vogels oder einer Fledermaus gewesen, beruhigte ich mich. Nichts Aufregendes also. Trotzdem lauschte ich noch eine Weile in die Dunkelheit, vernahm aber nur die schon vertrauten Geräusche des Strandes. Doch das Unbehagen blieb.

Wieder lag etwas in der Luft, das mich heute aber beunruhigte. Ich betrachtete abermals den gigantischen Sternenhimmel und fühlte auch sofort wieder die Präsenz des Erhabenen. Urplötzlich kam es mir jedoch so vor, als hätte ich mit meiner Zuwendung und Öffnung zum Licht, unversehens auch die andere Seite geweckt. Etwas Dunkles, Bedrohliches und Böses schien aufmerksam geworden zu sein und sich aufzurichten. Es war nichts Persönliches, es ging hier nicht um mich, beruhigte mich eine innere Stimme, als meine Furcht vor dem Bösem, das wie ein schwarzer Schatten in der Finsternis zu lauern schien, stärker wurde. Es geht um die zwei Seiten, die beiden Polaritäten, die seit Anbeginn der Zeit um die Vorherrschaft in der Welt ringen. Licht oder Dunkelheit. Christus oder Luzifer. Zu welcher Seite möchte ich in diesem kosmischen Kräftespiel gehören? Ist dieser Moment etwa so etwas wie die Stunde der Entscheidung?, überlegte ich, vage ahnend, dass ich mich doch längst schon, vor Äonen und tausenden Inkarnationen für die Eine Seite entschieden hatte. Aber wie kann ich mich gegen das Dunkel schützen, wenn ich offen bleiben will für Licht und Liebe? Bin ich dann nicht auch zwangsläufig offen für die andere Macht?

„Vertraue auf dein Herz!"

Die Antwort schien von weit droben aus dem Leuchten der Sterne zu kommen.

„Hab keine Angst, wenn du nur deinem Herzen vertraust, so will Ich immer an deiner Seite sein."

Das letzte, was ich in dieser Nacht vor meinem inneren Auge sah, als ich mich kurz darauf in mein Bett legte, war das sanftmütige Antlitz eines jungen Mannes mit langem, in der Mitte gescheiteltem Haar.

Natürlich hatte ich sowohl Peter, als auch „Mother Maria" bei meiner Ankunft auf der Insel gefragt, ob sie von den zwei Deutschen in ihrer Holzpyramide wüssten, aber beide hatten verneint. Nein, von solchen Leuten hatte man, zumindest in diesem Teil der Insel, noch nichts vernommen. Ich fragte noch da und dort in den vielen kleinen Restaurants am Strand nach, in denen wir frühstückten oder zu Abend aßen, doch auch hier kannte man Sebastian und Susanne nicht. Mein Bruder hatte mir erzählt, dass die Pyramide auch vom Wasser her sehr gut zu sehen sei, weshalb ich am kommenden Tag beschloss, ein Motorboot mit Fahrer zu mieten, um die Insel systematisch nach dem auffälligen Gebäude abzusuchen.

Am ersten Tag tat sich nichts. Wir hatten die Insel südlich auf der einen Seite zur Hälfte umrundet, morgen wollten wir uns die andere Seite vornehmen. Nach etwa halbstündiger Fahrt drosselte unser Fahrer am nächsten Tag den Motor, beschattete seine Augen mit der Hand und deutete mit der anderen zu einem Hügel.

Tatsächlich, beim genaueren Hinsehen war die Spitze eines pyramidenförmigen Holzdaches im grünen Blättermeer zu erkennen. Ich nickte erleichtert. Ja, das musste das Haus der beiden Gesuchten sein! Dort wollte ich hin. Der Philippiner lenkte das Boot geschickt in die sandige Bucht, an deren Seite ein kleiner Holzsteg mit Anlegeplatz lag und machte dort fest. Ich handelte mit ihm aus, sollten wir nicht innerhalb der nächsten Stunde wieder am Boot zurück sein, er uns am Nachmittag oben bei der Pyramide abholen käme. Unter keinen Umständen dürfe er ohne uns wieder loszufahren, bat ich ihn und sprang mit den Kindern an Land.

„Don't worry, Madam!" rief er mir hinterher, "I'll wait, I go fishing meanwhile!"

Ein schmaler Pfad führte von der Anlegestelle, durch einen dichten Urwald, hinauf auf den Hügel. Lianen schwangen lose von den grünbelaubten Bäumen um uns herum und hunderte blühender Blumen wucherten an ihren Stämmen empor. Die Luft in dem kleinen Wäldchen war geschwängert vom köstlichen Duft der vielen exotischen Blüten und Pflanzen und erinnerte mich an die Waschküche aus meinen Kindertagen; feucht, warm und dunstig.

Meine Jungs rannten sofort voraus und schaukelten schon bald übermütig an einer tiefhängenden Liane, während ich mich selbst, schnaufend und schwitzend, den steil ansteigenden Weg hoch kämpfte.

„Passt auf, dass ihr nicht aus Versehen einer Schlange in die Quere kommt!" brüllte ich, einer spontanen Eingebung folgend, meinen Sprösslingen zu. Augenblicklich schwangen sich beide zurück auf den Boden und nahmen mich in die Mangel. Da sie mich, was mögliche Gefahren anbelangte, als nicht besonders zimperlich kannten, hatte ich ihnen wohl einen ganz schönen Schrecken eingejagt.

„Peter hat aber gesagt, dass es hier gar keine Schlangen gibt und schon überhaupt keine, die giftig sind," maulte Leander und sah mich vorwurfsvoll an. Gabriel durchbohrte das Pflanzendickicht mit kritischem Blick.

„Hier ist echt nix, Mama," beruhigte mich mein Ältester nach eingehender Erforschung der Baumstämme. „Der Peter kennt sich hier bestimmt besser aus als du."

Fahrig fuhr ich mir mit der Hand durchs Haar. „Stimmt schon," bekannte ich lahm.

„Ich hatte nur plötzlich so ein komisches Bild von giftigen Schlangen vor Augen." Aufmerksam schaute ich mich um. Das laute Kreischen bunter Vögel mischte sich in das ununterbrochene Schwirren, Surren und Brummen tausender Schmetterlinge und Insekten mit ein. Ich schüttelte den Kopf.

„Lasst uns weitergehen. War nur so ein komischer Einfall." Energisch stiefelte ich meinen Kindern voran. Nach etwa hundert Metern lichtete sich die dichte Belaubung und der Weg führte uns weiter hinauf über felsiges Gestein, bis er in einem weitläufigen, spärlich bewachsenen Plateau endete.

Schon von Weitem war die prächtige Pyramide zu sehen und bei ihrem Anblick spürte ich jählings eine ungewohnte und merkwürdige Aufregung in mir, die ich nicht zuordnen konnte. An irgendetwas erinnerte mich diese Pyramide, und zwar an etwas ganz Erstaunliches, jenseits allen Wissens über ägyptische Grabbauten aus Büchern und Geschichtsunterricht. Natürlich war ich darauf vorbereitet gewesen, ein Gebäude vorzufinden, das genau von dieser Gestalt war. Womit ich jedoch nicht gerechnet hatte, waren die Gefühle, die dieses Monument nun in mir auslösten. Seltsam fremd für diese Gegend erhob sich der helle, spitze Holzbau von der Größe eines zweistöckigen Mietshauses über die grünen Kronen einiger Bäume, die am Rande der ebenen Fläche zur Klippe hin wuchsen.

Den Begriff „Heilige Geometrie" habe ich erst viele Jahre später kennen gelernt und doch war es genau das, was ich hier unversehens spürte. Der Odem einer geheimen und heiligen Macht, die schon seit Anbeginn alle Zeiten überdauert, lag in der ungewöhnlichen Architektur dieses Bauwerks verborgen. Zugleich nahm ich, wenn auch nur verschwommen, einen Anflug von Abwehr und Bedrohung wahr, den eben diese besondere Form ausstrahlte.

Andächtig näherte ich mich ihr die letzten Meter und stand gleich darauf vor einem hüfthohen Holzzaun. Die Bewohner der Pyramide hatten dem steinigen Boden sogar einen kleinen Garten abgetrotzt, in dem neben Rosen, Ringelblumen und Kapuzinerkresse auch noch allerlei Gemüse und Salate gediehen. Da hatten sich die Menschen aber ein Stückchen Heimat mit in diese fremde Gegend gebracht.

Erstaunt betrachtete ich eine Weile die bunten Blumenrabatten, während ich gleichzeitig überlegte, wie ich weiter vorgehen konnte, nun da ich endlich, nach so vielen Widrigkeiten, hier angekommen war. Mal wieder keine Sekunde zu früh, dachte ich und schaute mich um.

Niemand schien daheim zu sein, alle Fenster und die Tür waren verschlossen, kein Laut war von drinnen zu hören. Ob ich wohl rufen oder doch lieber an die Türe klopfen sollte? Aber was dann?

Erst jetzt, wo ich dem Ziel meiner langen Reise vis-à-vis gegenüberstand, wurde mir klar, dass ich mich auf das erste Zusammentreffen mit den Bewohnern der Pyramide überhaupt nicht verbreitet hatte. Was wollte ich denen denn sagen, warum ich den weiten Weg gekommen war? Konnte und sollte ich tatsächlich mit der Tür ins Haus fallen und dieser Susi und diesem Sebastian, also wildfremden Menschen, den Grund meines plötzlichen Auftauchens so mir nichts dir nichts anvertrauen? Würden sie nachvollziehen können, dass mir die Aussage meines Bruders, sie hätten Kontakt zu Jesus, gereicht hatte, eine derartige Reise zu unternehmen? Durfte ich überhaupt erwarten, dass irgendjemand auf dieser Welt verstehen konnte, warum ich bisweilen Dinge tat, die ich selbst kaum begriff? Dass ich mich allzu oft auf alles mögliche einließ, ohne auch nur eine Sekunde an mögliche Folgen zu denken? Wie oft wurde mir erst nachher klar, dass ich mal wieder ausschließlich einem inneren Drängen gefolgt war, selbst wenn ich mir eingebildet hatte, dieses Mal gründlicher nachgedacht zu haben. Stets ließ ich mich von meiner Intuition leiten und meinem Gefühl. Selten spielte mein Verstand dabei eine Rolle und noch seltener war mir bewusst, was ich seit meinem ersten Atemzug auf dieser Welt eigentlich wirklich suchte. Ich musste doch den Menschen in meiner Umgebung, zumindest zeitweilig, vorkommen wie eine naive Idiotin. Wenn ich Glück hatte! Mein innerer Kompass, dem ganz bewusst mit Herz UND Verstand zu folgen ich erst noch lernen musste, war schließlich für andere nicht sichtbar.

Unsicher schaute ich mich um. Vielleicht sollte ich doch lieber ein anderes Mal wiederkommen und mir dann vorher genau überlegen, was ich sagen könnte? Sicherlich wäre es auch eine nette Idee von mir gewesen, ein kleines Geschenk oder wenigstens ein paar Blumen mitzubringen. Stattdessen war ich wieder einmal einfach losgestürmt. Verärgert über meine grenzenlose Gedankenlosigkeit, schüttelte ich den Kopf. Was hatte ich denn gedacht, was hier passieren würde? Dass man hier schon seit Jahren nur auf mich wartend im Fenster lag, um mich mit weit geöffneten Armen zu empfangen? `Guten Tag, ich habe gehört sie haben Kontakt zu Jesus, dürfte ich da mal kurz reinkommen?` `Aber selbstverständlich, meine Liebe, nur auf diesen Moment warten wir doch schon eine Ewigkeit!` Ich hatte doch eindeutig nicht mehr alle Tassen im Schrank! Was hatte ich den Kindern und mir für Strapazen zugemutet! Hätte ich mir das alles nicht schon vorher überlegen und mir zu Hause ein paar Gedanken machen können, anstatt jetzt wie blöde vor dem Gartenzaun, mir völlig unbekannter Menschen, zu stehen und darüber nachzudenken, was ich hier eigentlich genau wollte? Aus den Augenwinkeln nahm ich eine flüchtige Bewegung am Fenster wahr und als ich herüberschaute, blickte ich in das verärgerte Gesicht einer sehr schönen Frau, die nun eines der Fenster im Erdgeschoss öffnete und sich zu mir herausbeugte. Langes, gold-glänzendes Haar fiel ihr über die gebräunten Schultern und sie hatte die blauesten Augen, die ich je gesehen habe. Dummerweise blitzen mich diese blauen Augen gerade höchst unwirsch an. Ich kam mir bei ihrer Musterung sofort noch ein wenig blöder vor und wäre am liebsten im Boden unter den Rosensträuchern versunken.

„What are you doing there?"

Ach du Schreck, die Stimme der hübschen Frau am Fenster klang genervt. Mit einer derart ablehnenden Haltung hätte ich im Traum nicht gerechnet und das machte das anstehende Gespräch nicht unbedingt einfacher. Belämmert glotzte ich zu ihr herüber und überlegte, was ich zu meiner Verteidigung, was ich nämlich am Zaun ihres schmucken Gärtchens zu suchen hatte, vorbringen konnte. Doch beim besten Willen wollte mir just in diesem Moment mal wieder so überhaupt nichts Passendes einfallen. Stattdessen hörte ich meine Jungs ganz in der Nähe lärmen.

Ich blickte in die Richtung aus der das fröhliche Lachen kam und sah, dass die beiden bis hoch in die Äste eines Baumes mit riesigen fingerförmigen Blättern geklettert waren und dort zusammen mit zwei anderen blond gelockten Jungs frohgemut und ausgelassen herum krakeelten. Wie einfach es Kinder doch hatten, Freundschaft zu schließen! Ich seufzte innerlich auf. Beneidenswert!

„So, what do you want?" wurde ich vom Fenster her ungehalten erinnert und musste zu meinem nicht geringen Verdruss bemerken, wie ich aus schmalen Augen abschätzig von oben bis unten ausgelotet wurde. Du müsstest jetzt mal was sagen, schoss es mir durch den Kopf. Das macht man so, wenn man was von Leuten will! Und am besten gleich einen ganzen Satz. Du weißt schon, so was mit Subjekt, Prädikat, Objekt. Nun mach schon, die wartet! Ungehalten starrte die Frau zu mir herüber.

„Äh, ja, ähem", stotterte ich also drauflos und versuchte, meine Unsicherheit auf ein erträgliches Maß zu reduzieren. „I am from Germany." Leider zeigte diese immerhin recht brisante Information nicht die geringste Wirkung, denn die schöne Frau starrte mich weiterhin mit gerunzelter Stirn an. „I am Andranik Heerhausen's sister", legte ich nach, in der Hoffnung, mit diesem aufschlussreichen Detail zur restlosen Klärung des Sachverhaltes beizutragen und endlich bei ihr andocken zu können. Aber wieder nichts. Die Schöne am Fenster zuckte missmutig die Schultern.

„Kenne ich nicht", fuhr sie mich barsch, jetzt aber auf Deutsch, an, „also was wollen Sie hier?" Ach, du lieber Gott! Mittlerweile kam ich mir so dämlich vor, dass mir vor Scham die Röte ins Gesicht schoss. Ich hatte tatsächlich insgeheim gehofft, dass die schiere Erwähnung des Namens meines Bruders augenblicklich sämtliche Türen und Tore öffnen würde. Andranik Heerhausen, Simsalabim! Aber die Frau kannte meinen Bruder überhaupt nicht. Wie peinlich! Hatte ich etwa die ganze beschwerliche Reise nur unternommen, um hier und jetzt am Ziel abgeschmettert zu werden? In welch bescheuerte Situation hatte ich mich da mal wieder hineinmanövriert? Okay, dann war also Flucht nach vorn angesagt, nun konnte mir nur noch die Wahrheit helfen. Ich blickte der Frau am Fenster fest in die Augen.

„Um ehrlich zu sein", begann ich zögerlich, „weiß ich das selbst überhaupt nicht so genau. Nur, dass ich irgendwie hierher zu Ihnen auf die Philippinen kommen wollte … irgendetwas hat mich hierher an diesen Ort gedrängt, aber was ich hier genau will, kann ich Ihnen beim besten Willen überhaupt nicht sagen …" Die Mine der Frau hatte sich bei meinen Worten zusehends verändert, denn nun schaute sie neugierig zu mir herüber. Da ich ins Stocken geraten war, nickte sie mir aufmunternd zu. Auf diese Weise ermutigt, erzählte ich einfach mal drauflos. Dass ich nämlich schon als Kind ein spirituelles Erlebnis gehabt hätte und seitdem nach Menschen suchen würde, die auch in Verbindung mit Jesus stünden, dass mein Bruder, der erst vor Kurzem auf der Insel gewesen sei, mir geraten habe, hierher zu ihnen, zu Susi und Sebastian zu kommen und dass das Ganze sicherlich eine ziemlich blöde Schnapsidee gewesen sei. Aufmerksam hörte Susi mir zu. Dann wollte sie noch einmal den Namen meines Bruders wissen. „Andranik Heerhausen", antwortete ich, aber sie schüttelte bedauernd den Kopf. Nein, der Name sagte ihr nichts. Resigniert zuckte ich mit den Schultern. „Er war erst vor ein paar Wochen hier und hat so nett von euch erzählt. Komisch, dass du dich an Andi nicht erinnern kannst." Wie aufgescheucht fuhr Susi mit einem Mal hoch.

„Ach, der Andi!" rief sie aus und klatschte begeistert in die Hände. „Mensch, warum hast du das denn nicht gleich gesagt. Den Andi von der Lufthansa, ja den kennen wir natürlich. Und du bist also seine Schwester, ja?" Aha, also doch Simsalabim. Wie schon zuvor in Manila mit Susan, wurde mir jetzt die Tür geöffnet und unter vielem Hallihallo und ach, wie nett, die Schwester von Andi, also so eine Überraschung aber auch, wurde ich ins Haus gebeten.

Susi war es zutiefst peinlich, mich, die Schwester von dem tollen Andi anfänglich so abweisend behandelt zu haben. Mit ausführlichen Erklärungen versuchte sie, mir den Grund ihrer anfänglichen Reserviertheit zu erläutern.

Wir saßen inzwischen in ihrer kleinen, hellen Küche im Erdgeschoss dieses ungewöhnlichen Hauses und schlürften genüsslich eine Tasse Kaffee zusammen.

„Weißt du, als ich dich da vorhin am Gartenzaun stehen sah, du, mit deinen langen blonden Haaren und so schick zurechtgemacht, (ob Susi wohl zuweilen selbst mal einen Blick in den Spiegel riskierte?) da dachte ich, dass du eine dieser vielen Touristentussis aus Manila bist, die nur hierher kommen, weil sie neugierig auf die Pyramide sind und die einfach ohne anzuklopfen hier herein latschen, völlig ungeniert durch alle Zimmer rennen und alles antatschen, um dann auch noch hinterher im Garten mein ganzes Gemüse zu zertrampeln!" In Erinnerung an diverse Begegnungen dieser Art, zog sie wieder ärgerlich die Augenbrauen zusammen. „Du kannst dir nicht vorstellen wie unverschämt und nervig manche Leute sind!" Doch, könne ich, pflichtete ich meiner neuen Bekanntschaft eiligst bei und knabberte an einem der köstlichen Kokosplätzchen herum, die Susi, die sich mittlerweile vor Gastfreundschaft überschlug, auf einem bunt bemalten Tellerchen serviert hatte. Susi blickte mich über den Rand ihrer Kaffeetasse hinweg eine Weile schweigend an.

„So, so", meinte sie und setzte ihre Tasse ab, „da bin ich ja mal gespannt, warum das Schicksal dich die weite Reise hat machen lassen und was du hier finden sollst."

Also besser hätte ich das auch nicht sagen können.

Der Nachmittag verging wie im Flug; unsere Jungs hatten sich auf wunderbare Weise gefunden und tobten schon seit Stunden einträchtig durch Haus und Garten, während Susi und ich miteinander sprachen, als würden wir uns schon lange kennen. So vieles hatten wir gemeinsam und merkten nicht, wie die Zeit verging! Zu Susi hatte ich schnell eine Verbindung gespürt, die nicht vieler Erklärungen bedurfte und als ich noch einmal auf meine mageren Reisevorbereitungen zu sprechen kam und ich mich nochmals dafür entschuldigte, ausschließlich einem mehr oder weniger bewussten Wunsch vorbeizukommen gefolgt war, legte sie mir eine Hand auf die Schulter und schaute mich aus ihren blauen Augen intensiv an.

„Du musst dich doch nicht dafür entschuldigen, dass du deiner inneren Stimme gefolgt bist," versicherte sie mir. „Ich kann dir überhaupt nicht sagen, wie sehr ich dich dafür schätze. Es geschieht sicher nicht jeden Tag, dass eine Frau sich traut, ihrem Ruf zu folgen und eine so eine weite Reise unternimmt. Werte das nicht ab!" Ihre Worte gingen mir unter die Haut und zum ersten Mal seit unserer Landung auf den Philippinen hatte ich das Gefühl, doch etwas „richtig" gemacht zu haben.

Als es zu dämmern begann, mussten wir uns regelrecht von unseren neuen Freunden losreißen, da unser Bootsmann, der unbedingt noch vor Einbrechen der Dunkelheit am heimischen Strand zurück sein wollte, bereits vor der Tür stand. Beim Abschied musste ich Susi fest versprechen, gleich an einem der nächsten Tage wiederzukommen, um unbedingt auch ihren Basti kennenzulernen und auch ihm von meiner Begegnung mit Jesus zu erzählen.

„Ich bin schon soo gespannt, was er dazu sagt, dass du IHM als Kind begegnet bist," meinte sie und schüttelte gedankenvoll den Kopf. Auf Sebastian war ich inzwischen neugierig geworden, da Susi mir am Nachmittag einiges von ihm und seiner Berufung erzählt hatte. Regelrecht geschwärmt hatte sie von ihrem Mann. Er sei hier auf der Insel der Anführer einer seltenen Gemeinschaft, vertraute sie mir an, aber das wolle Basti mir bei unserem nächsten Treffen bestimmt selbst erzählen. Ihre Stimme hatte sogar ein bisschen geheimnisvoll geklungen und in meiner Vorstellung muss sich wohl unversehens das Bild eines gütig dreinblickenden, jungen Meisters entwickelt haben, der tatsächlich eine gewisse Ähnlichkeit mit dem Jesus aus meinen Kindertagen hatte.

Wir verabredeten uns also für den übernächsten Tag und stürmten sodann den Weg hinunter zum Strand, unserem Kapitän hinterher, der schon ungeduldig zur Anlegestelle vorausgelaufen war.

Am übernächsten Tag rumpelten wir vormittags in einem völlig verbeulten, grellbunt bemalten Jeepney, wie sie zu Hunderten auf den Inseln herumfahren, um Leute auch in die abgelegensten Winkel der Gegend zu transportieren, über eine staubige, von knietiefen Schlaglöchern zerklüftete Landstraße in den benachbarten Teil der Insel. Die meiste Zeit kamen wir nur im Schritttempo vorwärts und mussten uns wie die Klammeräffchen an unseren Sitzen und Haltegriffen festkrallen, um nicht durch den gesamten Bus geschleudert zu werden. Eine Achterbahnfahrt auf dem Jahrmarkt hätte kaum vergnüglicher sein können.

An jeder zweiten Palme stoppte der Fahrer den kleinen Laster, um immer wieder neue, fröhlich schnatternde Menschen aufzunehmen oder abzusetzen. Jeder der Fahrgäste schien mit jedem irgendwie verschwistert, verschwägert oder sonst wie verwandt zu sein und quetschte sich lachend und umständlich mit seinen vielen Taschen zwischen die anderen auf die Bank. Bereitwillig rückte ein jeder bei jedem Stopp immer noch ein Stückchen enger zusammen und half dem anderen, wie selbstverständlich, überdimensionale Gepäckstücke zu verstauen. Ach, wie anders die Menschen in diesem Teil der Welt doch miteinander umgingen! Wie liebenswürdig, ja geradezu fürsorglich sie einander Platz machten und wie sie mit vielen Armen halfen, die Lasten des anderen in die Gepäcknetze über unseren Köpfen zu verfrachten. Mir wurde warm ums Herz als ich meine Mitreisenden betrachtete, die wiederum mich freundlich und neugierig beäugten.

Meine Jungs hatten es sich nicht nehmen lassen, die mühsame Fahrt oben auf dem Dach des Jeepneys, zusammen mit anderen männlichen Fahrgästen, fest an die Reling geklammert, zu verbringen. Das Fahren IM Auto sei nämlich nur etwas für Frauen! Oder für Mütter, ließen sie mich freundlicherweise noch wissen, bevor sie sich die Leiter zum Dach des Lastwagens empor hangelten und mich dabei mit einem besorgniserregend mitleidigen Blick bedachten. Ich atmete erleichtert auf, mich gleich beiden Kategorien zugehörig fühlen zu dürfen und suchte mir umgehend ein bequemes Plätzchen im Innern.

Staubbedeckt, mit meterhoch aufgetürmten Lasten völlig überladen, erreichten wir schaukelnd und schwankend nach einstündiger Fahrt Diniwid Beach. Hochbeglückt, die Fahrt sicher überstanden zu haben, kletterten meine Jungs ein wenig steifbeinig die steile Leiter am Heck des kleinen Lasters herunter.

Der Seeweg wäre natürlich wesentlich kürzer und komfortabler gewesen, hätte aber, trotz Spezialpreis, wie uns unser Bootsmann versichert hatte, wieder ein kleines Vermögen gekostet. Das konnten wir uns nicht allzu oft leisten.

Gegen Mittag erreichten wir die Pyramide. Einladend wehte uns schon auf dem Weg zum Haus der köstliche Duft von gebratenem Fisch, Reis und Gemüse entgegen. Göttlich, denn außer ein paar trockenen Keksen hatten wir noch keine Zeit gehabt, etwas zu essen. Der Hausherr begrüßte uns nicht unfreundlich, jedoch zurückhaltend und wir tauschten die üblichen Floskeln aus. Das also war Susis Mann? Ich war erstaunt. Den hatte ich mir völlig anders vorgestellt. Nicht so patriarchisch. Und auch nicht so reserviert und so bierernst. Das komplette Gegenteil von seiner lebenslustigen, offenen Frau! Wie das wohl zusammenpassen mochte?

Als das Essen kurz darauf in dem hohen, hellen Raum, der gleich mehrere Funktionen zu haben schien, auf einem niedrigen Holztisch serviert wurde und wir im Schneidersitz darum herum saßen, ordnete das Familienoberhaupt erst einmal umgehende Ruhe an und faltete andächtig die Hände. Augenblicklich verstummte Susi und erhob, zusammen mit ihren Söhnen, die Hände zum Gebet. Verstohlen nickte ich zu meinen Jungs herüber, die daraufhin hastig ihre Hände falteten. Obwohl Basti seine Augen in tiefer Andacht geschlossen hielt, hatte ich das sichere Gefühl, dass er uns unentwegt durch seine langen, dunklen Wimpern hindurch musterte. Ob er mich wohl schon als schlimme Ketzerin, eine dem freien Glauben, jenseits aller Konventionen und religiöser Sitten, hoffnungslos Verfallene enttarnt hatte? Es war ein sehr unbequemes Gefühl, möglicherweise so eingeschätzt zu werden, weshalb ich mich schleunigst der heiligen Stimmung meines Gastgebers anpasste und mein andächtigstes Gesicht aufsetzte. Ich schloss meine Augen und senkte ergeben den Kopf.

In stiller Andacht versunken, ließ Basti uns erst einmal eine Weile zappeln, bis er sich endlich erbarmte und schon mal ein diskretes Hüsteln vernehmen ließ. Das köstliche Essen war inzwischen bestimmt schon ganz fein auf Zimmertemperatur abgekühlt, als Basti, mit von Heiligkeit geschwängerten Stimme, begann, ein nicht enden wollendes Tischgebet zu zelebrieren. Ich hatte dieses Gebet noch nie gehört, hoffte aber inständig, dass unser verehrter Gastgeber es noch vor Anbruch der Dämmerung zu Ende sprechen möge. Über Stunden im unbequemen Schneidersitz zu verharren, darin war ich nicht geübt. Erst begann mein linkes Bein unerträglich zu kribbeln, dann mein rechtes.

So unauffällig wie möglich ruckelte ich erst ein klein wenig von rechts nach links, dann nochmal nach rechts, in der naiven Hoffnung, meiner gequälten Gesäßmuskulatur durch die Gewichtsverlagerung etwas Linderung zu verschaffen. Doch die zeigte sich nicht im mindesten beeindruckt. Ich beugte mich also leicht nach vorne. Dummerweise stieß eines meiner ungehorsamen Knie dabei an das niedrige Tischchen, das mein heimliches Rumgeruckel verriet, denn es gab ein laut vernehmliches „Rumms" von sich. Oha, mein innerer Saboteur versuchte ganz offensichtlich die heilig angespannte Situation am Tisch zu entschärfen!

Durch das ungebührliche „Rumms" in seiner Predigt gestört, öffnete Basti ein Auge und warf mir aus diesem einen missbilligenden Blick zu. Augenblicklich fühlte ich mich in die ersten Jahre meiner Schulzeit zurückversetzt und nur mit größter Mühe gelang es mir, einen mir sehr wohl bekannten Heiterkeitsausbruch zu verhindern. Ach du Schreck, in diese ehrerbietige Stimmung mit einer geballten Lachsalve einzufallen, war so ziemlich das Letzte, was ich meinem Gastgeber zumuten wollte und was ich selbst zu einem gelungenen Nachmittag beizutragen beabsichtigte. Die Anspannung am Tisch schien sich bis zum Bersten zuzuspitzen. Es war völlig grotesk und während Basti damit fortfuhr, die Atmosphäre mit salbungsvoller Stimme zu schwängern, begann mich der mir leider so vertraute und unerträgliche Lachreiz derart zu quälen, dass es mir Tränen verzweifelter Selbstbeherrschung in die Augen trieb.

Ich hätte brüllen können vor Lachen.

Aus den Augenwinkeln fing ich die begehrlichen Blicke meiner Kinder auf. Genau wie ich versuchten sie, Haltung zu bewahren und nicht so auffällig auf die Schüsseln mit den herrlich duftenden Köstlichkeiten zu stieren.

Jetzt reißen wir uns aber mal am Riemen, mein Fräulein, ermahnte ich mich selbst, kurz davor, meinem infernalischen Lachzwang zu erliegen. Mach den Kindern gefälligst vor, wie Höflichkeit und Körperbeherrschung geht.

Am Ende gelang es mir, mit einigermaßen hingebungsvollem Blick der uferlosen Andacht zu lauschen. Ein laut vernehmliches Magenknurren, bei dem ich beinahe laut los gequiekt hätte, quittierte Basti nur mit einem Kopfschütteln. Oh Gott, wie peinlich! Bestimmt war das einer von uns gewesen! Wieder musste ich meinen gesamten Körpereinsatz aufbringen, um dem aufsässigen Clown in meinem Innern Einhalt zu gebieten. Ein Nachmittag auf der Streckbank hätte kaum vergnüglicher sein können.

Mein innerliches Wiehern ebbte Gott sei Dank wieder ab und als Basti das lang ersehnte Amen sprach und sich bekreuzigte, seufzte ich erleichtert auf. Ich hatte mich jedoch zu früh gefreut. Die Mahlzeit musste ja auch noch gesegnet werden, (ach was!) was Basti lange, mehrmals und mit geradezu aufreizender Ausgiebigkeit tat. Susi und ihre Kinder mussten Heilige sein! Eindeutig! Jeder andere hätte diesen Heiligtuer doch schon längst erschlagen! Nach gefühlten zweieinhalb Stunden war es dann auch schon soweit: mit einer knappen Handbewegung bedeutete Basti seiner Familie und uns, zuzugreifen. Während des Essens, das ganz vorzüglich schmeckte, temperaturmäßig allerdings nur kurz über dem Gefrierpunkt lag, ließ Basti die Kinder und mich links liegen und wandte sich ausschließlich an seine Söhne. Eingehend befragte er sie zu ihrem Vormittag. Die beiden berichteten nacheinander von diesem oder jenem Vorfall, von Arbeiten, die nach den Ferien geschrieben oder zurückgegeben werden sollten, während ihr Vater zu allem entweder zustimmend brummte oder missbilligend die Stirn runzelte. Hier und da wurde der eine gelobt, der andere getadelt, es wurde belehrt und doziert.

Nach dem Essen durften sich die Kinder, die schon ungeduldig am Tisch zappelten, auf eine Geste Bastis hin, vom Tisch erheben. Eine junge Philippinerin erschien aus dem Nichts, räumte mit fleißigen Händen den Tisch ab und verschwand, ebenso geräuschlos wie sie gekommen war, in der Küche.

Mir war mittlerweile aufgefallen, dass sich Susis Verhalten drastisch veränderte, sobald ihr Mann in der Nähe war. War sie in seiner Abwesenheit eine selbstbewusste, lebenslustige Frau, die gerne lachte und sich auch für Mode und Popmusik interessierte, so wandelte sich ihr Verhalten ihm gegenüber in eine Demut, die ich nicht verstand und die mich irritierte. Offensichtlich galten hier Regeln, die mir fremd waren und die für Susi nicht nur angenehm sein konnten. Irgendwie passen beide nicht wirklich zusammen, überlegte ich, als ich für eine kurze Zeit alleine am Tisch saß, obwohl sie ihn anhimmelt, dass es kracht. Während Susi noch einen Kaffee für uns kochte, führte mich Sebastian nun im Haus herum und ich bekam Gelegenheit, den Hausherren, und speziell seinen Glauben, ein wenig näher kennen zu lernen.

Vom Tisch aus hatte ich während des Mittagessens einen kleinen Hausaltar am anderen Ende des Raumes entdeckt und mir brannte die Frage auf der Seele, was es damit auf sich hatte.

Gemessenen Schrittes begab sich Sebastian auf meine Frage hin zum Altar. Diesen schmückten ein geschnitztes hölzernes Kreuz, diverse Kerzen und viele bunte Blumen. Wieder spürte ich das Unbehagen, das sich schon während des Tischgebetes in meinen Eingeweiden gemeldet hatte, wie ich ihn nun so bedächtig und überaus konzentriert mit den Streichhölzern hantieren sah. Seine Stimme klang jetzt wieder so übertrieben salbungsvoll und jede seiner Gesten wirkte merkwürdig einstudiert, so als spiele er eine Rolle. Ich hatte eine vage Ahnung, wen sie darstellen sollte. Nicht die Spur authentisch kam der selbsternannte Prediger rüber und das ließ ihn mir nicht besonders sympathisch erscheinen. Ein junger Mann, der angestrengt versucht, den Heiligen zu spielen, dachte ich und schaute ihn von der Seite her an.

Wie alt Sebastian wohl sein mochte? Schwer zu sagen, überlegte ich, er hat sowohl etwas sehr Jungenhaftes an sich, wie auch etwas super altes, geradezu altbackenes. Wahrscheinlich also irgendwas zwischen zwanzig und hundert?

Sie seien Anhänger einer überaus seltenen Gemeinschaft, nämlich der des „Father Christos" erklärte er mir nun voller Stolz und entzündete mit majestätischer Geste eine dicke, weiße Kerze am Altar. Er sei deren oberster Kopf und auserwählter Priester hier auf der Insel und sonntags hielte er genau hier, vor diesem Altar, für alle Anhänger, die heilige Messe ab. Die Eingeweide in meinem Bauch versuchten sich augenblicklich an einem doppelten Salto mortale. Susi steckte den Kopf zur Küchentür hinaus.

„Ein richtiger Sugardaddy ist das!", rief sie mir mit glockenheller Stimme zu und lächelte wie ein liebeskranker Teenie. Aha. „Glaube mir, ein Sugardaddy ist das", wiederholte sie kurz darauf und verpasste dem seligen Lächeln in ihrem Gesicht eine Extraportion Verzückung, als sie mit einem Tablett Kaffeetassen an mir vorbei in den Garten segelte. Hm, nickte ich, obwohl ich nicht ganz sicher war, wen Susi mit Sugardaddy eigentlich gemeint hatte. Ihren Sebastian oder diesen „Father Christos"? Sugardaddy! Das peinliche Wort hatte sich unverzüglich in meinem Hirn eingenistet und wollte daraus nicht mehr verschwinden. So unauffällig wie möglich besah ich mir den Hausherren und fand, dass die Bezeichnung Sugardaddy für beide Herrschaften ziemlich unpassend war. Für den Jungen völlig überrepräsentiert, für den Ewigen absolut daneben! Aber warum war mir dieser Priester Sebastian nur so wenig sympathisch, obwohl er mir überhaupt nichts getan hatte, ich hingegen gerade – sehr undankbar – seine Gastfreundschaft genoss? Wenn ich heute an diese Begegnung zurückdenke, muss ich mir eingestehen, dass ich Sebastian mit der Beurteilung seines Aussehens damals wohl sehr unrecht getan habe. Aber mit seinem Altmännerbart, der sein eigentlich hübsches und junges Gesicht entstellte, hatte er einfach zu viel Ähnlichkeit mit den finsteren Heiligenstatuen der Kirchen meiner Kinderzeit gehabt. Dazu erinnerte mich sein priesterliches Gehabe unliebsam an den Geistlichen, den ich zu Ostern in der Kirche erlebt hatte. Auf mich wirkte Basti wie ein Relikt aus alttestamentarischen Zeiten. So stellte ich mir die alten Männer aus Jehovas Zeiten vor: humorlos, selbstgerecht und in einen von Hierarchie und Angst geprägten Glauben vernarrt. Von denen hatte sich Basti aber eine Menge abgeguckt! Ich musste innerlich grinsen. Jetzt gingen aber eindeutig die Pferde mit mir durch.

Unseren Rundgang durch das Erdgeschoss beendete Susi, die uns zu sich hinausrief. Hinter Sebastian trat ich ins Freie. Sie hatte inzwischen draußen vor der Pyramide auf einem kleinen Tischchen Kaffeebecher und einen Teller mit den köstlichen Kokosplätzchen bereitgestellt. Wir ließen uns auf ein paar wackeligen Gartenstühlen nieder, nahmen unsere Becher in die Hand und blickten mit versonnener Miene unseren Jungs hinterher, die sich unter den mächtigen Bäumen mit einem Fußball herumbalgten.

„Weißt du, Anas, Basti ist einfach der geborene Priester", nahm Susi den Faden wieder auf und himmelte bei diesen Worten ihren Gatten an, der sich jetzt wieder erhaben schweigend, mit frommer Mine über seinen Bart strich. „Du glaubst gar nicht, von wie weit die Leute herkommen, nur um Basti predigen zu hören", zwitscherte Susi weiter drauf los und ich gab mir alle Mühe, den Äußerungen der offensichtlich schwer verliebten Susi, etwas weniger voreingenommen zu folgen. Was ihre religiöse Gemeinschaft betraf, allerdings nur mit bescheidenem Erfolg, wie ich mir am

Abend eingestehen musste. So sehr ich Susi und ihre unbeschwerte, fröhliche Art mochte, umso weniger behagte mir ihr Ehemann. Nicht, dass dieser es mir gegenüber an Höflichkeit oder gar Gastfreundschaft hätte mangeln lassen, das war es nicht, was mich an ihm störte. Trotz meines Unbehagens Sebastians religiösem Gehabe gegenüber – jenseits seiner Rolle als Oberhaupt ihrer Gemeinschaft war er ein netter junger Mann, mit dem sich gut auskommen ließ – beschloss ich, an einem der nächsten Tage nach Diniwid Beach überzusiedeln. Susi und ihre Kinder hatten angeregt, dass es doch für alle viel einfacher und so viel schöner wäre, wenn wir uns hier eine der hübschen Baumhütten mieteten.

„Oh ja, oh ja, eine Baumhütte! Oh bitte, bitte Mama, wir wollen in eine Baumhütte!", wurde ich von meinen jubelnden Kindern belagert, kaum dass das magische Wort ausgesprochen worden war. Vier weit aufgerissene Augen schauten mich erwartungsvoll an.

Ich nickte.

Ja, das machte durchaus Sinn hierher zu kommen, denn ich genoss die kurzweiligen Gespräche mit Susi sehr und freute mich, dass auch unsere Jungs so viel Spaß zusammen hatten.

„Hurra!", brüllten diese augenblicklich und ohne den geringsten Zweifel daran, dass mein zustimmendes Nicken selbstverständlich der Baumhütte gegolten hatte und stürmten zur Türe hinaus. Die Behausung musste natürlich unverzüglich in Augenschein genommen und möglichst gleich für den nächsten Tag gebucht werden. So kam es, dass wir tatsächlich am nächsten Tag mit Sack und Pack in ein Häuschen übersiedelten, das nur zu erreichen war, sollte man die Kletterei über eine aus Seilen und schmalen Holzlatten gebastelte Leiter tatsächlich heil überstehen.

Ich war gerade dabei, unsere Siebensachen aus den Taschen zu kramen und möglichst platzsparend im Häuschen zu verstauen – die Jungs vergnügten sich mit ihren neuen Freunden am Strand –, als mich mit einem Mal wieder eine sonderbare Wahrnehmung beschlich.

Nachdenklich ließ ich mich mit einem Stapel T-Shirts im Arm auf der Bettkante nieder und horchte in mich hinein. Das Auspacken konnte warten, mein Unterbewusstsein offenbar nicht. Irgendetwas versuchte seit ein paar Tagen schon meine Aufmerksamkeit zu erregen. Ich legte den Stapel Hemden neben mich auf das Bett und versuchte es mit Atmen. Ganz langsam ein und aus, ein und aus. Nach mehreren Atemzügen hatte ich das Gefühl, wieder Herr meiner Sinne zu sein. Ich horchte auf die leisen Geräusche vor dem geöffneten Fenster und spürte, wie eine leichte Brise, vom Meer her, zu mir herauf in diesen friedvollen Raum hereinwehte. Wie angenehm. Der milde Windhauch fächelte mir sachte kühlere Luft über mein erhitztes Gesicht. Eine ganze Weile blieb ich so sitzen. Atmend, lauschend und der Wahrnehmung in meinem Innern zugewandt. Aber nichts. Das sonderbare Gefühl, die Ahnung wollte sich einfach nicht packen lassen.

Seufzend erhob ich mich wieder, um die restlichen Sachen zu verstauen. Doch kaum hatte ich mich über die Taschen gebeugt, da war es wieder da! Irgendetwas, irgendjemand war hier bei mir. Doch als ich mich in dem winzigen Raum umschaute, war niemand zu sehen.

Blödsinn, schüttelte ich ärgerlich den Kopf, wer oder was soll denn hier oben im Baumhaus rumstehen?

Trotzdem; ich wurde das Gefühl nicht los, dass etwas in meiner Nähe war. Irgendetwas oder irgendjemand schien seit meiner Ankunft auf Diniwid Beach ganz dicht in meiner

Nähe zu sein und mich zu begleiten. Lautlos, unsichtbar, schwebend. Ob das eventuell mit der Pyramide und ihrer geometrischen Form zu tun hatte?

Jetzt beruhigst du dich mal wieder und zwar schleunigst, mein Fräulein, und schnappst nicht gleich über, hörte ich auch schon meinen inneren Kritiker kläffen. Ich sank auf die nächstbeste Sitzgelegenheit. Erst nochmal kräftig durchschnaufen, ist ja auch ganz schön warm hier oben. Vielleicht sollte ich ein Glas Wasser trinken, dachte ich, bestimmt ist mir nur das Hirn ausgetrocknet. Unsicher schaute ich mich noch einmal um. Ich wurde doch nicht etwa verrückt?

Das Gefühl, nicht alleine in dem kleinen Raum zu sein, war so beängstigend real, dass der Zweifler in mir es offenbar nicht zuordnen konnte. Minutenlang hockte ich so, ohne mich zu rühren, dann verflog das Gefühl so plötzlich, wie es gekommen war.

Schaudernd erhob ich mich. Huch, was war denn das gewesen? Seltsam, seltsam.

Eindeutig hing das mit den spirituellen Gesprächen zusammen, die ich mit Susi und Sebastian die letzten Tage so intensiv geführt hatte. Natürlich hatte ich Sebastian ausführlich von meiner Christus-Begegnung als Kind erzählt und obwohl ich viele seiner strukturellen und hierarchischen Ansichten nicht teilte, so waren wir uns doch in den wichtigsten Punkten einig: Jesu bedingungslose Liebe, Sein heiliges Licht und Seine göttlichen Lehren waren unsere wichtigsten Wegweiser in diesem, unserem Leben hier auf dem Planeten Erde.

Kurz darauf kamen meine Jungs völlig erledigt, aber überglücklich vom Spielen zurück. Wir aßen noch zusammen zu Abend, dann fielen beide todmüde in ihre Betten und waren auch schon eingeschlafen, kaum dass ich mich von ihnen verabschiedet hatte und sie mir noch „viele Grüße an Susi und Basti!", zugerufen hatten.

Ich schaltete die kleine Taschenlampe ein und hangelte mich vorsichtig von unserem Baumhaus hinunter, hinein in die stockdunkle Nacht. Nur undeutlich war der schmale Trampelpfad zu erkennen, der zur Pyramide hoch führte. Es mochte noch nicht einmal acht Uhr sein, aber das sekundenschnelle Verschwinden der Sonne im Ozean hatte den Weg unter dem dichten Blätterdach des Waldes in eine undurchschaubare Dunkelheit getaucht.

Wie gut, dass ich eine Taschenlampe dabeihabe, überlegte ich und beeilte mich, schnellstmöglich aus dem kleinen Wäldchen heraus zu kommen. Als ich die Bäume hinter mir gelassen und das felsige Plateau erreicht hatte, schaute ich zum Himmel empor. Wieder staunte ich über das gewaltige Sternenzelt, das man hier, an diesem südlichen Teil der Erde, so besonders gut sehen konnte. Milliarden und aber Milliarden gleißender Sterne, zum Greifen nahe! Ihre Lichterflut strahlte mit der Helligkeit des aufgehenden Mondes derart um die Wette, dass ich sogar meine Taschenlampe löschen konnte. Der Weg lag klar und deutlich vor mir.

Mit dem Kopf tief im Nacken, stieg ich weiter hügelauf und konnte mich nicht satt sehen an den glitzernden, wie Diamanten funkelnden Gestirnen hoch droben am Himmelszelt. Und plötzlich war es wieder da! Das Gefühl nicht alleine hier auf diesem Weg zu sein. Erschrocken blieb ich stehen und schaltete die Taschenlampe wieder ein. Ich schaute über die Schulter zurück. Was es auch immer war, es war nun ganz nah, ganz dicht an meiner Seite. Argwöhnisch blickte ich mich nach allen Seiten um.

Aber nichts.

Weit und breit war wieder niemand zu sehen.

Langsam ging ich weiter. Die Haare standen mir zu Berge, während ich, angespannt, wie ein Flitzebogen, nach allen Seiten hin lauernd vorwärts pirschte. Das Gefühl, begleitet zu werden, nahm mit jedem Schritt, den ich tat, mehr und mehr zu. Beinahe körperlich konnte ich die Gegenwart von etwas Unbekanntem spüren. War es mir gut oder schlecht gesonnen? Wollte es mich schützen oder mir schaden? Aber so sehr ich meine Augen auch bemühte und versuchte, die Dunkelheit mit dem Schein meiner Taschenlampe zu durchleuchten, um mich herum war nichts als tiefschwarze Nacht und der sternenklare, unendliche Himmel der Philippinen.

Die letzten Meter rannte ich so schnell ich konnte und kam keuchend bei der Pyramide an.

„Warum bist du denn so gerannt?" wollte Susi von mir wissen und sah neugierig an mir vorbei in die Nacht. „Ist jemand hinter dir her?" Wie witzig, dachte ich und schüttelte den Kopf. Unter keinen Umständen wollte ich Susi beichten, dass ich seit Tagen schon das Gefühl hatte „verfolgt" zu werden. Nicht nach diesen vielen spirituellen Gesprächen, die wir schon gehabt hatten! Susi, und wahrscheinlich erst recht Sebastian, würden mich doch für völlig übergeschnappt oder hysterisch halten.

„Nö, nur so", erwiderte ich deshalb möglichst leichthin, trat aber schnell ein. Mich mit meinen Sorgen und Ängsten jemandem anzuvertrauen, hatte ja seit jeher nicht gerade zu meinen hervorragendsten Stärken gehört. Damit würde ich nicht ausgerechnet bei den beiden anfangen. Das sollte sich erst viele Jahre und noch mehr Therapiestunden später ändern!

Im Innern des Hauses verflog das Gefühl, während unserer angeregten Gespräche, wieder und wir drei verbrachten einen wahrhaft interessanten Abend miteinander. Wir philosophierten über die unterschiedlichsten Aspekte der christlichen Lehre und darüber, was die Kirchen in den vergangenen Jahrhunderten aus dieser gemacht hatte.

„Mein eigener Großvater hat als Jesuitenpater mitgeholfen, die halbe Welt zu missionieren," spannte ich den Bogen weiter, „und später, nach seinem Austritt aus der Kirche, hat er derart gegen die Kirchenbonzen gewettert, dass es nur so krachte!" Wie oft hatte meine Mutter mir und meinen Geschwistern von unserem Opa erzählt und wie erzürnt er gewesen war, dass die christliche Lehre durch die vielen Beschränkungen, Dogmen und Verbannungen bis zur Unkenntlichkeit verzerrt worden war. Gott sei Liebe, Gnade und Verzeihen hatte er meiner Mutter immer wieder versichert. Schuld, Sühne und Anklage hingegen, seien menschliche Erfindungen, um Macht und Hierarchien zu sichern.

Während dieses Gesprächs fand ich allerdings heraus, dass von einer „besonderen" Verbindung meiner Gastgeber zu Jesus, so wie es Andi mir gegenüber erwähnt hatte, nicht die Rede sein konnte. Da hatte er wohl etwas überinterpretiert.

Ich muss zugeben, dass ich ein bisschen enttäuscht war, da ich insgeheim gehofft hatte, bei den beiden Einsichten zu bekommen, die ich selbst bislang noch nicht hatte finden können. Und was es mit ihrem „Father Christos" auf sich hatte, kann ich heute, nach so vielen Jahren, auch nicht sagen, denn darüber haben wir eigentlich kaum gesprochen. Viel lieber ließen sich sowohl Susi als auch Sebastian immer wieder und in allen Einzelheiten von meiner Christus-Begegnung erzählen.

„Ein klein bisschen beneiden wir dich schon um dieses Erlebnis", seufzte Sebastian und nestelte gedankenverloren an dem Kreuz seiner langen Halskette herum. „Eine solche Erfahrung hätten wir auch zu gerne gemacht!" Vielmehr ließ sich dazu offenbar nicht sagen.

„Aber warum habe ich dann das Gefühl gehabt, so dringend hierher kommen zu müssen? Irgendetwas soll ich hier erfahren. Ich spüre es ganz genau!", fragte ich, mehr mich selbst, schaute aber erwartungsvoll in die Runde. Susi hob die Schultern.

„Tja, wenn ich das nur wüsste!" Selbst Sebastian runzelte nun nachdenklich die Stirn.

Den restlichen Abend ergaben wir uns in Vermutungen darüber, was mich auf den Philippinen eventuell noch erwarten mochte. Wenn's richtig blöd läuft, bleibt es bei einem genialen Urlaub mit toller Bekanntschaft, grinste ich in mich hinein.

„Bis morgen Abend also", meinte Susi, als sie mich später zur Tür brachte. Natürlich waren wir an diesem Abend wieder zu keinem eindeutigen Beschluss gekommen und hatten die Weiterführung unserer kurzweiligen Verhandlungen frohgemut auf den nächsten Tag geschoben.

„Dann kommst du eben solange am Abend zu uns auf den Berg, bis wir wissen, warum du den weiten Weg kommen musstest." Lachend entließ sie mich in die dunkle Nacht.

„So machen wir das!", gab ich beim Anblick der stockfinsteren Dunkelheit gezwungen fröhlich zurück und unterdrückte die aufkeimende Unruhe in mir.

Kaum, dass ich außer Sichtweite war, rannte ich auch schon, so schnell ich konnte, los und den Berg hinunter.

Hoffentlich kommt die gruselige Empfindung von vorhin nicht noch einmal zurück wünschte ich, während ich den schmalen Pfad entlang hetzte. Schaudernd schwenkte ich die Taschenlampe in alle Richtungen und für Sekunden tauchten die schwarzen Umrisse niedriger Büsche und herumliegender Gesteinsbrocken im Schein meiner Lampe auf.

Ich war erst wenige Meter gelaufen, als sich die Wahrnehmung vom frühen Abend erneut einstellte. Über meinem Kopf. Was immer es sein mochte, es schien genauso schnell mitzukommen, wie ich rannte. Abrupt blieb ich stehen und blickte mich nach oben und allen Seiten hin um.

Nichts!

Nichts weiter als stockdunkle Nacht, schwach erhellt vom Schein meiner kleinen Taschenlampe. Jetzt gruselte es mir so ordentlich, dass ich nur noch mit Mühe den Weg fand. Ängstlich stolperte ich vorwärts. Immer wieder blickte ich mich um, ließ das Licht meiner Lampe umherwandern.

Da war doch jemand!

Ganz in meiner Nähe!

Ich war doch nicht verrückt, ich spürte es doch genau!

Drei Tage lang verfolgte mich das Gefühl, begleitet zu werden. Besonders schlimm wurde es, wenn ich alleine war. Irgendetwas, irgendjemand war dicht in meiner Nähe. Am vierten Tag wurde die Spannung unerträglich. Ich lief gerade den Berg hinauf, um den Abend wie immer bei Susi und Sebastian zu verbringen, als ich das Gefühl nicht mehr aushalten konnte. Wieder war es stockdunkle, sternenklare Nacht.

Jetzt musste etwas geschehen, die Anspannung der letzten Tage musste sich auflösen.

So konnte es nicht weitergehen!

Nur mit größter Mühe bezwang ich meinen Impuls, zu rennen, und verlangsamte meinen Schritt. Mit Bedacht stieg ich den steilen Pfad bergan und versuchte meine Gedanken und Gefühle in den Griff zu bekommen. Alles gut, sprach ich mir selbst zu und atmete bei jedem Schritt tief durch. Nur nicht wieder in Panik losstürmen. Alles gut, nichts passiert, bleib nur ganz ruhig und geh einfach weiter. Wie ein Mantra wiederholte ich die Worte unablässig in meinen Gedanken. Alles ist gut, alles ist gut! Nach einer kleinen Weile hatte ich mich tatsächlich wieder gefangen, die Pyramide war schon in Sichtweite.

Gott sei Dank, gleich geschafft.

Dennoch ließ ich mich auf dem nächsten Felsbrocken nieder. Bevor ich das Haus meiner neuen Freunde betrat, wollte ich erst noch vollends zur Ruhe kommen. Das Ganze war doch völlig absurd! Minutenlang blieb ich sitzen und spürte in mich hinein. Was war nur los mit mir? Litt ich, seitdem wir nach Diniwid Beach gezogen waren, etwa an Verfolgungswahn? Völlig verrückt, in welche Gemütsverfassung ich mich gebracht hatte. Anstatt Jesus zu begegnen, hatte ich mich durch das ständige Gerede über Gott und die Welt, das Diesseits und das Jenseits möglicherweise in einen saftigen Knall gequatscht.

Herr Gott nochmal!

Wie bescheuert war das denn?

Am Ende war alles purer Blödsinn!

Die reine Einbildung!

Aufgebracht über meine Verwirrung blieb ich noch eine ganze Weile so sitzen und schaute zu dem seltsamen Bauwerk hinüber. Da konnte man mal wieder sehen, wohin einen das ganze Gerede nur brachte, versuchte ein zutiefst verängstigtes Ego meine Verstörtheit in den Griff zu bekommen.

Nur Gerede?

Aus welchen Untiefen meiner Erinnerung an Kinderzeiten kam denn plötzlich dieses hässliche Wort her? Kurz kam mir die unschöne Begebenheit mit meiner Klassenlehrerin in den Sinn, doch ich verbannte dieses Bild sofort aus meinen Gedanken. Wie begierig hatte ich mich an den inspirierenden Gesprächen der letzten Abende beteiligt, überlegte ich wehmütig. Welch übergroße Freude hatte mir der Gedankenaustausch über das Seelenleben, Mysterien und Mythen bereitet! Was hatten wir uns an den vergangenen Abenden nicht alles Seltsames erzählt, was wir schon erlebt oder zumindest von anderen gehört hatten! Die Unterhaltungen mit Susi und Sebastian hatten mich zutiefst berührt und ausgefüllt, da sich Sebastian jenseits seiner Rolle als Priester als äußerst interessanter und unterhaltsamer Gesprächspartner entpuppt hatte. Wie unendlich zufrieden und beglückt war ich später den Weg zurückgelaufen!

Trotzdem, ich beschloss dem ganzen Gerede von übersinnlichen Mächten, dem Himmel und vom Leben nach dem Tod unverzüglich ein Ende zu bereiten. Diese merkwürdigen Zustände mussten ein Ende haben und zwar sofort.

Warum ich damals Susi und Basti an all diesen Überlegungen nicht habe teilnehmen lassen? Warum ich mich ihnen nicht anvertrauen konnte, obwohl ich doch spürte, dass sie mir gegenüber offen und wohlgesonnen waren? Die Antwort darauf ist heute ziemlich banal: Ich wollte einfach nicht, dass irgendjemand merkte, wie ängstlich und unsicher ich oft, jenseits meiner Schnoddrigkeit und Selbstironie, sein konnte. Erst recht nicht, wenn mir diese Menschen nahestanden und ich sie besonders gerne mochte. Zu groß war meine Sorge gewesen, für andere eine Enttäuschung zu sein, wenn sie feststellen mussten, dass sich hinter der selbstbewussten Stewardess bisweilen ein kleines, verängstigtes Mädchen versteckte, das manchmal jede Menge Hilfe und Trost brauchte.

Zum Vertrauen fehlte es mir eindeutig an Vertrauen!

Stattdessen quälten mich noch eine ganze Weile Selbstzweifel und Verwirrung. Wahrscheinlich hatten sie nämlich alle recht gehabt, damals. Meine Mutter, mein Vater und auch Frau Hahn. War eventuell auch meine Christus-Erscheinung nur Träumerei oder Ausgeburt einer kindlichen Phantasie gewesen? Nichts weiter als ausgemachte, blödsinnige Einbildung, die nun dazu führte, dass ich mir jetzt sogar einbildete, unsichtbare Wesen wären in meiner Nähe und würden mich verfolgen?

„Aber Anas, was machst du denn da", krähte auf einmal ein dünnes Stimmchen aus dem Hintergrund meiner Gedanken und ich sah mich plötzlich wieder als kleines Mädchen nachts am Fenster stehen und in den Garten zu der Christusgestalt schauen. Alles Quatsch, schob ich die Erinnerung rüde beiseite und hätte am liebsten geheult. War doch alles nur Einbildung gewesen! Die reinste Phantasterei!

„Jetzt mäßige dich aber", meldete sich die Erwachsene in meinem Innern ungewohnt ernst. „Mäßige dich und zerschlage nicht aus lauter Wut darüber, dass du eine Zeit der Verunsicherung und Ängstlichkeit nicht aushalten kannst, deine wertvollsten Erinnerungen!" Sofort hielt ich inne. Nein, das wollte ich natürlich nicht. Wollte nicht blindlings meine kostbarsten Erinnerungen zerschlagen ... aber das hier, dieses seltsame ES, das wollte ich auch nicht. Ich stöhnte auf. Was war denn nur los mit mir, seit ich an diesen Teil der Insel gekommen war?

Beruhige dich erst einmal, sprach ich mir wieder gut zu. Siehst du, ganz ruhig, nichts passiert. Ja, dachte ich, als ich spürte, wie sich meine innerliche Aufruhr allmählich legte, wahrscheinlich habe ich mich selbst, in Erwartung eines ganz besonderen Ereignisses, so sehr unter Druck gesetzt, dass ich mich am Ende sogar davon verfolgt gefühlt habe.

Hm, ja, das machte durchaus Sinn. Mein eigener, selbst gemachter Druck hatte mich irgendwann richtig kirre gemacht. So kirre, dass ich mir schon „Wer weiß was" einbildete. Ich nickte erleichtert. So einfach war das, eine ganz logische Erklärung also, Gott sei Dank! Vielleicht konnte ich dem Abend doch noch getrost entgegensehen. Ich würde heute einfach mal das Thema wechseln und mich im Gespräch mehr zurückhalten. Dann würde sich dieser seltsame Gemütszustand bestimmt nicht erst einstellen. Ganz sicher sogar! Langsam erhob ich mich von meinem Stein und machte mich, die letzten Meter, auf zur Pyramide.

„War was?" fragte Susi, als sie mir die Türe öffnete und musterte mich argwöhnisch, „du bist heute so spät."

„Ach ...", antwortete ich lahm und trat ins Haus. „Nö, nix Besonderes. Bin heute nur ein bisschen müde." Das war nicht einmal gelogen, ich war tatsächlich ein wenig schlapp heute. Wahrscheinlich die Hitze!

Als wir uns, nur wenig später, hinter dem Haus auf Susis neuen und super bequemen Korbsesseln niederließen, hatte ich mich wieder völlig im Griff. Das war ja geradezu lächerlich, wie ich mich die letzten Tage aufgeführt hatte. Völlig idiotisch. Nun, ich musste eben besser auf mich und meine hysterischen Anwandlungen aufpassen, hatte ich mir beim Eintreten in die Pyramide fest vorgenommen. Das hatte geholfen. Kein ES oder Etwas, das mich seither unsichtbar begleitete. Siehst du, alles nur die reine hysterische Einbildung! Völlig entspannt lehnte ich mich in die Kissen. Na also, es geht doch!

„Wo hast du nur diese todschicken Sessel her?" Ich griff nach dem Glas frisch gepressten Orangensaftes, den Susi auf einem Bambustablett servierte und schaute sie fragend an.

„Oh, auf die habe ich schon seit Wochen gewartet", seufzte Susi und strich liebevoll mit der Hand über die Rücklehne. „Basti hat sie heute endlich aus der Stadt mitgebracht." Susi stellte das kleine Tablett neben ihrem Mann ab und lümmelte sich genüsslich in ihren Sessel. In unsere Korbstühle geräkelt, prosteten wir uns mit unserem Orangensaft zu. Was für ein herrlicher Abend! Wieder einmal. Vom Wasser her wehte ein laues Windchen zu uns herüber und säuselte leise in den Kronen der Bäume, während hoch über unseren Köpfen das unendliche, das gigantische Sternenzelt schimmerte. Mein Gott, wie unfassbar schön, dachte ich, legte den Kopf in den Nacken und gab mich eine Weile dem Sternenhimmel hoch über mir hin. Was bin ich doch für ein Glückspilz, überlegte ich dankbar und konnte mich nicht satt sehen an dem wunderbaren Bild, das sich mir ringsum bot.

„Oder was denkst du, Anas?" Basti sah mich erwartungsvoll an. Ich hatte dem Gespräch der beiden nur mit halbem Ohr zugehört und bat Basti, seine Frage zu wiederholen. „Findest du die neuen Stühle nicht auch ein bisschen zu wuchtig, hier draußen in dem kleinen Garten?" Neugierig beugte er sich vor.

Ach, darum ging es? Um die neuen Stühle? Ich war so froh über das harmlose Gespräch, dass ich beinahe laut losgelacht hätte. Wie schön, einmal über so etwas Alltägliches, wie das neue Mobiliar zu plaudern. Kritisch ließ ich meinen Blick über die Korbsessel wandern.

„Hm, nö, eigentlich nicht", erwiderte ich und strich über die weit ausladenden Armlehnen meines Sessels. „Dafür sind sie einfach vieeeel zu komfortabel und auch so irrsinnig bequem", zwinkerte ich Basti zu, „… und einen Preis zahlt man ja immer." Mit diesem praktischen, wie auch einleuchtendem Statement konnten beide gut leben und wir setzten unser Gespräch über alle möglichen Einrichtungsgegenstände und was die zwei aus der Heimat so alles vermissten weiter fort. Unser Gespräch war so herrlich banal und entspannt, dass ich beim besten Willen nicht mehr sagen kann worüber wir uns unterhielten als mich plötzlich jemand ansprach.

Und dieser jemand war …

DIE STIMME

Aus der Dunkelheit hörte ich eine freundliche Stimme sehr sanft und sehr deutlich zu mir sprechen:
„Schließe deine Augen."
Wie bitte? Verblüfft schaute ich zu Basti und Susi herüber, die sich angeregt miteinander unterhielten und mich im Moment nicht besonders beachteten. Merkwürdig! Verwundert schüttelte ich den Kopf. Einer von beiden hatte mich doch gerade gebeten, die Augen zu schließen. Sehr merkwürdig. Irritiert lehnte ich mich wieder zurück. Ob mir die Hitze wohl mehr zu schaffen machte, als ich dachte?
„Schließe deine Augen", forderte mich die sanfte Stimme noch einmal auf, nun schon ein wenig bestimmter.
Hä? Was? Erneut blickte ich zu meinen beiden Gastgebern, die in ein angeregtes Gespräch vertieft zu sein schienen. Die wollten sich wohl einen Spaß mit mir erlauben? Misstrauisch beäugte ich die beiden eine Weile, ohne dass die davon Kenntnis nahmen. Also entweder waren die zwei besonders gute Schauspieler oder ...
„Schließe deine Augen!"
  Zum dritten Mal forderte mich die sanfte Stimme nun unmissverständlich auf. Entgeistert schaute ich mich um. Also das konnte jetzt nur noch ein Spaß mit der versteckten Kamera von den beiden sein! Entweder hatten sie sich ziemlich gut abgesprochen ... oder bekamen sie etwa tatsächlich nichts mit von dem, was hier gerade vor sich ging?
„Warum soll ich denn die Augen schließen?" unterbrach ich nach kurzem Zögern die Unterhaltung meiner Gastgeber.

Augenblicklich verstummte das Gespräch und fragend schauten mich beide an.

„Ja", sagte Basti gedehnt und runzelte die Stirn. „Warum solltest du die Augen schließen?"

„Ja, warum?" echote Susi und bedachte mich jetzt ihrerseits mit einem höchst verwunderten Blick. Ich rang mir ein schiefes Lächeln ab. Die beiden waren ganz offensichtlich fest entschlossen, mich gehörig zu verschaukeln. Jetzt sprach die Stimme so laut zu mir, dass ich unwillkürlich zusammenzuckte.

„Nun schließe aber wirklich die Augen!"

Basti und Susi, mir gegenüber, zuckten nicht einmal mit der Wimper. Ob sie die Stimme wirklich nicht hörten?

„Habt ihr die Stimme nicht gehört?" fragte ich und kam mir selten dämlich vor. Beide schüttelten nur stumm den Kopf. Susi fand als erste ihre Sprache wieder und ihre Stimme quietschte beinahe vor Aufregung.

„Du hast eine Stimme gehört?"

„Was sagt sie denn, die Stimme, was du noch tun sollst?" wollte Basti wissen.

„Nur, dass ich meine Augen schließen soll", gab ich bereitwillig Auskunft und wunderte mich, dass ich so ruhig blieb. Wenn das hier nicht ziemlich abgefahren war, was dann? Die beiden schienen die Stimme, obwohl sie laut und deutlich zu vernehmen war, tatsächlich nicht zu hören! Was, um Himmels Willen, passierte gerade?

„Ich glaube, ich mache einfach mal, was die Stimme möchte", informierte ich meine Freunde, die mittlerweile stocksteif und mit gespannten Gesichtern jede meiner Gesten verfolgten. Das letzte, das ich von beiden mitbekam, war ein zustimmendes Nicken, dann schloss ich meine Augen.

Auf einmal ging alles ganz schnell: Von hoch oben stürzte so plötzlich etwas auf mich herab, dass ich gerade noch meinen Kopf zur Seite reißen konnte. Aber schon war das Ding auf mich herabgefallen und trat am Scheitel meines Kopfes in meinen Körper ein.
Was war das?
Was war mir da auf den Kopf gefallen? Verwundert, dass ich nicht verletzt war, richtete ich mich wieder auf. Alles in Ordnung, mir tat nichts weh. Mir blieb die Luft weg, als ich realisierte, was ich jetzt sah: einen Lichtstrahl, breit wie der Mast einer Straßenlaterne. Fassungslos blieb ich so sitzen und beobachtete die Lichtröhre, die meinem Körper flutete. Mein Verstand, meine Gedanken, waren augenblicklich verstummt. Ich spürte: Ich habe Zeit, darf sie mir nehmen, um mich ganz diesem wunderbaren Licht hinzugeben, es mit allen meinen Sinnen zu erkunden, es zu erfahren.
Und das tat ich.
Die Zeit blieb stehen.
In wohlige Stille versunken, saß ich und schaute wie gebannt auf den nicht versiegen wollenden Lichtfluss vor meinem inneren Auge. Staunend erkannte ich die Beschaffenheit des Lichtes. Erkannte, wie durch ein gigantisches Mikroskop schauend, wie das Licht in sanften Wellen unablässig floss und floss und gleichzeitig aus Billiarden und aber Billiarden funkelnder Partikel bestand.

So also sah Licht aus!

Entfernt hörte ich die aufgeregten Stimmen von Susi und Basti, die mir etwas zuriefen.

Aber ich mochte nicht antworten, mochte mich noch nicht regen, um diesen einzigartigen Moment nicht zu zerstören.

Ach, lasst mich noch ein wenig schauen! Lasst mich noch eine Weile, hingegeben dem Licht, einfach nur sein.

„Wir möchten dir gerne etwas zeigen. Kommst du mit?" Die Stimme war jetzt ganz nah, ein wenig seitlich zu meiner rechten Seite. Das Wesen, dessen Stimme so sanft zu mir sprach, war mir nicht sichtbar. Trotzdem nahm ich zu meiner grenzenlosen Verwunderung seine Gestalt in seiner völligen Ganzheit als lebendige Energie, als ein komplexes und gänzlich vollständiges Wesen wahr. Wie kann das sein, fragte ich mich voll Staunen. Und es war so unendlich schön! Leicht, friedlich, schwebend, wissend. Völlig überwältigt nickte ich nur. Aber wie? Auf welche Weise kann ich mit euch kommen? Wie jämmerlich und verzagt meine Stimme klang! Und wohin soll ich mitkommen? Mutlos, da mir durchaus bewusst war, wo ich mich gerade befand, hatte ich die zweite Frage sehr leise gestellt. Denn auch wenn mein Verstand ausnahmsweise eine kurze Plapperpause eingelegt hatte, war er mir doch nicht abhandengekommen.

Es war stockdunkle Nacht und ich saß mit geschlossenen Augen bei meinen Freunden auf einem Korbstuhl, irgendwo auf den Philippinen, angestrahlt von einem Lichtstrahl, der aus dem fernen unendlichen Universum direkt auf mich herab schien!

„Komm einfach mit", erwiderte die sanfte Stimme und ich fühlte, wie sie mir aufmunternd zulächelte. „Komm mit, du weißt, wie es geht." Das Wesen bewegte sich langsam, leicht schwebend nach oben.

Nein, weiß ich nicht, entgegnete ich verzagt, als ich die unsichtbare Bewegung wahrnahm und mir klar wurde, dass der Weg steil nach oben, über meinen Kopf hinaus führen sollte.

Das Wesen hielt in seinem Aufwärtsschweben inne und verharrte geduldig in seiner Position, nicht weit über meinem Kopf.

Ich kann nicht, stöhnte ich verzweifelt. Ich bin doch viel zu schwer, um mitzukommen! Wie sollte das funktionieren?

Das war doch völlig verrückt! Mit meinen 65 Kilo hockte ich, schwer wie ein Stein, in einem Gartenstuhl und sollte diesem Lichtwesen, leicht wie eine Feder, in die Höhe folgen?

Das konnte doch unmöglich funktionieren.

Auf eine mir völlig unerklärbare Weise wusste ich plötzlich oder war es eher ein „Hellfühlen" auf einer mir unbekannten Dimension, dass das Wesen nachsichtig zu mir herablächelte.

„Doch, du weißt, wie es geht. Komm mit, nun komm schon." Mittlerweile war mir klar geworden, dass die Stimme meine Gedanken hören konnte! Das war ja völlig abgefahren! Außerdem schien sie immer schon zu ahnen, was ich sagen wollte und war mir somit stets ein wenig voraus. Trotzdem! Mit ihr nach oben durch die Lüfte zu segeln war dennoch völlig unmöglich! Oder etwa doch nicht? Da ich das Wesen als Energie wahrnehmen und auf einer tieferen Ebene sogar „sehen" konnte, wusste ich, dass es mich unentwegt beobachtete und jetzt aus gütigen Augen anlächelte.

„Ja, es geht und du weißt, wie!" Aber wir haben Zeit! Ob ich dem Wesen, das meine Gedanken kannte, noch bevor ich sie selbst gänzlich zu Ende gedacht hatte, möglicherweise mehr vertrauen konnte, als meinem Verstand? Ich lehnte mich in meinem Stuhl zurück und dachte angestrengt nach.

Das Wesen schien sich hinsichtlich meiner Fähigkeiten absolut sicher zu sein! Also, wie konnte ich es anstellen? Dann musste ich beinahe lachen und schlug mir innerlich an die Stirn: Natürlich verlangte es nicht von mir, meinen 178 Zentimeter langen Körper durch die Gegend zu schaukeln. Ich sollte vielmehr mit meinem Geist, meinem Bewusstsein folgen. Ich richtete meine Aufmerksamkeit also wieder auf den Lichtstrahl, der durch meinen Körper floss und begann, mich mit meinem Bewusstsein, daran entlang, nach oben zu hangeln.

Langsam aber stetig stieg ich an der Lichtsäule empor und trat an meinem Scheitelpunkt aus meinem Körper heraus. Spielend leicht glitt ich sodann immer weiter an dem Strahl nach oben und konnte mich nicht genug darüber wundern, wie leicht und sicher mir das gelang. Ach, was für eine herrliche und unbeschwerte Reise! Mühelos und leicht wie eine Feder flog ich dahin, bis mir auffiel, dass es nicht mehr nötig war, meinen Lichtstrahl als Leiter zu benutzen. Er diente mir noch optimal als Orientierung, dennoch konnte ich mittlerweile frei wie ein Vogel und völlig schwerelos durch die Lüfte immer weiter nach oben fliegen. Ich wollte laut aufjauchzen vor Freude! Atemlos folgte ich meinem Anführer nach, auf unserem stetigen Weg immer noch weiter hinauf. Leicht und unbeschwert flog ich dem Lichtwesen durch die Himmel hinterher.

Tag- und Nachthimmel wechselten einander in atemberaubender Folge ab, manchmal nur getrennt durch lichte Wolkenbänder. Niemals zuvor hatte ich eine derartige Erweiterung und Konzentration meiner Sinne erfahren und so erlebte ich meine Reise durch die vielen Dimensionen mit größter Bewusstheit. Manches Mal durchquerten wir ein Firmament aus einem zarten und lichten Blau, wie man es von besonders schönen Sommertagen kennt, dann wieder führte uns unsere Reise durch ein samtenes, dunkles Blau hindurch, das an eine erhabene und festlich leuchtende Winternacht erinnerte.

Das Wesen schwebte kurz oberhalb von mir, mir immer voran, doch durfte ich die Geschwindigkeit bestimmen, mit der wir uns bewegten. Manchmal gefiel es mir, mich in einem besonders wohligen Blau ein wenig länger aufzuhalten und mich ausgiebig umzuschauen. Die Himmel waren nämlich nicht leer! Viele, so viele verschiedene Engel und Lichtwesen tummelten sich hier. Einige konnte ich erkennen, denn ihre Lichtkörper waren zur Gänze auch für meine Augen sichtbar. Andere Engel waren halb materiell und von einer zarten, durchscheinenden Sichtbarkeit, wie etwa weiße Nebelschleier oder wie die Elfen und Naturgeister, die man aus alten Märchen kennt. Andere wiederum waren für mich völlig unsichtbar, aber genau wie die Stimme, der ich folgte, als eigenständige, vollkommene Geschöpfe für das Bewusstsein wahrnehmbar.

Ich kann ihre Energie sehen, wunderte ich mich. Von vielen der Lichtwesen wurde ich stürmisch begrüßt und sie kamen zu mir heran geschwebt. „Wo bist du nur so lange gewesen?" fragten sie mich heiter lächelnd und begleiteten eine Weile unsere Reise. Ja, antwortete ich im Stillen, wo bin ich nur so lange gewesen und fühlte ein altbekanntes und schmerzliches Brennen in meiner Kehle. Wie nur hat es geschehen können, dass ich euch so lange vergessen habe, überlegte ich traurig.

Ein besonders schöner Engel mit einem Kranz gelb-orange-farbiger Rosen im Haar gesellte sich plötzlich zu mir. Mir stockte der Atem. Ihn kannte ich doch genau!

Ihn hatte ich doch als Kind so oft im Garten der Abteistraße gesehen. Wie oft war er mir erschienenen, wenn ich im Sommer mit Antonia und der kleinen Astrid unter den Rosenbüschen gespielt hatte. Den „Engel der Rosen" hatte ich ihn damals genannt, jedoch, selbst ihn, hatte ich in all den Jahren aus dem Gedächtnis verloren. Und nun traf ich ihn nach so vielen Jahren, einer kleinen Ewigkeit, hier wieder.

„Da bist du ja endlich!"

Mein Engel der Rosen lachte mir ins Gesicht. „Wir haben so lange schon auf dich gewartet! Und nun bist du endlich hier!" Man hatte schon auf mich gewartet?

Ja, habt ihr denn gewusst, dass ich kommen würde?, wagte ich still zu fragen. Mein Engel nickte fröhlich.

„Aber natürlich! Wir wussten alle, dass du kommen würdest. Wir wussten nur nicht, wann das genau sein würde. Aber welch eine Freude, jetzt bist du ja da!"

Alle? ... So viele? Ja, ja, nickte ich aufgeregt, nun bin ich endlich hier. Ich war sprachlos. Alle schienen alles zu wissen. Und alle freuten sich.

Unvermutet zogen in diesem Moment vier alte Männer, die urplötzlich zu meiner Linken aufgetaucht waren, meine Aufmerksamkeit auf sich. In blütenweiße Togen gewandet und mit hoch geschnürten Ledersandalen an den Füssen, erinnerten sie mich an römische Senatoren aus der Antike. Ihre ernsten Gesichter waren von Sorgenfalten zerfurcht. Einer von ihnen, dessen kurz geschorener Bart sein Gesicht bis zu den Ohren hin umrahmte, machte besonders finstere Miene. Hastig entrollten ihm die Männer Schriftstücke, derweil sie mit weiten Schritten den Himmelsraum durchmaßen. Sie schienen in größter Eile zu sein und, wie sie nun an mir vorüber stürmten, konnte ich spüren, wie erzürnt sie waren. Ich hatte mich schon aufgestellt, um sie höflich zu begrüßen, sprang jetzt aber mit einem Satz zur Seite.

Die vier Männer würdigten mich keines Blickes, hätten mich aber um ein Haar umgeflogen, wäre ich ihnen nicht in letzter Sekunde ausgewichen. Verdattert schaute ich den Davoneilenden hinterher, wie sie sich leicht auf dem lichten Blau des Bodens bewegten. Dass es hier im Himmel auch Wesen mit schlechter Laune gab, hätte ich im Leben nicht vermutet. Verwundert schüttelte ich den Kopf.

Wer war denn das gewesen?

Als ich mich umschaute, bemerkte ich, dass mein himmlischer Begleiter über meine Gedankengänge offensichtlich köstlich amüsiert war.

„Mach dir nichts daraus", beschwichtigte mich die Stimme und ich nahm wahr, dass sie sich ein heiteres Lächeln nicht verkneifen konnte. „Die vier sind immer so und es hat nichts mit dir zu tun. Aber es stimmt, meistens haben sie tatsächlich keine besonders gute Laune." Wieder konnte das Wesen sein amüsiertes Lachen nicht verbergen. „Jeder hier weiß, dass sie zuweilen ein wenig, sagen wir, rüde sein können und geht ihnen deshalb rechtzeitig aus dem Weg."

Na so was! Noch immer starrte ich sprachlos den laut schimpfenden Alten hinterher, die alsbald meinen Blicken entschwanden. Unvermittelt seufzte das Wesen auf.

„Die Männer haben allerdings eine wirklich schwierige Aufgabe vor sich", erklärte es mir.

Ach so? Was denn für eine?

„Sie müssen heute noch in ein Kriegsgebiet und versuchen, die verfeindeten Lager zu Friedensverhandlungen zu bewegen. Keine leichte Aufgabe für sie, denn die Mission ist nicht ganz ungefährlich, außerdem dauern die Auseinandersetzungen schon so lange an. Das macht die Sache nicht gerade einfacher für sie. Zurzeit sieht es nicht gut aus für den Frieden auf der Erde. Es gibt so viele Krisenherde. Nicht nur die im nahen und mittleren Osten, sondern auch noch einige sehr brenzlige in Südafrika und Kuba." Ich nickte betroffen. Ja, das hörte sich allerdings nach einer schwierigen Aufgabe an. Wie viele Unschuldige in diesem Moment wohl wieder leiden mussten? Und wie viele Kinder gerade jetzt zu Waisen wurden, weil verfeindete Brüder sich gegenseitig die Köpfe einschlugen oder Bomben abwarfen über Dörfern und Städten.

„Die Menschen lernen so schwer", seufzte das Wesen und tiefes Mitgefühl schwang in seiner Stimme. „So furchtbar leiden sie, bevor sie erwachen und sehen können, was sie tun. Nur erst wenige lassen sich von uns helfen." Ich war den Tränen nahe. So schlimm stand es um uns Menschen? Das Wesen blickte mir tief in die Augen und augenblicklich fühlte ich die grenzenlose, die bedingungslose Liebe seines göttlichen Seins. Die Liebe zu allem, was Ist! In einer blitzartigen Eingebung erkannte ich die universelle Wahrheit. Auch die aufgestiegenen Meister, Engel und Lichtwesen des Himmels kennen und spüren alle, auch die sogenannten negativen Emotionen der Menschheit, wie Furcht, Leid und Not. Jedoch sind ihre Emotionen eingebettet in ein tiefes Verständnis und in einer Liebe, die mit ihrer Kraft augenblicklich auflöst, was nicht ihr entspricht. ALLES darf sein, denn so wie sich die Dunstschleier eines sonnigen Morgens mit der Wärme und Hingabe des Lichtes im Blau des Himmels auflösen, so verwehte auch hier jegliche Negativität wie ein Windhauch im Atem des Göttlichen. Ich spürte, wie sich meine Tränen, meine Trauer und auch meine Angst im

Angesicht dieser Erkenntnis auflösten und Raum entstand für ein weit größeres, intuitives Begreifen. Es musste so sein! Alles war gut, denn dies war der frei gewählte Weg von uns Menschen auf der Erde. Der Weg über das Leid und das Leiden eines jedes einzelnen von uns, bis hin zu einem höheren Bewusstsein, das mündet in der bedingungslosen Liebe zu allem und jedem, dem Ziel und dem Ende unserer irdischen Reise.

„Ja so ist es. Aber wie dem auch sei, komm, wir müssen noch ein wenig weiter." Heiter klang die Stimme in meinen Ohren und ich staunte mit welch grenzenloser Hingabe unser Leid, unser menschliches Elend wie auch die Fröhlichkeit und das Lachen hier akzeptiert wurden. Alle Gegensätze, sämtliche Polaritäten schienen an diesem Ort gleichberechtigt nebeneinander bestehen zu dürfen, obwohl zweifelsfrei einer leichten und verständigen Heiterkeit der Vorzug gegeben wurde.

„Du wirst noch verstehen", munterte das Wesen meine Gedanken auf, „Freude soll euer Wegweiser zur Erlösung im Leben sein!"

„Wir sehen uns wieder", jubelte mein „Engel der Rosen", der die ganze Zeit an meiner Seite verweilt hatte, und schwebte davon. Und auch ich eilte nun weiter, immer höher, der Stimme hinterher. Auf einmal tauchten wie aus dem Nichts alle möglichen geometrischen Strukturen vor mir auf. Wie riesige Neonröhren leuchteten ihre Umrisse in allen möglichen Formen und Farben, während sie leise und majestätisch an mir vorüber schwebten.

Pink strahlten zum Beispiel die Kanten der Pyramide, hellblau die des Oktaeders, gold-gelb die äußere Begrenzung des Kreises. Einige der geometrischen Körper zeigten sich in Form kostbar geschliffener Edelsteine. Klare, weiß schimmernde Diamanten und grüne Smaragde, blaue Saphire und dunkelrote Rubine zogen in unendlicher Reihenfolge an meinen Augen vorüber. Andere hingegen waren von eher einfacher Form, wie Dreiecke, Rechtecke oder Quadrate. Doch auch diese erstrahlten in einzigartigen, herrlichen Farbtönen. Von überall schwebten sie herbei, verweilten einen kostbaren Moment lang vor meinem Angesicht, um daraufhin wieder in die geheimnisvolle Dunkelheit ewiger Zeit und unendlichen Raumes zurückzukehren. Kurz darauf hielt das Wesen an.

„Wir sind da", verkündete mir die Stimme und schaute mich aufmunternd an. „Wir möchten dir etwas zeigen. Sieh her!" Das Wesen deutete nach oben. Gespannt folgte mein Blick der Handbewegung. Was mich jetzt wohl wieder erwarten mochte? Die Unendlichkeit zog sich, wie schon zuvor, auf mein menschliches Maß zusammen. Als ich aufschaute, erblickte ich eine haushohe, einfache Holzleiter, die an ihrem oberen Ende vor einer schlichten, ebenso hohen Holztür endete. Unschlüssig sah ich mir beides an.

„Ja genau", ermunterte mich die Stimme. „Da musst du hinauf und die Türe öffnen." Verblüfft wandte ich mich um. Da sollte ich hoch und diese riesige Tür aufsperren? Das konnte doch nicht ihr Ernst sein?

„Jawohl", bestätigte das Wesen meine Überlegungen und wieder vernahm ich diesen amüsierten Unterton in seiner Stimme. Ja, gut, die Leiter hoch zu kommen würde ich schon schaffen. Aber eine so riesige Türe öffnen zu können, daran hegte ich einige Zweifel. Die Türe war ja mindestens dreimal so groß wie ich.

„Du kannst es", forderte mich die Stimme wiederum freundlich auf, „und nun geh!"

Langsam bewegte ich mich in Richtung der Sprossen. Tatsächlich! Mühelos erklomm ich die Holzstufen. Oben angekommen zögerte ich, als ich zu dem einfachen Riegel der Holztür aufsah und schüttelte den Kopf. Nie im Leben würde ich diesen Verschluss auch nur einen einzigen Zentimeter bewegen können!

„Du kannst es!"

Eine ganze Weile starrte ich unschlüssig auf den Riegel, während ich die aufmunternden Blicke meines himmlischen Führers in meinem Rücken fühlte. Also gut, wenn er meinte, dann wollte ich es zumindest einmal versuchen.

Skeptisch hob ich meinen Arm in Richtung Tür und wollte schon meine gesamte Kraft aufbringen, um die Tür am Riegel aufzuschieben, als ich merkte, dass allein mein Impuls die Türe zu öffnen, ausreichte. Federleicht ließ sich diese von mir aufschieben und ich trat ein. Ein weiter Raum, gleißend vor Licht seiner eigenen Quelle, eröffnete sich vor mir und ich ging hinein, bis ich auf eine steile Holztreppe traf. Sie ähnelte in ihrer Beschaffenheit der Leiter, doch war diese Treppe hier mit ihren Stufen schon ein klein wenig komfortabler zu begehen. Oben mündete auch sie vor der dazu passenden Türe. Ein enormer, eiserner Schlüssel steckte im einfachen Schloss unter der Türklinke. Ich wandte mich um.

Auch hier muss ich hoch?, fragte ich unsicher. Das Wesen nickte.

„Ja, auch diese Stufen musst du nehmen."

Ich setzte mich in Bewegung und stieg langsam die vielen steilen Stufen der Treppe empor, die mich an den Aufgang zum Dachboden eines gewaltigen Hauses erinnerte. Oben angekommen, verharrte ich wiederum vor der riesigen

Pforte. Nun gut. Der einfache Riegel bei der Leiter war sicherlich zu schaffen gewesen, aber diese Türe hier war schon ein ganz anderes Kaliber, überlegte ich. Ich war doch kein Riese!

„Du weißt, wie es geht", erinnerte mich die Stimme erneut sehr freundlich und sehr geduldig, „du musst es nur wollen!" Hm. Und das genügte? Dass ich wollte? Mein innerer Zweifler wollte sich einfach noch nicht geschlagen geben. Wiederum langte ich nach der Tür, bereit, all meine Kräfte zum Öffnen aufzubringen. Und wieder erlebte ich voller Staunen, dass nur mein Impuls, den Arm hochzunehmen und zuzulangen, ausreichte und die Türe schwang nach innen auf, während auch schon das Licht durch den sich öffnenden Spalt quoll. Abermals betrat ich einen jetzt noch größeren und noch helleren Raum als zuvor. Und wieder wurde ich eingehüllt in weiß strahlendes Licht, während ich weiter voranschritt und zur nächsten Treppe gelangte. Diese war aufwändiger und aus edlerem Holz gearbeitet als die zuvor, hatte sogar ein schön geschwungenes Geländer an der einen Seite. Die dazu passende Türe war aus dem gleichen, ebenso schönen Holz gemacht. Aber wie schon zuvor, wieder das gleiche Spiel mit mir: ich glaube, ich kann das nicht, doch du kannst es, ach so, hm, ach ja, welch ein Wunder! Mein Himmlischer Begleiter blieb weiterhin wunderbar geduldig, wenngleich ich einen leichten Anflug von Langeweile in seiner Stimme zu erkennen glaubte, als ich nun zum dritten Male zauderte.

Seit unserem ersten Kontakt hatte ich mich doch auf die Stimme verlassen können, überlegte ich und gab diesem Gedanken für eine Weile Raum in meinem Herzen. Das Öffnen der Tür funktionierte wiederum beinahe wie von selbst und ich betrat den nächsten Raum. So ging es noch einige Male und stets wurden die Stufen und Türen grösser, breiter, höher und edler.

Ich kann mich nicht mehr erinnern, wie oft ich genau aufsteigen musste, zu überwältigend waren die Kaskaden von Licht, die mich ohne Unterlass von allen Seiten, von oben und von unten, fluteten, doch waren es mit Sicherheit mindestens sechs Treppen und Türen, höchstens aber neun, die ich zu erklimmen und zu öffnen hatte. Auch wenn ich hier und da nochmals zögerte, die Himmelstore zu öffnen, der innere Zweifler bäumte sich weiterhin beharrlich auf, blieb das Wesen von einer solch liebevollen und nachsichtigen Geduld mit mir, dass mir Tränen der Dankbarkeit und Liebe aus den Augen schossen und heiß an meinen Wangen herabliefen.

Mein Zellbewusstsein hielt offensichtlich hartnäckig fest an einmal gemachten Erfahrungen, die mich womöglich seit Inkarnationen schon begleiteten. Dann hörte ich, wie Susi mich fragte, was ich gerade sah und erlebte und da ich nicht unhöflich sein wollte, versuchte ich auch, zu antworten, aber es fiel mir schwer. Nicht, dass ich meinen Freunden nicht gerne und ausführlich berichtet hätte, jedoch die Frequenz meiner körperlichen Stimme drohte die hohe Schwingung, auf der ich mich gerade befand, zu zerreißen und mich herab zu ziehen. Da war es mir im Moment lieber, dass sie mich für unhöflich hielten und ich winkte ab.

Ganz genau erinnere ich mich noch an den letzten sowie den vorletzten Aufstieg.

Die vorletzten Stufen waren nämlich aus herrlich schimmerndem, schwarzem Obsidiangestein gemacht, mit der dazu passenden Tür, die mit Ornamenten, wie in einem

Palast, verziert war. Nachdem ich auch dieses Portal durchschritten hatte, das mittlerweile die Ausmaße eines Wolkenkratzers angenommen hatte, stand ich nun bei der letzten Einstellung, am Fuß einer schneeweißen Marmortreppe, die sich über den gesamten Horizont erstreckte. Soweit das Auge reichte, nichts als Alabaster farbige Stufen in einem unendlichen, blauen Himmel! Oben endete die Treppe jedoch nicht wie zuvor an einer Türe.

Diesmal bestand der Eingang zur nächsten Dimension aus hohen, griechisch anmutenden Säulen, die so dicht zusammengedrängt standen, dass sie mir wie eine einzige geschlossene Wand erschienen. Wie eine Ameise kam ich mir angesichts der marmornen Giganten vor. Unwillkürlich musste ich seufzen. Hatte ich all die Türen nach anfänglichem Wenn und Aber letztlich stets öffnen können, dieses hier war eine andere Sache. Das musste doch auch das Wesen einsehen. Das jedoch lächelte nur sanft. Wieder einmal. Sollte das etwa bedeuten, dass man mir zutraute, diese gigantische Wand öffnen zu können, überlegte ich. Nie im Leben! Ich wandte mich dem Wesen zu.

Das ist nicht euer Ernst, oder?

Doch, war es!

Wie schon all die Male zuvor nickte mein Begleiter zuversichtlich wissend. Und augenblicklich erkannte ich die Antwort: Ich kann es, aber ich muss es wollen! Sogleich stieg ich die mir unendlich erscheinenden Stufen empor. Oben angekommen, verharrte ich einen Moment, um mich auf die bevorstehende Aufgabe zu konzentrieren. Ich ahnte es schon: Das Theater mit dem Ich-kann-nicht, Ich-weiß-nicht, musste ich nicht mehr aufzuführen. Ich würde die Lösung für diese besondere Eigenart selbst finden.

Wie schon zuvor hatte jede Tür ihre eigene Charakteristik, ihre besondere Art der Öffnung gehabt, wie mir erst jetzt klar wurde. So normal und scheinbar unbedeutend waren die Unterschiede gewesen, dass sie mir bis hierhin überhaupt nicht aufgefallen waren. Ein einfacher Riegel an einer bescheidenen Holztür, ein Schlüssel in einer hohen Pforte, eine geschwungene Klinke an einem imposanten Portal ... Wie aber öffnete man eine Wand aus Marmorsäulen?

Nachdenklich beschaute ich den glänzenden, glatten Stein. So dicht standen die Säulen beieinander, dass nicht einmal ein Blatt dazwischen gepasst hätte. Nirgendwo der kleinste Spalt, nirgendwo die geringste Öffnung! Es musste aber einen Zugang geben! Augenblicklich spürte ich zustimmendes Lächeln in meinem Rücken. Aha, also weiter, konzentriere dich, spornte ich mich innerlich an. Ich muss Raum schaffen. Ich muss das dicht zusammen Gedrängte auseinander schieben, sodass Zwischenräume entstehen. Danach sehe ich weiter, aber erst einmal muss ich Raum schaffen! Sofort streckte ich meine Hände, in der Absicht, aus, die Säulen auseinander zu schieben. Wieder bereitete ich mich auf eine enorme Anstrengung vor, und wieder einmal wurde ich in grenzenloses Erstaunen versetzt.

Lautlos glitten die Stelen ein kleines Stück auseinander, während ich noch mit erhobenen Händen davorstand, als sich auch schon weißes Licht durch die ersten feinen Ritzen und Spalten drängte. Mit Macht dehnte sich das Licht alsbald nach überall hin aus, quoll unablässig aus dem Raum hinter den Säulen hervor und schob diese mit ungeheurer Kraft auseinander. Wie von Zauberhand rutschten und bewegten sich die gigantischen Kolosse zuerst zu beiden Seiten, dann drifteten sie geräuschlos und leicht, wie Federn, über den gesamten Horizont in den Hintergrund ab. Staunend verfolgte ich, wie sie anschließend in der Weite des blauen Himmels verschwanden. Das Licht strömte schon längst von allen Seiten auf mich ein und ich tat meine letzten Schritte zur Mitte des weiten Raumes. Dort blieb ich stehen, vollends überwältigt, während mich das Licht nun auch von unten und oben, von allen Seiten einhüllte. Es hüllte mich ein und durchdrang meine Seele. Es überwältigte meine Sinne und ich sah meinen Körper erstrahlen. Dann fühlte ich, wie meine Konturen verschwammen und meine Gestalt, mein Ego aufhörte, zu existieren. Ich spürte, wie sich mein Körper im Licht Milliarden und aber Milliarden goldglänzender Strahlen auflöste. Ich wurde selbst zum Licht! Ich stand in der Mitte des Himmels und war selbst zur Quelle sprudelnden, himmlischen Lichtes geworden.

Ich muss eine ganze Ewigkeit so gestanden sein, bis ich fühlte wie mir die Tränen der völligen und totalen Überwältigung die Wangen hinab liefen und mich sachte zurück in mein Sein holten.

Leise und behutsam zog sich das Licht zurück. Was auch immer Susi und Basti gerade dachten oder machten, ich kehrte noch nicht zu ihnen zurück.

EINSICHT

Denn noch immer befand ich mich mitten im Himmel, unfähig, mich zu rühren, noch immer zutiefst überwältigt vom Umfang dieser unermesslichen Einsicht in eine spirituelle Dimension, deren Existenz ich schon als Kind gespürt hatte.

„Das wollten wir dir zeigen", verkündete mir die Stimme zärtlich und mir war, als legten sich zwei Hände licht und leicht auf meine Schultern.

Danke ... danke, ich danke euch ... Lediglich ein Stottern wollte mir noch gelingen, denn zu Weiterem war mein Verstand nicht mehr in der Lage. Der musste sich noch damit abmühen, auch nur annähernd zu erfassen, was ich gerade erlebt hatte. Um an dieser Stelle möglichen Missverständnissen unverzüglich vorzubeugen: Auch für mich gab es keine Erleuchtung light, kein Überwinden meines Egos im Schnellverfahren und ebenso wenig war mir eine Abkürzung auf meinem Weg zur Menschwerdung zuteil geworden! Kein „Geh direkt und ohne Umwege über Los" hatte stattgefunden, denn ausnahmsweise ist auf unserer Erdenreise nicht unser Ziel das Ziel, sondern unser Weg dorthin. Die menschlichen Hürden, die zu überwinden sich meine Seele für dieses Leben vorgenommen hat, sollten und mussten allesamt von mir gemeistert werden. Jedoch das unvorstellbare Geschenk einer gewaltigen Einsicht in die Ordnung der jenseitigen Sphären war mir zuteil geworden.

Eine Einsicht, die sich mir vollends erst heute, in den zwanziger Jahren des neuen Jahrtausends erschließt, da sich unsere äußere Welt, lahm gelegt von einem winzigen Virus, in einem gigantischen Wandel befindet. Das, was mir auf den Philippinen vor über dreißig Jahren gezeigt wurde, entwickelt sich gerade in diesen Tagen zu einer Quelle von unschätzbarem Wert. Aber nicht nur für mich soll die Quelle, der lichtvolle Ursprung allen Seins von geradezu überlebenswichtiger Bedeutung sein, sondern für alle Menschen, die in dieser schwierigen Zeit das Wagnis unternehmen, ihr Herz bedingungslos zu öffnen und zu vertrauen, um sich dem großen, dem EINEN Weltenherz anzuschließen. Es ist genau jenes Herz, welches wir so gut von den unzähligen, meist farbenfrohen Jesusabbildungen kennen, auf das der Christus mit den Fingern hindeutet und Es sprechen lässt: „Ich (das Herz) bin das Licht der Welt! Wer mir (dem Herzen) folgt, dem öffnet sich das Himmelreich!" In diesem Sinne lässt uns auch Antoine de Saint-Exupéry von seinem Kleinen Prinzen ausrichten: „Man sieht nur mit dem Herzen gut. Das Wesentliche ist für die Augen unsichtbar!"

All jenen, die diese Seelenbotschaft erkennen, möchte ich Mut machen, denn unser Wandel, der Aufstieg der gesamten Erde in die neue Dimension wird mit unfassbarer Geduld und unendlicher Liebe unterstützt von den Lichtwesen der geistigen Welt! Man hat mich dorthin mitgenommen, wie ich vermute, als Zeugin, für eine kurze Weile zwar, jedoch lange genug, um einen Eindruck zu bekommen, welch kraftvolle Mächte uns erwarten, wenn wir es nur zulassen.

Meine Reise durch die Himmel war jedoch noch längst nicht zu Ende! Das Wesen strahlte mir aus unendlich gütigen Augen ins Gesicht.

„Du darfst uns jetzt noch eine Frage stellen, wenn du möchtest."

Wie bitte? Was? Ich darf eine Frage stellen? Das Angebot war überwältigend und stieß mich zugleich in höchste Verwirrung. Angestrengt dachte ich nach. ... Oh mein Gott, ich darf etwas fragen! ... Ich darf um eine Antwort bitten ... Aber was denn, um Himmels Willen? Was könnte ich wohl fragen? Das darf doch nicht wahr sein ... mir fällt nichts ein, ich habe keine Ahnung, was ich fragen könnte ... dabei weiß ich genau, dass ich mindestens drei Dutzend Themen auf dem Herzen habe ... und genau jetzt, jetzt in diesem Moment, fällt mir nichts ein!

Nichts!

Keine Idee in greifbarer Nähe ...

Wie schon all die Male zuvor, wartete das Wesen geduldig und milde lächelnd auf das Ende meiner Überlegungen. Oder vielleicht doch, schoss es mir mit einem Mal in den Sinn ...? ...die eine? ... ein Hoffnungsschimmer ... Mir stockte der Atem vor Aufregung. So oft schon hatte ich mir diese Kernfrage überlegt. Hatte sowohl mit Susi und Basti, als auch schon früher mit Freundinnen und Freunden nächtelang darüber diskutiert, hatte mich dabei in alle möglichen Vorstellungen verstiegen, dabei über mich selbst gelacht, verrückte Phantasien kreiert und wieder verworfen und am Ende doch nichts gewusst.

Habe ich schon einmal gelebt? Das Wesen lachte amüsiert.

„Ob du schon einmal gelebt hast? Natürlich hast du schon gelebt. So viele Male schon." Donnerwetter! Ich hatte also schon gelebt! Mehrmals sogar?!

Aber wo denn? Wo habe ich schon einmal gelebt?

„Das also ist deine Frage? Du möchtest wissen, wo du schon einmal gelebt hast?" Ich nickte heftig.

Ja, ja, das möchte ich zu gerne wissen!

„Dann sieh genau hin", antwortete mir die Stimme. „Du musst dich finden."

Wie bitte?, sagte ich mehr zu mir selbst, und wohin genau soll ich schauen? Das Wesen lächelte mich frohgemut an. Wie immer.

Also gut, seufzte ich ergeben, dann werde ich mich wohl schon finden! Angestrengt schaute ich in der Gegend herum. Nichts zu sehen! Weit und breit.

„Schau genau hin und finde dich!"

Das tue ich doch schon! Ich sehe aber nichts! Ich machte einige tiefe Atemzüge und spürte mit einem Mal, wie unruhig ich war. Nun gut, dann erst einmal zur Ruhe kommen und schön ruhig atmen, befahl ich mir. Meine Augen entspannten sich. Dann sah ich plötzlich weit hinten am Horizont den rot glühenden Feuerball der Sonne aufgehen. Wie gebannt starrte ich dorthin. Das gleißende Sonnenlicht stach mir so heftig in die Augen, dass sie mir brannten und ich sie unwillkürlich zusammenkneifen musste. Als ich sie wieder öffnete, war die Sonne schon ein wenig höher gestiegen und mir wurde klar, dass ich von irgendwo oben, aus der Vogelperspektive, hinunter auf ein mir unbekanntes Gebiet schaute. Das Bild das ich sah, war unscharf und eine Weile konnte ich nichts Weiteres erkennen, als verschwommene, gelb flimmernde Konturen.

Was, um Himmels Willen, mochte das sein?

Konzentriert schaute ich hinunter in die schimmernde Ebene, bis ich merkte, dass ich, ähnlich wie mit dem Objektiv eines Fotoapparates, das Bild vor meinen Augen schärfer stellen konnte.

Ich musste fokussieren!

Ich spielte noch ein wenig mit der Brennweite meiner inneren Linse herum und hatte alsbald den Bogen raus. Immer schärfer stellte ich nun das Bild vor meinem inneren Auge ein und holte es näher zu mir heran. Was nur war dort zu sehen? Aber natürlich, lachte ich kurz darauf erleichtert auf. Das ist die Sahara! Der gelbe Sand der Wüste, der gerade so wunderbar warm und rotgolden von den Strahlen der aufgehenden Sonne erleuchtet wird! Die Sahara kenne ich, freute ich mich still. Dort bin ich schon einmal gewesen und habe mir sogar die Pyramiden von Gizeh in der Nähe von Kairo angeschaut. Aber wo genau bin ich hier? Ich sehe nichts als Sand!

„Schau genau hin", ermahnte mich die Stimme liebevoll aus dem Hintergrund. Wie schon zuvor zog ich das Bild noch näher zu mir heran, schaute ein wenig hierhin und guckte ein bisschen dorthin, bis das Bild plötzlich anfing, zu leben. Auf einmal sah ich viele, viele Menschen eifrig hin und her laufen. Verwundert kam ich noch ein wenig näher heran. Es mussten hunderte sein! Was machten die Menschen, ausschließlich Männer, wie es mir vorkam, denn dort? Ich bewegte mich noch näher an die Szenerie heran und erkannte, dass es Arbeiter waren, die schwitzend und stöhnend in der Sonne schufteten. Ihre Haut war dunkel gebräunt und das tiefschwarze Haar fiel ihnen glatt und strähnig in die schweißglänzenden Gesichter. Um die Hüften trugen sie Lendenschurze aus einfacher, weißer Baumwolle. Wie ein riesiger Ameisenhaufen wuselte und werkelte alles umher.

Neugierig flog ich ganz dicht heran und nahm plötzlich auch den ohrenbetäubenden Lärm wahr, den diese Armada von Arbeitern verursachte. Meißel und Hämmer sausten unablässig durch die sengende Hitze und hämmerten, Funken sprühend, auf weißes Gestein ein. Von Ochsen gezogene Räder, die an schweren Tauen gigantische Steinquader befestigt hatten, schleppten die Kolosse quietschend und ächzend über hölzerne Rampen. Das Hallen zornig gebrüllter Befehle sowie das dumpfe Knallen unzähliger Peitschen und Zugriemen vermischte sich in der Sonnenglut mit dem Schweiß schwer arbeitender Menschen und Tiere zu einem Crescendo beispielloser Geschäftigkeit. Hier wurde gearbeitet! Und zwar gewaltig. Aber woran? Was bauten sie hier mitten in der Wüste? Und wo war ich in all dem Gewusel? Was machen die hier? Die Erkenntnis schoss mir jählings in den Kopf. Ach, manchmal konnte ich aber auch von einer geradezu atemberaubenden Begriffsstutzigkeit sein.

Das Wesen sagte dazu nichts, aber ich konnte sein Schmunzeln spüren.

Natürlich! Hier wurde eine der Pyramiden gebaut! Und wo war ich?

„Du bist einer von ihnen!"

Guter Gott, dachte ich verblüfft. Ich bin einer dieser Männer? Einer von tausenden, der hier am Bau, wie ein Tier, geschunden wird? Voller Mitgefühl blickte ich auf die sich schwer abplagenden Arbeiter und spürte, wie sie in der glühenden Hitze unter ihren Strapazen litten. Ich musste mir jedoch eingestehen, dass ich ein wenig geknickt war. Nicht, dass ich mir jemals eingebildet hätte, etwas so Besonderes wie Isis, Osiris oder etwa die Nofretete gewesen zu sein, aber nicht einmal für eine Dienerin in einem der vielen Tempel hatte mein Dasein gereicht. Ernüchtert schüttelte ich den Kopf. Schade, außer dass ich wahrscheinlich geschuftet hatte wie ein Ochse, gab es über mich wohl weiter nichts zu erfahren. Ich konnte die Enttäuschung, so wenig über meine bescheidene Rolle in dieser Inkarnation zu erfahren, kaum verbergen und kurvte eine Weile lustlos und gelangweilt über der geschäftigen Szenerie hin und her ... Nun gut, dann war es nun einmal so. Dann war ich eben ein Arbeiter gewesen, der unter härtesten Bedingungen an einem Bauwerk geackert hatte, das immerhin Jahrtausende überdauern und bis heute als eines der berühmtesten Denkmäler der Geschichte gelten sollte. Schließlich konnten wir ja nicht alle ausnahmslos Könige, Göttinnen oder Weise gewesen sein. Da hatte sich mein Ego wohl ganz offensichtlich dazu verstiegen „etwas Besseres" gewesen sein zu wollen. Eben doch eine kleine Isis oder zumindest Osiris. Jedenfalls eine von vorne, möglichst aus der ersten Reihe. Eine ganz kleine ja nur ...

Meine Grübeleien schienen das Wesen zu erheitern! Ich konnte sein mühsam unterdrücktes Lachen bis zu mir hin fühlen.

Ich hatte die gigantische Baustelle bereits einmal vollständig umrundet und wollte mich gerade auf die zweite Runde begeben, als ich aus den Augenwinkeln eine beinahe unmerkliche Bewegung wahrnahm. Augenblicklich war mein Interesse geweckt und wie von einem Magneten angezogen, steuerte ich auf zwei Gestalten zu, die am Rande der Baustelle in großer Eile auf ein Gebäude zusteuerten. Die beiden Männer, hochgewachsene, schlanke Ägypter, waren mittleren Alters, so um die dreißig, höchstens vierzig Jahre alt und in saubere Tuniken gekleidet. Unter ihren Armen trugen sie Rollen aus schwerem Papyrus und ich wusste urplötzlich: einer der beiden bin ich. Die Papierrollen, die wir da unter dem Arm tragen, sind wichtige Dokumente, das ist unser Arbeitsmaterial.

Gespannt verfolgte ich die zwei auf ihrem Weg zu dem Gebäude, einem Palast, wie mir schien. Und kaum, dass ich bemerkte wie, verschwammen erst die Identitätskonturen meines jetzigen Lebens, dann überlappten sie sich mit meinem früheren Ich, bis die Trennung zwischen mir und dem einen der Männer aufgehoben war. Unversehens war ich dieser Mann in diesem Leben! Ich konnte seine Emotionen fühlen und auch zu einem gewissen Teil seine Gedanken nachvollziehen.

Der jüngere der beiden, also ich, wirkte ernster und auch etwas angespannter als der andere, von dem ich spontan ahnte, das ist ja Andi, mein älterer Bruder aus meinem jetzigen Leben! Noch bevor ich diese überraschende Erkenntnis vollständig würdigen konnte, waren wir auch schon vor dem Eingangstor angelangt, welches mich merkwürdigerweise vage an die Gartentüre vor Susis und Bastis Pyramide erinnerte. Ich fühlte, wie mein Herz beim Anblick des imposanten Tores spontan einen großen Satz machte und es schneller schlagen ließ. Wie von Geisterhand öffneten sich die Flügel des Portals, kaum, dass wir davor angekommen waren. Entweder hatte man schon auf uns gewartet oder aber man hatte uns längst durch eines der verborgenen Fenster entdeckt.

Zögerlich betraten wir das Gebäude durch sein gewaltiges Tor und einen kurzen Moment lang wunderte ich mich über dieses Zögern, wie auch über die ungute Ahnung in meinem Herzen. War es denn nicht ein besonderes Privileg, in diesen Palast eingelassen zu werden? Hatten wir etwa nicht guten Grund zur Freude, an einem solch noblen Ort von ganzheitlicher Weltanschauung, spirituellem Wissen und geheimster Einweihungen arbeiten zu dürfen?

Woher kam diese Furcht?

Lagen möglicherweise okkultes Wissen und große Gefahr hier dicht beieinander? Dröhnend fiel das Tor hinter uns ins Schloss und als ich mich erschreckt umwandte, schoben sich zwei hünenhafte, bewaffnete Wachen davor.

Nubische Sklaven fuhr es mir in den Sinn, während ich versuchte, im flackernden Dämmerlicht der Kerzen, ihre Mienen zu deuten. Vergebens, denn schon bedeutete uns ein dritter Sklave, schnell weiterzugehen und geleitete uns zu einem von mehreren Gängen, die von der prächtigen Vorhalle aus, in tief verborgene Teile des Bauwerkes führten.

Dunkel und schwarz glänzend, nur ab und zu beleuchtet von armlangen Fackeln an den Wänden, lag ein langer Korridor vor uns, von dem aus in regelmäßigen Abständen massive, eisenbeschlagene Türen in geheimnisvolle Gemächer führten. Gerne hätte ich mich noch ein wenig genauer umgesehen, wäre da und dort stehengeblieben und hätte einen Blick in eine dieser Kammern geworfen. Doch das war mir offensichtlich verboten.

Niemandem war es erlaubt, sich hier länger aufzuhalten. Grimmig tauchten die schemenhaften Antlitze säbelbewaffneter Wachen aus dem Schatten der Mauern auf und nahmen drohende Haltung an, sobald wir uns einer der Türen näherten. Das Weiß ihrer Augen blitzte verräterisch aus ihrem dunklen Versteck hervor. Der leise Anflug von unbestimmter Gefahr, der mich befallen hatte, seit wir den Palast betreten hatten, mehrte sich jetzt mit jedem Schritt, den wir weiter in das Gebäude vordrangen. Das Wissen hat seinen Preis, nicht der angenehmste und sicherste Ort auf der Welt, kam die Erinnerung an dieses vergangene Leben schrittweise zurück, dieweil wir die dunklen Gänge entlang hasteten.

Dieses uralte Wissen wird gehütet und bewacht, wie der kostbarste aller Schätze des Pharaos. Jegliche Missachtung, jeglicher Missbrauch der strengen Regeln im Umgang mit dieser heiligen Macht, beschwört unweigerlich die schrecklichsten Konsequenzen herauf.

Das Hallen unserer eiligen Schritte klang unangenehm laut in meinen Ohren nach und verstärkte das beklemmende Gefühl dieser geradezu unheimlichen Stille. Unseren Weg immerhin kannten wir. Hier machst du einen Fehler genau einmal, entsann ich mich. Und dann musst du sehr gut auf dich aufpassen! Unversehens wurde die Erinnerung an Schlangen lebendig, die hier irgendwo tief unten, versteckt im undurchschaubaren Labyrinth unzähliger Katakomben von den unerschrockenen, treu ergebenen Bewachern der Königsfamilie gezüchtet wurden wie ich innerlich zu wissen schien. Mit einem Mal wusste ich auch wieder, dass sich im Palast plötzlich geheime Türen öffnen konnten und die dicksten Wände schoben sich unmerklich und lautlos einen Spalt zur Seite, damit die todbringende Brut ihr Werk verrichten sollte. Furchtbar gellte mir noch das entsetzliche Stöhnen und Wehgeschrei derart grausam Bestrafter in den Ohren.

Verloren waren Verräter und Mitwisser gewesen, nichts hatte ihr Leben mehr retten können. Wie oft hatte ich das hier erlebt und auch uns konnte ein solches Schicksal jederzeit ereilen, wenn wir einen Fehler machten!

Nur weiter jetzt, schnell weiter! Nicht stehenbleiben, nicht umschauen! Wenige Schritte später erreichten wir erneut eine Abzweigung. Eine unscheinbare Türe wurde für uns geöffnet und wir betraten einen hohen, hellen und weiten Raum. Aufatmend trat ich näher und war mir sicher:

hier sind wir erst einmal geschützt. Hier kenne ich mich aus, weiß, was ich zu tun habe und das, was ich tue, ist gut.

Ich schaute mich in dem Raum um, der, mit seinen fast bis zum Boden reichenden Fenstern, einem riesigen Atelier glich. Mein Begleiter schlug mir zum Abschied freundschaftlich auf die Schulter, er hatte in einem anderen Bereich dieser Abteilung zu tun. Ich überlegte. Obwohl ich mein ganzes Leben hier verbracht hatte, war ich mir in diesem Moment nicht sicher, in was für einem Raum ich mich eigentlich befand.

Was wurde hier gearbeitet?

Lediglich einige Fetzen nebulöser Erinnerung waren mir noch möglich, zu erhaschen. Wie von einem Schleier verborgen, vermochte ich das Bewusstsein für jenes vergangene Leben nur noch undeutlich in mir wahrzunehmen.

War das Absicht?

Sollte ich mich nicht mehr an alles erinnern können?

Halbrund erstreckte sich der Saal vor mir. Wie in einem modernen Großraumbüro standen die vielen Schreibtische, Stehpulte und Regale, auf denen hunderte von Papieren und Büchern aufgeschlagen und ausgebreitet durcheinander lagen, dicht an dicht beieinander.

An den hohen Fenstern türmten sich auf Tischen vor allem umfangreiche Sternenkarten sowie verschiedenes Schreib- und Rechengerät. Hier arbeiteten die Astronomen, Astrologen und Architekten! Und sie waren angesehene Leute. Wohin ich meinen Blick auch wendete, bis in die hintersten Winkel, es wurde gearbeitet, gerechnet, gezeichnet und geschrieben. Ob alleine am Schreibpult, zu zweit an einer Sternenkarte oder in Grüppchen um einen Tisch versammelt: überall die gleiche ernsthafte Konzentration.

In diesem Raum zählten, außer der exakten Berechnung der Himmelskörper, vor allem die Überlegungen, was die diversen Konstellationen für das Land und ihren König bedeuten konnten! Die Luft war geschwängert von der Last konzentrierter Gedanken. Jedermann hier besaß außer enormen Kenntnissen der verschiedenen mathematisch-astronomischen Wissenschaften auch noch ein tiefes Verständnis der heiligen Geometrie und ihrer spirituellen Bedeutung sowie ein immenses Wissen von der Natur in ihren vielzähligen Erscheinungen.

Und ich soll einer von denen gewesen sein, wunderte ich mich. Hier soll ich gearbeitet haben, wo ich in Mathe doch kurz vorm Schwachsinn angesiedelt bin und schon Schwierigkeiten bei den einfachsten Gleichungen habe? Mein innerer Skeptiker schüttelte den Kopf. Nein, das konnte unmöglich ich gewesen sein!

„Doch, doch hier hast du in dieser Inkarnation gearbeitet", kam mir das Wesen zu Hilfe. Verdutzt schaute ich zu der Stimme herüber.

Das kann ich nicht glauben. Ich bin eine mathematische Idiotin, antwortete ich. Das Wesen schüttelte entschieden den Kopf.

„Nein, das bist du sicher nicht. Du kannst dich nur nicht mehr an deine Fähigkeiten aus diesem Leben hier erinnern. Die weiteren Inkarnationen haben deine Erinnerung überlagert." Das Bild, in dem ich mich befand, begann sich unmerklich aufzulösen.

Nein, noch nicht! Bitte, ich möchte noch bleiben! Was habe ich hier sonst noch gemacht, wie habe ich gelebt und wann bin ich gestorben? Erneut schüttelte das Wesen seinen Kopf.

„Mehr musst du nicht wissen", meinte es freundlich, mehr ist nicht gut für dich, zu sehen. Es würde dich möglicherweise mehr belasten, als dir nützen. Als ich mich wieder umschaute, hatte sich der hohe helle Saal, in dem ich mich gerade noch mit den vielen, fleißig arbeitenden Menschen befunden hatte, völlig aufgelöst.

Unglaublich!

Ich hatte also tatsächlich schon einmal gelebt. In Ägypten. Als Mann, als Mathematiker, Architekt oder Astrologe. Möglicherweise auch als alles zusammen, immerhin waren diese Disziplinen in einem einzigen Raum untergebracht gewesen. Zudem hatte ich den Eindruck gehabt, dass alle Anwesenden sowohl miteinander als auch an mehreren Projekten gleichzeitig gearbeitet hatten. Nach fächerübergreifender, modernster Teamarbeit hatte das Szenario auf mich gewirkt und mich zutiefst beeindruckt.

JERUSALEM

„Möchtest du sonst noch etwas von uns wissen?", unterbrach das Wesen jetzt meine Gedanken. Ob ich noch etwas wissen möchte?
Oh ja, gerne! Wie ging es weiter? Wo habe ich sonst noch gelebt? Das Wesen seufzte beinahe unmerklich auf.
„Ja, auch das kannst du wissen", antwortete es nach kurzem Zögern gedehnt und ich meinte, einen winzigen Unterton in seiner Stimme vernommen zu haben. Ob sie sich wohl eine andere, eine interessantere Frage von mir erwartet hatten, fragte sich mein innerer Kritiker.
Das Wesen schwieg still. Na dann:
Wo habe ich also sonst noch gelebt? Das Wesen nickte.

„Sieh wieder genau hin und finde dich!"
Konzentriert suchte ich die Umgebung vor meinen Augen nach etwas Sichtbarem ab und ließ meine Blicke gespannt hin und her schweifen. Doch wie schon beim ersten Mal blieb der Himmelsraum vor mir eine ganze Weile leer. Nichts.
Beim besten Willen, weit und breit nichts zu sehen. Ich muss wieder fokussieren, fiel mir sofort ein, noch genauer hinschauen! Und tatsächlich: schon kurz darauf begann sich ein Bild, verschwommen zwar und auch völlig unscharf, langsam vor meinen Augen aufzubauen. Noch konnte ich nichts Genaues erkennen, nur, dass etwas sehr Helles im flirrenden Sonnenlicht glänzte. Wieder musste ich meine Augen, vom gleißenden Licht der Sonne geblendet, für einen Moment schließen. Dann sah ich, wie sich etwas halb-

rundes, goldglänzendes, wie in Zeitlupe, aus dem Hintergrund heraus aufbaute und sich konturenscharf gegen das grelle Licht der Sonne abhob.

Was war das? Intuitiv wusste ich: Was immer dieses etwas da vor meinen Augen auch sein mochte, aus meinem jetzigen Leben kannte ich es nicht. Das hier hatte ich noch nie zuvor gesehen. Ich zog das Bild näher zu mir heran. Noch immer hatte ich nicht den blassesten Schimmer, was da vor meinen Augen entstand, doch wiederum spürte ich den herannahenden Hauch sengender Hitze. Wieder flirrte die Luft, geschwängert vom brütenden Atem einer unerträglichen Sonnenglut. Ich fühlte, wie mir augenblicklich der Schweiß im Gesicht stand. Angestrengt starrte ich auf den halbrunden, glänzenden Ball und überlegte, was um Himmels Willen, das nur sein mochte. Meine Augen hatten sich mittlerweile an das stechende Licht der Sonne gewöhnt und zu meiner Verwunderung erkannte ich nun, dass das runde Ding das goldene Dach einer Kuppel war.

Das Dach eines Palastes? überlegte ich laut. Nein, kein Palast. Welches Gebäude dann, forschte ich in mich hinein? Welches Gebäude, das ich kannte, hatte eine goldene Kuppel? Ahh, es ist das Dach einer Moschee, jubilierte ich Sekunden später. Die Hagia Sofia in Istanbul vielleicht? ... Aber die hat doch kein goldenes Dach, oder?

„Nein hat sie nicht", lachte das Wesen. „Aber du bist nahe dran!"

Hm, dann vielleicht eine Kirche? Von irgendwoher hörte ich urplötzlich das Wort Jerusalem an meine Ohren rauschen und noch bevor mir das Wesen das so unverhofft Vernommene bestätigen konnte, wusste ich es bereits selbst: Ja, das ist Jerusalem! Ich weiß es, und das, obwohl ich diese Stadt in meinem Leben noch nie gesehen habe. Die goldene

Kuppel gehört zu einem riesigen Bauwerk in Jerusalem. Erneut erlebte ich mich aus der Vogelperspektive kommend, wie ich mich langsam der geschäftigen Stadt näherte.

Die Bilder vor meinen Augen wurden klarer, nahmen erst verschwommen Konturen und dann immer mehr Gestalt an, während ich schrittweise und bedacht auf den unter mir liegen Ort zusteuerte. Ich kreiste eine Weile über den Dächern größerer und kleinerer Häuser und Hütten, bewegte mich über verzweigte Gassen und staubige Pfade. Ich sah, wie Menschen in fremdartigen, langen Gewändern schwatzend und gestikulierend durch die lärmende Stadt hasteten. Schwer beladene Ochsen- und Eselgespanne zogen auf holprigem Pflaster ihre überladenen Fuhrwerke rücksichtslos durch das dichte Menschengedränge, während Scharen barfüßiger Kinder in der knietiefen Gosse spielten. Über der ganzen Stadt lag eine Atmosphäre angespannter Erwartung. Und ... der unverkennbare Odem von Angst und Gefahr!

Beunruhigt näherte ich mich einer Schar schwarz gekleideter Frauen, die in einer kleinen Gruppe beieinanderstanden und schwatzten, in der Hoffnung sowohl mich selbst als auch die Ursache für das Gefühl dieser unerklärlichen Bedrohung zu finden. Ich wusste, ich kenne diese Frauen genau und kannte sie doch nicht. Verwirrt riss ich mich von ihrem Bild los und machte ich mich weiter auf die Suche nach mir selbst.

Eine sengende Hitze, wie auch eine stetig wachsende Ahnung drohenden Unheils lagen bleiern in der sirrenden Luft und raubten mir beinahe den Atem. Staub und Hitze brannten in meiner Kehle. Welch schreckliches Ereignis mochte den Menschen hier, mochte uns, wohl bevorstehen?

Mit Sorge und Anspannung durchforschte ich die weitere Umgebung. Hier, irgendwo in der Nähe musste mein Zuhause sein, das spürte ich genau. Über die steile und gepflasterte Hauptstraße gelangte ich in eine etwas abseits gelegene Seitenstraße einer ruhigeren Gegend. Die Häuser in diesem Stadtteil waren wesentlich kleiner und einfacher gebaut als die übrigen, trotzdem aber sauber und ordentlich gehalten. An einem Häuschen mit niedriger Holztür hielt ich an und wusste plötzlich: hier wohne ich, dies ist mein Heim. Die Türe fand ich unverschlossen und ich trat ein.

Ein bescheidener, dunkler Raum mit festgetretenem Lehmboden und Wänden aus Holz und gepresstem Stroh dazwischen tat sich vor mir auf. Aufmerksam schaute ich mich in der Stube um. An der rechten Seite führte eine einfache Holzstiege zur Schlafstelle unter das flache Dach, zur linken Seite hin gab es eine Türe, die wohl in einen kleinen Innenhof führen mochte. An der Stirnseite glomm in einer schwarzen Feuerstelle der letzte Rest einer Glut, über der an einem Haken ein Topf hing. Einfache, irdene Geschirrteile standen auf einem roh gezimmerten niedrigen Tisch. Sonst gab es außer einer rußigen Öllampe und einem Reisigbesen, der an der Wand neben der Eingangstür lehnte, nichts weiter an diesem kargen Ort. Das spärliche Licht, das die Kammer notdürftig erhellte, fiel in schmalen Streifen durch zwei winzige Fensteröffnungen. Ich seufzte. So einfach, so spartanisch hauste ich also hier in diesem Haus. Ob ich hier wohl als Mann oder als Frau lebte, fragte ich mich und spürte augenblicklich die Gewissheit, dass ich eine Frau gewesen war.

Bin ich in diesem Leben glücklich gewesen, überlegte ich, oder hatte ich es eher schwer? Eher schwer, fühlte ich die

Antwort, konnte sie jedoch an nichts festmachen. So besitzlos lebten schließlich die meisten von uns, wusste ich. Und es fühlte sich gut und stimmig an. Indes war nicht die offensichtliche Güterlosigkeit dieses Lebens Grund für mein Seufzen, sondern die unheilschwangere Stimmung, die sogar hier, in diesem abgelegenen Teil der Stadt, für mich deutlich spürbar in der Luft lag. Was passierte hier? Und wo steckte ich?

Unvermutet drang das unterdrückte Flüstern mehrerer Stimmen hinter der Hoftür an mein Ohr. Eilig begab ich mich dorthin und erkannte spontan mich selbst, von einer Schar befreundeter Frauen umringt. Auch wir waren in lange, schwarze Gewänder gehüllt, doch irgendein Detail unserer schmucklosen Kleidung verriet mir, dass wir zu einer besonderen Gruppe, einer Minderheit gehörten. Und ohne dass ich Genaueres wusste, spürte ich deutlich: diese Minderheit hat im Moment keine gute Zeit! Wir flüsterten, die Köpfe dicht an dicht gedrängt, erregt miteinander und die eine oder andere schaute ab und zu aus ängstlichen Augen hinter sich. Wovor fürchteten wir uns nur so furchtbar? Kurz darauf verließen wir, unsere schwarzen Tücher vor das Gesicht geschlagen, den Innenhof und begaben uns auf die Straße. Die Sonne stand jetzt schon höher am Himmel und von überall strömte das Volk ausgelassen und heiter herbei. Es schien gerade so, als stünde ein Volksfest, eine außergewöhnliche Attraktion bevor.

Ich war zutiefst bestürzt! Die übergroße Heiterkeit der Bevölkerung passte nicht zu dem Schmerz und der Traurigkeit, die wir schwarz gekleideten Frauen in unseren Herzen fühlten! Uns immer wieder achtsam umschauend, eilte unser Grüppchen inmitten hunderter fröhlich lärmender Menschen, in Richtung der steilen, gepflasterten Gasse, die durch die ganze Stadt hindurch, bis ganz nach oben, zu einem höher gelegenen Ort führte. Manchmal drückten wir uns an eine Hauswand und ließen einen Trupp bewaffneter Söldner an uns vorüberziehen, die uns zwar grimmige Blicke zuwarfen, diesmal jedoch hastig an uns vorbeieilten. Ganz offensichtlich war heute für jedermann etwas anderes wichtiger und interessanter als der armselige Haufen schwarz gekleideter, jüdischer Weiber, der sich da ängstlich durch die Gassen stahl. Heute kannten alle nur ein Ziel: das sensationelle Spektakel, auf das sich ganz Jerusalem schon seit Tagen vorbereitete und freute.

Ganz Jerusalem?

Sicher nicht!

Ein namenloses Grauen hatte sich längst schon schwarz und schwer auf meine Brust gelegt und drückte mir mit eiserner Hand den Atem ab. Mühsam rang ich um Luft. Hin und wieder begegneten wir anderen Frauen, einzeln oder in kleinen Scharen, die die gleiche, schmucklose Kleidung trugen wie wir und die ebenso unauffällig und schweigend das bevorstehende Geschehen in der Stadt verfolgen wollten. Verstohlen winkten wir einander zu, man wollte weder durch heimliche Gesten die Aufmerksamkeit auf sich ziehen noch durch verräterische Worte die unerwünschte Identität aufdecken. Schließlich erreichten wir den oberen Teil der steilen Gasse. Die Menge, die sich hier schon seit Stunden entlang des hohen Bordsteins versammelt hatte, johlte und pfiff voll ungeduldiger Erwartung. Man schubste und drängelte, ein jeder wollte von hier aus den besten Blick auf die ganze Straße haben. Auch der kleinste Winkel der Stadt war bis zum Bersten gefüllt mit unerträglicher, spannungsgeladener Hitze. Eine erbarmungslose, todbringende Energie, die wie ein hinterhältiges Ungeheuer hinter Dächern,

Häusern und Wänden lauerte, wollte sich heute entladen. Es wollte in einem Akt der Zerstörung seine hasserfüllten Klauen in wehrloses Fleisch schlagen und sich erfreuen an den blutigen Tränen des Verrats. Und noch immer ahnte ich nicht, von welch unfassbarer Tragödie, welch unmenschlichem Leid wir Zeuge werden sollten. Erst als sich das Lärmen hunderter auf Metall schlagender Schwerter mit dem jäh aufbrandenden begeisterten Geschrei der Menschenmenge vermischte, fuhr mir die Erkenntnis wie ein Schwerthieb in mein Herz. Ich hatte das Gefühl, ohnmächtig werden zu müssen vor Schmerz. Ich wusste, was nun kommen würde, war so unfassbar grausam und unmenschlich, dass mir meine Beine beinahe den Dienst versagen wollten. Den anderen Frauen um mich herum erging es ebenso und überwältigt von Schmerz und Tränen klammerten wir uns aneinander und begannen hemmungsloses zu schluchzen. Mit absoluter Gewissheit wusste ich, auf wen sie warteten. Man beachtete uns nicht.

Als der Leidenszug nun weit unten um die Straßenecke bog und sich langsam zu uns heraufbewegte, drängten immer noch mehr Männer, Frauen und Kinder herbei, um das grausame Spektakel zu bejubeln. Ungestüm zwängten sie sich an uns vorbei. Noch war von IHM wegen der unzähligen Schaulustigen nichts zu sehen, allein am ohrenbetäubenden Lärm erkannten wir, wo ER sich jeweils gerade befinden musste. Sie näherten sich. Mir wurde übel, als ich sah mit welchem Jubel, mit welcher Begeisterung hier offensichtlich ein Mensch, ein Lebewesen gequält wurde. Man erfreute sich am Leid, am Blut, am Schmerz eines Bruders. Nur mit Mühe konnte ich den Anblick der sensationslüsternen Menschen ertragen. Aber ich wollte, ich musste es aushalten. Wenn ich schon nichts zu SEINER Rettung beitragen konnte, so wollte ich IHN wenigstens auf SEINEM letzten Weg begleiten. Auf seinem letzten, schweren Gang in seiner Nähe sein und ihm als Mensch, als eine seiner vielen Jüngerinnen beistehen. Wenigstens das. Nun kam der unglückliche Zug in unsere Sichtweite. Die lauteste Quelle des Lärms waren jetzt die Schilde der Soldaten, die, im Rhythmus ihrer Schritte, mit ihren Schwertern auf diese eindroschen. Mit unglaublicher Wucht schlug Metall auf Metall und bahnte sich so seinen Weg durch das brüllende Inferno. Schaudernd musste ich erleben, mit welch unfassbarer Brutalität die römischen Soldaten selbst ihre eigenen Leute behandelten. Ohne Rücksicht auf ein Menschenleben hieben sie, mit ihren Kurzschwertern, in die Menschenmenge und trafen, ohne Erbarmen, jeden, der sich zu weit vorgewagt hatte oder im Weg stand. Blut floss, Menschen grölten und tobten nur noch weiter angestachelt, die Luft flirrte vor Hitze und entfesselter Gewaltlust, während der Zug immer näher rückte. Und dann sah ich sie. Jetzt flogen sogar Steine in Richtung der Verurteilten durch die Luft, die sich, umringt von Soldaten, unter ihren Kreuzen die Straße heraufquälten. Jauchzend grölte die Menge auf, sobald ein Getroffener schmerzlich aufschrie.

Für einen einzigen kostbaren und kurzen Moment war mir ein Blick auf IHN vergönnt, bevor sich die johlenden Leiber wieder vor den an seiner Bürde schleppenden Christus schoben. Ich schluchzte nun, ohne Unterlass, und die Tränen flossen mir schon längst derart in Strömen die Wangen hinunter, dass mein Kleid mittlerweile völlig durchnässt war. Niemals zuvor hatte ich in meinem Leben eine solch tiefe und schmerzhafte Trauer verspürt, wie in diesen

Minuten. Mein Herz drohte vor Liebe und Mitgefühl zu zerspringen und nur mit äußerster Mühe gelang es mir, mich auf meinen Beinen zu halten. Wie gerne hätte ich ihn getröstet, hätte ihm zugerufen, dass wir an seiner Seite waren und er nicht umsonst würde sterben müssen. Doch das traute ich mich nicht. Traute mich in der mordlüsternen Menschenmenge nicht, mich zu erkennen zu geben. Zu zeigen, ich bin eine Jüngerin.

Ohne den Blick zu heben, stolperte ER ächzend und stöhnend unter seiner Last an mir vorüber und doch war ich mir sicher: ER hatte mich bemerkt, ER hatte gespürt, dass ich da war und Seinem Weltenherz folgen würde, mein Leben lang.

Meine Leben lang.

Blut und Schweiß rannen ihm in die Augen, während er sein Kreuz, klaglos, auf dem geschundenen Leib die steile Gasse emporschleppte. Erschüttert blieben wir Frauen zurück, während der Zug weiter den breiten Weg heraufstieg. Aus der Ferne erlebten wir mit, wie das erste der Kreuze an langen Seilen langsam hochgezogen wurde. Erneut erfasste mich ein unerträglicher Schmerz und schmetterte mich zu Boden. Welch unfassbares Leid hatte dieser Mensch für uns auf sich genommen und wie grauenhaft wurde dieser Akt der göttlichen Liebe von so vielen verkannt! Ich weinte und weinte wie nie zuvor in meinem Leben. Als meine Tränen allmählich versiegten und ich wieder aufschaute – es war mir vorgekommen, als seien Tage vergangen –, sah ich mich unweit des Kreuzes am Boden kauernd.

Nun hast du genug gesehen, hörte ich die sanfte Stimme zu mir sprechen. Mehr ist nicht gut für dich, zu wissen.

Zweifelnd schaute ich das Wesen an. Aber wie ging es weiter mit uns Christen? Sind wir auch getötet worden?

Das Wesen nickte.

„Viele, die IHM gefolgt sind, hatten ein schweres Los zu tragen."

Auch ich? Bin auch ich für meinen Glauben an IHN gestorben? Das Wesen nickte erneut. „Ja. Du und viele andere auch." Aber wie, wie bin ich gestorben? Das Wesen schüttelte nachsichtig den Kopf. „Mehr ist für dich nicht gut, zu wissen und würde dir auch diesmal eher schaden als nützen. Nur soviel, dass du und viele andere Christen verfolgt und getötet wurdet. Aber das ist vorbei. Du musst für deinen Glauben nicht mehr sterben."

Wirklich?

„Ja", nickte das Wesen und lächelte mich strahlend an, „es ist vorbei. Andere Aufgaben kommen auf dich zu." Zögernd erhob ich mich und das Bild um mich herum begann sich behutsam aufzulösen. Als ich mich erneut umschaute, war alles im weiten Blau des Himmels verschwunden. Schade. Ich hätte gerne noch mehr erfahren über mein gefährliches Leben zu dieser Zeit.

Kann ich nicht doch vielleicht noch ein wenig länger schauen?

„Es ist genug", entgegnete mir die Stimme jetzt ungewohnt energisch und ich wusste: Nun muss ich hören, muss mich der Gnade augenblicklich und bedingungslos ergeben. „Wir haben noch ein besonderes Geschenk für dich", ließ mich die Stimme wissen. „Erhebe deine Hände!"

Noch ein Geschenk? fragte ich erstaunt. Und ich soll meine Hände erheben? So etwa? Zögernd erhob ich meine Hände bis zur Brust. So?

„Genauso", kam augenblicklich die fröhliche Antwort. Die zwei Lichtstrahlen sausten so unerwartet aus dem Himmel auf mich herab, dass ich unwillkürlich zusammenzuckte. Huch, was war denn das? Die Lichtstrahlen traten, wie aus gigantischen Scheinwerfern geworfen, auf die Handflächen meiner erhobenen Hände, fluteten sie bis zu meinen Unterarmen mit weißgoldenem Licht und traten an meinem Ellenbogen wieder aus. Sprachlos starrte ich auf das Licht, auf meine Hände, dann wieder auf das Licht. Was mir hier gerade geschah, welch unermessliche Erfahrungen mein geistiger Führer mich machen ließ, war unfassbar für mein kleines Menschenhirn.

Völlig überwältigt von der Fülle und Wucht nicht enden wollender Einsichten, Informationen und Mysterien, die in atemberaubenderer Schnelligkeit auf mich einstürmten, stand ich stumm und ergab mich der neuerlichen Flut überirdischer Zuwendung. Andächtig darauf bedacht, diesen kostbaren Moment nicht mit einer brüsken Geste oder unbedachten Bewegung zu zerstören, ließ ich meinen Blick vorsichtig von meinen Händen über meine Unterarme bis hin zu meinen Ellenbogen wandern. Dort, wo der Lichtstrahl den Boden berührte, wuchsen nun alle möglichen Pflanzen aus der Erde. Verwundert schaute ich zu ihnen hinunter und erkannte: Das alles sind Kräuter und Heilpflanzen! Viele von ihnen kannte ich und hatte sie wohl schon oft benutzt, andere wiederum waren mir völlig fremd. Jetzt lösten sie sich sanft von der Erde ab und zogen in stiller Reiherfolge zu meinen Armen hinauf. Sie berührten und streichelten die Flächen meiner Hände mit duftiger Leichtigkeit, um gleich darauf, leicht wie Federn, zum Himmel aufzusteigen und dort zu entschwinden.

Immer noch mehr bekannte und unbekannte Heilkräuter wuchsen aus der Erde nach, stiegen am Licht zu mir auf und berührten meine Hände. Atemlos versuchte ich mir die Namen der mir bekannten Pflanzen zu merken, mir Aussehen und besondere Merkmale einzuprägen, mich an den Duft besonders wohltuender Heilkräuter zu erinnern. Längst schon hatte ich es aufgegeben, sie zu zählen, aber es müssen wohl hunderte gewesen sein, die an mir vorüberzogen, als mit einem Mal alles vorbei war. Das letzte Kraut, ein krauser Petersilienzweig, verschwand lautlos in die Dunkelheit. Das Licht aus meinen Händen zog sich zurück. Um mich herum:
Stille.
Frieden.
Dankbarkeit.
Liebe.
Sein.
Viele köstliche Momente lang.

„Das alles wollten wir dich sehen lassen", hörte ich, nach einer kleinen Ewigkeit, die vertraute Stimme meines himmlischen Begleiters zu mir sprechen. Ganz nahe war er jetzt bei mir, als er leise, es war kaum mehr als ein Flüstern, zu mir sprach: „Wir kommen wieder zu dir, aber es wird eine ganze Weile dauern. Hab Geduld und lebe dein Leben. Wir sehen uns wieder."

Oh nein, wir werden uns längere Zeit nicht sehen, fragte ich still. Warum nicht? Wann werden wir uns wiedersehen? Das Wesen lächelte. „Dann, wenn es wieder Zeit ist."

Ja, ja, nickte ich unendlich dankbar und voller Hoffnung und spürte doch schmerzlich, wie sich das Wesen, wie sich die göttliche Kraft leise zurückzog.

Der Lichtstrahl, der mich seit Anbeginn der Vision ohne Unterlass durchdrungen hatte, zog sich, wie in Zeitlupe, behutsam aus meinem Körper zurück; zurück in das unendliche Blau über meinem Kopf. Dann war nur noch tiefe, dunkle Nacht um mich herum. Als ich nach gefühlt hundert Jahren meine Augen wieder aufschlug, blickte ich in die besorgten Gesichter meiner Freunde, die mich entgeistert anstarrten. Ich schaute auf meine Armbanduhr und erkannte, dass die Vision wohl an die zwanzig Minuten gedauert haben musste.

„Was hast du gesehen, wo bist du gewesen?", stürmten sie auf mich ein. „Erzähle doch, los, was ist geschehen?" Ich war zwar so fertig und müde, als hätte ich gerade einen mehrstündigen Marathonlauf gelaufen und wäre gerne nur noch im Stuhl eingeschlafen. Aber das konnte ich natürlich nicht bringen, zumal ich mir sicher war, Susi und Basti als zwei Juden der Gruppe, der auch ich angehört hatte, wiedererkannt zu haben. Bis weit nach Mitternacht erzählte ich den beiden, was ich während meiner Offenbarung erlebt hatte.

„Dieses unfassbare Erlebnis", erklärte ich ihnen beim Abschied, „werde ich irgendwann auch noch aufschreiben." So sicher wie meine himmlischen Beschützer meine Kinder und mich durch alle vermeintlichen wie auch tatsächlichen Gefahren auf die Insel im Pazifischen Ozean gebracht hatten, so sicher führten sie uns auch wieder heim.

Susi und Basti habe ich nicht wiedergesehen, obwohl wir uns fest vorgenommen hatten, in Kontakt zu bleiben. Mit meiner Abreise ist unsere Verbindung jedoch abgerissen. Telefon und Internet gab es derzeit an diesem entlegenen Ort der Erde noch nicht und den Brief, den ich ihnen im

Winter des gleichen Jahres geschrieben habe, bekam ich drei Monate später leider als unzustellbar zurück. Der Zweck unserer einmaligen Begegnung hatte sich mit meiner Vision möglicherweise erfüllt, jedenfalls stürmte unser aller Leben weiter eiligst voran. Ich vermute, dass insbesondere Susi als „alte Bekannte" aus einem früheren christlichen Leben, mit ihrem Pyramidenhaus unter den gewaltigen Sternen der Philippinen, die energetischen Voraussetzungen geschaffen hatte, die ich damals für meine Lichtreise brauchte.

Wo einstmals ihre Holzpyramide gestanden hat, erhebt sich heute der riesige und luxuriöse Bau einer eleganten Hotelanlage über das gesamte Felsplateau.

Glücklicherweise macht Google Entdeckungen solcher Art heutzutage möglich. Ich hoffe von ganzem Herzen, dass alle Vier ihr Glück gemacht haben! Als mein Bruder Armin uns wenige Tage später, braungebrannt und frohgemut wie wir waren, am Frankfurter Flughafen einsammelte, hatte ich sogar noch 30 Mark in meiner Reisetasche. Und das, obwohl wir nicht eben gespart hatten auf unserer Reise!

Welch ein Luxus!

DER ABSTURZ

In der Hoffnung, unter Gleichgesinnten in Ruhe über mein Erlebnis reflektieren zu können, besuchte ich in den folgenden Jahren die angesagtesten Esoterik-Kurse, die der Markt so hergab. Immerhin befand sich die Eso-Welle in Deutschland auf ihrem Höhepunkt. Aber ich wurde enttäuscht.
„Oh Mann, du bist schon so weit", stöhnten manche seufzend und musterten mich mit neidvollen Blicken. In wollene Decken gehüllt, hockten wir im Schneidersitz herum, schlürften mit nachdenklicher Miene heißen Tee und nickten uns in Fragen übersinnlicher Phänomene beinahe ein Schleudertrauma. Unter der fachmännischen Anleitung selbsternannter Meister oder fernöstlicher Gurus, spürten wir vermeintlich intensiv in unsere Seelen hinein. Dann folgten die üblichen Phrasen, wie:
„Ja, ja, da schließt sich der Kreis" oder:
„Alles ist vorbestimmt und es gibt keinen Zufall."
Da fühlte ich mich ordentlich unwohl, weil ich ja wusste, dass ich nichts getan hatte, was eine derartige Vermutung, nämlich schon sehr weit zu sein, gerechtfertigt hätte. Ich hatte ja eben nicht jahrelang in zugigen Turnhallen in unbequemer Haltung auf dem Boden herumgehockt und versucht, eine Erleuchtung herbei-zu-omen. Geschweige denn etwa, in stundenlanger Klausur darum gebeten, der Heilige Geist oder „Wer auch immer" möge sich mir offenbaren. Nichts hatte ich selbst wissentlich dazu beigetragen, dass mir derart Wundersames hatte geschehen können oder was man eine persönliche Leistung meinerseits hätte nennen

können. Einmal abgesehen davon, dass ich mich, seit meiner frühesten Kindheit, auf der „Suche" nach Gott befand. Aber dieses war mir doch einfach so passiert.
Aus heiterem Himmel.
Viele Reaktionen, die ich erntete, waren mir also entsprechend unangenehm. Während ich von Esoterikern erhöht und bewundert wurde, als wäre ich über Nacht erleuchtet worden, belächelten mich Nicht-Esoteriker milde. Lediglich mit einer Handvoll Freunde und spirituell echt Interessierter und Suchender konnte ich mich angemessen über meine Vision unterhalten.

Dann prasselte gleich eine ganze Reihe furchtbarer Schicksalsschläge auf meine Familie nieder. Das schöne Haus, das meine Mutter damals in der Eifel gekauft hatte, damit wir alle immer ein Zuhause hätten, wurde von der Bank versteigert, da meine Mutter, die von Bankgeschäften nicht die leiseste Ahnung gehabt hatte, schlecht beraten worden war und am Ende die immensen Zinsen, die man ihr aufgedrückt hatte, nicht mehr zahlen konnte. Wir haben aber noch das Beste daraus gemacht und zogen nach Frankfurt um, wo ja schon Andi und Armin mit Birgit und den Kindern lebten. Ich fand eine entzückende Wohnung nur zwei Straßen weiter und meine Mutter ein neues Zuhause im Nachbarhaus von Armin und Birgit.

Als das Schicksal kurz darauf erneut zuschlug, wurde mein Glauben an Gott auf eine schwere Probe gestellt. Ich erinnere mich noch genau an den verhängnisvollen Nachmittag im Dezember 1991, nur zwei Tage vor Weihnachten, den ich damit verbrachte, Weihnachtsgeschenke für die Familie zu verpacken. Ich hatte von der Lufthansa über die Feiertage frei bekommen und wir würden Heiligabend zusammen mit Armin und seiner Familie sowie mit meiner

Mutter verbringen. Im Radio trällerten die Regensburger Domspatzen gerade ihr „Süßer die Glocken nie klingen" durch den vorweihnachtlichen Äther, während ich summend eine rote Schleife um ein kleines Päckchen band, als das Telefon schrillte. Ich nahm den Hörer aus der Station und hörte erst einmal nichts. Gerade wollte ich schon wieder auf Off drücken, als ich im Hintergrund die Stimme von Lareen, Armins und Birgits philippinischem Haus- und Kindermädchen erkannte. Sie hörte sich seltsam an, beinahe so, als ob sie weinte.

„Birgit, bist du es?" fragte ich beklommen.

Stille.

Bestimmt hatte nur eine meiner kleinen Nichten versehentlich meine Nummer gewählt und rannte nun mit dem Hörer in der Hand im Wohnzimmer herum, versuchte ich mich selbst zu beruhigen.

„Hallo Mariechen, bist du das? Gibst du mir mal die Mama?"

„Anas!" hörte ich jetzt Birgits Stimme durchs Telefon. Sie hörte sich seltsam an, beinahe wie ein Wimmern: „Anas, die DC3 ist abgestürzt und Armin ist an Bord!"

„Wie bitte?" Ich verstand nicht. Hatte Birgit eben gesagt, die DC3 sei abgestürzt? Das wunderbare Oldtimer Flugzeug, dessen Manager mein Bruder war? Wie konnte es abgestürzt sein? Was für ein Blödsinn!

„Anas, die DC3 ist abgestürzt!" Birgits Worte verhallten unangenehm in der plötzlichen Leere um mich herum. Aus dem Radio tönten unverdrossen die weihnachtlichen Klänge des Kinderchores hervor, aber seit Sekunden klangen sie befremdlich hohl. Langsam drang der Inhalt der vier schrecklichen Worte durch meine Ohren zu meinem Verstand durch. Dann schaltete irgendetwas in mir ab. Tilt. Ich erstarrte. Mein Verstand verweigerte mir eine tiefere Einsicht in die Bedeutung der Worte.

„Was soll das heißen, die DC3 ist abgestürzt?" fragte ich lahm und fühlte, wie meine Beine unter mir nachgaben. Abgestürzt, dachte ich! Wie abgestürzt? Ein so großes Flugzeug stürzte doch nicht mir nichts, dir nichts, einfach so ab! Wer erzählte denn so einen Quatsch? „Woher weißt du das?", hörte ich mich fragen und spürte, dass meine Stimme sich merkwürdig beziehungslos anhörte, so, als gehöre sie zu einer fremden Person. Birgits verzweifeltes Schluchzen fuhr mir wie ein Dolchstoß ins Herz. Tilt, machte es wieder in mir und mein Gefühl schaltete ab.

„Es kam gerade in den Nachrichten!" Birgits Stimme schrillte qualvoll durch den Hörer. „Eine DC3 ist in den Hohen Nistler bei Heidelberg geflogen und dort zerschellt! Es gibt nur die eine DC3 hier in Deutschland. Armin ist tot! Ich weiß es!" Ich seufzte. Was für ein Quatsch! Da war die Maschine bei der Landung vielleicht ein klein wenig von der Bahn abgekommen und sofort machte die Presse einen Absturz mit Toten daraus. Ich schüttelte den Kopf. Nein, nein, ein Tragflächenschaden, das ja. Eventuell oder vielleicht auch gewiss. Aber mussten sie gleich einen Absturz daraus machen?

„Es soll fünf Überlebende geben! Anas, hörst du? Der Wolfgang (ein befreundeter Lufthansa Pilot) hat mich gerade angerufen und es mir gesagt." Von Wolfgang kam die Information? Und es gab Überlebende? Dann war Armin natürlich dabei. Natürlich! Beinahe erleichtert atmete ich auf. Ach Gott, bestimmt war alles nur halb so schlimm. Ein Tragflächen- oder Propellerschaden und den fünf Passagieren an Bord war nichts geschehen.

„Birgit", sagte ich so ruhig und fest es mir möglich war. „Dann ist die Maschine bei der Landung wohl von der Bahn abgekommen und in die Böschung gerutscht. Du kennst die doch! Die machen doch immer gleich aus allem ein Drama. Denk doch mal nach! Wenn es fünf Überlebende gibt, dann haben doch alle überlebt." Trotzdem spürte ich, zu meinem Entsetzen, wie ich wieder kurz davor war, völlig hysterisch zu lachen, konnte mich aber in letzter Sekunde beherrschen. „Überleg doch selbst, Birgit: Pilot, Copilot, Armin und zwei Crew-Mitglieder! Na, wie viele sind das? Fünf, oder? Und genau fünf haben überlebt." Das erstickte Schluchzen, das durch den Hörer an meine Ohren drang, werde ich mein Lebtag nicht vergessen.

„Nein Anas, du irrst dich! Die Maschine war voll besetzt." Im Bruchteil einer Sekunde verengte sich mein Verstand auf einen einzigen Gedanken: Ich muss zu meiner Mutter! Jetzt! Sofort! Wenn sie erfährt, was passiert ist, überlebt sie es nicht. Sie wird sich das Leben nehmen. Bitte, lieber Gott, bitte, bitte, lass meinen Bruder nicht tot sein! Meine Mutter überlebt das nicht! Als ich drei Sekunden später meinen schwarzen Fiat Panda vor dem Haus meines Bruders stoppte, schwankte mir meine Mutter schon auf dem Gartenweg entgegen. Ihr Anblick rührte mich so, dass ich kaum atmen konnte und meine mühsam unterdrückte Panik drohte mir mein Herz zu zerreißen. Ihr Gesicht war blass wie ein Stück Papier, ihre blutleeren Lippen bebten. Die Pupillen waren derart erweitert, dass ihre Augen beinahe schwarz wirkten.

„Es gibt Überlebende!", rief ich ihr noch im Laufen zu. „Du wirst sehen Mami, Armin ist dabei!" Meine Mutter nickte tonlos. Ihr leerer Blick verlor sich in namenloser Verzweiflung.

„In welches Krankenhaus haben sie die Verletzten gebracht?" Meine Stimme gellte lauter als beabsichtigt, als ich Birgit aus dem Haus kommen sah. Schwarze, tiefhängende Wolken begleiteten Birgit und mich auf unserer Fahrt in die Universitätsklinik nach Heidelberg. Mitunter behinderten Wolkenbrüche die Sicht auf die Fahrbahn derart, dass wir nur noch im Schritttempo vorwärtskamen. Wie in Trance krochen wir in meinem Panda über die Autobahn.

Birgit war gefasst, aber skeptisch, was die Überlebenschancen ihres Mannes und meines Bruders betraf. Ich beharrte auf meiner These seiner Unversehrtheit, da mein Verstand sich weiterhin hartnäckig weigerte, eine andere Möglichkeit zuzulassen.

Das Personal der Universitätsklinik war mit der Katastrophe in jeder Hinsicht offenbar völlig überfordert. Wir sollten unverzüglich nach Hause zurückfahren und warten, bis man uns Bescheid gäbe! Eine restlos überstrapazierte Krankenschwester versuchte, uns aus der Notaufnahme zu scheuchen. Man habe jetzt wirklich anderes zu tun, als irgendwem Auskunft zu erteilen!

„Aber mein Bruder", flehte ich und konnte mich kaum auf den Beinen halten. „Ich will doch nur wissen, ob mein Bruder unter den Überlebenden ist. Bitte Schwester, sie haben doch bestimmt die Namen der Überlebenden. Armin Heerhausen! Ich bin seine Schwester und hier, das ist seine Frau!" Birgit und ich müssen ein solch unsägliches Bild des Jammers abgegeben haben, dass die überforderte Krankenschwester doch noch einlenkte.

„Gehen sie den Gang hinunter und warten sie dort ", befahl sie barsch und bedachte uns mit einem Blick, als habe sie es mit einer Ansammlung bösartiger Krankenhauskeime zu tun. „Der Oberarzt wird dann schon noch zu ihnen kommen!" Wir wankten auf unsicheren Beinen den Gang entlang, vorbei an einem abgedunkelten Raum, in dem auf mehreren Tischen Menschen unter grünen Tüchern lagen. War einer von ihnen womöglich Armin? Jemand tauchte in der Tür auf und deutete wortlos den Gang hinunter. Wir stolperten weiter und erreichten einen Quergang. Wohin jetzt? Nach rechts oder nach links?

„Sind sie Angehörige?" Eine Operationsschwester stand plötzlich neben uns und zog sich den Mundschutz vom Gesicht. Ihr Kittel war voller Blut und mir wurde schlecht. Auch Birgit starrte, wie hypnotisiert, auf die roten Flecken. Wessen Blut war es, das uns gerade die furchtbare Wahrheit ins Gesicht schrie? „Kommen sie, setzen sie sich. Sie fallen mir ja gleich um." Sanft drängte sie uns in Richtung zweier Stühle. „Soll ich ihnen etwas geben?" fragte sie be-sorgt. „Brauchen sie etwas zur Beruhigung?" Wortlos schüttelten wir beide den Kopf. Nein, wir brauchten nichts, um uns zu beruhigen. Birgit brauchte ihren Mann und ich meinen Bruder! Und zwar lebendig!

„Kann ich etwas für ihn tun?" flehte ich sie an. „Ich bin die Schwester von Armin Heerhausen und falls sie irgendetwas brauchen für ihn ... mein Blut, eine Niere, irgendetwas ... nein?" Der mitleidige Blick, mit dem die Schwester mich bedachte, brachte mich zum Schweigen. Verstört schaute ich zu Birgit. „Können wir denn gar nichts tun?"

„Warten sie hier. Ich hole ihnen Dr. Reuter. Vielleicht kann er ihnen eine Auskunft geben." Die Frau verschwand wieder in einem Raum.

Alles war so still hier.

Kein Laut war zu hören.

Nicht einmal ein unterdrücktes Stöhnen oder die qualvollen Schmerzensschreie der Verletzten. Nichts! Totenstille.

„Komm Anas, wir können gehen", flüsterte Birgit in die Lautlosigkeit hinein. „Armin ist tot. Ich weiß es!" Entsetzt starrte ich sie an. Was sagte sie denn da! Unwirsch schüttelte ich den Kopf. Warum redete Birgit nur so? Das konnten wir unserer Mutter doch nicht antun! Es gab nur eine Nachricht, mit der wir heimkommen konnten. Lautlos tauchte Dr. Reuter von irgendwoher auf. Ohne eine Begrüßung hüstelte er nur verhalten und nestelte an der Brusttasche seines weißen Kittels herum. Darauf zog er einen zweifach gefalteten Zettel daraus hervor, entfaltete ihn umständlich und fasste sich mit einer fahrigen Geste an die Brille.

„Sie sind Angehörige?" Ich nickte. Herr Gott noch einmal! Wie oft mussten wir das denn noch sagen?

„Der Name! Ich brauche den Namen", fuhr uns Dr. Reuter so unwirsch an, dass wir zusammenzuckten. Ich erinnere mich nicht mehr genau, wessen Stimme ich „Armin Heerhausen" sagen hörte. Vielleicht war es meine, vielleicht die von Birgit, aber es spielte auch keine Rolle mehr.

„Ihr Bruder ist nicht dabei!" informierte uns Dr. Reuter knapp und steckte den Zettel zurück in seine Brusttasche. Fragend starrte ich ihn an. Er konnte mir nicht in die Augen sehen und wandte sich, ohne ein weiteres Wort, von uns ab. Ich verstand nicht. Was sollte das heißen, ‚Ihr Bruder ist nicht dabei?' Wobei war er nicht dabei? War er bei den Lebenden oder bei den Toten nicht dabei? Ich lief Dr. Reuter hinterher. So konnte er uns doch nicht stehen lassen. Sag es doch einfach, wenn er tot ist, dachte ich verzweifelt und versuchte, ihn am Ärmel zurückzuhalten. Dr. Reuter schüttelte mich ab. Sag's doch, schrie es in mir, und überlasse es nicht mir, mir die grauenhafte Wahrheit zurechtreimen zu müssen. Du weißt es doch schon! Es wäre gnädig, wenn du mir jetzt die Wahrheit ins Gesicht schmettern würdest, anstatt dich wie ein Orakel auszudrücken. Einfache, klare Worte ... ihr Bruder lebt, ihr Bruder ist tot. Das brauche ich, kein Rätselraten. Mein Kopf fühlte sich dumpf und taub an. Wie durch Watte drangen Birgits Worte an mein Ohr.

„Komm Anas, Armin ist tot", wiederholte sie leise und zog mich am Ärmel.

„Stimmt das?" Bittend schaute ich zu Dr. Reuter. „Heißt es das? Heißt es, dass er tot ist?" Ein stummes Nicken war die Antwort.

Wie durch einen unwirklichen Nebel bewegten wir uns in Richtung Ausgang. Birgit hatte es von Anfang an gewusst. Ich jedoch hatte den Gedanken nicht zulassen können. Meine Brüder waren doch meine Helden! Unbesiegbar! Unsterblich! Aber der Tod, der an diesem Tag im Flugzeug mitgereist war, hatte sich von meiner Annahme völlig unbeeindruckt gezeigt und auch meinen Bruder, ohne Erbarmen, mit sich gerissen.

Als wir aus der Klinik wieder ins Freie traten, hatte die untergehende Wintersonne den Himmel hinter bleischwarzen Regenwolken blutrot gefärbt. Ich schauderte. Niemals zuvor hatte ich eine derartig rote Himmelsfärbung gesehen. Und sie passte.

Minutenlang schauten wir zum Himmel empor.

Wo war er jetzt, mein geliebter Bruder? Ob seine Seele bereits vollständig das Diesseits verlassen hatte und sich sogar schon, verbunden mit dem Einen, dem Weltenherz, im göttlichen Frieden befand? Tief sog ich die kühle Abendluft ein.

Wo bist du Armin, fragte ich mich in stummer Verzweiflung, als mich auch schon eine vage Ahnung erfüllte. Weint nicht um mich, flüsterte sie mir zu, dort wo ich nun bin, da leuchtet mir das ewige Licht von Liebe und Frieden!

Wie wir nach Hause gekommen sind, ist mir bis heute ein Rätsel. Blind vor Tränen bahnte ich uns unseren Weg durch die Stadt, über die Autobahn bis zu uns nach Hause, über uns der blutrote Himmel, der sich langsam in ein violettes Schwarz zu färben begann. Meine Mutter, von der ich angenommen hatte, dass sie sich augenblicklich das Leben nehmen würde, wenn sie vom Tod ihres Lieblings erfahren würde, zeigte eine bewundernswerte Stärke. Ebenso Birgit. Ich hingegen konnte den unsäglichen Schmerz über den Verlust meines Bruders nur aushalten, indem ich ihn in Wut verwandelte. Ein Anlass dazu bot sich mir kurz vor seiner Beerdigung.

Einige seiner engsten Freunde hatten sich im Haus zu einer spontanen Gedenkfeier versammelt. Wir tauschten gemeinschaftliche Erlebnisse und Anekdoten aus, weinten und lachten miteinander und zeigten uns gegenseitig die letzten gemeinsamen Fotos.

Andi, der sich auf einem längeren Fernosteinsatz befunden hatte, war mit dem nächsten Flieger nach Frankfurt zurückgekehrt und rechtzeitig zur Beerdigung eingetroffen.

Ich kauerte neben Henry, einem engen Freund der Familie, während Andi seine letzte Unterhaltung, die er mit Armin gehabt hatte, mit uns teilte. Henry gehörte für mich von Anfang an zu den interessantesten Flugbegleitern, die ich bei Lufthansa kennengelernt habe. Nicht nur, dass er Robert Redford im Aussehen um Längen schlug; dazu war er auch noch charmant, witzig, intelligent, weltoffen und spirituell. Und dann sagte dieser tolle Henry die folgenden Worte, die mich so mächtig ins Wanken bringen sollten:

„Anas, nimm dir mal ein Beispiel an Andi, wie der mit Armins Tod umgeht. Der muss nicht mehr trauern, so wie du, der weiß, dass Armin jetzt in einer besseren Welt ist. Schau dir mal an, wie weit der Andi schon ist." Ich hatte mich gerade mit Henry unterhalten und ihm anvertraut, dass ich seit Armins Tod ein Gefühl von geradezu körperlicher Versehrung hätte. So, als hätte mir jemand ein wichtiges Körperteil wie einen Arm oder ein Bein ausgerissen. Ich fühlte mich seit seinem Tod, als wäre ich nicht mehr heil, nicht mehr vollständig. Henrys Belehrung traf mich ins Mark und spätestens seit dieser Bemerkung war ich sicher, dass Worte die Welt verändern können. In diesem Fall die Welt meines Gemütszustandes. Meine Trauer schlug augenblicklich in einen glühenden Zorn um.

Es reichte!

Mit ihrem ganzen Geschwätz konnten sie mich allesamt mal am Arsch lecken! Und zwar gewaltig. Befanden wir uns etwa gerade in einem Wettkampf á la 'Oh, wenn du spirituell sein willst, dann darfst du aber nicht mehr trauern, sonst bist du ja nicht spirituell', oder 'Pfui, trauern, so etwas Profanes machen doch nur diejenigen, die noch nicht so weit sind, die noch nicht dem illustren Zirkel der besonders Tollen angehören.' Aus der Ferne hörte ich noch, wie jemand meinte, dass die Menschen in einigen Ländern der Welt weiße Kleidung zur Beerdigung trügen, als Ausdruck ihrer Freude darüber, dass der Mensch sein Rad des Schicksals auf Erden nun mit seinem Tod überwunden habe. Ich hätte auf der Stelle kotzen können. Wollte man mir etwa gerade raten, mich über den Tod meines Bruders zu freuen? Das konnte doch nicht ernst gemeint sein, auch wenn es selbstverständlich Kulturen mit einer solchen Tradition in anderen Gegenden der Welt gab! Super dämliches Geschwafel, dachte ich, mittlerweile schon rasend vor Wut. Nichts als bodenlos leeres Geschwätz, das einen ohnehin schon Trauernden noch weiter in die Tiefe reißen konnte. Was wussten sie schon vom Tod, diese blöd gackernden Wichtigtuer, die da gerade dreist und völlig immun für meinen Kummer über mich hinweglatschten, in ihrem Bestreben sich an den geheiligten Erkenntnissen anderer zu übertrumpfen? War auch nur ein einziger von ihnen jemals auf solch brutale Weise mit dem Tod in Berührung gekommen? Hatte irgendwer schon einmal selbst den Schrecken und die Verzweiflung kennenlernen müssen, die derartige Tragödien mit sich bringen oder war es eher so, dass meine Trauer wieder einmal augenblicklich weggewischt werden musste, damit sich nur ja keiner mit ihr abgeben musste? Und überhaupt, was hatten mir die ganzen Einsichten und Offenbarungen schon geholfen? Was nützten mir die aufregendsten Erleuchtungen, all die Begegnungen mit aufgestiegenen Meistern und Engeln, mit Jesus, wenn sie nicht dazu führten, dass meine Familie beschützt wurde. Meine Hilflosigkeit, einen Schmerz aushalten zu müssen, der mir den Atem raubte, machte mich ungerecht und am liebsten hätte ich wahllos um mich geschlagen. Nur noch schwach vermochte in dieser Stunde das Licht meiner Seele durch das Dunkel zu mir durchzudringen. Ungnädig wendete ich mich ab, wollte die tröstlichen Worte meines himmlischen Führers nicht in mein Herz lassen.

Nicht jetzt!

Sie ... alle ... das gesamte Universum sollte sich einfach nur noch verpissen und zur Hölle fahren! Zur Hölle mit allen und allem!

Ohne Henry nur noch eines einzigen Blickes zu würdigen, verließ ich das Zimmer. Geht mit eurem beschissenen Geschwafel alle zum Teufel und lasst mich in Ruhe, wütete ich innerlich und knallte die Tür hinter mir zu. Ich befürchte, die meisten hatten nicht einmal bemerkt, dass ich das Zimmer verließ. Man war zu sehr damit beschäftigt, sich gegenseitig mit fernöstlichen Weisheiten zu beeindrucken. In meinem Zimmer hätte ich vor Wut am liebsten alles mit der Axt in Klump und Asche gehauen; hätte meine geliebten Bücher zu Fetzen zerrissen und meine Kleider mit dem Messer in Striemen geschlitzt. Sämtliche Ratschläge und alle Weisheiten, im Tod meines Bruders etwas anderes zu sehen als eine Katastrophe, eine furchtbare Laune des Schicksals, stießen bei mir auf taube Ohren. Sie halfen nicht. Weder die christlichen noch die fernöstlichen und auch keine anderen. Kein Wort vermochte meinen Schmerz zu lindern. Aber was half dann?

Henrys unbedachte Worte hatten, außer dass sie mir als willkommenes Ventil für meine Wut dienten, noch etwas anderes in mir ausgelöst. Ich erkannte, dass es in schwierigen Situationen Menschen brauchte, die die Gabe haben zu trösten oder die doch wenigstens Worte finden, die nicht noch mehr verletzen, wenn auch nicht absichtlich. Niemand braucht im Schmerz Belehrung. Oder ein paar besonders wohlklingende Phrasen. Noch so wohl gemeinte Ratschläge können der reine Albtraum sein, dazu gibt es die Tendenz, dass sie alles nur noch schlimmer machen. Ich fragte mich, warum es in manchen Familien zu einer auffälligen Anhäufung von Schicksalsschlägen kommen konnte, während andere Familien davon völlig verschont blieben. Was trug jeder einzelne von uns dazu bei, dass sich derartige Realitäten entwickeln konnten? Und was konnte man dagegen tun? Da von außen wieder einmal keine wirkliche Unterstützung zu erwarten war, machte ich mich selbst auf die Suche nach Hilfe für das Leid in unserer Familie und stürzte mich mit Feuereifer auf alles, was mir an seelischen Ratgebern in die Hände fiel. Stundenlang konnte ich mich von nun an in Buchhandlungen und Bibliotheken aufhalten und mich durch die verschiedensten psychologischen Ansätze arbeiten. Jung, Adler, Freud, Pearls, ich hatte nicht eher Ruhe, bis ich mit einem Arm voller Bücher nach Hause kam. Jede freie Minute verbrachte ich mit dem Lesen therapeutischer Ratgeber, hatte immer mindestens einen Wälzer in meiner Handtasche dabei. Und erstmals begann ich tatsächlich Zusammenhänge zu verstehen, begriff, dass bestimmte Verhaltensweisen in der Erziehung dazu führten, entsprechendes Verhalten zu fördern. Ich verstand, dass die Verdrängung oder die Nicht-Beachtung seelischer Probleme oder Traumata ungeahnte Folgen für die ganze Familie haben konnte. Wie eine Besessene las ich mich durch die Psychologie. Irgendwann genügte mir das Lesen von Büchern nicht mehr. Ein Studium kam für mich aus Zeit- und Kostengründen nicht in Frage, aber eine Berufsbegleitende Ausbildung war durchaus machbar, selbst für mich mit meinem unruhigen Flugbegleiterleben. Am Gestaltinstitut Frankfurt begann ich kurz darauf meine dreijährige Ausbildung zur Gestalttherapeutin (erweiterte Gesprächstherapie). Und das veränderte mein Leben.

Schon im ersten Jahr offenbarte sich mir eine tiefere Einsicht in die verschiedenen Gefühlsebenen der Menschen und ich lernte mich selbst und damit auch andere besser zu verstehen. Viele Vermutungen über familiäre Zusammenhänge, die ich schon als Kind gehabt hatte, bestätigten sich und ergaben plötzlich einen Sinn. Ich erfuhr, was Muster sind und wie sie aufgelöst werden können, lernte, in der Gruppe Gespräche zu leiten und therapeutische Einzelgespräche zu führen. Familienaufstellungen mochte ich besonders gerne, weil sie oft zu überraschenden und intensiven Einsichten führten. Damals bin ich meiner Familie wahrscheinlich gehörig auf die Nerven gegangen mit meinen therapeutischen Beratungen, meiner analytischen Problemsuche und tiefenpsychologischen Erkenntnissen. Am liebsten hätte ich sie nämlich allesamt sofort in eine Therapie gesteckt. Aber die Zeit war noch nicht reif dafür.

Mein Lieblingstherapeut am Institut hieß Hannes Großmann. Hannes war gleichermaßen beliebt wie gefürchtet. Ein besonderer Ruf eilte ihm voraus. Streng und unnachgiebig sei er, meinten die einen, als weise und gerecht bezeichneten ihn die anderen. Es gab eine Menge Geschichten und Gerüchte um ihn, denn seine Methoden in der Therapie waren oft ungewöhnlich und unorthodox. Hannes war der einzige Therapeut am Institut, der bekannte Methoden der klassischen Psychologie mit den Weisheiten östlicher Lehren verband. Für ihn gab es kein Entweder-oder, sondern stets das Sowohl-als-auch. Kein Wunder, dass ich mich sofort zu ihm hingezogen fühlte. Abgesehen davon war Hannes genau, kam sofort auf den Punkt und war von einer Ehrlichkeit, die nicht jeder ohne Weiteres vertrug. Als ich das erste Mal in seine Gruppe kam und ihn im Schneidersitz am Boden hocken sah, musste ich unwillkürlich an Buddha denken. Allerdings war Hannes ein schlanker und drahtiger Mann und muss wohl in seinen 60ern gewesen sein. Etwas in seiner Aura, nicht nur sein kahler Schädel, seine Kopf- und Armhaltung oder seine meist halb geschlossen Augen, die trotzdem jedes, noch so kleine Detail bemerkten, ließen in ihm sofort den Buddhisten erkennen, der er war. Ich muss gestehen, dass auch ich bei unserer ersten Begegnung reichlich eingeschüchtert war. Doch in seiner in sich ruhenden Präsenz fand man ziemlich schnell zu sich selbst.

Ohne dass seine religiöse Einstellung während der Ausbildung jemals besonders thematisiert wurde, lag sein Glaube an eine spirituelle Dimension als spürbare Energie seinen Kursen zu Grunde. Und so war es auch Hannes, der mir den Weg zurück zu meiner Religio (Rückbindung zu Gott) bahnte. Nicht, dass meine Verbindung tatsächlich jemals abgerissen oder verloren gegangen wäre, jedoch, die vielen Emotionen, ausgelöst durch den tragischen Tod meines Bruders und den meines Vaters, hatten sie völlig überlagert. Indem ich unter Hannes Anleitung lernte, mich, auf einer erwachsenen Ebene, mit meiner Wut, meinem Schmerz und meiner Trauer auseinanderzusetzen und sie als Teil des Lebens anzunehmen sowie mir ansah, aufgrund welcher Entscheidungen, was in meinem Leben geschehen war, wuchs auch wieder mein Vertrauen in meine seelische Dimension. Vor allem aber lernte ich, mir selbst zu vergeben. Zum Beispiel, dass ich die Not meines Vaters damals nicht erkannt hatte und so stur hatte bleiben müssen, weil ich als Teenie einfach zu sehr mit mir selbst beschäftigt gewesen war.

Ich begriff, dass ich als Jugendliche selbst ab und zu dringend Verständnis und Hilfestellung gebraucht hätte und nicht etwa böse oder gemein gewesen war. Nur überfordert. So überfordert, wie es derzeit noch viele Menschen gewesen waren, weil eine Therapie zu machen, von den meisten als unnötiger Quatsch abgetan wurde.

„Jetzt reiß dich mal zusammen" oder
„Geh arbeiten", hatte es geheißen und:
„Das ist alles so ein neumodischer Kram aus Amerika, wo heutzutage jeder beim kleinsten Pieps gleich zum `Psychiater` rennt."

Und ich vergab mir auch die vielen Male, in denen ich als Ehefrau, Schwester, Tochter, Freundin oder einfach nur als Mensch versagt und es nie „richtiggestellt" hatte. Erstmals spürte ich am eigenen Leib, was Heilung eigentlich wirklich bedeutete. Ein Gesundsein auf ALLEN Ebenen unseres Körpers (Verstand, Gefühl, Geist und Seele). Ein Heil-Sein auch des Gemütes eben, jenseits von naiven Bekräftigungen wie: „Mir geht es eigentlich ganz gut, ich habe ja ausnahmsweise mal keine Halsschmerzen". Heute bin ich verbundener denn je mit dem ES, dem Spirit, dem All-Einen, dem Licht, der Quelle oder wie immer man das göttliche Bewusstsein nennen mag, wenn auch nicht mehr auf die gleiche kindliche Weise wie früher.

Meine Religio zum Universum ist erwachsen geworden; ich weiß, dass ausschließlich ich selbst für mein Leben, mein Schicksal, mein Leid und meine Freude verantwortlich bin. Ganz besonders dann, wenn ich mal wieder staunend erkenne, auf welch wundersame Wege mein Spirit mich bisweilen führt. Welche Bezeichnung man den Ereignissen auch geben möchte, die mir erst als Siebenjähriger und dann auf den Philippinen geschehen sind, ich weiß heute, es waren Hilfen der unendlichen, der bedingungslosen Liebe meiner spirituellen Lehrer und Führer, die mich, mein Leben lang, daran erinnern sollen, wer wir jenseits unseres menschlichen Körpers wirklich sind, von welch göttlicher Macht wir alle abstammen und welch verschlungene Pfade wir manchmal zu gehen haben, auf unserem Weg zurück zum Licht. Ach, wenn wir Menschen doch stets wüssten, auf welch gigantische Unterstützung unfassbar gütiger Lichtwesen wir in jeder erdenklichen Lebenslage vertrauen dürfen, wenn wir nur bedingungslos auf unser Herz hörten und seiner Stimme folgten!

Ich befand mich im zweiten Jahr meiner psychologischen Ausbildung als das Schicksal in unserer Familie erneut zuschlug. Es geschah wieder zu Weihnachten, diesmal zwei Tage nach Heiligabend im Jahr 1993. Astrid verbrachte mit ihren vier Kindern das Weihnachtsfest auf einer idyllischen Mühle, die ein wenig abseits eines kleinen Ortes im Hunsrück lag. Nach Armins Tod hatte Birgit diese gekauft und war mit ihren Kindern, Andi und meiner Mutter dorthin gezogen. Nachdem sie ihre sechs Monate alte Charlotte gestillt und gewickelt hatte, brachte Astrid das Baby zum Schlafen in das Wohnmobil, mit dem sie angereist war. Es stand nun im Hof, praktischerweise gleich unter dem Wohnzimmerfenster. Die Kleine war schnell eingeschlafen und bevor meine Schwester wieder zu den anderen ins Haus zurückkehrte, schaltete sie noch das Babyphon ein.

Sorgfältig prüfte sie die Batterie, den Stecker sowie die Verbindung und verließ dann ihren Camper auf Zehenspitzen. Nun ist es beim plötzlichen Kindstod ja so, dass man fatalerweise eben nichts hört, da das Kind einfach aufhört, zu atmen. Alle hatten ein wachsames Ohr für den Fall, dass die Kleine aufwachen würde. Als sie zehn Minuten über der Zeit war, stand meine Schwester auf.

„Ich gehe Charlotte mal besser wecken, sonst haben wir heute Nachtschicht", meinte Astrid noch lachend und verließ den Raum. Gabriel und Leander, die ich am Morgen zu meiner Mutter gebracht hatte, da ich auf einen Flug nach

Tokio musste, erzählten mir später, dass sie gedacht hatten, ein wildes Tier habe ein Schaf gerissen, denn kurz darauf gellte ein grauenhafter Schrei über den winterlichen Hof. Verstört liefen alle zum Fenster. Das Tier wollte nicht mehr aufhören, zu schreien. Mit dem toten Kind im Arm, das aussah, als würde es schlafen, wankte meine Schwester ins Zimmer.

„Mami", wimmerte sie und legte meiner Mutter das bleiche Kind in die Arme. „Mami, bitte hilf mir doch." Schluchzend ging sie vor meiner armen Mutter in die Knie. Kann es für eine Mutter etwas Schlimmeres geben, als ihrer Tochter, die gerade ihr Kind verloren hat und die sie verzweifelt um Hilfe anfleht, nicht helfen zu können? Eine Mutter, die diesen unfassbaren Schmerz kennt, weil sie ihn vor Kurzem erst selbst hatte erfahren müssen? Seitdem weiß ich, dass Worte nicht nur verändern, sondern sogar töten können. Es war dieser eine Satz, der sich wie ein todbringender Pfeil in das Herz meiner Mutter gebohrt hat und an dem sie letztlich gestorben ist. Jedenfalls hat sie es mir so gesagt. Nie hat sie es verwinden können, dass sie ihrer Tochter, in der schwersten Stunde ihres Lebens, nicht hatte helfen können. Es gibt ein Leid, das wiegt so schwer, dass man daran sterben kann. Einige Tage nach dem Tod ihrer kleinen Tochter, den meine Schwester bis heute noch nicht völlig verwunden hat, hatte Astrid folgenden, klaren Traum:

Sie steht mit ihrem toten Kind im Arm am Fenster ihres Hauses und kann ihre Kleine, überwältigt von Trauer und Schmerz, nicht loslassen, als plötzlich Armin vor ihr steht. Voller Liebe und Mitgefühl für das unendliche Leid seiner Schwester, breitet er seine Arme aus und bittet sie, ihm das tote Kind in die Arme zu legen. Zögerlich und unter Tränen legt Astrid ihm ihr Kind endlich in die Arme.

Sorge dich nicht, ich nehme die kleine Charlotte mit mir in den Himmel, sagt Armin sanft und drückt das Kind liebevoll an sein Herz. Als meine Schwester endlich ihr Mädchen loslassen kann, entschwindet unser Bruder mit der kleinen Charlotte im Arm, still und leise wie auf Engelsflügeln in die Dunkelheit.

Trotz allem, hatte ich in dieser furchtbaren Zeit zum ersten Mal das Gefühl, mich ein klein wenig nützlich machen zu können. Auch wenn das Unglück meiner Schwester durch nichts zu lindern war, zeigte meine Therapie die ersten kleinen Fortschritte. Ich verlor mich nicht im Unglück, sondern konnte, trotz des unfassbaren Leides, einen klaren Kopf und eine gewisse Übersicht behalten. Manchmal reicht es schon aus, dass eine Person im Chaos stabil bleibt und Ruhe bewahrt. Auch eine solche Energie ist ansteckend. Meine Mutter hat noch sieben Jahre tapfer durchgehalten und ist nur wenige Tage nach ihrem 70. Geburtstag an „gebrochenem Herzen", wie ihre Ärztin uns später mitteilte, gestorben. Sie wollte nicht mehr. Lieber wollte sie zu den Liebsten, die ihr schon so früh vorausgegangen waren. Vorher hat sie noch ein großes Fest gegeben, um sich, wie sie mir mit verschwörerischem Lächeln verriet, einen guten Abgang zu verschaffen.

„Aber Mami, sag doch so etwas nicht, du wirst bestimmt noch hundert!" hatte ich darauf mit banger Stimme geantwortet und sie ängstlich angeschaut. „Sag doch nicht so etwas!" Sie habe doch nur Spaß gemacht, gab sie mir lächelnd zur Antwort, es sei doch nur ein kleines Späßchen gewesen. Auf ihrem wunderbaren Fest, das wir mit allen Verwandten und besten Freunden im Chinesischen Teehäuschen im Schlosspark Sanssouci feierten, lachte und amüsierte sie sich wie schon lange nicht mehr. Ich musste oft zu ihr hinüberschauen, wenn sie sich fröhlich mit ihren alten Schulfreundinnen, Enkeln und Kindern unterhielt. Ich spürte jedoch, dass unter ihrer Fröhlichkeit ein Kummer lag, der mir Angst machte. Immer wieder musste ich an ihre kryptischen Worte denken. Dass sie noch am gleichen Abend, nach ihrer rauschenden Feier in ihrem geliebten Schlosspark, ihre lebenswichtigen Medikamente absetzen und damit ihren vorzeitigen Tod herbeiführen würde, hatte ich nicht geahnt.

Sie hat aber, Gott sei Dank, noch Sven, meine große Liebe, kennengelernt.

„Was für ein Glück, mein Kind", versicherte sie mir noch kurz vor ihrem Tod und welche Erleichterung es für sie sei, dass ich einen so unglaublich netten Mann gefunden habe. Tief geseufzt hatte sie bei diesen Worten und mich glücklich über den Rand ihrer Teetasse hinweg gemustert.

SVEN

Sven habe ich im Mai nach Charlottes Tod in Bad Homburg getroffen. Genauer gesagt, ich begegnete ihm in der weit über die Stadtgrenzen hinaus berüchtigten Tennisbar. Mit der Tennisbar ist es wie mit der Bildzeitung: niemand gibt zu, dass er sie liest, trotzdem ist sie die auflagestärkste Zeitung im Land. Mit der Tennisbar verhielt es sich ähnlich.

„Was, du gehst in die Tennisbar?" taten meine Kolleginnen ganz erstaunt und rissen die Augen auf. Die eine oder andere hatte ich dort nämlich schon einmal gesehen. Wohin konnte man in Bad Homburg aber auch schon ausgehen? Dorthin war ich ein Jahr nach Armins Tod mit den Kindern umgezogen. Am Rande des Stadtparks hatte ich eine schöne Wohnung gefunden, als Birgit die Mühle gekauft und mit ihren Kindern sowie mit Andi und meiner Mutter in den Hunsrück gezogen war. Die Auswahl an nächtlichem Amüsement war in Bad Homburg nicht eben üppig. Da konnte man nicht allzu wählerisch sein. Pünktlich um halb elf wurden in Spießershausen nämlich die Bürgersteige hochgeklappt. Man war ja schließlich nicht Frankfurt.

Die Tennisbar, zwischen Tennisplatz und Spielkasino gelegen, war eine echte Nahkampfdiele, die ihre Pforten bis in die frühen Morgenstunden geöffnet hatte. Es gab viel roten Plüsch und Gold, eine kilometerlange Bar mit versteckten Nischen und dienstags war Diskothek. Dann ging ich gelegentlich ganz gerne dorthin, besonders wenn klar war, dass ich in dieser Nacht den Kampf gegen meinen Jetlag nicht verlieren würde. Ich fand die Tennisbar äußerst unterhaltsam. Nie konnte man sicher sein, neben wem man gerade stand oder wer der Typ war, der einen auf einen Drink einladen wollte. Ein Zuhälter aus Frankfurt womöglich? Oder etwa doch der Chefgehirnchirurg der nahe gelegenen Wickerklinik? Die konnte man durchaus miteinander verwechseln. Äußerlich gab es da oft nicht den geringsten Unterschied. In die Tennisbar trudelte allabendlich alles ein, was nach zwölf in Frankfurt und Umgebung noch umherschwirrte oder was beim Hochklappen der Bürgersteige gerade noch rechtzeitig abgesprungen war. Ich muss heute noch lachen, wenn ich daran denke, was ich dort für Typen kennengelernt habe. Und dann eben Sven.

Am frühen Morgen des 31. Mai waren Astrid und ich wieder in Frankfurt gelandet, denn ich hatte meine Schwester, deren Ehe schon lange in Trümmern lag und die seit dem Tod der kleinen Charlotte ihren absoluten Tiefpunkt erreicht hatte, erstmals auf einen Flug mitgenommen. In der Hoffnung, Astrid einmal für kurze Zeit auf andere Gedanken zu bringen, hatte ich sie für ein paar Tage von ihrem untreuen Ehemann loseisen können.

„Ja, ja, ich weiß schon, was deine Schwester vorhat! Die will dich doch nur mit einem Kapitän verkuppeln", hatte der Gatte Astrid noch übellaunig mit auf den Weg gegeben. „Ist doch klar, was die im Schilde führt!" Ich war sprachlos gewesen vor Entrüstung. Wenn das nicht ein klassischer Fall von Projektion war! Da betrog diese hinterhältige Socke meine Schwester schon seit Monaten mit einer Arbeitskollegin und unterstellte dann ganz selbstverständlich allen anderen gleiche Motive. Verärgert über so viel Ignoranz schüttelte ich den Kopf. Dass meine Schwester sich allerdings gleich derart in unseren umwerfend gutaussehenden

Co-Piloten verknallen würde, hatte ich nun wirklich nicht ahnen können. Auch nicht, dass es Harald mit ihr ebenso ergehen würde. Da sollte ihr untreuer Gatte doch tatsächlich Recht behalten. Man hatte die Funken im Cockpit des Jumbojets förmlich sprühen sehen können, als ich Astrid dem Kapitän und den beiden Co-Piloten vorgestellt hatte. Anlässlich der Reise, hatte sich meine Schwester nämlich in ihr bestes Kostüm gezwängt: Kurz, dunkelblau, mit einem Schlitz fast bis zum Hals und das lange, blonde Haar reichte ihr bis an die Taille. Sie hatte umwerfend ausgesehen. Im Übrigen sehr zum Missfallen der restlichen weiblichen Besatzung. Dass eine Artfremde sich nicht an die ungeschriebenen Regeln hielt und einfach so in der Crew wilderte und dann auch noch das beste Stück erlegte, war reichlich unverschämt. Aber davon hat sie wohl nichts mitbekommen, immerhin hatte sie alle Hände voll zu tun, ihre Beute in Sicherheit zu bringen. Ich glaube, meine Schwester hatte eine tolle Zeit mit unserem Co-Piloten in Bangkok, denn gesehen habe ich sie die ersten drei Tage nicht oft. Leider musste Harald nach drei Tagen mit einer anderen Crew den Jumbo zurück nach Frankfurt fliegen, wir aber blieben noch, da wir noch den Manila-Shuttle vor uns hatten. Es seien die schönsten Tage ihres Lebens gewesen, seufzte meine Schwester bei unserer Ankunft in Frankfurt mit entrücktem Blick und unter keinen Umständen könne sie jetzt schon zu ihrem blöden und untreuen Ehemann zurück. Oha! Und nun?

„Kannst du ihr nicht anrufen und sagen, du hättest mich in Bangkok verloren?" Verschwörerisch grinste Astrid mich an. „Oder du sagst einfach, die Besatzung hätte mich auf einer einsamen Insel im Ozean ausgesetzt und ihr wüsstet nicht mehr, welche es ist." Na bravo, dachte ich, Gespräche mit blöden Ehemännern fehlten mir gerade noch. Am Ende nahm mir Bert die Geschichte vom Magenvirus, mit dem Astrid sich in Bangkok wohl angesteckt haben musste, so leidlich ab. Allerdings musste ich dafür sämtliche Schauspielqualitäten einsetzen, derer ich fähig war und tischte ihm eine derart mit Dramen gespickte Lügengeschichte auf, die an Brisanz kaum zu übertreffen war. Dieser Blödmann war nämlich, wenn es ums Lügen ging, ziemlich pfiffig und hakte da und dort ganz schön nach. Da ich jedoch um seine mehrfachen Seitensprünge wusste, hatte ich nicht die geringsten Skrupel und erwies mich als nicht minder pfiffig, was die Beugung der tatsächlichen Umstände anbelangte. Ich quatschte mich sogar in eine solche Euphorie hinein, dass ich mir am Ende des Gesprächs selbst nicht mehr ganz sicher war, ob meine Schwester etwa doch ein Fall für die Notaufnahme sei. Astrid hatte dem Gespräch, auf dem Sofa liegend, stumm und mit großen Augen gelauscht.

„Ich wusste ja gar nicht, dass du so lügen kannst, Schwester", meinte sie, nicht ohne Bewunderung in der Stimme, als ich den Hörer auf die Station zurücksteckte.

„Geht aber nur, wenn's für einen guten Zweck ist", gab ich lapidar zur Antwort und zuckte die Schultern. „Hab dir aber nur noch bis zum Wochenende ein bisschen Freiheit rausschinden können. Ich glaube, dann musst du wirklich wieder zurück."

„Mach ich", hauchte Astrid und schloss die Augen. Na, woran sie wohl gerade denken mochte!

Der 31. Mai 1994 war also ein besonders heißer Tag gewesen. Das Thermometer zeigte bereits am Mittag weit über 30 Grad an. Einen solchen Sommertag hatte es schon lange nicht mehr gegeben.

Ich bummelte mit Astrid nachmittags durch Bad Homburgs Fußgängerzone, dieweil sich Gabriel und Leander mit den hiesigen Falcons auf dem nahegelegenen Footballplatz um das Ei balgten.

„Könnten wir heute Abend nicht irgendwo tanzen gehen?" schlug Astrid vor. „Ich hätte so Lust, zu tanzen. Wenn ich erst wieder in Aachen bin, bekomme ich doch gleich wieder Fußfesseln angelegt."

„Klar", nickte ich, „können wir machen. Dann gehen wir in die Tennisbar. Da können wir durch den Park hinlaufen und brauchen das Auto nicht."

Gegen zehn Uhr abends waren wir endlich mit Schminken fertig und quetschten uns in unsere todschicken Sommerfähnchen, die wir uns in Bangkok auf den Leib hatten schneidern lassen. Astrid steckte in einem Träumchen aus lachsfarbenem Seidentaft, ich in einem weinroten. Nicht ganz ohne Stolz, begutachteten wir das Ergebnis im Spiegel der Diele. Leander, der nochmal ins Bad musste, pfiff anerkennend durch die Zähne.

„Da können die Girls vom Denver Clan aber einpacken!" Wie bitte? Woher kannte mein pubertierender Teenie denn die Damen vom Denver Clan? Bevor ich ihn jedoch einem eingehenden Verhör unterziehen konnte, war Leander auch schon wieder in seinem Zimmer verschwunden und wir wollten los. Auf sündhaft hohen Absätzen stöckelten wir durch den Stadtpark. Die immer noch warme Nachtluft duftete intensiv nach Rosen, Flieder und Jasmin. Zehn Minuten später warfen wir uns bestens gelaunt ins Getümmel. Astrid tanzte, als gäbe es kein Morgen. Völlig in sich versunken, bewegte sie sich zu einem Rhythmus nach dem anderen. Es wurde zwölf, es wurde eins und Astrid tanzte und tanzte, ohne eine einzige Pause. Ich hatte schon längst aufgegeben und mich an die Theke gestellt. Sitzen ging leider nicht, dazu war das hübsche neue Kleidchen einfach zu kurz, zu eng und zu geschlitzt. Ein Stehkleid eben. Außerdem musste man Haltung darin bewahren können. Je nachdem, wie man sich nämlich hielt, gewährten die über der Brust gekreuzten Stoffbahnen ungewollten Einblick. Um halb zwei fing ich an, mich so richtig zu langweilen. Abgesehen davon war ich müde und der Jetlag machte mir zu schaffen. Die Piña Colada, an der ich schon seit einer Stunde herumnuckelte, neigte sich ihrem endgültigen Ende zu. Bald würden nur noch die verräterischen Luftgeräusche zu hören sein, wenn ich mit dem Strohhalm über den leeren Boden schlürfte. Obendrein war das Publikum heute Abend so überhaupt nicht meine Kragenweite. Nichts als Langweiler; ausgemusterte Familienväter, Spießer und Vertreter. Dazwischen der eine oder andere Türke oder Italiener mit bis zum Bauchnabel geöffnetem Hemd aus dem die üppige Brustbehaarung hervorquoll. Hier und da blitzte auch mal das typische Goldkettchen verräterisch durchs schwarze Gestrüpp. Ich stöhnte. Meine Füße in den hohen Hacken schmerzten mittlerweile erbärmlich, aber hinsetzen ging ja nicht, da war ja das Kleid im Weg. Und meine Schwester tanzte noch immer. Wie eine Verrückte.

Wo nahm sie nur diese Energie her?

Drei Sekunden nach halb zwei schaute ich erneut auf meine Armbanduhr, in der Hoffnung, sie würde jetzt vielleicht halb fünf oder gar sechs anzeigen. Als ich wieder aufschaute, war ein neuer Gast eingetreten. Ich glaube, es erging mir in diesem Moment wie damals meinem Großvater Anton Pühringer, denn mein erster Gedanke war: das ist er. Ihn möchte ich gerne kennenlernen. Groß war der junge

Mann und kräftig, das blonde Haar reichte ihm bis an die Schultern und schon von Weitem ahnte ich, dass er sehr helle blaue Auge haben müsste. Ich erinnere mich noch genau, dass er einen dunkelblauen Zweireiher mit Goldknöpfen trug und heute lachen wir immer darüber. Das untypischste Kleidungsstück für Sven ist nämlich ein Sakko. Und erst recht ein zweireihiges, noch dazu mit Goldknöpfen. Sven war damals von einer langen Besprechung mit dem Rotary Club gekommen, für die er Fotos machen sollte und da war Sakko Pflicht gewesen. Aber das wusste ich natürlich alles noch nicht, als ich ihn damals sah. Nur, dass er ein klein wenig schüchtern wirkte, trotz des großmännischen Anzugs und das machte ihn mir sympathisch. Wir haben natürlich gleich Augenkontakt aufgenommen und ich spürte, dass er unschlüssig war, wie es weitergehen konnte. Witzigerweise waren augenblicklich sowohl meine Müdigkeit als auch mein Jetlag, meine Langeweile und meine Schmerzen wie weggeblasen. Dann verlor ich ihn aus den Augen und mein Herz machte einen Plumps. Er war doch nicht etwa schon wieder gegangen? Das durfte doch nicht wahr sein! Dabei hatten wir doch schon Augenkontakt gehabt. Suchend blickte ich mich um.

Wie schade!

Warum quatschten einen immer die Falschen an, warum nicht er? Als ich mich erneut umschaute, stand er hinter mir und mein Herz machte diesmal einen riesigen Satz. Für ein Gespräch war er allerdings immer noch zu weit entfernt. Aber immerhin. Die Kreise wurden schon enger. Astrid winkte mich zu sich. Komm doch tanzen, formte sie mit ihren Lippen die Worte. Na gut, dachte ich. Macht eventuell einen entspannteren Eindruck, als hier an der Theke festzukleben, dachte ich und begab mich auf die Tanzfläche. Ich hatte mich erst einige wenige Male im Tanz gedreht, als ich zu meiner Freude sah, dass sich der junge Mann an meinen leeren Platz gestellt hatte und sich etwas zu trinken bestellte. Justament verwandelte sich meine Kehle in eine knochentrockene Wüstenei mit anschließendem Hustenreiz. Ich bekam ganz schlimmen Durst. Welch witziger Zufall wieder! So schlimm war der Durst, dass ich sofort etwas trinken musste. Ich gehe was trinken, bedeutete ich meiner Schwester und drängelte mich durch die Tanzenden zurück an meinen Platz. Seitdem sind Sven und ich zusammen. Und seit sieben Jahren auch verheiratet. Wir leben ein eher ungewöhnliches Leben, aber wie könnte es anders sein mit unseren Berufen?

Sven arbeitet noch immer als Fotograf und ist damit erfolgreicher denn je und ich bin noch bis vor Kurzem mit der Lufthansa durch die Welt gejettet. Wir haben an so vielen verschiedenen Orten gelebt, hatten einen romantischen Olivenhain mit Häuschen in den Bergen von Mallorca, einen Gutshof bei Berlin und eine Jugendstilvilla in der Nähe von Bonn. Irgendwie zieht es uns alle sieben Jahre weiter. Nicht, weil wir es müssen. Sondern weil wir es können. Nun sind wir also in Kärnten gelandet und ich schreibe meine Geschichte hier oben in der Hütte auf.

Seit Neuestem besitzen wir aber auch noch eine richtige Wohnung am Millstätter See, weil ich manchmal unter Leuten sein muss. Unsere Kinder und Enkelkinder verbringen ihren Urlaub aber immer am Berg. Es hat tatsächlich etwas von unendlicher Freiheit hier oben, so nah und verbunden mit der Natur. Gabriel ist inzwischen ein erfolgreicher Filmproduzent geworden und Leander hat sich international als Kommunikationsdesigner einen Namen gemacht.

Ob ich mit Sven über meine spirituellen Erfahrungen sprechen kann? Eher nicht. Ich glaube, sie machen ihm ein bisschen Angst, meine überirdischen Meister, Führer und Engel und das kann er nicht gut haben. Sie sind ihm ein wenig unheimlich, meine himmlischen Mächte, weil er ihre Größe und Kraft nicht einschätzen kann. Aber wer kann das schon von uns Menschen? Zudem ist das Wort „unendlich" eine ziemlich imposante Begrifflichkeit für unser menschliches Hirn. Dabei ist Sven einer der spirituellsten Menschen, die ich kenne. Es äußert sich bei ihm nur anders.

Wie die meisten Männer spricht er nicht gerne über Dinge, die er nicht gut benennen kann. Aber Sven träumt luzid und weiß am nächsten Morgen oft spontan die Antwort auf ein Problem, über das er gerade nachdenkt. Außerdem hört er mir zu, wenn ich die Geschichten meiner Familie erzähle. Manche von diesen Geschichten kennt er mittlerweile besser als ich selbst. Und er mag sie.

Mir macht es nichts aus, dass er sich ab und zu über meinen heiligen Bimbam, wie er es nennt, lustig machen muss. In seinen Worten und in seinem Lachen schwingt immer etwas mit, das ich gut vertragen kann. Ich spüre, dass unter dem Lachen eine tiefe Akzeptanz steckt, dass er mich und meine Geschichten ernst nimmt. Auch meine spirituellen. Selbst wenn er manchmal darüber lacht. Meistens lache ich mit, denn Gott sei Dank habe ich nur noch gelegentlich Widerstände gegen das, was Ist. Abgesehen davon, kommt es mir ja selber oft noch so unglaublich vor und für mein Ego ist es eine gute Übung, mich selbst und meine Geschichten nicht so wichtig zu nehmen.

Richtig gut kann ich mich mit meinen Söhnen, besonders mit Leander, über alles Spirituelle unterhalten und Gabriel hat mir entscheidende Ratschläge für mein Buch gegeben.

Sie haben beide eine erstaunlich gute und reale Sicht auf die Dinge. Mit ihnen kann ich bedingungslos alles teilen, was mir durch den Sinn geht und es bereitet mir größte Freude. Auch noch mit meinen Geschwistern und mit meinen Freundinnen. Das muss reichen. Immerhin sind es mit Sven die wichtigsten Menschen in meinem Leben.

Die meisten Mitglieder unserer Familie sind mittlerweile bis an die Haarwurzeln therapiert und jeder von uns meistert sein Leben mit einer unglaublichen Hingabe und Zuversicht. Ich selbst führe ein Leben, wie ich es mir nie zu träumen gewagt hätte und das, immer noch, so viele Wunder und Überraschungen für mich bereithält, dass ich mich manchmal kneifen muss. Dann halte ich inne, überlege mir, von wo ich herkomme und wo ich jetzt stehe. Ich drehe mich um und schaue zurück auf einen steilen und streckenweise auch holprigen Weg. Aber immer ist es mein ganz eigener Weg gewesen, wie schwer oder einfach er bisweilen auch gewesen sein mag.

Ich werde dabei von einer Macht begleitet, die größer ist und schöner, als man sie sich vorstellen kann. Sie hat mich genau hierher, an diesen Ort, geführt, wo ich gerade bin und ich möchte nirgendwo anders sein. In solchen Momenten will mir mein Herz überfließen vor Dankbarkeit.

Zwei- bis dreimal im Jahr schaffen wir es, uns zu einem Geschwistertreffen zu verabreden und verbringen kostbare und unbeschwerte Zeit miteinander. Manchmal frage ich meine Schwestern, ob sie zuweilen mit ihrem Schicksal hadern und lieber ein anderes, leichteres Leben gehabt hätten. Dann schauen sie mich erstaunt an und tippen sich an die Stirn.

„Du spinnst wohl Anas, sagen sie dann und lachen, dass ihnen die Tränen kommen. „Wer will denn schon Prinzessin oder Königin sein, wenn er das Aschenbrödel sein kann?" Dann lache ich mit und freue mich, dass wir uns, trotz allem, unsere unbezwingbare Fröhlichkeit, unseren Humor und unsere Liebe zum Leben erhalten konnten, weil ich ja schon ahne, welcher Satz nun folgt: „Mit niemandem würden wir tauschen wollen, sonst hätten wir uns ja nicht!"

Denn trotz all der kleinen und großen Fehler, trotz aller schweren, wie auch verzeihlichen Verfehlungen, die unsere Eltern vielleicht begangen haben: Sie haben uns einen Schatz vermacht, der kostbarer ist und edler als alles Gold der Welt. Er ist mächtiger als jede Waffe und mächtiger sogar noch als der Tod. Man kann ihn natürlich nicht kaufen. Nur finden. Oder eben erben, so wie wir. Ohne ihn haben auch die Reichsten nichts, mit ihm sogar die Ärmsten alles. Wir haben ihn vor unseren Eltern bekommen und tragen ihn in uns. Es ist die Liebe.

Ohne sie sind wir nichts.

Mit ihr sind wir alles.

Ich fühle mich vom Schicksal bevorzugt.

... Christus, Weltenherz,
DEIN ist mein Leben!

Danksagung

Ich danke meiner Freundin Laura von ganzem Herzen für das wundervolle Geschenk meines Mantras und Giannina Wedde aus Berlin für dessen Entwicklung!
Seine hohe, spirituelle Energie hat mich von der ersten bis zur letzten Seite unterstützt und begleitet.

Du, aller Dinge Beginn,
Du, aller Dinge Vollender,
Sei Du das Herz meines Seins,
Die Sonne meines Tuns,
Der Strom meines Werdens.
Christus, Weltenherz,
Dein ist mein Leben.